Marion Johanning
Die verborgenen Schwestern

**Das Buch**

Köln, 1206: Das Heilige Römische Reich ist seit Jahren in einem erbitterten Krieg zerrissen, weil zwei Könige um den Thron kämpfen. Trotz großer Gefahr reist die junge Heilerin Maria vom Niederrhein nach Köln, um einer geheimen Schwesternschaft beizutreten. Doch mit Entsetzen muss sie feststellen, dass die Schwestern nicht mehr in dem Kloster leben.

Die willensstarke Maria gibt nicht auf und bleibt in der Stadt, die bald vom Stauferkönig Philipp bedrängt wird. Auf ihrer Suche nach den Schwestern begegnet sie den staufischen Feinden. Ungewollt findet sie sich in dem Konflikt zwischen den beiden gegnerischen Parteien wieder, der sie bis in die höchsten Kreise der Macht führt. Als sie sich am Königshof in einen mächtigen Mann verliebt, gerät ihre Welt aus den Fugen …

**Die Autorin**

Marion Johanning lebt als freie Autorin in der Nähe von Köln. Schon lange begleiten sie zwei Leidenschaften: Schreiben und das Interesse für Geschichte. Für ihre historischen Romane recherchiert sie sorgfältig und bereist, wenn immer möglich, die Orignalschauplätze. »Die verborgenen Schwestern« ist ihr vierter historischer Roman.»Die honigsüßen Hände« (2016) und »Der fremde Reiter« (2018), beide bei »Tinte & Feder« erschienen, wurden zu Bestsellern. Weitere Informationen unter: www.marion-johanning.de und unter www.facebook.com/Marion.Johanning

# Marion Johanning

# *Die verborgenen Schwestern*

Historischer Roman

Deutsche Erstveröffentlichung bei
Tinte & Feder, Amazon Media EU S.à r.l.
5 Rue Plaetis, L-2338 Luxembourg
Dezember 2018
Copyright © der deutschsprachigen Ausgabe 2018
By Marion Johanning
All rights reserved.

Umschlaggestaltung: bürosüd⁰ München, www.buerosued.de
Umschlagmotiv: © Rekha Garton / Getty; © faestock / Shutterstock;
© gyn9037 / Shutterstock; © Irina Bg / Shutterstock; © 77pixels /
Shutterstock; © Banet / Shutterstock; © Alvov / Shutterstock; © Nikitin
Victor / Shutterstock; © Delcroix Romain / Shutterstock
Lektorat: Rainer Schöttle
Korrektorat: Manuela Tiller/DRSVS
Gedruckt durch:
Amazon Distribution GmbH, Amazonstraße 1, 04347 Leipzig /
Canon Deutschland Business Services GmbH, Ferdinand-Jühlke-Str. 7,
99095 Erfurt /
CPI books GmbH, Birkstraße 10, 25917 Leck

ISBN: 978-2-91980-480-1

www.tinte-feder.de

*In Dankbarkeit für meine Großeltern
Marta und Artur,
Erna und August,
die ihr Leben mit Kraft und Liebe meisterten*

# DAS HEILIGE RÖMISCHE REICH IM JAHR 1206

Unter Kaiser Friedrich I. hatte für viele Jahre Frieden im Land geherrscht. Das änderte sich nach dem Tod seines Sohnes und Nachfolgers Heinrich. Die Fürsten und Bischöfe wurden sich nicht einig und wählten zwei Könige. Es waren die Nachkommen zweier mächtiger Herrschergeschlechter: der Welfe Otto, Sohn Heinrichs des Löwen, und der Staufer Philipp, Sohn des großen Kaisers Friedrich I., der später Barbarossa genannt wurde.

Der Thronstreit zwischen den beiden Gegnern entbrannte und überzog das Land mit Tod, Elend und Verwüstung. Im Jahr 1206 hatte sich das Blatt zugunsten des Staufers Philipp gewendet, nachdem die meisten Fürsten zu ihm übergetreten waren.

Nur eine mächtige Stadt blieb auf welfischer Seite und bot dem Staufer die Stirn: Köln.

# Prolog

Die Nacht würde bald zu Ende sein. Langsam stieg im Osten die Morgenröte empor. Rosa Streifen lagen über den Bäumen des Waldes, darüber hing eine schmale Mondsichel. Die Luft war noch kühl, aber schon angefüllt mit den Verheißungen des kommenden Frühlingstages. Ein leichter Windstoß kam auf, raschelte im Schilf am Seeufer und fuhr in den Rock der jungen Frau, die reglos am Ufer stand.

Sie wartete ruhig. Über ihre Traurigkeit hatte sich eine große Erschöpfung gelegt, die ihr jetzt nichts mehr ausmachte. Der Wind kühlte ihr warmes Gesicht und ihre brennenden Augen. Vor ihr lag der See in der Dunkelheit. Sie roch seinen modrigen Geruch und hörte das leise Glucksen, mit dem die Wellen sacht ans Ufer rollten.

Noch zögerte sie. Ihre Blicke suchten den Himmel nach einem Zeichen ab, einem besonderen Wolkengebilde oder einem Nachtvogel vielleicht – einem Wink der Mächtigen, der ihr sagte, dass nun der richtige Zeitpunkt gekommen wäre.

Aber nichts geschah.

Also musste sie es ohne Zeichen tun. Sie straffte ihre Schultern. Fest umschloss ihre Hand die brennende Fackel. Sie trat nach vorn, bis ihre nackten Füße im Uferschlamm versanken. Schemenhaft zeichnete sich das Floß vor ihr ab.

*Versprich mir, dass du es genau so machst, wie ich es dir sage*, flüsterte die Stimme in ihrem Kopf. *Zögere nicht.*

Sie senkte ihre brennende Fackel hinunter auf die Gestalt, die in helle fettgetränkte Leinentücher gewickelt war und auf dem Floß lag. Die Flamme zuckte auf, sprang auf die Tücher und breitete sich aus. Die junge Frau senkte ihre Fackel noch ein paar Mal auf verschiedene Stellen des Körpers, dann watete sie tiefer ins Wasser und schob das Floß mit aller Kraft hinaus auf das Wasser. Zufrieden beobachtete sie, wie es langsam auf den dunklen See davontrieb – ein schwimmendes Feuer, das seine Beute mit tanzenden Flammen verzehrte. Sie wartete ab, bis es weit auf den See hinausgetrieben war, dann watete sie an Land, kniete nieder und sprach das Gebet. Ihre Stimme klang hell und melodisch im beginnenden Morgen. Sie sang das Lied des Waldes und das Lied des tiefen Wassers, das Lied vom Wind und das Lied des Feuers, wie es ihr aufgetragen worden war.

Die ganze Zeit weinte sie keine Träne. Sie weinte auch nicht, als sie die Hütte anzündete, in der sie aufgewachsen war. Sie hatte die Tage und Nächte zuvor geweint, als sie die nötigen Arbeiten verrichtet hatte. Nun beobachtete sie nur noch, wie die Flammen sich durch das trockene Holz fraßen und nach dem verblichenen Strohdach der Hütte leckten. Der beißende Geruch nach Feuer erfüllte die Luft und würde weithin zu riechen sein. In den Dörfern würde man ahnen, was geschehen war, die Menschen würden versuchen, den Weg durch die Sümpfe hierhin zu finden. Vielleicht würden sie es eines Tages sogar schaffen.

Die junge Frau nahm ihren Beutel und warf einen letzten Blick zurück auf die brennende Hütte. Dann lief sie den Hügel hinunter und suchte ihren Weg in der Dunkelheit. Die Mondsichel verschwand, und hinter schmalen dunklen Wolkenstreifen zeigte sich der Himmel des beginnenden Morgens pastellblau.

# Kapitel 1

*Linn, Wonnemonat 1206*

Als Maria Burg Linn erreichte, stand die Sonne hoch am Himmel. Die hölzernen Zinnen der Burg schimmerten zwischen den hohen Bäumen hindurch, die das Ufer des Grabens säumten. Die beiden Arme des Wassergrabens, die Haupt- und Vorburg umgaben, vereinten sich wieder vor dem Torhaus, um dann gemeinsam zum Rhein hinabzufließen.

Maria hielt inne und beschattete ihre Augen mit der Hand gegen die Frühlingssonne. Vor der Burg ragte die neue Mauer in rötlichem Backstein auf, daneben stand ein hölzernes Baugerüst, auf dem jedoch niemand arbeitete. Gleich an die neue Mauer schloss sich der alte hölzerne Palisadenzaun an, der die Burg schon seit jeher umgab.

*Sie werden noch Jahre brauchen, bis sie fertig sind,* dachte sie.

Maria seufzte, zog den Träger ihres Beutels höher und ging weiter.

Seit sie denken konnte, ließ Hausherr Otto von Linn seine Bauern jeden Herbst an der neuen Umwallung weiterbauen, mit der er gleich nach seiner Rückkehr vom Kreuzzug begonnen hatte. Sie war von einer Form, die ihresgleichen in der

Umgebung suchte, mit mächtigen runden Wachtürmen, die aus der Mauer hervorragten.

*Es wäre besser, sie würden schneller fertig werden,* dachte Maria, als sie sich an Relindis' letzte Träume erinnerte. Im Land herrschte Krieg. Die Soldaten würden vielleicht auch hierhin kommen, in den abgelegenen Norden. Mit ihren Schiffen könnten sie schnell den Rhein hinunterfahren. Sie lief entschlossen weiter und versuchte, nicht an Relindis zu denken, damit die Trauer sie nicht überwältigte. Es würde gleich noch schwer genug werden.

Vor ihr lag das Torhaus der Burg in der Sonne. Maria winkte dem Burgmann zu, der sogleich seinen Posten auf der Mauer verließ und das Tor öffnete. »Die Sonne lacht und hat die Engel rausgelockt«, rief er, als sie im Burghof vor ihm stand. Er war uralt und hatte ein tiefbraunes, verwittertes Gesicht. »Wie lange warst du nicht mehr hier? War es im letzten Sommer oder im Herbst gewesen?«

»Im Herbst«, gab Maria zurück und schenkte dem alten Mann ein kleines Lächeln. »Der neue Turm in der Mauer war noch nicht fertig.«

»Ach ja.« Um die Augen des alten Mannes bildeten sich Fältchen, als er ihr Lächeln erwiderte. »Aber jetzt bleibst du hoffentlich länger? Bedenke, ich bin ein alter Mann und meine Augen könnten sich jeden Tag für immer schließen. Ich möchte ungern vor den Herrn treten, ohne dein liebliches Gesicht noch einmal gesehen zu haben.«

»Oh Isanrich, Honigspeier«, versetzte sie. »Ist die Herrin da?«

»Aber sicher, mein Engel«, sagte der Mann. »Geh hoch, sie ist da, wo sie meistens ist.« Er deutete mit dem Kopf in Richtung Hauptburg.

Maria nickte dem Alten zu und eilte zur Burg hinauf. Sie fand Lioba mit ihren Töchtern im Kräutergarten, der an der neuen Mauer lag. Mehrere Hochbeete lagen in gleichmäßigen Abständen in einem kleinen, durch einen Flechtzaun abgetrennten Geviert. Maria verharrte einen Augenblick am Zaun. Lioba trug wie immer ihr schlichtes Arbeitskleid in ihrer Lieblingsfarbe, einem kräftigen Blau, das mit der Zeit etwas verblichen war. Nur ihr Schleier zeigte, dass sie die Herrin der Burg war. Ihre beiden Töchter – zehn und acht Jahre alt – knieten vor einem Hochbeet und zogen Unkraut. Die Sonne ließ ihre Haarschöpfe aufschimmern – der eine dunkel wie Krähengefieder, der andere weizenblond.

Ein wehmütiges Gefühl, gemischt mit Angst, erfüllte Maria, als sie sie dort zusammen sah, und sie holte tief Luft, um sich für das zu wappnen, was sie gleich tun müsste. Sie räusperte sich.

Die Mädchen wandten sich um. Freude trat in ihre Gesichter, als sie sie erblickten. Angela, die jüngere von beiden, sprang auf und lief ihr durch die Beete entgegen.

»Maria! Endlich kommst du uns wieder besuchen!« Ihr Gesicht leuchtete und ihr langes blondes Haar wehte hinter ihr her, als sie auf Maria zustürmte. Maria nahm sie in die Arme und drückte sie fest, Jutta auch, die ihrer jüngeren stürmischen Schwester etwas langsamer gefolgt war. Jutta lächelte und schien sich nicht weniger zu freuen als ihre kleine Schwester, nur eben auf ihre stille, zurückhaltende Art. »Wie schön, dich zu sehen«, sagte sie. »Du warst lange nicht mehr hier.«

»Ich weiß.« Maria sah an den Mädchen vorbei. Lioba ließ ihre Harke auf das Beet fallen und wischte sich die Erde von den Händen. Dann verharrte sie eine Weile und sah Maria an. Der Ausdruck von Überraschung und Freude, den ihr Gesicht zuerst gezeigt hatte, wechselte jäh zu Begreifen und Erschrecken. Hastig blickte sie weg, als glaubte sie, so der Wahrheit entgehen zu können, um dann wieder zurückzusehen und an der ernsten Miene Marias die traurige Wahrheit abzulesen. Ihre schmalen

Hände krampften sich hilflos zusammen. Maria ging an der Reihe der Hochbeete vorbei zu ihr und nahm sie wortlos in die Arme. Sie spürte, wie Liobas Körper in leisen Schluchzern bebte, und sie sah die Mädchen, die sie überrascht und besorgt anstarrten.

»Lasst uns allein, ihr beiden«, sagte Maria freundlich, aber bestimmt, »wir sehen uns später noch.«

Nur widerstrebend kamen die Mädchen ihrer Bitte nach. Jutta musste ihre jüngere Schwester, die etwas einwenden wollte, zum Schweigen mahnen und fortziehen, dann gingen sie langsam und tuschelnd zum Küchenhaus hinüber, während sie immer wieder neugierige Blicke über ihre Schultern zurückwarfen.

Nach einer Weile hörte Lioba auf zu schluchzen. Sie atmete tief, machte sich los und betrachtete Maria. Ein liebevoller Ausdruck trat in ihr Gesicht und überlagerte die schmerzvolle Miene. Sie hob ihre Hand und strich mit den Fingern über Marias Wange.

»Wie hübsch du bist!«, meinte sie. »Die vielen Wochen … die letzte schwere Zeit haben dir nichts anhaben können. Deine Haare …« Sie berührte eine Strähne von Marias üppigen hellen Locken, die sich unter ihrem Stirnband bis auf die Schultern kräuselten. »Dein Mund …« Einen Augenblick sah es so aus, als wollte Lioba auch Marias fein geschwungene Lippen berühren, doch dann zuckte ihre Hand mit einer plötzlichen Bewegung fort und ihre Miene verfinsterte sich.

Maria, die sie um fast einen Kopf überragte, sah verdrossen auf Lioba hinunter. Sie mochte es nicht, wenn die Ältere sie auf diese Weise ansah. Ein Schatten schien sich manchmal unvermittelt über Liobas Zuneigung zu ihr zu legen, und sie kannte den Grund dafür nicht. Dabei wusste sie, dass Lioba sie liebte; sie war immer wie eine Mutter für sie gewesen. Die einzige, die sie nach Relindis' Tod und dem Tod ihrer eigenen Mutter noch hatte.

Sie fühlte einen dicken Kloß im Hals und schluckte ihn hinunter. Sie wusste, dass nun der Zeitpunkt gekommen war, die traurigen Worte auszusprechen, aber jetzt verließ sie der Mut. Stattdessen stand sie einfach nur da und schwieg.

Lioba nahm sie an der Hand und zog sie durch die Kräuterbeete auf eine kleine Holzbank an der Burgmauer.

»Wann ist sie gestorben?«, fragte sie mit leiser, trauriger Stimme.

»Vor drei Tagen, kurz nach Sonnenuntergang.« Maria versuchte, nicht an das blasse, wächserne Gesicht im Feuerschein zu denken, dessen Augen sich für immer geschlossen hatten.

»Du hättest mir jemanden schicken können. Ich hätte dir helfen können. Wir hätten ...«

»Nein.« Marias Stimme klang schärfer, als sie beabsichtigt hatte. »Sie wollte niemanden um sich haben. Ich habe alles so getan, wie sie es bestimmt hat.«

Lioba sah zur Burg hinüber. Ihre Hände krallten sich in den Stoff ihres Kleides. »Musste sie lange leiden?«

Maria schüttelte den Kopf. »Ich habe ihr etwas gegen die Schmerzen gegeben. Zum Schluss hat sie fast nur noch geschlafen. Aber wenn sie wach war, hat sie oft gebetet, und sie hat nicht ein einziges Mal vergessen, für dich zu beten.«

Lioba holte tief Luft. »Wäre ich beim letzten Besuch doch nur länger geblieben! Aber sie brauchen mich auch hier.«

»Natürlich.« Maria drückte ihr kurz die Hand. »Dein Mann hat es nicht gern gesehen, wenn du bei uns warst, nicht wahr?«

Lioba sah auf ihre Hände hinunter. »Man sollte Großmut nicht ausnutzen. Er lässt mir viele Freiheiten, und er hat mir diesen Garten anlegen lassen. Ich sammle draußen mit den Mädchen Wildkräuter. Ich kann sogar nach den Dorfbewohnern sehen, wenn sie krank sind.« Trotz ihrer Trauer leuchteten ihre Augen, als sie von ihrem Mann Otto sprach.

Obwohl sie keine Vornehme war, hatte er sie nach seiner Rückkehr vom Kreuzzug aus Liebe geheiratet. Bei den Edlen aus der Umgebung galt sie nichts, nur seine Freunde achteten sie. Die Dorfbewohner und Hintersassen in den umliegenden Dörfern aber mochten sie, weil sie ihnen ihre Heiltränke und -salben gab, wenn sie krank waren. Das hatte noch keine Burgherrin auf Linn vor ihr getan.

»Du hast einen guten Mann«, sagte Maria.

»Ja, aber ich muss mich vorsehen. Ich darf aus den Mädchen keine Heilerinnen machen. Er hat Angst, dass er sie nicht gut genug vermählen kann. Sie haben ja sowieso schon den Makel ihrer Herkunft …« Lioba stockte, und Maria wusste, was sie meinte.

Lioba war nur eine einfache Bäuerin gewesen. Ihre Ehe mit Otto von Linn war etwas Unerhörtes und hatte viel Gerede in den Dörfern verursacht, das erst mit den Jahren, nachdem man die neue Burgherrin besser kennengelernt hatte, allmählich verebbt war. Otto wurde als ihr Held verehrt, einer der wenigen, die es vom Kreuzzug zurückgeschafft hatten. Aber er war ein Held mit dem Makel einer bäuerlichen Frau.

»… Jutta hat viel nach Relindis gefragt«, fuhr Lioba fort. »Ich hätte sie nicht zu euch mitnehmen dürfen. Nun unterrichte ich die Mädchen jeden Tag im Sticken und Nähen. Ich darf nicht an den Tag denken, an dem sie mich verlassen.« Sie seufzte tief.

Maria blickte zum Küchenhaus hinüber, in dem die beiden Mädchen verschwunden waren. Fast meinte sie, einen hellen und einen dunklen Haarschopf im Dunkel hinter der Fensterluke sehen zu können. Sie starrte auf ihre staubigen Schuhe hinunter, die unter ihrem braunen Kleid hervorlugten.

Ihr Mund war auf einmal ganz trocken. »Wo ist Wilem?«, fragte sie.

»Er ist mit meinem Mann und Gerhard zum Neuen Hof geritten, nach dem Rechten schauen. Gerhard wollte unbedingt die Osterlämmer sehen. Sie kommen bald zurück. Wilem wird sich freuen, dich wiederzusehen.«

Maria lächelte, obwohl ihr nicht danach zumute war. Das wehmütige Gefühl, das sie vorhin verspürt hatte, kehrte zurück und durchfuhr sie mit großer Heftigkeit. Wilem war Liobas ältester Sohn, aber er stammte nicht von Otto, sondern von ihrem ersten Mann, der früh gestorben war. Dieser Mann war der Bruder von Marias Mutter gewesen, und Wilem war somit ihr Vetter. Aber er war immer mehr Bruder als Vetter für sie gewesen, auch wenn er später, nach Liobas Wiederheirat, hier auf Burg Linn gelebt hatte und sie selbst bei Relindis in den Sümpfen.

»Dein Mann nimmt ihn immer noch überall hin mit, nicht?«, fragte sie schnell, um abzulenken.

»Ja, immer noch. Er ist wie ein Vater für ihn. Besser kann ich's mir nicht wünschen.«

»Er hat einen Soldaten aus ihm gemacht.«

Lioba runzelte die Stirn. »Wilem hatte Otto angebettelt, ihm das Kämpfen beizubringen, als er ein Knabe war.«

»Aber er kann nie ein Ritter werden.«

»Nein, doch er ist wenigstens nicht schutzlos«, erwiderte Lioba. »Gerade in diesen unruhigen Zeiten ist es gut, sich verteidigen zu können.«

»Aber was soll aus ihm werden? Was, wenn er seine Kriegskunst verkauft und sich als Söldner verdingt?«

Lioba umklammerte ihre Knie und warf ihr einen finsteren Seitenblick zu. Maria erkannte, dass sie zu viel gesagt hatte. Eine Weile schwiegen sie beide, dann meinte Lioba: »Gerhard wird im nächsten Sommer als Knappe zu Megenhart von Forst gehen.« Ihre Stimme klang dünn und leise. »Er hat das Alter, und er kann's kaum noch erwarten.«

Gerhard war der einzige Sohn von Lioba und Otto und noch im Knabenalter.

»Wo lebt Megenhart von Forst?«

»In der Nähe von Köln. Er ist ein guter Mensch, der beste Freund meines Mannes. Die Familie seiner Frau ist sehr begütert.«

»Aber das ist nicht weit, ihr werdet Gerhard bestimmt besuchen.«

»Natürlich«, sagte Lioba leise, dann sah sie schweigend auf ihre Hände hinunter.

Maria beobachtete sie, und sie begriff, was in der anderen vorging. *Sie hat immer wieder Menschen verloren*, dachte sie. Erst ihre Mutter, die starb, als sie noch ein Mädchen war. Dann ihren ersten Mann und später ihre Freundin, Marias Mutter. Maria selbst konnte sich kaum noch an ihre Mutter erinnern.

Und jetzt Relindis. *Sie fürchtet den Verlust ihrer Kinder.*

*Aber sie hat Otto, ihren Mann, der sie liebt.* Welche Frau konnte das schon von sich behaupten? Maria wusste, dass ihr selbst ein solches Schicksal nicht beschieden sein würde. Sie war zu etwas anderem bestimmt, und sie würde diesen Weg gehen.

Sie räusperte sich, um die Stille zu unterbrechen, dann wühlte sie in ihrem Beutel und zog einen kleinen, in Stoff gewickelten Gegenstand hervor.

»Das soll ich dir von Relindis geben.«

Gespannt beobachtete sie, wie Lioba das Stoffbündel vorsichtig auswickelte. In Liobas Miene wechselten sich Überraschung und Freude in hastiger Folge ab, wichen dann aber, als sie den Gegenstand ausgewickelt hatte, einem Ausdruck völliger Abwesenheit. Lange starrte sie auf das kleine Kreuz aus Ebereschenholz, das mit winzigen Holzperlen umwunden war und an einem verwitterten Lederband hing. Lächelnd strich sie mit einem Finger über die Perlen. Dann nahm sie das Kreuz, barg es in ihrer Faust und presste es an ihre Brust. Sie schluchzte, und Tränen flossen ihr die Wangen hinunter. Maria nahm sie in den Arm. Eine Weile verharrten sie so, und Lioba weinte still vor sich hin. Sie hatte den Anhänger einst von ihrer Mutter bekommen.

»Du hast so viel von deiner Mutter«, sagte sie schließlich, hob den Kopf und sah Maria lächelnd durch ihre Tränen hindurch an. »Ich kann sie in dir wiedererkennen.«

»Aber du siehst auch etwas anderes in mir«, erwiderte Maria. »Jemand anderen, meinen Vater. Kanntest du ihn?«

»Nein«, sagte Lioba schroff. »Du hast mich das schon mal gefragt. Glaubst du mir etwa nicht? Deine Mutter hat nie jemandem verraten, von wem sie dich hatte. Auch mir nicht.« Ihr Gesichtsausdruck verschloss sich rasch so vollkommen, dass Maria nichts erkennen konnte.

*Auch sie hat von Relindis gelernt*, dachte sie, *wenigstens ein bisschen. Aber sonst weiß sie nichts von ihr, nichts von der Schwesternschaft, obwohl sie ein paar Jahre bei ihr gelebt hatte, bevor sie ihren Mann heiratete. Nur ich weiß es.*

Die Sonne war höher gestiegen und brannte heiß auf sie herunter. Maria sah auf die Glasperlen ihrer Lederarmbänder hinunter, die in der Sonne leuchteten. Sie spürte ihre schweren Locken warm in ihrem Nacken und die scharfkantigen Plättchen ihrer Ohrgehänge, als sie ihren Kopf ruckartig umwandte.

Lioba hatte sich erhoben. »Lass uns hineingehen«, sagte sie und wischte sich mit einem Finger die Tränen weg. »Du musst trinken und essen, ich hab dir noch gar nichts angeboten. Entschuldige meine Unhöflichkeit.« Sie rief nach der Magd und hielt Maria die Hand hin, aber Maria blieb sitzen. Sie holte tief Luft und reckte ihr Kinn nach vorn. »Ich werde nicht bleiben.«

Lioba ließ ihren Arm sinken. »Was heißt das, du bleibst nicht?«

»Ich gehe nach Köln, noch heute. Ich bin hier, um Abschied zu nehmen.« Nun hatte sie es herausgebracht. Die zweite schlechte Botschaft, von der sie wusste, wie sehr sie Lioba zusetzen würde.

Sie spürte ihr Herz klopfen, hielt aber dem Blick der anderen tapfer stand.

Lioba ließ sich zurück auf die Bank fallen. »Ich dachte, du bleibst hier«, stieß sie hervor. »Hier, als ihre Nachfolgerin. Die Leute in den Dörfern brauchen doch eine Heilerin!«

Es sah Lioba ähnlich, gleich mit der stärksten Waffe zu beginnen, dem wichtigsten Grund, hierzubleiben. Aber Maria war auf ihre Einwände bereits gut vorbereitet, und so schwieg sie den ersten einfach weg und wartete ab.

»Du bist bei ihr aufgewachsen«, fuhr Lioba fort, als sie begriff, dass Maria nicht antworten würde. »Niemand hat so viel von ihr gelernt wie du. Für die Dörfler wird es schlimm sein, dass sie tot ist, aber wenn du auch noch weggehst …«

»Ich muss«, entgegnete Maria. »Es ist ihr Wille. Aber ich möchte es auch«, setzte sie leise hinzu. »Ich habe die Hütte verbrannt. Es gibt kein Zurück mehr.«

Lioba war blass geworden. »Warum Köln?«, brachte sie mit dünner Stimme hervor. »Du bist ein Landkind, du könntest hier ein gutes Leben führen, von allen geachtet und angesehen. Wer weiß, was dich da erwartet.«

»Niemand weiß das. Aber ich muss es tun.«

»Warum?«

»Ich gehe in ein Kloster.«

Lioba knetete ihre Hände, um ihre Mundwinkel zuckte es, als würde sie gleich wieder in Tränen ausbrechen.

»Relindis nannte mir den Namen einer Frau, die da lebt. Ich werde es gut haben und viel lernen. Viel mehr, als ich es hier je könnte.« Es war nur die halbe Wahrheit, aber mehr konnte sie auf keinen Fall verraten.

Liobas Augen rundeten sich in plötzlichem Erkennen. »Relindis war auch eine Entlaufene aus dem Kloster, nicht wahr? Nun schickt sie dich dorthin, als ihre Nachfolgerin.«

»Gewissermaßen.«

»Ich habe es immer geahnt.« Lioba starrte eine Weile traurig vor sich hin. »Ich hatte gehofft, du bleibst hier bei uns auf der Burg. Wilem würde sich freuen, und die Mädchen könnten …«

»Danke für deine Gastfreundschaft.« Maria lächelte ein kleines trauriges Lächeln. »Aber ich muss weiter nach Urdingi, das Schiff fährt heute noch.«

Lioba tastete nach ihren Händen. »Geh nicht!«, bat sie sie eindringlich. »Ich habe deiner Mutter auf dem Sterbebett versprochen, mich um dich zu kümmern. Bleib hier!«

Marias Hände erstarrten. Dies waren die Augenblicke, vor denen sie sich schon seit Tagen gefürchtet hatte. »Relindis wollte, dass ich in das Kloster gehe. Es war ihr größter Wunsch. Ich *muss* gehen«, sagte sie. »Bitte mach es mir nicht noch schwerer.«

»Die Reise ist viel zu gefährlich für eine junge Frau allein. Gerade jetzt! Ich werde Wilem sagen, er soll dich beglei…«

»Nein!« Maria sprang auf. »Bitte tu das nicht. Es ist schon so schwer genug für mich.« Sie sah Lioba eindringlich an und hoffte, die andere würde sie verstehen. Wilem war der Einzige, der sie zum Bleiben bewegen könnte.

»Du willst gehen, ohne dich von ihm zu verabschieden?« Scharf durchschnitt Liobas Stimme den Frühlingsmorgen.

Maria hob ihren Beutel auf. Sie sah nun deutlich, dass der Abschied schwerer war als gedacht. Sie hätte nicht herkommen dürfen. Aber hier lebten die einzigen Menschen, die sie nach Relindis' Tod noch hatte. »Sag ihm, dass ich ihn liebe.« Sie hängte sich ihren Beutel um und wandte sich zum Gehen.

»Maria!« Lioba sprang auf, folgte ihr und hielt ihren Arm fest. »Du kannst doch nicht einfach so gehen! In welches Kloster willst du denn?«

Maria seufzte, ihre Knie zitterten.

»Ich lasse dir eine Botschaft zukommen. Versprochen.« Sie legte die rechte Hand auf ihre Brust. Die Magd kam und brachte einen Korb mit Wasserbechern, Käse und Brot. Überrascht hielt sie inne, als sie den Gast schon im Aufbruch sah. Maria nahm einen der gefüllten Becher, leerte ihn in tiefen Zügen und stellte ihn zurück. Dann nahm sie das Brot und den Käse, ließ alles in ihren Beutel gleiten und überquerte mit energischen Schritten den Burghof zum Ausgang.

*Jetzt oder nie mehr.*

»Danke!«, rief sie der fassungslosen Lioba über die Schulter zurück zu. »Ich liebe dich! Gott sei mit dir!«

Sie spürte Liobas Blicke in ihrem Rücken, die sie verfolgten, bis sie hinter den Häusern der Vorburg verschwunden war. Erst später auf dem Weg nach Urdingi, als sie sich sicher war, dass ihr niemand folgte, schwand ihre Selbstbeherrschung und sie begann zu weinen.

# Kapitel 2

Maria fühlte sich elend. Lioba war immer gut zu ihr gewesen. Sie hatte sie und ihre Mutter zu Relindis gebracht, nachdem der Bauernhof, auf dem sie einst mit ihrer Mutter und ihren Großeltern gelebt hatte, von den Schergen ihres gierigen Lehnsherrn niedergebrannt worden war. Manchmal sah sie in ihren Träumen noch heute die Flammen lodern, und ihr war, als nähme der Rauch ihr den Atem. Das mochte fünfzehn Sommer her sein, sie war damals noch ein kleines Mädchen gewesen. Ihre Mutter und sie hatten den Brand als Einzige überlebt. Bei Relindis, der Heilerin in den Sümpfen, hatten sie danach sicher und versteckt vor den Zugriffen des Lehnsherrn gelebt, bis er gestorben war.

Auch später, nachdem sie Otto von Linn geheiratet hatte, war Lioba oft bei ihnen gewesen, vor allem nach dem Tod von Marias Mutter. Sie hatte ihnen gebracht, was sie nicht selbst herstellen oder nur schwer bei den Dorfbewohnern gegen ihre Heilsalben eintauschen konnten. Sie hatte ihnen geholfen, Wintervorräte anzulegen und neue Kleider zu nähen. Sie wusste auch mehr über Männer zu erzählen als Relindis. Sie hatte diesen Abschied nicht verdient.

Maria seufzte. Aber wie hätte sie es anders machen können? Einfach so wegzugehen wäre nie infrage gekommen. Dableiben aber auch nicht. Relindis hatte ihr viel von der Schwesternschaft erzählt, vor allem in ihren letzten Jahren. Es war ihr Wunsch, dass Maria als ihre Nachfolgerin dort hinging. Auch Maria wünschte sich nichts anderes, als dort zu sein, im Kreise der Frauen, die sie alles lehren würden, was sie bisher noch nicht wusste. Es war etwas, das Lioba nicht erfahren durfte, denn die Schwesternschaft war geheim.

Maria wischte sich die Tränen weg. Sie würde ihr Versprechen halten und Lioba eine Nachricht bringen lassen. Später, wenn sie erst im Kreis der Schwestern wäre, würde sie sie sicher besuchen können. *Außerdem ist sie nicht meine Mutter*, dachte sie in einem Anflug von Trotz. *Ich bin erwachsen und kann gehen, wohin ich will.*

So tröstete sie sich, aber trotzdem fühlte sie sich elend wie kaum jemals zuvor in ihrem Leben.

Erst als sie am Rhein war und auf sein silbrig glänzendes Wasser blickte, ging es ihr etwas besser. Sie wartete in Urdingi auf das Schiff. Um sie herum herrschte die Betriebsamkeit des wöchentlichen Marktes. Verkaufsstände drängten sich an der Anlegestelle. Korbflechter, Böttcher und Stellmacher boten ihre Waren und ihre Dienste an, Fischer ihren frischen Fang. Bauern aus der Umgebung verkauften Eier, Milch, eingelegten Weißkohl aus Fässern und letztes Lagerobst, Bäuerinnen Stoffe, die sie den Winter über gewebt hatten. Ein altes Weib bot Zunderschwämme feil, die es in einem Korb mit sich trug. Ein Mann grillte Würstchen aus Innereien auf einem Rost über einem Feuer, und die Reisenden, die das Treidelschiff verlassen hatten, umringten hungrig seinen Stand.

Maria betrachtete das bauchige kleine Schiff.

»Fährst du nach Köln?«, fragte sie den Schiffer, der gerade das Seil an einem der Pfähle festzurrte.

Er nickte nur, ohne aufzusehen.

»Ist das Boot voll oder kann ich noch mitfahren?«

»Kannst noch mitfahren.«

»Wunderbar!«, rief sie. »Ich hab auch nicht viel Gepäck und kann dich bezahlen. Wann geht's denn weiter?«

Er richtete sich auf und sah sie mit einem gleichmütigen Blick aus seinem wettergegerbten Gesicht heraus an. »Morgen. Die Pferde haben für heute genug.« Er deutete auf die stämmigen Pferde an dem Treidelseil, die gerade ausgeschirrt wurden.

»Morgen erst? Aber es ist doch gerade mal Mittag.« Enttäuscht sah sie zu den Pferden hinüber und wollte es nicht glauben.

»Wir sind seit dem Morgengrauen unterwegs, Mädchen«, entgegnete der Mann. »Morgen geht's bei Sonnenaufgang weiter. Wenn du rechtzeitig hier bist, kannst du mitfahren.«

Er sprang vom Schiff und stapfte an ihr vorbei zu den Häusern von Urdingi, vermutlich, um es sich dort in einer Schenke gut gehen zu lassen.

»Warte!« Maria lief ihm hinterher, bis er innehielt. »Fährt denn heute kein anderes Schiff mehr nach Köln?«

Der Mann deutete auf das Ufer, wo ein paar Fischerboote auf dem Strom schaukelten. »Siehst du eins?«

»Nein.«

Er wandte sich wieder um. »Also dann bis morgen.«

Maria starrte ihm hinterher. Was für ein ungehobelter Kerl! Sie fluchte leise in sich hinein, dann beschloss sie, ein wenig über den Markt zu schlendern, solange sie auf ein weiteres Schiff wartete. Vielleicht bot sich eine andere Reisegelegenheit. Wenn nicht, musste sie eben hier übernachten. Das hatten Relindis und sie schon einige Male getan, nachdem sie auf dem Markt in Urdingi ihre Heiltränke und -salben verkauft hatten. Aber es würde schwer werden. Die einzige Herberge im Ort wäre sicher schon mit den anderen Reisenden überfüllt, und außerdem konnte sie sich eine Übernachtung dort nicht leisten. Sie würde wieder bei der Bäuerin fragen müssen, in deren Stall sie und Relindis übernachtet hatten. Sie wollte sich aber nicht den neugierigen Fragen der Bäuerin stellen, nichts von Relindis' Tod erzählen.

Maria seufzte und sah geistesabwesend auf die Strohpüppchen hinunter, die ein Mädchen zum Kauf anbot. Sie betrachtete die kleinen, mit Kleidern aus verschiedenen Stoffresten angezogenen Puppen, die Haare aus Fell oder Wollfäden hatten, während das Mädchen lächelnd zu ihr aufsah. Es kniete hinter seinen Puppen auf dem Boden.

»Ist das eine Fee?« Maria deutete auf eine der Strohpuppen, die Haare aus weißen Federn hatte und ein weißes Kleid trug.

Das Mädchen nickte. Es verzog sein Gesicht im Sonnenschein, als es zu Maria aufblickte. Vorn fehlten ihm zwei Zähne.

»Oh, sie ist schön.« Maria sah sich die Puppe genau an.

»Du kannst sie auch als feine Frau nehmen, wenn du willst«, setzte das Mädchen hastig hinzu und stand auf.

»Wo ist denn deine Mutter? Oder bist du hier allein?«

Das Mädchen wandte sich um und deutete auf die Häuser von Urdingi. »Kommt gleich wieder«, sagte es, während es auf die Puppen hintersah.

Maria betrachtete das dünne Mädchen eingehend. Es trug ein Kleid aus grobem Stoff, seine Haare waren zu zwei ordentlichen Zöpfen geflochten. »Machst du sie selbst?«

Das Mädchen nickte und wich ihrem Blick aus.

»Ich nehm die Fee«, sagte Maria gab ihm eine winzige Kupfermünze für die Puppe. Das Mädchen strahlte.

Nachdem Maria weitergegangen war, wandte sie sich um und sah, wie es zum Brotstand lief und sich ein Brot kaufte.

Plötzlich entstand am anderen Ende des Marktes ein Tumult. Ein Reiter drängte sich auf seinem Pferd durch die Menschen. Widerwillig und fluchend wichen sie zurück, und einer der Bauern schimpfte, als das Pferd zu nahe an seinen Karren kam. »Mann, pass doch auf, halt deinen Gaul im Zaum!«

Doch der Reiter beachtete ihn nicht. Er schien etwas zu suchen.

Maria erstarrte, als sie ihn erkannte. Sie wünschte sich, einen Zauberspruch zu kennen, der sie auf der Stelle unsichtbar machen könnte, aber da hatte er sie schon entdeckt. Er trieb seine Stute an und ritt langsam auf sie zu. Vor ihm bildete sich eine Gasse an zurückweichenden Menschen, aber sie wandte sich um und lief fort. Bald hörte sie die Hufschläge hinter sich.

»Wo willst du hin?«, fragte eine Stimme, die ihr mit den Jahren nur zu vertraut geworden war. Sie hielt inne und wandte sich um. Der junge Reiter war ausgesprochen hübsch. In aufrechter, stolzer Haltung saß er auf seinem Pferd. Wäre er ein Ritter, so würde er vielleicht gerade seine Schwertleite bekommen haben. Die Frauen und Mädchen in der Menge der Menschen, die stehen geblieben waren, starrten ihn an.

»Warum machst du hier so viel Aufsehen?«, zischte Maria. »Kannst du nicht absteigen?«

Wilem erwiderte nichts und saß wortlos ab. Sein Umhang aus grobem Stoff schwang hinter ihm her. Er trug einen ledernen Brustschutz, darunter Beinlinge und Stiefel. In seinem Gürtel steckte ein Messer.

»Warum bist du hier?« Sie stemmte ihre Hände in die Hüften und sah zu ihm auf. Obwohl sie für eine Frau nicht gerade klein war und er zwei Jahre jünger war als sie, überragte er sie bereits. Er war schlank und muskulös, hatte aschblondes kurzes Haar und das schmale, gut geschnittene Gesicht seiner Mutter geerbt.

»Ich bring dich nach Köln.«

Maria warf einen raschen Blick auf die Leute, die sie immer noch beobachteten, dann nahm sie ihn am Arm und führte ihn langsam vom Anleger fort. Eine Weile gingen sie schweigend den Uferweg entlang und zum Fluss hinunter, wo sie innehielten.

»Weiß deine Mutter, dass du hier bist?«, fragte sie.

»Ja, sie weiß es.«

Maria forschte in seiner verschlossenen Miene.

»Herrgott noch mal, was bildest du dir eigentlich ein?«, brach es aus ihm heraus. »Glaubst du, wir lassen dich einfach allein nach Köln gehen? Das ganze Land ist in Aufruhr! Für die Söldner und Räuberbanden wärst du Freiwild!« Er starrte sie vorwurfsvoll an. Seine Augen, eine seltsame Mischung aus Grün und Braun, leuchteten in der Sonne.

Maria wandte sich der Stute zu und strich ihr über den Hals. Sie kämpfte mit widerstreitenden Gefühlen. Wilem war wie ein Bruder für sie, sie liebte ihn und wollte ihn in ihrer Nähe haben. Andererseits würde sie viel unauffälliger reisen können, wenn er nicht dabei wäre. Aber sie würde ihn nicht wieder loswerden, er würde an ihr kleben bleiben wie eine Klette am Wollumhang.

»Du kannst froh sein, dass Vater nicht mitgekommen ist«, schnaubte er. »Er wollte dich zurückholen, weil Mutter so außer sich war, doch sie hat ihn abgehalten. Sie hat gesagt, wir sollten dich gehen lassen. Aber sie ist sehr traurig.«

»Es tut mir leid«, sagte Maria. »Sie ist sicher auch traurig, weil Relindis gestorben ist.«

»Ich auch! Wer ist das nicht? Ich verdanke ihr mein Leben.« Er starrte verdrossen in den Rhein, dessen Wellen leise an das steinige Ufer schwappten. Im Wasser kreiselten viele kleine Strudel, als es an ihnen vorbeifloss.

»Wir haben ihr alle viel zu verdanken«, sagte Maria. »Sie war eine großartige Frau.«

Eine Weile schwiegen sie beide und blickten auf den Fluss, und Wilem wischte sich mit der Hand eine Träne aus dem Augenwinkel.

»Was ist das überhaupt für ein Kloster?«, fuhr er sie wieder an. »Bist du dir sicher, dass du wirklich dahin willst? Du bist doch überhaupt nicht geschaffen für ein Leben hinter Klostermauern.«

»Woher willst du das wissen?«

»Ich kenn dich doch. Du bist kein Mensch, der strenge Regeln auf die Dauer aushält. Du liebst deine Freiheit viel zu sehr.«

Maria kaute auf ihrer Unterlippe, dann besann sie sich und schloss ihren Mund. Sie begriff, dass Lioba ihr ihre stärkste Waffe geschickt hatte. Wilem war klug, hartnäckig und kannte sie so gut wie niemand sonst. Er würde nicht lockerlassen, bis er sie sicher untergebracht wüsste. Aber er sollte nicht versuchen, sie aufzuhalten.

»Ich werde in das Kloster gehen, wie ich es Relindis versprochen habe«, bekräftigte sie. »Es ist ihr altes Kloster. Sie hat mir sogar einen Empfehlungsbrief geschrieben. Die Schwestern werden mir beibringen, was ich in der Heilkunde noch nicht weiß.« Der zweifelnde Ausdruck auf Wilems Gesicht erzürnte sie mehr, als ihr lieb war. »Auch du kannst es mir nicht ausreden«, setzte sie trotzig hinzu. »Ich bin erwachsen und kann gehen, wohin ich will.«

Er runzelte die Stirn, dann schüttelte er den Kopf, als wüsste er, dass jeder Versuch, sie davon abzuhalten, zwecklos wäre.

»Also werde ich dich bringen«, wiederholte er nur.

Maria seufzte. Sie hatte richtig vermutet, er würde sich von seinem Vorhaben ebenso wenig abhalten lassen wie sie sich von ihrem.

»Aber nicht auf dem Pferd«, entgegnete sie. »Wir würden das Gesindel anlocken wie die Blüten die Bienen. Wenn du mit mir kommst, dann nur als einfacher Bauer.«

Wilems hübsches Gesicht verdüsterte sich. Sie wusste, wie stolz er war, von seinem Stiefvater reiten und kämpfen gelernt zu haben. Nun sollte er das verbergen und wieder zum Bauern werden wie seine Vorfahren.

»Nur so wird's gehen«, bekräftigte sie. »Weißt du nicht mehr, wie deine Mutter deinen Stiefvater kennengelernt hat? Sie hat ihn im Wald gefunden, nachdem eine Bande ihn überfallen und halb totgeschlagen hat.«

»Ich weiß.« Wilem runzelte die Stirn. »Aber ich will nicht von einer lahmen Mähre gezogen werden. Wir werden Ewigkeiten unterwegs sein. Meine Verpflegung« – er klopfte auf die Satteltasche seiner Stute – »reicht nur für zwei Tage.«

»Meine auch.« Maria straffte sich und streckte das Kinn nach vorn. »Sagtest du nicht gerade selbst, das Land wäre voller Söldner und Räuberbanden? Ich fahre nur mit dem Schiff.«

Wilem knetete ungeduldig das Leder des Zügels »Also gut«, sagte er schließlich. »Wenn der Kahn nur keine halbe Ewigkeit braucht.«

Missmutig blickte er zur Anlegestelle hinunter, wo sich der Markt allmählich leerte.

»Ich hoffe, du hast genügend Pfennige für die Schiffsfahrt bei dir.«

»Ich hab keine Reichtümer, aber es dürfte für eine Zeit reichen.«

»Gut«, sagte sie. »Unser Schiff legt im Morgengrauen ab.«

Sie fanden einen Bauern aus Linn, der ihnen als zuverlässig bekannt war, und vertrauten ihm die Stute an, damit er sie zurück zur Burg bringen konnte. Sie selbst übernachteten bei der Bäuerin in Urdingi, die ihnen bereitwillig einen Platz in ihrem Stall überließ, und gingen im Morgengrauen an Bord des Treidelschiffes nach Köln.

Es war nur ein kleines Schiff mit wenigen Reisenden und ihren dürftigen Habseligkeiten, das von zwei kräftigen Pferden gezogen wurde. Ein Treidelknecht ging nebenher auf dem

Leinpfad und führte das Pferd am Zügel, sodass sie nur langsam vorankamen. Sie brauchten einen ganzen Tag bis Weride, einer kleinen Kaufmannssiedlung im Schatten einer mächtigen Festung auf einer Insel. Sie mussten auf ein Fährboot wechseln, das sie auf die Insel brachte.

»Da liegt die Kaiserpfalz«, sagte ein älterer Mann und deutete auf die Festung.

Maria, die nur die kleinen Burgen und Rittersitze aus ihrer Umgebung kannte, staunte über die große Festung, die sich am Rheinufer erhob – ein mehrgeschossiger Bau, der von einem gewaltigen Turm überragt wurde. Die Spitzen seines Daches reichten hoch in den blauen Frühlingshimmel.

»Habt ihr so was schon mal gesehen?«, rief sie. »Wenn die Königin am Fenster sitzt und stickt, kann sie sehen, wie über dem Rhein die Sonne untergeht!«

Der alte Mann winkte ab. »Da ist jetzt keine Königin, Mädchen, und auch kein König. Die Kaiser kommen nur alle paar Jahre mal hierhin. Die haben so viele Pfalzen im ganzen Reich, die können sie gar nicht zählen.«

Marias Augen weiteten sich. »Solche Paläste?«

»Da staunst du, was?« Der Alte grinste. »Bist wohl noch nie rumgekommen und hast so was geseh'n.«

»Mein Stiefvater war einmal bei einer Versammlung hier, als Kaiser Friedrich zum Kreuzzug aufrief. Aber da war die Pfalz noch nicht fertig«, meinte Wilem und betrachtete bewundernd die starken Mauern, die sich am Ufer erstreckten.

Gleich neben der Pfalz lagen die Zollstation und das St.-Suitbert-Kloster, dessen Kapellenturm sich gegen den gewaltigen Turm der Pfalz geradezu winzig ausnahm. Ihr Fährboot legte an der Kaufmannssiedlung an, gleich neben einem großen Handelsschiff, das voll beladen am Ufer lag und wohl mit seiner Fracht flussabwärts unterwegs war.

Der Schiffsherr empfahl ihnen zwei Herbergen, und wie die meisten anderen Reisenden zogen sie die billigere unten am Anleger vor.

Abends im Schankraum rümpfte Wilem die Nase über die fade Suppe, die ihnen der Wirt auftragen ließ. Sie saßen eingepfercht zwischen den anderen auf den Bankreihen, während das Feuer brauste und knackte und sein Qualm nur langsam durch eine Öffnung im Strohdach abzog. Er warf Maria finstere Blicke zu, die mit einer jungen Pilgerin sprach.

»… wenn bei den Placken nichts mehr hilft und es zu schlimm wird, am besten die Haare abschneiden, den Schorf abkämmen und immer wieder mit der Salbe einreiben. Man muss es nur schön trocken und sauber halten und die Salbe nehmen, das hilft bestimmt«, erklärte Maria.

Die junge Frau nickte, während sie nachdenklich auf die verkratzte, von vielen Flecken übersäte Holzplatte starrte, auf der die Teller mit Resten der gräulich schimmernden Brühe standen.

»Der Ausschlag meines Mannes ist ja nicht das Schlimmste. Meine Mutter …« Sie brach ab und sah traurig zu einer alten, mageren Frau hinüber, die in der Nähe auf der Bank saß und schweigend vor sich hinstarrte. »Ich bete jeden Tag, dass ihr die heilige Ursula hilft und ihr noch mehr Zeit schenkt. Sie soll doch sehen, wie ihre Enkel groß werden.«

Maria musterte die alte Frau genau, betrachtete die blasse, beinahe durchscheinende Haut, die farblosen Lippen, die zusammengesunkene Statur mit dem vorgewölbten Leib unter den Brüsten, der aussah, als trüge die Frau ein Kind unter dem Herzen.

Sie zwang sich zu einem Lächeln. »Ich werde auch für sie beten«, versprach sie und drückte der jungen Frau die Hand. *Ich werde beten, dass sie nicht schon auf der Reise stirbt.*

»Wenn du willst, gebe ich dir etwas von meiner Salbe gegen den Ausschlag deines Mannes«, bot sie an. »Kostet nur einen Hälfling.«

Sie hoffte, durch den Verkauf ihrer Salben, Heilwasser und Schutzanhänger einen Teil ihrer Reisekosten bestreiten zu können. Die wenigen Pfennige, die Wilem und sie dabeihatten, würden nicht lange reichen.

Doch zu ihrem Bedauern schüttelte die junge Frau den Kopf. »Wir brauchen alles für die Reise«, erwiderte sie leise, riss ein Stück vom Brotkanten ab und wischte damit ihren Holzteller aus.

*Ja, und vielleicht auch bald für eine Beerdigung,* dachte Maria missmutig und leerte ihren Becher.

»Was für ein Fraß«, schimpfte Wilem. »Eine Frechheit, wie dieser Kerl uns hier abspeist! Das Bier würde ich nicht mal zum Händewaschen nehmen. Aber wir sind ja nur Durchfahrende, mit denen er's machen kann.« Er schob seinen Teller angewidert fort.

Der alte Mann neben ihm, der ihnen auf dem Schiff die Kaiserpfalz gezeigt hatte, tippte ihm auf den Arm. »Ich würde lieber nicht zu laut schimpfen.« Er beugte sich zu Wilem und senkte seine Stimme. »Der Wirt kann's gut mit den Soldaten. Die fackeln nicht lange, sag ich dir. Erst im Winter haben sie einen, der laute Loblieder auf den alten Kaiser gesungen hat, weggebracht. Man hat ihn nicht mehr geseh'n.«

»Ach ja?« Wilem drehte missmutig seinen Becher hin und her. »Loblieder auf den alten Kaiser zu singen ist kein Verbrechen. Er war ein guter Kaiser. Wir hatten lange Frieden.«

Er sprach mit lauter, trotziger Stimme, als wollte er dem Wirt zeigen, dass er keine Angst vor ihm und seinen Soldatenfreunden hatte. Maria horchte auf und warf einen raschen Blick zum Wirt hinüber, der sich endlich dazu herabgelassen hatte, ihnen noch einmal die Krüge zu füllen. Das Bier schmeckte fade und war vermutlich mit Wasser verdünnt worden; sie hoffte, dass es kein Flusswasser war, sondern aus einem sauberen Brunnen stammte.

Der Alte umfasste Wilems Arm mit seiner mageren Hand, die mit wulstigen Adern durchzogen war. »Sei leise, junger Mann. Sieh dich vor! Die Festung hier gehört jetzt König Otto. Du machst dich unbeliebt, wenn du Lobreden auf einen Staufer hältst. Du kannst deinen Kopf schneller verlieren, als ein Huhn Eier legt.«

»So? Dann will ich dir mal was sagen: Mein Stiefvater war mit Kaiser Friedrich auf dem Kreuzzug. Er sagte, dass es nie einen tapfereren Kaiser als ihn geben wird. Obwohl der Kaiser schon alt war – so alt wie du –, hat er noch selbst gegen die Griechen gekämpft, als sie unseren Rittern hinter Sofia den Weg versperrten! Dabei war er auch noch klug, gerecht und …«

»Jaja.« Der Alte blickte sich um, verschränkte die dünnen Arme vor der Brust und ließ seinen Kopf nach unten sinken.

Maria betrachtete seine buschigen Augenbrauen, die unter seiner Kappe hervorsprangen und fast sein ganzes Gesicht verdeckten. Sie sah, dass der Wirt mit den Krügen herankam, und versetzte Wilem unter dem Tisch einen Tritt. Zum Glück verstand er und schwieg, während der Wirt die Bierkrüge mit einem missmutig gemurmelten »Wohl bekomm's!« auf die Tischplatte schmetterte, als würde er seinen Gästen jeden Tropfen verübeln, den sie jetzt noch für den billigen Preis tranken. »Die nächsten Krüge kosten extra«, setzte er laut hinzu, und als einige der Pilger zu murren begannen, schnappte er: »Was gibt's da zu meckern?«

Die Pilger – arme Leute aus den Dörfern vom Niederrhein, die sich die Pfennige für die Reise vom Mund abgespart hatten und nun Hilfe für ihre Gebrechen von den Kölner Heiligen erhofften – ließen sich von seinem Ton einschüchtern und verstummten. Still füllten sie ihre Becher und wagten es nicht, um einen Nachschlag der gräulichen Suppe zu bitten. Der Wirt nickte und stapfte davon, und Maria wandte sich wieder an den alten Mann. »Willst du nach Köln?«

Er hob den Kopf und betrachtete sie mit seinen wasserblauen Augen, unter denen dicke Tränensäcke lagen. »Ich bin doch nicht verrückt!«, meinte er. »Ich mach einen großen Bogen um die Stadt.« Er versicherte sich mit einem kurzen Blick, dass der Wirt außer Hörweite war, dann beugte er sich zu ihr. »Der Welfenkönig Otto ist da. Die Kölner sind ihm treu ergeben, aber ich sag euch, er wird nur Verderben über die Stadt bringen.«

»Warum?«, fragte Maria, die den Alten aushorchen wollte. »Das musst du mir erklären.«

»Dein Weib ist neugierig, was?« Der Alte stieß Wilem grinsend seinen dünnen Arm in die Seite.

»Meine Schwester«, verbesserte ihn Wilem.

»So? Nun ja.« Der Mann kratzte sich hinter dem Ohr. »Also ich sag euch, ihr müsst vorsichtig sein, wenn ihr dort seid. Sagt nichts Falsches, nur Gutes über den Welfenkönig. Am besten, ihr tut das, was ihr vorhabt, schnell und geht wieder nach Hause zurück.«

»Aber warum denn?«, fragte Maria. »Ich kann sehr wohl meine Zunge beherrschen. Meinetwegen sag ich nur Gutes über den Welfenkönig.«

Der Alte musterte sie eine Weile mit ernstem Gesicht, ehe er fortfuhr.

»Habt ihr nicht gehört, dass der Stauferkönig Philipp im letzten Sommer Köln belagert hat? Er konnte die Stadt nicht einnehmen, denn ihre Mauern sind zu stark. Er musste wieder abziehen, aber aus Wut hat er das Umland verwüsten lassen.«

»Ja, wir haben davon gehört, aber wir müssen trotzdem nach Köln«, meinte Wilem verdrossen und warf Maria einen finsteren Blick zu.

»Nun, König Philipp wird wiederkommen, er wird es noch mal versuchen. Wenn der seine Kettenhunde loslässt, dann möcht ich nicht in Köln sein.«

Maria verspürte ein seltsames Gefühl in der Magengrube. Natürlich war die Nachricht von der erfolglosen Belagerung Kölns auch zu ihnen an den Niederrhein vorgedrungen. Eine Zeit lang waren auch keine Schiffe mehr heruntergekommen, weil der Rhein bei Köln gesperrt war, aber das war schon fast ein Jahr her und man glaubte, dass es nicht mehr lange dauern könnte, bis sich der Welfe seinem Widersacher ergeben würde. Dass der Stauferkönig zurückkehren und es erneut zu einer Schlacht kommen könnte, war Maria nicht in den Sinn gekommen. Sie fühlte, wie ihr Herzschlag sich beschleunigte.

»Hat er auch das Kloster Weiher zerstört?«, fragte sie mit hoher Stimme.

Der Mann hob seine buschigen Brauen. »Keine Ahnung, Mädchen, aber ich hab gehört, dass seine Soldaten schlimm gewütet haben.«

»Aber …«, begann sie und suchte nach Worten, die der düsteren Vorhersage des Mannes etwas entgegensetzen konnten. »Wenn König Philipp versucht hat, die Stadt einzunehmen, und es nicht gelungen ist, dann wird er doch nicht so dumm sein, es noch mal zu tun.«

Der Alte stieß Wilem in die Seite. »Sie hat ein loses Maul, deine Schwester, was? Du musst auf sie aufpassen.«

Wilem straffte sich. »Sie meint, dass der König sich nur eine weitere Niederlage einhandeln würde, wenn er Köln wieder angreift.«

»O nein, unterschätzt König Philipp nicht«, widersprach der Alte mit leiser Stimme. »Der gibt nicht nach, denn er ist ein Staufer durch und durch. Er will den Welfen endlich besiegen, das ist er seinem Vater Kaiser Friedrich schuldig, wo er doch sein letzter Sohn ist! Die meisten Fürsten sind schon zu ihm übergelaufen, sogar der Erzbischof von Köln! Nein, der Staufer wird weiter die Stadt berennen, bis sie sich ihm ergibt, das sage ich euch. Der gibt nie auf.«

Maria saß eine Weile reglos da und starrte in ihren Becher. Sie hatte das Gefühl, ihren bebenden Magen mit etwas beruhigen zu müssen, und wenn es nur das wässrige Bier wäre. Sie nahm den Becher, stürzte das Bier hinunter und wischte sich den Schaum unter Wilems missbilligenden Blicken mit dem Handrücken ab.

»Nun also«, stieß sie hervor. »Werden wir sehen, was kommt.«

»Es wird so kommen, wirst sehen!« Der Alte schob seinen Becher fort und erhob sich. Dann stieg er schwerfällig über die Bank, deren Reihen sich bereits merklich gelichtet hatten, und strebte schwankend dem Ausgang zu.

»Ein dummer Einfall, nach Köln zu gehen«, zischte ihr Wilem zu, als sie die schmale Stiege zu den Schlafkammern hinaufgingen. »Was ist, wenn der Alte recht hat?«

Maria winkte ab. »Sei doch nicht so übel gelaunt! Und wenn schon, du hast doch gehört, dass die Stadt uneinnehmbar ist. Dann holt der Staufer sich eben eine zweite Abfuhr.«

»Du hast ja keine Ahnung, was Soldaten alles anrichten können«, versetzte Wilem.

Maria lächelte, obwohl ihr nicht zum Lächeln zumute war. Von dem ungewohnten Biergenuss und der Hitze im Schankraum war ihr schwindelig. Wilems hübsches Gesicht schien vor ihr zu tanzen.

Sie seufzte. »Die Schwestern leben nun mal in Köln. Ich geh nicht mehr zurück.«

Wilem legte ihr die Hand auf die Schulter und sah sie mit einem beschwörenden Blick an. »Das solltest du aber.«

»Nein.« Sie hielt seinem Blick stand. Wie konnte sie ihm nur erklären, dass der Weg, der ihr vorgezeichnet war, nicht in ihrer Heimat lag, sondern in der Fremde, im Neuen, bei der Schwesternschaft, von der Relindis ihr so viel erzählt hatte?

»Du hast das Landleben satt, nicht wahr? Du willst in die Stadt, die Neugier treibt dich.« Der Blick seiner grünbraunen Augen bohrte sich in ihr Gesicht, und für einen Augenblick erschauerte sie vor dem, was er alles erkennen könnte. Er kannte sie sehr gut, und sie widersprach ihm nicht.

»Ja, vielleicht will ich auch das«, pflichtete sie ihm bei. »Aber ich verlasse dich nicht, Bruderherz, niemals. Ich werde immer bei dir sein, in Gedanken und mit meinem Herzen.«

»Aber wir werden getrennt sein!«

Sie war noch nicht so betrunken, dass sie das leichte Zittern seiner Unterlippe nicht bemerkt hätte, und es fuhr ihr wie ein Stich ins Herz.

*Verdammt, Lioba,* durchzuckte es sie. *Ihre stärkste Waffe.*

Sie nahm all ihre Kraft zusammen, trat einen Schritt nach vorn, ergriff seine Hand und drückte sie. »Ich muss gehen.« Als sie sein Gesicht sah, ließ sie seine Hand los. »Ich liebe dich«, setzte sie hinzu, wandte sich um und lief mit raschen Schritten in die Kammer der Frauen. Sie spürte, dass er ihr hinterhersah, bis sie in der Kammer verschwunden war.

# Kapitel 3

Am späten Nachmittag erreichten sie Köln. Sonnenstrahlen brachen durch eine löchrige Wolkendecke hindurch und ließen den Fluss silbrig aufglänzen, als ihr Schiff am Hafen festgemacht wurde. Vor ihnen lag die neue Stadtmauer, hinter der sich ein Gewirr von Häusern drängte, überragt von einer beträchtlichen Zahl an Kirchtürmen.

»Beeilt euch«, sagte der Schiffsherr, als Maria noch staunend stehen blieb, »die Stadttore schließen früh. Am besten geht ihr durch das Hafengassentor, da sind die Wachen nicht so streng. Viel Glück!«

Er blieb auf dem Schiff, während die Pilger auf das Tor zustrebten. Maria beobachtete, wie die Frau aus der Schenke ihre kranke Mutter stützte. Sie wunderte sich, dass der Schiffsherr nicht mit ihnen kam und in eine der vielen Schenken am Hafen einkehrte, aber bald ahnte sie, warum. Die Wachmänner am Hafengassentor kontrollierten jeden Karren und durchsuchten jeden Fremden, der ihr Misstrauen erregte. Eine lange Schlange bildete sich vor dem Tor.

»Wo wollt ihr hin?«, schnarrte der Mann, als sie an der Reihe waren, und musterte Maria und Wilem von oben bis unten.

»Zum Kloster Weiher«, antwortete Maria.

Der Torwächter wechselte mit dem anderen einen raschen Blick. »Zum Kloster Weiher? Was willst du da?«

»Ich werde bei den Schwestern aufgenommen.«

Wieder wechselten die Wächter Blicke, diesmal waren sie spöttisch. »Ist mir neu, dass die vornehmen Schwestern hergelaufene Mädchen aufnehmen.«

Maria funkelte den Mann an. »Ich hab eine Nachricht von meiner Mutter an die Priorin dabei«, sagte sie mit bebender Stimme. »Die kannst du gern sehen.« Sie kramte in ihrer Gürteltasche, zog ein winziges Pergamentstück hervor und hielt es dem Mann unter die Nase. Er würde Relindis' Zeilen sowieso nicht lesen können.

Sie hatte recht, er schob es fort und grinste, während der andere Torwächter begann, Wilem mit geübten Griffen nach Waffen abzusuchen. Marias Herz raste, doch Wilem blieb ganz ruhig, als der Mann seinen Mantel beiseiteschob und seine Beinlinge abklopfte. Sein Messer steckte tief im Schaft seiner Stiefel.

»Was soll das?«, erboste sich Maria. »Wir führen nichts Schlimmes im Schilde. Mein Bruder begleitet mich nur auf dem Weg ins Kloster.«

»Soso.« Der Wächter, der einen einfachen Eisenhelm und ein fleckiges Lederwams unter seinem Umhang trug, baute sich vor ihr auf. »Woher kommt ihr?«

»Aus Linn am Niederrhein. Mit dem Schiff.«

»Und wie heißt du?«

Maria schloss ihre Hand fest um das Pergament. Was ging es diesen Kerl an, wie sie hieß? Sie schluckte schwer, um mit ihrer Wut nicht laut herauszuplatzen. »Maria.«

»Nun«, sagte der Mann in einem Tonfall, als glaubte er ihr kein Wort. »Ihr wisst es wohl noch nicht.«

»Was wissen wir nicht?«

»Kloster Weiher gibt's nicht mehr.«

»Was sagst du?!« Maria spürte, wie alle Farbe aus ihrem Gesicht wich.

»Es ist zerstört, abgebrannt.«

Sie schüttelte den Kopf. »Das *kann* nicht sein!«

»Aber wenn ich's doch sag!«

»Wer hat das getan?«

»Na, wer wohl? Die verfluchten Staufer letzten Sommer. Das Kloster lag draußen vor der Stadt.«

Maria starrte den Mann an. Ihr war, als würde der Boden unter ihren Füßen wanken. »Aber was mache ich jetzt nur?«, hörte sie sich rufen. »Was ist mit den Schwestern geschehen?«

Sie fing Wilems warnenden Blick auf, beachtete ihn aber nicht. Der Wächter trat einen Schritt auf sie zu, während er sie scharf musterte. »Gib mir deinen Beutel«, forderte er sie auf.

Sie schluckte wieder, doch sie gehorchte. Er würde nichts finden. Alles Wichtige, was sie dabeihatte, trug sie in einer versteckten Tasche eingenäht an ihrer Brust.

Der Soldat durchwühlte ihren Beutel und gab ihn ihr zurück. Auch der andere hatte Wilems Messer nicht gefunden.

»Bitte sag mir doch, was mit den Schwestern passiert ist«, bat Maria. »Leben sie noch?«

Die Miene des Mannes verschloss sich. »Die, die noch leben, sind in ihrem Stadthaus am Hof«, sagte er und winkte sie durch.

Wilem nahm ihren Arm und zog sie durch das Tor, ehe sie noch etwas sagen konnte. »Hölle und Henker«, entfuhr es ihm, als sie außer Hörweite waren. »Das war knapp. Ich dachte schon, die verhaften uns, weil sie denken, wir sind staufische Spione.«

»Unsinn«, versetzte Maria. »Warum sollten die so was denken? Du hast dir von dem Alten in der Schenke viel zu viel Angst einjagen lassen.«

»Bist du wahnsinnig, denen die Wahrheit zu sagen?«, fuhr er sie an. »Warum hast du nicht einfach eine Lüge erfunden?«

»Warum sollte ich? Es gibt doch nichts Ehrbareres, als in ein Kloster zu wollen! Außerdem bin ich im Lügen nicht gut, das weißt du genau.«

Wilem schüttelte den Kopf und winkte ab. Entschlossen stapfte er voran durch das Gassengewirr am Hafen. Zu beiden Seiten neben ihnen drängten sich Fachwerkhäuser, deren spitze Giebel in den Himmel ragten. Voll beladene Esels- oder Maultierkarren schaukelten ihnen vom Markt her entgegen, Menschen liefen an ihnen vorbei. Maria, die an die menschenleeren Weiten des Niederrheins und kleine Dörfer gewöhnt war, hatte noch nie so viele Häuser auf einem Fleck gesehen.

»Warte!« Sie hielt inne und sah sich um. Aus den offenen Fensterläden strömten die verschiedensten Gerüche, und die vorkragenden Obergeschosse der Häuser schienen sich auf sie stürzen zu wollen. Manches kleine Holzhaus stand so schief und kümmerlich zwischen den anderen, als würde es nur noch durch diese gehalten werden. Wie konnten hier nur Kinder gedeihen, in den langen Schatten, welche die Häuser warfen? Wo konnten sie spielen in der Enge dieser Gassen, zwischen all den Menschen, ihren Gerüchen und dem Dreck auf der Straße?

»Wir müssen jemanden nach dem Hof fragen«, bestimmte sie.

»Wir sollten uns erst eine Herberge suchen«, entgegnete Wilem. »Hast du nicht gesehen, wie viele Schiffe im Hafen lagen? Gleich wird's dunkel und wir brauchen ein Nachtlager.«

»Wir haben kein Geld mehr.«

Er verzog das Gesicht. »Warum bist du nur immer so stur? Lass uns doch einmal vernünftig sein! Ich hab noch ein paar Pfennige. Wir suchen uns eine Herberge, fragen da nach dem Hof, ruhen uns aus und gehen morgen früh zum Kloster.«

Maria starrte ihn stirnrunzelnd an. Warum stritten sie sich nur so oft wie ein altes Ehepaar? Stets war er anderer Meinung als sie, nie war er einverstanden mit dem, was sie vorschlug. Sie war hungrig und müde und sehnte sich nach einem warmen Mahl und einem Bett. Aber sie wollte nach der langen Reise auch endlich ankommen, sie wollte wissen, was mit den Schwestern geschehen war, wer sie waren, wo sie lebten. Sie wollte zu ihnen.

»Lass uns morgen zu ihnen gehen«, setzte Wilem in versöhnlicherem Tonfall hinzu.

Sie zog eine ihrer Locken fort, die sich unter dem Riemen ihres Beutels verfangen hatte. Wenn er nicht mitgekommen wäre – sie hätte ihn jetzt schon mehr als jeden anderen Menschen vermisst. Vielleicht wäre es besser, noch einen letzten Abend gemeinsam mit ihm zu verbringen.

»Also gut«, willigte sie schließlich ein. Da lächelte er zum ersten Mal seit Tagen, nahm sie an der Hand und ging mit ihr die Gasse hinauf.

Sie fanden eine billige Herberge im Hafenviertel, in der vornehmlich Schiffer und ärmere Händler übernachteten, schliefen dort und ließen sich am nächsten Morgen vom Wirt den Weg zum Hof beschreiben.

Wenig später drängten sie sich durch das Gewühl auf dem Markt, an dem sich stolze Bürgerhäuser in den blauen Himmel erhoben, vorbei an den Ständen der Gemüse-, Käse- und Eierverkäufer, an den Verkaufsbuden der Gewandschneider, der Riemenschneider, Kürschner und Sattler. Maria schwirrte der Kopf von dem Lärm der vielen durcheinanderredenden Menschen, die sich um sie drängten; nicht einmal auf den Märkten in Urdingi hatte sie jemals so viele Menschen auf einem Platz erlebt. Erleichtert atmete sie auf, als sie das Gewühl verließen und in eine ruhige Gasse einbogen. Sie durchquerten ein Gewirr von schmalen Gassen, bis sie endlich zur Straße am Hof gelangten. Sie lag gleich am Dom, in der Nähe des neuen erzbischöflichen Palastes, den der frühere Erzbischof Rainald von Dassel hatte errichten lassen, wie ihnen der Wirt stolz erklärt hatte. Das Haus sei das prächtigste Haus am Hof, hatte er ihnen gesagt, es habe einst einem Gerard Unmaze, dem reichsten Mann der Stadt, gehört. Er hatte nicht gelogen.

Maria ließ ihre Blicke über die steinerne Hausfront gleiten – die vielen Stockwerke, das Dach, dessen Giebel auf beiden Seiten stufenartig in den Himmel ragte. Über den Fensteröffnungen, die in der Mitte jeweils durch eine Säule getrennt waren, schwangen sich runde Bögen. In einem winzigen Vorgarten wuchsen üppige Rosensträucher.

Was hatte Relindis nur mit einem solchen Kloster zu schaffen gehabt? Sie hatte ihr nie erzählt, dass die Schwestern so reich waren.

Maria fuhr sich mit der Hand durch die Locken, zupfte ihr Kleid zurecht. Sie hatte es am Morgen vom Staub und Dreck der Reise befreit, so gut es ging, und ein sauberes Stirnband umgebunden, das sie mit Relindis zusammen bestickt hatte. Außerdem hatte sie sich die Zähne sorgfältig mit einem Leinentuch abgerieben und mit kaltem Wasser gespült.

Sie warf einen Blick auf Wilem, der ihr ernst zunickte. Sie hatte darauf bestanden, das Kloster allein aufzusuchen. Entschlossen straffte sie sich, ging durch den Vorgarten und pochte gegen die mächtige Holztür. Fest umschloss ihre Hand das Pergament von Relindis.

Sie musste nicht lange warten, als sie Schritte hinter der Tür hörte und ihr ein junges Mädchen öffnete. Es ließ sie eintreten, nachdem sie sich vorgestellt hatte, und führte sie durch einen düsteren Vorraum in ein schlichtes Gemach mit weiß getünchten Wänden und abgetretenen Holzdielen.

»Warte hier, ich hole Schwester Clementia«, sagte das Mädchen und verschwand über die knarrenden Dielen in den Tiefen des Hauses.

Marias Herz klopfte rasch. Neugierig ließ sie ihre Blicke durch den schmucklosen Raum schweifen, in dem sich nichts anderes befand als eine Bank und ein kleines Kruzifix an der Wand. Es roch nach Staub, doch von irgendwoher waberte auch der Geruch nach einem kräftigen Gemüseeintopf heran und stieg ihr verführerisch in die Nase. Als die Dielen hinter ihr knarrten, fuhr sie herum.

»Maria aus Linn?«

Schwester Clementia stand vor ihr. Sie war eine kleine, kastenartige Frau mit einem mächtigen Busen unter ihrer weiten Schwesterntracht. Sie musterte sie aus dunklen Äuglein, die tief in den Wülsten ihres Gesichts versteckt lagen.

Maria nickte. »Man hat mir gesagt, dass es hier eine Schwesternschaft der Hohen Mutter gäbe. Relindis schickt mich.«

»*Relindis*?«

»Ja, sie hat mir etwas mitgegeben.« Maria reichte der Nonne ihr Pergament. Mit klopfendem Herzen beobachtete sie, wie die Schwester es entfaltete und es dann weit von sich hielt, um es mit hochgezogenen Brauen mühsam zu lesen.

*Liebe Schwestern,*
*kraft der mir zugeteilten Rechte als Schwester unserer verehrten Gemeinschaft, von dieser zwar schon lange getrennt, aber immer noch zugehörig, bitte ich Euch, Maria aus Linn in Eurer Mitte aufzunehmen und sie mit allem zu versorgen, was ihr Leib und ihre Seele bedürfen. Es ist mein Wunsch und mein Wille, dass Maria alles erhält, was einer jungen Schwester in unserem Kreis*

*zukommt, denn sie ist meine liebe Tochter und Nachfolgerin, die ich alles Nötige gelehrt habe. Gott sei mit Euch in Ewigkeit.*

*Im Herzen für immer, Eure Relindis, die der Herr in seiner Gnade zu sich gerufen hat.*

Maria bewegte lautlos die Lippen, als sie die Worte vor sich hersagte, denn sie kannte den Brief auswendig. Relindis hatte ihn ihr viele Male vorgelesen.

Schwester Clementia ließ das Pergament sinken und räusperte sich.

»Nun, was immer diese Relindis dir gesagt hat – hier gibt es keine Schwesternschaft der Hohen Mutter«, sagte sie. »Wir sind Schwestern, die ein Leben in Armut nach der Regel des heiligen Augustinus leben. Gleichwohl müssen die Familien der jungen Mädchen, die in unsere Gemeinschaft eintreten wollen, ein gewisses Vermögen einbringen.« Sie sah Maria mitleidig an. »Ich bedaure, dir nichts anderes sagen zu können.«

Mechanisch nahm Maria das Pergament zurück. Sie merkte, wie ihre Lippen zu zittern begannen. »Aber … ich bin mir sicher, dass Relindis nicht gelogen hat. Es ist doch nicht etwa ein Missverständnis? Hier ist das Kloster Weiher, oder?«

Die Schwester nickte. »Wir mussten in unser Stadthaus zurückkehren, nachdem die staufischen Soldaten unser Kloster vor den Toren der Stadt geplündert und verwüstet haben. Gott gebe, dass der Krieg bald vorbei ist.« Sie schlug rasch ein Kreuzzeichen vor ihrer mächtigen Brust.

»Ist den Schwestern etwas geschehen?«

»Zum Glück nicht. Wir konnten uns noch rechtzeitig in Sicherheit bringen, als wir hörten, dass der Staufer mit einer großen Streitmacht vom Rhein her anrückt.« Sie seufzte tief und faltete die Hände vor ihrem Bauch. »Aber hier gibt es keine Schwesternschaft. Wir nehmen zurzeit auch keine neuen Novizinnen mehr auf, selbst wenn sie aus Familien kommen, die ihre Töchter versorgen können. Es tut mir leid, dass ich dir nichts anderes sagen kann.« Wieder bedachte sie Maria mit ihrem mitleidigen, ein wenig herablassenden Blick.

Maria straffte ihre Schultern. »Schwester, ich habe nicht den langen Weg vom Niederrhein hierhin gemacht, um wieder weggeschickt zu werden«, entgegnete sie. »Meine Ziehmutter hat nicht gelogen. Sie hat mir noch einen Brief für eure Priorin mitgegeben. Darf ich sie sprechen?«

Schwester Clementias Miene verhärtete sich. Hochmütig starrte sie Maria an. »Unsere Vorsteherin ist keine Priorin, sondern Meisterin. Sie ist nicht da«, sagte sie. »Du kannst mir den Brief für sie geben.«

»Nein. Er ist nur für sie selbst bestimmt. Wann kommt sie wieder?«

Schwester Clementias Mundwinkel zogen sich nach unten. »Vielleicht morgen.«

»Dann komme ich morgen wieder. Der Herr sei mit dir, Schwester Clementia.«

Sie wandte sich ab, durchquerte mit energischen Schritten den schmucklosen Raum und verließ das Stadthaus der Schwestern, ohne sich noch einmal umzusehen.

Als sie fort war, rief Schwester Clementia nach dem Mädchen.

»Hol mir einen Laufburschen, ich habe eine Nachricht zu besorgen«, befahl sie dem Mädchen, als es atemlos vor ihr knickste. »Dann sag der Meisterin, ich muss sie sprechen.«

Maria musste ein paar Atemzüge lang innehalten, nachdem sich die wuchtige Tür hinter ihr geschlossen hatte. Sie starrte auf die vielen kleinen Rosen, die offenbar gerade aufgeblüht waren. Sie konnte den Geruch nach dem Gemüseeintopf riechen, der aus dem Haus strömte, konnte sich die Schlafkammern der Schwestern vorstellen, die sicher in den oberen Stockwerken lagen, ihre Küche, ihren Speiseraum, ihren Garten. Relindis hatte das Leben im Kloster beschrieben: Sie hatten einen großen Garten mit Heilkräutern gehabt, aus denen sie Heilsalben und -wasser hergestellt hatten. Damit hatten sie Kranke geheilt oder wenigstens ihre Leiden gelindert.

Ob es die Schwesternschaft wirklich nicht mehr gab? Es konnte sich nach Relindis' Weggang viel geändert haben, das war immerhin schon viele Jahre her. Relindis hatte lange in den Sümpfen gelebt.

Maria seufzte tief, presste das zusammengefaltete Pergament in ihrer Hand. Sie würde morgen die Meisterin aufsuchen und bestimmt mehr erfahren. Sie würde sich nicht abweisen lassen.

Aber Wilem! Er würde sich nicht länger gedulden, sondern darauf bestehen, dass sie mit ihm zurückführe. Das musste sie verhindern. Sie musste den Plan ausführen, den sie sich in den schlaflosen Stunden ihrer letzten Nacht für diesen Fall ausgedacht hatte.

Sie stopfte das Pergament in ihren Beutel, hob den Kopf und zwang sich zu einem fröhlichen Lächeln, als sie Wilem durch den Vorgarten entgegenging.

»Ich darf bleiben!«, rief sie und hoffte, dass sie überzeugend klang. »Es ist ein wunderschönes großes Haus mit einem Kräuter- und Gemüsegarten hintendran. Sie haben sogar einen eigenen Brunnen! Ich schlafe mit den jungen Schwestern in einer Kammer. Aber Männer dürfen leider nicht mit rein, die Schwestern sind sehr streng.«

Sie gab sich Mühe, einen fröhlichen Eindruck zu machen.

Wilem sah enttäuscht aus. »Ja dann ... trennen sich hier wohl unsere Wege«, sagte er mit rauer Stimme. Er warf einen misstrauischen Blick zum Kloster hinüber.

Es gab ihr einen Stich ins Herz, ihn so zu sehen. Sie trat einen Schritt auf ihn zu. »Wir werden uns bald wiedersehen. Vielleicht kann ich euch Weihnachten schon in Linn besuchen. Oder ihr besucht mich, wenn ihr Gerhard zu Megenhart von Forst bringt.«

Wilem nickte nur und wich ihrem Blick aus.

»Richte Lioba, Otto und den Mädchen meine besten Wünsche aus. Du hast doch noch genug Geld für die Rückfahrt?«

»Ja.« Er starrte auf den Boden.

»Gut.« Sie nahm ihre ganze Willenskraft zusammen, um ihm ihren Schmerz nicht zu zeigen. »Du brauchst nicht lange, es wird viel schneller rheinabwärts gehen. Pass auf dich auf.«

»Du auch auf dich«, brummte er. »Gott sei mit dir.« Er hob den Kopf und blickte sie traurig an.

Sie umarmten sich, dann wandte sie sich schnell ab und eilte zum Haus der Schwestern zurück. Ihr Herzschlag beschleunigte sich, als sie erneut an die Tür klopfte, da sie wusste, dass Wilem sie beobachtete. Er würde nicht gehen, ehe sie im Kloster verschwunden wäre. Zu ihrer großen Erleichterung öffnete sich die Tür bald, und das Mädchen erschien. Maria sagte leise, sie habe drinnen etwas vergessen und müsse es unbedingt suchen. Die junge Schwester ließ sie eintreten und führte sie in den schmucklosen Empfangsraum zurück, und sie spähte in alle Ecken und ließ sich viel Zeit bei der Suche, bis sie sich nach einem Blick aus dem Fenster vergewissert hatte, dass Wilem fortgegangen war.

Danach holte sie ihr Pergament unauffällig wieder aus dem Beutel, hielt es vor das Mädchen und bedankte sich artig. Zu ihrem Erstaunen verließ das Mädchen mit ihr zusammen das Haus. Sie beobachtete, wie es die Straße hinunterlief, aber in die Gegenrichtung zu der, aus der sie gekommen waren. Von Wilem war keine Spur mehr zu sehen.

Maria wartete in einer stillen Gasse in der Nähe des Klosters und kämpfte gegen ihre Tränen. Sie vermisste ihn jetzt schon so sehr, dass ihr ganz flau im Magen war. Außerdem hatte sie keinen Pfennig mehr, ihre Verpflegung war längst aufgezehrt, und sie wusste nicht, wo sie die nächste Nacht verbringen sollte.

Sie musste sich etwas einfallen lassen.

Nach einer Weile machte sie sich langsam und traurig auf den Rückweg zum Markt. Sie hatte Angst, sich zu verlaufen, denn in der Stadt gab es ein beängstigendes Gewirr von Straßen, Gassen und noch schmaleren Wegen. Sie fürchtete, dass sie sich in eine Gasse verirren und sich auf einmal ein mächtiges Tor hinter ihr schließen könnte. Die Häuser – oder das, was dahinter war – schienen sie aus unzähligen Fensterluken zu beobachten, und hinter manch einer geöffneten Tür dehnte sich ein bedrohlich dunkler Schlund. Die verschiedensten Gerüche – nach Holz und Staub, nach gerade entzündeten Feuern und frisch Gekochtem, nach Tieren und Dung – kämpften in ihren Sinnen um die Vorherrschaft, und ihr schwirrte der Kopf. Doch sie fand den Weg zum Markt zurück durch die Pforte, durch die sie hergekommen waren.

Das Gedränge hatte nur wenig nachgelassen. Die Verkäufer hinter den Ständen priesen lautstark ihre Waren an, Kunden feilschten hartnäckig um die Preise. Lachen und Geschrei, Schimpfen und Scherzen und der Lärm der unzähligen Marktschreier umgab Maria von allen Seiten. Vom Hühnermarkt schleppten die Menschen Hühner, Tauben und Wachteln in Körben weg, an einem Stand gab es Kaninchen. Aus manchen Buden, in denen Krämer alles Mögliche verkauften, drang muffiger Geruch und lautes Stimmengewirr.

Maria ließ sich eine Weile mit dem Gedränge forttreiben, bis sie zu den Gewandschneiderinnen kam. Sie beobachtete, wie gut gekleidete Frauen Stoffe befühlten, um die Preise feilschten und einkauften. Gleich daneben gab es einen Verkaufsstand mit

Kinderschuhen. Hier war ein guter Platz für ihr Vorhaben – es gab viele Käuferinnen in der Nähe, außerdem war das Gewühl dicht genug, um notfalls schnell darin verschwinden zu können.

Sie postierte sich an eine Stelle, wo die meisten Frauen nach ihren Einkäufen vorbeikamen, um zur Brothalle zu gehen, und begann, ihre Anhänger und Heilsalben anzubieten.

»Möchtet Ihr Schutz vor Krankheiten und Unglück, gute Frau? Etwas gegen den bösen Blick? Einen Stein für Eure Kleine gegen Fieber und böse Träume?«

Maria hielt den Frauen ihre Anhänger hin – ihre polierten, schön gemaserten Rheinkiesel, ihr bemaltes Ebereschenholz, ihre kleinen, mit Perlen oder Haaren umwundenen Holzkreuze, die sie mit Relindis zusammen hergestellt und geweiht hatte. Doch die meisten Frauen gingen einfach weiter und beachteten sie nicht.

»Ich kaufe kein heidnisches Zeug«, sagte eine schnippisch und stolzierte an ihr vorbei; eine andere erkundigte sich, ob sie Knochensplitter von den Märtyrern habe, womit sie leider nicht dienen konnte. Enttäuscht schob sie bald ihre Anhänger wieder in den Beutel zurück. Sie versuchte es mit ihren Heilsalben, aber auch diese wurde sie kaum los. Am Mittag, als der Markt sich allmählich leerte und die Verkäufer ihre Stände abzubauen begannen, hatte sie gerade mal ein paar kümmerliche Münzen in der Tasche, die vielleicht für eine warme Mahlzeit, aber nicht für eine Herbergsübernachtung reichen würden.

Sie versuchte es noch eine Weile, doch es war zwecklos. Enttäuscht gab sie auf und schlich über den sich leerenden Markt. Sie hatte nicht geglaubt, dass ihr hier niemand etwas abkaufen würde. Was sollte sie jetzt nur tun? Ihr knurrte der Magen vor Hunger. Sehnsüchtig beobachtete sie, wie der Knochenhauer letzte Fleischreste von seinem Grillrost schabte und sie an ein paar magere Kinder verteilte, die sich vor seinem Stand versammelt hatten. Die Obst- und Gemüseverkäufer packten ihr nicht verkauftes Gemüse in Kisten und verluden sie auf Maultierkarren. Maria bückte sich nach einer heruntergefallenen Möhre, doch ein Junge schnappte sie ihr vor der Nase weg und rannte fort. »He, du Mondkalb!«, rief sie ihm hinterher, doch er grinste nur und hielt die Möhre triumphierend in die Höhe, ehe er hineinbiss und hinter dem Gemüsestand verschwand. Sie schickte ihm einen kleinen, giftigen Fluch hinterher, um sich gleich darauf zur Ordnung zu rufen. Der Junge hatte sicher noch größeren Hunger als sie.

Sie ging zur Brothalle und erstand für ihre Kupfermünzen eines der letzten Brote, dann füllte sie ihre Trinkflasche an einem öffentlichen Brunnen am Markt. In einem ruhigen Winkel hielt sie inne, trank und aß ein paar Stücke Brot. Wie um sie zu verhöhnen, drang aus einer nahe gelegenen Schenke der verführerische Geruch nach Gebratenem. Ein paar reich gekleidete Männer in bunten Gewändern gingen an ihr vorbei und verschwanden in einem herrschaftlichen Haus.

Maria dachte, dass die Bewohner der prächtigen Häuser, die sich am Rand des Marktes erhoben, sicher genug zu essen hätten, aber sie würden es gewiss nicht mit einer hergelaufenen Fremden teilen. Sie musste sich etwas einfallen lassen. Bis morgen würde das Brot noch reichen, dann würde sie es erneut im Kloster Weiher versuchen. Vielleicht wäre die Meisterin inzwischen zurückgekehrt. Sie würde ihr Relindis' Brief geben, und vielleicht würde sich die Meisterin doch davon überzeugen lassen, sie im Kloster aufzunehmen. Womöglich war alles nur ein Missverständnis.

Aber wenn nicht? Der Gedanke ließ sie schaudern. Sie wäre allein in dieser beängstigenden Stadt, und sie hätte kein Geld. Draußen in den Wäldern würde sie überleben können, aber auch dort wäre es sehr gefährlich. Sie hatten auf der Hinfahrt vom Schiff aus mehrere abgebrannte Gehöfte gesehen.

Maria steckte das halb aufgegessene Brot zurück in ihren Beutel und schob ihre Gedanken energisch fort. Sie musste sich einen Schlafplatz suchen. Da ihr das Hafenviertel mit seinen engen Gassen und dicht gedrängten Häusern nicht gefiel, ging sie in eine andere Richtung. Sie verließ den Markt durch eine Pforte in einer wuchtigen hohen Steinmauer. Dahinter setzten sich die schmalen, dicht bebauten Gassen fort und mündeten bald in eine belebte, ganz mit Steinen gepflasterte Straße, wo sich ein Handwerkerhaus an das andere reihte und die Handwerker ihre Arbeit hinter den offen stehenden Türen ihrer Werkstätten verrichteten. Von überallher erscholl Hämmern, Hobeln und Klopfen, in das sich das Geräusch der ratternden Räder vorbeifahrender Wagen mischte. Menschen standen schwatzend in der Sonne oder eilten über die schmutzige Straße. Die meisten trugen Holztrippen, die sie sich wegen des Unrats unter ihre Schuhe geschnallt hatten. Der Geruch des Dungs und anderer Hinterlassenschaften, die in der Sonne trockneten, nahm Maria fast den Atem. Sie eilte die steinerne Straße hinunter, an einem mächtigen Kloster und mehreren Kirchen vorbei, durch eine Pforte in der Mauer hindurch, vorbei an alten Wallanlagen mit vorgelagerten Gräben, an denen Gerber ihrer Arbeit nachgingen. Der entsetzliche Gestank nach fauligem Fleisch waberte zu ihr herüber. Sie lief schneller. Endlich, nach einem langen Fußweg, konnte sie Korn riechen. Felder erstreckten sich hinter den Häusern an der Straße. Sie bog in einen Feldweg ein und atmete erleichtert auf. Wie konnten Menschen nur so leben, in der drangvollen Enge, zwischen stinkendem Unrat, umgeben von fauligen Gerüchen? Warum war die Schwesternschaft nicht woanders, in einem schönen Kloster auf dem Land? Verdrossen stapfte sie den Feldweg entlang. Sie fühlte sich müde, erschöpft und traurig. An Wilem durfte sie gar nicht denken, ohne dass ihr sofort die Tränen in die Augen schossen. Wie mochte es ihm wohl gehen? Was war ihr nur eingefallen, ihn einfach so wegzuschicken? Sie schluckte die Tränen hinunter und kämpfte mühsam gegen ihre Traurigkeit an. Morgen, im Kloster, würde sie die Meisterin bestimmt antreffen. Wenn nicht, würde sie so lange nach den Schwestern suchen, bis sie sie gefunden hätte. *Ich werde es schon schaffen*, tröstete sie sich.

Bald hatte sie Glück und fand eine Weide mit einem offenen Schafstall. Sie versteckte sich in der Nähe, sammelte ein paar Kräuter und wartete, bis die Sonne unterging. Dann kletterte sie über den Zaun und machte es sich in dem offenen Stall bequem, soweit dies möglich war. Sie breitete ihren Umhang über ein paar Strohballen aus, ließ sich darauf nieder, aß etwas und beobachtete, wie die Sonne als rötlicher Ball allmählich im Westen versank. In der Ferne sah sie die trutzigen Gebäude eines Klosters aufragen, dahinter die mächtige neue Stadtmauer. Als die Dämmerung herabsank, wurde es kühler, und ein frischer Wind strich durch die Gräser und das Korn des benachbarten Feldes.

Maria nahm ihr kleines Messer aus der Gürteltasche, zog einen Kreis um sich herum und erbat sich Schutz von den Mächten. Dann hüllte sie sich in ihren Umhang und kauerte sich auf dem Stroh zusammen.

Als sie an Wilem dachte, rollten ihr die Tränen die Wangen hinunter.

Dann dachte sie an Relindis. Wie klein sie doch geworden war, später, in ihren letzten Jahren! Sie schien in sich zusammenzuschrumpfen, wurde zerbrechlich und schmal. Fleckige Haut spannte sich über ihren Knochen, und ihre einst üppigen Locken waren nur noch ein schütteres Bündel Grau. Die Kräuter, die sie nahm, halfen nicht. Es war, als wollte die Krankheit, die an ihr zehrte, sie allmählich verschwinden lassen. Manchmal legte sie sich auf ihr Lager, mitten am Tag, starrte in die Rauchöffnung des Feuers und murmelte lautlose Gebete.

Maria gab ihr Mohnsamen, der ihr die Schmerzen nahm, sie aber auch in eine schläfrige Abgestumpftheit sinken ließ. Relindis war dann mit ihren Gedanken weit fort, in anderen Reichen oder in weit zurückliegenden Zeiten. Manchmal murmelte sie unbekannte Namen. Maria wachte bei ihr, hoffte auf lichte Augenblicke, auf Zeichen, und erschrak doch, als es eines Abends geschah.

Relindis' magere Hand zuckte nach vorn und packte sie so fest am Arm, dass Maria erschrak. »Der Sumpf wird vertrocknen. Du kannst hier nicht bleiben.«

Sie sprach mit klarer Stimme. Mit ihren schmalen dunklen Augen sah sie Maria ruhig an. »Ich hab's gesehen. Unsere Insel wird verschwinden.«

Maria strich der Kranken über das Haar. Relindis hatte mit ihren Vorhersagen meistens recht behalten. Doch nun fragte sich Maria, ob es die Wahrheit war oder nur ein finsteres Trugbild, das die Todesangst ihr geschickt hatte.

»Du hast geträumt«, sagte sie. »Der See ist breit und tief, er kann nicht verschwinden.«

Die Kranke richtete sich auf ihrem Lager auf. Spitz stachen ihre mageren Schultern unter ihrer Haut hervor. »Du weißt doch, dass sich alles auf dieser Welt verändert. Gott kann die Erde formen, wie es ihm beliebt. Die Macht der Sonne wird zunehmen. Eine trockene, heiße Zeit wird kommen, und der See wird bald nur noch ein feuchter Flecken in einem weiten Ödland sein.«

Maria starrte sie an. Sie rollte rasch ein Schaffell zusammen und schob es Relindis hinter den Rücken. »Ich werde dir einen Kamillentrank machen.« Sie sprang auf, doch Relindis hob die Hand. »Bleib! Weiche mir nicht aus!«

Langsam ließ sich Maria zurück auf ihr Fell sinken, auf dem sie gekauert hatte.

»Willst du nach Köln gehen?«

Maria nickte.

»Du tust es nicht nur wegen mir?«

Ruhig erwiderte Maria ihren Blick und schüttelte den Kopf. Relindis forschte in ihrer Miene, dann nickte sie. »Also bist du bereit. Komm näher.«

Maria beugte sich tief herunter. Sie beobachtete, wie Relindis etwas unter ihrer Wolldecke hervorzog – einen kleinen Gegenstand, der mit einem Lederband umwickelt war – und langsam das Band abwickelte, bis der silberne Anhänger zum Vorschein kam. In sein längliches Oval war eine Figur eingeritzt, die einen Halbmond trug.

»Heb deine Haare!«

Maria gehorchte und hob ihre schweren Locken. Relindis richtete sich auf, schlang ihr mit zitternden Fingern das Lederband um den Hals und knotete es fest. Dann sank sie kraftlos auf ihr Lager zurück. Stolz befühlte Maria ihren neuen Anhänger. Im Feuerschein sah sie die eingeritzte Gestalt der Hohen Mutter auf dem Silber.

Relindis nickte zufrieden. »Du bist jetzt eine von uns. Die Schwestern werden dich weihen.«

Maria umklammerte den Anhänger und lächelte. Sie schämte sich fast für die Freude, die sie nun ungeachtet von Relindis' nahendem Tod durchflutete. Alles, für das sie gelebt hatte, würde sich bald erfüllen. Sie würde in die Geheimnisse der Schwesternschaft eingeweiht werden. Sie nahm Relindis' Hand und presste sie fest.

Um die Mundwinkel der kranken Frau zuckte es. Sie hob die Hand und legte sie an Marias Wange. »Du bist so gut wie meine einstige Schülerin, Gott hab sie selig. Ich wusste immer, dass du es bist.« Sie sah an Maria vorbei, und ihr Blick verlor sich in der Ferne. Ihre Hand sank auf die Wolldecke zurück.

»Wer war sie? Sag's mir doch endlich!«, rief Maria, die Angst hatte, dass Relindis plötzlich wieder in ihre Träume zurückfallen würde wie so oft. Doch die Kranke wandte sich ab und schüttelte den Kopf. Selbst im Angesicht des nahen Todes wollte sie ihrem Herzen offenbar keine Luft machen, wollte sie nicht sagen, welche alten Geister aus ihrer Vergangenheit sie so oft gepeinigt hatten. »Man muss die Vergangenheit ruhen lassen«, hatte sie immer gesagt, wenn Maria Relindis nach ihrer eigenen Geschichte gefragt hatte, warum sie aus dem Kloster geflohen war, die Schwesternschaft, an der sie so hing, verlassen hatte und hier ans Ende der Welt gekommen war.

»Sag Lioba, du gehst in das Kloster, aus dem ich kam, als meine Nachfolgerin. Das wird sie beruhigen. Und nimm die Schriften mit.«

Relindis deutete vage mit dem Kopf zur Wand, wo ein paar eng beschriebene Pergamentrollen lagen, die sie in den letzten Jahren verfasst hatte. »Gib sie der Meisterin.«

Maria nickte. Sie öffnete den Mund, um noch etwas zu sagen, besann sich aber dann anders. Relindis hatte die Augen geschlossen. Der Feuerschein zuckte über ihr blasses, ausgezehrtes Gesicht, das einst weich und immer von der Sonne gebräunt gewesen war. Sie sagte nichts mehr. Wenig später sank sie in einen tiefen Schlaf, aus dem sie kaum noch erwachte. Sie starb zu Neumond, als hätte sie nur auf diese besondere Nacht gewartet, um mit ihrem Tod ein Zeichen zu setzen.

Maria glaubte fest daran. Es war ein Zeichen für Relindis' unsterbliche Seele, die gleich dem zunehmenden Mond einst wiedergeboren werden würde. Sie, Maria, würde ihre Nachfolgerin auf Erden sein.

Sie musste lächeln, als sie in den Nachthimmel blickte, an dem der Halbmond neben unzähligen Sternen leuchtete. Er hatte etwas Tröstliches für sie. Es gab keinen wirklichen Tod. Das zeigten die Gestirne, das zeigte der Frühling, der auf den Winter folgte. Gab es nicht immer ein Morgen? Sie würde am nächsten

Morgen zur Meisterin gehen, sie würde die Schwestern finden. Sie würde Wilem wiedersehen.

Mit diesen tröstlichen Gedanken schlief sie ein und erwachte erst von den Sonnenstrahlen, die in den Stall fielen. Sie aß den Rest vom Brot, klopfte das Stroh aus ihrem Kleid, flocht ihre Haare neu und band sich das Stirnband um. Dann machte sie sich auf den Weg in die Stadt.

Sie musste noch ein paar Mal fragen, bis sie die Straße am Hof mit dem herrschaftlichen Haus wiederfand. Mit klopfendem Herzen pochte sie wieder an die Tür des Klosters. Diesmal öffnete ihr Schwester Clementia selbst. Als sie Maria sah, verschloss sich ihr Gesichtsausdruck sofort. »Die Meisterin ist noch nicht zurück. Komm nächste Woche wieder.«

Maria starrte auf den schmalen Mund in dem dicken, rötlichen Gesicht Schwester Clementias und schluckte schwer.

»Aber …«, brachte sie hervor und merkte, wie ihre Lippen zu zittern begannen. »Dann ist sie verreist? Davon hast du mir gestern nichts gesagt.«

Schwester Clementia schüttelte den Kopf so heftig, dass ihr Doppelkinn wackelte. »Ich muss dir keine Rechenschaft über den Verbleib der Meisterin ablegen. Sie wird dir sowieso nichts anderes sagen als ich. Das wirst du nächste Woche sehen.«

»Aber …«

»Kein Aber! Der Herr sei mit dir.«

Sie knallte ihr die Tür vor der Nase zu, und Maria blieb im kalten Luftzug zurück.

Eine Weile stand sie da und starrte auf die Rosensträucher, während die Welt um sie herum zu schwanken begann. Sie spürte Tränen aufsteigen. Die Meisterin hätte ihr sagen können, ob es die Schwesternschaft hier wirklich nicht mehr gab oder ob alles nur ein Missverständnis war. Sie hätte ihr sagen können, wo die Schwestern waren. Oder wollte sie sie etwa nicht empfangen? Ihr nichts sagen? Traute sie ihr nicht?

Maria ballte die Faust, schluckte ihre Tränen hinunter. Wütend sah sie zu den Fenstern im Obergeschoss hinauf. »Ich komme nächste Woche wieder!«, stieß sie laut hervor. Sie war sich sicher, dass man sie auch im Haus hören konnte. Langsam ging sie durch die Gassen zurück. Die Häuser, die die Wege säumten, die Menschen, die Maultier- und Eselskarren, der Unrat auf der Erde verschwammen in ihren Augen zu einem verzerrten Bild, bis sie die Lider schloss. Ein paar Tränen liefen ihr die Wangen hinunter. Sie wischte sie hastig weg. Wie sollte sie hier noch eine Woche überleben? Es war Sommer, sie könnte in den Ställen schlafen, aber sie brauchte Geld für das Essen. Entschlossen lenkte sie ihre Schritte zum Markt.

Schon von Weitem hörte sie den Lärm des Marktgetümmels. Hier war tatsächlich jeden Tag Markt. Sicher lag das an den Schiffen, die täglich mit neuen Waren kamen, an den vielen Pilgern, Händlern und Reisenden, die jeden Tag von überallher in die Stadt strömten. Dieses Mal wählte Maria einen anderen Ort, um ihre Anhänger und Salben anzupreisen. Sie stellte sich in das Getümmel zwischen Käsemarkt und Fleischbänken, wo sich viele Mägde an den Ständen drängten, um Fleisch und Speck für ihre Herren zu kaufen. Vielleicht würde sie mehr Glück bei den einfachen Frauen haben, dachte sie und hängte sich hoffnungsvoll die Bänder ihrer schönsten Anhänger über die Hand.

»Sieh her, gute Frau, schöne Kreuze!« Sie hielt einer drallen Magd ein mit Perlen umwundenes Holzkreuz hin, doch die Frau schüttelte den Kopf. »Dann lieber einen Rheinkiesel? Ein starker Stein, durch Wasser geformt! Wenn dich was schmerzt, legst du ihn auf und er hilft dir. Er hilft gegen Bauchgrimmen und auch gegen Kopfweh.«

Die Magd verzog das Gesicht im hellen Sonnenschein und verschwand ohne ein Wort im Gewühl. Maria seufzte. Sie merkte bald, dass sie auch hier ihre Anhänger nicht loswerden konnte. Es war nicht so wie in Urdingi, wo sie sie immer hatten tauschen können. Also versuchte sie es wieder mit ihren Heilsalben, aber auch diese wollte wie am Vortag kaum jemand haben. Es war gleichgültig, wo sie es versuchte, sie wurde einfach nichts los. Als die Sonne hoch in den Himmel geklettert war, hatte sie nur ein kleines Tongefäß verkauft. Doch sie wollte nicht aufgeben. Noch waren genügend Menschen auf dem Markt, die sie vielleicht gewinnen könnte. Eine junge Frau kam auf sie zu, und sie hielt ihr rasch ihr kleines Tongefäß hin, in dem sie die Salbe aufbewahrte.

»Sieh doch nur meine Heilsalbe! Sie kann wahre Wunder bewirken, das verspreche ich dir! Sie hilft bei Pusteln, offenen Geschwüren und sogar bei Läusen!«

Die junge Frau blieb stehen und warf einen Blick auf das Tongefäß. Offenbar war sie eine Magd, die Einkäufe für ihren herrschaftlichen Haushalt erledigte, denn sie trug nur ein schlichtes dunkelgraues Kleid und ein Kopftuch. Aus ihrem Korb, den sie nun absetzte, lugten lange grüne Zwiebeln und ein Büschel Möhrengrün hervor.

Sie warf Maria einen raschen Blick zu, dann beugte sie sich über das Gefäß und roch an der Salbe.

»Riecht gut«, stellte sie fest. »Was ist denn drin?«

»Das ist mein Geheimnis«, sagte Maria. »Aber wenn du willst, nimm ein wenig und begutachte es.« Sie dachte, dass die Magd ihr bestimmt nichts abkaufen würde, weil sie kein Geld hatte. Sie beobachtete, wie die Frau ihre Kräutersalbe auf dem Handrücken verstrich. »Schön fettig«, lobte die Magd. »Hilft das wirklich gegen alles, was du gesagt hast?«

»Aber ja«, bekräftigte Maria. »Ist nach einer sehr alten Anweisung von meiner Mutter gemacht. In den Dö… Bei uns im Dorf hat die Salbe immer allen geholfen.«

»Hm. Meine Herrin hat schon seit längerer Zeit ein Fieber, das nicht weggeht, und jetzt hat sie auch noch lauter Placken am ganzen Leib bekommen. Die Salben vom Herbator haben alle nicht geholfen.« Ein Schatten huschte über ihr herzförmiges Gesicht.

»Was ist es denn?«, erkundigte sich Maria.

Die Magd schüttelte traurig den Kopf. »Weiß der Himmel! Der *physicus* meinte, sie solle säuberlich leben und der Zeit vertrauen.« Man konnte ihr deutlich ansehen, wie sehr sie das verdross.

»Oh, das tut mir leid. Ist sie denn schon älter, deine Herrin?«

»Sie könnte meine Mutter sein.«

»Hm. Gegen die Placken kann ich dir meine Salbe sehr ans Herz legen, sie hilft ihr sicher. Vielleicht willst du auch noch mein Heilwasser. Hilft gegen Fieber, Halsentzündungen und Kopfschmerzen.« Maria zog eine Tonflasche aus ihrem Beutel. »Du kannst ihr abends, wenn die Hitze steigt, ein paar Tropfen davon in den Wein geben. Bei Halsschmerzen soll sie damit gurgeln, und hat sie Kopfschmerzen, so kannst du ein Tuch damit tränken und ihr die Stirn kühlen.«

»Hört sich gut an«, lächelte die Magd. Sie mochte etwa im selben Alter wie Maria sein, aber sie wirkte älter. Sie war rundlich und freundlich, hatte helle Haut. Unter ihrem Kopftuch flossen ihr braune Haare mit einem Schimmer von Rot auf die Schultern. *Sie ist eine Blume,* dachte Maria, *eine Aster, eine stabile, lang blühende Herbstaster.*

»Wenn du beides nimmst, mache ich dir einen guten Preis«, schlug sie vor.

»Ich nehme beides.« Die junge Frau öffnete ihre Gürteltasche. »Wenn's hilft, werde ich dich in meine Gebete mit einschließen. Du scheinst dich gut auszukennen. Bist du eine Kräuterkundige? Auf jeden Fall bist du neu hier, denn ich hab dich noch nie gesehen.«

»Ja, ich bin neu hier.« Maria ließ die Münzen, die die Magd ihr reichte, in ihre Tasche gleiten.

»Wo kommst du denn her?«

»Aus einem Dorf am Niederrhein.«

»Oh, von so weit? Was hat dich denn hierhin verschlagen?«

Maria überlegte einen Augenblick. »Meine kranke Tante. Ich habe sie gepflegt, bis sie starb. Nun muss ich mir das Geld für die Rückfahrt zusammensparen, aber das ist gar nicht so einfach.«

»Kann ich mir vorstellen.« Die Magd musterte sie nachdenklich. »Die meisten Leute kaufen bei den Herbatoren, davon haben wir sehr viele in der Stadt.«

»Ach so.« Kein Wunder, dass sie ihre Salben nicht losgeworden war!

»Aber Schutzanhänger mögen sie auch nicht«, setzte Maria hinzu.

»Was?« Die Magd sah sie erschrocken an. »Die solltest du hier nicht verkaufen. Die Mönche und Kanoniker sehen das gar nicht gern.« Sie warf einen Blick zum anderen Ende des Marktes, wo sich der mächtige Turm einer Klosterkirche erhob.

Maria nickte und runzelte die Stirn.

»Wo wohnst du denn?«, fragte die Magd unvermittelt.

»Ich … äh … in der Herberge am Hafen.«

Die Magd hob ihre dunklen Brauen, die einen leichten Bogen über ihren grauen Augen beschrieben. »Mit deinem Mann?«

»Nein, ich habe keinen Mann.«

»Bist du allein?«

Maria nickte.

»Eine Herberge am Hafen ist kein guter Ort für ein Weib allein!« Sie musterte Maria streng.

»Nein, sicher nicht«, erwiderte Maria hastig. »Es ist schmutzig und laut, und die Zecher machen Lärm bis in die späte Nacht. Aber ich hab sowieso kein Geld mehr, ab morgen muss ich in Ställen schlafen.« Rasch biss sie sich auf die

Lippen. Warum hatte sie das nur gesagt? Was ging diese Magd ihre Not an? Aber die Frau war der erste Mensch, mit dem sie nach Wilems Rückkehr sprach. Sie hatte etwas Offenes, Vertrauenswürdiges an sich.

Die junge Frau zog ihre glatte Stirn in Falten. »In Ställen? Meine Güte!« Sie musterte Maria erneut, schien etwas zu überlegen. »Willst du nicht mit mir kommen?«, fragte sie dann plötzlich. »Wir brauchen dringend eine Hausmagd, wir schaffen es nicht mehr, seitdem die Herrin krank ist. Du könntest uns helfen, bis wir eine neue gefunden haben.«

Maria glaubte, nicht richtig zu hören. Sie hatte sich darauf vorbereitet, die weiteren Nächte in Ställen zu verbringen, und nun das. Hastig nickte sie.

»Schön.« Die Magd lächelte. »Ich heiße übrigens Elisabeth, aber alle nennen mich Bela. Wir wohnen in St. Christoph am Rande der Stadt. Es ist noch etwas zu laufen. Bist du gut zu Fuß?«

Sie warf einen kritischen Blick auf Marias abgelaufene Schuhe, doch Maria nickte. »Natürlich bin ich das.«

In Aussicht auf ein gutes Nachtquartier wäre sie Bela sogar in die finstersten Gassen der Stadt gefolgt.

# Kapitel 4

Das Haus, in dem Bela lebte, lag außerhalb des Stadtkerns und nicht weit von der neuen, mächtigen Stadtmauer entfernt. In der Nähe lagen mehrere große Höfe alteingesessener Kölner Familien, wie Bela Maria erklärte, sowie das uralte Kloster St. Gereon. Der Besitzer des Hauses, Herr Dietrich von der Ehrenpforte, stamme ebenfalls aus einer sehr alten und angesehenen Kölner Familie, fuhr sie stolz fort. Er sei ein Münzerhausgenosse und Amtmann der Richerzeche, einer Bruderschaft der Obersten der Stadt, erklärte sie, darüber hinaus sei er Schöffe am hohen Gericht des Erzbischofs. Das Haus gehöre zum Familienbesitz, er selbst wohne aber nicht hier, sondern in seinem neuen Anwesen am Alter Markt. »Ich weiß nicht, wie viele Häuser er besitzt«, meinte sie, während sie in ihrer Gürteltasche nach dem Schlüssel wühlte. »Dieses hier ist jedenfalls nur eins davon, und er hat es seiner Base überlassen, unserer Herrin. Er kommt nicht oft hierher, aber wenn, dann musst du ihn unbedingt mit ›Herr‹ anreden. Ich weiß nicht, ob du das vom Dorf her kennst? Behandle ihn am besten wie einen Edlen.«

»Ja, sicher.« Maria dachte, dass sie Dietrich von der Ehrenpforte bestimmt nie in ihrem Leben zu Gesicht bekäme, da sie ja nicht lange bleiben würde. In einer Woche würde sie die Meisterin des Klosters treffen und vielleicht doch noch bei den Schwestern aufgenommen werden. Oder mehr über den Verbleib der Schwesternschaft erfahren.

Bela öffnete die Eingangstür. Das Haus von der Ehrenpforte war ein großes, hell getünchtes Fachwerkhaus mit einem Strohdach und verwitterten Fensterläden. Es thronte auf einem Steinsockel und hatte ein vorkragendes Obergeschoss. Drinnen durchschritten sie einen dämmrigen kleinen Flur, und Maria sah durch eine angelehnte Tür in eine saubere Kemenate. Sie folgte Bela in die Küche, die im hinteren Teil des Hauses lag. Bela stellte ihren Korb auf den Tisch und warf einen Blick durch die geöffnete Holztür in den Garten.

»Oh, da ist Lutgard. Komm, ich stelle dich ihr vor.« Bela nahm sie am Arm und zog sie durch den lang gestreckten, von Mauern umgebenen Garten, wo eine Magd gerade ein neues Beet umgrub.

»Lutgard, das ist Maria. Ich habe sie gerade auf dem Markt kennengelernt. Sie kennt sich gut mit Heilsalben und Kräutern aus und kann uns helfen, bis wir eine neue Hausmagd gefunden haben.«

Lutgard stieß ihren Spaten in die Erde und wischte sich den Schweiß von der Stirn. Sie war eine dicke, ältere Frau mit rötlicher Haut und aufgeplatzten Äderchen an der Nase.

»Soso, vom Markt holen wir unsere neuen Mägde.« Sie musterte Maria aufmerksam, dann warf sie Bela einen vielsagenden Blick zu. »Geht erst mal nach oben zur Herrin, sie ist wach. Ich hab ihr den Wein gebracht, aber sie hat schon nach dir gefragt.«

Bela verdrehte die Augen. »Was hat sie denn?«

»Nichts, nur das Übliche«, brummte Lutgard, nahm wieder ihren Spaten und grub weiter. Bela seufzte.

Maria fragte sich, warum Lutgard sich kaum darüber zu wundern schien, dass Bela eine wildfremde junge Frau mitbrachte, aber dann staunte sie über den großen Garten. Es gab Obstbäume, mehrere Gemüsebeete, von kleinen Flechtzäunen umgebene Kräuterbeete, unzählige Beerensträucher, Wein, der an den Mauern hochrankte, und einen Schuppen.

»Siehst du, wir haben sogar einen eigenen Brunnen«, sagte Bela stolz und wies auf einen kleinen überdachten Brunnen, als sie mit Maria zum Haus zurückging. »So etwas haben nur die wenigsten Häuser.«

Sie führte Maria über eine abgetretene Treppe ins obere Stockwerk, wo sie vor einer geschlossenen Tür innehielt. »Die Herrin ist ein wenig schwierig«, flüsterte sie. »Sie erträgt ihre Krankheit nicht gut. Manchmal sagt sie etwas, das … na ja, aber sie meint es nicht so.«

»Ich verstehe.« Maria nickte.

»Mach einen tiefen Knicks vor ihr und sprich sie immer mit ›Herrin‹ an. Nun warte hier, ich rufe dich gleich.« Bela verschwand im Gemach, und es dauerte eine Weile, bis sie wieder herauskam. »Die Herrin empfängt dich jetzt«, sagte sie förmlich und hielt Maria die Tür auf.

Das Gemach war klein und hell. In einem schlichten Bett saß eine Frau an mehrere Kissen gelehnt. Ihr schmächtiger Körper zeichnete sich unter der Wolldecke ab. Man hatte ihr Bett so ans Fenster gerückt, dass sie auf die Straße hinausschauen konnte, die gleich vor dem Haus entlanglief.

»Herrin, das ist Maria. Maria, das ist unsere Herrin Hadewigis von der Ehrenpforte.«

»Komm näher!« Die Frau kniff die Augen zusammen und winkte Maria heran. Sie hatte krauses, graues Haar und ein rundes Gesicht, aus dem die Nase spitz hervorstach. Eine Reihe von Pusteln umgab ihre trockenen, rissigen Lippen.

Sie musterte Maria eine Weile, dann sagte sie: »Du kennst dich also mit Placken aus? Woher?« Ihre Stimme klang wie die einer jungen Frau, dabei war sie sicher schon über vierzig Sommer alt.

»Meine Mutter war Heilerin. Ich habe alles von ihr gelernt.«

Hadewigis hob ihre dünnen Brauen. Ihr Blick glitt an Maria vorbei zu Bela. »Du schickst mir ein hergelaufenes Weib, das behauptet, *heilen* zu können? Gibt es in Köln so wenig Mägde, dass du mir eine Fremde vom Markt anschleppst?«

Eine feine Röte überzog Belas herzförmiges Gesicht. »Mit Verlaub, Herrin, ja.«

Hadewigis funkelte Bela an. Ihre mageren Hände krallten sich in die Bettdecke, als sie sich vorbeugte. »Das ist doch nicht zu glauben! Ich bin die Base des reichsten Mannes der Stadt und finde keine Magd? Wie erbärmlich!«

Sie ließ sich zurück in die Kissen sinken und seufzte schwer.

»Euer Vetter hat Euch ein paar seiner eigenen Mägde geschickt, nachdem unsere zu den Hardefusts gegangen ist«, entgegnete Bela. »Die letzten sind alle weggelaufen.«

»Ja, sie waren auch das Allerletzte«, versetzte Hadewigis. Sie starrte Maria finster an. »Ich vertraue nur meinem *physicus,* keinem hergelaufenen Mädchen.«

»Ich habe in unserem Dorf vielen Menschen geholfen«, sagte Maria. Sie wollte noch mehr sagen, aber da trat Bela rasch neben sie. »Herrin, bitte, wir brauchen dringend Hilfe. Sie kann uns im Haus helfen, und ich kümmere mich weiter um Euch. Probiert es für ein paar Tage. Wenn Ihr nicht zufrieden seid, kann sie ja wieder gehen. Nicht wahr?«

Maria nickte. Wenn sie nur ein Nachtlager für eine Woche hätte! Hadewigis von der Ehrenpforte stöhnte leise, als hätte sie Schmerzen. Sie schloss die Augen und legte eine Hand auf ihren Bauch. Dann, nach einer halben Ewigkeit des Wartens, wie es schien, öffnete sie ihre Augen und nickte mit finsterer Miene. »Also gut. Aber nur für ein paar Tage! Und sie schläft im Schuppen!«

»Gewiss, Herrin.« Bela machte einen tiefen Knicks und zog Maria, die sich nicht rührte, am Arm aus der Kammer. Als sie die Tür hinter sich geschlossen hatten, drückte sie ihr den Arm. »Ist das nicht wunderbar? Du kannst erst mal bleiben.«

Maria nickte verdrossen. *Besser als im Schafstall.*

»Sie meint es nicht so«, wiederholte Bela entschuldigend.

»Doch, sie meint es so, Wort für Wort«, entgegnete Maria. »Deine Herrin ist eine übellaunige alte Frau, die ihren Zorn über ihre Krankheit an dir auslässt. Hochmütig ist sie auch.«

»Oh!« Bela ließ ihre Hand sinken. Ihre Brust hob und senkte sich rasch. »Von den Hochmütigen findest du hier viele in der Stadt. Viele reiche Leute tragen ihre Nasen sehr hoch. Dabei sind sie nur Bürger, noch nicht mal Edle.«

»Ich hab auf dem Markt ein paar davon gesehen.« Maria dachte an die vornehmen Käuferinnen bei den Gewandschneiderinnen und an Männer in langen Gewändern aus kostbaren, bunten Stoffen und mit Goldfäden bestickten Kappen zurück.

Bela fasste wieder ihre Hand. »Du wirst dich noch daran gewöhnen. Komm! Ich zeig dir das Haus.«

Das Haus war größer, als es zunächst den Anschein gehabt hatte, offenbar war es früher einmal für eine große Familie mit viel Gesinde errichtet worden. Es gab noch mehrere Schlafkammern, darunter sogar zwei für Gäste, und sogar eine Badestube. Die Heimlichkeit, wie Bela sie nannte – der Ort für die Notdurft –, lag gleich neben dem Schuppen im Garten. Maria, die mit Relindis jahrelang in einer kleinen Hütte gelebt hatte, kam aus dem Staunen nicht mehr heraus. Sie verstand nicht, wie eine alte Frau mit zwei Mägden ein so großes Haus bewohnen konnte. Aber dann freute sie sich über ihr Glück, Bela auf dem Markt begegnet zu sein.

Bela richtete ihr ein notdürftiges Lager aus Fellen zwischen Gartengeräten und altem Gerümpel im Schuppen her, und Maria war sehr erleichtert, nicht mehr in einem offenen Stall schlafen zu müssen. Sie fand sogar ein Versteck für ihre restlichen Salben und Anhänger und die Schriften von Relindis in dem staubigen Stück eines hohlen Baumstamms, der offenbar schon lange nicht mehr benutzt worden war. Er hatte vorne ein Loch, hinten eine Klappe und roch immer noch ein wenig nach Honig. Offenbar hatte hier jemand früher einmal Bienenzüchterei betrieben und es dann aufgegeben.

Dankbar ließ sich Maria auf ihr Lager sinken. Sie hatte mit den beiden Mägden zusammen in der Küche essen dürfen. Wenn sie sich nicht dumm anstellte, würde sie gewiss bleiben dürfen, bis die Meisterin zurückgekehrt war. Am liebsten hätte sie gebadet, wie sie früher immer an heißen Tagen im See gebadet hatte, gemeinsam mit Wilem. Oder im Winter in einem Zuber in der Hütte.

»Man muss sich sauber halten«, hatte Relindis immer gesagt. »Die Krankheitsdämonen kommen gern in einen dreckigen, von Ungeziefer befallenen Leib. Der böse Hauch streift leicht einen stinkenden Leib. Gleiches sucht sich, Schlecht kommt zu Schlecht.«

»Aber die Krankheitsdämonen kommen auch zu sauberen, gesunden Kindern!«, hatte sie widersprochen. »Sie fallen über schöne Frauen her! Und der Knecht vom Heidehof war auch nicht besonders dreckig, der war kräftig und gesund, trotzdem hat das Fieber ihn umgebracht. Deine starken Kräuter, deine Beschwörungen haben nichts genützt.«

»Ja, du hast recht«, seufzte Relindis und starrte traurig in das Feuer. »Die bösen Kräfte sind sehr stark. Wenn Gott es zulässt, holen sie sich auch die Jungen, die Schönen und die Gesunden, sie holen sich alles, was sie wollen, und wir sind machtlos dagegen. Aber wir können gegen sie kämpfen. Mit

Liebe und Geduld können wir Menschen vom Bösen retten, wenn Gott es erlaubt.«

»Warum lässt Gott denn zu, dass die Dämonen sich so viele unschuldige Menschen holen?«, fragte Maria.

»Weil er ihre Seelen zu sich ruft.«

Maria hatte danach nichts mehr gesagt. Der Gedanke, dass Gott die Seelen mancher Menschen früher zu sich rief, weil er sie bei sich haben wollte, hatte sie getröstet, und sie war nicht lange danach eingeschlafen. Sie war noch ein junges Mädchen gewesen, als sie diese Fragen gestellt hatte.

Sie musste an die in Stoffbinden gewickelte Gestalt auf dem Wasser denken, an die züngelnden Flammen. An das brennende Floß, das auf den See hinaustrieb. Eine Träne rollte ihr über die Wange und fiel auf das Fell. *Ich werde die Schwesternschaft finden und dich würdig vertreten, liebe Mutter. Du wirst stolz auf mich sein.*

Mit diesem Gedanken schlief sie ein.

Die Mägde hatten noch am Abend zuvor besprochen, wer welche Arbeiten übernehmen würde: Der Garten und das Kochen waren Lutgards Aufgaben, Maria würde alle anfallenden Arbeiten im Haus erledigen, damit Bela sich um die Herrin kümmern konnte. So tat Maria in den nächsten Tagen alles, was Lutgard ihr auftrug. Sie machte die Betten, fegte die Kammern, holte Wasser vom Brunnen, schnitt das Gemüse, holte neuen Wein aus dem winzigen Gewölbekeller unter dem Haus. Abends sank sie todmüde auf ihr Lager im Schuppen und schlief sofort ein. Zum Glück schien Lutgard zufrieden mit ihr zu sein, sodass man sie nicht wieder vor die Tür setzte. Nach einigen Tagen vertraute Lutgard ihr sogar so weit, dass sie sie auf kleinere Botengänge schickte. So konnte sie es erneut im Kloster Weiher versuchen. Sie hastete zum Viehmarkt, wo sie der Hausmagd eines großen Anwesens eine Nachricht von

Hadewigis von der Ehrenpforte ausrichtete, und lief dann zur Straße am Hof.

Laut pochte sie an die Tür des Klosters. Es dauerte lange, bis ihr geöffnet wurde. Das Mädchen blickte sie durch einen Spalt in der Tür verdrossen an. »Die Meisterin empfängt niemanden.«

»Aber man hat mir gesagt, dass ich heute zu ihr dürfte!«

»Nein, sie ist krank und empfängt niemanden«, wiederholte das Mädchen.

Maria starrte auf den Boden und überlegte, ob sie rasch einen Fuß in die Tür schieben sollte. Aber die Meisterin würde ihr sicher nicht verzeihen, wenn sie sich gewaltsam Zugang zum Kloster verschaffte.

»Ich muss sie nur kurz sprechen«, beharrte sie. »Ich hab einen Brief für sie.«

Aber das Mädchen schüttelte den Kopf und schloss die Tür.

Maria presste ihre Hand gegen das kunstvoll geschnitzte Holz der Tür. Fest hatte sie daran geglaubt, heute mit der Frau sprechen zu können. In ihren Träumen hätte sie ihr den Brief von Relindis gegeben. Die Meisterin hätte ihn gelesen und ihr dann aufmerksam zugehört, wie sie von ihrem gemeinsamen Leben mit Relindis erzählt hätte. Maria hätte ihr erzählt, wie sie in den Sümpfen gelebt und sich von dem ernährt hatten, was der nahe gelegene Wald und die Dorfbewohner, bei denen sie ihre Heilmittel eintauschten, ihnen gaben. Sie hätte ihr beschrieben, wie sie in die Dörfer gegangen waren und den Menschen geholfen hatten. Wie oft ihr Relindis von den Schwestern erzählt hatte, immer an den langen Winterabenden, als sie alt war und die Erinnerungen häufiger kamen. Und wie sie die Gewissheit getröstet hatte, dass Maria zu ihnen gehen und eine von ihnen werden würde.

Maria schluckte ihre Tränen hinunter und warf einen Blick auf die Fenster unter den geschwungenen Bögen. Sie hatte das Gefühl, beobachtet zu werden. Entschlossen hob sie den Kopf und warf einen trotzigen Blick hinauf. Dann ging sie durch den Vorgarten zurück.

Was sollte sie jetzt nur tun? Wenn sie sich geschickt genug anstellte, könnte sie vielleicht im Haus von der Ehrenpforte bleiben, bis die Meisterin sie endlich empfangen würde.

Dieser Gedanke tröstete sie etwas. Noch einmal malte sie sich aus, wie ihr Gespräch wohl sein würde. Sie war so in Gedanken versunken, dass sie die Nonne erst im letzten Augenblick bemerkte. Plötzlich, als wäre sie aus dem Nichts gekommen, tauchte sie neben ihr auf.

»Maria von Linn?«

Maria erschrak, als sie ihren Namen hörte. Sie starrte auf die schmale Gestalt in dem langen schwarzen Obergewand, aber sie konnte das Gesicht der Frau nicht gut erkennen, weil diese sich ihre Kukulle ins Gesicht gezogen hatte.

»Ich muss dich sprechen.« Eine angenehme Frauenstimme klang zu Maria herüber.

»Woher kennst du meinen Namen?«

Die Nonne antwortete nicht. Stattdessen hob sie ihre Hand und winkte Maria, ihr zu folgen, dann ging sie mit kleinen, energischen Schritten die Gasse hinunter. Maria zögerte. Warum sollte sie einer fremden Nonne folgen, die ihr noch nicht mal ihren Namen verriet und auch nicht, woher sie sie kannte? Es konnte durchaus sein, dass Mädchen unter irgendwelchen Vorwänden in finstere Gassen oder Häuser gelockt wurden und nie wieder zum Vorschein kamen.

»Was willst du von mir?«, fragte sie. »Wer bist du?«

Die Nonne hielt inne und wandte sich um. Sie kam ein kleines Stück zurück. »Bitte vertrau mir«, sagte sie leise. »Ich kenne deinen Namen von den Schwestern. Ich muss dich sprechen, aber sie sollten uns hier nicht sehen.« Sie warf einen Blick zum Stadthaus der Schwestern zurück, wobei sie sorgfältig darauf achtete, dass man von ihrem Gesicht nichts erkennen konnte.

Maria schloss ihren Mund und überlegte. Also hatte Schwester Clementia dieser Nonne verraten, dass sie hier war und dass sie wiederkommen würde. Aber warum? Und warum durften die Schwestern die Nonne nicht sehen? Sie verspürte ein ungutes Gefühl im Magen, aber schließlich siegte ihre Neugier.

Sie folgte der Frau die Gasse hinunter bis zu deren Ende. Dort bogen sie in eine noch schmalere Gasse ein, die an der hohen steinernen Mauer eines mächtigen Anwesens entlangführte. Nach ein paar Schritten hielt die Nonne inne und öffnete ein Holztürchen, das hinter Büschen versteckt in der Mauer lag.

Maria zögerte. Wieder überwog die Angst ihre Neugier. »Sag mir doch, wer du bist«, stieß sie hervor. »Warum bringst du mich hierhin?«

Die Nonne streifte sich die Kukulle ab. Unter ihrem schwarzen Schleier und dem weißen Kopftuch, das ihr Gesicht und den Hals eng umschlang, lugte ein blasses, aber sehr schönes Gesicht hervor. »Bitte vertrau mir, ich werde dir gleich alles sagen. Aber es darf uns niemand hören.«

Sie gab Maria ein Zeichen, ihr zu folgen. Widerstrebend folgte ihr Maria in einen weitläufigen Baumgarten, in dem Reihen von blühenden Apfelbäumen wuchsen. Die Nonne schloss leise die Tür und schob den Riegel vor. Sie zog Maria in den Schatten eines Baums.

Eine Weile musterte sie Maria, und ihr schönes Gesicht verzog sich zu einem Lächeln. »Es tut mir leid, dass ich dich so überrumpeln musste«, sagte sie. »Aber wir brauchen einen Ort, an dem wir ungestört reden können. Ich bin Iliana von Hohenstein.«

Sie hatte eine weiche, sehr melodische Stimme, die Maria angenehm in den Ohren klang. Angenehm wie ein warmer Sommerabend.

»Iliana von Hohenstein?«, rief sie. »Ihr seid eine *Edle*.«

Sie wich ein wenig zurück und überlegte, ob sie nun knicksen musste. Was um alles in der Welt wollte eine edle Nonne von ihr?

»Du brauchst nicht vor mir in die Knie zu sinken«, sagte Iliana von Hohenstein, als hätte sie ihre Gedanken erraten. »Wer ich bin, ist nicht von Belang. Seit meinem Eintritt ins Kloster bin ich nur eine der vielen Schwestern des Herrn. Nenn mich einfach Schwester Iliana.« Sie faltete ihre Hände, und Maria musterte sie unauffällig. Sie war schlank und kleiner als sie. Wahrscheinlich zählte sie höchstens vierzig Jahre, doch in ihrem schönen Gesicht hatte das Alter nur wenig Spuren hinterlassen.

»Ist dieses hier Euer Kloster?«, fragte Maria und deutete auf einen wuchtigen Kirchturm, der sich hinter dem Obstgarten erhob.

»Nein. Wo ich lebe, ist nicht wichtig.«

»Warum haben die Schwestern Euch meinen Namen verraten?«

Das Lächeln der Nonne vertiefte sich. »Ich bin sehr froh, dass sie es getan haben. Ehrlich gesagt, habe ich nicht mehr damit gerechnet. Aber ich habe darauf gehofft und dafür gebetet.«

Maria blickte sie verständnislos an. »Woher wisst Ihr, wer ich bin?«

»Komm, lass uns in die Sonne gehen.« Iliana ergriff ihren Arm und führte sie zu einer Holzbank an der Klostermauer. »Der Allmächtige schickt uns die Sonne, damit wir Menschen in ihren Strahlen wandeln können wie sein Sohn Jesus Christus.« Sie betrachtete Maria erneut. »Du siehst aus, als hättest du das oft getan. Relindis ist sicher oft mit dir im Garten gewesen, nicht wahr?«

Als sie so überraschend den vertrauten Namen hörte, begann Marias Herz, rascher zu klopfen. »Ihr kanntet Relindis?«

Schwester Iliana nickte. Sie sah traurig aus. »Der Umstand, dass du hier bist, bedeutet wohl, dass sie tot ist, nicht wahr?«

»Ja.«

»Möge ihre Seele in Frieden ruhen.« Die Schwester bekreuzigte sich, und beide schwiegen eine Weile. »Dann ist sie also in der Fremde verstorben, ohne ihre Heimatstadt noch einmal zu sehen«, fuhr sie fort, während sie abwesend auf eine Löwenzahnkugel starrte, die hoch aus dem Gras an der Mauer ragte. »Aber sie hat dich geschickt, als ihre Schülerin.«

Maria nickte.

»Hat sie dir erzählt, woher sie kam?«

»Ja. Sie ist aus einem Kölner Kloster geflohen«, bestätigte Maria. »Woher kanntet *Ihr* sie?«

»Das ist eine alte Geschichte«, sagte Iliana, hob den Kopf und sah Maria in die Augen, als suchte sie dort etwas. »Es ist lange her. Hat sie dir erzählt, warum sie damals geflohen ist?«

»Nein«, antwortete Maria wahrheitsgemäß. »Sie hat mir nur erzählt, dass sie eines Tages gegangen ist und sich woanders eine neue Heimat gesucht hat. Im Herzen sei sie aber immer noch eine Schwester der Hohen Mutter und würde es bleiben.«

Iliana von Hohenstein lächelte. »Ja, das glaube ich. Auch ich bin eine Schwester der Hohen Mutter.«

»*Ihr?*« Maria sah erstaunt auf das ebenmäßige Profil der anderen. »Aber Ihr seid viel jünger als Relindis …«

»Nun«, lächelte Iliana, »ich war damals noch sehr jung. Ich gehörte als Schülerin einer anderen Schwester an.«

Sie nestelte in ihren Gewandfalten und zog etwas hervor, das sie Maria in der ausgestreckten Hand hinhielt. Sonnenlicht fiel auf das kleine silberne Oval mit dem Bildnis der Hohen Mutter.

Maria schluckte, ihr Herz klopfte rascher. Sie zog ihren Anhänger unter ihrem Kleid hervor und hielt ihn gegen den andern. Die beiden waren vollkommen gleich.

Eine Weile sagte keine von beiden etwas. Dann fragte Maria: »Woher …?«

»Woher ich das habe? Es ist meins.« Iliana schloss ihre Faust fest um den Anhänger und ließ ihn zurück in ihre schwarze Kutte gleiten.

»Aber …« Marias Atem ging schneller. »Wenn Ihr eine Schwester seid, warum lebt Ihr nicht im Kloster Weiher? Warum verbergt Ihr Euch vor ihnen?«

»Sie haben dich abgewiesen, nicht wahr? Das tut mir leid. Du machst die weite Reise nach Relindis' Tod. Du hoffst, in den Kreis der Schwesternschaft aufgenommen zu werden und nun das.« Iliana von Hohenstein bedachte Maria mit einem mitleidigen Blick. »Sie haben dir wahrscheinlich gesagt, dass es die Schwesternschaft nicht mehr gibt.«

»Genau. Woher wisst Ihr …?«

»Weil es die Schwesternschaft wirklich nicht mehr gibt«, seufzte Iliana. »Zumindest nicht bei ihnen.«

»Was meint Ihr damit?«

Iliana überhörte ihre Frage. »Die Meisterin hat dich nicht empfangen?«, fragte sie stattdessen.

»Nein, sie lässt sich verleugnen. Erst war sie auf einer Reise, und jetzt ist sie krank«, sagte Maria verdrossen. »Aber Relindis hat mich hergeschickt, hat mir einen Brief für die Meisterin mitgegeben und einen für die Pförtnerin. Sie konnte nicht wissen, dass das Kloster letztes Jahr von König Philipp zerstört wurde und die Schwestern im Stadthaus leben.«

»Sie hat dir einen Brief für die Meisterin mitgegeben?«, horchte Iliana auf. »Relindis, Gott sei ihrer Seele gnädig, wusste vieles nicht«, fuhr sie fort. »Sie konnte auch nicht wissen, dass das Kloster Weiher, das letztes Jahr von König Philipp zerstört wurde, nicht dasselbe war, in dem wir damals lebten. Wie auch? Sie ist vor über zwanzig Wintern fortgegangen. In dieser Zeit ist viel geschehen.« Sie seufzte wieder und fuhr dann fort: »Ich werde dir die Geschichte erzählen, damit du mir glaubst. Ich bin mir sicher, dass Relindis das gewollt hätte.«

Maria nickte und beugte sich nach vorn. In der Stimme der anderen lag eine Festigkeit, die sie beeindruckte.

»Das Kloster Weiher, in dem wir Schwestern damals lebten, war nur ein kleines Kloster. Eigentlich war es nicht mehr als ein Hof mit ein paar Kammern und einer winzigen Kapelle an einem Fischteich, der später zugeschüttet wurde. Der Hof lag außerhalb der Stadt, denn damals gab es die neue Stadtmauer noch nicht. In dieses Kloster kamen die Töchter aus armen edlen Familien und von gut verdienenden Kölner Bürgern, die es sich leisten konnten. Wir waren alle spät geborene Töchter, diejenigen, die immer übrig bleiben, nachdem man die Erstgeborenen versorgt hat. Ich selbst war das zehnte Kind.« Sie hielt kurz inne und sah auf ihre Hände hinunter. »Es war eine sehr schöne Zeit«, fuhr sie fort. »Im Kloster waren wir wie eine große Familie. Eine ältere Nonne kümmerte sich wie eine Mutter um mich, obwohl sie eine Fremde für mich war. Nach einiger Zeit nahm sie mich mit in die Schwesternschaft, und ich wurde ihre Schülerin. Wie du sicher weißt, war die Schwesternschaft geheim. Du verstehst?« Sie lächelte versonnen, aber Maria erwiderte nichts.

»So habe ich Relindis kennengelernt«, fuhr Iliana fort. »Sie stammte aus einer wohlhabenden Kölner Bürgerfamilie. Ich weiß nicht viel über sie und ihre Herkunft, geschweige denn über ihre Beweggründe, ins Kloster zu gehen. Es hieß, ihr Vater habe sie an einen widerlichen Mann verheiraten wollen und sie sei eines Nachts in unser Kloster geflohen. Aber ich glaube, dass sie schon viel früher den Entschluss gefasst hatte, ins Kloster zu gehen. Sie liebte die Kräuterkunde und das Heilen, ging mit Freuden zu den Armen, um ihnen zu helfen. Sie hatte eine junge Schülerin, Richmud, ihre Nichte. Es war die Tochter ihrer Schwester, die das Mädchen nach dem Tod ihres Mannes ins Kloster gegeben hatte.«

Iliana schwieg einen Augenblick und sah auf ihre Schuhe hinunter. »Relindis hing sehr an dem Mädchen. Sie war untröstlich, als ihre Schwester es nach ihrer Wiederheirat wieder zu sich nahm. Ihre Schwester hatte den reichen Gerard Unmaze geheiratet, der selbst keine Kinder hatte. Der Unmaze war Zöllner, ich glaube, ihm gehörte die halbe Stadt. Nachdem ihre Nichte Richmud fort war, war Relindis nicht mehr dieselbe. Sie schlich herum wie ein trauriger Hund, aß und sprach kaum noch. Sie sah aus, als wäre sie über Nacht um Jahre gealtert.«

Iliana schwieg eine Weile, und Maria hing an ihren Lippen und war gespannt auf jedes neue Wort. Es kam ihr seltsam vor, so viel Neues über eine Frau zu hören, mit der sie jahrelang zusammengelebt hatte und die ihr wie eine Mutter gewesen war. Aber über diese Dinge hatte Relindis nie gesprochen.

»Dann gab es einen furchtbaren Streit zwischen den Schwestern«, erzählte Iliana weiter. »Ich weiß nicht genau, was vorfiel und was sie sich alles sagten, aber es muss schlimm gewesen sein. Einige Tage später war Relindis plötzlich fort. Sie hinterließ uns einen Brief, dass sie es bedauern würde, weggehen zu müssen, dass sie aber nach dem, was vorgefallen wäre, ihr Leben ändern müsse und fortgehen würde. Sie würde aber für immer in Gedanken und im Herzen bei uns sein und uns nie vergessen.« Iliana seufzte leise. Dann fuhr sie fort: »Der Verlust hat unsere Schwesternschaft sehr getroffen. Wir hatten kurz vorher schon unsere älteste Mitschwester verloren und gehofft, Relindis würde ihre Stelle einnehmen, aber daraus wurde nun nichts mehr. Wir waren nur noch wenige.

Relindis' Nichte Richmud hingegen führte das Leben einer reichen Bürgerin. Sie heiratete später den Neffen ihres reichen Stiefvaters Gerard Unmaze. Als der alte Zöllner starb, hinterließ er den beiden sein gesamtes Vermögen. Als ihr Mann später von einem Kreuzzug nicht zurückkehrte, erbte sie alles.« Iliana lehnte sich zurück. »Du siehst, das heutige Kloster Weiher hat nichts mit Relindis' Kloster gemein.«

»Was geschah mit Eurem Kloster?«, wollte Maria wissen.

»Es ist nicht mehr da«, gab Iliana traurig zurück. »Aber das ist eine andere Geschichte, für einen anderen Tag. Für heute ist's genug, meine Kehle ist schon ganz trocken.« Sie lächelte traurig und blinzelte ein wenig gegen die Sonne, die warm auf sie niederschien.

Maria war aufgewühlt von dem, was sie gerade gehört hatte. Die Worte tanzten in ihrem Kopf, unzählige Fragen drängten sich in ihr.

»Dann war es also eine Verwechslung mit den beiden Klöstern«, sagte sie. »Relindis glaubte, mich in ihr altes Kloster zu schicken.«

Iliana nickte. »Wie ich schon sagte: Sie konnte nicht wissen, dass es das alte Kloster nicht mehr gibt.«

Maria nagte an ihrer Unterlippe. Kein Wunder, dass die Meisterin des Weiherklosters sie nicht empfangen hatte. Sie kannte Relindis nicht und glaubte wahrscheinlich, sie, Maria, sei eine Lügnerin und wollte sich mithilfe eines Briefes in die Klostergemeinschaft einschleichen.

»Seid Ihr nun die Meisterin der Schwesternschaft?«, fragte Maria leise.

»Nein. Aber ich bin eine Schwester, und ich kann dich, wenn du willst, als meine Schülerin annehmen.«

»Das würdet Ihr tun?« Marias Herz tat einen Satz. Sie mochte kaum glauben, was sie soeben gehört hatte.

Iliana von Hohenstein lächelte. »Es wäre mir eine Ehre, Relindis' Schülerin aufzunehmen«, sagte sie. »Sie war eine wunderbare Frau. Nach ihrem Verschwinden habe ich – nein, haben wir alle – immer gehofft, sie würde eines Tages zurückkommen. Als später klar wurde, dass sie nicht mehr zurückkehren würde, hofften wir, sie würde eine Schülerin schicken. Sie hätte dich nie geschickt, wenn sie nicht von dir überzeugt gewesen wäre.«

Maria schossen Tränen in die Augen. Sie hätte aufspringen und tanzen mögen. Wie gut, dass Iliana sie gefunden hatte!

»Ich möchte gerne Eure Schülerin werden«, sagte sie mit rauer Stimme.

Iliana reichte ihr ihre schlanken, weißen Hände. Maria nahm sie, sah, wie sich ihre sonnengebräunten eigenen Hände in die der anderen schmiegten. Für eine kleine, feierliche Weile blieben sie so, dann ließ Iliana sie los.

»Du wirst noch Geduld haben müssen, bis du zu uns kommen kannst«, erklärte sie. »Wir müssen vorsichtig sein. Seit der Auflösung unseres Klosters leben wir im Verborgenen. Es gibt viele eifernde Mönche und mächtige Männer im erzbischöflichen Palast, die uns sehr gefährlich werden können. Du darfst niemandem etwas von uns verraten.«

Maria nickte strahlend. Sie war nun Ilianas Schülerin! Relindis wäre sicher erfreut.

»Es war leichtsinnig, dass du den Namen unserer Schwesternschaft so offenherzig im Kloster genannt hast«, sagte Iliana. »Als reiche Frau hat die Meisterin des Weiherklosters sehr gute Verbindungen bis in höchste kirchliche Kreise. Es heißt, dass der Erzbischof selbst ihr die Genehmigung zum Bau ihres Klosters gegeben hat.«

»Tut mir leid.«

»Nun, du wusstest es ja nicht besser«, meinte Iliana und lächelte nachsichtig. »Du wirst noch lernen, dass du dich hier in der Stadt sehr vorsehen musst. Sei vorsichtig mit deinen Worten und achte darauf, wem du was sagst. Geh am besten nicht mehr in das Kloster.«

»Nein«, versprach Maria. Was sollte sie auch jetzt noch dort, wo sie eine wahre Schwester gefunden hatte und bald in den Kreis der Schwestern aufgenommen werden würde?

»Wo wohnst du?«

»In St. Christoph bei Hadewigis von der Ehrenpforte.«

»Oh.« Iliana zog überrascht ihre dunklen Brauen hoch.

Maria erzählte ihr, wie sie es dorthin geschafft hatte.

»… die Alte ist unleidlich und zänkisch«, schloss sie, »vielleicht darf ich bleiben, wenn ich mich gut anstelle.«

»Das wirst du auch müssen«, bekräftigte Iliana. »Wie gesagt, du musst Geduld haben. Eine Weile werden wir dich erproben, aber ich bin mir sicher, dass du eines Tages zu uns kommst.«

Maria nickte. Sie war sich ebenfalls sicher, dass die Schwestern sie aufnehmen würden. Sie wusste es, ohne erklären zu können, warum.

Iliana von Hohenstein erhob sich. »Wir sehen uns bald wieder«, sagte sie.

»Wo kann ich Euch finden?«

»Ich werde dich finden«, lächelte Iliana. Sie drückte Maria, die sich ebenfalls erhoben hatte, die Hand. Dann ging sie voraus durch den Garten zur Pforte in der Mauer und entließ Maria in die Gasse zurück. Sie selbst verschwand im Obstgarten des Klosters.

# Kapitel 5

In den nächsten Tagen gab sich Maria so viel Mühe im Haus von der Ehrenpforte, dass Hadewigis ihr erlaubte, vom Schuppen ins Haus zu ziehen. Maria bekam ein Bett in der Mägdekammer bei Bela und Lutgard, und sie war sehr erleichtert, nicht mehr allein schlafen zu müssen.

»Vielleicht kannst du ja doch länger bleiben«, sagte Bela morgens, als sie ihr Bett herrichteten, ein einfacher Holzkasten mit einer Strohmatratze. Sie stieß die Fensterläden auf und schlug ihre Wolldecke kräftig aus. »Wie lange kannst du denn bleiben?« Sie wandte sich um und sah Maria fragend an.

»Ich bleibe, solange ihr mich braucht«, erwiderte Maria rasch. »Zu Hause vermisst mich sowieso niemand.«

Bela ließ die Wolldecke sinken. »Hast du denn niemanden mehr?«

Maria schüttelte den Kopf. »Meine Eltern sind tot, und mein Bruder …« – sie schluckte heftig, um ihre aufsteigende Wehmut zu verdrängen, als sie an Wilem dachte – »für ihn wäre ich nur noch eine weitere Esserin, vor allem im Winter. Es wäre ihm sicher lieber, wenn ich erst im Frühjahr zurückkäme.« Sie lächelte ein kleines zerknirschtes Lächeln und hoffte, Bela würde ihr die Lüge abnehmen.

»Oh.« Bela bedachte sie mit einem mitleidigen Blick, legte die Wolldecke zurück auf ihr Bett und ging zur Truhe. Sie öffnete sie, suchte eine Weile darin und zog schließlich ein dunkelgraues Mägdekleid und ein weißes Untergewand hervor. »Wir müssen alle diese Kleider tragen. Dieses hier ist von unserer Anna, es müsste dir passen.« Sie hielt es Maria an und runzelte die Stirn. »Hm, die Anna war kleiner als du, es ist etwas zu kurz. Und auch die Ärmel …« Sie schlug den Stoff hoch, um die Säume zu prüfen. »Ist noch genug drin. Wir werden es länger machen.« Sie richtete sich wieder auf und lächelte zufrieden. »So siehst du wie eine richtige Magd von uns aus. Wenn du die Herrin erst mal zu nehmen weißt, ist's gar nicht mehr so schlimm. Vielleicht erlaubt sie dir ja zu bleiben.«

Maria nickte und beobachtete mit gemischten Gefühlen, wie Bela das Kleid auf ihr Bett legte.

»Wir werden's ändern, dann kannst du es am Sonntag zur Heiligen Messe tragen«, fuhr Bela geschäftig fort. »Ein Kopftuch haben wir auch für dich. Aber die musst du ablegen.« Sie deutete auf Marias Ohrringe. »Die Herrin erlaubt uns keinen Schmuck.«

Maria zog ein finsteres Gesicht. Sie dachte daran, wie sie sich die Ohrringe einst von Relindis erbettelt hatte, an einem schönen Herbsttag auf dem Markt von Urdingi, nachdem sie so viele ihrer Heilsalben und -kräuter verkauft hatten, dass sie selbst nach dem Einkauf von Speck und Kohl noch ein paar Münzen übrig hatten. Sie wusste, wie schwer Relindis das gefallen war.

»Die Ohrringe lege ich ab, aber nicht meine Armbänder«, sagte sie.

Die Armbänder stammten von Relindis selbst, es war ihr Wunsch gewesen, dass Maria sie nach ihrem Tod trug.

Bela sah missbilligend auf die Lederbänder mit den Glasperlen hinunter. »Die Herrin hat aber Schmuck verboten. Wenn sie …«

»… sie sind ein Erbstück meiner Mutter«, bekräftigte Maria.

»Die Herrin wird nicht damit einverstanden sein.« Bela trat einen Schritt vor und sah sie mit festem Blick an. »Wenn du bleiben willst, musst du tun, was sie sagt, und deinen Schmuck ablegen.«

Maria starrte zurück. Zu ihrem Verdruss spürte sie, wie ihr vorgeschobenes Kinn zu zittern begann. Sie wollte nicht mehr in Ställen schlafen und auch nicht mehr mühevoll Anhänger und Salben für ein paar Münzen auf dem Markt verkaufen. Also musste sie tun, was man von ihr verlangte, bis Iliana sie in die Schwesternschaft einführen würde. Langsam begann sie, die Armbänder aufzuknoten. Bela lächelte und half ihr, die Bänder zu lösen.

Noch am selben Abend änderten sie das Kleid der früheren Magd für Maria um, sodass sie es am Sonntag zur Heiligen Messe tragen konnte.

Als sie am folgenden Sonntag in der Pfarrkirche St. Christoph zum ersten Mal in der Messe war, blickte Maria sich immer wieder verstohlen nach Iliana von Hohenstein um. Ob sie hier in der Kirche nach ihr suchen würde? Bela hatte ihr erklärt, dass die Stadt aufgeteilt wäre in viele Kirchspiele und jeder in dem Kirchspiel zur Messe ginge, in der er wohne. Iliana wusste, wo sie wohnte, und könnte sie hier gut finden. Aber offenbar waren die Nonnen sonntags mit anderem beschäftigt.

Hatte sie zu früh eingewilligt, Ilianas Schülerin zu werden? Relindis hatte nie von ihr gesprochen. Aber Relindis hatte Maria auch nie etwas von ihrer Nichte erzählt, sie hatte immer nur von ›den Schwestern‹ gesprochen. Nein, es war Glück gewesen, dass jemand – vermutlich Schwester Clementia – Iliana von ihrer Ankunft unterrichtet hatte. So lange hatte Iliana auf eine Schülerin von Relindis gewartet! Was musste es ihr bedeuten, wenn sie so hartnäckig war!

Maria biss sich auf die Lippen. Hätte sie sich auch gleich denken können, dass die Schwestern eines so herrschaftlichen Hauses unmöglich *ihre* Schwestern sein konnten. Sie brannte darauf zu erfahren, was mit dem alten Kloster Weiher geschehen war und wer die anderen Schwestern waren. Aber sie musste sich gedulden.

Zu Pfingsten verschlechterte sich Hadewigis' Gesundheitszustand. Sie bekam hohes Fieber und Schüttelfrost, aß mehrere Tage nichts und trank nur etwas von dem gewürzten Wein, den Bela ihr brachte. Als ob es ihr nicht schon schlecht genug ginge, verlor sie ihre Sprache, konnte auf einmal nur noch unverständliche Sätze hervorbringen, die niemand verstand. Das ganze Krankenzimmer würde von ihrem Atem stinken, klagte Bela und ließ in ihrer Not nach Magister Antonius schicken, Hadewigis' vertrautem *physicus*. Er ließ die Kranke zur Ader, aber auch das half nicht. Als Bela und Lutgard schon überlegten, Dietrich von der Ehrenpforte eine Nachricht zu schicken, sank das Fieber auf einmal, und die Herrin begann wieder zu essen.

Nach Pfingsten, als die Wärme des Brachmonats schon über der Stadt lag, kehrte auch ihre Sprache allmählich zurück, aber ihr schmächtiger Leib war immer noch sehr geschwächt und voller Pusteln, die nur langsam abheilten. Bela wusste sich keinen Rat mehr. Sie bat Maria um Hilfe.

»Du musst sie baden«, riet Maria. »Ihr Leib muss von der Krankheit gereinigt werden.«

Bela verdrehte die Augen. »Bei allen Heiligen! Das lässt sie niemals zu. Sie hat Angst, dass sie sich verkühlt und das Fieber zurückkehrt.«

»Das Fieber ist schon seit Tagen weg. Sie muss sauber und rein werden«, beharrte Maria. »Hat nicht auch Magister Antonius gesagt, sie solle sich sauber halten? Du musst sie dazu bringen, sich von uns baden zu lassen.«

Bela seufzte tief und schüttelte den Kopf. Aber sie tat ihr Bestes, und bald war Hadewigis von der Ehrenpforte doch bereit, sich von ihren Mägden baden zu lassen. Maria schürte das Feuer, holte Wasser vom Brunnen und erhitzte es in dem großen Topf, dann schleppten es die Mägde eimerweise in die Badestube. Bald dampfte der große Zuber und verbreitete eine angenehme Wärme in der kleinen Stube. Maria gab frische Fichtennadeln in das Badewasser, goss ein wenig von einer öligen Flüssigkeit hinein und legte große Leinentücher zum Trocknen bereit. Sie stellte den kleinen Tonbehälter mit dem letzten Rest ihrer Heilsalbe auf einen Schemel neben dem Zuber. Bela hatte bereits alles verbraucht, auch von dem Heilwasser war nichts mehr übrig.

Bald führten Bela und Lutgard die Herrin herein. Hadewigis' schmächtiger Leib schien zwischen ihren beiden gesunden, wohlgerundeten Mägden zu verschwinden. Ihr krauses graues Haar klebte an ihrem Kopf. Aus ihrem runden Gesicht stach die Nase noch spitzer hervor, doch ihre Augen blickten wie Dolche – bereit, jeden zu erstechen, der sich an ihrem Elend ergötzte. Die Mägde führten Hadewigis zum Zuber und streiften ihr das Unterkleid ab.

»Also dann …« Hadewigis starrte mit finsterem Gesicht auf das Wasser. »Is' … warm genug?«

Hastig tauchte Bela eine Hand ins Wasser und nickte. Sie und Lutgard stützten ihre Herrin, als diese ins Wasser stieg. Hadewigis' weißes Fleisch war übersät von Kratzspuren und schrundigen, vertrockneten Placken. Auf ihrem Rücken zeichneten sich die Rippenknochen ab. Eine Weile blieb sie noch im

Wasser stehen, gestützt von den beiden Frauen, bis sie sich an die Wärme gewöhnt hatte, dann sank sie langsam hinunter.

»Ich geh mal das Bett bezieh'n«, sagte Lutgard und verschwand. Wenig später hörten sie sie schnaufend die Treppe ins Obergeschoss hinaufstapfen. Die Stufen knarrten und ächzten unter ihrem Gewicht.

Bela seufzte kaum hörbar. Sie wirkte angespannt; Schweiß klebte auf ihrer Stirn und kleine Falten hatten sich um ihre Mundwinkel gebildet, als sie die Herrin mit einem Lappen abrieb, wobei sie sorgfältig darauf achtete, die Pusteln zu umgehen.

Trotzdem war es zu viel. »Au, sei doch vor…, verdammt noch mal!«, fauchte die Kranke. Ihre Stimme klang, als käme sie aus einer mit Speck gefüllten Kehle. Sie kratzte sich heftig am Kopf und im Nacken.

Bela überhörte sie und fuhr ungerührt fort: »Ihr seid gleich fertig.«

»Was … hä … fertig?« Hadewigis' magere Hände sausten auf das Wasser hinunter, sodass die Spritzer Bela ins Gesicht trafen. Bela schloss die Augen, verharrte einen Augenblick, und Maria konnte sehen, wie sich ihr Brustkorb rasch hob und senkte. Aber sie ließ sich nicht von ihrem Vorhaben abbringen.

Doch Hadewigis schob den Lappen fort. »W… will raus!«

Sie machte Anstalten, aufzustehen.

Maria trat nach vorn. »Lasst mich bitte Euren Kopf sehen, Herrin.«

Sie beugte sich über den Rand des Zubers, nahm den Kopf der überraschten Hadewigis in ihre Hände und betrachtete das krause Haar im Licht der Sommersonne, das durch eine kleine Fensteröffnung hereinfiel. Kleine, schwarze Punkte saßen auf schuppiger, trockener Haut und schorfverkrusteten Pusteln, von denen manche wieder blutig aufgekratzt waren. Über den ganzen Kopf zogen sich blutige Kratzspuren. Maria atmete tief, dann untersuchte sie weiter Strähne für Strähne, während die Herrin selbst überraschend stillhielt. Kein Zweifel, Hadewigis von der Ehrenpforte hatte Läuse.

»Was ist?« Bela starrte Maria erwartungsvoll an.

»Herrin«, sagte Maria, »wir müssen Euch von den Läusen befreien. Ihr kratzt Euch sonst wieder die Pusteln auf. Wir müssen Euch das Haupt baden und die Haare schneiden. Ich mache einen Sud, mit dem wir das Ungeziefer vertreiben.«

Im hereinfallenden Sonnenlicht konnte man sehen, wie Hadewigis erbleichte. Ihre mageren Finger umklammerten das Holz des Badezubers, bis die Knöchel weiß wurden. Sie öffnete den Mund, um etwas zu sagen, doch es kam nichts heraus.

Maria und Bela wechselten rasche Blicke. Dann nahmen sie auf ein Nicken von Bela hin den Kopf der Herrin und tauchten ihn sanft ins Wasser. Sie wuschen ihr die Haare, trockneten den schmächtigen Körper und zogen der Kranken ein frisches Untergewand über. Hadewigis ließ alles wortlos mit sich geschehen.

»Habt ihr einen Walnussbaum?«, fragte Maria.

»Wir nicht, aber die Nachbarn.«

»Gut. Ich brauche Walnussblätter.«

Bela hob überrascht ihre dunklen Brauen, aber sie folgte Marias Anweisungen und schickte Lutgard zu den Nachbarn. Wenig später kehrte Lutgard mit einem Korb voller Nussblätter zurück, aus denen Maria einen Sud bereitete.

»Damit werden wir Euch die Läuse vertreiben, Herrin«, sagte sie, als sie mit dem Krug zurück in die Badestube kam. »Aber zuerst schneiden wir Euch die Haare.«

Sie erwartete Widerspruch, lautstarkes Keifen und Schimpfen, aber nichts dergleichen geschah. Hadewigis von der Ehrenpforte saß reglos auf ihrem Schemel und starrte Maria mit finsterer Miene an. Aber sie sagte nichts. Als Bela noch zögerte, fuhr sie sie an: »Nu mach schon, in Gottes Nam'!«

Sie bekreuzigte sich und beugte leicht den Kopf. Bela hob die Schere und schnitt das krause Haar sorgfältig ab, bis nichts mehr übrig war als die schorfverkrustete, von Kratzspuren überzogene Haut. Danach badeten sie Hadewigis' Haupt in dem Sud, den Maria bereitet hatte, trockneten es und rieben die wunden Stellen mit der Heilsalbe ein.

Hadewigis ließ alles schweigend über sich ergehen. Doch Maria, die sie heimlich beobachtete, sah Tränen in ihren Augen aufblitzen.

Nachdem sie die Herrin ins Bett zurückgebracht und die Badestube wieder hergerichtet hatten, ruhten sie sich eine Weile im Garten aus.

Bela warf sich auf die Holzbank und streckte die Beine weit von sich. »Ich hätte nie gedacht, dass der alte Drache das mit sich machen lässt.«

»Die Läuse müssen sie gequält haben«, meinte Maria und ließ sich neben ihr nieder. »Wir müssen ihr jeden Tag mit dem Sud den Kopf waschen. Und immer alles sauber halten, damit die Läuse nicht zurückkommen.«

»Deine Salbe hat ihr geholfen«, sagte Bela mit Bewunderung in der Stimme. »Ich konnte beinahe zusehen, wie ihre Pusteln verheilten. Verrätst du mir jetzt, was darinnen ist?«

Maria schüttelte den Kopf. »Tut mir leid, das bleibt ein Geheimnis. Aber wenn du willst, mache ich euch neue Salben. Ich brauche nur die passenden Kräuter.«

»Das dürfte nicht schwer sein. Bei den Herbatoren bekommst du sämtliche Kräuter, die es hier gibt.«

»Ich sammle meine Kräuter immer selbst«, erwiderte Maria. »Meinst du, die Herrin würde es erlauben, wenn ich einen Tag sammeln gehe?«

»Bestimmt«, meinte Bela. »Woher weißt du das mit den Kräutern eigentlich alles?«

»Von meiner Mutter«, log Maria schnell. »Sie war die Dorfheilerin.«

»Sagtest du nicht, deine Mutter sei tot?«

»Stimmt. Aber noch nicht lange.«

»Oh, das tut mir leid. Sie war bestimmt eine sehr kluge Frau, wenn sie solche Salben machen konnte.«

»Ja, das war sie«, sagte Maria. »Und *deine* Eltern?«

Bela starrte eine Weile vor sich hin. »Ich sehe sie nur zu Weihnachten«, sagte sie. »Dabei wohnen sie nur eine Tagesreise von hier. Mein Vater gab mich hierhin, als ich noch ein junges Mädchen war. Der Stallknecht von Dietrich von der Ehrenpforte ist ein Verwandter von uns. Ich bin das neunte Kind, die fünfte Tochter. Sie haben nur einen kleinen Hof.«

Maria beobachtete ein paar Bienen, die auf den Sommerblumen herumkrabbelten. »Und die Herrin? War sie nie vermählt? Hat sie keine Kinder?«

Bela schüttelte den Kopf. »Als ich hierhinkam, lebte sie schon allein. Das Haus gehörte ihrem Vater, dem Bruder des alten Dietrich von der Ehrenpforte. Er und seine Frau hatten nur Töchter, die nach und nach verheiratet wurden und wegzogen. Hadewigis war die jüngste. Ihre Eltern starben, bevor sie einen Mann für sie finden konnten.«

»Sie selbst hat sich keinen Mann gesucht?«

»Ach was. Es hätte sie auch keiner genommen«, bemerkte Bela und kicherte. Maria lachte mit, und bald alberten die beiden herum und belustigten sich an der Vorstellung, Hadewigis würde doch noch einen Mann finden, der ihr den Hof machte, und sie würde sich daraufhin wie ein liebeskrankes junges Mädchen verhalten, bis ihr Geliebter sie fallen lassen würde wie ein heißes Schüreisen.

Sie lachten, bis Bela sich schließlich seufzend erhob. »Komm, wir müssen noch alles für den Waschtag vorbereiten.«

Maria gehorchte widerstrebend. Es war so schön in der Sonne, und sie hasste alle Arbeiten, die ein großer Haushalt erforderte, sie fand sie zutiefst langweilig. Ihres Erachtens waren sie nur deshalb notwendig, weil Hadewigis ein viel zu großes Haus besaß.

Maria sehnte sich nach ihrem einfachen Leben mit Relindis zurück. Sie waren arm gewesen, und doch reichte das, was sie in den Sümpfen und in den Wäldern gefunden hatten und was sie bei den Dorfbewohnern eingetauscht hatten. Sie hatte so viel von Relindis gelernt. Sie würde allein im Wald überleben können. Sie konnte jagen, Fallen stellen, Bogen schießen. Sie konnte Menschen wie Hadewigis helfen. Sie wusste, wie ein sterbender Mensch aussah. Sie kannte die Worte, mit denen man Wunden besprach, damit sie heilten. Sie wusste noch so vieles mehr, und das, was sie nicht wusste, hoffte sie, bei der Schwesternschaft zu lernen.

Wenn sie Wilem nur nicht so vermissen würde! Jedes Mal, wenn sie an ihn dachte, an seinen traurigen Blick, als sie sich von ihm verabschiedet hatte, gab es ihr einen Stich ins Herz, und sie fühlte Reue. Sie hätte ihn nicht so gehen lassen dürfen. Aber sie konnte ihm nichts von der wahren, geheimen Schwesternschaft erzählen. Er musste glauben, dass sie im Kloster wäre. *Bald*, tröstete sie sich, *wenn ich erst bei den Schwestern bin, werde ich ihm eine Nachricht schicken.*

Sie hatte Glück und durfte schon am nächsten Tag Kräuter sammeln.

Dabei hielt sie sich genau an Belas Anweisungen. »Geh zu Meister Waldever, er ist der Beste«, hatte die Magd ihr erklärt. »Er kann dir sagen, wo du die Kräuter finden kannst, die du suchst. Lass dir aber bloß keine von seinen Salben aufschwatzen, die sind zu teuer und helfen nicht. Dann fragst du an der Stadtpforte einen Bauern, ob er dich ein Stück mitnimmt. Die nehmen gerne mal Leute mit, wenn sie mittags mit ihren leeren Karren vom Markt auf die Höfe zurückfahren. Aber fahr nicht zu weit, du musst ja wieder zurücklaufen, und die Stadttore schließen bei Sonnenuntergang.«

Sie hatte ihr noch ein paar Hälflinge mitgegeben, für alle Fälle, und sie mit ihrem Segen entlassen. Sie schien ein bisschen besorgt zu sein.

Völlig unnötig, befand Maria. Der Herbator am Alter Markt war nicht sehr gesprächig, was seine Sammelstellen betraf, dafür fand sie eine alte Frau, die mit großen Körben am Marktrand stand und ihre Kräuter verkaufte. Nachdem sie sich ein wenig mit ihr unterhalten hatte, erklärte die Frau ihr bereitwillig, wo sie die Kräuter finden könnte. Wenig später verließ Maria die Stadt in einem schaukelnden Bauernkarren durch die südliche Pforte.

Der uralte Steinweg, der nach Bonn führte, zog sich wie ein helles Band durch die Felder. In der Nähe floss der Rhein, und Maria meinte, ihn durch die Felder fast riechen zu können. Tief atmete sie den besonderen Geruch ein, den nur der Brachmonat verströmen konnte. Ein zarter rötlicher Schimmer lag auf den Gräsern, dazwischen leuchteten helle gelbe Blüten. Hummeln und Bienen flogen von einer zur anderen. Zu beiden Rändern der Straße wuchs das Wegeblatt, das mit seinem zarten weißen Blütenkranz wie eine Braut aussah. Es waren Hunderte von Bräuten, die den Weg säumten. Maria genoss die Fahrt, obwohl sie auf der Ladefläche des Karrens grob hin- und hergeworfen wurde.

Wie schön es doch auf dem Land war! Wie viel heller und reiner war die Luft als in der Stadt mit ihren schmutzigen Wegen, an denen sich die Häuser drängten, den vielen Menschen, den Wagen und den üblen Gerüchen. Sie bedauerte, dass die Schwestern in Köln lebten und sie auch dort würde wohnen müssen. Ihr fiel ein, dass sie vergessen hatte, Iliana von Hohenstein zu fragen, in welchem Kloster die Schwestern nun eigentlich lebten. *Im Verborgenen*, hatte Iliana gesagt. Wo immer das auch wäre, sie würde hoffentlich bald auch dort sein.

Nach einer Weile setzte sie der Bauer an der Stelle ab, die die Kräuterfrau ihr genannt hatte. »Das Hainholz!« Er deutete mit seiner kräftigen, sonnengebräunten Hand auf ein Waldstück hinter den Wiesen. Maria bedankte sich, sprang vom Karren, und der Bauer wünschte ihr noch Gottes Segen für den Tag.

Sie nahm einen Trampelpfad, der an der Wiese entlang zum Wald führte. Das Gras war bereits geschnitten worden und lag in Reihen ausgebreitet zum Trocknen aus. Warm schien die Sonne auf sie herab, und ein leichter Windstoß wehte trockene, würzige Luft heran. Es war ein guter Tag zum Sammeln.

Sie nahm ihr Kopftuch ab, fuhr sich mit den Händen durch das Haar. Pollen schwirrten durch die Luft, sammelten sich auf dem Weg vor ihr zu Ballen. Eine Dohle stolzierte auf dem geschnittenen Gras, suchte nach Käfern und Würmern. Die Sonne verlieh ihrem schwarzen Gefieder einen silbrigen Glanz.

Maria fand Nesseln am Waldrand, das Wegeblatt, die kleine lila blühende Rebe und weitere Kräuter, die sie so vielseitig verwenden konnte. Die Kräuterfrau hatte ihr nicht zu viel versprochen. Bald entdeckte sie auch die Kamillen und erntete Blüte für Blüte, bis ihr Korb randvoll war mit Kräutern. Maria war zufrieden. Ringula wuchs bei Lutgard im Garten, und somit hatte sie alles, was sie brauchte.

Aber vielleicht wuchs hier auch der Lattich? Oder das Frauenkraut? Wer weiß, was sich hier noch versteckte. Sie war längst noch nicht fertig, und sie verspürte nicht die mindeste Lust, in die Stadt zurückzukehren und den beiden Mägden bei der großen Wäsche zu helfen.

Sie folgte einem kleinen Trampelpfad in den Wald und hielt am Wegesrand nach dem Frauenkraut Ausschau. Über ihr wölbten sich hohe Buchen und Eichen, in deren Blättern leise der Wind spielte. Von irgendwo erklang der Ruf eines Eichelhähers. Es war warm, aber gleichzeitig kühl, und Maria fühlte eine besondere Freude in sich aufsteigen. Vor ihr lag eine kleine, grasbewachsene Lichtung. Sonnenstrahlen fielen durch die Bäume auf ein paar Mauerreste, die sich dort erhoben.

Neugierig trat Maria näher. Einst musste hier wohl eine Hütte gestanden haben, so groß wie die von Relindis, mit einem steinernen Sockel, der an den höchsten Stellen kniehoch, an manchen fußhoch war. An einigen Stellen sah man nur noch die Erhebungen unter dem neuen Erdreich. Grasbüschel und kleine Blümchen wucherten zwischen den alten Steinen. Dort, wo die Mauerreste am höchsten waren, stand ein besonders breiter Stein.

Maria trat näher heran. Sonnenstrahlen fielen auf sein Dach, unter dem sich eine Nische wölbte. In ihr saßen drei steinerne Frauenfiguren mit merkwürdigen Kleidern und Hauben. Opfergaben lagen auf ihrem Schoß: Blumen, Nüsse, ein kleines geschnitztes Holzherz, vertrocknete Zweige. Unter den Figuren war eine Inschrift in den Stein gemeißelt.

Maria zeichnete mit einem Finger die fremden Lettern nach, dann fuhr sie sanft über die Haube einer der Frauen.

Eine Göttin.

Sie musste lächeln. Dies war also ein besonderer Ort, ein kleines heidnisches Heiligtum, dem die Bauern der Umgebung noch Opfergaben darbrachten. Maria sank auf die Knie in das weiche Gras und sprach ein Gebet an die Gottesmutter. Sie betete für Relindis' Seele und dafür, dass sie bald ihre neuen Schwestern kennenlernen könnte. Dann bat sie noch darum, dass die Heilige Jungfrau immer ihre schützende Hand über Wilem halten möge.

Später, als die Sonne höher gestiegen war, packte sie ihre mitgebrachte Wegzehrung aus und aß sie auf. Danach wurde sie so müde, dass sie sich ins Gras legte und einschlief.

Sie erwachte von einem Geräusch. Ein lautes Wiehern ließ sie aufschrecken. Hastig fuhr sie hoch und kniff die Augen gegen die Sonnenstrahlen, die durch die Blätterdächer der Buchen fielen, zusammen.

Ein Mann beugte sich über sie. Er hatte ein breites Gesicht mit einer winzigen Nase. Unter seinem Helm wucherten dicke graue Haare, die sehr gerade abgeschnitten waren, auf seine Stirn. Im ersten Augenblick glaubte sie, ein Walddämon hätte sie entdeckt. Sie starrte auf das Kettenhemd des Mannes, seinen dunklen Umhang. Dann erblickte sie die Reiter hinter ihm – eine Handvoll bewaffneter Männer mit Schwertern unter ihren Mänteln.

Sie sprang so hastig auf, dass sie gegen den Weihestein prallte und ein paar der Opfergaben zu Boden riss.

Der Mann packte ihren Arm und hielt sie fest. Als sie versuchte, sich loszureißen, zerrte er sie roh zu sich heran. Seine Augen glitzerten gierig. Er roch aus dem Mund, als hätte er faule Eier gegessen. Angewidert wich Maria zurück, doch er packte sie grob im Nacken und drehte ihr den Arm auf den Rücken. Sie schrie auf.

»Lass sie«, ertönte da die Stimme eines der Reiter. »Bring sie zu mir.«

Die Hand des Mannes presste sich wie eine eiserne Zange in ihren Nacken. Sie hatte keine andere Wahl, als dem Befehl zu folgen.

Der Scherge stapfte mit ihr über das Gras zum Trampelpfad, wo er sie vor seinen Herrn schob. Der Reiter wartete in der Mitte seiner kleinen Truppe, umgeben von jeweils zwei Rittern an seiner Seite. Er trug keinen Helm, nur ein Kettenhemd und einen Mantel wie alle anderen. Er hatte mittelblondes, lockiges Haar und ein gut geschnittenes Gesicht. Hochmütig blickte er auf Maria herab.

»Du wehrst dich nicht mehr und antwortest auf alle Fragen, hast du verstanden?« Seine Stimme klang ruhig und befehlsgewohnt. Er saß auf einem edlen, dunklen Pferd, das nervös den Kopf bewegte. Er war bestimmt ein hoher Herr, vielleicht ein Fürst aus der Umgebung. Vielleicht gehörte ihm sogar der Boden unter ihren Füßen. Sie musste tun, was er verlangte. Also schwieg sie und nickte nur.

»Wie ist dein Name?«

»Maria.«

»Was machst du hier?«

»Ich hab in der Nähe Kräuter gesammelt.« Sie nickte mit dem Kopf in Richtung ihres Korbes, wobei sie inständig hoffte, dass das Sammeln hier nicht verboten war. »Dann bin ich eingeschlafen ...«

Der Mann machte eine wegwerfende Handbewegung. Misstrauisch blickte er zum Heiligtum hinüber. »Was ist das hier für ein Ort?«

Erstaunt sah Maria zu ihm hinauf. »Ihr wisst nicht, was ...« Sie brach ab und schloss den Mund. Also war er nicht der Herr dieses Landes, denn er kannte sich nicht aus. Seinem merkwürdigen Zungenschlag nach zu urteilen waren er und seine Ritter Fremde.

»Dies ist das Hainholz bei Köln«, sagte sie hastig. »Ich bin heute auch zum ersten Mal hier.«

»Kommst du aus Köln?«

»Ja, Herr.«

Der Mann musterte sie nun aufmerksamer. Sie merkte, wie sein Blick über ihre Gestalt glitt, wie er sie abschätzte. »Wer ist dein Herr?«, wollte er dann wissen.

»Dietrich von der Ehrenpforte.« Sie war fast ein wenig stolz auf diesen klangvollen Namen, obwohl sie den Herrn nicht kannte und nur zum Haus seiner Base gehörte.

Der Mann schwieg eine Weile, während er sie aus halb geschlossenen Augen ansah. Sein Pferd schnaubte und stampfte mit dem Huf auf.

»Ich war auch einmal in Köln«, sagte er dann. »Vor vielen Jahren. Ich hätte Lust, der Stadt wieder einen Besuch abzustatten, was meinst du, Heinrich?«

Der dunkelhaarige Ritter neben ihm schüttelte den Kopf. »Mit Verlaub, das wäre großer Leichtsinn. Bedenkt, *wer* in der Stadt ist.«

»Gewiss.« Der Blonde nickte mit grimmigem Gesicht. »Aber bedenkt doch, was wir alles sehen werden.«

»Ihr solltet das nicht tun«, gab der Ritter zurück.

»Aber wenn ich doch will? Ich habe Lust auf ein Abenteuer! Die Magd wird uns helfen, hineinzukommen.« Er blickte wieder auf Maria hinunter. »Sind viele Bewaffnete in der Stadt?«

Maria fühlte ihr Herz noch schneller klopfen. Woher sollte sie das wissen? Sie überlegte hastig, erinnerte sich an die wenigen Gelegenheiten, die sie auf dem Markt und an den Pforten gewesen war.

»N-nein, Herr. Nur die Stadtbüttel auf den Märkten und die Wachen an den Pforten. Die prüfen aber jeden.«

Die beiden Männer wechselten Blicke. Der Dunkelhaarige sah immer noch zweifelnd aus, während dem Blonden ihre Antwort zu gefallen schien. »Nun, du kennst die Stadt sicher besser als wir. Sag uns doch, wie könnten wir beide« – er deutete auf den anderen – »am besten unauffällig in die Stadt gelangen?« Er lächelte auf einmal. Das verlieh seinem Gesicht einen liebenswürdigen Ausdruck.

Überrascht holte Maria tief Luft. Sie überlegte. »Ihr müsst Eure Schwerter und die Kettenhemden ablegen. Die Wachen an den Stadtpforten durchsuchen jeden nach Waffen. Seid am besten einfache Männer. Bauern ... oder besser Händler«, setzte sie hinzu, als ihr einfiel, dass diese hohen Herren sicher schwer als Bauern würden durchgehen können.

»Gut«, sagte der Mann und nickte seinem Freund zu, der immer noch alles andere als begeistert aussah. »Du wirst uns begleiten, Maria.«

# Kapitel 6

Wenig später ging Maria zwischen den beiden Unbekannten das letzte Stück des Weges zu Fuß zurück nach Köln, während die Ritter in einem Wäldchen nicht weit von der Stadt entfernt auf sie warteten.

Maria umklammerte den Henkel ihres Korbes. Sie schwitzte in ihrem dunklen Kleid und unter ihren dicken Locken. Verzweifelt sah sie auf das feine Stiefelleder der beiden Männer hinunter.

Die Männer hatten ihre Kettenhemden abgelegt, aber sie sahen immer noch zu vornehm aus. Niemals würde sie die beiden als einfache Weinhändler ausgeben können, wie sie es besprochen hatten! Wenn man sie nun alle an der Pforte gefangen nähme und in einen der Türme würfe!

Sie fuhr sich mit der Zunge über ihre trockenen Lippen. Vor ihnen erhob sich die Stadtmauer über dem Graben. Ein paar Karren drängten sich vor dem Tor, andere Wagen kamen ihnen entgegen. Ihr fiel auf, dass ihre beiden Begleiter alles sehr genau beobachteten. Zu ihrem Schrecken stellte sie fest, dass inzwischen ein Wachwechsel stattgefunden hatte. Als sie die Stadt am Vormittag verlassen hatte, war ein junger Wachmann am Tor gewesen, der ihr anzüglich zugezwinkert hatte; nun aber standen dort zwei erfahrene ältere Söldner.

Sie merkte, wie ihre Hände und Knie zu zittern begannen. Sie fing einen beruhigenden Blick von dem Dunkelhaarigen auf. Er wollte bei seinem Namen Heinrich bleiben, hatte er gesagt, denn jeder dritte Mann im Reich hieße ja schließlich Heinrich. Nur sein Herr nannte sich Gerold. Er hatte das Ansinnen mehrerer seiner Ritter, die ihn begleiten wollten, zurückgewiesen und darauf bestanden, mit Heinrich und ihr allein in die Stadt zu gehen.

Maria begegnete dem strengen Blick des Wachmanns. Stirnrunzelnd vertrat er ihnen den Weg und fragte, wo sie hinwollten.

Maria, die die strenge Kontrolle der Wachsoldaten bereits kannte, schluckte hastig ihre Angst hinunter. »Ich soll diese Herren zu Dietrich von der Ehrenpforte begleiten«, sagte sie. »Sie werden in seinem Haus erwartet.« Sie fing den erstaunten Blick Heinrichs auf, beachtete ihn aber nicht.

Der Söldner rührte sich nicht. »Wer sind diese Herren? Können sie auch für sich selbst sprechen?«, schnaubte er und starrte die beiden herausfordernd an.

»Wir kommen im Auftrag des Herrn de Weiler«, sagte der Dunkelhaarige rasch. »Herr von der Ehrenpforte erwartet uns.«

Der Söldner aber schien schlecht gelaunt zu sein. Er ließ die beiden Männer nach Waffen durchsuchen und erkundigte sich nach dem Grund ihres Besuchs.

Schnell sagte Maria: »Es geht um eine Hochzeit von Hadewigis von der Ehrenpforte mit Herrn de Weiler.«

Der Söldner runzelte die Stirn.

»Ihr solltet nicht den Zorn des Herrn de Weiler auf Euch ziehen, indem Ihr uns am Tor Schwierigkeiten macht, guter Mann«, sagte Heinrich und blickte hochmütig auf den Mann herab. Mit einer raschen Bewegung drückte er dem Mann etwas in die Hand. Da nickte der Söldner endlich und winkte sie durch.

»Warum hast du dich nicht an unseren Plan gehalten?«, fuhr er Maria an, als sie außer Hörweite der Wachen am Stift St. Severin vorbeigingen.

»Ich habe gedacht, dass man Euch gewiss nicht glauben würde, wenn Ihr Euch als Weinhändler ausgegeben hättet, so gut gekleidet, wie Ihr seid«, sagte Maria kleinlaut.

»Du hast dich nicht an die Abmachung gehalten! Damit hast du uns unnötig in Gefahr gebracht.«

»Lass sie, Heinrich«, meinte Gerold in versöhnlichem Ton. »Es ist doch alles gut gegangen. Siehst du, wir sind in Köln.« Er deutete auf die Felder, die St. Severin umgaben, wobei er wie ein Junge strahlte. »Nun möchte ich zum Palast des Erzbischofs.«

»Aber Herr!«, entfuhr es Heinrich. Dann, nachdem er sich rasch besonnen hatte, fuhr er leise fort: »Das halte ich für unmöglich. Man könnte Euch erkennen.«

»Aber Heinrich, das ist sechzehn Winter her! Ich war noch ein Junge von zwölf Wintern. Niemand wird mich noch erkennen, und Scholaster Rudolf ist längst tot.«

Heinrich blieb stehen. »Bitte, es wäre mir lieber, Ihr würdet das nicht tun«, sagte er eindringlich. »Lasst uns lieber die Befestigungen in Augenschein nehmen.«

»Die Befestigungen …« Gerold wandte sich an Maria. »Köln ist ein Bollwerk, nicht? Soweit ich mich erinnere, stehen hier noch Mauern aus uralten Zeiten, die den inneren Kern der Stadt umgeben, sowie weitere Mauern und Wälle.«

Maria nickte. »Ich werde Euch keine große Hilfe sein, Herr, weil ich noch nicht lange hier wohne. Am besten, Ihr lasst mich nun gehen«, fügte sie forsch hinzu. »Meine Kräuter verwelken, und im Haus meines Herrn fragt man sich bestimmt, wo ich bleibe.«

Doch Heinrich schüttelte den Kopf. »Du wirst uns begleiten«, sagte er mit leiser drohender Stimme.

Maria warf ihm einen raschen Seitenblick zu. Er war groß, überragte sie und auch seinen Herrn um Haupteslänge. Seine Haut war sonnengebräunt, und aus seinem dunklen Dreitagebart sprossen silberne Härchen. Bestimmt war er doppelt so alt wie sie.

Sie wagte keinen weiteren Widerspruch. Wofür um alles in der Welt brauchten die Männer sie? Ob sie auf den Einfall kommen würden, sich von ihr tatsächlich zum Haus von Dietrich von der Ehrenpforte führen zu lassen? Liebe Hohe Mutter, lass sie das nicht tun, flehte sie im Stillen. Hadewigis würde sie aus dem Haus werfen, und sie müsste sehen, wo sie bliebe, bis sie von der Schwesternschaft aufgenommen werden würde.

Aber die Männer schritten mit ihr die inneren Wallanlagen ab, betrachteten Gräben, Mauern, Durchgänge, überlegten, ob sie notfalls zu sperren wären, wollten dann die mächtigen alten Klöster sehen, die außerhalb der alten Stadtbefestigungen lagen, nahmen deren Felder und Weingärten in Augenschein, fragten Maria nach den Wachen an den Toren. Obwohl sie ihnen nicht viel sagen konnte, musste sie sie den restlichen Tag begleiten.

Sie ließen sich von ihr zum Rhein hinunterführen, betrachteten dort die Mauern und Türme, fragten, ob der abgesetzte Erzbischof vielleicht noch einmal den Rhein abgeriegelt hätte, doch Maria konnte ihnen darauf beim besten Willen keine Antwort geben. Sie spürte, dass sie Teil von etwas geworden war, das sie lieber nicht geworden wäre, und die Angst kroch in ihr hoch. Hatte der alte Mann sie nicht auf der Hinfahrt gewarnt, der Stauferkönig würde wiederkommen? Diese Männer waren seine Anhänger, staufische Spione, die in seinem Auftrag die Stadt auskundschafteten. Als Maria das klar geworden war, begriff sie, dass sie auf keinen Fall preisgeben durfte, dass sie sie durchschaut hatte. Sie musste sich den Herren fügen und weiter das ahnungslose Mädchen spielen, für das sie sie hielten. Später würde sie die erste Gelegenheit zur Flucht nutzen.

Sie waren nun im Hafenviertel angelangt. Obwohl die Sonne schon sank, war es immer noch sehr warm. In den Gassen stand die Hitze, und es roch nach Unrat, Fischabfällen und Gebratenem. Maria schwitzte unter ihrem Kleid, ihr Gesicht brannte, in ihrem Nacken klebte der Schweiß, und die Zunge klebte ihr trocken am Gaumen. Sie hatte seit Stunden nichts mehr getrunken.

Aber auch die Männer schwitzten, sie hatten ihre Mäntel ausgezogen und trugen nur noch ihre Untergewänder über ihren Beinlingen. Sie zogen ihre Flaschen aus den Gürteltaschen und tranken in großen Schlucken. Maria sah ihnen sehnsüchtig zu.

»Hier!« Heinrich hielt ihr seine Flasche hin. »Aber lass mir noch was drin.« Er beobachtete, wie sie gierig trank. Es war mit Wasser vermischter Wein.

Ein Funken Hoffnung kam in Maria auf, dass die Fremden nun endlich zurückkehren und sie freilassen würden. »Die Stadttore schließen gleich«, sagte sie. »Ihr müsst zurück.«

»Sie ist sehr bestimmend, nicht wahr?« Gerold grinste Heinrich vielsagend an, dann nahm seine Miene wieder jenen hochmütigen Ausdruck an, den sie anfangs schon getragen hatte. »Wir gehen erst, wenn ich sage, dass wir gehen.« Gerold wandte sich ab und schritt die Gasse hinunter auf eine Schenke zu, aus deren offener Tür Stimmengewirr und Gelächter erklang.

Heinrich holte ihn rasch ein. »Das ist kein guter Einfall, Herr. In dieser Schenke werden wir gewiss nichts Brauchbares in Erfahr…«

Gerold wandte sich schroff um und legte seinem Begleiter einen Finger auf den Mund. »Still! Und nenn mich nicht mehr Herr!«

Heinrichs Miene verschloss sich zu einer glatten Maske. Er nahm Maria fest an die Hand und zog sie hinter sich her. Gemeinsam folgten sie Gerold in die düstere kleine Schenke, die kaum größer war als ein Stall. Durch wenige kümmerliche Fensteröffnungen fiel letztes Tageslicht herein. An ein paar Tischen saßen Männer und würfelten – ihrer Kleidung nach zu urteilen offenbar Hafenarbeiter. Sie starrten sie neugierig an, als sie eintraten, und Maria fragte sich, was Gerold ausgerechnet in diese billige Hafenschenke trieb.

Steif ließ sie sich neben Heinrich auf einer Bank nieder, während sie die gierigen Blicke der Männer auf sich spürte. Es war mehr als offensichtlich, dass sie nicht in diese Schenke passten – sie, weil sie eine Frau war, und ihre Begleiter, weil sie viel zu vornehm waren.

»Wir erregen Aufmerksamkeit«, sagte Heinrich leise, doch Gerold schien das nicht zu beeindrucken. Er schien auch nicht im Mindesten müde zu sein. Gut gelaunt orderte er für alle Bier und etwas vom Gebratenem, und der Wirt nickte und beeilte sich, den Wunsch seines reichen Gasts zu erfüllen.

»Die Leute hier sind an Fremde gewöhnt, da fallen wir nicht auf«, sagte Gerold zu Heinrich. »Siehst du, sie beachten uns gar nicht mehr.« Er deutete auf die Männer am Nebentisch, die sich wieder lautstark ihrem Würfelspiel hingaben.

Heinrich sah nicht überzeugt aus. »Seid trotzdem vorsichtig«, warnte er. »Sprecht bitte nicht so laut.«

Gerold grinste Maria an, während er mit dem Kopf in Richtung Heinrich deutete. »*Dapifer*«, höhnte er. »Immer auf alles bedacht. Überall lässt er Vorsicht walten, wo er ruhig mal sein Pferd galoppieren lassen sollte.«

Heinrich saß mit verschlossener Miene da und erwiderte nichts.

Maria runzelte die Stirn. Sie verstand kein Wort. »Was ist ein *Dapifer*, Herr?«

»Glaub mir, es ist besser, wenn du das nicht weißt«, knurrte Heinrich. Er schien verstimmt zu sein. Seine Stimme klang dunkel und rau. Maria wagte es nicht, noch etwas zu fragen.

Sie beobachtete, wie der Wirt ihnen den Bierkrug brachte und jedem einen Teller mit gebratenem Speck und einem Klecks gräulich schimmerndem Brei hinstellte. Die Männer zogen ihre Löffel aus den Gürteltaschen und begannen zu essen. Gerolds Löffel war silbern mit einem kunstvoll verzierten Griff, der die Farbe einer Eierschale hatte. Er erinnerte Maria an Liobas Kamm, den Otto ihr einst vom Kreuzzug mitgebracht hatte. Heinrich besaß ebenfalls einen silbernen Löffel, allerdings mit einem Griff aus Hirschhorngeweih. Er schob den Brei auf dem Teller hin und her, bevor er eine Löffelspitze aß und dann angewidert das Gesicht verzog.

»Hast du ein paar Pfennige dabei?«, fragte er. »Du wirst das nämlich gleich bezahlen. Wir würden mit unserem Geld hier nur auffallen.«

Maria runzelte die Stirn. »Ich bin nur eine einfache Magd, Herr.«

Heinrich warf ihr einen grimmigen Seitenblick zu. »Hast du Geld oder nicht?«, zischte er mit so ärgerlicher Stimme, dass sie hastig nickte.

»Ich hab ein paar Hälflinge«, sagte sie und dachte an die winzigen Münzen, die sie von Bela am Morgen bekommen hatte. »Sie werden wohl reichen«, setzte sie nach einem Blick auf Heinrich hinzu. Dieser Mann konnte einem aber auch Angst machen! Sie beobachtete, wie er etwas aus seiner Gürteltasche hervorholte und vor ihr auf die Tischplatte knallte.

»Das dürfte als Entschädigung reichen. Du kannst es morgen gegen gute Kölner Pfennige eintauschen.«

Maria starrte auf die große silberne Münze vor ihr auf dem rauen Holz. Sie hatte noch nie ein so großes Geldstück gesehen. Es glänzte in neu poliertem Silber und trug die Abbildung eines thronenden Kaisers. »Nun nimm es schon!«, drängte Heinrich und deutete auf den Wirt, der sie aus einiger Entfernung beobachtete.

Rasch nahm Maria die Münze und verstaute sie in ihrer Gürteltasche. Wer immer diese Fremden waren, sie waren bestimmt sehr reich. Sie würde das Geld gut gebrauchen können, wenn Hadewigis sie wegen ihres Zuspätkommens aus dem Haus würfe und sie gezwungen wäre, wieder in einer Herberge zu übernachten.

»Das Mädchen ist frech, Heinrich«, meinte Gerold. »Aber das ist gut. Den Frechen gehört die Welt.« Er zwinkerte ihr über den Tisch hinweg zu, und sie ertappte sich bei dem Gedanken, ihn zu mögen.

»Wollt Ihr damit sagen, dass ich nicht in den Himmel komme, Herr?«, fragte sie, und er lachte und hob seinen Becher.

»Auf das Himmelreich!« Er kippte das Bier hinunter, und die beiden anderen taten es ihm nach.

»Ich bin ein Glückskind«, fuhr Maria ermutigt fort. »Denn ich bin an einem Sonntag geboren worden, zu Mariä Himmelfahrt.«

»Ach wirklich?« Gerold zog erstaunt die Brauen hoch. Sein hellhäutiges Gesicht glühte von der Hitze und vom Bier. »Dann haben wir mit dir wohl einen Glücksgriff getan. Erzähl mir von deinem Leben, Maria!«

»Nun, es …« Sie umklammerte ihren Becher und dachte, dass sie vorsichtiger sein müsste mit dem, was sie sagte. Das Bier hatte ihre Zunge schon gelöst und sie leichtsinnig werden lassen.

Gerold betrachtete sie abwartend. »Wo kommst du her, wenn du noch nicht so lange in Köln bist?«

»Vom Niederrhein.« Rasch erzählte sie die Geschichte von ihrer kranken Tante, die sie auch schon Bela erzählt hatte. »Erst vor Kurzem fand ich eine Anstellung bei Dietrich von der Ehrenpforte, genauer gesagt im Haus seiner Base.«

»Wer ist Dietrich von der Ehrenpforte?«

»Ein sehr vornehmer und reicher Bürger Kölns. Er ist ...« Sie suchte nach den vielen Titeln, die Bela ihr genannt hatte, aber ihr fiel keiner mehr ein. »Er ist ein hoher Herr der Stadt, ein Münzer oder so was.«

Gerold hob wieder seine Augenbrauen, und sie spürte, wie Heinrich sie von der Seite musterte. »Er steht also in Diensten des Erzbischofs von Köln«, stellte er fest.

»Ja, er ist Schöffe beim erzbischöflichen Gericht und in der ... in einer Bruderschaft der Obersten der Stadt«, bestätigte Maria, stolz darauf, dass ihr endlich wieder eingefallen war, was Bela ihr über den Herrn gesagt hatte.

»Dann hat dir dein Herr bestimmt auch verraten, ob der Welfenkönig noch hier in der Stadt ist? Hast du ihn schon gesehen?« Heinrich sprach mit so leiser Stimme, dass sie ihn kaum verstand. Sie hob den Kopf und sah ihn an. Seine dunklen Augen betrachteten sie ruhig, beinahe freundlich aus dem sonnengebräunten Gesicht heraus. *Eigentlich*, dachte sie, *sieht er gut aus. Wenn er nur nicht so alt wäre.*

Sie schüttelte hastig den Kopf. Ob er wirklich erwartete, dass sie wüsste, wo der Welfenkönig wäre?

»Du hast doch bestimmt etwas gehört«, bohrte er weiter.

Maria knetete ihre Finger, die in ihrem Schoß lagen. Würden sie ihr glauben, wenn sie sagte, sie wüsste es nicht? *Ich muss sie überzeugen*, durchfuhr es sie. *Sie müssen mir glauben.* Sie straffte sich unmerklich, sah Heinrich geradewegs an. »Ich weiß es nicht. Ich bin erst seit ein paar Wochen im Haus der Base meines Herrn«, sagte sie. »Wir Mägde reden auch nicht über so etwas.«

Heinrich wechselte mit Gerold einen raschen Blick. Dann leerte er seinen Becher. »Aber du weißt doch sicher, dass der Welfenkönig sich seit Jahren fälschlicherweise anmaßt, König zu sein, und damit das ganze Reich in einen blutigen Krieg gestürzt hat. Alle Fürsten und Bischöfe des Reiches stehen mittlerweile aufseiten unseres wahren Königs Philipp, dem Sohn des großen Kaisers Friedrich. Nur Köln weigert sich beharrlich, sich zum rechtmäßigen König zu bekennen, und hält weiter zum Verräter Otto.«

Das folgende Schweigen wurde nur übertönt von dem Lärm der Würfler am Nebentisch. Maria starrte auf das Holz der Tischplatte, das zwar glatt poliert, aber mit vielen Flecken, Abdrücken vom Geschirr und kleinen Einkerbungen übersät war. Heinrichs Worte hallten in ihren Ohren wider und bestätigten ihren Verdacht, so unwirklich er ihr auch erschien: Die Herren waren staufische Parteigänger, die in Köln spionierten. Sie überlegte, was sie sagen sollte.

»Nun«, begann sie endlich. »Ein Mann hat uns auf unserer Reise nach Köln gewarnt, dass König Philipp mit seinen Truppen wiederkommen würde, um die Stadt einzunehmen. Der Welfenkönig sei noch in Köln, hat er gesagt, und die Stadt hielte weiter zu ihm, aber das würde ihr nicht bekommen. Er würde sie nur in den Abgrund reißen.«

»Kluger Mann.« Heinrich hob die Mundwinkel zu einem schwachen Lächeln. Dann winkte er dem Wirt und orderte noch eine Runde Bier.

»Heißt das, der Mann hatte recht und der Stauferkönig kommt wieder?«, fragte Maria. Die Würfler am Nebentisch hielten inne und sahen zu ihnen herüber.

Heinrichs Mund formte eine harte Linie. Still sah er zu, wie der Wirt ihnen einen neuen Krug brachte und die halb leeren Teller der Herren und Marias leeren Teller abräumte.

Dann sagte er, als der Wirt wieder verschwunden war: »Vielleicht hat der Welfe ja den Mut, sich einer offenen Feldschlacht zu stellen, anstatt sich feige wie eine Maus im Loch seiner Stadt zu verstecken und ihre Bewohner leiden zu lassen.« Seine Stimme klang leise, aber sie schien die dunstgeschwängerte, dicke Luft in der Schenke zu durchschneiden.

»Es tut mir leid, dass ich Euch nichts sagen kann«, meinte Maria. »Ich bin nur eine einfache Magd und verstehe von all dem nichts.«

»Eine glückbringende Magd«, sagte Gerold, warf Heinrich einen strengen Blick zu und nickte ihr zu.

»Eine kräuterkundige Magd«, sagte Heinrich und deutete auf ihren Korb, in dem die Nesseln welkten.

»Auf Maria!«, sagte Gerold, und sie hoben ihre Becher und prosteten ihr zu. Erleichtert trank sie mit ihnen. Offenbar glaubten ihr die Männer. Aber wer wusste schon, was sie noch alles mit ihr vorhatten? Sie bemerkte, dass Heinrich sie immer noch beobachtete.

Sie spürte, wie ihre Wangen in der Hitze glühten. Er hatte sie durchschaut. Er schien zu ahnen, dass sie längst wusste, dass sie es mit staufischen Spionen zu tun hatte.

*Ich muss hier weg*, dachte sie und fühlte, wie ihr der Kopf vom vielen Bier zu schwirren begann.

Aber sie blieb. Es gefiel ihr, wie der staufische Ritter sie ansah. Wann hätte sie sonst die Gelegenheit, mit zwei edlen Herren an einem Tisch zu sitzen und zu trinken? Wann würden jemals so hochgeborene Männer sie so gut behandeln und zu ihr sprechen, als wäre sie ihresgleichen?

*Niemals.*

Es war eine Möglichkeit, ein Glücksfall, als hätte Gott selbst ihr, einer unwürdigen Magd, eine goldene Kette geschenkt. So wie er auch den Leib der niedersten Magd Maria mit einem wunderbaren Kind gesegnet hatte. Gott und die Mächtigen konnten Wunder tun, wenn sie wollten.

Sie leerte ihren Becher und schenkte Heinrich ein Lächeln, das er zu ihrem Erstaunen erwiderte. »Ich hoffe, dein Geld reicht für unseren großen Durst«, meinte er.

»Wenn nicht, lasse ich anschreiben, tausche Eure Münze ein und löse die Schulden später ab.«

Um seine Mundwinkel zuckte es. »Du kennst dich ja gut aus.«

»Ja, aber es wäre mir noch lieber, wenn ich wüsste, wer Ihr seid.«

Im matten Schein des Feuers, das der Wirt gerade entzündet hatte, sah sie sein Gesicht. »Du *weißt*, wer wir sind.«

Das Feuer loderte auf, als sich die Tür öffnete und eine Gruppe neuer Männer hereinströmte.

»Weiß ich nicht«, gab Maria zurück.

Flammenschein zuckte über Heinrichs Gesicht, ließ die silbernen Härchen in seinem Bart aufglitzern. Er wandte sich ab, um die Männer zu betrachten – ein paar Arbeiter in fleckigen Gewändern und Beinlingen aus groben Stoffen. Einer von ihnen blieb an ihrem Tisch stehen und starrte Gerold mit runden Augen an.

»Das ist … nein, das gibt's doch nicht! Bei den Heiligen Drei Königen!« Er riss sich seine Kappe vom Kopf und bekreuzigte sich, dann sank er vor Gerold in die Knie. »Gnädiger Herr König Philipp, segnet Euren armen Knecht.«

In der Schenke wurde es schlagartig still. Nur noch das Knistern und Knacken des Feuers war zu hören. Die Würfler hielten inne und gafften zu ihnen hinüber. Die Arbeiter blieben stehen und starrten Gerold an, der unter seinen roten Wangen erbleichte.

»Was redest du da, Korri?«, rief einer. »Das soll ein König sein? Hier in unserer Schenke? Ich glaub, du spinnst!« Er tippte sich an die Stirn und wollte seinen Kumpel fortziehen, doch Korri wehrte sich. »Nein, es ist wahr, ich kenn ihn!«, rief er. »Ich hab ihn geseh'n, als er letztes Jahr in Sinzig an Land ging. Ich hab' ihn mir doch genau angeschaut, unseren jungen schönen König mit seinem Gefolge und den Pferden, wie sie weiter nach Aachen zur Krönung gezogen sind. Wir haben das Königsschiff wieder zurückgetreidelt.«

Seine Kumpane blickten unschlüssig von ihm zu Gerold und wieder zurück. Maria sah in ihre überraschten Gesichter und lachte hell auf.

»Was?! Du glaubst, das wär der König? Aber das ist doch mein Bruder Gerold!« Sie wandte sich an den überraschten Staufer. »Du musst dem König wirklich ähnlich sehen, dass dir das immer wieder passiert. Lass dir doch mal die Haare schneiden!«

Aber Korri zögerte. Er war ein junger, kräftiger Mann. In seinem gut geschnittenen Gesicht arbeitete es.

»Du glaubst mir nicht? Meine Güte«, meinte Maria. »Lass meinen Bruder in Ruhe, ich schwör bei allen Heiligen, er ist nicht der König!« Leutselig hob sie die Hand und machte das Zeichen des Schwurs.

»Korri, komm weiter.« Einer der Männer hob den knienden Mann auf und zog ihn fort. »Dir ist die Sonne heut wohl nicht bekommen. Lass die Leute in Ruh.«

Korri ließ sich nur widerstrebend wegführen und warf immer wieder Blicke zurück auf Gerold, der wie versteinert am Tisch saß. Am Nebentisch fuhr man mit dem Würfeln fort, warf aber hin und wieder noch Blicke zu ihnen herüber.

Maria zwinkerte Gerold zu, wie er es so oft mit ihr getan hatte, und endlich erwiderte er ihr Lächeln.

»Du hast recht, Schwester«, sagte er. »Vielleicht sind meine Haare wirklich zu lang geworden.«

Als sie wenig später draußen waren, drückte Heinrich Maria den Arm. »Das hast du sehr gut gemacht.«

Sie standen in der Dunkelheit der Gasse. Vom Fluss kam ein leichter kühler Wind herauf und zerstreute die Gerüche des Hafens. Über ihnen wölbte sich ein dunkelblauer, sternenklarer Himmel. Maria versuchte, Heinrichs Gesicht zu erkennen, aber sie sah nichts außer den Umrissen seiner Gestalt.

Sie lächelte stolz. »Ja, nicht? Sie hätten uns alle gefangen genommen, nur weil Ihr, Herr, dem König so ähnlich seht. Und dann wärt Ihr dem Welfenkönig ausgeliefert worden, obwohl ...«

Das Schweigen der Männer ließ sie verstummen. Trotz ihres vom Bier benommenen Geistes merkte sie, dass sie zu viel gesagt hatte, zu viel Falsches, dass sie eine Wahrheit nicht sah, obwohl diese genau vor ihr stand.

»Heinrich, entlohne Maria!«, befahl Gerold mit fester Stimme.

Heinrich verneigte sich vor ihm, nahm noch eine der großen Silbermünzen aus seiner Gürteltasche und gab sie Maria.

»Mehr! Sie hat mir das Leben gerettet.«

Heinrich gehorchte und legte zwei weitere Münzen in Marias Hand.

Maria schluckte, ihr schwirrte der Kopf. Fest umkrampften ihre Finger das kühle Silber. Vor ihr stand der wahre König. Leibhaftig.

Was sollte sie nur tun? Wie verhielt man sich gegenüber einem König? Sie knickste tief, wobei sie glaubte, dass die Knie ihr gleich den Dienst versagen würden.

»Herr, verzeiht mir. Ich wusste nicht, dass Ihr ...«

Philipp hob die Hand. »Schon gut. Steh auf! Wenn ich mich als Landmann ausgebe, werde ich als solcher behandelt. Wer wäre ich, wenn ich das nicht wüsste? Es ist immer wieder bemerkenswert zu sehen, wie anders die Menschen sich benehmen, wenn sie nicht wissen, wer ich bin.« Er öffnete seine Gürteltasche und entnahm ihr einen kleinen goldenen Ring. »Nimm das als Zeichen meiner Gunst. Du hast mir Glück gebracht, Maria. Könige brauchen Menschen, die ihnen Glück bringen.«

Sie hörte an seiner Stimme, dass er lächelte. Sie wusste nicht mehr, was sie sagen sollte. Die Wirkung des Bieres ließ allmählich nach, und die schroffe Wirklichkeit kehrte wieder in ihr Bewusstsein zurück. Aber sie fühlte sich unecht an, als wäre sie in einer fremden Welt. Sie konnte nicht glauben, dass sie wirklich dem König gegenüberstand.

»Es tut mir leid, aber du wirst bei uns bleiben müssen, bis die Stadttore öffnen«, sagte Heinrich. Ehe sie etwas erwidern konnte, packte er sie und zog sie mit sich die dunkle Gasse entlang.

»Ihr traut mir nicht«, stellte sie fest, als er sie weiter über den menschenleeren Alter Markt zog.

»Nenn es lieber Vorsicht«, gab er zurück.

Sie gingen den alten Steinweg zurück zum Südtor, kletterten über die Mauer des Stifts St. Severin und verbargen sich im Weingarten. Heinrich nahm seinen Gürtel und band Maria an einen eisernen Ring in der Mauer, der offenbar sonst für Esel und Maultiere gedacht war.

»Tut mir leid, aber das muss sein«, sagte er.

Die Männer breiteten ihre Mäntel zwischen den Weinstöcken aus und schliefen sofort ein, aber Maria tat die ganze Nacht kein Auge zu. Schlaflos beobachtete sie die Sterne am Himmel und die Nachtvögel, die manchmal wie Schatten darüber hinwegflogen.

Immer wieder tanzten die Bilder des Abends durch ihren Kopf. Was wäre gewesen, wenn man dem Treidler geglaubt hätte? Der König hätte in Gefangenschaft geraten können.

Sie erinnerte sich daran, was Bela ihr erzählt hatte: Erst im letzten Jahr sei ein neuer Mann zum Erzbischof von Köln erhoben worden, einer, der zum Welfenkönig hielt. Der alte sei abgesetzt worden, nachdem er ins Lager Philipps gewechselt sei.

Philipp wäre nicht der erste König gewesen, der in Gefangenschaft geriet. Vor einigen Jahren hatte sie die unglaubliche Geschichte von dem englischen König Richard gehört, der auf seinem Rückweg vom Kreuzzug im Heiligen Land von

Herzog Leopold von Österreich gefangen genommen worden war, weil er als einfacher Mann reiste. Er war später an den deutschen Kaiser ausgeliefert worden und erst nach Zahlung einer riesigen Summe wieder freigekommen.

Maria seufzte leise. Kühle stieg von der Erde zwischen den Rebstöcken auf und drang in ihr Gewand. Sie beobachtete, wie im Osten hinter dem Rhein allmählich der Morgen graute. Über dem Land sangen die Vögel. Alles gewann seine Formen zurück – die Rebstöcke, die Mauer, das Kloster. Philipp lag auf dem Rücken und schlief wie ein unschuldiges Kind. Der Sohn des großen Kaisers Friedrich, mit dem Otto von Linn im Heiligen Land gewesen war.

Sie mochte ihn. Es war sicher das erste und einzige Mal in ihrem Leben, dass sie einen König zu Gesicht bekommen würde.

Heinrich erwachte als Erster. Schlaftrunken erhob er sich und trat an die Mauer, um sich zu erleichtern. Sein helles Untergewand schimmerte im Morgengrauen, und die Umrisse seiner schlanken Gestalt zeichneten sich hell vor dem Mauerwerk ab. Dann hob er seinen Mantel auf und überzeugte sich davon, dass die Lederschnüre seines Gürtels noch gut an ihren Handgelenken befestigt waren.

»Wer seid *Ihr*?«, fragte sie ihn.

»Heinrich von Waldburg, Reichstruchsess«, antwortete er wie beiläufig, während er seinen Mantel ausklopfte.

»Ihr ... ähm ...« Maria klappte den Mund zu. Der Morgen begann ebenso unwirklich, wie die Nacht geendet hatte. Sie ertappte sich bei dem Gedanken, dass sie es bedauern würde, wenn er gleich fort wäre. Sie würden sich sicher nie wiedersehen.

»Wird der König wieder die Stadt belagern?«, fragte sie.

Heinrich von Waldburg hüllte sich in seinen Mantel. »Das kann ich dir nicht sagen.«

»Warum nicht? Ihr wisst mehr als jeder andere Mann im Reich. Ich habe dem König das Leben gerettet. Sagt mir bitte, was passieren wird.«

Er sah sie an. In seinem Blick lag Bedauern. »Geh in deine Heimat zurück, da bist du sicher«, sagte er leise, während er den schlafenden König nicht aus den Augen ließ.

Maria schluckte. Sie wünschte sich plötzlich, dieser Traum, in dem sie sich befand, würde bald verschwinden, sich auflösen wie Morgennebel im Tal. Stattdessen wurde alles nur noch schlimmer.

»Heißt das – er wird die Stadt angreifen?«, flüsterte sie.

Er hob die Hand und legte ihr einen Finger auf den Mund. »Kein Wort mehr! Zu niemandem, verstanden?«

Sie wollte noch etwas sagen, aber da erwachte Philipp und erhob sich.

Heinrich verneigte sich vor ihm. »Wir müssen gehen, Herr, die Stadttore öffnen gleich.«

Philipp nickte und gähnte. Er deutete auf die gefesselte Maria.

»Ist das wirklich nötig, Heinrich?«

»Sie könnte uns verraten, bevor wir aus der Stadt sind, Herr.«

»Ich vertraue ihr, *dapifer*! Sie wird uns natürlich verraten, aber niemand wird ihr glauben. Nicht wahr, Maria?« Philipp sah fragend auf sie herunter.

»Ich werde Euch nicht verraten, Herr«, versprach Maria hastig. »Ich schwöre es.«

»Ach was, natürlich wirst du es tun. Schwöre es lieber nicht.« Er machte eine wegwerfende Handbewegung. Dann legte er ihr die Hand auf den Kopf und spendete ihr seinen königlichen Segen.

Wenig später kletterten die Männer über die Klostermauer. Maria richtete sich auf, so gut es ging. Von der leichten Anhöhe, auf der sie sich befand, konnte sie beobachten, wie die beiden den alten Steinweg hinab zum Stadttor gingen. Sie sah, wie die hochgewachsene Gestalt Heinrich von Waldburgs langsam in der Ferne verschwand, und fühlte, wie eine unbekannte, mächtige Freude in ihr aufstieg, die stärker war als ihre Angst.

Sie musste lächeln.

# Kapitel 7

Als die Sonne aufgegangen war, erschienen die Laienbrüder zur Arbeit im Weingarten. Maria erzählte den überraschten Männern, dass sie in der Nacht beraubt, in den Garten gebracht und gefesselt worden war. Sie schlug alle gut gemeinten Hilfsangebote der Brüder aus und lief nach Hause. Dort erzählte sie Bela und Lutgard, sie wäre nach dem Kräutersammeln eingeschlafen und erst so spät wieder aufgewacht, dass sie es nicht mehr rechtzeitig vor Toresschluss in die Stadt zurückgeschafft hätte. So hätte sie die Nacht in einem verlassenen Boot auf dem Rhein verbringen müssen.

»Du hast Glück gehabt.« Bela, die übernächtigt und müde aussah, drückte ihr erleichtert die Hand. »Ich bin so froh, dass du wieder da bist!«

»Hätte aber auch anders ausgeh'n können bei dem Gesindel, das sich nachts vor den Stadttoren rumtreibt«, brummte Lutgard. Sie warf eine Handvoll Bohnen, die sie gerade schnitten, in den Eimer.

»Es tut mir leid«, sagte Maria leise und starrte aus dem geöffneten Fenster der Küche in den blühenden Garten. Sie war müde von der durchwachten Nacht, ihre Glieder fühlten sich schwer wie Blei an. Sie wollte nur noch schlafen. Die Erlebnisse vom Abend zuvor erschienen ihr jetzt, im Licht des Tages, noch mehr wie ein ungeheurer Traum. Aber es war die Wahrheit. Die Staufer würden Köln angreifen.

»Wie bringen wir das nur der Herrin bei, ohne dass sie dich rauswirft?«, fragte Bela seufzend und verdrehte die Augen nach oben zur Decke, wo im Obergeschoss Hadewigis' Krankenzimmer lag.

»Du brauchst das nicht, ich kann es selbst tun«, erwiderte Maria. »Aber da ist noch etwas. Ich bin jemandem begegnet.«

Die beiden Mägde hielten inne und beugten sich neugierig vor.

Maria umschlang mit den Fingern ihre Knie durch ihr grob gewebtes Mägdegewand hindurch. »Auf dem Rückweg begegnete ich ein paar Reisenden, die von Süden her kamen. Sie meinten, dort ginge das Gerücht um, dass König Philipp ein Heer gegen Köln rüsten würde.«

Die beiden starrten Maria mit großen Augen an. Eine Weile war nichts als das Vogelgezwitscher aus dem Garten zu hören.

»Wann?«, fragte Bela.

»Das wussten sie nicht. Bald.« Maria zuckte mit den Schultern und hoffte, dass ihre Lüge glaubhaft klingen würde. Sie konnte den beiden doch nicht die Wahrheit erzählen. Niemand, so dachte sie, würde ihr auch nur ein Wort glauben. Aber sie musste die anderen warnen.

Lutgard und Bela tauschten Blicke aus. Bela sprang auf. »Weißt du, wo die Leute herkamen?«

»Nein.«

»Wollten sie weiter nach Köln?«

Maria nickte. »Leider hatten sie keinen Platz mehr im Wagen, um mich mitzunehmen.« Sie lächelte schwach.

»Dann müsste sich das Gerücht inzwischen in der Stadt verbreitet haben«, rief Bela. »Ich geh auf den Markt und hör mich um. Wenn da was dran ist, müssen wir uns sofort Vorräte holen.«

Lutgard nickte und deutete nach oben. »Wir müssen es ihr sagen.«

»Später«, versetzte Bela. »Ich will erst mal hören, ob es stimmt. Es gab immer wieder Gerüchte über einen neuen Angriff, die nichts als heiße Luft waren.«

Maria beugte sich vor. »Die Leute wirkten sehr glaubwürdig«, sagte sie mit Nachdruck. »Sie sprachen davon, wie froh sie wären, hinter die sicheren Mauern von Köln zu kommen.«

»Das werde ich herausbekommen.« Bela nahm ihren Korb und stürmte aus dem Haus.

Maria krallte die Hände in den Stoff ihres Kleides. Abwesend beobachtete sie, wie Lutgard weiter Bohnen schnitt, als wäre nichts gewesen. Hätte sie nicht besser die Wahrheit sagen sollen? Vielleicht hätte man ihr doch geglaubt. Dietrich von der Ehrenpforte hätte die Männer des Erzbischofs gewarnt, und man hätte die Staufer verfolgt. Womöglich hätte man sie einholen und König Philipp gefangen nehmen können, und der Krieg wäre vorüber gewesen. Wie leicht sie alles hätte ändern können!

Aber nein, dachte sie, die Männer sind längst über alle Berge. Sie musste an Heinrich von Waldburg denken, an sein gebräuntes Gesicht, seine hohe Gestalt im Sattel. Sie musste lächeln, als sie daran dachte, wie er ihr seine Flasche gegeben hatte. Ein edler Mann, der seine Flasche mit einer Magd teilt. Der König in einer schäbigen Hafenschenke. Nein, niemand hätte ihr das geglaubt.

Bela kehrte erst mittags zurück. Sie sagte, es wären keine neuen Gerüchte über einen bevorstehenden Angriff auf Köln im Umlauf, und die Späher hätten auch nicht gewarnt. Trotzdem beschlossen sie, dass die Herrin davon erfahren sollte.

Sie sagten es ihr nachmittags, als Hadewigis gewaschen und angekleidet in ihrer Kammer am Fenster saß. Ihr Fieber war verschwunden, und sie konnte inzwischen wieder aufstehen und etwas essen. Auch ihre Pusteln waren, wie Maria zufrieden feststellte, schon ein wenig abgeheilt.

Gnädig erlaubte Hadewigis Maria zu bleiben, nachdem diese ihr ihre Lügengeschichte erzählt hatte, und sie keifte nicht mal. Doch als sie von dem hörte, was die Reisenden erzählt hätten, winkte sie ab. »Gerüchte«, meinte sie nur. »Is' alles falsch.« Sie öffnete ihre schmalen Lippen, die nun von Marias Salbe glänzten, und wollte noch etwas sagen, aber es kam kein Laut heraus. Rasch presste sie die Lippen wieder zusammen und starrte aus dem Fenster.

»Aber Herrin, sollten wir nicht besser Vorräte kaufen?«, fragte Bela. »Wer weiß, vielleicht haben die Leute die Wahrheit gesagt. Man kann nie vorsichtig genug sein. Erinnert Euch, wie es im letzten Jahr war – wenn's erst mal rum ist, dass die Truppen anrücken, kostet alles sofort das Dreifache, und später ist gar nichts mehr da.«

Hadewigis sah Bela eine Weile nachdenklich an. Sie öffnete den Mund und suchte mühsam nach Worten. »… Staufer soll kommen.«

»Was meint Ihr, Herrin?«

Doch Hadewigis wandte sich ab und entließ sie mit einer Handbewegung.

»Sie kann nicht mehr richtig sprechen«, meinte Maria, als sie die Treppe hinuntergingen. »Das war das Fieber. Sie kann es nicht entscheiden. Du musst zu Dietrich von der Ehrenpforte gehen und ihm alles sagen, Bela. Überzeuge ihn davon, sich auf einen Angriff vorzubereiten.«

Bela seufzte und schwieg, bis sie im Garten waren. Dann sagte sie: »Ich bin nur eine einfache Magd und Gerüchte gibt's viele.«

»Erzähl ihm, was ich gehört habe. Sag ihm, die Herrin sei nicht mehr bei Sinnen. Wir hätten Angst. Wir *müssen* etwas tun!«

Eindringlich sah Maria sie an. Doch Bela zögerte. »Er ... wird mir nicht glauben. Es hat einfach zu viele Gerüchte gegeben.«

»Aber Bela ...«

»Du kennst das noch nicht. Es gibt Händler, die solche Gerüchte verbreiten, um mehr verkaufen zu können. Ich weiß, was die Herrin denkt, sie gibt nichts auf das Gerede. Sie meint, der Staufer könne ruhig kommen. Er würde nichts gegen die Heiligen Kölns und die neuen starken Mauern ausrichten und wieder abziehen wie im letzten Jahr. Seine Truppen würden niemals eine so große Stadt lange genug belagern können, um sie auszuhungern.«

Maria rieb sich die müde Stirn. Wie könnte sie Bela nur davon überzeugen, dass es nicht nur eins der vielen Gerüchte war, sondern die Wahrheit? Heinrich von Waldburg hatte ihr gesagt, sie solle in ihre Heimat zurückkehren, dort wäre sie sicher. Die Warnung war eindeutig gewesen.

»Das mag sein«, erwiderte sie. »Aber trotzdem sollten wir uns Vorräte vom Markt holen. Jetzt gibt's noch genug, wenn die Staufer erst mal anrücken, wird's nichts mehr geben.«

»Ich weiß«, sagte Bela. Ein Schatten legte sich auf ihre fröhliche Miene. »Gebe Gott, dass es nicht so weit kommt.«

Verdrossen sah Maria zu, wie Bela sich bekreuzigte. Sie tat es ihr nicht nach. »Bitte überleg es dir! Wenn es nun kein Gerücht war?«

Bela sah sie eine Weile schweigend an. »Also gut«, meinte sie dann. »In drei Tagen, zu St. Johanni, gibt Dietrich von der Ehrenpforte sein jährliches Sommerfest. Wenn die Herrin bis dahin noch nicht wiederhergestellt ist, werde ich mit ihm reden.«

Maria nickte missmutig. Als sie abends im Bett lag, wartete sie, bis die anderen beiden eingeschlafen waren, was sie wegen ihrer Müdigkeit einige Mühe kostete. Dann holte sie die Silbermünzen Heinrich von Waldburgs aus ihrem Beutel und betrachtete sie im hereinfallenden Mondlicht. Sie hatte einem König das Leben gerettet! Sie konnte es immer noch nicht glauben. Sie würde versuchen, eine der Münzen in Pfennige einzutauschen. Mit dem Geld könnte sie nach Linn zurückkehren. Sollten die uneinsichtige Hadewigis und die feige Bela doch sehen, wo sie blieben.

Aber dann dachte sie an Iliana und die Schwesternschaft. Sie müsste sie ebenfalls warnen. Mit diesem Gedanken schlief sie ein und erwachte mit ihm am frühen Morgen. Den ganzen Tag verbrachte sie in fiebriger Aufregung und konnte es kaum erwarten, bis es endlich Sonntag wurde, dem Tag, für den sie sich verabredet hatten. Dann endlich, nach der Messe, trennte sie sich unter dem Vorwand, noch beten zu wollen, auf dem Kirchhof von den anderen. Sie versteckte sich, bis sich die Menschen zerstreut hatten, und ging auf den Friedhof von St. Christoph. Schon von Weitem sah sie Schwester Iliana unter dem Schatten eines alten Baumes sitzen. Still saß sie auf einer Bank und las in einem winzigen Buch, das auf ihrem Schoß lag. Als sie Maria hörte, hob sie den Kopf und lächelte ihr zu.

Maria ließ sich neben ihr nieder und deutete auf das Buch. »Was lest Ihr?«

»Nichts von Belang.« Iliana klappte das Buch zu und ließ es in die Gewandfalten ihrer grob gewirkten schwarzen Kutte gleiten. »Erzähl mir lieber, wie es dir geht«, forderte sie Maria auf. »Wie gefällt es dir im Haus von der Ehrenpforte? Ist die Herrin gut zu dir?«

»Jetzt schon, seitdem sie nicht mehr schimpfen kann«, sagte Maria. Sie erzählte Iliana von Hadewigis' Krankheit, wie sie sie von den Läusen befreit hatten und dass die Herrin nach ihrem Fieber nicht mehr gut sprechen könne.

Iliana hörte aufmerksam zu. »Gut, dass du bei ihnen wohnen kannst, bis du in die Schwesternschaft aufgenommen wirst«, sagte sie.

»Was geschah mit dem alten Kloster Weiher?«, fragte Maria.

»Aber ja, das wollte ich dir erzählen«, begann Iliana. Sie schwieg eine Weile und beobachtete ein paar Hummeln, die von Blüte zu Blüte eines Heckenrosenstrauches flogen. »Nicht lange, nachdem Relindis weggegangen war, wurde unsere Äbtissin auf Anordnung des Erzbischofs ihres Amtes enthoben. Sie hätte ihre Sorgfaltspflicht gegenüber ihren Zöglingen verletzt und außerdem ketzerischen Unglauben in ihrem Kloster geduldet, hieß es. Jemand muss uns verraten haben.« Sie seufzte und faltete die Hände auf ihrem Schoß. »Das Kloster wurde unter die Aufsicht eines strengen Abtes gestellt, aber das konnte den rollenden Stein nicht mehr aufhalten. Die Familien nahmen ihre Töchter aus unserem Kloster und brachten sie woanders unter. Unser Kloster wurde aufgelöst. Der Orden verkaufte die Gebäude später an einen Mann, der es Stein für Stein abtragen ließ, um Häuser auf dem Gelände zu errichten.«

»Wie schade«, sagte Maria.

»Ja«, seufzte Iliana. Beide schwiegen, sodass eine Weile nur Vogelgezwitscher und das Brummen der Hummeln im Heckenrosenstrauch zu hören war. »Wisst Ihr, wer die Schwesternschaft verraten hat?«, fragte Maria.

»Nein. Später erfuhren wir nur, dass es Gerard Unmaze war, der das Klostergelände gekauft hat. Man vermutete, dass er schon länger ein Auge darauf geworfen hatte, denn nach Errichtung der neuen Stadtmauer befand es sich in einer ausgezeichneten Lage.«

»Wollt Ihr damit sagen, dass es Relindis' Nichte war, die die Schwesternschaft verraten hat?«, fragte Maria. »Aber sie war doch noch ein Kind, als sie das Kloster verließ, oder?«

Iliana nickte. »Eben darum. Richmuds Stiefvater Gerard Unmaze war der reichste Mann der Stadt. Außerdem sollte man niemals den Einfluss von Müttern unterschätzen.«

Maria nickte. Wie gut, dass Relindis das nicht mehr mitbekommen hatte!

»Unter diesen Umständen konnten wir es natürlich nicht mehr wagen, etwas Eigenes in dieser Stadt zu gründen«, erklärte Iliana. »Seitdem leben wir im Verborgenen, in verschiedenen Klöstern oder anderswo. Wir kommen nur noch zu … besonderen Anlässen zusammen. Es ist ein Wunder, dass es uns überhaupt noch gibt.«

»Das bedeutet, ihr lebt nicht mehr zusammen?«

Iliana sah sie traurig an. Dann nickte sie langsam.

Maria blickte auf die hellen Streifen auf ihrer Haut hinunter, wo ihre Armbänder gewesen waren. Sie spürte Tränen aufsteigen, als sie an Wilem und Lioba dachte, die sie für ein Leben in der Schwesternschaft verlassen hatte. Ihre Vorstellungen, die sie von einem gemeinsamen Leben im Kloster hatte, würden sich nicht erfüllen. »Ich möchte keine Magd sein«, brach es aus ihr heraus. »Dann geh ich lieber nach Haus zurück und werde Heilerin wie Relindis.« Sie schluckte ihre Tränen hinunter. »Ich geh zurück. Es ist außerdem sicherer, weil …«

Sie brach ab, überlegte kurz. Eigentlich hatte sie nun keine Lust mehr, Iliana noch vor den Staufern zu warnen, wie sie es vorgehabt hatte.

Doch Iliana hakte sofort nach. »Warum ist es sicherer?«, wollte sie wissen.

Marias Lippen zitterten. »Ihr habt mir etwas vorgespielt! Ihr habt mich in dem Glauben gelassen, die Schwesternschaft wäre noch wie früher in einem Kloster. Ich hatte gehofft, mit euch allen leben zu können, wie Relindis es mir gesagt hat.«

Iliana sah betroffen aus. »Es tut mir leid«, sagte sie. »Es war ein Fehler von mir, dir nicht sofort die Wahrheit gesagt zu haben. Aber die Zeiten ändern sich. Ich bin froh, dass es unsere Schwesternschaft überhaupt noch gibt. Was meinst du damit, dass es sicherer wäre, zurückzugehen?«

Maria funkelte Iliana an. Was sollte sie noch hier? Sie würde die Schwestern vor dem bevorstehenden Angriff der Staufer warnen und dann nach Hause zurückkehren. Mit dem Geld, das sie nun besaß, würde sie sich in Linn ein neues Leben aufbauen. Lioba und Wilem wären glücklich, wenn sie wieder dort wäre, und sie würde das Leben einer anerkannten Dorfheilerin führen.

Sie räusperte sich. »Nun, ich habe etwas Bemerkenswertes erlebt«, sagte sie und lächelte grimmig. »Etwas, das die Schwesternschaft wissen sollte.« Dann erzählte sie der staunenden Iliana von ihrer Begegnung mit König Philipp und Heinrich von Waldburg. Nachdem sie geendet hatte, schwieg Iliana lange. Schließlich fragte sie: »Bist du sicher, dass es wirklich die beiden waren und keine Lügner?«

Maria richtete sich ein wenig auf. Was für eine seltsame Frage!

»Ich bin mir sehr sicher«, bekräftigte sie. »Zwar hatten sie nur ein schlichtes Gefolge, aber das war bestimmt nur, um nicht erkannt zu werden. Ich mochte es selbst kaum glauben! Aber dann sah ich, wie erschreckt der König in der Schenke war und wie erleichtert, davongekommen zu sein. Stellt Euch doch nur vor, es hätte Aufsehen gegeben und sie wären an den Welfenkönig ausgeliefert worden!«

Iliana nickte. Ihre helle Haut schien sich noch straffer über ihre schönen Gesichtszüge zu spannen.

»Ist dir klar, dass du den bevorstehenden Angriff auf Köln – sollten die beiden wirklich diejenigen sein, die sie vorgegeben haben zu sein – hättest verhindern können?«, rief sie.

»Nein, hätte ich nicht. Mir hätte doch niemand geglaubt.«

Ilianas Blick bohrte sich in ihr Gesicht. Sie schwieg eine Weile, dann lächelte sie. »Gut, dass du mir davon erzählt hast. Die Schwestern und ich – wir können nun Vorkehrungen treffen, bevor sich die Kunde von einem bevorstehenden Angriff überall in der Stadt verbreitet.«

»Werdet Ihr Köln verlassen?«, fragte Maria.

»Köln verlassen? Niemals! Wir bleiben hier und halten stand, wie im letzten Jahr. Wenn die Truppen Philipps anrücken, wird hinter diesen Mauern der sicherste Platz im ganzen Rheinland sein.« Sie sagte das mit solcher Überzeugung, dass es Maria beeindruckte.

»Also glaubt Ihr nicht, dass der König und seine Soldaten die Mauern überwinden könnten? Oder eine List gebrauchen und …«

Iliana schüttelte den Kopf. »Ganz sicher nicht«, meinte sie mit kalter Stimme. »Die neue Stadtmauer ist stark, und eine Belagerung würde Philipp nicht durchhalten, weil sie nun ein viel größeres Gebiet als früher einschließt, viele Äcker, Weiden und Felder. Er wird scheitern. Ich wundere mich, dass er es überhaupt ein zweites Mal versucht.« Sie brütete eine Weile düster vor sich hin. »Er will uns einschüchtern. Er wird die Ernte vernichten und Bauern töten, er wird das Umland verwüsten wie beim letzten Mal. Er will, dass die Stadt endlich einlenkt und auf seine Seite wechselt«, fuhr sie, mehr zu sich selbst gewandt, fort.

Maria fühlte die Angst aufsteigen. Sie konnte sich nicht vorstellen, dass der freundliche Mann, den sie kennengelernt hatte, zu solchen Taten in der Lage wäre. »War es denn letztes Jahr auch schon so?«, fragte sie mit dünner Stimme.

Iliana nickte ernst. »König Philipp kam im Frühherbst mit seinem Heer, zu St. Michaeli. Fünf Tage lang stürmten seine Soldaten gegen die neue Stadtmauer an, doch die Kölner wehrten sich tapfer. König Otto und Walram von Limburg, der mit ihm verbündet ist, verließen mit ihren Bewaffneten die Stadt und stellten sich den Angreifern entgegen, und es kam zum Kampf, aber am Ende des Tages hatte keine Partei den Sieg errungen.

König Otto und Walram von Limburg wurden schwer verletzt. Nachdem sie begriffen hatten, dass ihr Vorhaben zwecklos war, zogen die Staufer nach fünf Tagen schließlich ab, verwüsteten das Umland von Köln und nahmen die Stadt Neuss ein.«

»Das tut mir leid.« Maria sah auf ihre Hände hinunter.

»Begreifst du nun, *wem* du in der Nacht das Leben gerettet hast?«, fragte Iliana mit scharfer Stimme.

Maria nickte, während die Angst sie erfüllte.

»Dieser Heinrich von Waldburg – Reichstruchsess, wie du sagst –, was ist er für ein Mensch?«, fragte Iliana unvermittelt.

Maria rief sich sein Bild wieder in Erinnerung. Es fiel ihr nicht schwer, weil sie es schon oft getan hatte. Sie sah ihn wieder vor sich, wie er in der düsteren Schenke mit seinem silbernen Löffel den faden Brei hin- und herschob. Wie er sie von der Seite betrachtete und glaubte, sie würde es nicht merken. Wie sein Finger ihren Mund berührte. Sie lächelte.

»Er ist groß, größer als ich, mit dunklen Haaren und gutem Benehmen – ein edler Herr. Er ist etwa so alt wie der König. Die beiden waren sehr vertraut miteinander.«

»Also hat er großen Einfluss auf Philipp«, stellte Iliana fest.

»Ganz sicher«, bestätigte Maria. »Was ist eigentlich ein Truchsess?«

»Ein sehr hohes Amt am königlichen Hof. Eigentlich ist er ein Ministerialer, ein Unfreier. Aber nach dem, was du mir erzählt hast, muss er ein Günstling des Königs sein. Meinst du, er würde dich noch einmal empfangen, wenn du ihn darum bätest?«

»Was meint Ihr?« Maria fuhr aus ihren Erinnerungen hoch. »Warum stellt Ihr mir so eine Frage? Habt Ihr vergessen, dass er und der König demnächst mit einem feindlichen Heer vor den Toren Kölns stehen werden?« Ihre Stimme klang schroffer, als sie beabsichtigt hatte. Sie würde ihn nie wiedersehen. Und selbst wenn, dann wäre er als Hochgeborener unerreichbar für sie.

»Schon gut.« Iliana winkte ab. Ein kleines Lächeln trat wieder in ihre Miene. »Du hast der Schwesternschaft einen großen Dienst erwiesen. Ich werde alle warnen, sodass sie sich noch wappnen können. Es wäre schön, Maria, wenn du doch hierbleiben würdest. Wir könnten eine Schwester wie dich gut in unserem Kreis gebrauchen.«

Sie sah Maria mit einem so flehenden Gesichtsausdruck an, dass es Maria reute, mit ihrem Weggang gedroht zu haben.

»Vielleicht überlegst du es dir noch anders«, setzte Iliana hoffnungsvoll hinzu. »Hab keine Angst vor den Staufern! Vertrau den Heiligen und den Mauern der Stadt.«

Maria nickte, und sie verabredeten ein nächstes Treffen in drei Tagen, wo sie Iliana ihre Entscheidung mitteilen wollte. Sie ging mit ihr über den Kirchhof und verabschiedete sich in aller Höflichkeit von ihr. Dann beobachtete sie, wie Ilianas schmale Gestalt in ihrer schwarzen Kutte die sonnenbeschienene Gereonstraße entlanglief. Ehe sie als winziger Punkt in der Ferne verschwinden konnte, fasste Maria den Entschluss, ihr zu folgen. Sie wollte endlich mehr über die andere erfahren. Zuerst folgte sie ihr über die Gereonstraße, dann durch die Würfelpforte und den matschigen Weg an den alten Wallgräben entlang, die zu der älteren Stadtbefestigung gehört hatten. Zum Glück waren um diese Tageszeit genügend Leute unterwegs, sodass Iliana sie zwischen den anderen nicht bemerkte. Hinter dem Graben ragte die Mauer des Stiftes St. Ursula auf, aber Iliana ging daran vorbei. Sie lief durch die alte Pforte und überquerte die Steinstraße, die zum neuen Eigelsteintor führte, bog dann aber ab und verschwand hinter der hohen Mauer eines Klosters, das Maria nicht kannte. Sie beobachtete aus sicherer Entfernung, wie sich die Pforte hinter der Schwester schloss.

»Guter Mann, kannst du mir sagen, was das für ein Kloster ist?«, fragte sie einen Korbflechter, der einen Handkarren mit Weidenkörben hinter sich herzog. Er hielt inne, verschnaufte und warf einen Blick zum Kloster hinüber. »Wat dat füür eh Kluster ess? Hm …« Er zog ein schmutziges Tuch hervor und wischte sich damit seinen schweißbedeckten Nacken ab. »Ach jo, dat ess dat Kluster vun de Hellije Makkabäer.«

»Von den … was?«

»Vun de Mak-ka-bä-er!«, wiederholte er. »Do sin Schwestere drinn.«

»Danke«, murmelte Maria, schüttelte den Kopf und folgte der alten Steinstraße in die Stadt zurück. Sie würde Bela fragen, was sie über das Kloster wusste. Warum hatte Iliana ihr nie gesagt, dass sie in diesem Kloster lebte? *Sie konnte mir nicht trauen*, gab sie sich selbst zur Antwort. Schließlich waren die Schwestern seit der Auflösung des alten Klosters Weiher zu Heimlichkeit und Verschwiegenheit gezwungen.

Auf dem Rückweg überlegte Maria, was sie tun sollte. Die Vernunft sagte ihr, dass sie zurückgehen und sich in den sicheren Schutz Burg Linns retten sollte. Iliana und Hadewigis vertrauten auf die Heiligen und die neue Mauer; sie hatten bereits einen Angriff überstanden und glaubten, es würde noch einmal gut gehen. Aber wenn es den staufischen Truppen doch gelingen sollte, in die Stadt zu kommen?

Sie mochte sich nicht vorstellen, was die Soldaten dann mit dem armen Stadtvolk anstellen würden.

*Ich muss zurückgehen*, dachte sie.

Aber dann dachte sie an Relindis und warum sie hierhergekommen war. Wenn sie jetzt in die Heimat zurückkehrte, würde sie dort bleiben, denn noch einmal würde sie den Abschied von Lioba und Wilem nicht übers Herz bringen. Sie würde niemals in die Schwesternschaft aufgenommen werden. Selbst wenn die Schwestern nicht mehr in einem Kloster lebten, so wollte sie doch eine von ihnen sein. Vielleicht könnte man sie woanders unterbringen, wo sie nicht mehr Magd sein müsste. Vielleicht könnte sie schon bald als Heilerin in dieser Stadt arbeiten.

Maria seufzte. Sie musste die Hohe Mutter befragen, was sie tun sollte. Bald. Zu St. Johanni, in der Nacht, die ihr geweiht war, würde sie gewiss die richtige Antwort erhalten.

Als sie ins Haus von der Ehrenpforte kam und die anderen beim Mittagsmahl am Tisch sitzen sah, wusste sie, dass sie auch ihnen die Wahrheit sagen müsste. Sie konnte unmöglich nur Iliana warnen und die anderen nicht. Abends, als sie allein mit Bela in der Kammer war, zog sie eine der Münzen hervor, die Heinrich von Waldburg ihr gegeben hatte. »Was glaubst du, von wem die ist?«, fragte sie.

Bela hob erstaunt ihre Brauen und betrachtete die Münze. »Ich hab so eine Münze noch nie gesehen. Wo hast du sie her? Hast du sie gefunden?«

»Nein. Ich werde dir jetzt erzählen, von wem ich sie habe«, sagte Maria. »Danach wirst du verstehen, dass es nötig ist, Vorkehrungen zu treffen.«

# Kapitel 8

Der Propst empfing sie in einer seiner Wohnungen, von denen er mehrere in der Stadt besaß. Hier konnten sie ungestört sein, abseits von den lauschenden Ohren und den gedungenen Spitzeln in seinen Stiftsgemächern. Als Iliana das vertraute Gemach betrat, stellte sie fest, dass der Knecht bereits das Feuer entzündet hatte. Das Gemach war zwar schlicht, aber es besaß alle Annehmlichkeiten, die sein Besitzer gewöhnt war. Es hatte einen Kamin, behagliche Sessel aus Weidengeflecht und eine Truhe mit vergoldeten Griffen. Auf dem Bett lag eine bestickte Decke aus italienischer Seide, und in einer Ecke stand ein großer Badezuber.

Dietrich von Heimbach saß auf seinem bevorzugten Sessel am Feuer. Als Iliana hereinkam, warf er die Pergamentrolle, in die er sich vertieft hatte, zurück auf den Tisch, wo die Silberteller mit den Resten einer Mahlzeit standen. »Du bist spät«, sagte er vorwurfsvoll. »Wir hätten das Mahl gemeinsam einnehmen können.«

»Verzeiht bitte.« Sie sank in die Knie und küsste den Edelstein in seinem Goldring, als er ihr die Hand hinhielt. »Ich bin aufgehalten worden. Ein Gespräch hat länger gedauert als gedacht.«

»So? Ich werde dir etwas kommen lassen.« Er griff nach der kleinen Glocke auf dem Tisch, doch sie legte die Hand auf seine.

»Gleich«, bestimmte sie sanft. »Ich muss Euch etwas Wichtiges erzählen. Es duldet keinen Aufschub.«

Er ließ sich zurück in den Sessel sinken. Da er gerne den Tafelfreuden zusprach, hatte er mit den Jahren an Leibesfülle zugenommen, und seine seidene Tunika spannte sich über seinem Leib. Vom vielen Wein leuchtete sein Gesicht rötlich unter der Bundhaube. Iliana erhob sich und lief unruhig im Gemach hin und her. »König Philipp wird Köln wieder angreifen«, stieß sie hervor.

»Wann?«

»Bald.«

»Woher weißt du das?«

»Von dem Mädchen, von dem ich Euch erzählt habe. Sie hat die Staufer getroffen, draußen vor den Toren der Stadt.«

Dietrich von Heimbach starrte sie mit weit aufgerissenen Augen an. »Sie hat sie *getroffen*? Wen?«

»König Philipp und seinen Truchsess«, erwiderte Iliana. Dann erzählte sie ihm die Geschichte, die Maria ihr erzählt hatte.

Dietrich von Heimbach hörte ihr aufmerksam zu. Nachdem sie fertig war, schwieg er lange und trommelte mit den Fingern nachdenklich auf das Geflecht der Sessellehnen. »Bist du sicher, dass sie nicht lügt?«, fragte er.

Iliana nickte ungeduldig. Ihr war warm von der Hitze im Gemach. Am liebsten hätte sie die Fensterläden weit aufgestoßen, aber das ließ Dietrich nicht zu. Er wollte nicht, dass sie jemand zusammen sah.

»Ich habe ihr ein paar Fragen gestellt«, erwiderte sie. »Sie klang sehr glaubwürdig. Obwohl die Geschichte ungeheuerlich ist. Wenn ich daran denke, wie leicht sie die Staufer hätte verraten können! Stellt Euch vor, Philipp wäre in Ottos Hände gefallen, jetzt, wo alles verloren scheint! Es hätte sofort Frieden geben können. Unsere Stadt wäre gerettet gewesen!« Sie seufzte tief.

»Du kannst nicht erwarten, dass ein fremdes Landmädchen zwei mächtige Männer verrät. Sie hatte Angst um ihr Leben.«

»Wie leichtsinnig König Philipp doch war«, fuhr Iliana fort, ohne auf seinen Einwand zu hören. »Er und sein Truchsess müssen sehr vertraut miteinander sein. Wir müssen uns vorbereiten! Auch Ihr, Ihr solltet für genügend Vorräte in Eurem Stift sorgen.«

Dietrich von Heimbach erhob sich und vertrat ihr den Weg. Mit seiner Leibesfülle war er mehr als doppelt so breit und einen Kopf größer als sie. Er nahm ihre Hände und drückte sie fest. »Beruhige dich, Liebes«, sagte er lächelnd. »Ich werde alles prüfen lassen und vorbereiten. Der Staufer kann uns nichts anhaben.«

Sie beobachtete, wie er sich herunterbeugte und ihre Hände küsste.

Würde sie doch einmal seine Ruhe besitzen! »Das Mädchen will vielleicht wieder zurückgehen, aber ich werde sie davon abhalten. Wir brauchen sie noch«, fuhr sie fort.

»Gewiss«, murmelte er, während er ihr das Gewand hochstreifte und ihre Arme mit Küssen bedeckte. »Du weißt, ich lasse dir immer freie Hand. Du kannst tun, was du für richtig hältst.«

Sie erschauerte unter seinen Küssen, und endlich fühlte sie, wie sie sich etwas entspannte. Er ging zum Tisch, füllte einen der Silberbecher mit dem gewürzten Wein und reichte ihn ihr. Sie stürzte den Inhalt hinunter. Dann duldete sie es, dass er ihren Schleier abnahm und sie mit hungrigem Blick betrachtete. Langsam senkte er seine Lippen auf ihre.

# Kapitel 9

Das Haus von Dietrich von der Ehrenpforte lag am Alter Markt in der Nähe der Pfarrkirche St. Brigida. Stolz ragte sein steinerner Stufengiebel aus einer Reihe weiterer prächtiger Bürgerhäuser hervor. Die Zahl seiner Stockwerke, seine geschwungenen Fensterbögen sowie die wuchtige Tür aus schwerem Eichenholz zeugten vom Reichtum seines Besitzers. Seine Lage gleich am Markt, im Schatten des alten, ehrwürdigen Klosters St. Martin, ließ keinen Zweifel an der hohen Stellung und am Reichtum seines Eigentümers.

Für Dietrichs Gäste wurde – da der Tag des heiligen Johannes ein schöner warmer Sommertag war – eine Tafel im Garten gedeckt, der sich hinter dem Haus erstreckte und von Mauern umschlossen war. Zum Schutz gegen die Sonne hatte man ein großes Stoffsegel über die Tafel gespannt.

Maria, die schon seit dem frühen Morgen mit Bela, Lutgard und den anderen Mägden und Knechten des Hauses in der Küche geholfen hatte, hatte erst am Vormittag die Gelegenheit, im Garten einen Blick auf die festliche Tafel zu werfen. Sie bot ein beeindruckendes Zeugnis von Reichtum, den sie noch nicht einmal auf Burg Linn gesehen hatte. Auf dem weißen Tischtuch glänzten silberne Teller und Löffel neben kunstvoll verzierten Glasbechern, Kerzenständern und Schalen mit Sommerblumenblüten. Rosenblätter lagen auf dem weißen Leinen verstreut, und es duftete nach den Rosen, die üppig an der Gartenmauer hochrankten. Maria betrachtete die Tafel eine Weile. Es sollte ein mehrgängiges Menü am Mittag geben und ein weiteres am Abend, für das sie schon seit Stunden in der Küche schwitzten. Der Geruch nach deftig gewürzter Soße drang aus der Küche, die an den Garten grenzte, und ließ ihr das Wasser im Munde zusammenlaufen.

»Hier bist du!« Bela erschien im Hof und wischte sich die Hände an einem Leinentuch ab. Von der Hitze und den Kochdünsten hatten sich zwei rote Flecke auf ihren hellen Wangen gebildet. »Es ist so weit. Du sollst zu ihm kommen.« Ihr prüfender Blick glitt über Marias Gestalt.

Maria baute sich vor Bela auf. »Sitzt mein Kopftuch richtig? Habe ich Soßenspritzer im Gesicht?«

Bela begutachtete sie. »Alles in Ordnung.«

»Mir reicht schon das kratzende Kleid«, klagte Maria und zupfte an dem leichten hellgrauen Stoff des Gewandes, das sie am heutigen Tag tragen musste. Die Hausherrin hatte darauf bestanden, dass auch das fremde Gesinde die Kleidung der Hausmägde trug.

»Aber es steht dir sehr gut!«, meinte Bela. »Der Herr ist wenigstens so großzügig, sein Gesinde mit Sommergewändern einzukleiden.«

Maria brummte etwas vor sich hin. Sie wünschte sich, dieser Tag möchte bald vorüber sein. Die Küchenarbeit war hart und freudlos, und der Koch scheuchte das Gesinde und schimpfte es aus, wenn es ihm nicht schnell genug ging. Die Mundschenken waren größtenteils hochnäsig und krümmten keinen Finger in der Küche, während die Hausherrin Udilhildis alles mit säuerlicher Miene, scharfen Blicken und knappen Anweisungen überwachte. In diesem Trubel erschien Maria Hadewigis' einsamer Haushalt auf einmal begehrenswert ruhig.

»Gut.« Bela strich sich das Kleid glatt und wandte sich um. »Und jetzt los!«

Sie gingen ins Haus und stiegen eine Treppe hinauf in den ersten Stock. Dann betraten sie einen Saal mit knarrendem Holzfußboden und halbrund geschwungenen, großen Fenstern. Dietrich von der Ehrenpforte wartete an einem der Fenster. Er war hager und hochgewachsen, trug einen langen grünen Bliaut mit goldenen Stickereien an den Säumen und eine gleichfarbige Kappe. Seine Frau wartete ihm gegenüber mit verschränkten Armen.

Bela und Maria sanken in einen tiefen Knicks.

»Danke, Elisabeth«, sagte er. »Du kannst nun gehen.«

Bela knickste und verließ mit leisen Schritten den Saal.

»Ach ja, noch etwas!«, rief er ihr hinterher.

Sie hielt inne und wandte sich wieder um.

»Du machst dich sehr gut als Hadewigis' Magd.« Er zwinkerte ihr zu, und Bela errötete tief. »Danke, Herr.« Sie knickste wieder und verschwand ohne ein weiteres Wort.

Dietrich winkte Maria zu sich heran. Sie ging zu ihm und wartete, während er sie eingehend musterte. Sie ließ seine Blicke an sich abgleiten und sah auf eine der Säulen, die mit den Bildern eines Ritterturniers bemalt war. Sie spürte, wie sich ihr Herzschlag beschleunigte.

»Du bist also Maria«, stellte er fest.

Sie nickte und erwiderte seinen Blick. Aus der Nähe betrachtet sah er jünger aus, als es zunächst den Anschein gehabt hatte. Zwei Falten in seinem hageren Gesicht zogen sich von den Mundwinkeln bis zur Nase. Unter der Kappe wuchs dichtes grauschwarzes Haar auf seine Stirn.

»Meine Base sagte mir, dass deine Mutter Dorfheilerin am Niederrhein war?«

»Ja, Herr.«

»Du kennst dich gut mit Kräutern aus?«

Maria nickte.

»Nun, Hadewigis ist wieder gesund. Wir können uns glücklich schätzen.«

»Das hat sie Belas guter Pflege zu verdanken.«

Dietrich nickte. »Es ist ehrenvoll von dir, dass du so etwas sagst. Wir glauben, dass ihr euch beide gut um meine Base gekümmert habt. Meine Frau würde deine Heilsalbe gerne einmal ausprobieren.«

Er deutete auf seine Frau Udilhildis, die bleich und mager bei ihm stand. Sie sagte nichts. Ihre Augen, die ein wenig aus ihrem sauertöpfischen Gesicht hervorquollen, schienen durch Maria hindurchzusehen.

*Es wird schwierig sein, sie zufriedenzustellen*, dachte Maria, die schon den ganzen Vormittag lang den Anweisungen der Hausherrin ausgesetzt gewesen war.

»Ich werde Euch gerne meine Salbe überlassen«, sagte sie förmlich.

Der Hausherr nickte zufrieden. Dann, als sie sich schon fragte, wann er endlich zum Eigentlichen kommen würde, fragte er unvermittelt: »Hast du die Münze dabei?«

Sie nickte, holte die Münze, die Heinrich von Waldburg ihr gegeben hatte, aus ihrer Gürteltasche und reichte sie ihm.

Sofort beugten er und seine Gattin sich neugierig über das Geldstück. Er hielt es hoch und betrachtete es im hereinfallenden Tageslicht.

»Unglaublich.« Er ließ die Münze sinken und starrte Maria an, als würde er sie plötzlich mit anderen Augen sehen. Dann schüttelte er den Kopf. »Einen staufischen Schilling für das Leben eines Königs.«

Maria nickte. Er ahnte nichts von den weiteren drei Schillingen, die sie tief in der Matratze ihres Bettes verborgen hielt, und schon gar nichts vom Ring des Königs.

»Für eine Magd ist das eine reichliche Entlohnung, Herr«, sagte sie.

»Gewiss. Wenn du willst, lasse ich ihn dir in Kölner Pfennige eintauschen.«

»Das wäre schön.«

Er nickte und sah seine Frau an. »Wir müssen unsere Vorräte auffüllen, bevor die anderen von dem Heerzug erfahren«, befahl er leise. »Morgen berufen wir den Familienrat ein. Ich werde noch ein paar Männer brauchen.«

Udilhildis nickte, und er wandte sich wieder an Maria. »Was ist der König für ein Mensch? Wie sieht er aus?«

Maria beschrieb ihm König Philipp in allen Einzelheiten, bis Dietrich zufrieden lächelte. »Genau wie sein Vater! Er muss Ähnlichkeit mit ihm haben.« Er legte eine Hand auf Marias Arm und drückte ihn kurz. »Es ist sehr gut, dass du niemandem etwas erzählt hast. Das war sehr umsichtig von dir.«

»Obwohl er bald ... die Stadt belagern wird?« Ihr Mund fühlte sich auf einmal trocken an.

Dietrich lächelte. »Er wird das nicht noch einmal tun, meine Liebe, glaube mir. Wir werden nichts zu fürchten haben. Wahrscheinlich will er uns nur beeindrucken und zu Friedensverhandlungen bewegen.« Nachdenklich rieb er sich das Kinn.

Maria hoffte, dass er recht hatte. »Bitte, Herr«, begann sie. »Ihr werdet doch niemandem etwas von dieser Geschichte erzählen, nicht? Ich hab dem Truchsess versprochen ...«

»Du kannst dir sicher sein, dass deine Geschichte dieses Haus nicht verlassen wird«, schnitt Dietrich von der Ehrenpforte ihr das Wort ab. »Nicht wahr, Udilhildis?«

Seine Frau nickte.

»Bela sagte mir, du wolltest wieder in deine Heimat zurück. Ich kann das gut verstehen. Aber vielleicht überlegst du es dir anders.«

»Vielleicht«, sagte sie ausweichend.

Dietrich von der Ehrenpforte hob seine Mundwinkel zu einem schwachen Lächeln an. »Wir danken dir vielmals. Du kannst nun gehen.«

Erleichtert lief Maria die Treppe hinab in die Küche. Sie war froh, dass der Hausherr ihre Geschichte glaubte und ihren Schilling eintauschen würde. Widerwillig betrat sie die mit Kochdunst angefüllte Küche. Fett zischte auf, als der Hilfskoch gerade die Lammkoteletts auf einer großen Pfanne über dem Feuer wendete. Mehrere Mägde richteten große Silberplatten mit Fleisch vom Zicklein und vom Küken an, der Koch rührte in einem Topf, in dem eine dunkle Soße brodelte. Die Gerüche nach angebratenem Fleisch, Gewürzen und Sauerweinsoße erfüllten den Raum und hüllten alle Anwesenden in einen dichten Dunst. Bela winkte sie sogleich zu sich heran, und Maria half ihr beim Gemüseputzen.

»Was hat er gesagt?«, zischte Bela ihr zu.

»Er hat mir geglaubt! Er wird den Schilling eintauschen. Dann wollte er noch wissen, wie der Kö…, wie Gerold aussah.«

»Und was hast du gesagt?«

»Na, was ich dir auch erzählt habe!«

»Schscht, leise!« Bela sah sich um, ob jemand zuhörte, aber alle schienen mit sich beschäftigt zu sein. Sie drückte Maria den Arm und zwinkerte ihr zu.

Der Koch bellte einen Befehl, und ihr Gespräch erstarb. Das Gesinde horchte auf und beeilte sich, seinen Anordnungen nachzukommen. Nach und nach trafen die Gäste ein, und ihr Gelächter und das Stimmengewirr drangen bald vom

Garten in die Küche. Dietrich von der Ehrenpforte hielt eine Begrüßungsrede, die Gänge wurden aufgetragen, zwischendurch spielten zwei Spielleute auf.

Maria brannte darauf, die Gäste zu sehen, wie Bela es ihr versprochen hatte, doch sie mussten lange warten. Die Gelegenheit kam, als die Gäste nach drei Gängen endlich bei den Süßspeisen angelangt waren und es in der Küche etwas ruhiger wurde. Auf einen Wink von Bela nahmen sie sich zwei Krüge mit gewürztem Wein, die für die Mundschenken bereitstanden, und verließen die Küche. Sie betraten den Garten durch eine Seitentür, die versteckt unter einem Laubengang lag. Von hier aus konnten sie alles beobachten, während sie selbst unbemerkt blieben.

An der Tafel saßen etwa dreißig Gäste. Die Frauen trugen Bliauts in bunten Farben mit langen Ärmeln und Stickereien oder Bordüren an den Säumen, die Männer lange Gewänder und Kappen. Der Garten war erfüllt von ihren Stimmen und von einer ruhigen Melodie, die einer der Musikanten auf seiner Flöte spielte. Es war warm, denn unter dem Sonnensegel staute sich die Hitze, und die Gäste sprachen eifrig dem Wein zu.

»Nun sag schon!« Maria stieß Bela mit dem Ellenbogen leicht an den Arm. »Wer sind die Ehrengäste?« Sie deutete auf einen älteren, rotgesichtigen Mann gleich neben Dietrich von der Ehrenpforte, der seine Kappe wegen der Wärme abgesetzt hatte. Ein Kranz silberner Haare umgab seinen kahlen Kopf, Schweiß glänzte auf seiner Stirn.

»Richolf Parfuse der Ältere«, erklärte Bela. »Auch ein Amtmann der Richerzeche und sehr reich. Ihm gehören viele Häuser und sämtliche Marktbuden auf dem Alter Markt. Man sagt, er sei ein Freund der Staufer wie unser Herr. Neben ihm sitzen seine Söhne Richolf Parfuse der Jüngere und Konstantin mit ihren Frauen. Ich glaube, sie sind auch in Diensten des Erzbischofs.«

Sie wies unauffällig in die Richtung einiger Vornehmer neben dem Ehrengast.

»Und auf der anderen Seite?« Maria deutete mit dem Kopf auf einen weiteren älteren Mann neben Dietrichs Frau, der eine dunkle Kappe mit einer goldenen Bordüre trug.

»Hermann Rufus«, erklärte Bela. »Kommt aus St. Laurenz. Er ist Schultheiß des Klosters St. Pantaleon. Neben ihm seine Frau Sophia und sein Sohn Hilger. Der wiederum ist mit einer Tochter von Konstantin Parfuse verheiratet.« Sie deutete auf ein junges Paar, das kaum älter als sie selbst war. »Konstantin ist Besitzer der Rheinmühlen. Denkt man nicht, was?« Sie lächelte und fächelte sich mit einer Hand Luft zu. »Dort sitzen die von der Mühlengasse.« Sie deutete auf eine Reihe bunt gekleideter Gäste.

»Schon gut!« Maria schwirrte der Kopf von den vielen Namen. Sie winkte ab. »Zu viel auf einmal, das kann ich mir nicht merken! Erklär mir doch bitte nur die Wichtigen. Wen muss ich kennen?«

»Alle sind wichtig«, beharrte Bela. »Du findest hier die besten Bürger Kölns auf einem Flecken versammelt. Aber du wirst sie noch näher kennenlernen, wenn du hierbleibst.«

Sie tauschten Blicke aus, und Maria bemerkte die Hoffnung in Belas Blick. »Siehst du?«, fuhr Bela fort und deutete auf einen hochgewachsenen jungen Mann. »Der Sohn unseres Hausherrn, Dietrich von der Ehrenpforte junior. Ihn solltest du dir merken und seine Frau. Sie ist eine Tochter von Hermann Rufus.«

Maria musterte den schlanken großen Mann, der aussah wie die jüngere Ausgabe seines Vaters, und seine kleine dicke Frau. »Was für ein Paar«, entfuhr es ihr. Sie deutete auf ein paar jüngere, vornehm gekleidete Männer, die etwas weiter unten an der Tafel saßen. »Wer sind die?«

Bela, die ihrem Blick gefolgt war, zuckte mit den Achseln. »Die kenne ich nicht, wahrscheinlich sind's irgendwelche jungen Händler, die der Herr manchmal an seine Tafel einlädt. Die kommen und gehen wie die Jahreszeiten.«

»Hm.« Maria zog ein Gesicht. Sie bemerkte, wie Bela sie von der Seite musterte.

»Jetzt bist du enttäuscht, was? Du wolltest mehr über sie wissen.«

»Ach was.« Maria winkte ab, obwohl sie sich eingestand, dass Bela nicht ganz unrecht hatte.

»Lass dich niemals mit einem von denen ein«, warnte Bela sie leise, und ihre Stimme klang auf einmal sehr ernst. »Du kennst das Verbot des Hausherrn. Halte dich unbedingt daran! Solche Männer sind gefährlich. Sie wollen uns Mägde auf ihrem Lager, aber niemals als Eheweib an ihrer Seite.«

»Kann ich mir denken«, flüsterte Maria. Sie beobachtete, wie die Männer manchmal Blicke auf zwei junge Mädchen warfen, die neben ihrer Mutter an der Tafel saßen und ihnen den Rücken zukehrten. Sie trugen die gleichen schlichten schwarzen Gewänder, nur die ältere Frau trug einen weißen Schleier, während die Mädchen weiße Haarbänder in ihre langen Zöpfe geflochten hatten. Was für eine seltsame Tracht, sie passte so gar nicht in die bunte Reihe der anderen Gäste.

»Wer sind diese Nonnen?«, fragte Maria.

»Das ist Richmud Unmaze mit ihren beiden Töchtern. Sie ist die Meisterin des Weiherklosters.«

Belas Worte hallten in Marias Kopf wider. Sie brauchte eine Weile, um sie zu begreifen. Staunend betrachtete Maria die Frau, sah ein ebenmäßiges Profil und einen blonden Haaransatz unter dem Schleier, als diese sich zur Seite wandte. Die Frau war etwa doppelt so alt wie sie selbst; ihre älteste Tochter war ein Mädchen an der Schwelle zum Erwachsensein, die jüngere noch ein Kind. Das war also Richmud Unmaze, Relindis' Nichte.

»Richmud – sie ist Meisterin des Klosters?«, fragte Maria, während sie die Frau am Tisch nicht aus den Augen ließ. Warum hatte Iliana ihr das nicht erzählt?

»Ja, sie hat das Kloster Weiher gegründet«, bestätigte Bela. »Mit dem vielen Geld, das sie geerbt hat, nachdem ihr Stiefvater gestorben ist und ihr Mann vom Kreuzzug nicht zurückkam. Ihr Stiefvater Gerard Unmaze war der reichste Mann der Stadt. Sie hat ein riesiges Vermögen geerbt und hätte sich den besten und reichsten Mann Kölns aussuchen können. Aber was macht sie? Gründet ein Kloster. Ist das zu verstehen?«, ereiferte sich Bela leise. »Sie hat ihre Töchter mitgenommen, die armen, die dürfen jetzt nicht heiraten.«

Maria spürte, wie sich ihr Herzschlag beschleunigte. Iliana hatte ihr auch nicht erzählt, dass Richmud ein neues Kloster Weiher gegründet hatte. Ein paar wirre Gedanken schossen ihr durch den Kopf, sammelten sich und raunten ihr dann immerzu im Chor einen Satz zu: *Das ist deine Gelegenheit!* Die Gelegenheit, die Meisterin endlich zu sprechen, sich vorzustellen und von Relindis zu erzählen. Ihr von Relindis' Brief zu erzählen.

»Wir müssen wieder zurück, sonst erwartet uns ein Donnerwetter«, warnte Bela und deutete auf Hadewigis. »Sie sollte uns hier nicht sehen.«

Doch Maria zögerte. Sie schluckte, um ihre trockene Kehle zu befeuchten, während sie die Frauen in der Schwesterntracht beobachtete wie ein Raubvogel seine Beute.

Unruhe entstand an der Tafel. Der Hausherr erhob sich und zog sich mit seinen Freunden ins Haus zurück, andere suchten Schutz vor der Wärme im Schatten des Laubengangs. Offenbar wollte sich jeder nach dem üppigen Mahl die Beine vertreten. Ein paar Mädchen und Jungen tobten im hinteren Teil des Gartens, während ihre Mütter an der Tafel näher zusammenrückten.

»Nun komm schon!« Bela zog Maria am Ärmel, doch die rührte sich nicht. Richmud Unmaze hatte sich erhoben. Sie legte ihrer Tochter die Hand auf die Schulter und sagte etwas zu ihr, dann wandte sie sich um. Sie war erstaunlich klein, kaum größer als ein Mädchen von zwölf Wintern. Mit raschen Schritten kam sie direkt auf Bela und Maria zu, als hätte sie Marias Blicke bemerkt oder könnte Gedanken lesen. Aber sie strebte natürlich zur Tür, neben der die beiden warteten.

Maria gab sich einen Ruck. Rasch trat sie auf Richmud zu und knickste vor ihr. »Verzeiht, Meisterin, dass ich Euch anspreche, aber man sagte mir, Ihr seid Richmud Unmaze.« Sie hatte sich die Worte schnell zurechtgelegt. Nun wartete sie herzklopfend, was die andere sagen würde.

Richmud hielt inne. In ihr blasses, rundliches Gesicht trat ein Ausdruck der Überraschung.

»Richmud *de Curia*«, verbesserte sie sie. »Wer will das wissen?«

»Maria, die Ziehtochter Eurer Tante Relindis.«

Um Richmuds Mundwinkel zuckte es, und die großen, hellen Augen in ihrem rundlichen Gesicht blickten Maria traurig an. Sie hob ihre Hand, drückte kurz Marias Arm. »Man sagte mir, dass sie tot ist. Du hast bei ihr gelebt in ihren letzten Jahren.« Es klang eher wie eine Feststellung als eine Frage. »Gutes Mädchen.«

Maria schluckte. Also wusste Richmud Bescheid. Schwester Clementia hatte ihr Relindis' Brief gegeben. »Ich war ihre Schülerin, sie hat mir alles beigebracht, was sie wusste«, erwiderte sie hastig. »Ihr Wunsch war, dass ich in die Schwesternschaft eintrete.«

Richmud ließ ihre Hand sinken. Ein schmerzlicher Ausdruck flog über ihr Gesicht, das Maria entfernt an das von Relindis erinnerte.

»Ich weiß nicht, wovon du sprichst.«

Ihre Stimme war sanft und leise, aber jedes einzelne Wort tat Maria weh. Iliana von Hohenstein hatte also die Wahrheit gesagt. Die Schwesternschaft existierte nicht mehr im Kloster Weiher. Aber Maria wollte nicht aufgeben.

»Gute Frau!«, sagte sie lauter, als sie beabsichtigt hatte. »Erinnert Ihr Euch denn gar nicht mehr an Eure Tante? An Eure Zeit im alten Kloster Weiher, als Ihr noch Schülerin von Relindis wart? Wie viel sie Euch beigebracht hat?«

Richmud sah bestürzt aus. Ihre großen Augen funkelten wie heller Kristall. Sie wich ein wenig zurück. In diesem Augenblick legte sich eine Hand auf Marias Schulter – Bela wollte sie fortziehen, aber Maria schüttelte sie ab. Es war ihr gleich, was andere von ihr dachten und dass sie Bela gleich einiges erklären müsste. Vor ihr stand Relindis' Nichte, und sie wollte mit ihr reden.

»Erinnert Ihr Euch nicht mehr?«, wiederholte sie und gewahrte nur aus den Augenwinkeln, dass einige der Vornehmen, die unter dem Laubengang Schatten gesucht hatten, still wurden und aufhorchten. »Hat sie Euch nicht Lieder gesungen und Euch die Heilpflanzen erklärt und abends die Erzengel zum Schutz angerufen, damit Ihr eine gute Nacht hattet? Hat sie Euch nicht gesagt, wie …«

Richmuds Hände schossen nach vorn und packten Marias Arm mit hartem Griff. »Es ist gut, Kind! Ich verstehe, dass du um sie trauerst. Aber es ist besser, die Vergangenheit ruhen zu lassen. Möge Gott Relindis' Seele gnädig sein.«

Sie ließ Maria los und bekreuzigte sich.

Maria atmete schwer. So einfach machte Richmud sich das. Relindis bedeutete ihr offenbar nichts mehr nach all den Jahren, die vergangen waren. Vermutlich hatte sie sie nach dem Streit zwischen ihrer Mutter und Relindis aus ihrem Gedächtnis verbannt. Vielleicht hatte sie sogar die geheime Schwesternschaft verraten.

»Ich habe einen Brief von ihr für Euch«, sagte sie. »Er ist an die Priorin des Klosters Weiher gerichtet.«

Richmuds Miene verhärtete sich, doch ihre Augen sahen immer noch traurig aus. »Du kannst ihn bei unserer Pförtnerin abgeben.«

Maria schob ihr Kinn nach vorn und straffte sich, obwohl sie schon um einiges größer war als Richmud. »Ich soll ihn Euch persönlich geben.«

Richmud lächelte ein trauriges Lächeln. »Nun, dann werden wir sicher eine Gelegenheit finden, dass du ihn mir geben kannst. Ich lasse nach dir schicken.« Nach diesen Worten wandte sie sich ab und ging ins Haus.

Maria stand da wie eine Katze, die ihre Beute nicht gefangen hatte. Sie fühlte, wie einige Vornehme sie musterten, und das unangenehme Gefühl beschlich sie, mehr Aufmerksamkeit zu bekommen, als gut für sie war. Sie gewahrte einen strengen Blick aus den hervorquellenden Augen der Hausherrin. Ehe sie oder Bela noch etwas sagen konnte, kam einer der jungen Herren auf sie zu. »Da steh'n ja noch zwei Krüge Wein herum!«, rief er und hielt Bela und Maria sein leeres Glas hin. »Wie aufmerksam von euch, dass ich nicht darben muss.«

Maria starrte abwesend in sein vom Wein gerötetes Gesicht. Es war glatt und hatte nicht die Spur einer Hautunreinheit. Er trug wie die meisten Männer keine Kappe mehr, und dort, wo sie gesessen hatte, klebte dunkelblondes Haar an seinem Kopf.

»Nun!« Auffordernd zuckte das leere Glas vor ihr. Sie erwachte aus ihrer Starre und schenkte ihm ein.

»Danke, zu gütig.« Der Mann setzte sich das kunstvoll verzierte Glas an den Mund und kippte den Wein zur Hälfte hinunter. Dann wischte er sich mit dem Handrücken über die Lippen. »Tut das gut bei der Hitze! Bei diesem Wetter mag man lieber im Rhein baden, als sich den Bauch vollzustopfen.« Er stieß mit seinem Glas gegen Marias Krug, sodass es klirrte.

Dann grinste er Bela an. Da erschien ein weiterer von ihnen und legte seinem Freund den Arm um die Schulter.

»Volmar, belästigst du wieder junge Damen? Ich glaube, ich muss auf dich und deine trunkene Zunge aufpassen.«

Er war groß, hatte dunkelblondes glattes Haar und einen Vollbart. Als er lachte, leuchteten seine erstaunlich hellen Zähne aus seinem gebräunten Gesicht heraus. Maria musterte sie erstaunt. Ob er sie wohl auch immer mit einem Tuch abrieb und mit Wasser spülte, wie sie es tat? Sie war einen Augenblick so abgelenkt, dass sie das leere Glas vor ihrer Nase erst nicht bemerkte.

»Hast du auch Wein für mich, wo du meinen Freund so reichlich bedacht hast?«, fragte der Bärtige und lächelte sie an.

Maria sah auf seine Zähne, dann in sein Gesicht. Er war älter als sein Freund und auch älter als sie, bestimmt ging er schon auf die dreißig Sommer zu. Er hatte ein ebenmäßiges Gesicht und etwas vorspringende Brauen. Seine Augen leuchteten in einem hellen Braun. Sie beeilte sich, ihm das Glas zu füllen. »Wohl bekomm's«, meinte sie und unterdrückte den Wunsch, ihn nach seinen Zähnen zu fragen. So eine Frage würde ein vornehmer Mann wie er sicher als sehr anstößig empfinden.

»Alexander, sie ist ungerecht!«, protestierte Volmar. »Du hast mehr als ich bekommen!«

»Wenn, dann höchstens einen Fingerbreit«, gab der Bärtige ungerührt zurück und beobachtete belustigt, wie Volmar sich nun von Bela sein Glas erneut füllen ließ. Dann wandte er sich an Maria. »Du siehst aus, als wolltest du mir eine Frage stellen.«

Sie umklammerte mit ihrer Hand den halb vollen Krug. »Sieht man mir das so deutlich an?«

»Ja.« Er nickte und schenkte ihr wieder ein Lächeln.

»Wollt Ihr wirklich, dass ich *das* frage?«

Er musterte sie belustigt. »Wie kann ich das sagen, wo ich doch nicht weiß, was du fragen willst?«

Sie schloss den Mund und überlegte eine Weile. Offenbar war er bereit, sich auch auf unangemessene Fragen einzulassen. »Also gut.« Sie schluckte hastig. »Ich hab mich gefragt, was Ihr mit euren Zähnen macht, dass sie so ungewöhnlich weiß sind.«

Das Lächeln verschwand aus seinem Gesicht. Er sah enttäuscht aus. »Und ich dachte, du willst wissen, wer ich bin.«

»Natürlich möchte ich auch wissen, wer Ihr seid«, beeilte sich Maria zu sagen. »Obwohl ich eigentlich nicht mit Euch sprechen dürfte. Wenn der Hausherr das sieht …«

»Der kommt so schnell nicht wieder.« Der Mann winkte ab. »Wir haben den ganzen Nachmittag für uns.« Er grinste wieder, und Maria musste widerwillig lächeln, obwohl sie wegen Richmuds abweisendem Verhalten noch wütend und traurig war.

»Da irrt Ihr. Der Koch erwartet uns bald zurück«, erwiderte sie, doch er schüttelte den Kopf.

»Ich nehme gerne die Schuld für das Versäumnis deiner Pflichten auf mich. Überhaupt – sind wir nicht alle nur Geschöpfe in Gottes großem Garten? Ich bin kein Edler, nur ein armer Weinhändler, und ich kann sprechen, mit wem ich will. Gestattet …« Er legte eine Hand auf seine Brust und neigte leicht seinen Kopf. »Alexander von der Goldgasse, Bürger aus Köln.«

»Maria«, sagte sie schlicht. »Magd im Hause von Hadewigis von der Ehrenpforte, der Base des Gastgebers.«

»Aha, eine Aushilfsmagd. Warum fragt mich eine Magd, warum meine Zähne so weiß sind?«

Maria grinste, das Spiel mit den Worten gefiel ihr. »Weil diese Magd in Wahrheit gar keine ist, sondern die Tochter einer Dorfheilerin vom Niederrhein und großen Anteil an solchen Dingen nimmt.«

Der Blick aus Alexanders hellbraunen Augen ruhte eine Weile auf ihr. »Warum kommt die Tochter einer Dorfheilerin vom Niederrhein nach Köln?«, wollte er wissen. »Ist sie denn von allen guten Geistern verlassen?«

»Warum seid Ihr dann noch hier?«

»Meine Liebe, ich bin Kölner! Ich kann mir keinen anderen Ort zum Leben vorstellen als diese Stadt.«

»Auch wenn sie bald wieder von den Truppen des Stauferkönigs umzingelt sein wird?«

Alexander runzelte seine glatte Stirn. »Wer sagt das?«

»Ein paar Bonner Pilger, die ich neulich gesprochen habe«, log sie rasch.

»Was das betrifft, so jagt in diesen Tagen ein Gerücht das andere«, gab er zurück. »Ich glaube, sie werden gezielt verbreitet, um die Preise in die Höhe zu treiben. Im Augenblick kann ich meinen Wein verkaufen wie warmes Brot, meine Lagerkeller sind so gut wie leer.«

»Behaltet Euch ein wenig davon zurück, die Bonner Pilger wirkten sehr glaubhaft«, mahnte ihn Maria.

Alexander deutete in Richtung Tür und senkte seine Stimme. »Was glaubst du, was die hohen Herren da drinnen gerade besprechen? Sie werden Männer entsenden, um die Wahrheit herauszufinden.«

»Das hätten sie schon längst tun sollen.«

»Sicher hast du recht«, meinte er. »Ich sage ja immer, man sollte sich nicht zu sehr auf die Heiligen verlassen. Die helfen nur denen, die sich selbst zu helfen wissen.«

Maria nickte. Genau das hatte Relindis ihr auch immer gesagt – Gott hilft denen, die sich selbst helfen. Sie warf einen Blick auf die Gäste und sah, wie die Hausherrin ihre mageren Arme in die Hüften stemmte und ihnen ein wütendes Zeichen gab, dass sie endlich in der Küche verschwinden sollten.

Alexander, der ihrem Blick gefolgt war, hatte es auch gesehen. Bedauern lag in seinem Blick. »Wenn du willst, komm mich besuchen und ich verrate dir das Geheimnis meiner Zähne«, lächelte er. »Frag nach dem Weinhändler in der Goldgasse.«

Maria spürte, wie Bela sie am Ärmel zupfte, und musste daran denken, was Bela gesagt hatte. Sie wollen die Mägde nur auf ihrem Lager, aber nicht als Frau an ihrer Seite.

»Gewiss«, sagte sie lächelnd, knickste gemeinsam mit Bela vor den Herren und machte sich auf den Rückweg in die Küche.

Spät in der Nacht, als sie mit Bela und Lutgard im Wagen mit der Herrin nach Hause fuhren, schalt Hadewigis sie in ihren lückenhaften Worten wegen ihres ungebührlichen Benehmens. Sie sollten es nicht noch einmal wagen, in solcher Weise mit den Gästen des Hauses zu sprechen, noch dazu mit jungen Männern. Sie beruhigte sich erst, als Maria ihr erzählte, dass Dietrich von der Ehrenpforte ihre Geschichte mit den Staufern geglaubt hätte.

Später, als sie in ihren Betten lagen und Lutgard neben ihnen schnarchte, flüsterten Maria und Bela miteinander.

»Warum hast du Meisterin Richmud angesprochen?«, wollte Bela wissen. »Was ist das für ein Brief, den du für sie hast?«

Maria antwortete nicht gleich. Sie begriff, dass sie unvorsichtig gewesen war. Bela durfte nichts von der geheimen Schwesternschaft erfahren.

»Ich muss dir etwas sagen«, begann sie zögernd. »Ich habe dir bisher nicht die Wahrheit erzählt. Meine Mutter ist schon seit Jahren tot. Die Dorfheilerin hat mich bei sich aufgenommen und wie eine eigene Tochter erzogen. Sie hat mir alles beigebracht, was sie wusste.« Dann erzählte Maria ihr von Relindis und dass diese früher in Köln gelebt habe, im Kloster Weiher, verschwieg aber, was sie von Iliana wusste, nämlich dass Relindis Richmuds Tante war.

»Sie wollte, dass ich nach ihrem Tod nach Köln in das Kloster gehe, in dem sie einst gelebt hat«, schloss Maria.

»Also bist du nicht hierhergekommen, um deine kranke Tante zu pflegen«, stellte Bela fest. Ihre Stimme klang enttäuscht.

»Nein«, erwiderte Maria, der es auf einmal leidtat, Bela angelogen zu haben. »Ich wollte ins Kloster Weiher, wie es der Wunsch meiner Ziehmutter war. Aber sie haben mich abgewiesen.«

»Natürlich haben sie das. Sie nehmen nur Mädchen aus guten Familien auf, die viel Geld in ihre Gemeinschaft einbringen können. Deine Ziehmutter war bestimmt im alten Kloster Weiher. Das ist aber schon vor langer Zeit aufgelöst worden.«

»Ja, es war eine Verwechslung«, meinte Maria, die sich darüber wunderte, was Bela alles wusste. Die Auflösung des Klosters musste lange vor ihrer Geburt geschehen sein. Aber Bela wusste ja immer viel. Sie war die Vertraute der Herrin, sie ging auf den Markt und schnappte Gerüchte und Klatsch auf. Maria hatte wieder eine Bestätigung dafür, dass Iliana die Wahrheit gesagt hatte.

Sie seufzte leise. »Ich war so froh, dass ich bei euch bleiben konnte!«

Als Bela nichts erwiderte, fragte sich Maria, ob sie nun beleidigt war. Es sah ihr nicht ähnlich, aber ihre Stimme hatte so geklungen.

»Es tut mir leid, dass ich dich angelogen habe«, flüsterte sie in die Dunkelheit hinein. »Aber ich konnte dir am ersten Tag, als wir uns trafen, nicht die Wahrheit sagen.«

Lange war nichts zu hören außer Lutgards lautem Schnarchen. Endlich, nach einer Weile, als Maria schon fast glaubte, die andere wäre eingeschlafen, hörte sie Belas leises

Lachen. »Nein, das konntest du nicht. Was hätte ich nur gedacht von einem Mädchen, das erst ins Kloster Weiher will und dann Schutzanhänger auf dem Markt verkauft!« Sie kicherte vor sich hin, und Maria fiel mit ein, so erleichtert war sie, dass Bela ihr die Lüge verzieh und keine weiteren Fragen stellte.

Rasch lenkte sie ihr Gespräch auf die beiden Männer, erzählte von Alexander und fragte nach Volmar. Bela erzählte bereitwillig, dass Volmar Münzprüfer bei der erzbischöflichen Münze sei und noch nicht verheiratet. Sie ließ durchblicken, dass er ihr trotz seiner Trunkenheit gut gefallen habe.

»Hat er dich auch zu sich nach Haus eingeladen?«, fragte Maria.

»Er hat gesagt, wir könnten uns mal für einen Spaziergang treffen.«

»Aha. Triffst du dich mit ihm?«

Langes Schweigen und ein Seufzer antworteten ihr.

»Sie wollen dich auf ihrem Lager haben, aber nicht als Eheweib an ihrer Seite«, warnte Maria.

»Ich weiß«, flüsterte Bela, »ich hab's ja selbst gesagt.«

Wieder schwiegen beide und lauschten auf Lutgards Schnarchen.

»Wirst du nun trotzdem hierbleiben?«, fragte Bela. »Oder gehst du zurück in deine Heimat und wirst Dorfheilerin?«

Maria hörte die Sorge in ihrer Stimme, die sie rührte.

»Ich weiß es nicht«, sagte sie.

Später, nachdem Bela fest eingeschlafen war, stahl Maria sich aus der Kammer, hüllte sich in ihren Umhang und schlich in den Garten. Sie schöpfte Wasser aus dem Brunnen und trug den Eimer nach hinten zu den Apfelbäumen. Dann nahm sie die Bündel des Johanniskrauts, das sie tags zuvor auf den Feldern in der Stadt geschnitten hatte, und legte sie dazu.

Nachdem sie das getan hatte, zog sie den Kreis, wie es vorgeschrieben war, und rief die Mächtigen an. Sie breitete ihre Arme aus und starrte in den sternenklaren Himmel. Als sie die Anwesenheit der Mächte spürte, weihte sie das Wasser und besprengte das Kraut. Sie sank auf die Knie, betete und fragte die Hohe Mutter, was sie tun sollte. Doch sie kannte die Antwort bereits, die tief in ihrem Herzen lag.

# Kapitel 10

Nachdem ihr Vetter Marias Geschichte für glaubwürdig erachtet hatte, beschaffte Hadewigis endlich die Vorräte. Sie ließ Weinfässer, Mehlsäcke, Schinken und Speck mit einem Eselskarren heranschaffen und in dem kleinen Keller unter der Küche einlagern. Sie rang sich sogar dazu durch, ihren Vorrat an teurem Salz und Pfeffer aufzufüllen. Bela und Maria kauften Honig, Erbsen und Kohl auf dem Markt, schleppten es in Körben nach Hause und lagerten das Gemüse in Erdmieten im Garten ein.

Es wurde auch höchste Zeit, denn nur wenig später berichteten die Kölner Späher, dass der Stauferkönig sich mit seinem Heer von Süden her der Stadt näherte. Köln begann, sich auf einen Angriff und eine mögliche Belagerung vorzubereiten. Die Wachen an den Toren wurden verstärkt, Söldner angeheuert, Armbrustschützen auf der Mauer postiert. Die Preise auf dem Markt stiegen ins Unermessliche, trotzdem war er bald wie leer gefegt. Bauern aus dem Umland flohen in die Stadt, brachten ihr Vieh und ihre Habseligkeiten mit. Alle Wirtshäuser und Pilgerherbergen waren bald bis zum Bersten gefüllt, und viele Kölner vermieteten leere Kammern, Schuppen oder Ställe an geflohene Bauern. Trotzdem reichte es nicht aus, um allen Obdach zu geben, und viele Landleute schlugen ihre behelfsmäßigen Lager an der neuen Stadtmauer und auf den Äckern und Wiesen der Stadt auf.

Immer mehr Bewaffnete waren in der Stadt, und es ging das Gerücht um, König Otto hätte sich von seiner schweren Verletzung erholt und würde ein Heer gegen Philipp sammeln.

Bela versuchte, Hadewigis davon zu überzeugen, ein paar ihrer leer stehenden Kammern an geflohene Landleute zu vermieten, doch die war dagegen. »Nein, keine Fremden!«, fuhr sie Bela an. »… essen uns nur die Vorräte weg. Wir … allein … keine Männer.«

Bela wandte ein, sie könne eine Familie aufnehmen, aber Hadewigis gab ihr nur schroff zu verstehen, sie würde sich die Herrschaft hier im Haus auf keinen Fall aus der Hand nehmen lassen. Danach wagte Bela nichts mehr zu sagen.

Zu allem Übel lastete die Sommerhitze des Heumonats auf Köln. An den Toren, vor den Kirchen und auf den Plätzen drängten sich Bettler, und der Unrat der vielen Menschen schwamm im Rhein, lag auf den Gassen und Wegen und stank bald zum Himmel. Immer wieder hörte man nun von Überfällen und Morden, derer die Gewaltdiener nicht mehr Herr wurden. Die Frauen verließen nur noch selten das Haus. Auch Maria, die nicht schnell ängstlich wurde, blieb lieber dort. Wenigstens hatte sie Iliana noch einmal treffen und ihr von ihrem Entschluss erzählen können, in Köln zu bleiben. Iliana hatte ihr daraufhin die Hände fest gedrückt und sogar ein paar Tränen vergossen. Maria erzählte ihr, dass sie Richmud auf dem Fest zu St. Johanni kennengelernt hätte, die Meisterin sie aber abgewiesen habe. »Sie will nicht mehr an ihre Vergangenheit erinnert werden«, schloss sie traurig. »Sie wollte auch nichts von der Schwesternschaft hören.«

»Sprich sie nicht darauf an«, warnte sie Iliana mit scharfer Stimme. »Vielleicht hat sie uns damals verraten. Sei vorsichtig.«

Maria nickte. »Warum habt Ihr mir nicht gesagt, dass sie die Meisterin des Weiherklosters ist?«

Iliana sah sie eine Weile nachdenklich an. »Ich hatte Angst davor, dass du noch mal zu ihr gehen könntest und dabei vielleicht zu viel über die Schwesternschaft verrätst. Wie gesagt, Richmud hat gute Verbindungen zu hohen kirchlichen Würdenträgern.«

»Keine Angst, ich werde sie bestimmt nicht mehr aufsuchen«, hatte Maria ihr versichert. *Obwohl sie Relindis' Nichte ist*, hatte sie in Gedanken hinzugesetzt. Iliana hatte ihr erleichtert die Hände gedrückt und gesagt, dass sie sich in der nächsten Zeit nicht treffen könnten, da die Äbtissin eine strenge Klausur angeordnet habe, in der sie für den Frieden beten würden.

Am Tag der heiligen St. Margareta, einem Sonntag, fanden trotz der angespannten Lage in den Kirchspielen die Messen statt, die Maria mit Bela, Lutgard und der Herrin besuchte. Die Pfarrkirche St. Christoph war bis auf den letzten Platz gefüllt, und viele Fremde drängten sich in der kleinen Kirche. Der Pfarrer predigte vom Frieden und flehte Gott und die Heiligen um Beistand an.

Als sie sich nach der Messe durch das Gewühl nach draußen drängten, erblickte Maria einen Mann auf dem Kirchhof. Trotz der Hitze hatte er seine Kukulle tief ins Gesicht gezogen. Sie verbarg nur unvollständig sein Kettenhemd und das Schwert, das er trug.

Ein Bewaffneter! Sie wich ein wenig zurück, als sie an ihm vorbeiging, doch da packte er schon ihren Arm. Sie wollte protestieren, als sie sah, wie der Mann seine Kukulle ein Stück zurückzog. Sie schluckte überrascht, als sie Wilems hübsches Gesicht erblickte, dann fiel sie ihm in die Arme. Er drückte sie kurz an sich, und sie spürte das eiserne Geflecht seines Kettenhemdes hart an ihrem Leib.

»Was machst du hier?«

Statt einer Antwort fasste er sie am Arm und zog sie mit sich fort. Sie konnte gerade noch den anderen ein Zeichen geben, dass alles in Ordnung wäre. Er führte sie auf einen ruhigen Platz neben der Kirche in den Schatten einer mächtigen Buche, dort ließ er sie los. Sie betrachtete ihn eine Weile. Sein gut geschnittenes Gesicht erschien ihr in den wenigen Wochen, die sie sich nicht gesehen hatten, erwachsener geworden zu sein. Über seiner Oberlippe wuchs nun ein Bart.

»Du hast mich angelogen«, fuhr er sie an. »Ich war im Kloster Weiher, dort gibt's keine Schwester Maria. Sie sagten mir, du wärest Magd bei Hadewigis von der Ehrenpforte.«

Sie starrte in seine zornige Miene und konnte eine Weile nichts erwidern. »Wa… warum bist du denn *hier* und nicht zu Hause?«, fragte sie mit leiser Stimme.

»Das sollte ich *dich* fragen! Ich hätte mir denken können, dass die dich in einem so reichen Kloster nicht aufnehmen.« Er schlug heftig gegen den Baumstamm.

»Bitte lass das!«, rief sie erschrocken. »Ich wusste nicht, dass es die Schwesternschaft, die Relindis meinte, nicht mehr gibt! Hadewigis von der Ehrenpforte hat mich als Magd aufgenommen, weil sie krank war, und ich bin länger dortgeblieben, als ich wollte.«

Wilem steckte seine Daumen in den Gürtel seines Schwertgehänges. »Spar dir deine Lügen«, gab er schroff zurück. »Du wolltest von Anfang an nicht ins Kloster. Du wolltest weg in die Stadt, und dafür hast du uns angelogen, Mutter und mich.« Seine Stimme klang nun beherrschter, doch ein Zittern darin verriet seinen Zorn.

Maria kannte ihn gut genug, um das zu wissen. »Das ist nicht wahr!«, rief sie. »Ich wollte in die Schwesternschaft, wie Relindis es gesagt hatte. Ich wusste nicht, dass es sie nicht mehr gibt, jedenfalls nicht in diesem Kloster.«

Wilem starrte sie mit ungläubiger Miene an.

»Wenn ich dir das verraten hätte«, fuhr sie fort, »hättest du darauf bestanden, dass ich wieder mit dir nach Hause zurückgehe. Ich *musste* dir sagen, dass ich im Kloster aufgenommen wurde. Es tut mir leid.«

»Du hast mich abgeschüttelt«, stieß er hervor, und der bittere Ton in seiner Stimme ließ sie aufhorchen. »Du wolltest mich loswerden. Du wolltest, dass ich Mutter sage, dass es dir gut geht und alles nach deinen Wünschen geschieht.«

Maria wich seinem Blick aus und sah auf die Wurzeln der Buche hinunter. Ihr dämmerte allmählich, wie sehr sie ihn verletzt haben musste. »Es tut mir leid«, wiederholte sie leise.

»Ich erkenne dich nicht wieder. Was ist nur mit dir los? Warum bist du nicht nach Hause zurückgekommen, wenn es die Schwesternschaft nicht gibt?«

»Doch, sie existiert noch!«, verteidigte sich Maria. »Eine Schwester, die nicht im Kloster Weiher lebt, hat mich als Schülerin angenommen. Sie werden mich bald in ihren Kreis aufnehmen.«

Er schüttelte ungläubig den Kopf.

»Doch, Wilem!«, rief sie. »Glaub mir doch! Es ist nur eine Frage der Zeit. Bis sie mich aufnehmen, bleibe ich Magd im Haus zur Ehrenpforte. Denk nur, wie vielen ich hier helfen könnte! Die Stadt ist voller kranker Leute. Ich werde den Armen helfen, die sich keinen *physicus* leisten können. Meine Heilsalbe hat Hadewigis von der Ehrenpforte schon geholfen. Ich könnte …«

»Ich habe verstanden«, unterbrach sie Wilem. »Du willst deinen Weg allein gehen. Ich geh meinen Weg auch allein.«

Maria zuckte zurück. So entschlossen hatte sie ihren Bruder noch nie erlebt. »Was meinst du damit?«, fragte sie mit zitternder Stimme. »Warum bist du überhaupt hier?«

Er lächelte ein kurzes, zorniges Lächeln. »Was glaubst du wohl? Nachdem du im Kloster verschwunden warst, bin ich nach Hause zurückgefahren, habe Mutter und unsere Familie beruhigt. Aber nach einiger Zeit wollte Mutter wissen, wie es dir geht. Nicht nur sie. So hab ich ihr gesagt, ich würde dich besuchen, und bin wieder zurück nach Köln gefahren. Ich war sehr überrascht, was aus dir geworden ist.« Der bittere Ton in seiner Stimme war neu und fremd für Maria. Ein unbestimmtes, schlechtes Gefühl erfasste sie.

»König Otto sucht Fußkämpfer für sein Heer, mit dem er gegen Philipp ins Feld ziehen will«, fuhr er fort. »Er zahlt einen sehr guten Sold. Sie haben mich genommen.«

Maria fühlte sich, als hätte er sie vor den Kopf geschlagen. Sie konnte nichts erwidern.

»Otto wird dieses Mal nicht warten, bis der Staufer die Stadt umstellt, sondern ihm ein Heer entgegenstellen, gemeinsam mit den Limburgern«, fuhr er fort. »Ich werde bei den Soldaten sein, die Köln und den gesamten Niederrhein vor den Angriffen Philipps verteidigen.« Er lächelte stolz.

Seine Worte schwirrten in Marias Kopf. Sie konnte nicht fassen, was er sagte. Sie trat einen Schritt nach vorn. »Tu das nicht, Wilem.« Sie versuchte, ihre Stimme fest klingen zu lassen, damit er das Zittern nicht hörte. »Bitte!«

Sein hübsches Gesicht verzog sich zu einem triumphierenden Lächeln. »Ich kann mich in einer Schlacht bewähren, noch dazu in einer so wichtigen! Davon habe ich geträumt, seit mein Stiefvater mir den ersten Schwerthieb gezeigt hat.«

Maria war, als würde die Welt um sie herum wanken. Sie sah ihren kleinen Bruder zwischen rohen, kampferprobten Söldnern gegen andere Söldner kämpfen. »Das kannst du nicht tun!«, hörte sie sich rufen. »Ich will nicht, dass du stirbst!«

»Siehst du, Maria, nicht nur du hast einen Traum«, erwiderte er mit leiser Stimme.

Sie umklammerte seinen Arm. »Tu es nicht! Deine Mutter würde es nicht verwinden, wenn dir etwas passiert.«

»Meine Mutter musste schon mit vielem fertigwerden. Sie *ist* mit allem fertiggeworden, auch mit Relindis' Tod und mit deinem Weggehen. Sie ist stärker, als du denkst.«

Maria spürte, wie die Angst in ihrem Magen flatterte, als sie seinen Trotz und das Leuchten in seinen Augen sah. Verzweifelt suchte sie nach Worten, die ihn umstimmen könnten. »Es gibt Wunden, die nie heilen. Deine Mutter könnte es nicht ertragen, dich noch einmal zu verlieren. Wenn du stirbst, nimmst du sie mit ins Grab.«

»Das ist lange her.« Er machte eine wegwerfende Handbewegung. »Gott schickte Relindis, die mich rettete. Warum ist das wohl geschehen? Warum hat Gott mir einen Stiefvater gegeben, der mir das Kämpfen beibrachte? Ich kann zwar kein Ritter sein, aber ein Fußsoldat, denn ich bin ein Kämpfer!«

»Relindis hat dich nicht gerettet, damit du in einer Schlacht stirbst! Deine Mutter hat dich nicht aufgezogen, damit du von einer Lanze durchbohrt wirst.«

Wilems Gesicht wurde auf einmal ganz glatt, als würde es sich entspannen. »Weißt du nicht mehr, wie Relindis mich genannt hat?«, fragte er mit leiser Stimme. »Serapion. Es ist griechisch und bedeutet ›der Entflammte‹. Sie hat mich später immer so genannt, obwohl Mutter es nicht wollte. Weißt du, was, ich nenne mich auch so, selbst heute noch, denn es ist mein wahrer Name, und ich bin froh, dass ich ihn kenne. Wir tragen alle den Namen unserer Bestimmung in uns, und wir haben diese Bestimmung zu erfüllen. Alles andere wäre Frevel vor dem Herrn.«

Maria fühlte sich so klein und schwach vor Angst, dass sie glaubte, jeden Augenblick hinfallen zu müssen. Sie stützte sich mit der Hand am Baumstamm ab. Ihr schwirrte der Kopf von seinen Worten, aber dennoch stand die unheilvolle Gewissheit, dass er sich nicht abhalten lassen würde, deutlich vor ihr. Mit einem Rest an Selbstbeherrschung rang sie sich zu den nächsten Worten durch.

»Weiß deine Mutter davon?«

Er schüttelte den Kopf. »Sie soll sich keine Sorgen machen.«

Sie nickte und sah ihn voller Kummer an. Ihr kleiner Bruder! Sie hatten früher im Sommer gemeinsam im See neben der Sumpfinsel gebadet. Sie hatte ihm das Schwimmen beigebracht, später das Jagen. Wenn Lioba zu Besuch war, waren sie zusammen in den Wald gegangen, und sie hatte ihm gezeigt, wie man Kaninchenfallen aufstellt und Fische fängt. Er war ihr einziger Spielgefährte gewesen, Bruder und Freund zugleich.

Sie presste ihre Hand an die Baumrinde und weinte.

Wilem legte ihr die Hand auf die Schulter. Dann nahm er sie in die Arme und drückte sie fest an sich. »Keine Angst, ich werde nicht sterben.«

»Wann gehst du weg?«

»Es kann jederzeit losgehen.«

Sie spürte seine Stimme dumpf in seinem Oberkörper hallen. Er würde sich nicht von ihr abhalten lassen, von niemandem. Sie machte sich von ihm los und wischte sich mit den Fingern die Nase ab.

»*Cahd nun weridam kom. Beridsha fhuor!*« Sie malte ein Kreuz vor seiner Brust und beschrieb einen Kreis darum herum.

Wilem ließ es schweigend über sich ergehen. Dann drückte er ihr noch einmal die Hand, wandte sich um und ging. Sie sah ihm nach, wie er den Kirchhof überquerte und dann hinter der Klostermauer von St. Gereon verschwand, und die Angst riss sie mit sich fort wie ein Ast im Sturm.

\* \* \*

Das Heer König Philipps rückte, von Süden her kommend, weiter auf Köln vor. Aber dann, als die Kölner schon mit einem Angriff rechneten, machten seine Truppen einen Bogen um die Stadt und wandten sich nach Nordosten. Von Ferne sah man immer wieder Rauchsäulen aufsteigen, und Brandgeruch hing wie eine dunkle Drohung in der Luft. Anstatt geerntet zu werden, verbrannte das fast reife Korn auf den Feldern und das Heu in den Scheunen der Bauern, das das Vieh über den Winter bringen sollte. Kein Schiff kam mehr nach Köln, weil Philipps Truppen den Rhein im Süden abgesperrt hatten und der Graf von Berg, sein Anhänger, im Norden.

Am Ende des Heumonats, zwei Tage vor St. Pantaleon, verließ König Otto mit einem kleinen Aufgebot an Rittern und Fußsoldaten im Morgengrauen Köln, um sich Philipps Heer entgegenzustellen. Es hieß, sie würden später auf ihr Heer stoßen, das an einem geheimen Ort lagerte, und dann auch auf die Truppen des Herzogs von Limburg, der mit Otto verbündet war.

Maria fühlte sich hilflos vor Sorge und Angst. Sie stellte sich vor, was mit Wilem passieren könnte, und quälte sich mit dem Gedanken, dass alles ihre Schuld war. Wenn sie nicht nach Köln gegangen wäre, wäre er nicht hierhergekommen. Er war ihr Bruder, er war ihr immer gefolgt. Hatten sie sich nicht immer vertraut? Nein, musste sie sich eingestehen. Es gab einen Teil von ihm, den sie nicht kannte, der offenbar in den Jahren, die er mit seinem Stiefvater verbracht hatte, in ihm gewachsen war. Wilem hatte ihr nie gesagt, dass er Soldat werden wollte. Es war das, was sie insgeheim befürchtet, aber immer verdrängt hatte.

»... Herrgott, Maria, wo bist du mit deinen Gedanken! Ich brauche einen *langen* Nagel.«

Maria fuhr auf. Alles drang wieder in ihr Bewusstsein – die dunkle Kemenate, in der sie sich befanden, die Kerze, deren

Schein über den Dielenfußboden zuckte. Sie sah zu Bela hinauf, die auf einem Schemel stand und ein Brett vor die geschlossene Fensterlade hielt. »Nun mach schon, ich kann's nicht mehr lange halten!«

Maria nahm sich zusammen und wühlte hastig in der Tonschale nach einem langen Nagel, reichte ihn Bela. Dann half sie ihr, das Brett festzuhalten, damit Bela es an die Wand nageln konnte.

Sie waren dabei, das Haus auf Anordnung der Herrin sicher zu machen, damit »... kein hungriges Gesindel einbricht und uns die Vorräte wegstiehlt«, wie Hadewigis gesagt hatte. Dazu gehörte, die Fensterläden im Erdgeschoss, die zur Straßenseite hin lagen, mit Brettern zu vernageln, eine Kette mit Glöckchen hinter die Eingangstür zu hängen und nie ins Bett zu gehen, ohne einen Knüppel griffbereit neben sich liegen zu haben. Man hatte schon von ersten Einbrüchen gehört, nachdem keine Schiffe mehr gekommen waren und sich der Hunger unter der geflohenen Landbevölkerung breitmachte. Das hatte Hadewigis wieder zu der Bemerkung veranlasst, man hätte nicht so viele Fremde in die Stadt lassen sollen, woraufhin Maria entgegnet hatte, dann wäre es der Herrin wohl lieber gewesen, wenn diese von Philipps Truppen getötet worden wären. Hadewigis hatte Maria daraufhin barsch zurechtgewiesen und gemeint, dass sie jetzt wohl alle verhungern müssten, wenn der Staufer die Stadt belagern würde. Danach hatte Maria es vorgezogen, nichts mehr zu sagen, und das unheilvolle Schweigen, das sich ausgebreitet hatte, zu verdrängen versucht. Doch es war nur zu beredt und sagte ihr in aller Deutlichkeit, dass sie nach Hadewigis' Genesung hier eigentlich nur noch geduldet war und deshalb vorsichtig mit ihren Worten sein musste.

Sie hörte, wie Bela den letzten Nagel in die Wand schlug, und ließ das Brett los. Bela prüfte, ob es festsaß, und stieg dann vom Schemel. Sie stemmte die Arme in die Hüften und musterte Maria. »Nimm dich doch bitte zusammen! Das Brett wäre mir fast runtergefallen.«

»Tut mir leid«, erwiderte Maria.

»Ich kenn dich so gar nicht. Du isst kaum noch was und schläfst wohl auch nicht mehr. Du siehst aus wie nach einer schlechten Ernte, dabei haben wir noch genug!«

Maria wich Belas Blick aus. Sie fühlte Tränen aufsteigen, dabei hatte sie seit Wilems Fortgang so viele geweint, heimlich in den Nächten, dass sie glaubte, keine mehr zu haben. Bela nahm sie in die Arme und drückte sie fest.

»Nun komm schon! Du benimmst dich, als wär er schon tot. Aber er ist doch ein guter Soldat, oder nicht? Er wird's schaffen.«

Maria presste die Lippen zu einem Strich zusammen. Nach dem Kirchgang zu St. Margareta hatte sie den anderen erzählen müssen, wer Wilem war und was er vorhatte. Die Frauen hatten Verständnis gezeigt, sogar Hadewigis, obwohl sie ihr ja hätten vorwerfen können, ihnen bisher die Wahrheit verschwiegen zu haben, was ihre Familie betraf. Aber offenbar stand ein junger Kämpfer, der mit Ottos Heer auszog, um die Stadt gegen ihre Feinde zu verteidigen, hoch in ihrer Achtung. Bela hatte Maria getröstet, so gut sie es vermochte.

Aber Maria war nicht zu trösten. Sie machte sich Vorwürfe. Ihr Bruder würde in einer Schlacht kämpfen, die sie hätte verhindern können. Wenn sie Gerold nicht gerettet hätte, würde König Philipps Heer jetzt nicht mordend und brandschatzend durch das Kölner Land ziehen. Sie hatte für einen kostbaren Augenblick lang sein Leben in ihrer Hand gehalten, und sie hatte einen Fehler gemacht. Sie konnte von Glück reden, dass die anderen ihr nicht die Schuld gaben.

Bela fasste ihre Hand. »Unsere Gebete werden erhört. Deinem Bruder wird nichts geschehen, glaube mir. Ich hab das im Gefühl.«

»Aber du kennst ihn doch gar nicht!«, wandte Maria ein. »Bis vor einigen Tagen wusstest du nicht mal, dass es ihn gibt.«

»Das macht nichts, ich hab ihn gesehen, das reicht«, gab Bela zurück. Sie seufzte tief. »Ich hoffe auch, dass meinen Eltern nichts geschieht. Wenn die Staufer nach Norden gehen, dann …«

Ihr Satz blieb unvollendet und bedrohlich zwischen ihnen hängen.

Nein, sagte Maria sich, noch nie war ein Heer so weit in den Norden gekommen, jedenfalls nicht, seit sie denken konnte. Außerdem hatte Heinrich von Waldburg gesagt, sie solle zurück in ihre Heimat gehen, dort wäre sie sicher.

»Sie werden nicht nach Norden gehen«, sagte sie. »Aber Wilem …«

Bela legte den Arm um sie. »Wie du zitterst! Komm, wir gehen in die Sonne, die Fenster können warten.«

Sie blies die Kerze aus und führte Maria hinaus in den Garten, wo sie sich auf der Bank in der Sonne niederließen. Die Vögel zwitscherten, und ein warmer Windhauch wehte würzige Luft heran. Die Apfelbäume im Baumgarten hingen voller kleiner Äpfel, und die Blüten des Holderbusches hatten sich in grüne kleine Perlen verwandelt, die bald zu saftigen roten Beeren reifen würden. Lutgard kniete vor einem Beet und erntete die letzten Erdbeeren.

Bela nahm Maria in die Arme und versuchte, sie zu trösten. Maria lehnte den Kopf an Belas Schulter. Die Sonne des Heumonats schien warm auf sie herab, aber in ihr herrschten Kälte und Dunkelheit. Sie spürte lähmende Angst. Sie wusste, dass etwas Schlimmes mit Wilem passieren würde. Sie fühlte das Unheil, ohne es zu sehen.

Bela strich ihr tröstend über das Kopftuch. »Wir werden heute Abend zu St. Pantaleon beten«, sagte sie. »Es ist *sein* Tag, und der Heilige wird uns bestimmt helfen.«

Maria nickte nur und erwiderte nichts.

Sie beteten den ganzen Abend, aber das Gebet beruhigte Maria nicht. In den nächsten Tagen aß sie kaum. Sie konnte sich nicht mehr auf das besinnen, was sie gerade tat. Sie versäumte es, die guten Worte zu sprechen, als sie den Salbei erntete. Sie kämmte und wusch sich morgens gedankenlos, als würde sie eine Puppe waschen und ankleiden.

Ein paar Tage nach St. Pantaleon drang die Kunde in die Stadt, dass das Heer König Ottos von den staufischen Truppen geschlagen worden wäre. Sein Heer hätte am St. Pantaleonstag bei Wassenberg eine vernichtende Niederlage erlitten, hieß es, und sei in alle Winde zerstreut worden. Nur wenig später verbreitete sich die Kunde von der Rückkehr des Königs wie ein Lauffeuer in der Stadt.

Bela und Maria mussten nicht weit laufen, um König Otto und die kümmerlichen Reste seines welfischen Heeres zu sehen, das auf seinem Weg in den erzbischöflichen Palast ganz in der Nähe ihres Hauses vorbeizog. Maria drängte sich mit Bela in der schweigenden Menge und reckte ihren Hals. Sie sah einen großen, graugesichtigen Mann auf einem dunklen Schlachtross, der einen Wappenrock mit goldenen Löwen über seinem Kettenhemd trug. Schweigend, aber in aufrechter Haltung, als hätte die Niederlage seinen Mut nicht brechen können, ritt er mit seinen Männern an ihnen vorbei. Sein fahles Antlitz, auf dem sich deutliche Spuren der erlittenen Anstrengungen abzeichneten, trug eine Spur von Trotz. Das große Banner mit den welfischen Löwen, das der Bannerträger vor ihm hertrug, wehte leicht in der morgendlichen kühlen Luft.

Maria drängte sich nach vorn, um die Fußsoldaten sehen zu können. Nur wenige waren unverletzt. Sie starrte in die Karren, mit denen die Schwerverletzten gefahren wurden, sah in müde Gesichter und mit notdürftigen Verbänden umwickelte

Gliedmaßen. Wilem sah sie nicht. Sie wartete, bis der ernste Zug vorüber war, und die Angst bohrte in ihrem Magen.

»Lass uns nach Haus gehen«, meinte Bela. »Wenn er überlebt hat, dann kommt er sicher zu uns, er weiß doch, wo du wohnst.«

Maria nickte. Aber sie konnte nicht einfach zurückgehen und untätig auf ihn warten. »Ich muss in die Hospitäler«, sagte sie. »Vielleicht hab ich ihn übersehen.«

Bela seufzte leise, aber dann erklärte sie sich bereit, Maria zu begleiten. Am Nachmittag gingen sie zunächst in das Hospital St. Apern, das ganz in der Nähe am ältesten Ehrentor lag, dann suchten sie das Hospital von St. Andreas auf und danach die anderen Hospitäler in der Stadt. Sie durchschritten düstere Säle voller Pritschen mit verletzten Soldaten, die stöhnten und schrien, bis Maria es nicht mehr ertragen konnte. Sie lief aus dem Krankensaal von St. Brigida in einen sonnenbeschienenen Innenhof, lehnte sich gegen eine Säule und starrte ins Leere. Sie beobachtete, wie ein paar leicht verwundete Soldaten auf Steinen in der Sonne saßen und ein Knöchelspiel spielten.

»Komm nach Haus«, sagte Bela. Auch sie sah erschöpft aus. Im Sonnenlicht schimmerte ihre Haut noch heller als sonst, und der übliche rote Hauch auf den Wangen fehlte. Maria, die ahnte, dass ihre Rastlosigkeit sie beide sehr mitgenommen hatte, nickte. Ihre Zunge klebte ihr trocken am Gaumen, sie hatte Durst und spürte kaum noch, wie müde sie eigentlich war.

»Wilem, du blöder Sack!«, fluchte einer der Soldaten.

Maria horchte auf. War Wilem vielleicht zurückgekehrt und in diesem Hospital gelandet, anstatt zu ihr zu kommen? Sie konnte das rasche Pochen ihres Herzschlags in ihren Ohren hören, als sie zu den Männern ging. Sie waren zu dritt; einer trug einen Verband um den Kopf, ein anderer um den Arm, der dritte hatte dicke, bläulich verfärbte Beulen an Stirn und Kinn.

Maria seufzte auf, als sie in die fremden Gesichter sah. »Ich dachte, einer von euch wäre … Wilem!«

Die Soldaten deuteten auf den mit dem Kopfverband. »Ich bin Wilem«, meinte er.

»Du bist nicht mein Bruder.« Sie hätte am liebsten laut geschrien vor Angst und Enttäuschung. »Habt ihr ihn vielleicht gesehen? Er ist jünger als ich, groß und dunkelblond.«

Die Männer schwiegen. Wilem schüttelte seinen Kopf. »Von unserer Lanze haben's nur wir zurückgeschafft. Die meisten sind tot. Vielleicht fragst du besser die Leichenfledderer bei Wassenberg.«

Maria tastete nach Belas Hand. »W-wo ist Wassenberg?«, flüsterte sie.

»Zwei Tagesmärsche von hier«, antwortete er. »Aber ich würde da lieber nicht hingehen, da wimmelt's von Staufern. Die stechen alles ab, was sich bewegt. Die haben uns überfallen wie die Verbrecher. Kamen schon im Morgengrauen, obwohl der nächste Tag für die Schlacht ausgemacht war, dieses ehrlose Gesindel! Die Burg ha'm sie eingenommen und den werten Erzbischof gefangen. Unser König musste fliehen wie die Maus in ihr Loch!«

»Sie haben unseren Erzbischof *gefangen*?«, fragte Bela fassungslos. »Bei allen Heiligen!« Sie bekreuzigte sich.

»Die Staufer, das ist ehrloses Pack, sag ich euch, die verdienen es, in der Hölle zu schmoren! Ihr König verdient es nicht, König zu werden, er ist nichts anderes als ein räudiger, ehrloser Hund!« Der Mann mit dem Armverband spie verächtlich auf den Boden.

Maria meinte, nicht mehr atmen zu können. Ihre Hand krallte sich in Belas Arm. *Ich bin schuld*, hämmerte es in ihrem Kopf. *Wenn ich König Philipp nicht gerettet hätte, wäre das alles nicht geschehen.* Mühsam schluckte sie, um die nächsten

Worte aussprechen zu können. »Die Staufer ... sie bringen die Verletzten um?«

Wilem warf ihr einen finsteren Blick zu. »Du hast keine Ahnung vom Kriegführen, was? Na wie auch, du bist ja nur ein Weib. Wer am Boden liegt, den stechen die ab, da kennen die keine Gnade! Den Rest besorgen die Leichenfledderer.«

»War auch ein sumpfiges Gelände«, meinte der Mann mit den Beulen. »Einige von uns sind da rein, aber von denen hab ich keinen mehr wiedergeseh'n.«

»Vielleicht kommt dein Bruder ja noch«, setzte Wilem hinzu. »Es kommen immer noch welche. Bete zu Gott.«

Maria nickte. Sie spürte, wie sie zu zittern begann, obwohl es ein warmer Sommertag war. Die Welt um sie herum, wie sie sie kannte, fiel in sich zusammen. Sie wusste, dass nie wieder etwas wie vorher sein würde, wenn ihr Bruder tot wäre. *Relindis*, dachte sie, *was habe ich nur getan? Was soll ich tun?*

Sie klammerte sich an Bela, legte die Stirn an den rauen Stoff von Belas Mägdekleid. »Er lebt doch vielleicht noch«, tröstete sie Bela. »Vielleicht hat er es nur noch nicht zurückgeschafft. Oder er ist zu euch nach Hause geflohen. Oder sie haben ihn gefangen genommen.«

Maria sah Wilem blutend auf dem Boden liegen. Sie sah ihn qualvoll sterben. Sie sah, wie ein Fledderer seinen Leichnam auf Beute durchsuchte. Nein! Er durfte nicht tot sein, nicht Wilem. Gott, die Mächtigen, die Hohe Mutter – sie durften nicht so grausam sein, ihr nach Relindis auch noch den Bruder zu nehmen. Das konnten sie auch Lioba nicht antun.

Auf dem Nachhauseweg versuchte sie, sich Relindis' Gesicht in Erinnerung zu rufen. Sie sah den gütigen Blick aus ihren schmalen dunklen Augen wieder, mit dem sie sie stets angesehen hatte. Ihre schweren Locken, früher mit dunklen Strähnen, später nur noch grau, die sie immer mit einem Lederband zusammengehalten hatte. Ihre groben Beinkleider, geflickt und ausgebessert an vielen Stellen, seltsam für eine Frau, aber zweckmäßig zum Jagen. Hatte Relindis nicht immer gesagt, sie solle niemals aufgeben? Sie dürfe niemals die Zuversicht und den Glauben an Gott aufgeben, hatte sie gesagt, was immer auch geschähe. Wilem könnte noch leben.

Der Gedanke fiel hell in Marias inneren Keller und wärmte sie ein wenig. Sie dachte, dass sie die Mächte befragen würde, gleich heute Nacht.

# Kapitel 11

In den folgenden Tagen kehrten nur noch wenige Überlebende aus Ottos Heer nach Köln zurück, und Wilem war nicht unter ihnen.

Der Erntemonat machte seinem Namen alle Ehre und brachte trockenes, erntefreundliches Wetter. Aber das Korn war verbrannt, und die geflohenen Bauern hungerten in der Stadt. Täglich sammelten sich abgemagerte Menschen in schmutzstarrenden Kleidern an den öffentlichen Brunnen und holten sich unter der strengen Aufsicht der Gewaltdiener ihre zugeteilte Menge Wasser. Magere Kinder mit seildünnen Ärmchen starrten Maria traurig an, als sie mit ihren Müttern an die Haustür betteln kamen, und sie gab ihnen immer heimlich etwas Brot oder Obst, obwohl Hadewigis es verboten hatte.

Sie selbst hatten dank Marias Warnung noch genügend Vorräte und außerdem das, was der Garten hergab, aber dennoch ließ Hadewigis auch ihr Essen streng einteilen. Sie schickte einen Laufburschen zu Dietrich von der Ehrenpforte, um Neuigkeiten zu erfahren, aber was sie hörten, verhieß nichts Gutes. Das staufische Heer hätte sich nach der Schlacht von Wassenberg nach Süden gewandt, hieß es. Die Stadt Hilgerod sei nur mit Mühe ihrer Zerstörung entgangen. Der Graf von Sayn habe sich Philipp unterworfen, auch die Limburger seien geschlagen. Man sprach von Verrat. Es hieß, der Limburger Graf hätte im letzten Augenblick die Seiten gewechselt und sei zu Philipp übergelaufen, weshalb Otto die Schlacht verloren hätte. Erzbischof Bruno, der auf welfischer Seite stand und Otto treu ergeben war, sei in Ketten gelegt und auf die Reichsburg Trifels gebracht worden. Das staufische Heer, berichtete der Laufbursche, der offenbar ein ausgezeichnetes Gedächtnis besaß, habe nun sein Lager zwischen Bonn und Köln aufgeschlagen, nicht mal einen halben Tagesritt von Köln entfernt.

Hadewigis sank im Garten auf die Bank, als sie die Nachrichten vernahm, und starrte düster vor sich hin. Die Schwalben, die über den leuchtend blauen Himmel streiften, schienen sie alle zu verhöhnen. »Jetzt will er Köln belagern«, stieß sie hervor. »Wir … ab heute nur noch die halbe Menge essen. Verstanden?«

Ihre Mägde nickten schweigend.

»Auch du, Lutgard!«, fuhr Hadewigis die Magd an. Lutgard nickte nur.

Maria aber musste an einen hochmütigen jungen Mann auf dem Pferd denken und an den dunkelhaarigen Ritter gleich neben ihm. Sie dachte an den alten, verwitterten Weihestein im Hainholz, vor dem sie geschlafen hatte, ehe sie von den Staufern entdeckt worden war. Plötzlich wusste sie, wo das staufische Heer lagerte.

In der folgenden Nacht schlief sie nicht. Sie wartete, bis die Nacht am dunkelsten war, dann erhob sie sich und kleidete sich geräuschlos an. Das Kleid, das sie sich überstreifte, war das, in dem sie hergekommen war. Es war frisch gewaschen worden und roch nach Lavendel, den sie in die Kleidertruhe gelegt hatte, ebenso ihr Umhang. Sie flocht sich die Locken zu einem Zopf und band ein buntes Band hinein, dann nahm sie ihr restliches Geld aus dem Stroh ihrer Matratze.

Zufrieden wog sie den prall gefüllten Lederbeutel in ihrer Hand. Sie hatte für Heinrich von Waldburgs restliche Schillinge zwei Hände voll guter Kölner Pfennige von dem Wechsler bekommen. Obwohl sie die Hospitalspförtner hatte bestechen müssen, war immer noch genug übrig. Rasch ließ sie den Beutel in ihre Gürteltasche gleiten und vergewisserte sich, dass der kleine goldene Ring, den der König ihr geschenkt hatte, noch an dem Band mit ihrem Anhänger hing. Dann warf sie einen Blick auf die schlafenden Mägde, trat an ihre Betten und malte ihr mächtigstes Zeichen über ihnen in die Luft, jenes, das alles Böse abwehren würde.

Belas brauner Haarschopf schimmerte dunkel auf dem hellen Kopfkissen. Maria seufzte leise. Es schien ihr Schicksal zu sein, Menschen verlassen zu müssen, die sie mochte. Aber sie musste es tun, um Wilems willen. Die Mächte hatten ihr gesagt, dass er noch lebte, und sie musste ihn finden. Morgen würde der von ihr bezahlte Laufbursche kommen und Bela eine Nachricht bringen.

Maria verließ die Kammer. In dem kleinen Vorratsraum neben der Küche fand sie den Beutel, den sie tags zuvor dort versteckt hatte – prall gefüllt mit Vorräten. Sie hängte ihn sich um und schlich sich aus dem Haus.

Die Stadt lag in tiefer Dunkelheit. Über den Silhouetten der Hausdächer erhob sich ein wolkenloser, mit unzähligen Sternen besprenkelter Himmel. Dazwischen hing ein klarer Halbmond.

Maria hielt inne und sprach ein kurzes Gebet, in dem sie die Hohe Mutter bat, die Wesen der Nacht von ihr fernzuhalten. Dann zog sie ihr Messer aus dem Gürtel und schlich sich vorsichtig durch die finsteren Gassen. Mittlerweile kannte sie sich gut genug aus, um sich auch im Dunkeln zurechtzufinden, aber dennoch war sie froh über jede Fackel, die an einer Haustür oder an einer Klosterpforte brannte, über jeden schwachen Lichtschein, der aus einem Fenster drang.

Sie überquerte den menschenleeren Viehmarkt, ging am Stift St. Cäcilia vorbei und schlich sich dann an den schlafenden Wachen vorbei durch die Hohe Pforte in der alten Stadtmauer. Auf der alten Steinstraße musste sie sich vor zwei Männern verstecken, und am Waidmarkt schreckte sie einen großen Hund auf, der nicht aufhörte zu bellen, bis sie am Perlengraben vorbei war.

Aber dann – endlich – tauchte das Severinstor vor ihr auf.

Ein alter Mann mit verwittertem Gesicht unter seiner Kappe lehnte müde davor. Er nickte nur und nahm die Münzen, die sie ihm in seine große raue Hand legte, dann öffnete er eine kleine Nebenpforte und entließ sie in die Nacht. Als wäre es das Selbstverständlichste der Welt, eine junge Frau mitten in der Nacht allein in die Wildnis zu lassen, wo der Feind lauerte. *Was für einen Unterschied ein paar Pfennige ausmachen,* dachte Maria, als sie die Straße nach Bonn entlangschritt, *sicher verdient man als Wachmann viel, wenn man keine Fragen stellt.*

Sie zog ihren Umhang enger, denn die Nacht war kühl. Über ihr wölbte sich der Himmel, darunter erstreckte sich das schwarze flache Land. Umrisse von Bäumen hoben sich dunkel vom Himmel ab, die Luft war frisch und klar. Maria konnte den Weg nicht erkennen, sie hatte Mühe, nicht über die Steine der Straße zu stolpern, die sich seit Urzeiten am Rhein entlang erstreckte und nicht nur nach Bonn, sondern weit darüber hinaus in den Süden und in ferne Länder führte, wie der Bauer ihr erklärt hatte, der sie ein Stück mitgenommen hatte.

Aber bald hatten sich ihre Augen an die Dunkelheit gewöhnt, und sie begann, sich wieder sicher zu bewegen, wie sie es bei Relindis gelernt hatte, als sie nachts aufgebrochen waren, um im Morgengrauen zu jagen. In der Nacht wuchs die Aufmerksamkeit, man schärfte seine Sinne wie ein Messer, hatte Relindis ihr gesagt, deshalb war es gut, von Zeit zu Zeit nachts loszuziehen.

Aber Maria wusste, dass an diesem Weg weitaus mehr Gefahren lauerten als im Wald zu Hause. Jederzeit könnte sie Wegelagerern oder staufischen Spähern in die Hände fallen.

Maria horchte auf jedes Geräusch und bemühte sich, selbst keins zu verursachen. Aber das Einzige, was sie hörte, war das Rascheln von kleinen Tieren im Laub, den Ruf einer Eule und manchmal die Flügelschläge von Nachtjägern, die über den Himmel streiften. Als der Morgen graute, trug ein leichter Wind den Geruch nach erkalteten Feuerstellen und Pferdedung heran, und sie versteckte sich in einem Wäldchen und wartete auf den kommenden Tag.

Bei Sonnenaufgang erblickte sie die Pferde, die am Waldrand auf einer Weide grasten, und aus dem nahe gelegenen Wald, den sie kannte, stieg der Rauch zahlreicher Feuer empor. Es stimmte – das königliche Heer lagerte im Hainholz. Maria lächelte, erleichtert darüber, dass sie recht gehabt hatte. Sie beobachtete die Wachmänner, die die Tiere nicht aus den Augen ließen. Vorsichtig schlich sie sich näher an den Wald und sah den frisch aufgeschütteten Wall, hinter dem die Zelte der Soldaten durch die Bäume schimmerten.

Es war aber offensichtlich nicht so, dass das Lager vollkommen abgeschottet war. Maria beobachtete es aus einiger Entfernung. Sie sah, wie kleine Trupps von Rittern oder Fußsoldaten es verließen und voll beladene Esels- und Maultierkarren mit Vorräten heranschafften. Am Nachmittag rumpelte ein Planwagen mit Spielleuten, Gauklern und grell geschminkten Frauen aus dem Haupteingang des Heerlagers hinaus den Feldweg hinunter. Doch dann zog sich der Himmel zu, und es begann zu regnen.

Maria schlug ihre Kapuze hoch. Sie verbarg sich in einem Gebüsch am Feldweg und wartete ab. Am späten Nachmittag kämpfte sich ein von einem Ochsengespann gezogener, mit schweren Fässern beladener Karren den Feldweg heran. Tief sank der Karren in den aufgeweichten Lehm des Feldweges, während sich die Ochsen unter ihrem Joch mühten. Der Fuhrknecht ließ seine Peitsche auf die Tiere niedersausen, aber ihre Hufe versanken in der aufgeweichten Erde, sodass der Karren schließlich stehen blieb. Der Fuhrknecht fluchte, sprang vom Wagen und zerrte ungeduldig am Joch, aber die Ochsen bewegten sich keinen Zoll mehr. »Beim Beil des Henkers! Wollt ihr wohl weiter, ihr verfluchten Viecher!«, brüllte er.

Da verließ Maria das Gebüsch und trat zu ihm. »Meinst du, deine Ochsen werden dir so gehorchen?«, fuhr sie den verblüfften Knecht an. »Du musst gut zu ihnen sein!« Sie strich den Tieren über das nasse Fell, dann zog sie ein Bündel Klee aus ihrem Beutel, das sie zuvor gepflückt hatte, und hielt es ihnen vor die Nase. Die Ochsen streckten ihre Schnauzen vor und schnupperten neugierig daran. Sie fütterte es den Tieren, sprach beruhigend auf sie ein.

»Heilige Mutter Gottes, was machst du denn da?«, hörte sie den Knecht rufen.

Sie warf ihm einen raschen Blick zu. Er war noch jung, trug eine zu große Kappe, die ihm tief ins Gesicht gerutscht war. Seine dünne, hoch aufgeschossene Gestalt steckte in einem weiten Umhang.

»Ich bring deine Ochsen ans Laufen«, gab sie zurück. »Sie scheinen hungrig zu sein. Gibst du ihnen nichts zu fressen?«

»Doch, schon! Aber die ha'm ihren eigenen Kopf und machen nie, was man ihnen sagt«, klagte der Knecht.

»Na, vielleicht packst du sie nicht richtig an«, meinte Maria. »Die Soldaten warten auf ihr Bier. Was sollen sie sonst bei diesem Wetter tun außer würfeln? Dein Herr bekommt sicher guten Lohn für die Lieferung, oder?«

Sie schenkte dem jungen Knecht ein liebenswürdiges Lächeln. Er warf ihr einen verdatterten Blick zu. »Woher weißt du das?«

»Kann ich mir denken«, sagte sie mit fester Stimme. »Ich helfe dir mit den Ochsen und du hilfst mir, ins Lager zu kommen. Du sagst einfach, ich sei Maria, Magd in eurer Brauerei.«

Der Knecht starrte sie entgeistert an. »Aber das kann ich nicht machen! Wenn ich Ärger bekomm, schlägt mich der Bauer. Was willst du denn da überhaupt?«

»Ich hab einen guten Freund im Lager. Wenn ich den besuche, wird er sich sehr freuen, und es soll dein Schaden nicht sein.« Sie lächelte wieder und verfütterte ihren letzten Klee an die Tiere.

Der junge Knecht starrte sie mit offenem Mund an. Dann sah er auf seine widerspenstigen Ochsen und kratzte sich nachdenklich am Kopf. »Aber wenn …«

Sie zog ihren Lederbeutel hervor, nahm ein paar Münzen heraus und hielt sie ihm hin. »Ich helf dir mit dem Wagen und geb dir das, und du nimmst mich mit ins Lager. Wenn dich ein Söldner fragen sollte, sagst du, ich bin die Maria von eurem Hof. Wahrscheinlich kümmert's sowieso keinen, und dann bin ich verschwunden, ehe die was merken.«

Gierig starrte der Knecht auf ihre Pfennige. Dann nickte er hastig, nahm die Münzen und ließ sie in seinen Gewandfalten verschwinden.

*Na also*, dachte Maria. *Mit Geld geht alles.*

Sie hatte nie Geld besessen und ihm auch nie eine Bedeutung beigemessen. Aber seit sie in Köln war, hatte sie die Macht der Münzen immer besser begriffen. Kein Wunder, dass so viele Leute nach ihnen gierten und nicht genug davon bekommen konnten.

Gemeinsam gelang es ihnen, die Ochsen dazu zu bewegen, den Wagen aus dem Morast zu ziehen, und führten das Gespann zum Eingang des Lagers. Die Wachen musterten sie aufmerksam, und einer ging um den Karren herum und klopfte gegen die Fässer. Dann nickte er, ließ sie passieren und wies ihnen den Weg zum Küchenzelt. Weit erstreckte sich das kaiserliche Heerlager im Hainholz. So weit das Auge reichte, sah Maria Zelte unter den Bäumen – einige größere, vor denen die Schilde und Banner ihrer Besitzer gepflanzt waren, und viele kleine. Der Regen rauschte auf das Blätterdach der Bäume, aus denen sich dicke Tropfen lösten und auf die feuchte Erde fielen. Die Ochsen quälten sich die leichte Anhöhe zum Küchenzelt hinauf und blieben dann sofort stehen. Die Küchenknechte halfen dem Ochsenknecht, die Fässer abzuladen und ins Küchenzelt zu rollen.

Maria spähte durch die Zeltstadt. Zum Glück waren die meisten Soldaten nun in ihren Zelten, aber es gab natürlich noch die Wachposten. Ein banges Gefühl erfüllte sie. Erst jetzt wurde ihr bewusst, in was für eine gefährliche Lage sie sich gebracht hatte. War sie von allen Heiligen verlassen, hier einfach einzudringen? Man würde sie aufgreifen und gefangen nehmen und wenn sie Pech hätte, noch ganz andere, furchtbare Dinge mit ihr tun. Sie tastete nach Philipps Ring an ihrer Kette. Hatte der König nicht gesagt, der Ring wäre ein Zeichen seiner Gunst und sie hätte ihm Glück gebracht? Es musste ihr gelingen, damit zu ihm vorzudringen, oder wenigstens zu seinem *dapifer*. Schließlich hatte sie Philipp aus einer misslichen Lage gerettet. Er musste sie empfangen.

In einem unbeobachteten Augenblick stahl sie sich vom Küchenzelt fort. Sie hielt sich hinter den Zelten, wo die Soldaten sie nicht sehen konnten, verbarg sich hinter den dicksten Bäumen und lief in die Richtung, wo sie die Mitte des Lagers vermutete.

Bald erblickte sie mehrere große Zelte, die ein noch größeres in ihrer Mitte umringten. Das Zelt in der Mitte überragte alle anderen an Höhe. Auf seiner Spitze wehte ein gelbes Banner mit einem schwarzen Adler, über seinem Eingang prangte ein ebensolches Wappenbild. Zwei Soldaten bewachten seinen

Eingang. Still harrten sie im Regen, die Lanzen hielten sie aufrecht neben sich, die gelben Schilde mit dem schwarzen Adler stachen neben ihnen in den Schlamm. Das Königszelt! Maria spürte, wie ihr Herzschlag sich beschleunigte. Sie verbarg sich hinter einer dicken Buche, legte ihren Beutel am Stamm ab und behielt den Eingang im Auge.

Irgendwann musste jemand das Zelt verlassen. Dicke Tropfen fielen aus den Blättern auf ihre Kapuze. Sie spürte, wie die Nässe allmählich den Umhang durchdrang und in ihr Kleid zog. Da hörte sie Stimmen und sah, wie sich mehrere Knechte, die einen Handkarren zogen, dem Königszelt näherten. Sie konnte nicht sehen, was sich unter dem Stoff befand, mit dem der Karren abgedeckt war, aber dem Geruch nach zu urteilen war es eine herzhafte Mahlzeit.

Ihr Magen zog sich hungrig zusammen. Sie beobachtete, wie die beiden Wachmänner den Stoff des Karrens zurückschlugen und die Deckel der Töpfe hoben. Dann nickten sie den Knechten zu. Der Stoff, der den Zelteingang verdeckte, hob sich, und ein weiterer Soldat erschien und ließ die Knechte mit ihrem Karren herein. Maria war eine Weile von dem Geschehen so abgelenkt, dass sie den Mann erst bemerkte, als er schon dicht hinter ihr war. Sie spürte eine Lanzenspitze in ihrem Rücken.

»Heb die Hände!«, schnarrte der Mann. »Weg vom Baum!«

Der Mann sprach mit demselben Zungenschlag, mit dem auch König Philipp und Heinrich von Waldburg gesprochen hatten.

Maria gehorchte schweigend. Nachdem sie die Hände erhoben hatte, musste sie sich umdrehen. Langsam gehorchte sie und erblickte ein zerfurchtes, vom Wetter gegerbtes Männergesicht unter einem eisernen Helm. Der Soldat trug ein Kettenhemd und ein Schwert in seinem Gürtel. Die Lanzenspitze richtete sich auf Marias Brust. »Was suchst du hier?«

Maria starrte auf die silberne Spitze mit ihren beiden Flügeln, und der Gedanke schoss ihr durch den Kopf, was eine solche Waffe für Wunden reißen würde. Sie hatte bei einem ihrer Besuche auf Burg Linn solche Lanzen gesehen. Wilem hatte ihr erzählt, dass die Fußsoldaten diese in einer Schlacht auf das anreitende Ritterheer richten würden, um die Ritter von ihren Pferden zu holen. Ein kalter Schauer überlief sie. Doch es gelang ihr, die Angst zu verdrängen, und sie richtete sich auf.

»Ich möchte zu König Philipp«, verlangte sie. Als wäre es das Selbstverständlichste der Welt, dass ein unbekanntes Mädchen den König sprechen will. »Mein Name ist Maria, ich komme aus Köln. Bitte führ mich zu ihm.«

Der Soldat hob seine Mundwinkel zu einem freudlosen Lächeln. »Geh dort hinüber!« Seine Lanze zuckte, und er wies ihr mit dem Kopf die Richtung. Sie stapfte vor ihm her durch den Wald, und obwohl sie sie nicht mehr spürte, wusste sie, dass die Lanze immer noch auf sie gerichtet war. Hinter sich hörte sie die schweren Schritte des Soldaten. Er trieb sie vor sich her, aber nicht zum königlichen Zelt, sondern in die Arme zweier Soldaten, die zwischen den größeren Zelten Wache hielten.

»Was soll das?«, fragte einer von ihnen, ein junger, ebenso freudlos aussehender Kriegsknecht wie der mit der Lanze. Er starrte Maria unverwandt an.

»Stand im Wald beim Königszelt. Will den König sprechen.«

Die Männer wechselten Blicke. Das Gesicht des Jüngeren verzog sich zu einem wissenden Grinsen. »Wieder eine Maria, die zum König will. Seitdem wir hier sind, reißt der Hurenzug nicht mehr ab!«

Er stieß seinem Kumpan in die Seite, der stumm nickte und anzügliche Blicke über Marias Gestalt wandern ließ. Zur Bekräftigung seiner Worte bohrte sich die Lanzenspitze des dritten Wachsoldaten fester an ihren Rücken.

»Ich bin keine Hure!«, rief Maria. »Der König kennt mich, ich muss ihn sprechen, es ist wichtig.« Sie warf einen raschen Blick auf Philipps Zelt. Keine zwanzig Schritte. Ihr Herz begann zu rasen.

»Das sagen sie alle!«, versetzte der junge Soldat. »Woher ihn nur alle kennen? Unser König müsste drei Leben haben, wenn er in all den Gasthäusern und Badestuben gewesen sein soll, wie die Weiber behaupten.« Er grinste verächtlich, und die anderen knurrten ein tiefes, abfälliges Lachen.

Ein furchtbarer Gedanke schoss Maria durch den Kopf: Wenn der Soldat nun recht hatte und die beiden Männer, die sie in Köln getroffen hatte, Hochstapler gewesen waren, die sich als König und sein Truchsess ausgegeben hatten? Dann würde man sie hier gleich gefangen nehmen. Sie begann zu zittern. Aber nein, dachte sie. Hochstapler würden damit prahlen, jemand zu sein. Philipp aber hatte erst zugegeben, König zu sein, nachdem man ihn erkannt hatte. Außerdem war die Streitmacht des Königs wirklich hier, wie der Truchsess es gesagt hatte.

»Ich *bin* keine Hure!«, wiederholte sie. »Wenn der König erfährt, dass ihr mich nicht zu ihm gelassen habt, bekommt ihr Ärger!«

Der junge Wachsoldat trat einen Schritt auf sie zu und musterte sie abschätzend von oben bis unten. »Du bist ein freches Luder und hältst dich wohl für besonders schlau. Aber ich sag dir – der König befiehlt die Weiber zu sich, nicht umgekehrt. So wie ich das sehe, bist du gar nicht sein Fall.« Er warf dem Lanzenhalter einen Blick zu, und der brummte etwas vor sich hin. Die Männer zögerten einen Augenblick, schienen unschlüssig, was sie mit ihr tun sollten.

Marias Herz pochte ihr bis zum Halse. Sie fühlte sich wie benommen, als wäre ihr Kopf mit Holzspänen angefüllt, und nur ein wilder Gedanke kreiste darin: Ich *muss* zum König. Ich *muss* König Philipp sprechen. Sie holte tief Luft, dann wandte sie sich blitzschnell um, schlug einen Haken um den Soldaten, der sich ihr in den Weg stellen wollte, und rannte zum Königszelt. Aber dort versperrten ihr die Wachmänner mit ihren Lanzen den Weg. Einer packte sie und zog ein Messer aus seinem Gürtel.

Sie sah nicht hin. Ich *muss* zum König, hämmerte es in ihrem Kopf. »König Philipp, hier ist Maria aus Köln, ich muss Euch sprechen!«, brüllte sie. »Bitte …!« Weiter kam sie nicht, denn die eiserne Faust des Wachmanns legte sich über ihren Mund und erstickte jeden Laut. Die scharfe Klinge des Messers senkte sich an ihre Kehle.

In der folgenden Stille hörte sie nur ihren pochenden Herzschlag und ihre hastigen, kurzen Atemzüge. Von drinnen kam kein Laut, nur der verführerische Geruch nach Kaninchenbraten drang durch den Zeltstoff nach draußen.

Die Wachsoldaten waren ihr gefolgt. Der Lanzenträger hob seine Waffe und kniff die Augen zusammen, um besser zielen zu können. Maria hielt den Atem an. Sie schloss die Augen und erwartete schweigend den Lanzenstoß oder das Messer, das ihr durch die Kehle fuhr, während sie zu beten begann. *Wenn Wilem bei dir ist, dann nimm mich auch zu dir. Nimm meine Seele und bringe sie vor den Herrn. Heilige Mutter, bitte für mich.*

Sie sah den kleinen Wilem wieder vor sich, wie er die Ziege streichelte. Er wandte sich zu ihr um, lächelte. Sie lächelte zurück.

Maria wartete. Warum fühlte sie keinen Schnitt im Hals, warum durchbohrte sie die Lanze nicht? Sie öffnete die Augen. Das Messer lag nicht mehr an ihrer Kehle. Der Soldat hatte seine Lanze sinken lassen. Die Wachsoldaten am Eingang des Zeltes hielten sie immer noch fest in ihrer Mitte, doch etwas anderes hatte ihre Aufmerksamkeit auf sich gezogen.

Ein Mann stand im Eingang. Die Stirn unter seinen kinnlangen, von grauen Strähnen durchzogenen Haaren trug eine tiefe Zornesfalte. »Was ist hier los?«, fuhr er die Wachmänner an.

Die beiden sahen wieder auf. »Entschuldigt den Aufruhr, Marschall von Kalden. Diese Frau wollte ins Zelt des Königs eindringen.«

Von Kalden musterte Maria mit einem kalten Blick. Er trug einen langen Ringpanzer, der in der Mitte gegürtet war, über seinem Gewand.

Maria spürte nun wieder, wie sehr sie zitterte.

»Weg mit ihr!« Von Kalden machte eine Handbewegung, als wollte er eine Wespe verscheuchen. »Und dass mir das nicht wieder passiert!«

»Jawohl, Herr Marschall.« Die Hände der Wachmänner schlossen sich wie Zangen um Marias Arme. Sie wandten sich zum Gehen, als Heinrich von Waldburg im Zelteingang auftauchte. Er starrte Maria überrascht an. »Also habe ich richtig gehört, du bist es wirklich!«, sagte er schließlich.

Sie starrte in sein Gesicht, das von der Sonne noch dunkler geworden war. Sein Bart war etwas länger gewachsen, was ihm etwas Verwildertes verlieh.

»Ich nehme an, du hast unserem Marschall nicht verraten, woher du meinst, uns zu kennen, und warum du unsere Mittagsmahlzeit störst?« Um seine Mundwinkel zuckte es. Als sie nichts erwiderte, fuhr er fort: »Dann muss es wohl etwas sehr Wichtiges sein. Ich bitte um Entschuldigung, Herr von Kalden. Das Mädchen ist mir tatsächlich bekannt.« Er nickte dem älteren Mann zu und wandte sich an die Wachen. »Bringt sie in mein Zelt, ich werde sie später verhören.«

Von Kalden nickte, aber sein Gesichtsausdruck änderte sich nicht. Er warf Maria noch einen kalten Blick zu, ehe er mit Heinrich von Waldburg im Königszelt verschwand.

Die Soldaten führten Maria in eines der großen Zelte, die das Königszelt umringten. Es war kleiner als dieses, aber doch noch so groß, dass mehrere Männer aufrecht darin stehen konnten. Der gesamte Boden war mit Tierfellen ausgelegt, und ein Kohlebecken verbreitete wohltuende Wärme. Ein Knecht erhob sich schlaftrunken von seinem Lager und kam auf sie zu.

»Sie soll hierbleiben, bis dein Herr zurückkommt«, schnarrte der Soldat, schob Maria in die Mitte des Zeltes und verschwand mit den anderen im Regen. Sofort kam ein weiterer Soldat herein, baute sich vor dem Eingang auf und versperrte ihn mit seiner Lanze.

»Oh!« Der Knecht sah lächelnd zu Maria hinauf. Er war so klein, dass er seinen Kopf in den Nacken legen musste, um zu ihr aufzuschauen. Er hatte ein breites Gesicht und eine knollenartige Nase. Wässrige hellblaue Augen schwammen unter seiner breiten Stirn und den gerade abgeschnittenen grauen Haaren. »Wasch ha'm wir denn hier? Wunderhübsches Madl! Wie heischt?«

»Maria.«

Der Gnom verdrehte die Augen. »Maria, ooohh, Maria!«

Er umrundete sie ein paar Mal und bestaunte sie wie ein fremdes Tier, wobei seine gedrungene Gestalt über seinen kurzen Beinen hin- und herschaukelte. Maria staunte. Heinrich von Waldburg hatte einen lustigen Gnom als Knecht. Sie musste lächeln. Sie fühlte, wie er hinter ihrem Rücken an ihrem Zopf zog, und ehe sie sichs versah, hatte er die Schleife gelöst und das Band aus ihren Haaren gezogen.

»He!« Sie schnappte nach ihm, doch er war schneller, rannte mit dem wehenden Band in seinem Händchen weg und versteckte sich hinter einem Vorhang. Sie setzte ihm nach, doch da teilte sich der Vorhang vor ihr und der Gnom streckte ihr sein breites Gesicht entgegen. Treuherzig blickte er sie an.

Sie hielt inne und ließ ihre Hände sinken. »Willst du mir noch mehr stehlen, du frecher kleiner Mann? Meinen Umhang, mein Kleid vielleicht, ja? Ich sag dir, da wirst du nicht viel für kriegen!«

Der Gnom zog eine Grimasse. »Armesch Weibschbild«, jammerte er. »Armer Grimold.« Der Vorhang fiel wieder zu, und es erklangen herzzerreißende Schluchzer. Dann tauchte er wieder auf. Er hatte Marias Band an seinen kurzen Haaren befestigt.

»Böser Grimold!«, rief sie und verfolgte ihn. Das rote Band flatterte hinter ihm her, als er vor ihr floh. Er rannte quer durch das Zelt, schlug Haken, prallte beinahe gegen das Schild des Soldaten, der das Schauspiel mit unbewegter Miene verfolgte, und rettete sich schließlich auf ein Lager aus Fellen, wo er wie ein Kind auf- und abhüpfte. Er zog das Band aus seinen Haaren und hielt es hoch. »Hol'sch dir doch!«, rief er. »Hol'sch dir!«

Maria sprang auf das Lager, packte seinen dünnen Arm und bog sein Händchen auseinander. Aber da war kein Haarband mehr. Er lachte hell, deutete auf ihr offenes Haar. »Schauscht doch scho viel bescher ausch!« Er faltete seine Hände, sah leutselig zu ihr hinauf. »Maria, oh, schöne Maria, ich lieb dich ja schooo!« Er stieß ein paar wollüstige Seufzer aus. »Aber nur für eeeeiiine Nacht.« Er hob seinen kurzen Zeigefinger und verzog sein Gesicht zu einer bekümmerten Miene. »Morgen mussch ich weiterschiehn, scho leid'sch mir tut! Aber esch war wunderschön. Nun gehab dich wohl, meine Schöne, ich musch weiter!«

Theatralisch schritt er sein Lager hinab auf den Boden bis ans andere Ende des Zeltes.

Maria wurde ernst. »Warum denkt ihr nur alle, ich wäre eine Hure?«, fuhr sie ihn an. »Sehe ich aus wie eine? Ich bin nicht für eine schöne Nacht hier.«

Nun sah der Gnom ehrlich verwundert aus. »Aber Madl, warum denn schonscht?«

»Das verrate ich nur deinem Herrn.«

Grimold starrte sie eine Weile an. Dann eilte er auf sie zu, verneigte sich mehrfach, nahm ihre Hand und drückte fette kleine Schmatzer darauf. Er zog ihr Haarband aus einer Falte seiner Beinlinge und gab es ihr zurück. »Verscheiht mir, hohe Dame, dasch ich Euch nicht gleich erkannt hab.« Er verbeugte sich noch einmal tief, und Maria, die nicht wusste, ob er es ernst meinte oder weiter seine Späße mit ihr trieb, sagte: »Ich bin keine hohe Dame, Grimold, du kannst den Unfug sein lassen.«

Er brachte ihr trotzdem mit übertriebenen Gesten einen Schemel, auf den sie sich niederließ und sich erneut den Zopf flocht. Dort ließ er sich vor ihr auf die Knie sinken und beobachtete sie verzückt. »Oh, schönesch Madl, oohh, schöne Haare!«

Sie betrachtete ihn. Sein Kopf war wie bei einem Kind viel zu groß für seine kleine, gedrungene Gestalt. Er war nicht größer als ein Knabe und doch schon ein älterer Mann. »Waren deine Eltern auch Zwerge, Grimold? Oder waren's normale Leute?«

Ein Schatten flog über sein Gesicht, ehe es sich zu einer gespielt traurigen Miene verzog. »Meine Eltern, oh, die kenn ich nicht! Wer kennt schon scheine Eltern, du etwa?« Er fuhr wie eine Schlange nach vorn und riss seine blauen Augen so weit auf, dass Maria lachen musste.

»Aber doch, Grimold, jeder kennt seine Eltern.« Sie musste an ihre Mutter denken, an die sie keine Erinnerung mehr hatte, und dass sie ihren Vater nicht kannte, und ihr Lachen erstarb.

Grimold, der sie aufmerksam beobachtet hatte, sprang auf und hüpfte um sie herum. »Schiehschst du, du kennscht schie auch nicht, ha, ha! Hab ich doch gewusscht! Dasch garschtige Weib, dasch mich gehütet hat, hat mir erschählt, meine Eltern waren Rieschen. Scho grosch!« Er sprang auf das Felllager, hob die Arme und streckte sich. Dann sprang er wieder herunter, bückte sich vor ihr und hielt ihr seinen Kopf verkehrt herum vor die Nase.

»Oh, neugierig' Weibschbild! Wie Eva!« Er hob seinen Zeigefinger und tippte ihr sanft auf die Nase, und Maria musste wieder lachen, obwohl ihr nicht mehr danach zumute war.

Grimold zog seine Würfel hervor und ließ sich vor ihr auf dem Boden nieder. »Kannscht du würfeln?«

Sie schüttelte den Kopf.

»Ich scheigsch dir.«

Dankbar für die Ablenkung willigte sie ein, und so brachte ihr Grimold das Würfelspiel bei. Als Heinrich von Waldburg gegen Abend in sein Zelt kam, hatte sie bereits mehrere Burggrafschaften mit Ministerialen und zwanzig Höfen, ein Kastell mit Markt und Einkünften sowie 36 Mark in Silber gewonnen.

»Ich bin arm!« Grimold raufte sich die Haare. »Ein Weib hat mich arm geschpielt, oh, dasch mir schowasch noch paschiert auf meine alten Tage!«

»Schade, dass es nicht echt ist«, bedauerte Maria, dann besann sie sich auf den Rang des Truchsesses, erhob sich rasch und knickste vor ihm. Sie war erleichtert, ihn zu sehen, denn trotz der Ablenkung waren ihre Angst und ihre Ungeduld in den letzten Stunden ziemlich gewachsen.

Der Truchsess deutete auf die Würfel. »Hat er dich gewinnen lassen? Erstaunlich. Normalerweise gewinnt keiner gegen seine gezinkten Würfel.«

»Er hat mir das Spiel beigebracht, Herr.«

»Sehr schön. Ich wusste, dass mein Narr dich gut unterhält. Aber du hast unserem Gast nichts zu trinken und zu essen angeboten, Grimold!«

Der Gnom sprang auf und ließ die Würfel rasch in seine Beinkleider gleiten. »Bin isch der Knecht?«, protestierte er.

»Nein, aber diesmal wirst du dich darum kümmern«, erwiderte Heinrich ungerührt. »Hol den Knecht.«

Grimold verneigte sich übertrieben oft bei seinem Herrn und trollte sich dann aus dem Zelt. Sofort erschien ein hagerer Mann, der Maria kaum ansah. Er fachte die Glut im Kohlebecken an, legte neue Kohlen nach, entzündete mehrere Kerzen, trug einen Klapptisch heran, den er in der Mitte des Zeltes aufbaute, sowie einen klappbaren Holzsessel, der mit Fellen ausgepolstert war. Erleichtert ließ sich Heinrich darauf nieder und streckte die Beine von sich. Der lange Aufenthalt beim König schien ihn ermüdet zu haben. Maria blieb unschlüssig stehen, bis der Truchsess sich ihrer entsann und ihr mit einer Geste den Platz auf dem Schemel zuwies.

Sie wartete ab, bis er das Gespräch eröffnete. Doch das tat er erst, nachdem der Knecht den Tisch mit Silbergeschirr gedeckt und Grimold einen Krug Wein und Schüsseln mit Fleisch und dampfendem Gemüse gebracht hatte.

»Soweit ich mich erinnere, magst du Moselwein«, sagte Heinrich von Waldburg und beobachtete, wie der Knecht ihnen die goldgelbe Flüssigkeit in die silbernen Becher füllte. Maria nickte nur und erwiderte nichts. Der Lichtschein der Kerze, die auf dem Tisch stand, zuckte über sein ebenmäßiges Profil. Die dunklen, glänzenden Haare fielen in gleichmäßigen Wellen vom Scheitel bis zum Kinn hinab. Maria spürte eine seltsame Unruhe. Sie umklammerte den Becher, als könnte sie sich daran festhalten, während sie nach einer passenden Antwort suchte.

Heinrich von Waldburg prostete ihr zu. »Auf König Philipp!«

Er leerte seinen Becher in einem Zug, dann setzte er ihn auf die Tischplatte. Sofort erschien der Knecht und schenkte ihm nach. Maria nippte nur an ihrem Wein, obwohl sie sehr durstig war. Es war ein stark gewürzter Weißwein.

Heinrich beugte sich nach vorn und begann, mit großem Hunger zu essen. Er forderte sie auf, das Gleiche zu tun. Sie beobachtete, wie er mit seinen schlanken, wohlgeformten Fingern die Haut eines Hähnchenschenkels abzog und sich in den Mund schob, und dachte, dass sie in seiner Gegenwart keinen Bissen hinunterbekommen würde. Zögerlich nahm sie einen Löffel von dem Gemüsebrei, den der Knecht ihr auf den Teller gegeben hatte, und ließ ihn auf der Zunge zergehen. Er schmeckte köstlich.

»Maria, warum hast du dich in unser Lager geschlichen und wolltest den König sprechen? Was willst du von ihm?« Seine Mundwinkel hoben sich zu einem kleinen Lächeln, während er kaute.

Maria ließ ihren Löffel sinken und rutschte auf dem Schemel nach vorn. Sie fühlte ein ungewohntes Kribbeln im Bauch. Mit Mühe besann sie sich auf ihre Worte. »Mein Bruder Wilem ist Fußsoldat im Heer von Kö…, von Otto. Er ging mit in die Schlacht nach Wassenberg, aber er ist nicht zurückgekommen. Vielleicht wurde er gefangen genommen.«

Heinrich ließ seinen Hähnchenschenkel sinken. »Dein Bruder hat sich den Truppen Ottos angeschlossen? Das tut mir leid.«

Maria spürte, wie ihre Tränen aufstiegen. Nur mit Mühe konnte sie sie zurückhalten. »Ich habe versucht, ihn davon abzubringen! Aber er ließ sich nicht aufhalten. Er wollte unbedingt kämpfen.«

»Es sind immer die Frauen, die um ihre Männer fürchten müssen, nicht?«, meinte Heinrich. »Mein Vater kam vom Kreuzzug aus dem Heiligen Land nicht zurück, und meine Mutter hat viel um ihn geweint. Sie hatten das Glück, sich wirklich zu mögen, weißt du? Aber alles Weinen und Beten nutzte nichts.« Er starrte düster in die Kerzenflamme, dann nahm er einen weiteren Hähnchenschenkel und riss ihm die Haut ab.

»Wilem und ich, wir sind zusammen aufgewachsen. Er ist mein jüngerer Bruder.«

»Du hast uns nichts von ihm erzählt.«

»Nein. Er hat mich nach Köln gebracht, weil ich …« Sie brach ab, als ihr einfiel, dass er nichts von dem wahren Grund, warum sie nach Köln gekommen war, wusste, und fuhr fort: »Dann ist er wieder zurückgekommen und hat sich Ottos Truppen angeschlossen.«

Heinrich musterte sie ernst. Er warf den Hühnerknochen zurück auf den Teller. »Kaum einer von Ottos Männern hat überlebt. Wer nicht getötet wurde, ist in den Sümpfen umgekommen.«

Maria hörte seine Worte wie aus weiter Ferne. Sie starrte auf ihren Teller und spürte, wie der Gemüsebrei vor ihren Augen verschwamm.

»Wir haben nur ein paar unverletzte Kämpfer gefangen genommen«, fuhr er fort. »Der König in seiner Güte hat sie begnadigt. Sie sind allerdings nicht hier, sondern rheinaufwärts an einem Ort, wo der König gerade eine neue Burg errichtet.«

Sie horchte auf. »War ein großer dunkelblonder junger Mann unter ihnen? Ein kräftiger, gut aussehender? Er könnte …«

»Meine Liebe, ich habe mir die Gefangenen nicht angesehen.« Heinrich wischte sich mit einem Stück Stoff Mund und Hände ab und warf es auf den Teller zurück. Er deutete auf ihren Brei und den letzten Hähnchenschenkel. »Du hast noch nichts gegessen. Iss etwas, damit es dir besser geht.«

Sie gehorchte widerwillig, während sie sich an den Gedanken klammerte, dass Wilem in staufische Gefangenschaft geraten und noch am Leben wäre. Die Mächte hatten ihr gesagt, dass er noch lebte. Sie nahm ein paar Löffel Brei und aß etwas Fleisch, während er sie schweigend beobachtete. Wieder fühlte sie das merkwürdige Kribbeln in der Magengegend. Rasch nahm sie den Becher und stürzte den Wein hinunter.

»Es war sehr mutig von dir, hierherzukommen«, lobte er. »Warum bist du nicht in deine Heimat zurückgekehrt, wie ich es dir gesagt habe?«

Maria stellte den Becher zurück. »W-weil ich in Köln bleiben wollte.«

»Du denkst, die Stadt ist sicher?«

Maria nickte. »Sie ist es ja auch, wie Ihr wisst. Nach Eurer Warnung habe ich unsere Herrin überzeugt, Vorräte zu kaufen. Aber ich habe niemandem etwas von Euch verraten.« Sie legte die Hand auf ihr Herz. »Bitte lasst mich die Gefangenen sehen! Ich muss wissen, ob mein Bruder bei ihnen ist.«

Der Truchsess hatte sich zurückgelehnt und betrachtete sie nachdenklich, während seine schlanken Hände auf den Lehnen ruhten. »Nun, ich bin bereit, dir zu helfen und dich zu ihnen zu bringen, Maria. Aber ich möchte, dass du erst etwas für mich tust. Dein Herr, Dietrich von der Ehrenpforte – meinst du, er könnte uns gewogen sein?«

Maria sah ihn überrascht an. »Gewogen ... was meint Ihr damit?«

»Nun, ich will mich klarer ausdrücken.« Er beugte sich wieder nach vorn. »Nach der Schlacht von Wassenberg und der Belagerung vom letzten Jahr werden bestimmt nicht mehr alle Bürger Kölns hinter dem Anmaßer Otto stehen. Es kann sein, dass einige von ihnen des Kampfes müde sind und sich auf die Seite des richtigen Königs stellen wollen. Zumal es im Reich niemanden mehr gibt, der noch an Otto glaubt.«

»Niemanden? Aber ... dann ist Köln in einer schlimmen Lage!«

Heinrich von Waldburg nickte. »Genauso ist es, Maria. Niemand hält mehr zu Otto, nur noch Köln und der Papst. Aber der ist weit weg in Italien. Ich kann mir gut vorstellen, dass es Bürger in Köln gibt – ich meine einflussreiche Bürger –, die die anderen davon überzeugen könnten, dass es besser wäre, sich König Philipp zu ergeben, anstatt weiter an einem Mann festzuhalten, der ihnen nur Unglück bringt.«

Maria schwirrte der Kopf. Wie an jenem Abend in der Schenke fühlte sie sich, als wäre das alles nicht wirklich. Sie wusste nicht, worauf er hinauswollte, aber sie war hierhergekommen, um Wilem zu retten, falls er in staufische Gefangenschaft geraten wäre, und sie würde alles dafür tun. Sie dachte an das Sommerfest zu St. Johanni zurück, sah das hagere Gesicht Dietrichs von der Ehrenpforte wieder vor sich, als er sich nach König Philipp erkundigt hatte.

»Mein Herr kannte Kaiser Friedrich. Außerdem hat er viele mächtige und einflussreiche Freunde.«

Heinrich lächelte. »Gut. Du wirst morgen zurückkehren und mit ihm sprechen. Vielleicht wird es dir gelingen, ihn davon zu überzeugen, mit seinen Freunden unserem Lager einen Besuch abzustatten. Sage ihm, sie sind herzlich willkommen. Aber sonst sprichst du zu niemandem ein Wort.«

Maria zögerte. Warum erteilte er ihr einen so wichtigen Auftrag? Hatte er keine Männer, die das für ihn erledigen konnten?

»Ich werde alles tun«, versicherte sie ihm. »Aber wenn – Herr, warum ich? Ich bin nur eine Magd! Er wird mir vielleicht nicht glauben oder nicht folgen wollen. Er könnte denken, dass es eine Falle ist, und dann … sehe ich Wilem nie wieder!«

»Sei nur zuversichtlich!«, gab Heinrich zurück. »Ich habe oft die Erfahrung gemacht, dass man auf ungewöhnlichen Wegen mehr erreicht. Wenn man Wege geht, die alle gehen, kann man selten überraschen.«

Maria verstand nicht, was er meinte. Sie verstand nur, dass er etwas von ihr verlangte, das sie vielleicht nicht erfüllen konnte und dass sie deshalb nicht zu den Gefangenen käme. Sie kämpfte gegen ihre Befangenheit an und richtete sich auf ihrem Schemel auf.

»Herr von Waldburg, ich habe dem König das Leben gerettet. Es wäre nur eine kleine Gunst von ihm, wenn ich sehen könnte, ob mein Bruder unter Euren Gefangenen ist oder nicht.«

»Das ist nicht möglich«, erwiderte Heinrich. »Wie ich schon sagte, sind die Gefangenen nicht mehr hier, sondern zwei Tagesritte weit entfernt. Aber ich kann dir versichern, sollte er noch leben – wird es ihm gut gehen.«

»Ihr verlangt, dass ich das für Euch tue, ohne zu wissen, ob mein Bruder noch lebt?«

Heinrich von Waldburg hob seine dunklen Brauen. Seine Müdigkeit schien verflogen, und er betrachtete sie mit besonderer Aufmerksamkeit. »Du bist für die Rettung des Königs gut entlohnt worden«, sagte er. »Mehr, als es für Leute deines Standes üblich ist. Der König ist dir nichts schuldig. Im Gegenteil, weil du dich in unser Lager geschlichen hast, könnten wir dich bestrafen. Du bist nicht in der Lage, Forderungen zu stellen.«

»Ich verstehe.« Maria merkte, wie ihre Knie zu zittern begannen, aber sie bemühte sich um eine aufrechte Haltung. Da fiel ihr etwas ein, ein Gedanke, der ihr sehr kühn erschien. Aber hatte sie nicht gerade beim Würfeln mit Grimold gelernt, dass man mutig spielen und etwas wagen musste, um zu gewinnen?

»Wenn ich meinen Herrn dazu bewegen kann, Euch hier aufzusuchen, dann werdet Ihr meinen Bruder, wenn er noch leben sollte, freilassen. Es wird schwer werden, meinen Herrn zu überzeugen, in Euer Lager zu kommen«, setzte sie schnell hinzu. »Ihr könnt Euch sicher vorstellen, dass er mir diese Geschichte kaum glauben wird.«

Heinrich lehnte sich zurück und verschränkte die Zeigefinger unter seinem Kinn, während er sie nachdenklich ansah. »Einverstanden«, sagte er nach einer Weile.

Sie konnte es kaum glauben, ihn so rasch überzeugt zu haben. Sie rutschte auf ihrem Schemel nach vorn. »Wirklich?«

»Du hast mein Wort.« Er gelobte es feierlich und legte die Hand auf sein Herz. Dabei lächelte er so unwiderstehlich, dass sie ihm am liebsten in die Arme gefallen wäre.

# Kapitel 12

Noch in der Nacht wurde sie von zwei Rittern zurückgebracht. Die Männer wagten sich aber nicht zu nah an die Stadt heran, sodass sie den Rest des Weges zu Fuß zurücklegen musste. Sie wartete bis nach Sonnenaufgang, dann ging sie zum westlichen Tor, wo sie die Wachmänner kannte und hineingelassen wurde.

Köln erwachte gerade aus dem Nachtschlaf. Der Rauch früher Feuer stieg aus den Öffnungen in den Stroh- und Schindeldächern, und erste Karren mit verschlafenen Fuhrknechten rumpelten über die matschigen Wege. Vor den Brunnen drängten sich schon die wartenden Menschen mit ihren Eimern. Maria sah in ihre blassen, müden Gesichter und beschleunigte ihre Schritte.

*Heinrich von Waldburg hat recht,* dachte sie. *Die Kölner sollten nachgeben und sich Philipp anschließen.*

Wenn endlich Frieden wäre, könnten die Bauern wieder nach Hause, um von der Ernte zu retten, was noch zu retten war. Es *musste* ihr gelingen, Dietrich von der Ehrenpforte zu überzeugen, ins königliche Heerlager zu kommen. Er kannte sie und wusste, was sie mit dem König und seinem Truchsess erlebt hatte. Er hatte ihr geglaubt, und er musste ihr wieder glauben. Sie eilte zum Alter Markt, wo schon morgendlicher Betrieb herrschte. Der steinerne Giebel des Hauses von der Ehrenpforte ragte in den wolkenverhangenen Himmel. Maria straffte sich und klopfte gegen die schwere Eichentür. Die Hausmagd öffnete ihr. Zum Glück kannten sie sich vom Fest zu St. Johanni.

»Ich muss den Hausherrn sprechen, es ist sehr dringend.«

Die Magd musterte sie aufmerksam und verzog missbilligend ihr Gesicht. Maria sah ihr förmlich an, was sie dachte: *Wie sieht sie nur aus? Warum trägt sie ein verwaschenes braunes Kleid unter ihrem Umhang statt unseres Mägdegewands, warum hat sie sich ein buntes Band in die Haare geflochten?* Maria sah an sich hinunter, auf die Dreckflecke auf ihren Schuhen, aber das war jetzt nicht wichtig.

»Bitte, ich muss ihn dringend sprechen, ich hab eine wichtige Nachricht für ihn!«

Die Miene der Hausmagd verschloss sich. »Der Herr ist nicht da.«

Maria seufzte. Wahrscheinlich glaubte die Magd, dass man sie entlassen hätte und sie nun den Hausherrn bitten wollte, sie wieder in seine Dienste zu nehmen. »Wo kann ich ihn finden?«, drängte sie. Als die Magd zögerte, setzte sie hinzu: »Glaub mir, ich will ihn nicht bedrängen, ich hab wirklich eine wichtige Nachricht für ihn. Eine, bei der er sehr wütend sein würde, wenn er erfährt, dass du mich nicht zu ihm geschickt hast!«

Die Magd hob verwundert ihre Augenbrauen. »Er ist im Haus der Münzer hier am Markt«, sagte sie endlich. »Aber da kommst du nicht rein, versuch es gar nicht erst.«

»Danke.« Maria wandte sich ab und hastete davon. Sie fragte sich zum Haus der Münzer durch und fand es schließlich am Heumarkt. Der Söldner, der davor wachte, ließ sie erwartungsgemäß nicht ein, aber sie konnte ihm entlocken, dass der Herr von der Ehrenpforte mit einigen Herren zu einer Versammlung im Wirtshaus »Zum Falken« am Alter Markt gegangen sei. Also lief sie wieder zurück. Sie kannte das Wirtshaus, das in der Nähe der Buden der Lederschneider lag. Es war ein prächtiges

Fachwerkhaus mit einer neuen Eingangstür, in die ein Falke geschnitzt war. Im Schankraum deutete der Wirt auf eine verschlossene Kammer, in der die Herren Münzer tagten, und schüttelte den Kopf.

»Wann kommen sie wieder raus?«, fragte Maria.

»Weiß nicht.« Er zuckte mit den Schultern. »Vielleicht zu Mittag, vielleicht auch später.«

Mit Mühe schluckte sie ihre Ungeduld hinunter. Also würde sie warten müssen. Da man sie als Frau allein unmöglich in einem Wirtshaus dulden würde, ging sie hinaus und wartete in der Nähe. Es hatte zu regnen begonnen, und sie suchte sich einen Platz unter dem vorkragenden Obergeschoss eines Fachwerkhauses, von wo aus sie den Eingang des Wirtshauses gut beobachten konnte. Ein feiner Regen fiel aus der grauen Wolkendecke und weichte den Lehm des Marktplatzes auf. Die Menschen ballten sich vor den überdachten Ständen, einige fliegende Händler packten hastig ihre Waren in Beutel und Körbe und gingen fort.

Öde schleppten sich die nächsten Stunden dahin. Maria kämpfte gegen ihre Müdigkeit an, die sie wie ein graues Tuch überfiel und sie immer wieder einzuwickeln drohte. Sie dachte an Wilem und daran, dass sie ihn retten wollte. Die Mächte hatten ihr offenbart, dass er noch lebte, und daran glaubte sie fest. Heinrich von Waldburg hatte ihr einen Finger gereicht, und sie würde alles tun, um die Gelegenheit zu nutzen.

Sie lief hin und her gegen die Kälte und hätte beinahe nicht gesehen, wie sich die Tür des Wirtshauses öffnete und ein paar vornehm gekleidete Herren in den Regen hinaustraten. Maria erkannte die hohe Gestalt Dietrichs von der Ehrenpforte neben einem kleinen dicken Mann, der Ehrengast auf dem Sommerfest zu St. Johanni gewesen war. Wie hieß er noch gleich? Ihr fiel sein Name nicht mehr ein.

»Herr!« Hastig lief sie durch den aufgeweichten Matsch zu Dietrich von der Ehrenpforte. Er hielt inne und wandte sich zu ihr um. Die Falten zwischen Nase und Mund in seinem schmalen Gesicht vertieften sich.

»Was willst du?«

»Verzeiht die Störung.« Sie schob die Kapuze ihres Umhangs etwas zurück, damit er sie erkennen konnte. »Ich muss Euch allein sprechen. Es ist sehr wichtig.«

Er zögerte, während ein unwilliger Ausdruck sein Gesicht überzog. Es dauerte einen langen Atemzug, bis er sie wiedererkannte. Er gab den anderen Herren, die sich neugierig nach ihr umgedreht hatten, ein Zeichen und kam zu ihr. Sie traten unter Marias Unterstand.

»Verzeiht, dass ich Euch so überfalle, Herr, aber ich …« Es kam ihr auf einmal sehr absonderlich vor, Dietrich von der Ehrenpforte hier im Regen um ein Gespräch zu bitten. Er sah alles andere als begeistert aus. Auf seinen schmalen Wangen lag ein rötlicher Hauch, wohl vom genossenen Bier. Sie schluckte und besann sich auf die Worte, die sie sich zurechtgelegt hatte. »Herr, ich war wieder bei den Staufern, in ihrem Lager am Hainholz. Ich habe mich dorthin geschlichen, weil ich wissen wollte, wo mein Bruder ist …«

Dietrich von der Ehrenpforte schnitt ihr mit einer Handbewegung das Wort ab. »Mädchen, jetzt übertreibst du aber. Niemand kann zu den Staufern, ohne aufgespießt zu werden.«

»Dietrich, kommst du?« Der kleine dicke Mann war herangetreten und warf misstrauische Blicke auf Maria.

»Sofort, Richolf.«

»Glaubt mir, Herr, ich war wirklich da«, fuhr Maria rasch fort. »Der Truchsess möchte mit Euch sprechen. Es geht um Friedensverhandlungen mit König Philipp.«

»Der Truchsess – mit *mir*?« Dietrich von der Ehrenpforte starrte sie belustigt an und schüttelte den Kopf. »Du spinnst, Mädchen. Geh nach Haus!«

Sein kleinerer Freund musterte Maria hochmütig von oben bis unten, dann nahm er von der Ehrenpforte am Arm und zog ihn fort. Maria sah, wie sie tuschelnd fortgingen und zwischen zwei Marktbuden verschwanden. Im ersten Augenblick wollte sie ihnen hinterherlaufen, doch dann besann sie sich anders.

Herr von der Ehrenpforte war betrunken, er würde ihr heute ganz sicher nichts mehr glauben. Verdrossen stapfte sie durch die schlammigen Gassen zurück in ihr Kirchspiel, während der Regen auf sie niederfiel und sie überlegte, wie sie ihn doch noch überzeugen könnte. Dabei fiel ihr nur eine Möglichkeit ein: Bela. Sie kannte den Herrn länger und besaß offensichtlich sein Vertrauen. Sie musste ihr helfen, ihn noch einmal zu sprechen.

Zu ihrer Erleichterung öffnete Bela die Tür, als sie an Hadewigis' Haus klopfte, umarmte sie schweigend und führte sie in die Küche, nachdem sie ihren nassen Umhang abgelegt hatte. Dort blubberte Hirsebrei mit Äpfeln in dem Topf über der Feuerstelle, und Bela füllte ihr einen Napf und reichte ihn ihr stumm, nachdem sie sich auf dem Schemel niedergelassen hatte.

»Hat der Bursche dir meine Nachricht gebracht?«, erkundigte sich Maria, die das ungewöhnlich lange Schweigen der anderen beunruhigte.

Bela nickte. Sie setzte sich auf den anderen Schemel und starrte auf ihre Hände hinunter.

»Es tut mir leid, Bela«, sagte Maria leise. »Aber ich *musste* Wilem suchen.«

Bela hob den Kopf und sah Maria traurig an. Ihr Gesicht schien in den wenigen Stunden, die Maria fort gewesen war, schmaler geworden zu sein. »Wie siehst du nur aus!«, sagte sie. »Kannst du dir vorstellen, was gestern hier los war? Die Herrin hat getobt und gezetert. Sie hat gesagt, wenn du so was Dummes tust und wegläufst, brauchst du nicht mehr wiederzukommen. Ich hätte dich gar nicht mehr reinlassen dürfen.«

»Wo ist sie denn jetzt?«

»Oben, sie schläft. Lutgard bringt ihrer Schwester etwas von unseren Vorräten. Du hast Glück.« Sie sah Maria eine Weile vorwurfsvoll an. »Wenn du den Staufern in die Hände gefallen wärst! Draußen treiben sich doch so viele Soldaten herum!«

»Ich konnte nicht mehr warten, ob Wilem zurückkommt oder nicht, ich hab's nicht mehr länger ausgehalten.«

»Wo warst du denn nur?«

»Ich war bei ihnen, im königlichen Heerlager.«

»Du warst bei ihnen? Bei den *Staufern*?« Belas helle Augen wurden zu großen Kreisen.

Maria nickte. »Beinahe hätten sie mich erwischt, aber dann hab ich's doch noch zu Heinrich von Waldburg geschafft.« Sie lächelte stolz, doch als sie Belas Blick auffing, wurde sie wieder ernst. »Wilem muss die Schlacht überlebt haben, sonst wäre er zurück nach Köln gekommen«, sagte sie eindringlich. »Er *kann* nur in Gefangenschaft geraten sein.« Sie schwieg eine Weile und dachte daran, was die Mächte ihr in jener Nacht offenbart hatten, bevor sie zum königlichen Heerlager aufgebrochen war. »Die Staufer haben nicht alle Soldaten getötet«, fuhr sie fort. »Sie haben die Unverletzten gefangen genommen und den Rhein hinaufgebracht, als Arbeitssklaven für eine neue Burg, die König Philipp bauen lässt.«

»Woher weißt du das?«

»Heinrich von Waldburg hat es mir gesagt.« Maria stellte den leeren Napf beiseite und schilderte der staunenden Bela, wie sie es ins Heerlager geschafft hatte und was dort geschehen war. Dann erzählte sie ihr von Grimold und dem Gespräch mit dem Truchsess.

Bela saugte begierig jedes ihrer Worte auf. Dann wollte sie wissen, wie Heinrich von Waldburg eingerichtet wäre und ob er wohl eine Frau hätte.

»Ich glaube schon«, sagte Maria, überrascht über die Frage. Sie dachte an sein ebenmäßiges Profil im Kerzenschein, an den Blick, mit dem er sie angesehen hatte, und das Kribbeln im Magen kehrte zurück. »Sie wird sicher irgendwo auf seiner Burg auf ihn warten, während er …« Sie brach ab und dachte an Grimolds Worte, dass er sie zuerst für eine Hure gehalten hatte, und ihre Freude bekam einen Dämpfer.

»Er hat mir versprochen, mich zu den Gefangenen zu bringen, Bela! Er gab mir sein Ehrenwort. Wenn ich …« Sie beugte sich nach vorn und sah die andere beschwörend an. »Ich glaube, die Staufer wollen Frieden mit Köln schließen. Er fragte mich, ob es hohe Kölner Herren gäbe, die König Philipp wohlgesinnt wären. Er hat mir versprochen, Wilem freizulassen, wenn Herr von der Ehrenpforte und vielleicht noch weitere Herren zu ihm ins Heerlager kämen. Er will mit ihnen reden!«

Bela starrte sie an. »Vertraust du ihm?«, fragte sie mit ungewöhnlich scharfer Stimme.

»Ja, ich vertraue ihm. Er hat mir auch vertraut. Er hat mich vor dem Angriff auf Köln gewarnt, das hätte er nicht tun müssen. Deswegen müssen wir jetzt nicht hungern.«

»Aber er ist unser Feind. Hast du nicht gesehen, was die Staufer mit der Ernte gemacht haben? Vielleicht haben sie deinen Bruder doch getötet.«

»Nein, Wilem lebt noch, ich fühle es. In den Tagen nach der Schlacht hatte ich ihn verloren geglaubt, aber jetzt denke ich, dass er noch lebt«, rief Maria. »Der Truchsess sagt, nur noch Köln und der Papst wären auf Ottos Seite. Alle anderen Herzöge und Grafen wären längst zu König Philipp gewechselt. Stell dir vor, das ganze Reich ist gegen Köln! Die Stadt *muss* einlenken, damit endlich wieder Frieden herrscht. Unser Herr gehört doch dieser Bruderschaft der Stadtoberen an – dieser …«

»Richerzeche.«

»Genau. Glaubst du, unser Herr würde mit ihnen ins Heerlager reiten?«

»Ich weiß es nicht«, meinte Bela. Sie nahm ihren Napf und drehte ihn nachdenklich in ihrer Hand. »Die Herrin hat mir etwas über ihn erzählt«, begann sie. »Sie meinte, ihrem Vetter sei es damals, als die beiden Könige gekrönt wurden, lieber gewesen, wenn die Stadt sich aus dem Thronstreit rausgehalten hätte. Er hätte oft über die Pfaffen und Englandhändler hier in Köln geschimpft, die Otto an der Macht sehen wollten und deshalb die Stadt in den Krieg verwickelt hätten. Aber das durfte er in den letzten Jahren nicht mehr laut sagen.«

Maria atmete rascher. »Wenn er so denkt, werden wir ihn bestimmt noch überzeugen können, zu den Staufern zu reiten. Ich hab's gerade schon versucht, aber er wollte mir nicht glauben. Bela, du musst mir helfen! Bitte! Komm mit und rede mit ihm. Wenn du dabei bist, wird er mir eher glauben.«

»Du bist verrückt.« Bela schüttelte ihren Kopf. »Wenn er dir nicht glaubt, werde ich auch nichts mehr ausrichten können.«

»Bitte!« Maria rückte auf ihrem Schemel nach vorn und sah die Freundin flehend an. »Eigentlich dürfte ich mit keinem darüber sprechen, aber ich hab dich eingeweiht, weil ich dir vertraue und glaube, dass du mir hilfst. Tu es für Wilem und für den Frieden.«

Bela stellte ihren Napf auf den Tisch zurück. »Ich hab mir schon gedacht, dass du merkwürdig bist, als ich dich mit hierhinnahm. Aber dass es so kommt …« Sie seufzte tief. »Also gut, ich mach's. In Gottes Namen.« Sie bekreuzigte sich.

Maria sprang auf und legte ihr eine Hand auf die Schulter. »Gott wird's dir danken!«

Sie beschlossen, noch am selben Abend einen neuen Versuch zu wagen.

\* \* \*

»Was hat der Truchsess genau zu dir gesagt?«, wollte Dietrich von der Ehrenpforte wissen, als sie abends vor dem wuchtigen Tisch in seinem Kontor saßen und sie ihm alles erzählt hatte.

Maria seufzte in sich hinein. Sie hatte ihm bereits viele bohrende Fragen beantwortet und war inzwischen überzeugt davon, dass er ihr glaubte, doch seine Neugier schien immer noch nicht gestillt zu sein.

»Er meinte, dass nach der Schlacht sicher nicht mehr alle Kölner Bürger hinter Otto stehen würden. Vielleicht gäbe es welche, die sich auf Philipps Seite stellen wollen«, wiederholte sie noch einmal Heinrich von Waldburgs Worte.

Dietrich von der Ehrenpforte unterbrach seinen unruhigen Marsch durch das Kontor, den er vor einer Weile aufgenommen hatte, und bedachte sie mit einem abwesenden Blick. Die Kordeln seines mit Goldfäden bestickten Gürtels schwankten vor ihr hin und her. Sie starrte auf die verschlungenen Blumenornamente und kämpfte gegen ihre Müdigkeit an. Wenn er doch nur einwilligen würde, mit Parfuse ins königliche Heerlager zu reiten, dann könnte sie sich endlich hinlegen! Sie hatte seit zwei Nächten nicht geschlafen.

»Wie kamst du darauf, dass Herr Parfuse und ich für die Staufer eintreten würden?«, fragte er auf einmal. Sein schmales Gesicht beugte sich nah über ihres. »Nach allem, was sie uns angetan haben.«

Maria wich seinem Blick aus und sah stattdessen auf den Ring mit dem Edelstein hinunter, der an seinem schmalen Finger funkelte. »Bela hat mir gesagt, dass Ihr früher den Staufern gegenüber freundlich gesinnt wart.«

Er starrte auf Bela hinunter, die steif vor ihm auf ihrem Schemel hockte. »Es ist immer wieder erstaunlich, wie die eigenen Worte, die man einmal jemandem unter dem Siegel der Verschwiegenheit gesagt hat, zu einem zurückkehren. Es ist nur eine Frage der Zeit.«

Als Bela nichts erwiderte, meinte er: »Außerdem ist es erstaunlich, wie lange uns dieser Ruf anhaftet. Richolf Parfuse und ich wären damals beinahe aus der Stadt gewiesen worden. Wir könnten unsere Meinung geändert haben.«

»Herr, das glaube ich nicht«, brach es aus Maria heraus. »Ihr wollt doch sicher auch, dass das Heer abzieht und endlich Frieden einkehrt, oder nicht?«

»Natürlich. Ich glaube, das wollen nun sogar die Kölner Pfaffen, die treuesten Anhänger Ottos. Um ehrlich zu sein, bin ich überrascht, dass der Truchsess eine Magd mit so einer wichtigen Aufgabe betraut.«

»Das hab ich ihm auch gesagt, Herr. Er meinte daraufhin, es wäre manchmal besser, ungewöhnliche Wege zu gehen.«

»Kann ich mir denken«, meinte Dietrich. »Wenn man bereits einen Abend gemeinsam in einer Schenke verbracht hat, ist man sicher vertraut genug für solche Dinge.«

Maria fragte sich, was er damit sagen wollte. Sie warf einen Blick aus dem mit einer Tierhaut bespannten Fenster, durch das dämmriges Licht hereindrang, und beschloss, nicht weiter darauf einzugehen, sondern stattdessen ihren besten Pfeil abzuschießen. »Gewiss, Herr«, erwiderte sie, »ich werde diesen Abend niemals vergessen. Ich habe König Philipp leibhaftig erlebt und gesehen, wie großzügig er ist.« Sie hielt wieder den Ring hoch, den der König ihr geschenkt hatte und den sie ihrem Herrn zu Beginn des Gespräches nun doch gezeigt hatte. »Wenn Ihr dem König helft, wird es Euch sicher zugutekommen.«

Dietrich verschränkte die Arme vor seinem Gewand und lehnte sich an den Tisch, wobei er einige Pergamentrollen streifte, die versiegelt und sauber gereiht auf dem Tisch lagen. Daneben lag eine lange Schreibfeder auf einer Holzschale. Er musterte Maria mit unbewegter Miene.

»Hat er gesagt, dass es eine Belohnung geben würde?«, fragte er.

»Nein. Aber ich glaube ...«

»Was du glaubst, ist nicht von Belang. Du hast keine Ahnung davon, wie gefährlich es werden kann, heimliche Verhandlungen mit den Staufern aufzunehmen. Es gibt genug Englandhändler in der Richerzeche, die nach wie vor auf Ottos Seite stehen und alles dafür tun würden, dass er an die Macht kommt. Sie fürchten um die Gunst des englischen Königs, der Ottos Oheim ist. Es kann sein, dass der Welfe letztlich doch noch gewinnt. Wie würden wir dann dastehen?«

Maria knetete ihre Hände. Seine Worte waren größtenteils an ihrem müden Hirn abgeprallt, aber sie begriff, dass er noch zögerte. Doch sie hatte ihren besten Pfeil bereits verschossen! Was könnte sie jetzt noch vorbringen, bevor sie mit dem Flehen beginnen müsste?

»Heinrich von Waldburg sagte, nur noch Köln und der Papst seien auf Ottos Seite«, wiederholte sie. »Außerdem wäre der Papst weit weg.«

Dietrich von der Ehrenpforte machte eine wegwerfende Handbewegung. »Der päpstliche Arm reicht weit. Er lässt die meisten Kölner Pfaffen tanzen wie Puppen an einer Schnur.«

Er verschränkte die Arme vor seiner schmalen Brust und stützte sein Kinn auf eine Hand, wobei er Maria wieder mit jenem abwesenden Blick bedachte, mit dem er sie gerade schon angeschaut hatte.

»Aber vielleicht hat Gott uns ein Zeichen gegeben, indem er dich mit König Philipp und dem Truchsess zusammentreffen ließ«, meinte er schließlich. »Ich werde mit meinem Freund Richolf Parfuse reden.«

Maria sprang auf und machte einen tiefen Knicks vor ihm. »Danke, Herr!«

Auch Bela erhob sich und knickste vor Dietrich von der Ehrenpforte.

»Meine Base soll dich einstweilen in ihrem Haus behalten, Maria«, sagte Dietrich. »Ich werde euch gleich einen Botenjungen mit einer Nachricht schicken, der Hadewigis alles erklärt. Richte ihr meine besten Wünsche aus, Elisabeth.«

Bela versprach es, und rasch verließen sie das Haus.

Als Maria wenig später todmüde auf ihr Bett sank, dankte sie der Hohen Mutter und bat sie darum, Wilem bald wiedersehen zu können. Dann dachte sie noch an Heinrich von Waldburg, ehe sie einschlief.

# KAPITEL 13

*Im Erntemonat 1206*

Zwei Tage später brach Maria mit einer kleinen Kölner Gesandtschaft zum königlichen Heerlager im Hainholz auf. Dietrich von der Ehrenpforte und sein Freund Richolf Parfuse hatten eine Handvoll Bewaffneter zu ihrem Schutz mitgenommen. Maria umklammerte das Kettenhemd des Söldners, der vor ihr auf dem Pferd saß, und hoffte, dass sie bald da wären. Sie musste immer wieder an Wilem denken. Wenn er zurück nach Linn gegangen wäre, hätte er ihr bestimmt eine Nachricht bringen lassen, dafür hätte Lioba gesorgt. Nun würde sie dafür sorgen, dass er zu Lioba zurückkehren konnte.

Es war heiß. Die schwüle Luft des Erntemonats lastete auf ihnen und ließ sie schwitzen. Wolken trieben am Himmel, schoben sich vor die Sonne und warfen Schatten auf die Felder.

Richolf Parfuse lenkte seine Stute an sie heran. »Wo ist's denn nun?«, wollte er wissen.

Maria spähte an dem Söldner vorbei nach vorn. Endlich tauchte das Hainholz in der Ferne auf – ein dunkler Streifen Wald am Rande der Wiese. Sie deutete auf den Wald.

Richolf Parfuse nickte und gab seinem Pferd die Sporen. Der Trupp ritt nun schneller, die Männer konnten es kaum erwarten, endlich das Heerlager zu erreichen. Sie waren müde, durstig und von einer Angst erfasst, die sie sich nicht eingestehen wollten. Unterwegs hatten sie ausgebrannte Bauernhöfe gesehen, deren verschmorte Pfosten schwarz und beängstigend in den Himmel ragten.

Sie ritten weiter, bis der Wald einen leichten Bogen beschrieb, in den sich die Wiese schmiegte. Maria beschattete mit der Hand ihre Augen, um besser sehen zu können. Wo waren die Rauchsäulen der Feuer über dem Wald? Wo die Pferde und die Soldaten, die sie bewachten? Warum drang kein Lärm zu ihnen herüber?

Sie zügelten ihre Pferde. Richolf Parfuse kniff die Augen zusammen und spähte zum Hainholz hinüber. Schweiß glänzte auf seiner Stirn, sein breites Gesicht leuchtete rot. »Ich sehe nichts«, meinte er und warf Maria einen misstrauischen Blick zu. »Reiten wir näher heran.«

Maria versuchte, ihre Angst niederzukämpfen, als sie den kleinen Trampelpfad am Wiesenrand entlangritten. Ein warmer Wind spielte mit den Blättern der Buchen und Eichen, sonst herrschte Stille. Nicht mal die Vögel zwitscherten. Sie lenkten ihre Pferde durch den Wald. Überall sahen sie unzählige Huf- und Schuhabdrücke in aufgewühlter Erde, Karrenspuren, Pferdeäpfel, Reste von Feuern, platt gedrücktes Gras dort, wo die Zelte gestanden hatten. Zwischen den steinernen Mauerresten des alten Heiligtums lag eine große Feuerstelle auf niedergetretenem Gras. Die Opfergaben für die Göttinnen waren verschwunden.

Parfuse ließ seinen rundlichen Körper vom Pferd gleiten. Er stapfte zur Feuerstelle, fühlte die Asche, schüttelte den Kopf. »Vielleicht von gestern, vielleicht auch länger«, meinte er.

»Verdammt!« Dietrich von der Ehrenpforte wechselte mit ihm einen ratlosen Blick.

Parfuse stapfte zurück zu Maria. »Steig ab!« Er stemmte seine dicken Hände in das Leder seines Brustharnisches, den er in Ermangelung eines Kettenhemdes trug. »Das kommt davon, wenn man einer hergelaufenen Magd glaubt!«, fuhr er sie an, nachdem sie abgestiegen war. »Ich hab dir gleich gesagt, dass an der Geschichte nichts dran ist, Dietrich! Sie hat uns von vorne bis hinten belogen.«

Maria überlief ein Schauer trotz der brütenden Hitze. Sie sah Parfuses rotes Gesicht dicht vor ihr, seine lückenhaften Zähne mit dem gelblichen Belag, seine fleischigen Hände, und fühlte sich hilflos und verraten. Heinrich von Waldburg hatte sie verraten.

Dietrich von der Ehrenpforte wischte sich mit einem Tuch über die schweißnasse Stirn. »Aber sie waren doch hier! Ihre Geschichte ist nicht erlogen.«

Sein Freund schüttelte den Kopf. »Wer's glaubt, wird selig! Sie hat Esel aus uns gemacht, gutgläubige Trottel! Vielleicht will sie uns sogar in einen Hinterhalt locken!« Misstrauisch starrte er in den Wald, ob sich zwischen den Bäumen etwas regte.

Dietrich stieg vom Pferd und legte ihm die Hand auf die Schulter. »Komm, mein Lieber, hier ist niemand. Warum sollte sie das tun? Sie hat genau wie wir gehofft, Heinrich von Waldburg anzutreffen und ihren Bruder aus der Gefangenschaft zu befreien.«

Richolf Parfuse machte sich los. »Und warum ist dann niemand mehr hier?«, blaffte er.

»Vielleicht mussten sie fort und der Truchsess konnte nicht mehr auf uns warten«, meinte Dietrich. »Vielleicht hat der König seine Meinung geändert und sie wollen doch nicht mehr verhandeln.« Seine Worte klangen unheilvoll durch den stillen Wald.

Maria fühlte Tränen aufsteigen. Sie sah den kahlen Weihestein der Göttinnen hinter den Aschenresten des Feuers auf der Lichtung. Vielleicht hatte Heinrich von Waldburg sie belogen, um sie möglichst unauffällig loszuwerden, und es gab keine Gefangenen, die eine neue Burg errichten mussten. Vielleicht war es aber auch so, wie ihr Herr sagte. Sie schluckte mühsam ihre Tränen hinunter. Jemand hatte Rußspuren auf dem Stein hinterlassen. Die Göttinnen waren beschmutzt. Sie ging zu ihnen und wischte den Ruß mit dem Ärmel ihres Gewands ab. Hinter sich hörte sie Zaumzeug klirren, als die Söldner von den Pferden stiegen. Der Rußfleck verschwamm vor ihren Augen. *Ich muss Wilem retten.*

Was auch immer geschehen war.

Sie wandte sich wieder den Männern zu. »Ihr habt wahrscheinlich recht, Herr«, sagte sie zu Dietrich von der Ehrenpforte. »Der König hat die Abreise befohlen und Heinrich von Waldburg konnte uns keine Nachricht schicken. Ihr müsst ihnen folgen.«

Die Männer starrten sie an. »Wir können ihnen nicht nachreisen, das ist viel zu gefährlich!«, schnaubte Parfuse. »König Philipp wird uns als Geiseln nehmen und die Kölner erpressen.«

Dietrich stemmte seine Hände in die Hüften. »Warum sollte sie lügen, Richolf? Sie weiß genau, dass sie ihres Lebens nicht mehr froh wird, wenn sich ihre Geschichte als Lüge herausstellen sollte, nicht wahr, Maria?«

Maria nickte hastig. Sie fing einen finsteren Blick von Parfuse auf.

»Warum sie lügt? Weil sie verrückt ist!«, rief er.

Dietrich legte ihm wieder die Hand auf die Schulter. »Es ist gleichgültig, ob sie lügt oder nicht. Wir sollten den Staufer in jedem Fall um Frieden bitten.«

Parfuse starrte ihn eine Weile an. »Aber … wir sind nicht von der Richerzeche dazu ermächtigt worden.«

»Nein, sind wir nicht, aber sie werden froh und dankbar sein, wenn wir erfolgreich vom König zurückkehren«, entgegnete Dietrich. »Die Mehrheit der Schöffen und Amtleute wird ohnehin bald zur Einsicht gelangen und auf die staufische Seite wechseln, auch die Englandhändler. Erst recht, wenn die Sperrung des Rheins noch länger dauert, und das wird sie, wenn kein Frieden geschlossen wird. Kurzum, wir müssen es wagen. Wir haben keine andere Wahl.«

Parfuse stemmte die Hände in seine breiten Hüften. Er sah nicht überzeugt aus. Schließlich zog Dietrich ihn in den Schatten einer Eiche, wo sie sich flüsternd weiter berieten. Maria beobachtete mit klopfendem Herzen, wie ihr Herr auf Parfuse einredete, bis dieser widerwillig nickte. Nach einer Weile kamen sie zurück. »Wir werden ihnen folgen«, verkündete Dietrich. »Einstweilen machen wir hier Rast. Hartwich« – er wandte sich an den Anführer der Söldner – »du reitest mit einem der Männer ins nächste Dorf und versuchst herauszufinden, wohin sie sind.«

Hartwich nickte und schwang sich auf sein Pferd, um kurz darauf mit einem der Söldner fortzureiten.

Die Männer packten ihre Vorräte aus und ließen sich im Gras auf der Lichtung nieder. Maria saß etwas abseits bei dem Weihestein der Göttinnen, trank Brunnenwasser aus einer hölzernen Flasche und kaute freudlos das zähe getrocknete Fleisch, das Bela ihr mitgegeben hatte. Sie belauschte das leise Gespräch der Männer, die beratschlagten, wo sie ihre Vorräte auffüllen könnten und wo sie während ihrer Weiterreise am besten übernachten sollten. Bald hörte sie nicht mehr hin.

Die warme Luft hüllte sie ein, und die Hitze lähmte ihren Geist. Nicht mal zwei Monde war es her, dass König Philipp und Heinrich von Waldburg sie hier entdeckt hatten. Seitdem war nichts mehr wie vorher. Wilem war fort und ihre Gedanken gefangen von ihm und Heinrich von Waldburg. Hatte der Truchsess sie belogen oder waren sie wirklich überraschend abgereist?

Sie würde es herausfinden.

Am frühen Nachmittag – die beiden Ratsherren waren gerade in der Sonne eingenickt – kamen die Söldner von ihrem Erkundungsritt zurück.

»Die Staufer haben das Heerlager gestern aufgelöst. Sie wollten weiter zum Königsgut nach Sinzig, knappe zwei Tagesritte flussaufwärts«, berichtete Hartwich.

Maria fuhr auf. »Dort wird die Burg gebaut!«, rief sie. »Der Truchsess sagte, die Gefangenen wären zwei Tagesreisen rheinaufwärts verschifft worden.«

Die Männer wechselten rasche Blicke. »Gut«, meinte Dietrich. »Die Pferde sind ausgeruht. Wir können es heute noch nach Bonn schaffen.« Er erhob sich und packte seine Vorräte ein, und nur wenig später ritten sie die alte Straße am Rhein entlang nach Bonn.

* * *

Sie erreichten Bonn am Abend und übernachteten in einer Pilgerherberge, wo die Herren sich als Weinhändler ausgaben. Sie erfuhren, dass das königliche Heer am Vortag über die Straße nach Sinzig marschiert sei. Die Schiffe, die es flussabwärts hergebracht hatten, seien längst zurückgetreidelt worden, erzählte ihnen der Wirt. Man sei froh, dass Philipp die Stadt in Ruhe gelassen habe. Im Vorjahr sei Bonn beinahe in Schutt und Asche gelegt worden, nachdem jemand die königlichen Schiffe auf dem Rhein geplündert und der König die Schuldigen in Bonn vermutet hätte. Nur um Haaresbreite sei die Stadt ihrer Zerstörung entgangen, nachdem die Grafen von Leiningen und Spanheim vermittelt hätten und eine hohe Summe Entschädigung gezahlt worden wäre.

»Wo wollt Ihr denn hin?«, erkundigte er sich dann.

»Erst nach Koblenz und dann die Mosel hinauf zu den Weingütern«, log Dietrich von der Ehrenpforte rasch.

Der Wirt runzelte die Stirn. »Seid vorsichtig«, warnte er. »König Philipp lässt rheinaufwärts eine Zwingburg errichten, wie man mir erzählt hat. Seine Soldaten sind überall. Am besten macht Ihr einen großen Bogen um Sinzig und reist durch die Berge an die Mosel.«

»Danke, guter Mann«, sagte Dietrich.

»Ihr habt Euch keine gute Zeit für Eure Reise ausgesucht«, fuhr der Wirt fort. »Bevor sie abgezogen sind, haben die staufischen Ritter noch ein paar Händler geköpft, die sie im Verdacht hatten, die Rheinsperre zu umgehen und Wein nach Köln zu liefern.«

»Was du nicht sagst.« Dietrich und Parfuse sahen ziemlich betreten drein. Parfuse verbrachte noch den ganzen restlichen Abend damit, mit ein paar anderen Zechern über die Gräueltaten des Königs und die Schlacht von Wassenberg zu reden, bis Maria es nicht mehr hören konnte. Sie ging früh zu Bett und bat Gott und die Hohe Mutter um eine sichere Weiterreise.

Parfuses Laune wurde auch am nächsten Tag nicht besser. Auch nicht, als am Morgen ein halbwüchsiger Junge zu ihnen kam, den Dietrich von der Ehrenpforte auf eine Empfehlung des Wirts gedungen hatte. Der Junge kannte die Gegend und führte sie auf Nebenwegen abseits der viel benutzten alten Straße am Rhein weiter in den Süden. Der Wirt hatte ihnen versichert, dass es zwar die längere, aber auf jeden Fall die sicherere Strecke wäre. Da sie Umwege machten, brauchten sie den ganzen Tag. Sie ritten durch ausgedehnte Wälder, einsame Flusstäler und kleine Dörfer.

Maria saß auf einem klugen und friedlichen Maultier, das der Junge führte. Sie sah in diesen Tagen zum ersten Mal Berge, und die sanft gewellte Landschaft gefiel ihr. Als die Sonne schon tief im Westen stand, machte der Junge in einem Flusstal am Fuße eines Berges Halt.

»Wir sind da. Dort liegt Sinzig.« Er deutete auf eine Ansammlung von Häusern auf einer Anhöhe jenseits des Flusses. Davor lagen die Zelte des königlichen Heerlagers im Abendlicht.

»Weiter kann ich Euch nicht bringen, ich muss zurück. Viel Glück.«

Dietrich dankte ihm und entlohnte ihn für seinen Dienst. Maria reichte dem Jungen die Zügel und beobachtete, wie er mit dem Maultier in der Dämmerung verschwand. Wahrscheinlich würde er die Nacht in irgendeinem Stall verbringen und am nächsten Morgen wieder zurückreiten.

Die Männer stiegen von den Pferden und spähten schweigend zu den Zelten hinüber. Dietrich räusperte sich. »Wir machen es wie besprochen. Hartwich« – er deutete auf den Anführer der Söldner – »du bleibst mit Maria und ein paar Männern hier und wartest. Wenn ihr bis zum Morgengrauen nichts von uns hört, reitet ihr wieder zurück und benachrichtigt Hermann Rufus.« Er sah den Söldner eindringlich an, und der nickte schweigend.

»Also gut. Dann los!« Parfuse und er bestiegen ihre Pferde.

Hartwich wünschte ihnen viel Glück, und dann beobachteten sie, wie die Männer mit den Söldnern durch das Tal ritten, auf das königliche Heerlager zu, bis nichts mehr von ihnen zu sehen war als vier dunkle Punkte in der Dämmerung.

Maria nahm die Flasche und trank ein paar Schlucke Wasser. Trotz der Wärme fühlte sie sich innerlich kalt und starr vor Angst. Was wäre, wenn Heinrich von Waldburg ihr doch nicht die Wahrheit gesagt hatte? Wenn er gelogen hätte, was die Gefangenen betraf, und sie doch alle getötet worden waren?

Sie ließ sich neben Hartwich unter einem Baum nieder und beobachtete, wie die Söldner die Pferde zum Fluss führten. Nach einer Weile sagte sie, um das lähmende Schweigen zu unterbrechen: »Herr von der Ehrenpforte hat großes Vertrauen zu dir.«

»Er kennt mich seit meiner Kindheit«, erwiderte Hartwich, ohne den Blick von der Richtung zu wenden, in der die Männer verschwunden waren. »Er weiß, dass er sich auf mich verlassen kann.«

»Meinst du, sie tun das Richtige?«, fragte sie weiter. »Ist es richtig, Frieden mit dem Stauferkönig zu schließen?«

»Es steht mir nicht zu, die Handlungen meines Herrn zu beurteilen.«

»Was ich eigentlich meinte – glaubst du, dass König Philipp der bessere König für unser Land wäre?«

Sie spürte, wie der Söldner sie von der Seite betrachtete. Dann sah er wieder nach vorn. Als sie schon glaubte, er würde nicht mehr antworten, sagte er: »Sein Vater war ein außergewöhnlicher Mann, ein starker und kluger Kaiser.«

»Ja, und ich hab gehört, dass sein Sohn ein guter Mensch sein soll«, fuhr Maria fort. Es reizte sie auf einmal, diesem nüchternen und besonnenen Mann ein paar Gedanken zu entlocken. »Aber ist ein guter Mensch auch ein guter Kaiser? Was glaubst du?«

»Was für Gedanken du dir machst.« Sie sah aus den Augenwinkeln, wie er den Kopf schüttelte. »Ein Kaiser muss streng sein. Er muss hart sein, aber gerecht.«

»Muss er nicht auch ein gutes Herz haben und die Menschen verstehen?«

»Nein«, meinte Hartwich. »Das nützt ihm nichts. Er muss stark sein, klug und gerecht. Mildtätige Weichheit ist was für Nonnen.«

»Du meinst also, er muss gut für das Reich sein, nicht für sein Seelenheil.«

»Es gibt genug Mönche und Nonnen in den Klöstern, die für das Seelenheil des Kaisers beten«, erwiderte Hartwich. »Ein Kaiser muss herrschen und tun, was seine Herrscherpflicht von ihm verlangt.«

»Zum Beispiel Schlachten führen, Ernten vernichten, Städte belagern«, gab sie zurück. »Meinst du, Gott wird das einem Herrscher verzeihen? Wird seine Seele nicht ewig im Höllenfeuer brennen, weil er das alles befohlen hat?«

Hartwich schwieg eine Weile. »Du hast ungewöhnliche Gedanken in deinem Kopf, Weib«, meinte er schließlich.

Maria entgegnete nichts. Vielleicht wäre es besser, ihre Zunge zu zügeln, anstatt ihre Gedanken offen auszusprechen. Der Apostel Paulus hatte zwar gesagt, dass das Weib in der Gemeinde schweigen solle, aber das bedeutete nicht, dass es keine klugen Gedanken haben dürfe und diese nicht auch vertrauten Menschen offenbaren könne, hatte Relindis ihr erklärt. Schließlich sei der Engel des Herrn zu Maria gekommen, der geringsten aller Mägde, und habe ihr gesagt, dass sie einen besonderen Sohn haben würde. Warum war der Engel des Herrn nicht einer Königin erschienen? Jesus Christus, der höchste aller Herrscher, war arm zur Welt gekommen, in einem Stall, zwischen Tieren und Stroh. Gott hatte keine Königin auserwählt, um seinen Sohn zu gebären, er hatte Maria erwählt, die Frau eines Zimmermanns. Gott konnte die Niedrigsten erhöhen, wenn er wollte, und die Hohe Mutter war durch ihn erhöht und im Himmel aufgenommen worden. Sie selbst, Maria, war am Tag von Mariä Himmelfahrt geboren und nach der Hohen Mutter benannt worden, und deshalb war sie ihr geweiht. Sie war von ihr berufen worden, ihr Leben in ihren Dienst zu stellen, und das würde sie tun. Sie war nicht umsonst von einer klugen Frau erzogen worden, ihrer Ziehmutter, die klüger war als ihre leibliche Mutter, die nur eine Bäuerin gewesen war.

Aber das konnte sie dem Söldner natürlich nicht sagen. Also schwieg sie und beobachtete, wie sich die rote Sonne anschickte, in einem Meer von glühenden Wolken unterzugehen. Die Vögel hörten auf zu zwitschern, und Stille kehrte ein. Aus dem Wald hinter ihnen kroch ein kühler Hauch, der sie frösteln ließ. Dann sahen sie dunkle Punkte in der Ferne, die sich langsam auf sie zubewegten.

Hartwich sprang auf. Die Söldner führten hastig die Pferde heran, und alle stiegen auf. Einer von ihnen zog Maria hinter sich auf sein Pferd. So warteten sie und beobachteten, wie sich die Reiter näherten – eine Handvoll Ritter, die die gelben Wappenröcke des Königs trugen. Ihre Umhänge wallten hinter ihnen her, als sie durch die Dämmerung auf sie zukamen.

Maria spürte, wie ihr Atem flacher ging. »König Philipp«, sagte sie. »Es sind seine Männer.«

»Ist das ein gutes oder ein schlechtes Zeichen?«, fragte Hartwich.

»Ich glaube, ein gutes«, erwiderte sie.

Er nickte, drückte seiner Stute die Waden in den Bauch und ritt den Fremden entgegen. Langsam folgten ihm die anderen.

Die Ritter zügelten kurz vor ihnen ihre Pferde. Alle trugen Helme mit Nasenschutz, unter denen ihre Gesichter kaum erkennbar waren.

»Gehört ihr zur Kölner Gesandtschaft?«, rief einer, und Hartwich bejahte. Er begegnete den Männern in aufrechter Haltung und musterte sie aufmerksam, so wie sie ihn mit ihren strengen Blicken prüften. Schließlich nickte ihr Anführer.

»Folgt uns!«, befahl er knapp. Sie folgten den Rittern durch das Flusstal an einem Wachposten vorbei über eine schmale Brücke, die über die Ahr führte. Neben ihnen erstreckte sich das Heerlager mit seinen unzähligen Zelten und brennenden

Feuern. Von Ferne erklangen Männergesang, Stimmengewirr und die Melodie einer Flöte, die von den rhythmischen Klängen einer Trommel begleitet wurde. Nachdem sich die Musik in der Ferne verloren hatte, war nur noch das dumpfe Pochen der Hufe auf dem weichen Boden zu hören.

Bald tauchten die dunklen Umrisse von Häusern auf einer Anhöhe vor ihnen auf und die Flecken schwacher Lichtscheine. Sie ritten den Berg hinauf und machten vor einem großen Tor in einer steinernen Mauer Halt. Zwei Fackeln brannten in eisernen Haltern daneben. Ihr Flammenschein zuckte auf, als das Tor für sie geöffnet wurde. Ein Wachhund begann zu toben und beruhigte sich erst, als das Tor sich wieder hinter ihnen geschlossen hatte und ein Knecht ihn grob anfuhr. Maria erblickte die Umrisse mehrerer Gebäude, die sich vor dem dunkelblauen sternenklaren Himmel abzeichneten, sowie das Kreuz einer Kapelle auf der höchsten Erhebung des Berges. Aus mehreren Fenstern im oberen Stockwerk fiel Licht in den Hof. Es roch nach Heu und Pferden.

Die Ritter saßen ab. Ihr Anführer reichte einem herbeieilenden Stallknecht die Zügel seines Pferdes und baute sich vor ihnen auf. »Beeilt Euch, Ihr werdet erwartet.«

Maria ließ sich vom Pferd gleiten und sah neugierig auf die hell erleuchteten Fenster. Ob dahinter der Saal des Königs lag? Würde König Philipp sie womöglich sogleich empfangen? Ihr Herz begann, rascher zu klopfen. Sie folgte Hartwich die Stufen hinauf zu einer mächtigen Tür, doch dann legte sich eine eiserne Hand auf ihre Schulter. Sie wandte sich um und sah in das Gesicht des Anführers.

»Du nicht«, meinte er nur, nahm sie am Arm und zog sie fort. Sie hatte nicht mal die Zeit, den Männern ein Zeichen zu geben. Sie konnte sehen, wie sie das Haus betraten und die Wachsoldaten ihre Lanzen hinter ihnen verschränkten. Der

Ritter führte sie in ein abseits liegendes Haus und übergab sie der Obhut einer streng aussehenden Frau, die eine Kerze in der Hand trug und sie misstrauisch begutachtete. Die Frau führte sie in eine riesige Küche, die aussah wie der Schankraum einer Herberge, hieß sie, sich aufzustellen, und durchsuchte sie mit ein paar raschen, geübten Griffen nach Waffen. Dann befahl sie ihr, sich hinzusetzen, und schob ihr einen Teller mit kaltem Fleisch und ein trockenes Stück Brot hin.

»Wo bin ich?«, wagte Maria nach einer Weile zu fragen.

»Im Gästehaus des Königshofes«, erwiderte die Frau knapp. »Ihr seid Gäste des Königs.«

Maria stocherte in dem Essen herum, das vor ihren Augen verschwamm. Heinrich von Waldburg, vielleicht sogar der König, empfing also die Kölner Gesandtschaft. Aber sie nicht.

Sie sollte sich freuen, denn offenbar war das ein gutes Zeichen. Es bedeutete, dass er nicht gelogen hatte und König Philipp weiter an einem Friedensschluss mit den Kölnern gelegen war. Es war ihr Erfolg, die beiden Parteien zusammengebracht zu haben, und nun würde Heinrich sicher auch Wilem freilassen, wenn er Wort hielt. Sie hatte allen Grund, sich zu freuen. Aber sie fühlte sich nur erschöpft und müde.

Lange sah sie aus dem Fenster, nachdem die Frau sie in einen lang gestreckten, dunklen Schlafraum gebracht hatte, in dem bereits mehrere Frauen schliefen. Es war eine klare Nacht. Am Himmel funkelten unzählige Sterne, deren mattes Licht durch das Fenster hereinfiel und einen rechteckigen Flecken auf den Boden malte. Jenseits des Flusstals erhoben sich die schwarzen Umrisse eines Berges. Von irgendwo hörte Maria Stimmengewirr und Lachen, und sie wünschte sich, dabei zu sein, in der königlichen Gesellschaft, als edle Frau an der Seite Heinrich von Waldburgs. Wie ein solches Leben wohl wäre? Hochgeboren zu sein, Kind einer reichen Familie zu sein.

Viele Brüder und Schwestern zu haben, Vater und Mutter. Mit Männern wie Heinrich von Waldburg verheiratet zu werden.

Zum ersten Mal spürte Maria ein Gefühl, das sie noch nie empfunden hatte: Neid. Sie war neidisch auf eine Frau, die sie nicht kannte und die sie sicher niemals kennenlernen würde. Sie war neidisch auf Heinrich von Waldburgs Frau.

# Kapitel 14

Maria verbrachte die Nacht mit unruhigem Schlaf und erhob sich beim allerersten Hahnenschrei. Sie zog sich ihr braunes Kleid an, kämmte und flocht sich sorgfältig die dicken Locken zu zwei dünnen Zöpfen an den Schläfen, die sie am Hinterkopf mit einigen bunten Haarbändern zusammenführte. Sie wusch sich das Gesicht mit eiskaltem Brunnenwasser, das ihr eine Magd in einer Schüssel bereitgestellt hatte, und säuberte sich mit ihrer kleinen Schere, die sie immer in ihrer Gürteltasche bei sich trug, die Fingernägel. Zum Schluss spülte sie sich sorgfältig den Mund für einen guten Atem. Sie schlich sich hinaus, als alle noch schliefen, und aß in der Küche unter der Aufsicht der strengen Frau etwas von der Gemüsepastete, die vermutlich vom abendlichen Mahl übrig geblieben war.

Dann verließ sie unauffällig das Gästehaus.

Der Königshof lag noch in schläfriger Morgenruh, nur das Gesinde arbeitete schon im Stall und in der Küche. Ein Stallknecht führte Pferde zur Tränke, und aus der Küche drangen Gelächter und das Klappern von Geschirr. Der Hof war nicht sehr groß. Es gab ein paar Gehöfte, die einen Innenhof umschlossen – Wirtschaftsgebäude, Ställe, ein weiteres Gästehaus und ein mehrstöckiges steinernes Haus mit einer Fensterreihe im Obergeschoss, aus dem gestern der Lichtschein gedrungen war. Vor seinem Eingang und am großen Tor wachten ein paar graugesichtige Söldner mit Lanzen und jenen Schilden, die sie auch schon am Königszelt gesehen hatte.

Maria ging über den Hof zum Stall, um zu sehen, ob die Pferde der Kölner noch dort waren. Als sie die Stute Dietrichs von der Ehrenpforte erblickte, war sie beruhigt. Dann ging sie weiter den Hügel hinauf. Ein schmaler Durchgang führte zur Kapelle, die von einem Flechtzaun umgeben war, der den Kirchhof vom übrigen Teil des Hofes trennte. Sie sah ein paar Gräber mit mehr oder weniger verwitterten Holzkreuzen und Inschriften, die sie nicht lesen konnte.

In der Kapelle war es still, nur das Vogelgezwitscher von draußen war zu hören. Der kleine Innenraum war schlicht weiß getüncht mit einem einfachen Altarbild. Aber jemand musste schon hier gewesen sein, eine Kerze entzündet und Weihwasser in die kleine Schale am Eingang gefüllt haben. Maria kniete sich vor die hölzerne Marienfigur, die ihr Jesuskind im Arm hielt, dankte ihr für die sichere Reise und bat sie inständig darum, ihr Wilem wiederzugeben. Sie wusste nicht, wie lange sie gebetet hatte, als sich die Kapellentür öffnete und jemand eintrat.

Sie wandte sich um und erblickte Dietrich von der Ehrenpforte. Er sah noch genauso aus wie am Vortag, als er mit Richolf Parfuse zum Königshof geritten war. Aber seine Augen leuchteten, und die Falten, die sich von seinen Mundwinkeln zur Nase zogen, schienen weniger tief zu sein. Sie erhob sich rasch und knickste vor ihm.

»Maria! Ich wollte dich nicht beim Beten stören. Wo warst du denn nur gestern Abend? Stell dir vor, der König hat uns empfangen und uns zum Essen gebeten, an *seine* Tafel! Wir saßen zusammen mit den Edlen, mit seinen Getreuen, an *einem* Tisch! Natürlich ganz unten, aber immerhin. Er ist ein freundlicher Mann, genau, wie du ihn beschrieben hast.« Er lächelte so breit, wie Maria es noch nicht bei ihm gesehen hatte. »Es war eine hohe Ehre, die uns gestern so unverhofft zuteilwurde. Der König ist so großzügig. Alle sind angetan von ihm, sogar der junge Parfuse.«

Er strahlte über das ganze Gesicht. »Er hat uns zu verstehen gegeben, dass er sich einen Frieden mit unserer Stadt vorstellen könnte. Nun werden wir mit den anderen Schöffen und Amtleuten sprechen, eine offizielle Gesandtschaft zusammenstellen und dann mit den Verhandlungen beginnen.«

»Das freut mich sehr, Herr«, sagte Maria.

Dietrich von der Ehrenpforte legte ihr eine Hand auf den Arm. »Das haben wir dir zu verdanken. Wo warst du nur?«

»Im Gästehaus bei den Frauen.«

Dietrich nickte.

»Ich hoffe, dass der Truchsess sein Versprechen hält und meinen Bruder freilässt«, meinte sie.

»Das hoffe ich auch. Ich bete für dich, dass dein Bruder noch lebt.«

»Danke, Herr. Wann reisen wir wieder zurück?«

»Heute. Wir müssen so schnell wie möglich nach Köln und unserer Bruderschaft, der Richerzeche, alles vorbringen.«

»Heute schon? Aber ich war doch noch gar nicht bei den Gefangenen!«, rief Maria. »Der Truchsess muss …«

Sie hielt inne, als sich die Tür zur Kapelle erneut öffnete. Langsam schob sich das breite Gesicht Grimolds durch die Tür hindurch.

»Ha, da isch schie ja!« Der Gnom presste sich durch die Tür, als wäre sie festgenagelt, und schlich sich dann auf Zehenspitzen zu ihnen, wobei er immer wieder ängstliche Blicke zum Altar hinüberwarf, als würde ihn von dort etwas Schlimmes erwarten.

Maria musste lächeln. Sie beobachtete, wie sich Grimold übertrieben tief vor Dietrich von der Ehrenpforte verbeugte, sodass er seine Kappe verlor, diese mit einer flinken Bewegung wieder auffing und ihre Hand ergriff. »Komm mit!«

»Aber ...« Maria zögerte und warf einen fragenden Blick auf Dietrich, doch Grimold schüttelte nur seinen breiten Kopf und zerrte sie fort. Sie folgte ihm widerstrebend den Hügel hinunter in den Innenhof, wo ein Stallbursche mit ein paar gesattelten Pferden wartete. Inmitten einer Gruppe Bewaffneter erblickte sie Heinrich von Waldburg. Sie hielt einen Augenblick inne, als sie sah, wie er ihr erwartungsvoll entgegenblickte.

»Ich hab schie, Herr!« Grimold verbeugte sich tief vor seinem Herrn.

»Das wurde aber auch Zeit, Narr.« Heinrich von Waldburg hob seine Mundwinkel zu einem Lächeln. »Willkommen, Maria.« Er warf einen kurzen Blick auf ihre Gestalt. »Ich hoffe, du hast dich gut ausgeruht. Wir machen einen Ausritt zu den Gefangenen.«

»Ihr haltet Wort, Herr«, sagte sie voller Freude.

»Ich halte mein Wort immer«, entgegnete er und bestieg einen Apfelschimmel mit prächtigem Zaumzeug, das leise klirrte, als er das Tier antrieb. Er trug ein Kettenhemd wie sie alle, aber darüber noch einen königlichen Wappenrock und einen Umhang. Maria ließ sich von einem der Ritter auf dessen Pferd helfen und saß hinter dem Mann auf. Aufgeregt klammerte sie sich an ihn und beobachtete, wie Grimold sich auf ein braunes Pony schwang.

Sie ritten durch das Dorf, in dem mehrere große Höfe lagen, und dann den Berg hinunter ins Ahrtal. Am Heerlager führten die Knechte gerade die Pferde zum Tränken an den Fluss, und von irgendwoher erklang Schwertgeklirr. Die Wachposten an der Brücke verbeugten sich vor dem Truchsess, und er nickte ihnen kurz zu. Als sie den Weg an der Ahr entlangritten, lenkte Heinrich von Waldburg seine Stute neben Maria.

»Ich bedaure, dass du gestern nicht dabei sein konntest«, sagte er. »Der König hat sich doch zu Friedensverhandlungen mit den Kölnern bereit erklärt. Er war in guter Stimmung gestern Abend. Ihr hattet Glück.«

»Ich kann mir nicht vorstellen, dass König Philipp jemals schlechte Laune hat«, schmeichelte sie. »Er war so liebenswürdig und freundlich an dem Abend in …«

»Sprich nicht mehr davon«, fiel er ihr ins Wort. »Was an diesem Tag geschah, bleibt unter uns. Es reicht, wenn die Kölner es wissen, und auch die wurden von mir zum Schweigen verpflichtet.«

»Wie Ihr wünscht.« Maria sah ihn wortlos an. Sein gelber Wappenrock bildete einen scharfen Kontrast zum tiefblauen Himmel, der über ihnen leuchtete. Die silbernen Strähnen in seinen schwarzen Haaren schienen bei Tageslicht betrachtet mehr geworden zu sein. Sein Gesicht war tiefer denn je von der Sonne gebräunt, aber er sah müde aus.

»Was ich sagen will, Maria – es ist gut, dass ihr uns gefolgt seid. Der König hat nach den gescheiterten Friedensverhandlungen mit Otto überstürzt den Abzug des Heerlagers befohlen. Er war tief betroffen.«

»Oh. Der König hat mit Otto gesprochen?«

Heinrich von Waldburg nickte. Er sah sehr ernst aus. »Der Marschall und seine Spione haben das bewerkstelligt. Unser König und der Anmaßer hatten ein Gespräch unter vier Augen an einem geheimen Ort. Aber es endete sehr enttäuschend für König Philipp. Otto ließ sich auch durch großzügigste Angebote nicht dazu bewegen, seinen Thronanspruch aufzugeben. Er würde eher sterben, als auf den Thron zu verzichten, hat er gesagt. Der König war untröstlich.«

»Das tut mir leid«, sagte Maria.

Heinrich von Waldburg räusperte sich grimmig. »Kann man diese Sturheit noch begreifen! Wo doch niemand mehr zu ihm hält, außer seiner fernen englischen Verwandtschaft, den Kölnern und dem Papst.« Er schürzte verächtlich die Lippen, und Maria, die ihn heimlich beobachtete, dachte, dass er sicher kein leicht zu besiegender Feind wäre.

»Es hat mich danach viel Mühe gekostet, den König davon zu überzeugen, Friedensverhandlungen mit Köln in Erwägung zu ziehen«, fuhr er fort. »Gott sei Dank konnten eure Männer ihm versichern, dass der Rat der Stadt einer offiziellen Kölner Gesandtschaft nach ihrer Einschätzung zustimmen wird, obwohl der Welfe sich immer noch in der Stadt aufhält.«

Maria nickte, sie wusste nicht, was sie sagen sollte. Eigentlich war es ihr herzlich gleichgültig, wo sich der Welfenkönig gerade aufhielt, wenn nur endlich Frieden wäre und sie ihren Bruder wiederhätte.

»Es ist gut, dass König Philipp Frieden mit Köln möchte«, sagte sie. »Die armen Bauern haben sehr gelitten, und es sind viele in die Stadt geflohen, die hungern und betteln müssen. Selbst die Vorräte der Kölner gehen allmählich zur Neige, und nicht jeder hat das Geld, sich das Wenige zu kaufen, das es noch auf dem Markt gibt.«

»Das hat sich die Stadt selbst zuzuschreiben«, entgegnete er schroff. »Wenn sie nicht so lange zu Otto gehalten hätten, wäre das nicht passiert. Nun sind sie gezwungen, Frieden zu schließen, zu unseren Bedingungen. Obwohl König Philipp ein freundlicher Mann ist, kann er auch hart sein, wenn es sein muss. Er wird die Rheinsperre erst aufheben lassen, wenn der Friedensvertrag unterzeichnet ist.«

»Gewiss, Herr«, sagte Maria schnell. »Wie Ihr wisst, kenne ich König Philipp und bin seine treue Anhängerin. Den Welfen kenne ich nicht.«

Heinrich von Waldburg warf ihr ein Lächeln zu, das die Fältchen an seinen Augenwinkeln vertiefte. »Daran wird der König sich gewiss erinnern, Maria. Schließlich ist er der letzte Sohn des großen Kaisers Friedrich und der Kaiserin Beatrix. In seinen Adern fließt das Blut von alten und neuen

Kaisergeschlechtern und der mächtigen Herzöge von Burgund. Er vergisst nie, wer ihm treu gedient hat.«

»Ihr kennt ihn sehr gut.«

»Natürlich. Ich diene ihm schon fast mein ganzes Leben lang. Meine Familie steht seit Generationen in Diensten der Herzöge von Schwaben.«

»Eure Frau dient sicher seiner Frau, der Königin«, hörte Maria sich sagen. Sie fühlte sich wieder so, als würde sie einen lebhaften Traum träumen, wie immer, wenn sie mit ihm sprach. Sie konnte nicht glauben, dass er sich mit ihr unterhielt, als gehörte sie zu seinesgleichen. Aber es war so.

»Meine Frau ist leider vor zwei Wintern gestorben«, hörte sie ihn sagen, und sie erwiderte rasch, dass es ihr leidtäte. Doch das war eine Lüge, die ihr glatt und schnell über die Lippen glitt. In Wahrheit freute sie sich, das zu hören, es beschleunigte ihren Herzschlag und den Blutkreislauf in ihren Adern. Obwohl sie natürlich niemals die Aussicht haben würde, von diesem Mann zur Ehefrau genommen zu werden. Sie durfte es nicht mal denken, geschweige denn hoffen, und sie tat es auch nicht. Sie freute sich, neben ihm zu reiten und mit ihm reden zu können, seine Stimme zu hören. Sie sah ihn gern an, mochte sein Haar und seine Hände.

Sie merkte, wie er sie ebenfalls ansah. »Und du, Maria? Hast du deinen Mann zu Hause zurückgelassen, als du nach Köln fuhrst, um deine kranke Tante zu pflegen?«

Sie spürte, wie eine feine Röte ihr Gesicht überzog. Er erinnerte sich tatsächlich noch daran, was sie ihm und dem König in Köln erzählt hatte!

»Nein«, beeilte sie sich zu sagen. »Ich bin nicht verheiratet. Ich bin bei einer älteren Frau aufgewachsen, die mich nach dem Tod meiner Mutter aufgenommen hat. Sie war die Dorfheilerin.«

»Ah, deshalb kennst du dich mit Kräutern aus«, bemerkte der Truchsess.

Maria nickte. »Nach dem Tod meiner Ziehmutter bin ich nach Köln zu meiner Tante gegangen, aber auch sie war schon sehr krank. Nach ihrem Tod fand ich eine Anstellung als Magd bei Hadewigis von der Ehrenpforte.«

»Und dein *Bruder*?«, hakte er nach. »Wie passt er in deine Geschichte?«

Etwas in seiner Stimme ließ sie aufhorchen. Da war ein scharfer Unterton, ein lauerndes Misstrauen.

»Ich muss gestehen, Herr von Waldburg, dass Wilem nicht mein wirklicher Bruder ist, sondern nur mein Vetter«, gab sie zu. »Er hat jahrelang auch bei der Heilerin gelebt, bis seine Mutter Otto von Linn geheiratet hat. Er ist wie ein Bruder für mich.«

Heinrich von Waldburg warf ihr einen Blick zu, den sie nicht deuten konnte. »Nun, es wird nicht mehr lange dauern, bis wir dort sind«, sagte er noch, ehe er in Schweigen fiel. Sie sagte auch nichts mehr. Obwohl sie nicht zum Grübeln neigte, fragte sie sich, ob sie etwas falsch gemacht hatte. *Ich hätte ihn nicht anlügen dürfen*, durchfuhr es sie.

Sie folgten nun einem schmaleren Weg an der Ahr entlang, wo sie nur noch hintereinander reiten konnten.

Der Truchsess ritt hinter den ersten Rittern gleich vorneweg, während die anderen ihnen folgten. Hinter Maria trabte nur noch Grimold auf seinem Pony, und er schnaufte heftig und machte sogleich seine Scherze, nachdem sein Herr die Unterhaltung mit ihr beendet hatte. Die Sonne stieg höher und wärmte sie, und die Luft war warm und weich wie Seide. Über ihnen erklang der Ruf eines Raubvogels. Bald erreichten sie einen hoch aufragenden Berg, an dessen Fuß die Häuser eines Dorfes lagen.

Nacheinander ritten sie den schmalen Pfad, der sich den schroffen Berghang hinaufwand. Maria klammerte sich an den Ritter, als sie von der schwankenden Höhe des Pferderückens aus hinuntersah. Ein falscher Tritt des Tieres, ein kurzes Straucheln, und sie würde in die Tiefe fallen. Sie zwang sich, nicht hinunterzublicken, sondern besann sich stattdessen auf Heinrich von Waldburg, der vor ihnen ritt, als wäre es das Leichteste der Welt.

Bald hörte sie beständiges Hämmern durch den Wald dringen. Wenig später, nach einer Biegung, öffnete sich ihnen ein Steinbruch am Bergeshang. Männer in schmutzigen Gewändern brachen mit Hämmern und Meißeln Steine aus dem Berg und schleppten sie zu den bereitstehenden Ochsenkarren. Zwei Bewaffnete mit Lanzen und Schwertern überwachten alles vom Rand des Steinbruchs aus. Daneben, gleich am Saum des Waldes, lag eine Hütte, die aussah, als wäre ihr Holz erst gerade geschlagen worden.

Kaum waren sie angekommen, eilte ihnen ein Mann entgegen. »Gott zum Gruße, edler Herr! Wie schön, dass Ihr uns mit Eurer Anwesenheit beehrt!« Er nahm die Zügel des Apfelschimmels und verbeugte sich tief vor dem Truchsess, nachdem dieser vom Pferd gestiegen war.

»Danke, Florentius. Wie ich sehe, kommt ihr gut voran.«

»Ja, Herr.« Florentius setzte seine Kappe wieder auf. »Es wird den gnädigen König sicher freuen zu hören, dass wir noch mehr Steinmetze und Wanderarbeiter finden konnten. Wollt Ihr nicht in die Bauhütte kommen und Euch im Kühlen bei einem Glas Wasser die Pläne ansehen?«

Maria sah sich hastig um. Sie entdeckte einen jungen Mann, der gerade einen schweren Stein in den Ochsenkarren wuchtete.

Rasch glitt sie vom Pferd und lief zu ihm. Der junge Mann schob den Stein sorgfältig zurecht, ehe er sich zu ihr umwandte. Er trug ein fleckiges Gambeson. Sein Haar war staubig und klebte an seiner sonnengebräunten Stirn. Eine blutige Schramme zog sich quer über eine seiner eingefallenen Wangen. Aber sonst schien er unverletzt zu sein.

»Maria!« Wilems grünbraune Augen leuchteten auf, als er sie sah.

Sie warf sich in seine Arme, presste sich an ihn, und er legte seine Arme um sie. Ein paar tiefe Atemzüge lang genoss sie die Freude, ihn wiedergefunden zu haben. Er roch noch genau wie früher, nur hatte sich über seinen eigenen Geruch ein übler Schweißgestank gelegt. Aber der wäre sicher bald verschwunden, wenn er erst mal ein Bad genommen und saubere Kleidung angelegt hätte. Sie seufzte tief auf.

»Wie hast du mich gefunden?«, fragte er mit rauer Stimme, nachdem er sie losgelassen hatte. Sein Blick glitt zu den Wachposten, die die Baustelle beaufsichtigten. Rasch lehnte er sich an den Karren. »Hast du was zu trinken für mich?«

Sie nickte und eilte zu den Pferden, wo der Berittene ihr eine Flasche gab. Es tat ihr weh zu beobachten, wie gierig er trank.

»Wie haben sie dich behandelt?«, fragte sie leise.

Wilem leerte die Flasche in großen Schlucken und sah sie düster an. »Wie wohl?« Er blickte hinter sie, und seine Miene erstarrte zu einer Maske.

»Ist das dein Vetter, Maria?«

Maria wandte sich um. Heinrich von Waldburg war so leise herangekommen, dass sie ihn nicht gehört hatte.

Sie knickste schnell vor ihm. »Ja, Herr, das ist Wilem.«

»Er hatte großes Glück. Von den Tausenden, die gegen uns gekämpft haben, gehört er zu den wenigen Männern, die der König in seiner Güte begnadigt hat.«

Maria ergriff Wilems Hand. »Der König sei auf ewig gesegnet.«

Heinrich von Waldburg schob seine Daumen in den Schwertgurt und musterte sie scharf. »Ich hatte bereits die

Gelegenheit, deinen Vetter näher kennenzulernen. Er hat mir eure Geschichte ausführlich erzählt. Die Heilerin war eine kluge Frau und hat dir viel beigebracht, deshalb kannst du auch so gut reden.«

Maria nickte, während ein unbestimmtes Gefühl der Angst in ihr aufstieg. Sie wusste nicht, worauf er hinauswollte.

»Allerdings hast du mich belogen, was den Grad eurer Verwandtschaft betrifft«, fuhr er fort. »Ich verstehe, dass du es getan hast, um deinen Vetter zu retten, und dass du für ihn wie für einen Bruder fühlst. Aber ich hasse es, angelogen zu werden. Du hast mir eben die Wahrheit gesagt, aber du hast mir immer noch verschwiegen, dass du nicht wegen einer kranken Tante nach Köln gegangen bist, sondern weil du in ein Kloster eintreten wolltest.«

Maria warf einen fragenden Blick auf Wilem, der sie voller Reue ansah. Wahrscheinlich hatte er dem Truchsess die ganze Wahrheit über sie sagen müssen.

Sie trat einen Schritt nach vorn. »Es tut mir leid, Herr. Aber ich dachte nicht, dass dies für Euch von Belang ist. Deswegen hielt ich es nicht für nötig, Euch das zu sagen.«

Eine Weile standen sie einander wortlos gegenüber. »Du hast mich nicht verstanden, Maria. Ich muss mich auf die Menschen verlassen können, mit denen ich Umgang habe. Niemand darf mich anlügen, und den König schon gar nicht.«

Sie fühlte sich, als würde sich eine Schlinge um ihren Hals zuziehen. Offenbar hatte sie etwas Unverzeihliches getan. Sie musste ihn unbedingt beschwichtigen. »Als ich Euch von mir erzählte, an dem ersten Abend, wusste ich noch nicht, wer Ihr seid.«

»Aber du wusstest es im Heerlager. Du hast mich belogen, obwohl du wusstest, wer ich bin.«

Maria starrte ihn an. Sie verstand seinen plötzlichen Sinneswandel nicht. Wenn er mit Wilem gesprochen hatte, dann hatte er doch schon die ganze Zeit gewusst, dass sie gelogen hatte. Warum warf er ihr das erst jetzt vor? Sie wollte etwas erwidern, aber da fing sie einen warnenden Blick von Wilem auf.

Sie schluckte ihre Antwort hinunter. Er hatte recht, es wäre wohl besser, wenn sie alles zugäbe. Es stimmte ja, sie war mit der Wahrheit sehr großzügig umgegangen, weil sie sich davon einen Vorteil erhofft hatte. Heinrich von Waldburg war ein mächtiger Mann und von gänzlich anderem Schlag als Bela, die ihr sofort verziehen hatte.

»Verzeiht mir«, meinte sie kleinlaut. »Ich werde Euch künftig immer nur die Wahrheit sagen.«

»Was ich hoffen will«, sagte er und nickte. »Dafür verschone ich das Leben deines Vetters. Aber du musst verstehen, dass ich wenig Neigung verspüre, mein Wort zu halten, das ich einer Lügnerin gab. Wilem wird hierbleiben.«

Maria fühlte sich, als würde ein kalter Luftzug sie streifen, und sie schauderte. Hatte sie diesen Mann wirklich zu mögen begonnen? Sie hatte sich geirrt! Sie wollte etwas sagen, doch da spürte sie, wie Wilem ihre Hand sanft drückte.

»Dein Vetter hat sich bereit erklärt, als Soldat in die königlichen Dienste zu treten«, fuhr Heinrich von Waldburg fort. »Ich konnte mich vor einigen Tagen von seinem Kampfeswillen überzeugen, und zwar so, dass ich es als Verschwendung ansehen würde, wenn er weiter Steine schleppen müsste.« Er nickte Wilem zu, und der nickte zurück.

Maria ließ Wilems Hand los. Sie konnte nicht glauben, dass er ohne Not ins staufische Heer wechseln würde, nach dem, was er erlebt haben musste.

Doch Wilem nickte. »Es ist mir eine Ehre!«, sagte er.

»Ich dachte, du kommst mit mir nach Köln zurück«, entgegnete sie mit hoher zittriger Stimme.

»Maria, das habe nicht ich zu entscheiden. Aber ich bin ein *Kämpfer*. Ich kann König Philipp ebenso gut dienen wie Otto.« Er starrte an ihr vorbei auf den Truchsess.

Sie spürte die Enttäuschung aufsteigen, doch dann wurde ihr klar, dass Wilem das sicher nur sagte, weil Heinrich von Waldburg zuhörte. Dennoch sagte sie: »Ich dachte, du hättest genug davon. Hat dir die Schlacht nicht gereicht? Die Verwundeten, die ich sah, als ich in Köln nach dir suchte, ihre Geschichten … Ich hatte solche Angst um dich, als wir hörten, dass die Schlacht verloren war. Ich hab die Torwachen bestochen. Bela und ich sind in die Hospitäler gegangen und haben dich überall gesucht.«

Wilem lächelte freudlos. »Herr von Waldburg hat mir erzählt, dass du im Heerlager warst. Du hattest mir nichts von deinen staufischen Freunden verraten.«

Sie hörte den Vorwurf, der in seiner Stimme mitschwang. »Nein«, bestätigte sie und wandte sich kurz zum Truchsess um, der ihnen immer noch zuhörte. »Ich habe zwar gelogen, aber ich habe auch geschwiegen, weil ich ihnen mein Wort gegeben habe.«

»Was ist, wenn wir bisher auf der falschen Seite gestanden haben?«, brach es aus Wilem heraus. »Wenn Otto … wenn Gott auf der Seite Philipps steht, weil er der wahre König ist?«

Maria konnte kaum glauben, was er sagte. Sie musste ihn allein sprechen. Sie musste wissen, ob er es wahrhaftig so meinte oder nur, weil der Truchsess ihnen zuhörte.

»Nun«, sagte sie steif. »Es ist eine Ehre, dem wahren König zu dienen.«

»Umso besser, wenn das aus echter Überzeugung geschieht und nicht, weil es gerade angebracht erscheint.«

Maria wandte sich um. Heinrich von Waldburg hob seine Mundwinkel zu einem Lächeln an, als er Wilem betrachtete.

Er nahm sie am Arm. »Komm, Maria, ich möchte dir nun die Baustelle zeigen.«

Die sanfte Berührung seiner Hand auf ihrem Arm ließ sie zusammenzucken. Widerspruchslos ließ sie sich von ihm wegführen, zurück zum Pferd, wo der Ritter ihr half, aufzusteigen. Sie nickte Wilem zu, und er lächelte zurück. Dabei sah er fast wieder wie früher aus.

Wenig später erreichten sie den Gipfel des Berges, wo die Arbeiter damit beschäftigt waren, den Bergfried zu errichten. Florentius, der ihnen auf einem Maultier gefolgt war, zog ein paar Schriftrollen aus seinem Beutel und wollte sie dem Truchsess zeigen, doch dieser winkte ab. »Später, Florentius.« Er klopfte dem Baumeister auf die Schulter und beobachtete belustigt, wie Grimold auf einen weit verzweigten Baum kletterte und von oben Stöckchen und Rindenstücke auf die Arbeiter warf.

Ein kühler Wind wehte über den Berggipfel. Maria ließ sich von Heinrich von Waldburg zur höchsten Erhebung hinaufführen, wo der mächtige runde Bergfried halbfertig aufragte. Arbeiter standen auf einem Baugerüst und setzten neue Steine auf die Mauer. Sie musste an Burg Linn denken, und es gab ihr einen Stich ins Herz. Wenn es ihr doch nur gelungen wäre, Wilem zu befreien, dann könnte wenigstens er wieder zu Lioba zurückkehren! Aber das Wichtigste war, dass er noch lebte und dass sie ihn wiedergefunden hatte. Sie nahm sich vor, Lioba sofort nach ihrer Rückkehr eine Nachricht zu schicken.

»Freust du dich, dass dein Vetter wohlauf ist?«

Maria warf einen Blick auf Heinrich, der neben ihr stand und ins Tal der Ahr hinunterblickte. Hinter dem Flusstal dehnte sich weit die sanft bergige Landschaft, über der sich ein tiefblauer Himmel spannte. Sie nickte und sah dorthin, wo der Himmel mit den Bergen verschmolz. Ein kühler Wind wühlte in ihrem Kleid und blies in den dunklen Haaren Heinrichs von Waldburg. Ihr Ärger von vorhin schmolz dahin, und sie fühlte wieder die Freude aufsteigen, die sie auf dem Hinweg schon erfüllt hatte.

»Danke, dass Ihr ihn aus der Sklaverei befreit habt«, sagte sie.

Der Truchsess lächelte. »Ich halte mein Wort. Er muss einen großen Schutzengel haben. Als meine Männer kamen, um nach einem Gefangenen namens Wilem zu fragen, wollten die anderen Gefangenen ihn gerade in den Brunnen werfen. Er hatte einen der Limburger, einen Baum von Kerl, mit einem Fausthieb niedergestreckt.«

»Oh.«

»Er scheint sehr mutig zu sein. Er sagte mir, dass sein Stiefvater ihm das Kämpfen beigebracht hat, Otto von Linn, der mit Kaiser Friedrich im Heiligen Land war. Der König ist einverstanden, wenn ich ihn in seine Dienste nehme. Aber er muss seinen Zorn zügeln. Die Männer werden ihn schon in den Griff bekommen.«

»Das wird er bestimmt«, sagte Maria rasch.

Heinrich von Waldburg nickte, während er abwesend ins Tal hinuntersah. »Er scheint mir ein wahrer Kämpfer zu sein. Nicht so verbohrt, dass er nur für eine Seite kämpfen will. Er ist klug genug, um zu ahnen, dass der Anmaßer niemals König werden wird. Vielleicht will er seine Schlachten in Zukunft unter einem siegreichen Heerführer schlagen.«

»Man kann auch in einer siegreichen Schlacht sterben.«

Heinrich löste seinen Blick aus dem Tal und wandte sich Maria zu. »Ihr Weiber denkt immer nur daran, die sterbliche Hülle zu bewahren«, versetzte er. »Ihr wollt oder könnt nicht verstehen, dass die Seele, das einzig Wichtige, doch zum Herrn kommt.«

Sie erwiderte kühn seinen Blick. »Wir Weiber sind diejenigen, die das Leben unter Schmerzen gebären müssen«, entgegnete sie. »Wir wollen die Kinder, die wir aufgezogen haben und die uns ans Herz gewachsen sind, nicht einfach auf dem Schlachtfeld opfern.«

»Woher wusstest du eigentlich, dass dein Vetter noch lebt?«, fragte er.

Sie zuckte mit den Schultern. Sie konnte ihm schlecht von den Mächten erzählen, die sie damals befragt hatte, ob Wilem noch lebte. »Ich wusste es einfach, vielleicht hat der Allmächtige es mir eingegeben.«

*Schon wieder eine Lüge. Gerade hab ich's geschworen, und nun lüge ich schon wieder.* Sie lächelte ihn an.

»Hast du etwa die Gabe des Hellsehens?«

»Nein. Aber ich ahne manchmal etwas … und manches weiß ich. Ich kann nicht erklären, warum.«

»Ja, Gott hat den Frauen etwas Hellsichtiges gegeben.« Er nickte nachdenklich und nahm wieder ihren Arm. »Komm, ich zeige dir noch einen schönen Ausblick.«

Sie spürte, wie ihr Atem rascher ging und ihr Blut schneller kreiste – ein heller Wirbel zu einem Trommelschlag, der sie umfing –, als Heinrich von Waldburg sie über das Bergplateau führte. Sie gingen an den starken Fundamenten vorbei, die später den Palas tragen würden, wie Heinrich ihr erklärte, und traten an einen Holzzaun, der das Gelände sicherte. Von hier aus sahen sie weit über das Land mit seinen bewaldeten Bergen und den hellen Flecken der Felder dazwischen. Am Fuße des Berges lagen die winzigen Häuser eines Dorfes wie zufällig hingeworfene Spielwürfel eines Riesen.

»Der König hat diesen Berg für seine Burg Landskron gut ausgewählt«, erklärte Heinrich. »Siehst du, dort hinten liegt der Rhein.« Er deutete auf eine Stelle in der Ferne, wo das Land mit dem Himmel verschmolz und der Fluss bestenfalls erahnt werden konnte. »Dort führt der Krönungsweg entlang, den die Könige reiten, wenn sie von ihrer Wahl in Frankfurt nach Aachen zur Krönung ziehen.«

Er deutete in die Richtung eines bewaldeten Berges. »Falls Köln nicht einlenkt, wird diese Burg ein wichtiges Bollwerk gegen die Stadt sein, ein Zeichen, dass König Philipp nicht bereit ist, nachzugeben.«

»Dietrich von der Ehrenpforte und Richolf Parfuse sind kluge Männer«, meinte Maria. »Ich glaube, dass sie den Rat überzeugen werden.«

»*Weißt* du das auch?«

»Ihr meint, so wie ich wusste, dass Wilem noch lebt?«

Heinrich nickte. Er sah aus, als würde er es wirklich ernst meinen.

»Ich denke, ja.« Sie glaubte fest daran, vielleicht, weil sie es glauben wollte. Aber sie nahm sich insgeheim vor, die Mächte auch danach zu fragen. Sie fühlte sich auf einmal so glücklich, dass sie ihn hätte umarmen können. Wilem lebte, Heinrich von Waldburg nahm ihn sogar in seine Dienste, und sie stand hier mit ihm auf dem Burgberg. Seit dem Tod von Relindis hatte sie nicht mehr so eine Freude verspürt.

»Ich … es ist wunderbar hier oben, Herr«, sagte sie. »Die Weite … man fühlt sich frei wie ein Vogel in der Höhe.«

»Wie ein Adler«, ergänzte er und lächelte. Er betrachtete sie mit einem Blick, den sie nicht deuten konnte. »Du kannst deinen Vetter besuchen«, fuhr er fort. »Wenn die Kölner Gesandtschaft kommt, solltest du mitreisen.«

»Ich …« Ihr Herz machte einen freudigen Sprung. Hatte sie richtig gehört – lag da wirklich Hoffnung in seiner Stimme? Oder sogar so etwas wie eine Aufforderung? Er forderte sie auf, die Gesandtschaft zu begleiten! Er wollte sie wiedersehen! Ihr Atem ging rascher. »Sie … sie werden mich nicht mitnehmen«, wandte sie ein. »Wozu brauchen sie mich jetzt noch?«

»Sie brauchen dich, glaube mir. Der König hat gestern gesagt, dass er dich für eine Glücksbringerin hält, eine Art gutes Zeichen. Maria, geboren am Tag der Himmelskönigin. Du bist das lebende Schutzzeichen für unsere Friedensverhandlungen.«

Er lächelte, und sie schluckte mühsam gegen die Trockenheit in ihrem Mund an. »Aber er hat mich nicht empfangen.«

»Beim nächsten Mal wird er das bestimmt tun«, versicherte Heinrich von Waldburg, und er sagte es so überzeugend, dass sie keinen Grund mehr hatte, daran zu zweifeln.

# Kapitel 15

Am nächsten Tag ließ der Truchsess Maria von zwei Berittenen zurück nach Köln bringen. Wie schon beim letzten Mal setzten die Männer sie in sicherer Entfernung vor der Stadt ab und ritten dann zurück. Maria hatte das Glück, von einem Bauern, der zum Markt wollte, auf seinem Eselskarren mitgenommen zu werden. Nach dem Abzug der staufischen Truppen wagten sich Bauern und Kaufleute, die von weiter her kamen, wieder nach Köln, und sie wurden auch sehnsüchtig erwartet. Für ihren gefährlichen Weg wurden sie reichlich belohnt, denn sie konnten, da der Rhein von Philipps Truppen abgeriegelt war und Köln von Schiffen nicht angefahren werden konnte, ihre Waren auf den Märkten für das Mehrfache des normalen Preises verkaufen. Die meisten Bauern waren auch wieder in ihre Dörfer zurückgekehrt. Aber manch einer, der sein Dorf verbrannt vorgefunden hatte, hatte sich zu Verwandten flüchten müssen oder war wieder zurückgekommen, wie der Bauer Maria erzählte.

Sie wurde im Haus von der Ehrenpforte herzlich empfangen. Hadewigis war wie ausgewechselt, ließ Lutgard für ihren Empfang sogar einen Honigkuchen backen und freute sich offensichtlich zu hören, dass Wilem noch lebte und ins staufische Gefolge gekommen war. Ihr Vetter sei äußerst zufrieden zurückgekehrt, sagte sie und versicherte Maria, dass sie in ihrem Hause als Magd nun unentbehrlich sei. Udilhildis von der Ehrenpforte würde im Übrigen gern noch mehr von Marias Salbe haben wollen, setzte sie stolz hinzu, und Frau Parfuse würde diese gern einmal ausprobieren.

Zufrieden setzte sie sich, nachdem sie den Kuchen verzehrt hatten, in der Kemenate ans nun wieder geöffnete Fenster und blickte hinaus auf die sonnenbeschienene Straße. Sie erlaubte Bela und Maria sogar einen Spaziergang.

»Sie sitzt am liebsten dort«, erklärte Bela, nachdem Maria und sie das Haus verlassen hatten. »Sie geht nicht in den Garten, sie bleibt vorne und schaut hinaus. Ich glaube, das hat ihr sehr gefehlt.«

»Sie kann wieder besser sprechen«, meinte Maria. »Außerdem sieht sie besser aus.«

»Ja, die Pusteln sind abgeheilt, ohne Spuren zu hinterlassen«, bestätigte Bela. »Es ist eine Wundersalbe, die du mitgebracht hast. Du musst unbedingt mehr davon machen.«

»Um dann wieder beim Kräutersammeln vom König überrascht zu werden«, lächelte Maria.

Bela lächelte zurück. Auch sie sah wieder besser aus als noch vor einigen Tagen. Ihr Gesicht war nicht mehr ganz so spitz, und auf ihren Wangen lag ein feiner rötlicher Schimmer. »Ich freue mich so für dich, dass Wilem noch am Leben ist!«, sagte sie. »Was für ein Glück! Es war sehr großzügig von dem Truchsess, ihn in die königlichen Dienste zu nehmen. Was für eine große Ehre!«

»Ja.« Maria blickte versonnen auf die Felder, die sich vor dem Kloster St. Gereon erstreckten. Sie musste an ihr Gespräch mit Heinrich von Waldburg zurückdenken. Sie hatte Bela von ihrem vertraulichen Gespräch mit ihm auf Burg Landskron erzählt. »Wenn ich nur wüsste, ob Wilem wirklich bei den Staufern bleiben will oder ob er es nur gesagt hat, weil der Truchsess dabei war. Ich konnte nicht allein mit ihm reden.«

»Wichtig ist, dass er lebt und nicht mehr als Gefangener schuften muss.«

Maria nickte. »Natürlich ist es im Gefolge des Königs besser für ihn! Aber es ist nur eine Frage der Zeit, wann König Philipp in die nächste Schlacht zieht.« Ihre Miene verdüsterte sich.

»Daran darfst du nicht denken, so machst du dir nur das Herz schwer«, riet Bela. »Freu dich, dass es nun eine Hoffnung auf Frieden zwischen Köln und König Philipp gibt!«

»Glaubst du, dass es unserem Herrn und Parfuse gelingt, die hohen Herren der Stadt zu überzeugen, eine Gesandtschaft zum König zu schicken?«

»Ganz sicher.« Bela nickte. »Volmar meint auch, dass die welfischen Anhänger immer kleinlauter werden. Die meisten Bürger wollen längst den Frieden. Seit der Wassenberger Schlacht glauben sie nicht mehr an einen Sieg Ottos.«

»Volmar? Du triffst dich mit ihm?«

Bela nickte mit leuchtenden Augen. »Verrat's aber keinem, ja? Die Herrin darf's auf keinen Fall erfahren, sonst ist der Teufel los.«

»Wie war das noch? Sie wollen dich auf ihrem Lager, aber nicht als Eheweib an ihrer Seite. Waren das nicht deine Worte?«

Bela warf ihr einen ernsten Blick zu. »Ich weiß, dass ich das gesagt hab. Aber genau dasselbe könnte ich dir auch sagen, was Heinrich von Waldburg betrifft. Für ihn gilt das noch viel mehr als für Volmar, der ja nur ein Münzer ist.«

Maria wich ihrem Blick aus. »Wie kommst du darauf, dass dieser Mann mir seine Gunst schenken könnte? Er ist ein mächtiger Mann, und ich bin nur eine Magd.«

»Auch ein mächtiger Mann ist nur ein Mann und empfänglich für die Reize von Frauen. Sieh dich doch an, Maria. Er hätte dich nicht empfangen und auf Burg Landskron so lange mit dir gesprochen, wenn du hässlich wärst.«

»Nein.« Maria richtete sich auf und bemerkte Belas vielsagendes Lächeln. Konnte es sein, dass die andere wusste, dass sie mehr für Heinrich von Waldburg empfand, als angebracht war?

Aber nein, sie hatte ihr nichts verraten, nicht mal die leiseste Andeutung gemacht. Sie beschloss, nicht auf Belas Bemerkung einzugehen, und erwiderte nichts. Vor ihnen ragte schon das Kloster St. Gereon auf, daneben die kleine Pfarrkirche St. Christoph.

»Übrigens sagte Volmar, dass Alexander nach dir gefragt hat«, fuhr Bela fort. »Er würde sich freuen, wenn du ihn einmal besuchst.«

»Ich werde ihn nicht besuchen«, erwiderte Maria.

»Nein? Aber er ist Witwer! Er hat zwar Kinder, aber die werden von der Kinderfrau erzogen. Außerdem soll er recht viel Geld mit seinem Weinhandel verdienen. Ich würde es mir noch mal über…«

Maria wandte sich um, als sie ein Geräusch hinter sich hörte. Sie erschrak, als sie eine schmale Gestalt in einer schwarzen Kutte auf dem Weg hinter ihnen erblickte.

Iliana von Hohenstein lächelte freundlich. »Maria! Ich freue mich, dich nach so langer Zeit wiederzusehen.«

Maria starrte die Schwester mit großen Augen an. Sie hatte sie nicht herankommen hört. Iliana schien eine Meisterin darin zu sein, sich unauffällig anzuschleichen. Wie lange war sie ihnen wohl schon gefolgt?

Hastig zwang sie sich zu einem Lächeln. »Liebe Schwester, wie schön, Euch zu sehen! Bela, macht es dir etwas aus, allein zurückzugehen? Ich muss mit meiner alten Freundin reden und fragen, wie es ihr geht.«

Bela sah überrascht von einer zur anderen, und Maria nickte ihr freundlich zu. Rasch nahm sie Iliana am Arm und führte sie in den Kirchhof. Nachdem sie sich davon überzeugt hatte, dass

Bela weggegangen war, fuhr sie sie an: »Was fällt Euch ein, mich zu verfolgen?«

Sofort brach es aus Iliana heraus, wie sehr sie sich um Maria gesorgt hätte und wie froh sie wäre, sie wiederzusehen. »Ich habe in den letzten Tagen schon ein paar Mal versucht, dich zu finden«, sagte sie. »Aber du gingst nie aus dem Haus.«

Maria starrte sie wütend an. Die Schwester sah noch schmaler aus als sonst. Die helle Haut ihres schönen Gesichtes schimmerte in der Sommersonne fast durchscheinend. *Sie hat wenig gegessen*, dachte sie, und widerwillig verspürte sie Mitgefühl für die andere, deren Mahlzeiten im Kloster sicher viel mehr eingeschränkt worden waren als im Haus zur Ehrenpforte. »Ihr habt kein Recht, mich heimlich zu verfolgen, auch wenn Ihr eine Schwester seid«, versetzte sie schroff. Sie dachte an ihr Gespräch mit Bela und begann zu schwitzen bei dem Gedanken, was Iliana alles mitgehört haben könnte.

»Was habt Ihr gehört?«, fragte sie.

»Etwas.« Iliana lächelte schwach. »Ich konnte es gar nicht verhindern. Ich war auf dem Weg zu dir, weil ich mir Sorgen machte … Du kannst mir ruhig alles erzählen. Du weißt doch, dass wir Schwestern ehrlich zueinander sein sollten. Wir müssen uns immer helfen. Du hast uns doch schon vor den Staufern gewarnt, damit hast du uns Schwestern einen großen Dienst erwiesen!« Sie presste Marias warme Hände mit ihren kalten. »So sollte es immer sein. Du kannst zu mir ebenso vertrauensvoll sprechen wie zu dem Mädchen – wie hieß sie noch gleich?«

»Bela. Sie ist auch Magd bei Hadewigis von der Ehrenpforte.«

»Du scheinst ihr sehr zu vertrauen. Ich hoffe, du hast ihr nichts von uns erzählt?«

»Nein«, versicherte Maria ihr rasch. Ihre Wut kühlte sich ein wenig ab, während sie langsam über den Kirchhof schritten. Sie betrachtete Iliana heimlich von der Seite, sah ihr ebenmäßiges Profil unter dem Schleier, die bleiche Haut, das schöne

Gesicht mit den schmalen Wangen. Sie war eine der Schwestern, das hatte sie ihr bewiesen. Niemand hatte so viel über Relindis gewusst wie sie. Aber Maria wusste so gut wie nichts über Iliana, geschweige denn über die anderen Schwestern.

»Ich möchte die Schwestern kennenlernen«, forderte sie. »Nehmt mich mit zu ihnen.«

»Du weißt, dass das nicht geht«, erwiderte Iliana. »*Wir* prüfen dich, bevor wir dich in unseren Kreis aufnehmen, aber wir können das nicht umkehren. Deshalb ist es für dich umso wichtiger, dass du dich uns gegenüber als vertrauenswürdig erweist.«

In Marias Kopf wirbelten die Gedanken. Die Schwestern prüften sie also heimlich, und von ihrem Wohlverhalten und von Ilianas Urteil hing es ab, ob sie bei ihnen aufgenommen werden würde oder nicht. Sicher hatte Iliana schon zu viel mitgehört, als dass sie sie noch glaubhaft belügen könnte. Aber konnte sie ihr anvertrauen, dass es bald geheime Friedensverhandlungen zwischen den Kölnern und König Philipp gäbe?

Maria hielt inne und sah in die Baumkrone hinauf, wo eine Krähe laut krächzte. Ein Zeichen des Unheils! Rasch malte sie im Geiste ein mächtiges Schutzzeichen aus Feuer über sich in den Himmel.

»Wenn du dich bewährst, wirst du zu uns kommen«, versprach Iliana. »Bis dahin wirst du nur mich kennen und mir vertrauen müssen. Deshalb wäre es besser, du sagst mir, was du weißt. Du warst noch einmal bei den Staufern, nicht? Bei Heinrich von Waldburg auf Burg Landskron.«

Maria zögerte, während sie hörte, wie die Krähe sich aus den Ästen des Baumes erhob und davonflog. Ihr mächtiges Schutzzeichen verblasste allmählich. Sie dachte an das Versprechen, das sie Heinrich von Waldburg gegeben hatte, nichts über die geheimen Friedensverhandlungen zu erzählen.

»Also gut«, sagte sie und fuhr sich mit der Zunge über ihre trockenen Lippen. »Ich war noch einmal bei den Staufern.«

Dann erzählte sie Iliana von Wilem und wie sie sich nach der Schlacht von Wassenberg ins staufische Heerlager geschlichen hatte, um ihn zu finden. Sie erzählte ihr von dem Gespräch mit Heinrich von Waldburg und dass er ihr versprochen hätte, Wilem aus der Gefangenschaft zu entlassen, weil sie dem König das Leben gerettet hätte. Obwohl es sehr riskant war, weil sie nicht wusste, wie viel Iliana erlauscht hatte, log sie weiter und erzählte, dass die Staufer sie dann nach Sinzig zu Burg Landskron mitgenommen hätten, wo sie Wilem wiedergesehen hätte. »Von Waldburg hat dafür gesorgt, dass er ins königliche Heer kommt«, schloss sie. »Er wollte ihn behalten, weil er ein guter Soldat ist.«

Iliana von Hohenstein blieb stehen, nachdem sie geendet hatte. »Unglaublich«, sagte sie. »Du hattest mir nie etwas von deinem Bruder erzählt.«

»Nein«, bestätigte Maria. »Ich bin froh, dass er noch lebt. Es scheint ihm auch nichts auszumachen, dass er nun im staufischen Gefolge ist. Vielleicht kann ich ihn am Hof einmal wieder besuchen.«

Iliana nickte. »Das ist eine große Gunst. Was für ein Glück, dass du dem König das Leben gerettet hast! Mir scheint, der Allmächtige hatte dabei seine Hand im Spiel.« Sie schwieg eine Weile nachdenklich.

Maria warf ihr einen raschen Blick zu. Ob Iliana ihr glaubte? Aber die Miene der Schwester verriet nichts. *Wahrscheinlich hat sie nur das Ende meines Gesprächs mit Bela mit angehört*, dachte Maria und atmete erleichtert auf. »Ich hoffe, den Schwestern nun einen guten Dienst erwiesen zu haben«, sagte sie förmlich.

»Gewiss.« Iliana drückte ihr wieder die Hände. »Dein Mut wird ihnen sehr gefallen, da kannst du dir sicher sein. Wir alle beten jeden Tag, dass die Rheinsperre bald aufgehoben wird. In unserem Kloster sind die Vorräte knapp geworden, weil wir mit den Armen geteilt haben. Der Stauferkönig will uns dieses Jahr wohl durch den Hunger besiegen.« Sie seufzte tief.

Maria biss sich auf die Lippen, damit ihr nicht doch noch etwas von den geheimen Friedensverhandlungen herausrutschte. Iliana wusste bereits genug.

»Danke, dass du mir alles anvertraut hast«, sagte Iliana. »Leider muss ich nun zurück, es läutet gleich zur Sext. Aber ich werde dich bald wiedertreffen.« Sie legte Maria eine Hand auf die Schulter. »Friede sei mit dir.«

Maria nickte erleichtert. Sie begleitete Iliana über den Kirchhof und verabschiedete sich in aller Höflichkeit von ihr. Kaum war die Nonne hinter der Mauer des Kirchhofs verschwunden, beschloss sie wieder, ihr zu folgen. Sie lief in einiger Entfernung über die Gereonstraße hinter ihr her, doch dann schlug Iliana einen anderen Weg ein. Sie ging am Dominikanerkloster vorbei, durchquerte die alte, innere Stadtmauer durch eine Pforte und folgte der Steinstraße weiter am Dom und am erzbischöflichen Palast vorbei nach Süden. In dem Gewühl auf der alten Steinstraße verlor Maria sie leider und fand sie nicht mehr wieder. Enttäuscht machte sie sich auf den Heimweg, aber sie war stolz, dass sie ihr nichts von den Friedensverhandlungen verraten hatte, die nun vielleicht kommen würden. Sie zermarterte sich den Kopf darüber, wer die anderen Schwestern wohl sein könnten, die sie nun heimlich prüften. Sie ging alle Frauen durch, die sie kannte, aber keine kam ihrer Meinung nach infrage. Seufzend lief sie zurück zum Haus von der Ehrenpforte und erzählte der immer noch überraschten Bela, sie habe Iliana auf dem Markt kennengelernt, als sie eine ihrer Heilsalben an sie verkauft hätte. Nun habe Iliana ihr unbedingt von ihrem Heilungserfolg erzählen wollen.

\* \* \*

Ein paar Tage später musste Maria wieder einen Botengang für Lutgard erledigen. Nachdem sie damit fertig war, ließ sie sich Zeit mit der Rückkehr. Die Sonne schien warm auf sie herab, und sie verspürte keine Lust, ins Haus von der Ehrenpforte zurückzukehren, wo sie doch nur wieder irgendwelche stumpfsinnigen Arbeiten erledigen müsste. Neugierig lenkte sie ihre Schritte zur Goldgasse. Bela hatte in den letzten Tagen noch einmal erwähnt, wie sehr sich Alexander über ihren Besuch freuen würde. Die Gasse lag zwischen Markt und Hafen und trug ihren Namen daher, dass mehrere Goldschmiede in ihr wohnten, wie ihr ein Mann, den sie nach dem Haus des Weinhändlers fragte, bereitwillig erzählte. Es war nicht die schlechteste Gegend gleich neben der Rheingasse, und Alexanders Haus schien ein größeres Anwesen zu sein. Aber man sah nicht viel mehr als eine hohe Mauer, hinter der ein offensichtlich neu eingedecktes Schindeldach aufragte.

Beeindruckt betrachtete Maria das Anwesen, mit dessen Besitzer sie sich über Zähne unterhalten hatte. Sie musste lächeln. *Vielleicht,* dachte sie, *sollte ich ihm doch einen Besuch abstatten. Wo ich doch gerade hier bin.*

Aber dann fiel ihr ein, dass es mittags wäre und unhöflich, wenn sie ihm ausgerechnet zum Mittagsmahl einen unangemeldeten Besuch abstatten würde. Es wäre sicher besser, wenn sie ein andermal wiederkäme. Sie wandte sich zum Gehen, als sich das Tor in der Mauer einen Spalt öffnete und eine Magd herauskam. Sie trug einen Korb bei sich, als wollte sie gerade zum Markt.

Maria fasste sich ein Herz und ging zu ihr. »Gott zum Gruße, gute Frau! Ist der Alexander von der Goldgasse vielleicht zu Hause? Ich bin Maria, und ich soll ihm einen Sud bringen.« Sie klopfte auf ihren Beutel.

Die Magd sah sie an, als hätte sie sie gerade zu einem Festessen mit gegrillten Fliegen eingeladen. Sie musterte Maria rasch von oben bis unten. »Der Hausherr ist nicht zu sprechen«, sagte sie kurz und wandte sich ab.

»Dann richte ihm doch bitte einen schönen Gruß von Maria aus, und wenn er das Mittel braucht, kann er nach mir schicken lassen. St. Christoph, Haus von der Ehrenpforte.« Sie schenkte der Magd ein gewinnendes Lächeln.

Die Magd zögerte. »Kennst du dich mit Kräutern aus?«, fragte sie.

Maria nickte. »Sehr gut sogar. Hab alles von einer Dorfheilerin gelernt.«

»Hm.« Die Frau runzelte nachdenklich die Stirn. Sie schien eine Weile unschlüssig zu sein, dann sagte sie: »Vielleicht hat der Hausherr ja doch Zeit. Komm mit.«

Sie sperrte das Tor wieder auf und führte Maria über einen sonnenbeschienenen Innenhof zum Wohnhaus. In einem offenen Stall sah Maria ein paar Pferde, daneben gab es ein weiteres Tor, das wohl zu einer Scheune oder einem Lagerhaus führte. Die Magd führte Maria in ein kühles, kleines Kontor, in dem es nach Holz und Kerzenwachs roch. Sie hieß sie zu warten und verschwand.

Maria musterte den schlichten Tisch aus dunklem Holz, den kantigen Stuhl dahinter. Auf dem Tisch war nichts als eine halb heruntergebrannte Kerze in einem zinnernen Ständer. Hinter dem Platz des Hausherrn hing ein gestickter Wandbehang aus verblichenen Farben. Die Fensterläden standen weit offen und ließen frische Luft und den Geruch nach Pferden herein.

Es dauerte nicht lange, bis Alexander erschien. Er freute sich offensichtlich, sie zu sehen, bot ihr einen Platz auf einem der Schemel vor dem Tisch an und ließ sich auf seinen kantigen Stuhl sinken. Die Magd brachte ihnen mit Wasser vermischten hellen Rheinwein.

»Entschuldigt, dass ich hier einfach so hereinplatze«, sagte Maria, die sich auf einmal sehr dumm vorkam, aus reiner

Neugierde unter einem Vorwand vorbeigekommen zu sein. »Ihr habt sicher wichtiges Tagwerk zu erledigen, ich möchte Euch nicht davon abhalten.«

»Warum bist du hier?«, fragte Alexander. Er trug ein langes graues Gewand. Die Sonne, die durch das Fenster hereinfiel, schien ihm ins Gesicht und beleuchtete für einen Augenblick die Blässe darin, ehe er sich zurücklehnte.

»Ich hoffe, es geht Euch gut?«, fragte sie.

Er machte eine wegwerfende Handbewegung. »Was soll ich sagen? Zwei Monate Krieg, die Kinder krank und nun auch noch die Rheinsperrung. Die Schiffe mit meinem Wein kommen nicht mehr durch und mein Geschäft liegt brach.«

»Das tut mir ... sehr leid. Ihr hattet mir über Bela ausrichten lassen, dass Ihr meinen Besuch wünschtet. Aber ich sehe schon, es ist nicht die richtige Stunde.«

»Nein, gewiss nicht.« Er schüttelte den Kopf, aber er musste dennoch lächeln. »Du kannst mir vielleicht trotzdem helfen. Meine Kinder – sie haben beide Fieber. Ich fürchte, es ist das Sommerfieber, das gerade in der Stadt umgeht. Es trifft besonders Alte und Kinder.«

Er erhob sich und sah Maria so kummervoll an, dass es ihr leidtat.

Sie erhob sich ebenfalls. »Ich will sehen, was ich tun kann.«

Rasch leerte sie ihren Becher und folgte ihm in eine Kammer ins obere Stockwerk. Eine junge Magd erhob sich, als der Hausherr den Raum betrat. »Wie geht es ihnen?« Er warf besorgte Blicke auf die beiden Kinder, die in schlichten Holzpritschen lagen – ein etwa fünfjähriger Junge und ein Mädchen von vielleicht acht Wintern.

»Das Fieber ist bei beiden gestiegen«, flüsterte die Magd.

Alexander trat an das Bett des Jungen, der mit schweißnassem Haar und flammend roten Wangen unter seiner Wolldecke lag. Er jammerte ein paar unverständliche Sätze. Alexander drückte seine kleine Hand. »Du musst tapfer sein, kleiner Bruno! Gleich kommt der *physicus*.«

»Nein, nein!« Das Gesicht des Jungen verzerrte sich vor Angst.

»Er hat die Kinder gestern zur Ader gelassen, aber es hat leider noch nicht geholfen«, meinte Alexander leise an Maria gewandt.

Maria trat an das Bett des Jungen, fühlte seine Stirn. Sie war heiß wie Sand in der Sonne. Sie ging zum Bett des Mädchens und tat dasselbe. Auch das Mädchen fieberte, aber nicht so stark wie der Junge. Ihr spitzes Gesichtchen unter dem Kopftuch blickte Maria tapfer entgegen. Ihr langer geflochtener Haarzopf reichte bis auf die Wolldecke zu ihren dünnen Armen. Sie hielt die Hände gefaltet, als würde sie beten. Maria lächelte ihr aufmunternd zu.

»Das ist Maria«, sagte Alexander. »Sie wird euch ein paar starke Tränke machen, die euch schnell wieder gesund werden lassen. Nicht wahr, Maria, du wirst uns doch helfen?«

Es klang so hilflos, dass Maria nicht anders konnte, als einzuwilligen. Aber im Grunde war es keine dankbare Aufgabe, fiebernden Kindern zu helfen. Vielleicht wären es andere, weitaus gefährlichere Fieberdämonen als die üblichen, die die Kinder heimsuchten, und dann würden die beiden womöglich sterben. Gerade der Junge schien ihr sehr krank zu sein, und es waren oft die kleinen und schwächlichen Kinder, die den Kampf verloren. Wäre sie doch nur nicht vorbeigekommen! Aber das hatte sie nun von ihrer törichten Neugier.

Sie unterdrückte ein Seufzen. »Haben die Kinder wegen der Blockade hungern müssen?«, erkundigte sie sich leise bei Alexander.

Er schüttelte den Kopf. »Gott sei Dank reichen unsere Vorräte immer noch«, gab er mit rauer Stimme zurück. »Tryngen ist von Natur aus so dünn, ich war es als Junge auch.«

Maria warf einen Blick auf das Mädchen, das ihr ein schwaches Lächeln zuwarf. »Hast du Halsweh?«, fragte sie, und Tryngen nickte.

»Dein Bruder auch?«

Das Mädchen nickte wieder.

Maria wandte sich an den Hausherrn. »Wie ich gesehen habe, habt Ihr Euer Haus nicht mit geweihten Sträußen geschützt«, stellte sie fest. So hatten die Fieberdämonen leichtes Spiel, ins Haus einzudringen, setzte sie in Gedanken dazu.

»Vielleicht ist das bei euch auf dem Land so Sitte, aber ich halte nicht viel davon«, erwiderte er. »Ich denke, dass unsere Gebete zum Allmächtigen helfen werden.«

»Sicher werden sie das«, meinte Maria, die gesehen hatte, dass es auch hier in Köln viele Häuser mit schützenden Kräuterbündeln über Toren und Türen gab, aber das sagte sie dem Hausherrn nicht. Er wollte auch nichts von Räucherwerk wissen, deshalb musste sie sich darauf beschränken, die Kinder allein durch die Kraft der Kräuter zu stärken, die sie ihnen gab.

Sie lief zum Haus von der Ehrenpforte, schilderte Hadewigis, was geschehen war, und bat sie um Erlaubnis, Alexanders Kindern helfen zu dürfen, was die Herrin ihr gestattete. Dann packte sie alles ein, was sie brauchte – ihr Heilwasser, frischen Salbei, Kamille und Lattichwurzeln, die sie vor einiger Zeit bei einem Herbator erstanden hatte, außerdem den Krug mit dem Wasser, das sie zu St. Johanni aus dem Brunnen geschöpft hatte. Schließlich eilte sie wieder in Alexanders Haus zurück. Mithilfe von Uda, der Kinderfrau, und der jungen Magd bereitete sie Kräutertränke und Umschläge und brachte sie den Kindern.

Doch die waren in keiner guten Verfassung. Der *physicus* war inzwischen bei ihnen gewesen und hatte sie zur Ader gelassen, und die Kinder lagen ermattet in ihren Betten. Maria und Uda flößten ihnen die Kräutertränke ein, so gut es ging, und Maria tränkte saubere Leinentücher mit ihrem Heilwasser und legte sie auf die heißen Stirnen der Kranken. Dann beteten sie alle zusammen zu Gott und zur heiligen Radegund und flehten sie um Hilfe an.

Aber das Fieber sank nicht. Als Uda einmal hinausging, malte Maria Schutzzeichen über die Betten der Kinder und murmelte Beschwörungen gegen die Dämonen. Aber das reichte natürlich nicht, sie zu bannen. Dazu würde sie die ganze Nacht brauchen, möglichst ungestört, aber wie es aussah, würde Uda die Nacht über hierbleiben. Sie seufzte tief. Was würde es nutzen, nur mit der Hälfte ihrer Waffen gegen die mächtigen Kräfte zu kämpfen? Sie erwog noch einen Versuch, Alexander umzustimmen, ließ es aber dann.

Die kundigen Frauen sind nicht überall gern gesehen, hatte Relindis sie stets gewarnt. Man musste vorsichtig sein, hier in der Stadt sicher besonders.

»Bist du eine Magd?«, fragte Tryngen und musterte Maria mit großen Augen. Sie hatte helles Haar, genau wie ihr Bruder, das sicher im Laufe der Jahre nachdunkeln würde wie das ihres Vaters.

»Ja, bin ich«, bestätigte Maria. »Aber ich bin auch eine Kräuterfrau. Soll ich dir die Geschichte erzählen?«

»Ja!« Tryngens spitzes Gesichtchen hellte sich auf.

Maria erinnerte sich an viele Geschichten, die Relindis ihr erzählt hatte, wenn sie Fieber hatte, und sie besann sich und begann mit jener, bei der ein Mädchen von einer bösen Fee so klein gezaubert wird, dass sie in einem Blütenkelch schlafen kann. Sie wusste, dass die Krankheit davon nicht verschwinden würde, aber sie erinnerte sich nur zu gut daran, wie gut es ihr als Kind immer getan hatte, Geschichten zu hören, wenn sie krank war.

Auch die Kinder hörten gerne zu, aber als sie geendet hatte, waren Uda und Tryngen eingeschlafen.

Sie nahm ihre heimlichen Beschwörungen gegen die Dämonen wieder auf, aber nach einer Weile wurde sie durch das gleichförmige Gemurmel der immer gleichen Sätze müde. Ihre Lider wurden immer schwerer, und in der Kammer wurden die Schatten länger. Durch die schmale Fensterluke kam kühlere Luft herein.

Der Junge warf sich unruhig im Bett hin und her, schob seine Decke weg und murmelte unverständliche Worte. Maria schreckte auf und fühlte seine Stirn – sie war heiß wie glühende Kohlen. Sie sprach beruhigend auf Bruno ein, gab ihm von dem Lattichwurzelaufguss, aber er trank so gut wie nichts. Er begann zu jammern und zu weinen. Uda erwachte und beugte sich besorgt über den Jungen.

»Heilige Jungfrau Maria, hilf ihm!«, rief sie und rang die Hände. »Ich hole den Hausherrn!«

Sie wandte sich zum Gehen, aber Maria hielt sie fest. »Lass ihn schlafen, er kann uns jetzt nicht helfen. Bring mir lieber ein paar saubere Leinentücher.«

Die Kinderfrau sah sie verdutzt an, dann nickte sie und eilte fort.

Wenig später kam sie mit einem Stapel Tücher und einer brennenden Kerze zurück. Sie stellte die Kerze auf ein kleines Tischchen zwischen die Betten der Kinder. Brunos Wangen glühten rot, sein Haar klebte an seiner Stirn. Er wimmerte.

Tryngen erwachte und begann zu weinen, als sie ihren Bruder so sah. Während Uda sie tröstete, tauchte Maria zwei der Tücher in ihren Krug, in dem das Wasser von St. Johanni schwamm. Vorsichtig drückte sie sie aus, dann schlug sie die Decke des Jungen beiseite und wickelte die nassen Tücher um seine Waden.

Wenn die Fieberdämonen den Leib mit Feuer verbrennen, muss man das Feuer mit Wasser löschen, hatte Relindis ihr beigebracht. So hatte sie es immer getan, und meistens hatte es geholfen. Manchmal aber auch nicht.

Maria tauchte ein weiteres Tuch ins Wasser und legte es Bruno auf die heiße Stirn. Dann tat sie dasselbe mit Tryngen.

Uda sah ihr verwundert zu. Als beide Kinder versorgt waren, ließen sich die beiden Frauen auf die Knie nieder und beteten wieder für deren Leben.

Maria musste noch ein paar Mal die Tücher erneuern, bis die Hitze in Brunos kleinem Körper im Morgengrauen endlich sank und er in einen ruhigeren Schlaf fiel. Seine Schwester schlief ebenfalls, und so gestatteten sich auch die Frauen zu schlafen.

Am nächsten Morgen bereiteten sie neue Kräutertränke, und Alexander kam in die Küche und erkundigte sich nach seinen Kindern. Er trug ein blassgrünes Ausgehgewand und dazu eine passende Kappe, als wollte er gleich das Haus verlassen. Er sah bleich und übernächtigt aus.

»Sie schlafen, Herr«, berichtete Uda. »Es geht ihnen besser, das Fieber ist gesunken.«

Alexanders Miene hellte sich auf. »Das ist … wunderbar!« Er presste Uda und Maria die Hände. »Wunderbar!«

»Der Herr ist gnädig und milde«, sagte Uda.

Alexander strahlte. »Kannst du noch bleiben?«, fragte er Maria.

Maria nickte. Sie war unendlich müde, aber sie freute sich auch mit ihm. »Ich habe die Erlaubnis meiner Herrin, so lange zu bleiben, wie es notwendig ist. Heute Abend wird das Fieber wieder steigen, aber wir werden den Kampf nicht aufgeben. Ich glaube, sie werden es schaffen, Herr.«

Alexander nickte und bekreuzigte sich. »Dann werden wir wohl den *physicus* nicht mehr brauchen.«

»Nein, gewiss nicht«, sagte Maria.

Zwei Tage später waren die Kinder wieder so weit genesen, dass Maria sie in Udas Obhut zurücklassen konnte. Sie ließ Uda ihre Kräuter und ein wenig vom Heilwasser da und gab ihr Anweisungen, wie sie sie anwenden sollte. Alexander bezahlte sie großzügig, als sie sich am Morgen in seinem Kontor von ihm verabschiedete, und sie ließ die Münzen dankbar in ihren Beutel gleiten.

»Du kommst doch nach ihnen sehen?«, fragte er hoffnungsvoll.

»Aber natürlich«, versprach sie. »Ihr habt sehr wohlerzogene Kinder.« Sie dachte nicht ohne Bewunderung an die stille Zähigkeit zurück, mit der die kleine Tryngen ihre Krankheit ertragen hatte, und an die Wissbegierde des Mädchens. Der Junge konnte ihre Geschichten noch nicht wirklich verstehen, aber auch er hatte andächtig zugehört.

»Ihre Mutter hat sie gut erzogen«, meinte er, und ein schmerzlicher Ausdruck huschte über seine Miene. »Leider war es ihr nur bis zum letzten Winter vergönnt. Gott sei ihrer Seele gnädig.«

Sie schwiegen beide eine Weile, dann sagte er: »Schade, dass der Anlass unseres Wiedersehens so traurig war. Andererseits bin ich froh, dass du vorbeigekommen bist. Es war gerade zur richtigen Stunde gewesen, als hättest du es gewusst, ein Glücksfall für meine Kinder.«

»Es muss eine Fügung Gottes gewesen sein.«

»Du siehst nicht nur aus wie ein Engel, du bist auch einer«, sagte er lächelnd.

»Wie ich sehe, geht es Euch auch wieder besser.«

Er grinste. »Das hier« – er deutete auf seine Zähne – »habe ich übrigens meiner Mutter zu verdanken. Sie sind ihr Erbe an mich, eins von vielen.«

Maria lachte leise. »Wie schön für Euch. Spült sie nur immer gut mit Wasser, dann bleiben sie so.«

Er nickte und entließ sie mit einem Lächeln, und Maria dachte, dass es schön war, wenn man die Leute zufrieden zurücklassen konnte. Aber sie wusste aus ihrer langjährigen Erfahrung an der Seite von Relindis, dass es leider nicht immer so war. Nicht wenige fiebernde Kinder wurden Opfer der Dämonen.

Aber vielleicht, dachte sie, als sie durch die Gassen nach Hause lief, ist das ein gutes Zeichen. Es wurde Zeit, dass sie endlich anfing, als Heilerin zu arbeiten. Diese Stadt brauchte sie.

# Kapitel 16

Sie trafen sich dieses Mal in seinem Sommersitz. Iliana liebte das lichtdurchflutete Gemach besonders, denn es lag im oberen Stock eines trutzigen, turmartigen Hauses, hinter dessen dicken Mauern es im Sommer angenehm kühl war. Aus den offenen Fenstern hatte man einen weiten Blick über die Felder der Höfe und Klöster, die Stadtmauer und das Land dahinter. Die würzige Luft des Spätsommerabends strömte herein, als sie am Fenster saßen und aßen.

Iliana atmete tief die Luft ein, während sie mit spitzen Fingern die Haut des Rebhuhns abzupfte, das vor ihr auf dem Teller lag. Wenigstens roch es jetzt nicht mehr nach den Feuern, mit denen das Heer der Staufer die Felder und Dörfer verbrannt hatte.

»Iss, meine Liebe«, nötigte sie Dietrich von Heimbach und legte seine Hand auf ihren Arm. »Du bist viel zu dünn geworden. Ungeheuerlich, dass sie die Mahlzeiten in deinem Kloster halbiert haben! Nur weil sie so viel an die Armen verfüttert haben! Wenn du dich nicht bei mir satt essen könntest, wärst du längst verhungert.« Er biss wütend in das zarte Fleisch.

Sie schenkte ihm ein flüchtiges Lächeln. »Lasst es gut sein, Herr. Ihr wisst, ich habe noch nie viel gegessen. Außerdem ist es ein Akt der Nächstenliebe, sein Essen mit den Armen zu teilen.«

Sie wollte ihm nicht sagen, dass sie in der letzten Zeit so viel Unruhe in sich spürte, dass sie kaum noch Hunger hatte. Es war ihr fast schon gleichgültig geworden, was und wie viel sie aß.

Aber ihm war es nicht gleichgültig. »So eine Misswirtschaft!«, erboste er sich. »Ich werde mit deiner Äbtissin reden, sie ist mir noch etwas schuldig.«

Iliana legte beschwichtigend ihre Hand auf seine. »Haben wir die Geduld der Äbtissin nicht schon genug ausgeschöpft? Sie hat all die Jahre geschwiegen und meine Alleingänge geduldet. Nie kam auch nur ein Sterbenswort über ihre Lippen.«

»Warum wohl?« Der Propst wischte sich mit einem Tuch den Mund ab und griff zum Weinkrug. »Meine großzügigen Zuwendungen haben ihr die Lippen versiegelt.« Er füllte ihre Gläser mit gewürztem Wein. »Ich werde sie wohl erhöhen müssen, sonst verhungert ihr armen Nonnen womöglich noch.« Er zog ihre Finger an seine Lippen und küsste sie.

»Ihr seid gütig, Herr«, sagte Iliana mit sanfter Stimme. »Das Stauferheer ist fort und das Schlimmste überstanden, aber Philipp wird die Rheinsperre bestimmt nicht aufheben.« Sie blickte düster zu den winzigen Behausungen hinüber, die sich die geflohenen Bauern an der Stadtmauer errichtet hatten. »Die Not wird weiter andauern, wenn Köln nicht einlenkt.« Sie warf ihm einen raschen Seitenblick zu, um zu erfahren, wie er auf ihre Worte eingehen würde, aber er ließ sich Zeit mit der Antwort. Behaglich lehnte er sich zurück und sah hinaus über die Felder, wo die Sonne gerade unterging. Er hatte ihre Hand nicht losgelassen.

»Meine Liebe«, sagte er mit einem nachsichtigen Lächeln, »warum fragst du nicht gleich, was du wissen willst? Was, meinst du, hat der Kundschafter meiner Propstei herausgefunden?«

»Ich glaube, er hat das herausgefunden, was ich vermutet habe«, sagte Iliana, ohne sich ihren Ärger anmerken zu lassen. Sie war es gewöhnt, dass er sie immer warten ließ, bevor er seine

Neuigkeiten mit ihr teilte, aber es ärgerte sie trotzdem. Das zeigte sie ihm jedoch nie.

Sie schwiegen eine Weile, nachdem der Knecht ihr Gemach betreten hatte, und warteten, bis er das Geschirr abgeräumt und ihnen fettiges Gebäck mit Früchten und Mandeln zum Nachtisch aufgetragen hatte. Als er weg war, antwortete Dietrich: »Du hattest recht, meine Liebe, wie immer. Ein paar Herren aus der Richerzeche haben geheime Friedensverhandlungen mit dem Stauferkönig begonnen.«

Iliana beugte sich nach vorn, während sich ihre Unruhe verstärkte. Äußerlich aber blieb sie vollkommen ruhig.

»Wer?«, fragte sie.

»Unser alter Freund, der schon immer auf Stauferseite stand, Dietrich von der Ehrenpforte, und sein Vertrauter Richolf Parfuse. Sie waren vor Kurzem in Sinzig am Königshof.«

»Wann?«

»Im Erntemonat, kurz nachdem der Staufer abgerückt ist.«

»Nein!«, entfuhr es ihr. »Dann hat das Mädchen gelogen. Sie hat mir nur erzählt, dass sie im staufischen Heerlager war, um ihren Bruder aus der Gefangenschaft zu retten. Aber von den Friedensverhandlungen hat sie mir nichts erzählt.«

Dietrich von Heimbach schob sich ein großes Stück Gebäck in den Mund. »Nun, dafür habe ich doch meinen Spitzel, Liebes«, sagte er. »Er wird alles im Auge behalten, denn sie werden gewiss noch öfter zum Königshof fahren. Vielleicht fährt dein Landmädchen wieder mit. Du solltest sie auf jeden Fall im Auge behalten.«

»Natürlich.« Iliana hasste es, wenn er ihr etwas sagte, was sie sowieso schon wusste. »Wollt Ihr denn zusehen, wie die Kölner Herren Euren Welfenkönig verraten?«

Dietrich schob seinen Teller fort. »Man kann sie doch verstehen, nicht? Sie wollen, dass die Rheinsperre aufgehoben wird. Das wäre besser für uns alle. Danach sehen wir weiter.«

»Ihr meint, dass seine Heiligkeit nicht nachgeben wird? Aber er weiß doch inzwischen, in welcher Bedrängnis die Stadt ist.«

»Gewiss weiß er das, er hat genug flehende Briefe von uns bekommen. Aber er wird sicher nicht vom Welfenkönig abrücken, selbst wenn Köln Frieden mit Philipp schließt.«

Iliana starrte auf ihre schmalen Hände in ihrem Schoß, die sie nur mit Mühe ruhig halten konnte. Sie musste an jemanden denken, den sie lange nicht mehr gesehen hatte, und eine alte Freude, die sie längst vergessen geglaubt hatte, erfüllte sie wieder neu. »Es wäre besser für das Reich, wenn einer der beiden Könige tot wäre«, sagte sie leise.

Dietrich von Heimbach schüttelte den Kopf und legte einen Finger auf ihre Lippen. »So hässliche Worte aus einem so schönen Mund«, sagte er. Aber er lächelte nachsichtig.

# Kapitel 17

Maria sehnte sich nach Heinrich von Waldburg und konnte es kaum erwarten, ihn wiederzusehen. Im Weinmonat, einige Tage nach St. Gereonis, war es endlich so weit. Eine offizielle Kölner Gesandtschaft machte sich auf den Weg zum Königshof. Es waren dieselben Herren, die auch schon nach Sinzig gereist waren, nur mit ein paar Berittenen mehr und einem weiteren Münzerhausgenossen, der einen Fuchswallach mit prächtigem Zaumzeug ritt.

Nun aber verfügte die Gesandtschaft über die offizielle Genehmigung der Kölner Amtleute, Friedensverhandlungen mit dem staufischen König zu führen. Man hatte ihnen zusätzliche Pferde samt Söldner zur Verfügung gestellt und sogar Maria eigens für diesen Zweck neu eingekleidet. Sie hatte einen Wollmantel und gute Schuhe gegen die herbstliche Kühle bekommen sowie zwei Bliauts aus feinem Leinen – einen einfachen für die Reise und einen festlichen für den Fall, dass sie tatsächlich vom König empfangen werden sollte.

Maria fühlte sich fast wie eine Edle, als ihr Wagen über die alte Steinstraße am Rhein entlangrumpelte, wenn auch die Art des Reisens sehr unbequem war. Zudem hatte sie die Anwesenheit Richolf Parfuses zu ertragen, der es ebenfalls vorgezogen hatte, im Wagen zu reisen.

Umso erleichterter war sie, als sie nach einigen Tagen Boppard erreichten. Die Stadt lag im Rheintal innerhalb der Mauern eines alten Kastells. Der Königshof lag außerhalb des Ortes gleich am Rhein, wo der Fluss eine große Biegung beschrieb. Er war umgeben von Bergen, in denen die Weinhänge golden leuchteten. Sie wurden von einem Diener empfangen, der ihnen Kammern im Gästehaus zuwies, während sich die Stallknechte um ihre Pferde kümmerten. Eine Magd half Maria, den festlichen Bliaut anzulegen, und kämmte ihr die langen Locken. Das Gewand war grün, aus feinstem Leinen und an den Säumen mit einer bestickten Borte besetzt. Dietrich von der Ehrenpforte hatte sich nicht lumpen lassen. Aufgeregt strich Maria immer wieder über den Stoff und fragte sich, ob Heinrich von Waldburg sie bemerken würde.

Der König empfing die Kölner Gesandtschaft im Festsaal, der mit staufischen Wappen und Bannern geschmückt war und dessen Fenster zum Rhein hinausgingen. Er war kaum wiederzuerkennen in seinem pelzgefütterten roten Seidenbliaut mit goldenen Stickereien am Halsausschnitt und an den Ärmeln, dem Prunkgürtel, den funkelnden Juwelen an beiden Händen. Er thronte etwas erhöht unter einem Stoffbaldachin, umringt von einigen Edlen und seinen Ministerialen. Maria kniete dicht hinter dem jungen Dietrich von der Ehrenpforte.

»Erhebt euch!«, befahl der König.

Unauffällig spähte Maria zwischen den Männern hindurch und suchte nach Heinrich von Waldburg unter den Hofleuten, fand ihn schließlich gleich neben der wuchtigen Gestalt des Marschalls von Kalden.

Sie presste aufgeregt ihre Handflächen gegeneinander, als sie ihn erblickte. Er sah beeindruckend aus in seinem tiefblauen, fehpelzverbrämten Bliaut. Unverwandt starrte er auf die Kölner

Gesandtschaft, während ein Schreiber mit monotoner Stimme ihre Namen aufzählte.

»... Richolf Parfuse der Jüngere, Herbrord Albus, Bürger aus Köln«, schloss er endlich.

»Seid ihr die Gesandtschaft, die gekommen ist, um im Namen der Bürger Kölns Friedensverhandlungen mit König Philipp zu führen?«, fragte ein älterer Mann im Bischofsornat, der gleich neben dem König stand.

»Ja, das sind wir, Hochwürden«, versicherte Dietrich von der Ehrenpforte. Er zog eine Pergamentrolle hervor, und auf einen Wink des Bischofs hin trat ein Mönch zu Dietrich, nahm die Rolle, brach das Siegel und überflog ihren Inhalt. Dann überreichte er sie dem Bischof. Der studierte sie kurz und gab sie dann dem Mönch zurück.

»Im Namen des Königs fordere ich euch auf, dem königlichen *notarius* Helferich nun die Vorschläge der Kölner Bürger zu übergeben«, sagte der Bischof.

Dietrich von der Ehrenpforte beeilte sich, der Aufforderung nachzukommen, und händigte dem Mönch eine weitere versiegelte Schriftrolle aus, der sie feierlich entgegennahm. Der Bischof nickte.

»Danke, werte Herren«, sagte König Philipp. »Wir werden uns nun zur Beratung zurückziehen.« Er erhob sich, schritt die hölzernen Stufen seines Podestes herab und durchquerte den Saal, gefolgt von dem Bischof, Marschall von Kalden, Heinrich von Waldburg und dem *notarius*.

Als er Maria in der Kölner Gesandtschaft erblickte, hielt er inne.

»Da ist ja unsere Glücksbringerin!«, rief er. »Maria, wie schön, dich zu sehen!«

Alle wandten sich zu ihr um. Die Höflinge, die sie vorher nicht beachtet hatten, musterten sie neugierig und aufmerksam. Maria spürte, wie ihr Röte ins Gesicht stieg. Sie sank in einen tiefen Knicks. »Danke, Euer Majestät«, murmelte sie. Wie froh war sie nun, dass Dietrich von der Ehrenpforte ihr auf der langen Reise gründlich eingeschärft hatte, wie sie sich bei Hofe zu benehmen und wie sie den König anzureden hatte, sollte der Fall eintreten, dass er ihr seine Aufmerksamkeit schenkte. Sie hatte nicht damit gerechnet, dass es so rasch und vor aller Augen geschehen würde.

»Ich hoffe, du hattest eine gute Reise?«, fuhr der König fort und sagte dann, an seine Begleiter gewandt: »Dieses Mädchen wird uns Glück bringen. Schon ihre Geburt stand unter einem guten Stern, nicht wahr, Maria?«

Sie nickte verlegen, hielt aber dem Blick des Königs stand. Aus den Augenwinkeln bemerkte sie, wie der Marschall sie mit einem kalten Blick musterte.

»Sie wurde ausgerechnet am Tag von Mariä Himmelfahrt geboren«, erklärte Philipp, an den Bischof gewandt. »Seht doch nur, mein guter Konrad von Scharfenberg, sieht sie nicht genauso aus, wie man sich unsere Heilige Jungfrau vorstellt?«

Der Bischof warf einen kurzen Blick auf Maria und nickte dann. »Gewiss, Euer Majestät. Möge Gott den Kölnern helfen zu erkennen, wie nötig der Friedensschluss mit Euch ist.« Er sprach mit lauter Stimme in Hörweite der Kölner Gesandtschaft. Heinrich von Waldburg warf ihr ein kleines Lächeln zu, das ihr Herz rascher schlagen ließ.

König Philipp nickte ihr noch einmal zu und verließ dann mit seinem kleinen Gefolge den Festsaal. Nachdem sie gegangen waren, entspannte sich die Stimmung unter den Anwesenden merklich. Man ging herum und sprach miteinander, und Maria bemerkte die neugierigen Blicke der Edlen und Hofleute, die sie heimlich trafen. Ganz besonders die einiger blutjunger Edelfrauen, die sich in einer Ecke des Saals zu einer Gruppe zusammengeschart hatten und leise miteinander sprachen.

Maria zog sich zurück an eins der Kohlebecken, über dessen Glut sie sich die Hände wärmte, während die Kölner Gesandten von einigen prächtig gekleideten fremden Männern in ein Gespräch verwickelt wurden. Allmählich sank der Abend herab, und durch die offenen Fensterluken drang kühle Luft herein. Es wurde empfindlich kalt im Saal. Maria sah in die Kohlenglut und dachte an Heinrich von Waldburg. Ein Schauer überlief sie, ob vor Freude, Aufregung oder Kälte wusste sie nicht.

Als es dunkel geworden war, kehrte König Philipp mit seinen Beratern zurück. Sofort erstarben die Gespräche, und jeder beugte die Knie vor dem König, nachdem dieser sich niedergelassen hatte. Der König wartete, bis sich alle wieder aufgerichtet hatten und es still geworden war. Dann verkündete er mit lauter Stimme: »So hört meinen Beschluss: Um Uns von dem Friedenswillen und der Treue nicht nur dieser Gesandtschaft, sondern der ganzen Stadt zu überzeugen, haben Uns 2000 Kölner Bürger die Treue sofort zu schwören. Zu diesem Zweck werde ich Konrad von Scharfenberg, Bischof von Speyer, nach Köln entsenden, damit er von den Bürgern den Treueeid erlangt.«

Nach seinen Worten wurde es noch stiller im Saal. Die Männer der Kölner Gesandtschaft standen reglos vor dem König.

»Dietrich von der Ehrenpforte, trete vor!«, forderte der Bischof auf, und der Kölner gehorchte.

Der *notarius* überreichte ihm eine neue, frisch versiegelte Pergamentrolle, auf der die Tinte wahrscheinlich noch nicht lange getrocknet war, und Dietrich nahm sie feierlich entgegen. Er verneigte sich tief wie alle, danach entließ der König die Gesandten.

Enttäuscht folgte Maria wenig später den aufgeregt durcheinanderredenden Kölnern durch die Gänge des Palas. Aus den Wortfetzen, die sie mitbekam, schloss sie, dass die prächtig gekleideten Männer von eben Unterhändler des Herzogs von Brabant waren, mit denen die Kölner ein baldiges Treffen verabredet hatten. Im Übrigen waren sie zufrieden und glaubten, die Bedingungen des Königs erfüllen zu können.

Sie folgten einem Diener, der sie mit seiner Fackel über den Innenhof geleitete, und hatten kaum das Gästehaus erreicht, als sich eine kleine Gestalt aus einem dunklen Winkel löste, Maria am Arm packte und sie mit sich zog. Sie erkannte Grimold sofort und folgte ihm, auch ohne dass er etwas sagen musste. Er trug eine Gugel, die er sich turbanartig um den Kopf geschlungen hatte. Ein loses Stoffende pendelte hin und her, als der Narr in seinem schaukelnden Gang vor ihr über die Gänge des Palas lief. Fest hielt er ihre Hand, während er Maria in eine abgelegene Kemenate führte.

Sie war nicht sehr groß. Ein Kohlebecken verbreitete etwas Wärme, eine Kerze flackerte und warf ihren zuckenden Lichtschein auf einen Krug und zwei Becher, die auf einem Tischchen bereitstanden. Weiter im Schatten stand ein Bett.

Maria ahnte, was das zu bedeuten hatte. Ihr Herz schlug rascher, ob vor Freude oder Aufregung, wusste sie nicht. Gerne nahm sie den Becher entgegen, den Grimold gefüllt hatte und ihr mit einem merkwürdigen Blick hinhielt. Vorsichtig roch sie daran. Es war heller, mit starken Gewürzen versetzter Wein. Ein leicht scharfer Geruch ließ sie vorsichtig werden. Sie nippte nur daran.

Der Gnom jedoch füllte sich seinen Becher bis zum Rand, setzte ihn sich an den Mund und schluckte den Inhalt glucksend hinunter, wohl um ihr zu zeigen, dass der Wein nicht vergiftet war oder berauschende Mittel enthielt. Danach klatschte er in seine Händchen, ließ sich auf das Bett plumpsen und wippte mit seinem Hintern auf der Matratze auf und nieder, wobei er sie grinsend ansah.

»Du bist ungehörig!«, schimpfte sie in gespielter Wut, doch sie ahnte, dass ihn das nicht im Mindesten kratzte.

»Hascht du Luscht?«, fragte er zweideutig und hielt grinsend einen Würfel hoch, während er die anderen in seiner Hand kreisen ließ.

»Immer«, gab sie zurück und rang sich ein Lächeln ab, das ihre Wut überspielen sollte. Das war also der Preis dafür, dass Heinrich von Waldburg Wilem gerettet hatte. Er wollte sie wie eine Hure in seinem Bett haben. *Andererseits*, dachte sie, während sie versuchte, sich auf das Würfelspiel zu besinnen, *wann hat ein einfaches Mädchen wie ich die Gelegenheit, das Bett mit dem Reichstruchsess zu teilen? Ich werde sowieso nicht heiraten, weil mir ein anderes Leben bestimmt ist.*

Warum sollte sie nicht das, was das Fleisch in Verzückung brachte, wie ihr eine Bäuerin einmal heimlich anvertraut hatte, mit einem Mann teilen, der ihr Blut ohnehin schneller kreisen ließ? Dass er in seinem Stand weitaus höher war als sie und überaus mächtig, sollte ihr Nachteil nicht sein.

Sie starrte auf die fallenden Würfel, über die der schwache Kerzenschein zuckte, und blinzelte ihre Tränen weg.

»Heischa!«, jauchzte Grimold und klatschte in die Hände, als er ihr auch den letzten Bauernhof abgenommen hatte.

»Wasch gibscht du mir nun?« Mit seinen gierig glitzernden Augen und seiner Knollennase erschien er Maria auf einmal wie ein verschlagener kleiner Dämon. Er hatte sie diesmal nicht mehr gewinnen lassen, sondern gnadenlos ausgeplündert und ihr sämtlichen Besitz wieder abgenommen.

»Ich hab nichts mehr«, gab sie zurück.

»Dann schagscht du, wasch ich wischen will«, forderte er und beugte sich nach vorn. Der matte Kerzenschein zuckte über sein breites Gesicht. »Weil du allesch verspielt hascht, bischt du nun bei deinem Gläubiger beim Verhör. Alscho, schag schon – wie hat der Herr dich gefunden?«

Maria starrte Grimold überrascht und belustigt an. »Das darf ich dir nicht sagen.« Als sie die enttäuschte Miene des Narren sah, fügte sie hinzu: »Es war reiner Zufall.«

»Schufall, Schufall«, schnaubte Grimold. »Schufälle gibsch nich', esch isch allesch Gottesch Wille!« Er sprang auf und hüpfte um sie und den Spieltisch herum wie ein Junge. »Du bisch im Verhör, im Folterkeller!«, rief er. »Ich lasch dich erscht frei, wenn du mir allesch erschählt hasch'.«

»Also gut, Grimold«, lächelte Maria. »Ich erzähl dir alles. Was willst du wissen?«

Da rieb er sich die Hände und startete sein seltsames Verhör. Er tat, als legte er ihr Daumenschrauben an, während er ihr Frage um Frage stellte und sie ihm nach und nach offenbarte, wer sie war und wo sie herkam. Als Heinrich von Waldburg endlich erschien, hatte Grimold schon bemerkenswert viel über Maria erfahren, einschließlich der Antwort auf die Frage, was gegen hartnäckigen Kopfgrind half. Aber sie hatte ihm nichts von ihrem Tag in Köln erzählt.

»Grimold, was hast du mit meinem Gast gemacht?«, erkundigte sich Heinrich nach einem Blick auf Maria, die gerade ein Haarband, das der Narr einer der Hofdamen entwendet hatte, als Zeichen einer Kopfpresse trug.

»Nichts!«, rief er hastig, zerrte Maria das Band vom Kopf und trollte sich in eine Ecke.

Heinrich blieb stehen, sah auf Maria, die halb geleerten Weinbecher und runzelte seine Stirn. »Verschwinde!«, befahl er dem Narren knapp, und der lupfte seine Kappe, verneigte sich tief vor ihm und huschte aus der Kemenate.

»Du musst dir von ihm nichts bieten lassen«, meinte Heinrich von Waldburg und ließ sich auf dem Weidenkorbsessel nieder, auf dem zuvor der Narr gesessen hatte.

»Nein. Ich hab ihm nicht mehr gesagt, als ich wollte.« Maria spürte wieder ihre Befangenheit, wie immer, wenn der Truchsess in der Nähe war. Heimlich betrachtete sie ihn – die dunklen Haare, sein pelzverbrämtes Gewand – wie mochte sein Körper wohl ohne die Kleider aussehen?

Sie schluckte ob dieses ungebührlichen Gedankens, griff zum Becher und stürzte den Wein hinunter. »Das nächste Mal verhöre *ich* ihn«, sagte sie.

*Wenn es denn ein nächstes Mal gibt.*

Heinrich von Waldburg schenkte ihr nach, dann beugte er sich zu ihr und betrachtete sie mit einem seltsamen Blick. »Versteh mich nicht falsch, Maria, du *musst* nichts tun, was du nicht willst.« Er machte eine undeutliche Handbewegung in die Richtung jener Stelle, wo das Bett im Schatten stand. »Ich gebe zu, dass ich großen Gefallen an dir gefunden habe.« Er rutschte auf dem Sessel nach vorn und ergriff ihre Hand. »Du bist ein schönes und kluges Mädchen. Meine Frau war ganz anders, ich musste sie heiraten. Wir haben nie zueinandergefunden.«

Maria spürte seine warme kräftige Hand. Sie fühlte ihr Herz noch rascher klopfen. »Was ist mit Wilem?«, fragte sie. »Geht es ihm gut? Ich möchte ihn sehen.«

*Bei der Hohen Mutter, das ist ja wie auf einem Marktplatz*, dachte sie aufgewühlt. Sie erwartete, dass er sich nun von ihr abwenden würde, aber stattdessen sagte er zu ihrem Erstaunen, als hätte er nichts anderes erwartet: »Es geht ihm gut, du kannst ihn morgen früh sehen, bevor ihr abreist.«

Sie atmete erleichtert auf und leerte ihren Becher zur Hälfte. Heinrich erhob sich, trat hinter sie und legte ihr die Hände auf die Schultern. Dann beugte er sich zu ihr herunter, küsste ihr Haar, nahm es hoch und verteilte kleine sanfte Küsse auf ihrem Nacken.

Ein prickelnder Schauer überlief sie, als er sie hochzog und an sich drückte. Warm und fest spürte sie seinen Körper unter dem weichen Stoff seines Gewandes. Er roch nach Wein, Essensdunst und einer Spur eines fremdartigen Parfüms. Der Pelz schmiegte sich sanft an ihre Wange. Ihr schwirrte der Kopf.

Voller Freude gewahrte sie, wie seine Lippen sich auf ihre senkten, ihre Zungen sich berührten, und sie verdrängte ihre Gedanken an den Standesunterschied und alles, was sie trennen könnte. Neugierig und voller Erwartung erwiderte sie seinen Kuss.

\* \* \*

Als das erste Grau des Morgens durch den Fensterspalt sickerte, erwachte Maria. Langsam wurde es heller, und die Gegenstände in der Kemenate zeichneten sich deutlicher ab: die hell getünchten Wände, das Tischchen mit dem Krug und ihrem halb geleerten Becher, die Sessel mit den hohen Weidenkorblehnen. Es roch nach kalter Glut.

Ob Heinrich hier schon öfter Frauen empfangen hatte?

Sie blickte auf seinen dunklen Haarschopf im Kissen. Seine Miene war entspannt im Schlaf, und sie spürte seine Wärme unter der Decke. Unter seinen kundigen Händen war ihr Leib zwar nicht in Verzückung geraten, wie sie gehofft hatte, und es hatte wehgetan, aber sie hatte genug erfahren, um mehr zu wollen. Als Maria Heinrichs halb entblößten Rücken in der Dämmerung betrachtete, fühlte sie wieder Lust aufsteigen. Sie wollte sich nicht von ihm trennen. Sie wollte bei ihm bleiben, gleichgültig, wer er war, was er getan hatte oder noch tun würde.

Eine Weile verharrte sie still mit dieser Erkenntnis, die sie in ihrer ganzen Wucht traf. Wieder ließ sie ihren Blick über seinen Rücken gleiten, dessen sanfte Krümmung bis zum Hals hinauf, über die Schultern und die Arme hinunter bis zu den kräftigen, aber doch sanften Händen. Eine unbestimmte Angst erfüllte sie. Sie seufzte tief, denn sie musste zurück. Sie schlug die Decke vorsichtig beiseite und schlüpfte aus dem Bett. Still kleidete sie sich an und verließ die Kemenate.

Nur wenig später wartete sie in ihrer Reisekleidung im Innenhof gegenüber dem Stall, wo die Pferde für die Kölner Gesandtschaft von den Stallburschen gesattelt wurden. Sie hatte sich das Gesicht gewaschen und die Haare gekämmt. Die Kühle des beginnenden Herbsttages kroch unter ihren Mantel, als sie beobachtete, wie zwei kräftige Knechte einen Holzkasten mit einem kunstvoll geschmiedeten Eisenbeschlag heranschleppten und in den Wagen wuchteten. Sie zog ihren Mantel enger um sich.

Wann würde sie Heinrich wiedersehen? Würde sie die Gesandtschaft überhaupt noch einmal begleiten oder hatte er sie nur für diese eine Nacht gewollt? Sie fühlte sich, als würde sie in einen dunklen Schlund gezogen, als würde sie etwas verzehren, das mächtiger war als sie.

Sie war erleichtert, als sie Wilem am Haus der Wachmänner erblickte. Seine Kukulle wallte hinter ihm her, als er mit energischen Schritten auf sie zukam. Er trug ein neues, frisch geöltes Kettenhemd. »Wilem!« Sie lief ihm entgegen und warf sich in seine Arme.

Er drückte sie fest an sich. Eine Weile verharrten sie still in der Freude ihres Wiedersehens. »Es geht dir besser«, stellte sie fest, nachdem sie sich losgelassen und eine Weile angesehen hatten. Sein Gesicht war nicht mehr so schmal und hatte seine gewohnte gesunde Farbe zurückgewonnen.

Er nickte nachdrücklich. »Es geht mir hier sehr gut.«

Sie warf ihm einen raschen Seitenblick zu. »Wirklich?«

Er nahm ihren Arm und führte sie in eine stillere Ecke des Hofes, außerhalb der Hörweite von anderen. »Ja, wirklich«, bestätigte er mit gesenkter Stimme. »Alles ist besser als Krieg oder Gefangenschaft.«

»Aber du hast in der Schlacht gegen sie gekämpft.«

Er runzelte die Stirn, und sein Mund formte eine harte Linie, die sie nicht an ihm kannte. »Die Schlacht war ein Fehler. Ich habe die Hölle erlebt. Dagegen ist das hier der Himmel.«

»Behandeln sie dich gut?«, erkundigte sie sich leise.

Über sein hübsches Gesicht huschte ein Schatten. »Manchmal krieg ich's zu spüren, dass ich ein Fremder bin, aber ich kann mich wehren.« Er warf einen kurzen Blick zu den Knechten hinüber, die sich um die Pferde der Gesandtschaft kümmerten, dann nahm er ihren Arm und fragte: »Wie um alles in der Welt bist du auf den Einfall gekommen, dich ins staufische Heerlager zu wagen? Warst du von Sinnen? Weißt du, was die mit dir hätten machen können?«

Maria fühlte seinen festen Griff und schüttelte ihn ab. Ihr fiel wieder ein, dass Heinrich von Waldburg ihm erzählt hatte, dass sie im Heerlager gewesen war. »Du bist in die Schlacht gezogen, ich ins feindliche Heerlager«, versetzte sie schroff.

Er fuhr sich mit seiner Hand durch das aschblonde Haar. »Du bist verrückt.«

»Deswegen bist du gerettet worden.«

»Ich weiß.« Er sah sie eindringlich an. »Du hast meine Frage nicht beantwortet. Warum bist du hingegangen?«

»Weil ich …« Sie hielt inne und dachte nach. Sie durfte Wilem nichts davon erzählen, dass sie König Philipp und Heinrich bereits gekannt hatte, als sie sich ins Heerlager geschlichen hatte, und sich Hilfe von ihnen erhofft hatte. »Ich hab gewusst, dass du noch lebst. Du warst nicht bei den Verletzten, die nach Köln zurückkamen.«

Wilem starrte sie an. »Du hast es *gewusst*? Die meisten sind getötet worden. Woher wusstest du es?«

Maria zuckte mit den Schultern und wich seinem Blick aus. »Das ist doch nicht mehr wichtig.«

»Es war Relindis, nicht? Sie hat dir beigebracht, wie man solche Sachen *sehen* kann.«

Maria schüttelte ihren Kopf.

»Doch, sie wusste immer alles. Manchmal war sie mir richtig unheimlich«, sagte er. »Du bist genauso, noch schlimmer, du tust Unglaubliches.«

»Ach Wilem«, seufzte sie. »Das Wichtigste ist, dass du gerettet wurdest und es dir gut geht!«

Er verschränkte die Arme vor der Brust und starrte eine Weile vor sich hin. »Was hast du eigentlich mit den Friedensverhandlungen zu tun? Warum bist *du* in der Kölner Gesandtschaft?«, wollte er wissen.

»Du meinst, warum sie eine einfache Magd wie mich mitnehmen?« Sie seufzte. Dann erzählte sie Wilem von Heinrich von Waldburgs Forderung im Heerlager. »Er hat mir versprochen, mich zu den Gefangenen zu führen, wenn ich die Kölner Herren zu ihm bringe. Zum Glück konnte ich meinen Herrn Dietrich von der Ehrenpforte davon überzeugen, mit einigen weiteren zum Hof König Philipps zu kommen.«

»Das heißt, du hast die hohen Kölner Herren davon überzeugt, Friedensverhandlungen mit König Philipp zu beginnen?«

Maria nickte.

Wilem starrte sie an, als sei sie ein fremdes Tier, eins, das die Spielleute und Gaukler mit sich führten und den staunenden Menschen auf den Märkten zeigten. »Unglaublich«, meinte er nur und schüttelte den Kopf. Aber dann grinste er auf einmal, drückte ihren Arm. »Danke.«

Maria erwiderte sein Lächeln. Zum Glück fragte er nicht mehr weiter.

»Erzähl mir, was musst du tun? Wo haben sie dich eingesetzt?«, fragte sie, um ihn auf andere Gedanken zu bringen.

»Ich bin in der Nachhut, die den Tross bewacht. Wir reisen mit dem König von Pfalz zu Pfalz. Vom Reich habe ich in den letzten beiden Monaten mehr gesehen als in meinem ganzen Leben davor.«

Er lächelte stolz, und sie hörte ihm aufmerksam zu und betrachtete ihn still, als er weitererzählte.

»… erst letzte Woche hat König Philipp einen feierlichen Hoftag in Würzburg abgehalten. Da hab ich die Königin zum ersten Mal gesehen, sie war mit ihren Töchtern da.«

»Die Königin?«, rief Maria. »Davon musst du mir erzählen. Was ist sie für eine Frau? Wie siehst sie aus?«

»Wie sie aussieht?« Wilem musste eine Weile überlegen. »Klein, dunkelhaarig, still. Sie ist Griechin, die Tochter des byzantinischen Kaisers. Der König ist ihr sehr zugetan.«

»Oh.« Maria verspürte einen Stich Neid. Was für ein Glück musste es sein, wenn man den Menschen, mit dem man vermählt worden war, auch liebte! König Philipp war also ein glücklicher Mann.

»Und sie?«, wollte sie wissen. »Liebt sie ihn auch?«

Wilem verzog ungeduldig seinen Mund. »Woher soll ich das wissen? Ja, ich glaube schon. Sie haben vier Töchter, die jüngste ist noch sehr klein. Die Königin heißt auch Maria. Ursprünglich hieß sie Irene, aber seitdem sie Königin ist, wird sie nur noch Maria genannt. Der König mag den Namen wohl.«

Maria musste an den Abend in der Schenke zurückdenken, und sie fühlte Wehmut aufsteigen. Sie hatte ihn kaum verlassen, und schon sehnte sie sich nach Heinrich von Waldburg.

»Ich habe übrigens durch einen Kanzleischreiber Mutter eine Nachricht zukommen lassen, in der ich ihr alles erklärt habe. Ich ließ ihr schreiben, es ginge dir gut in Köln. Stimmt das?« Wilems Blick forschte in ihrem Gesicht.

»Ich hab zwei Kinder aus den Fängen des Fiebers gerissen und noch ein paar Kranken geholfen.«

»Ich hoffe, ihr musstet nicht zu viel durchmachen in der letzten Zeit.«

»Nein.« Sie lächelte hastig. »Wir hatten zum Glück genügend Vorräte. Die Bauern hat's am schlimmsten getroffen. Ich hoffe, dass nun die Bürger ihren Eid leisten und die Rheinsperre bald aufgehoben wird, damit die Handelsschiffe Köln wieder anlaufen können.«

Wilem trat einen Schritt vor und sah sie eindringlich an. »Geh doch nach Hause zurück!«, sagte er leise, doch sie wich seinem Blick aus.

»Die Schwestern werden mich bald in ihren Kreis aufnehmen«, sagte sie leise und warf einen Blick zum Gästehaus hinüber, wo die Kölner miteinander sprachen.

Wilem sah nicht begeistert aus, aber ehe er etwas einwenden konnte, sagte sie: »So Gott will, werde ich die Kölner Gesandten noch öfter begleiten, und wir können uns bald wiedersehen.«

»Hoffentlich«, meinte er.

»Ganz sicher«, versprach sie und wusste, dass er nicht die mindeste Ahnung davon hatte, wie sehr sie sich das wünschte. Und aus welchem Grund.

# Kapitel 18

**Köln, Weinmonat 1206, Nacht des letzten Neumonds**

»Wo warst du? Ich habe mir Sorgen um dich gemacht!«

Vorwurfsvoll drang Ilianas Stimme durch die Dämmerung, als sie zum Friedhof gingen. Maria starrte angestrengt auf den steinigen Feldweg und bemühte sich, nicht zu straucheln. Der Friedhof lag außerhalb der Stadt, und sie hatten noch eine Weile zu gehen.

»Beinahe wäre ich zu euch gekommen und hätte nach dir gefragt«, setzte Iliana hinzu, als sie nicht antwortete.

Maria zog ihren neuen Wollmantel enger um sich. Sie hatte am Tag zuvor gefastet und fühlte sich wacklig auf den Beinen. Sie hatte nicht im Mindesten Lust, sich mit der Schwester zu streiten. Ärgerlich dachte sie, dass sie es versäumt hatte, ihr vor ihrer Reise zum Königshof in Boppard eine glaubhafte Lüge zu erzählen.

»Ich musste beim Vetter der Herrin aushelfen«, log sie. »In einem seiner Häuser im Kirchspiel St. Laurenz.«

»Es wäre schön, wenn du mir so etwas vorher sagen würdest.«

»Ja«, gab Maria zerknirscht zurück. »Tut mir leid.«

Iliana erwiderte nichts. Eine Weile waren nur ihre Schritte auf dem Weg zu hören. Maria spürte hin und wieder einen Stein unter ihren Schuhen und die kühle Luft in ihrem Gesicht. Von Ferne sah sie ein paar winzige Lichter aufleuchten, dort, wo die Stadt lag. Langsam wurde es dunkler. Immer früher sank nun das Dunkel herab, und die Nächte wurden länger und kälter. Bald würde die Zeit der Starre beginnen.

Sie hoffte, dass Iliana ihre Lüge nicht durchschauen würde. Sie wusste, sie war auf ihr wohlwollendes Urteil angewiesen, wenn sie in die Schwesternschaft wollte. Sie warf ihr einen raschen Seitenblick zu, aber im Dunklen konnte sie die Miene der Schwester nicht erkennen.

Endlich zeichneten sich vor ihnen die Umrisse einer Kapelle ab. Mehrere kleine Holzkreuze ragten neben ihr auf. Sie betraten das umzäunte Gelände des Friedhofs und machten vor einer Nische an der Kapelle halt, in der eine Kerze brannte. Still zuckte das Licht der Flammen vor der hölzernen Figur der Gottesmutter. Gemeinsam knieten sie nieder. Iliana faltete ihre Hände und sprach ein kurzes Gebet, und Maria tat es ihr nach. Sie war froh, dass Iliana ihr vorgeschlagen hatte, diesen heiligen Ort aufzusuchen in dieser besonderen Nacht, um der Toten zu gedenken.

»Liebe Gottesmutter, heilige Jungfrau vor dem Herrn, sei bei uns in dieser Nacht. Hilf uns, das Andenken unserer geliebten Toten in unseren Herzen zu bewahren, und schenke uns die Einsicht ihrer Seelen«, betete Iliana. Marias Herz klopfte rascher. Sie hoffte, dass sie nun endlich mehr über das geheime, uralte Ritual erfahren würde.

Iliana erhob sich. Sie nahm eine lange Kerze aus ihrer Gürteltasche und entzündete sie an der anderen Kerze, dann steckte sie sie in den weichen Boden. »Hast du den Salbei?«

Maria nickte, löste das mitgebrachte Kräuterbündel von ihrem Gürtel und reichte es Iliana. Die entzündete es und legte es neben die Kerze auf den Boden. Die Kerze flackerte. Ein leichter Wind trieb ihnen den Salbeigeruch des Kräuterbündels entgegen.

Iliana faltete wieder ihre Hände. »Heilige Mutter, beschütze uns in dieser Nacht«, betete sie. »Lass uns immer aufrichtig zueinander sein und dulde keine Zwietracht. Gib uns die Kraft, einander zu vertrauen.«

Im schwachen Licht der Kerze bemerkte Maria, wie Iliana sie ansah.

Dann nahm Iliana eine Tonflasche aus ihrer Gürteltasche und löste den Stoffpfropfen. Warmer Dampf wölkte in die kühle Nachtluft, als sie einen Becher füllte, ihn sich an die Lippen setzte und in einem Zug leerte. Ein übler Geruch wogte heran und mischte sich mit dem Salbeigeruch des Räucherwerks. Er erinnerte Maria an den Geruch der Salbe, mit der Relindis sich in solchen Nächten stets eingerieben hatte. Relindis hatte nicht geahnt, dass Maria ihr manchmal in den Wald gefolgt war und sie gesehen hatte. Ihre Ziehmutter war immer allein gewesen, sie war eine einsame Frau in den Sümpfen, nachdem sie ihre Heimat verlassen hatte, aber sie, Maria, war an ihrer Statt zurückgekehrt und würde nun bald die Feste wieder im Kreise der Schwestern feiern. Wie Relindis es gewollt hatte.

Maria sah in den Becher mit dem dampfenden Gebräu, den Iliana ihr hinhielt. Sie schloss die Augen, atmete seinen Geruch ein. Vielleicht würde sie gleich das sehen, was Relindis immer gesehen, aber nie verraten hatte. Fest umschlossen ihre Finger den Becher. Sie bemerkte, wie Iliana sie neugierig im Schein der Kerzen musterte. Sie wusste, dass es schnell gehen musste, damit ihr nicht übel wurde. Also packte sie den Becher und stürzte die warme Flüssigkeit hinunter.

Es schmeckte widerlich. Nicht viel hätte gefehlt, und sie hätte sich auf den Boden erbrochen, aber sie atmete ruhig und kämpfte ihre Abscheu nieder.

»Oh Gottesmutter, sei bei uns!«, rief Iliana, und Maria wiederholte ihre Worte. Danach folgte Stille. Nur ein sanftes Rauschen des Windes war zu hören. Maria starrte in den Himmel, ob die Hohe Mutter ihnen vielleicht ein Zeichen ihrer Anwesenheit geben würde – einen Nachtjäger vielleicht oder eine Windböe. Aber nichts kam. Sie sah nur ein paar Sterne hinter zarten Nebelgespinsten funkeln.

Iliana summte eine traurige Melodie. Ihre sanfte Stimme stieg hoch in den nächtlichen Himmel. Maria schauderte, denn sie fürchtete, dass Iliana mit ihrem Gesang die toten Seelen herbeilocken würde, Ruhelose, Wiedergänger – eben jene, denen man nicht begegnen wollte –, aber dann begriff sie, dass die Schwester die Toten nicht anlocken, sondern besänftigen wollte. Sie wollte auch die Gottesmutter erfreuen. Gott selbst hatte Maria erwählt und ihr seinen Samen in den jungfräulichen Schoß gelegt.

Wie mochte sie wohl aussehen, die Gesegnete? War ihr Gesicht lieblich wie das jener Holzfiguren in den Kirchen? Oder war sie eine alte Frau, eine wie Relindis, deren gütiges Gesicht von grauen Locken umrahmt war?

Maria sah sie wieder vor sich. Sie sah sie am Feuer knien und sich die Hände wärmen wie so oft im Winter oder abends, wenn es kalt wurde, sie sah, wie sie sich lächelnd zu ihr umwandte. Aber es war nicht Relindis' Gesicht, das Maria erblickte, sondern das einer anderen, jüngeren Frau. Die Frau trug ein Kopftuch, aus dem sich ein paar dunkle Locken vorwitzig herauskräuselten. Ein paar Grübchen traten in ihr hübsches Gesicht, als sie lächelte. »Was hast du denn da, Maria? Willst du's mir nicht zeigen?« Das Lächeln vertiefte sich, und sie streckte ihre Hände aus. Maria spürte, wie sie zögerte und den Kopf schüttelte, aber dann lief sie doch los.

»Mutter!«

Sie rief es ein paar Mal, doch sie bekam keine Antwort. Das Bild löste sich auf und verlor sich im Dunkel.

Maria schreckte hoch. Sie lag auf dem Boden. Kälte hatte sich durch ihren Wollmantel und ihr Kleid gefressen und ihre Glieder steif werden lassen. Sie hatte einen üblen Geschmack im Mund, und ein dumpfer Schmerz pochte in ihrem Kopf. Vorsichtig hob sie ihn ein wenig an, sah die heruntergebrannte Kerze flackern.

Ihr Herz pochte, und der Schmerz hämmerte im Takt ihres Herzens in ihrem Kopf. Sie versuchte, sich an das Gesicht der Frau zu erinnern, die sie gesehen hatte, aber es gelang ihr nicht. Darüber wurde sie so traurig, dass sie am liebsten geweint hätte. Als etwas im Laub raschelte, fuhr sie hoch. Ihre Hand glitt zu dem kleinen Messer, das in ihrem Gürtel steckte. Im matten Schein der Kerzen sah sie Iliana auf sich zukriechen. Das schöne Gesicht der Schwester sah bleich aus, ihre Wangen waren vom Fasten eingefallen.

»Was ist geschehen? Warum bin ich eingeschlafen?«, fragte Maria.

Iliana legte einen Finger auf ihre Lippen. »Das liegt am Sternenauge. Manchmal ist es zu viel.« Sie lächelte entschuldigend wie ein kleines Mädchen. »Du hast nach deiner Mutter gerufen.«

»Meine Mutter ist schon lange tot.« Maria rieb sich die schmerzende Stirn. Sie versuchte aufzustehen, aber dabei wurde ihr so schwindelig, dass sie trotz der Kälte sitzen blieb. Ob sie wirklich ihre Mutter gesehen hatte? Sie hatte doch keine Erinnerung mehr an sie.

»Es sind die Toten, sie kehren in dieser Nacht manchmal zu uns zurück«, erklärte Iliana, als hätte sie ihre Gedanken gelesen.

»Du kannst dich gleich mit Wasser stärken. Danach wird es dir besser gehen.«

Sie lächelte und drückte Marias Arm, doch das tröstete Maria nicht.

Maria fühlte sich traurig, erschöpft, und ihr war entsetzlich kalt.

Iliana, die sie genau beobachtete, unternahm einen neuen Versuch. »Die Bilder, die das Sternenauge uns schickt, sind oftmals ... verstörend. Aber du kannst versuchen, die Erinnerung daran wachzuhalten, dann wirst du vielleicht verstehen, warum Gott dir den Traum geschickt hat.«

Maria nickte und starrte auf ihre schmutzige Hand hinunter. Sie hatte gehofft, Relindis zu sehen. Aber vielleicht hatte Iliana recht. Sie war noch unerfahren in diesen Dingen, sie stand erst am Anfang ihres Weges.

Sie beobachtete, wie Iliana etwas aus ihrer Gürteltasche holte – ein kleines, zusammengefaltetes und versiegeltes Pergament.

»Ich möchte dich um einen Gefallen bitten. Gib diesen Brief an einen Mönch in der königlichen Kanzlei, wenn du deinen Bruder besuchst.«

Maria starrte überrascht auf das Pergament hinunter. »Ich w-weiß nicht, wann ich ihn besuchen kann«, sagte sie leise. *Ob ich ihn überhaupt vor Wintereinbruch wiedersehe*, setzte sie in Gedanken hinzu und meinte in ihrem Herzen einen anderen Mann. Sie hatte seit ihrer Rückkehr aus Boppard nichts mehr von dem Fortgang der Friedensverhandlungen gehört und wusste nicht, ob die Gesandtschaft in nächster Zeit noch einmal zum Königshof reisen würde. Selbst wenn, war es fraglich, ob sie wieder dabei sein würde. Würde Heinrich sie wiedersehen wollen? Diese Frage nagte an ihr, und Iliana hatte mit ihrer Bitte wieder ihre Aufmerksamkeit darauf gelenkt.

»Ich bin mir sicher, dass du ihn bald wiedersehen wirst«, sagte Iliana mit leiser, melodischer Stimme. Sie lächelte, und das Lächeln erschien Maria auf einmal wie ein Sonnenstrahl in finsterer Nacht. Hatte die Schwester ihre Lüge doch durchschaut? Ahnte sie, dass Maria in Wahrheit bereits am Königshof gewesen war? Wusste sie gar von ihren heimlichen Gefühlen für den Truchsess?

Aber nein, dachte Maria, sie meint Wilem. Und doch schien es ihr, als würde die andere tiefer sehen, als könne sie erkennen, was Maria vor ihr verbarg. *Sie durchschaut mich*, fuhr es ihr durch den schmerzenden Kopf. Vielleicht hatte sie neulich allzu begeistert von dem Truchsess gesprochen, als sie Iliana von Wilems Verbleib erzählt hatte.

»Bitte!« Iliana sah sie beschwörend an. »Es ist nur ein kleiner Gefallen, ein Brief für den Mönch Odalrich in der königlichen Kanzlei. Dein Bruder wird dir sicher helfen, ihn zu finden. Achte nur darauf, dass dich niemand sieht.«

»Warum? Ist es ein heimlicher Brief?«

Iliana nickte.

»Ist es gefährlich, ihn zu übergeben?«

Iliana von Hohenstein zögerte. Sie schien einen inneren Kampf mit sich auszufechten. Dann sagte sie: »Eigentlich dürfte ich es dir nicht sagen, denn es ist eine ... anstößige Geschichte. Aber du solltest wissen, was du überbringst. Es ist eine Nachricht von ... meiner guten Freundin im Kloster an ihren alten Freund Odalrich.«

Maria bedachte Iliana mit einem verständnislosen Blick.

»Nun, du kannst es nicht wissen«, fuhr Iliana fort und räusperte sich verlegen. »Es ist auch ungewöhnlich, weil Mönche und Nonnen nicht ... aber es kommt vor. Wenn man diesen Brief bei dir finden sollte, würde man vermutlich nichts als Liebesworte darin finden.«

»Liebesworte? Zwischen einem Mönch und einer Nonne?«

»Bitte sprich leiser! Ich weiß, es ist nicht richtig, aber ich konnte mich den flehenden Bitten meiner Freundin nicht verschließen«, gestand Iliana.

»Ihr habt Eurer Freundin also von meinem Treffen mit den Staufern erzählt. Ihr habt mir versprochen, es niemandem zu verraten!«

Iliana ergriff Marias Hände. »Verzeih mir, Maria! Ich konnte nicht anders, als es ihr zu sagen, nachdem ich es gehört hatte. Wenn du wie ich jahrelang hättest miterleben müssen, wie sehr deine Freundin darunter leidet, dass ihr Geliebter weg ist, noch dazu bei den Staufern, unseren Feinden, dann würdest du es verstehen. Meine Freundin hatte Odalrich als junges Mädchen kennengelernt, als er noch in Köln in der erzbischöflichen Kanzlei war. Er musste später den jungen Philipp begleiten, als der Köln verließ.«

Maria erinnerte sich daran, wie König Philipp an jenem Sommertag, als er hier war, von seiner Zeit in Köln gesprochen hatte. Iliana sagte also die Wahrheit. Trotzdem war sie enttäuscht von ihr.

»Ihr habt Euer Versprechen gebrochen«, sagte sie. »Das dürft Ihr nicht noch einmal tun.«

»Ganz sicher nicht«, versprach Iliana. »Ich hätte es auch nie getan, wenn ich meine Freundin nicht so hätte leiden sehen. Sie ist krank, weißt du? Ich fürchte, sie wird das nächste Jahr nicht überleben.«

Maria blickte auf das kleine Pergament hinunter, das Iliana ihr hinhielt. Die letzten Worte einer Kranken an ihren einstigen Geliebten. Konnte sie das abschlagen? Wie würde sie sich fühlen, wenn sie Heinrich von Waldburg nie mehr sehen könnte, dafür aber die Gelegenheit hätte, ihm zu schreiben?

Maria nahm das Pergament und ließ es in ihre Gürteltasche gleiten.

»Danke.« Iliana sah erleichtert aus. »Meine Freundin wird dich in ihre Gebete mit einschließen. Du wirst sicher noch vor dem Winter deinen Bruder wiedersehen.«

Sie lächelte und drückte Maria die Hände, ehe sie sich erhoben, um zur Kapelle zu gehen.

# Kapitel 19

Iliana von Hohenstein sollte recht behalten. Kaum eine Woche später erhielt Maria die Nachricht von Dietrich von der Ehrenpforte, sie seien wieder zum Königshof geladen, und kaum zehn Tage später reiste die Kölner Gesandtschaft nach Koblenz, wo König Philipp sie dieses Mal empfangen würde. Die Gesandtschaft war ziemlich gewachsen. Im Wagen neben Maria saß diesmal nicht nur Richolf Parfuse, sondern noch weitere prächtig gekleidete Kölner Bürger mit klingenden Namen, die sie sich nicht alle merken konnte.

Aber sie waren bei Weitem nicht die Einzigen. Als sie einen Tag vor St. Martin, dem zehnten Tag des Nebelmonats, Koblenz erreichten, stellte sich heraus, dass der Herzog von Brabant und die Grafen von Jülich, Geldern, Berg, Hochstaden und Kessel bereits mit ihrem Gefolge in der Stadt waren. Da die Gästehäuser im erzbischöflichen Hof, wo der königliche Hofstaat weilte, bereits hoffnungslos überfüllt waren, mussten sie in einem Wirtshaus übernachten.

Maria war enttäuscht, doch am Abend sollte ein großes Festmahl stattfinden, zu dem sie auch geladen war. Aufgeregt schlüpfte sie aus der zerknitterten Reisekleidung hinein in ihren festlichen Bliaut, nachdem sie sich Gesicht und Haar gewaschen und jede Spur Schmutz von ihrem Hals, aus ihren Ohren und unter den Nägeln beseitigt hatte. Sie hatte sich von ihrem Geld in Köln ein paar schöne grüne Haarbänder gekauft, die zum grünen Stoff des Kleides passten. Hadewigis hatte ihr sogar ihre goldenen Ohrringe geliehen.

Dennoch kam sie sich gegenüber den Edelfrauen des königlichen Hofstaates und den Frauen aus dem herzoglichen und gräflichen Gefolge mit ihren juwelenbesetzten Schapeln geradezu ärmlich vor, als sie beim Festmahl in der großen Halle saß. Der erzbischöfliche Hof in Koblenz war größer als das Königsgut in Sinzig, mit einer lang gestreckten Halle, in der sie an Tischen und Bänken saßen und aßen. Die Halle summte von unzähligen Stimmen und Gelächter, was die Flötentöne des Spielmanns, der ihnen zum Essen aufspielte, fast völlig verschluckte. Das Licht unzähliger Kerzen zuckte über die bemalten Wände und ließ bruchstückhaft Szenen von Kreuzzügen und Schlachten aufleuchten.

Maria saß weit entfernt von der Tafel des Königs bei den Dienerinnen aus dem Gefolge des Grafen von Jülich. Ihnen wurde Gemüsebrei und Brot aufgetragen, dazu mit Wasser vermischter säuerlicher Rheinwein, während die Edlen Wildbret und Pasteten aßen. Sie hatte Heinrich von Waldburg in der Nähe des Königs entdeckt und beobachtete ihn heimlich, aber er konnte sie aus der Entfernung sicher nicht sehen. Diesmal trug er einen goldgelben Bliaut, an den Ärmeln fellverbrämt, der ihm besonders gut stand. Sie beobachtete, wie sich der König zu ihm beugte und etwas zu ihm sagte, und Heinrich nickte und lächelte sein gewinnendes Lächeln, dem der König bestimmt ebenso erlegen war wie sie. Mechanisch riss sie ein Stück von ihrem Brot ab und wischte damit aus Gewohnheit ihren Teller ab, während sie sich mehr als alles andere wünschte, sie könnte neben ihm sitzen. Ob auch er sich das wünschte? Dachte er überhaupt noch an sie oder hatte er sie längst vergessen unter dem Drängen der zahllosen anderen Frauen, die ihn, den reichen freien Witwer, zweifellos anschmachteten?

Diese Gedanken betrübten Maria, und sie trank mehr Wein, als ihr guttat. Ihre Stimmung hob sich erst wieder, als sie Wilem auf sich zukommen sah. Er hatte sich aus den Bankreihen der Soldaten am Rande des Saals gelöst und setzte sich neben sie.

»Du siehst hervorragend aus«, stellte sie zufrieden fest, nachdem sie sein Gesicht und seine Gestalt einer eingehenden Prüfung unterzogen hatte. *Wie Lioba*, setzte sie in Gedanken hinzu.

»Du aber auch«, grinste er und blickte auf ihr teures Gewand. »So ein feiner Stoff wie beim letzten Mal.«

»Ja, Dietrich von der Ehrenpforte hat sich nicht lumpen lassen. Aber es muss sich doch für mich auszahlen, dass ich die Kölner Herren und den König zusammengebracht habe.«

Wilem beugte sich nah zu ihr und raunte: »Der König glaubt, dass du ihm Glück bringst. Am Hofstaat nennt man dich ›Die Heilige Jungfrau der Friedensverhandlungen‹.«

»So, tut man das?«, stieß sie schmallippig hervor. Die Bemerkungen des Königs im Festsaal von Boppard waren also niemandem verborgen geblieben, und man hatte sich schon die Mäuler darüber zerrissen. *Wenn es wenigstens stimmen würde*, dachte sie in einem Anflug von grimmigem Humor.

»Man muss am Hof sehr vorsichtig sein, das hab ich inzwischen gelernt«, fuhr Wilem leise fort und beobachtete eine hübsche Magd, die ihnen den Nachtisch brachte: in Honig eingelegte Früchte. »Kein Geheimnis bleibt hier lange verborgen, weil jeder seine Spione hat – treue Gefolgsleute, Diener, Mägde, sogar Stallburschen – je nachdem, wen und wie viel man bezahlt. Manche hier verdienen mit ihren heimlichen Diensten ausgezeichnet. Ganze Sippschaften leben von dem Geld. Was ich dir sagen will – sei vorsichtig, Maria. Trau niemandem.«

Maria nickte und wich seinem Blick aus. Sie musste daran denken, wie Heinrichs Narr sie in Boppard ausgehorcht hatte. Sie hatte ihm so viel verraten! Nun wusste wahrscheinlich irgendjemand am Hof mehr von ihr, als ihr lieb war. Aber wer? Ließ Heinrich etwa seinen eigenen Narren für ihn spionieren? Hatte er vorsichtshalber alles von ihr wissen wollen, ehe er das Bett mit ihr teilte? Oder hatte er nur sichergehen wollen, dass sie nicht mehr log und nichts ausplauderte, was sie ihm zu verschweigen versprochen hatte? Möglich war es. Ja, es konnte sehr gut so sein.

Wilem starrte der Magd hinterher und sah dann wieder Maria eindringlich an. »Der Einzige, dem du trauen kannst, bin ich«, sagte er. »Spricht der König mit dir, weiß das innerhalb kurzer Zeit die letzte Maus am Hof. Er ist keinen Atemzug lang unbeobachtet, vielleicht nur auf der Heimlichkeit.« Er grinste, und Maria musste lächeln. Sie genoss es sehr, neben ihm zu sitzen und mit ihm zu scherzen wie früher. Ihr Streit in Köln, die schreckliche Schlacht – alles schien verziehen und vergessen zu sein.

»Heinrich von Waldburg ist einer der engsten Berater des Königs«, fuhr Wilem fort. »Er gehört zu seinem engsten Kreis. Eigentlich ist er als Truchsess ein unfreier Ministerialer, doch sein Amt übt in Wahrheit ein anderer für ihn aus. Er ist immer an der Seite des Königs, begleitet ihn überallhin, und der vertraut ihm. Manche am Hof nehmen es dem Truchsess übel, dass er wie ein freier Edler lebt und selbst den Schwertkampf beherrscht. Seine Familie muss über die Generationen hinweg viel Geld angehäuft haben. Aber so ist das hier – wer die Gunst des Königs besitzt, der hat viele Neider.«

Maria hing an Wilems Lippen. Endlich erfuhr sie mehr über Heinrich. Sie hatte nun ihren eigenen Spion am Hof, ihren Bruder. »Für uns war es gut, dass er so viel Macht hat«, sagte sie lächelnd.

Wilem nickte. »Zu den engsten Königsvertrauten gehören auch Heinrich von Schmalneck« – er deutete auf einen blonden Edlen mittleren Alters in der Nähe des Königs, dessen Haar bereits schütter wurde – »und Konrad von Scharfenberg, Bischof von Speyer.«

Maria kniff die Augen zusammen, um den älteren Mann im Bischofsornat an der hohen Tafel sehen zu können. »Ich kenne ihn aus Boppard. Er war bei den Friedensverhandlungen dabei.«

»Ja, er ist einer der Hauptverhandler. Der König hält sehr viel von ihm.«

Wilem senkte seine Stimme. »Der Gefährlichste von allen ist der Marschall. Er hat seine Spione überall. Man sagt von ihm, er ist Auge und Schwert des Königs.« In seiner ehrfurchtsvoll rauen Stimme schwang eine Spur von Bewunderung mit.

»Du meinst Heinrich von Kalden?« Maria dachte an den kalten Blick des Marschalls im Heerlager des Königs zurück, bevor er den Befehl gegeben hatte, sie zu verhaften.

»Schscht! Wenn ich Glück habe, komme ich in die Leibgarde des Königs«, raunte Wilem ihr ins Ohr. »Aber das entscheidet allein *er*.« Er nickte mit dem Kopf in Richtung des Marschalls. »Er nimmt natürlich nur die, denen er und der Kommandant vertrauen.«

»Wirklich? Das wäre wunderbar!«, rief Maria.

»Leise!«, mahnte Wilem sie flüsternd. Seine Wangen glühten. »Ich darf mir nichts zuschulden kommen lassen, hat der Kommandant gesagt. Sie wollen mich wohl noch eine Weile beobachten. Ich sag dir das nur ... versteh mich nicht falsch ... du solltest ebenfalls vorsichtig sein und dir nichts zuschulden kommen lassen, wenn du hier bist, verstehst du?«

Maria schüttelte den Kopf. Sie hasste es, wenn man in Rätseln zu ihr sprach. »Was willst du mir damit sagen?«

Bedeutete es, dass sie nicht mehr mit dem Truchsess das Bett teilen durfte? Oder bedeutete es das Gegenteil?

»Ach, schon gut.« Wilem machte eine beschwichtigende Geste. »Du solltest einfach unauffällig bleiben, jetzt, wo alle Augen auf dir ruhen.« Er lächelte hastig, und sie forschte in seinem Gesicht. Wusste er von ihr und Heinrich? Wenn der Hof voller Spione war, dann könnte es gut sein, dass jemand ihm etwas hinterbracht hatte.

Aber sie fand nicht die geringste Spur von Argwohn in Wilems Miene.

Sie wollte gerade etwas sagen, als sie eine kleine Gestalt herankommen sah. Ein Weiblein, das sein Kopftuch tief ins Gesicht gezogen hatte und aus seinem Kleid zu platzen drohte. Vor ihnen unterbrach es seinen schwankenden Gang, zog etwas aus seinen Gewandfalten und warf es auf ihren Tisch. Die Frauen schrien auf. Einige sprangen hoch und starrten auf den Frosch, den das Weib sich gerade erdreistet hatte, auf ihre Tafel zu werfen. Das gesprenkelte Tier harrte eine Weile reglos und machte dann einen langen Satz, bei dem es beinahe auf dem Teller von Marias Nachbarin gelandet wäre. Die Frau stieß einen gellenden Schrei aus und wich so weit nach hinten, dass sie das Gleichgewicht verlor und rücklings über die Bank auf den Boden fiel. Daraufhin brach ein Tumult am Tisch aus. Einige Frauen halfen der Frau auf. Wilem erhob sich und versuchte, den Frosch zu fangen.

Rasch trat das Weiblein auf Maria zu. »Komm Mitternacht schur Kapelle«, flüsterte es hastig in ihr Ohr. Ihr Herzschlag beschleunigte sich.

»Aber ich muss zurück ins Wirtshaus«, raunte sie.

Grimold rollte mit den Augen. »Ich kümmer mich darum«, raunte er an ihrem Ohr.

»Dafür machst du hier einen solchen Aufstand?«, schnaubte Maria laut. »Du bist unmöglich, Weib!«

Grimold schüttelte seinen Kopf und rannte kichernd davon.

Maria beobachtete, wie ihr Bruder den Frosch einfing und aus der Halle beförderte, um nach seiner Rückkehr am Tisch als Retter beklatscht zu werden. Doch Grimold hatte noch mehr Frösche in seinen verborgenen Taschen, die er nach und nach aussetzte, bis der königliche Mundschenk selbst ihm Einhalt gebot und ihn der Halle verwies.

Maria aber konnte kaum abwarten, bis es Mitternacht wurde.

\* \* \*

Zum Glück hob König Philipp noch vor Mitternacht die Tafel auf und zog sich vom Festmahl zurück, sodass die Halle sich rasch leerte. Maria schlüpfte unauffällig aus dem Saal und lief über den dunklen Hof des erzbischöflichen Palastes zur Kapelle, wo sie sich unter den Rundbögen einer Seitenpforte verbarg. Von hier aus beobachtete sie, wie die Festteilnehmer zu ihren Wagen strömten, die sie in die Gasthäuser der Stadt brachten. Sie betete darum, dass die Kölner sie nicht suchen lassen würden. Das Letzte, was sie wollte, war Aufmerksamkeit erregen.

Sie starrte angestrengt in die kühle, sternenklare Herbstnacht. Ein halber, fleckiger Mond, dessen andere Hälfte man bestenfalls erahnen konnte, schimmerte hell neben funkelnden Sternen. Die letzten Blätter des Baumes neben der Kapelle zitterten im Wind. Eine Fackel, die in einer Halterung in der Nähe brannte, zuckte heftig, doch ihr Licht erreichte Maria nicht. Der Ort war gut gewählt. Niemanden zog es um diese Zeit in die Kapelle. Trotzdem fuhr Maria zusammen, als sie die Schritte hinter sich hörte.

»Ah, mein Narr hat dich gefunden.« Sie erkannte zuerst seine Stimme. Dann sah sie die Umrisse der hohen Gestalt

Heinrich von Waldburgs im trüben Licht der Fackel. Er fasste ihre Hände.

»Wartest du schon lange? Du bist ja ganz kalt!«

Er wärmte ihre Hände mit seinen, dann beugte er sich hinunter und küsste sie. Ein wohliger Schauer überlief sie und ließ sie noch mehr zittern, sie konnte nichts sagen. Er nahm sie in die Arme, schlang seinen Mantel um ihren. Tief atmete sie seinen vertrauten Geruch ein; dieses Mal roch er nach einem herben Parfüm und den Blüten des Bades, das er wohl genommen hatte. Er schmeckte nach Wein.

»Ich habe dich vermisst«, raunte er.

»Ich Euch auch«, gestand sie leise und hob ihm ihren Mund für den nächsten Kuss entgegen. Alles in ihr wurde weit und offen und schmolz hinweg in großer Wärme, die sich nun in ihr ausbreitete.

»Komm«, sagte er und zog sie mit sich fort.

Dieses Mal führte er sie in sein eigenes Gemach, vorbei an einem schlafenden Diener durch eine wuchtige Holztür, die sich leise knarrend öffnete. Maria roch die noch warme Glut eines Kohlebeckens, fühlte ein weiches Fell unter ihren nackten Füßen, nachdem er ihr die Schuhe abgestreift hatte. Er löste ihr sogar die Haarbänder, fuhr mit seinen schlanken kräftigen Händen durch ihre Locken.

»Wie schön du bist. Dein Haar!« Im sanften Licht des hereinfallenden Mondes und der ersterbenden Glut konnte sie sehen, wie er sie mit bewundernden Blicken betrachtete. Stolz durchflutete sie, Freude und ein anderes Gefühl, das sie beim letzten Mal nur flüchtig gekostet hatte.

»Meine Mondgöttin«, flüsterte er.

Sie wusste, dass sie schön war. Die Jagd und ihre langen Fußwege durch die Sümpfe und Wälder mit Relindis hatten ihren Leib wohl geformt. Aber noch nie hatte es ein Mann gesehen.

Sie senkte ihren Kopf hinunter und küsste ihn, gewahrte seine verzückte Miene.

Sie spürte, wie der Wein und die Lust ihr Blut schneller kreisen ließen, bis sich etwas in ihr ballte, ein altes, ewiges Feuer, das ihren Leib und ihre Sinne beherrschte und dann in mächtigen Flammen aufzuckte, während sich seine Bewunderung ins Unendliche verlor.

Als sie mit ihren Locken seine lächelnde Miene bedeckte, wusste sie, dass sie gewonnen hatte.

Später, als die Nacht fortschritt und die Kälte durch alle Ritzen hereinkroch, schämte sich Maria für das, was sie getan hatte. Es muss der Wein gewesen sein, dachte sie. Aber sie fühlte sich auch wunderbar.

»Ich habe mich schlecht benommen«, flüsterte sie und presste sich an Heinrichs nackten Körper.

»Nein.« Seine Hand fuhr müde durch ihre Locken. Im schwachen Lichtschein sah sie ihn lächeln.

Sie richtete sich in den Kissen auf. Sanft strich sie über seine Brust, während sie jeden Zoll seines Körpers mit Blicken verschlang. So wollte sie ewig liegen bleiben. Wenn es einen Platz für Liebende im Himmel gäbe, würde sie sofort sterben wollen. Sie nahm seine Hand und führte sie an ihre Lippen.

»Wirklich nicht?« Erwartungsvoll blickte sie auf ihn hinunter.

»Nein.« Er nahm ihre Hand und drückte sie. »Schlaf jetzt, der Morgen kommt bald.«

Aber sie wollte nicht an den Morgen denken, wo sie sich trennen mussten. »Sehen wir uns bald wieder?«, fragte sie hoffnungsvoll.

Er drückte kurz ihre Hand, bevor er sie losließ. »Natürlich, Schatz, morgen. Die Verhandlungen werden den ganzen Tag dauern.«

»Und die Kölner?«, fragte sie, voller Angst bei dem Gedanken, was Dietrich von der Ehrenpforte wohl denken mochte, nachdem sie nicht mit ins Gasthaus gefahren war.

»Darum kümmert sich mein Narr. Schlaf jetzt.« Er tätschelte ihr die Schulter und rollte sich auf die andere Seite des Bettes. Maria wusste, das war ein Befehl.

* * *

Sie gehorchte nicht und blieb wach, bis der Morgen graute. Alles andere wäre ihr wie Verrat an ihrer Liebe vorgekommen. Still lag sie neben ihm, lauschte auf seine regelmäßigen Atemzüge und bewachte seinen Schlaf, bis das erste fahle Morgenlicht ins Gemach sickerte. Dann gab sie sich einen Ruck, kleidete sich an, band sich die Bänder ins Haar und schlich sich hinaus.

Nur wenig später fand sie sich auf dem Hof wieder, wo die übernächtigten Wachmänner der morgendlichen Kühle trotzten und Wache hielten. Aus dem Gästehaus drangen Stimmen und Geschirrgeklapper, und bald erschien eine verschlafene Magd und entleerte einen Nachttopf auf dem Hof. Sie fuhr überrascht zusammen, als Maria plötzlich neben ihr auftauchte. Wahrscheinlich hatte sie nicht damit gerechnet, dass jemand von den Gästen schon so früh wach war.

»Kannst du mich in die königliche Kanzlei führen?«, fragte Maria. Ihr war Ilianas Brief wieder eingefallen, den sie immer noch bei sich trug.

Die junge Magd musterte sie abschätzend, dann nickte sie. »Ich kann Euch hinführen, aber da ist so früh keiner.«

»Macht nichts. Ich werde warten.«

Die Magd nickte, stellte den Nachttopf im Eingang des Gästehauses ab und lief quer über den Hof zum Palas. Dort führte sie Maria durch die stillen Gänge bis vor eine hohe, verschlossene Tür.

»Hier ist es.« Sie knickste kurz und beeilte sich, fortzukommen. Während Maria ihr hinterhersah, wunderte sie sich darüber, dass die Magd sie so förmlich angeredet hatte. Vermutlich hielt sie sie für eine Edle oder eine vornehme Bürgersfrau. Sie nestelte Ilianas Brief aus dem Saum ihres Kleides, wo sie ihn versteckt hatte, und barg ihn in ihrer Hand. Wieder einmal fragte sie sich, woher Iliana gewusst hatte, dass Maria an den Königshof kommen würde. Sie hatte ihr kein Wort von den Friedensverhandlungen erzählt. Vielleicht hatte sie nur einen Verdacht. Vielleicht besaß sie aber auch die Gabe des Hellsehens. Sie war eine Schwester, sie kannte das Sternenauge. Wer wusste schon, was sie sonst noch sehen konnte?

Maria wurde aus ihren Gedanken gerissen, als ein Mönch in einer groben Benediktinerkutte heraneilte. Über die Pergamentrollen, die er vor seiner Brust trug, warf er ihr einen ablehnenden Blick zu. »Habt Ihr Euch verlaufen? Was sucht Ihr? Hier ist die königliche Kanzlei.«

»Ich möchte zu Odalrich.«

Der Mönch musterte sie kurz, während er mit dem Rücken die Kanzleitür aufdrückte. Dann bedeutete er ihr mit dem Kopf, ihm zu folgen. Sie betraten einen großen, lichtdurchfluteten Raum mit mehreren Stehpulten, auf denen Tintenfässer, Federn und Pergamente lagen. Der Mönch ließ die Pergamente auf einen großen Tisch rollen und rüttelte einen Bruder, der auf einem Schemel am Tisch kauerte und schlief, an der Schulter wach. »He, Odalrich, Besuch!«

Der Mönch schreckte hoch. Auf der Haut seines schmalen, sicher einstmals schönen Gesichtes zeichnete sich der Abdruck seiner groben Kutte ab. Aber seine hellblauen Augen waren sofort wach und musterten Maria aufmerksam. Er erhob sich behände und führte sie in eine Ecke der Kanzlei außerhalb der Hörweite des anderen Mönches.

»Ich bringe dir einen Brief aus Köln. Iliana von Hohenstein hat ihn mir gegeben«, flüsterte Maria.

Erstaunen flog über die Miene des Mönches, ehe sie sich aufhellte. Rasch ergriff er das kleine Pergament und verbarg es in seiner Hand.

»Wie geht es ihr?«, wollte er wissen.

»Gut. Es herrscht nur … Mangel in Köln. Aber es geht ihr trotzdem gut.« Maria bemühte sich, zuversichtlich zu klingen, als sie an Ilianas mageres Gesicht dachte. *Wenn nicht bald die Rheinsperre aufgehoben wird, werden viele in Köln den Winter nicht überleben,* setzte sie nüchtern in Gedanken hinzu. Aber sie sagte nichts. Sie wollte den Mann nicht beunruhigen.

Er sah erleichtert aus, drückte ihr den Arm. »So Gott will, wird bald Frieden im Reich herrschen.« Er bekreuzigte sich.

»Bei Gott und allen Heiligen.« Maria bekreuzigte sich ebenfalls, ehe sie sich zum Gehen wandte. Sie spürte, dass er ihr noch nachsah, als sie den kalten Raum durchquerte, und dachte, dass die Kanzleidiener heute sicher eine Menge zu tun bekommen würden. Auf dem Gang wäre sie beinahe mit Grimold zusammengestoßen. Er hatte seine Frauengewänder abgelegt und trug zu ihrer großen Verwunderung normale Kleidung – eine graue Gugel, die mit schwarzem Wollstoff abgesetzt war, Beinkleider, fleckige Schuhe.

»Komm mit«, flüsterte er und zupfte an ihrem Mantel. Zögernd reichte sie ihm die Hand und ließ sich von ihm fortführen.

*Woher weiß er, dass ich hier bin?*, schoss es ihr durch den Kopf. »Warum folgst du mir?«, fragte sie ihn laut, während er sie über einen Gang führte, doch er schüttelte nur den Kopf.

Ihr fiel wieder ein, was Wilem ihr von den Spionen erzählt hatte, und dachte daran, wie der Narr sie ausgehorcht hatte. *Er ist Heinrichs Spion, deshalb folgt er mir.* Heinrich ließ sie also bewachen.

Mit gemischten Gefühlen folgte sie Grimold eine gewundene Treppe hinunter in die finsteren Kellergewölbe unter dem Palast. Sie durchquerten ein Gewirr von niedrigen Gängen mit Türen, hinter die Maria lieber nicht sehen wollte, bis sie ein winziges dunkles Gelass erreichten. Der Narr schloss die grobe Holztür hinter ihnen, und Maria blickte sich schaudernd um. Es war kalt, und nur durch eine schmale Öffnung oben in der Wand sickerte graues Tageslicht herein. Nachdem ihre Augen sich an die Düsternis gewöhnt hatten, erkannte sie die spärlichen Gegenstände im Raum: ein kleines Lager aus Fellen und Decken, eine halb heruntergebrannte Kerze, einen Nachttopf, einen schlichten Napf und einen Becher.

»Was soll das?«, fragte sie den Zwerg. »Warum führst du mich hierhin?«

»Schscht, leische!« Er legte seinen Finger auf den Mund. »Keine Angscht, hier paschiert dir nichtsch. Du muscht schlafen.« Er deutete auf das kleine Lager zu seinen Füßen. »Leg dich hin und ruh dich ausch.«

Er sprach wie ein gewöhnlicher Mann zu ihr, als hätte er mit seiner Kleidung auch den Narren abgelegt. Maria beruhigte sich etwas, obwohl ihr Herz immer noch heftig klopfte vor Angst. »Hat dein Herr dir befohlen, mich hierhinzubringen?«

Sie starrte ihn durch die Düsternis hindurch an, aber sie konnte seine Miene nicht erkennen. Doch dann sah sie ihn nicken. »Hier bischt du schicher.« Er klopfte auf das Lager, das offenbar sein eigenes war.

Doch Maria verspürte nicht die geringste Lust, seiner Aufforderung nachzukommen. »Ich will zurück«, beharrte sie. »Bring mich nach oben, ich muss zu meiner Gesandtschaft.« In

Wahrheit fürchtete sie sich vor diesem dunklen Gelass und der Anwesenheit des zwielichtigen Narren.

»Nein, die Kölner denken, du bisch' krank«, sagte er.

»Hast du ihnen das gestern Abend gesagt?«

Er nickte und setzte seine Gugel ab. »Wasch' hätt' ich ihnen schonscht schagen scholln?«

Sie spürte, wie er sie ebenfalls musterte, und dachte eine Weile nach. Durch den schmalen Schlitz in der Wand drang das leise Geräusch von fallendem Regen herein und durchbrach die Stille. Eigentlich keine schlechte Ausrede, dass sie krank geworden war. Grimold hatte es sicher nicht immer leicht, die Wünsche seines Herrn zu erfüllen.

»Hier isch mein Reich«, sagte er und machte eine ausholende Handbewegung. »Hier kannscht du schlafen bisch heut Abend.« Er ließ den Satz bedeutungsvoll in der Luft schweben.

»Nun gut«, meinte sie. Zögernd ließ sie sich auf seinem kleinen Lager nieder. Sie war auch sehr müde. Bald fielen ihr die Augen zu, und sie schlief ein.

Am Nachmittag brachte Grimold ihr etwas zu essen, und sie würfelten im matten Schein der Kerze, bis er sie durch die verwinkelten Kellergänge des Palasts wieder in das Gemach seines Herrn führte. Diesmal schlief kein Diener in der kleinen vorgelagerten Kammer, und Grimold selbst legte frische Holzkohle nach und entfachte die Glut im Kohlebecken. Nachdem er eine Kerze entzündet hatte, ließ er Maria allein.

Sie legte ihren Mantel ab. Eine kribbelnde Unruhe erfasste sie. Der Geruch Heinrich von Waldburgs hing noch im Raum, und im Kissen in dem sorgfältig hergerichteten Bett war eine Mulde, als hätte er vor dem Abend noch ein wenig geruht. Wie mochte es wohl sein, das Leben als Vertrauter des Königs? Sie wusste so wenig von ihm! Neugierig ging sie zu der mächtigen eisenbeschlagenen Truhe, die in einer Ecke stand, und versuchte den Deckel zu heben, aber sie war verschlossen.

Hastig lief sie zurück, als sie Schritte hörte. Nur einen Atemzug später erschien Heinrich von Waldburg in seinem Gemach. Er trug denselben goldgelben Bliaut wie am Vortag, und sein Haar fiel in Wellen herab bis zum Kinn. Er lächelte, als er Maria erblickte, und küsste sie sofort. Er roch nach Parfüm und Wein. Maria erwiderte seinen Kuss. Sie verspürte ein Kribbeln, als wäre das Feuer vom Abend zuvor nicht wirklich erloschen. Sie ließ sich von ihm auf sein Bett heben und gewahrte erfreut, wie er ihre Haarbänder löste und ihr Haar sorgfältig auf dem Kissen ausbreitete. »Ich habe mich den ganzen Tag darauf gefreut«, murmelte er zwischen zwei langen Küssen. Da spürte sie, wie die Lust sie erneut übermannte.

»Du hast eine natürliche Begabung für die Liebe«, meinte er später, als sie ermattet nebeneinander in den Kissen lagen. »Man merkt, dass du ein Landmädchen bist.«

Maria zog ein beleidigtes Gesicht. »Was wollt Ihr damit sagen?«

Er lächelte befriedigt. »Dass deine natürlichen Triebe nicht durch eine strenge Erziehung verschüttet worden sind, wie das bei den meisten Edelfrauen der Fall ist.«

»So, meint Ihr?« Sie betrachtete ihn im hereinfallenden Mondlicht, während sie sich fragte, mit wie vielen vornehmen und weniger vornehmen Damen er wohl vor ihr bereits sein Bett geteilt hatte. Sie war eifersüchtig auf jede einzelne.

»Ich habe es gleich gewusst«, meinte er selbstzufrieden.

»Ich hoffe, das ist nicht der einzige Grund, warum Ihr mit mir zusammen seid«, erwiderte sie und wunderte sich über ihre eigenen mutigen Worte.

»Aber natürlich nicht.« Er küsste ihre Stirn. »Du bist klug, schön und stürmisch. Was will ein Mann mehr von einem Weib?«

Sie lächelte geschmeichelt.

»Leider werdet ihr morgen schon wieder abreisen«, fuhr er fort. »Die Friedensverhandlungen sind vorerst beendet. Der König hat sich mit den Kölnern geeinigt. Das bedeutet, dass die Rheinsperre aufgehoben wird. König Philipp besteht aber darauf, dass alle Kölner ihm die Treue schwören, nicht nur die zweitausend Bürger auf dem Pergament, die der Bischof von Speyer ihm überreicht hat. Die Kölner haben versprochen, das zu bewerkstelligen.«

»Wie schön, dann können die Schiffe wiederkommen!«, rief Maria und küsste ihn. »Wir müssen nicht hungern! War das Euer Werk?«

Heinrich von Waldburg schob sie lächelnd fort. »Schon gut, Maria. Es war uns allen klar, dass die Kölner die Rheinsperre auf jeden Fall noch vor dem Winter aufgehoben haben wollten, und der König hat ihnen das gewährt. Wie ich schon sagte, hat er ein großmütiges Herz.«

»Ich weiß.« Maria rollte sich neben ihm zusammen. Sie wurde traurig bei dem Gedanken, ihn am Morgen schon wieder verlassen zu müssen. Wie lange würde es dauern, bis sie ihn wiedersah?

»Die Kölner haben bis zum Sonntag Invokavit, also bis zum Frühling Zeit, die allgemeine Huldigung zu erbringen«, erklärte Heinrich von Waldburg. »Was meinst du, werden deine Freunde das schaffen? Wie ist die Stimmung in der Stadt?«

Maria seufzte in sich hinein. Woher sollte sie das wissen? Sie sah doch den Menschen auf den Märkten und in den Gassen nur vor die Köpfe, hörte nur das Gerede, von dem Bela ihr erzählte, das sich allerdings so schnell ändern konnte wie das Wetter. Aber sie begriff, dass er etwas von ihr hören wollte, und sie begriff auch, dass es möglichst gut in seinen Ohren klingen sollte.

Sie legte ihren Ellenbogen auf das Kissen und stützte ihren Kopf mit der Hand ab. »Ich glaube, dass mein Herr und Parfuse inzwischen genug Anhänger unter den hohen Herren haben«, behauptete sie. »Selbst wenn nicht – die Kölner sind ein nüchternes Volk, sie erkennen, wann eine Schlacht verloren ist. Sie werden König Philipp huldigen.«

»Aber der Einfluss der Kirche ist groß in Köln«, seufzte Heinrich, während er an die Decke starrte. »Der Arm des Papstes reicht bis tief in die Stadt hinein, immer noch, obwohl der König den Welfenfreund Erzbischof Bruno seit der Schlacht gefangen hält.«

Maria unterdrückte ein Seufzen, denn sie hätte lieber über anderes mit ihm gesprochen als über hohe Politik. Sie wünschte sich, er würde sie in den Arm nehmen und ihr sagen, wie sehr er sie mochte. Aber er lag neben ihr und schien mit den Gedanken weit weg zu sein. So streckte sie die Hand aus, strich sanft über seinen Arm und versicherte ihm erneut, dass die Kölner König Philipp bestimmt bis zum Frühjahr huldigen würden. »Meine Herrin wird ihm ganz sicher huldigen, dafür sorge ich«, versprach sie. »Sowie auch die ganze Familie von der Ehrenpforte und noch weitere.«

Zufrieden sah sie, dass er lächelte, und er drückte ihre Hand. Aber er wirkte abwesend.

»Sehen wir uns denn noch vor dem Frühjahr wieder?«, wagte sie endlich zu fragen.

Er seufzte, strich ihr mit den Fingern über die Wange. »Ich fürchte nein, Schatz. Bevor die Frist verstrichen ist, wird es keine weiteren Verhandlungen geben. Der König hat vor, das Weihnachtsfest mit seiner Familie in Hagenau zu verbringen.«

Im Dunkeln konnte sie seine Miene nicht erkennen, aber sie hörte das Bedauern in seiner Stimme. Sie ließ ihren Kopf auf das Kissen zurücksinken. Im Frühjahr! Das schien ihr eine unendlich lange Zeit zu sein. Wie sollte sie bis dahin ohne ihn weiterleben? Wie ohne seine Berührungen und all das, was sie in den letzten beiden Nächten hatte erfahren dürfen? Würde sein Bett in der Zwischenzeit kalt bleiben? Ihr schauderte bei dem Gedanken, dass ihm eine andere Frau in den kalten Wintermonaten das Bett wärmte. Dass er das, was er mit ihr getan hatte, auch mit anderen Frauen tat.

»Ich bin müde«, sagte er, gähnte und drückte ihr noch einmal die Hand, ehe er sich zum Schlafen auf die andere Seite drehte.

Aber Maria lag noch lange schlaflos und starrte in die Dunkelheit, bis sie endlich ein leichter Schlaf übermannte.

# Kapitel 20

Am nächsten Morgen vor der Abreise musterte Dietrich von der Ehrenpforte sie besorgt. »Du siehst blass aus, Kind«, sagte er. »Haben sie sich im Gästehaus gut um dich gekümmert? Wie fürsorglich vom Truchsess, selbst für dein Wohlergehen zu sorgen!«

Er lächelte. Sie suchte nach Anzeichen von Spott in seiner Miene, etwas, das darauf hindeutete, dass er nicht an ihre Krankheit glaubte, fand aber nichts. Er schien wirklich besorgt zu sein.

»Ich hoffe, du kannst mitfahren?« Er hielt die schwere Plane des Reisewagens hoch und half ihr, in den Wagen zu steigen.

»Sicher, es wird schon gehen«, sagte sie leise und nahm auf einer Bank Platz. Wenn Dietrich von der Ehrenpforte ahnte, wo sie in Wahrheit gewesen war, dann ließ er sich jedenfalls nichts anmerken. Richolf Parfuse junior nahm ächzend ihr gegenüber Platz und klagte über die lange Rückfahrt in dem unbequemen Wagen, die er und die anderen sich bald mit Mengen von Bier aus den mitgebrachten Lederschläuchen schöntranken. Bald dröhnte der Wagen vom Klang tiefer Männerstimmen, die anzügliche Lieder sangen. Maria saß schweigend und müde zwischen ihnen, das Herz voller Traurigkeit, und hätte sich am liebsten irgendwo verkrochen, um ungestört zu weinen.

Als sie wieder in Köln waren, legte sie ihr graues Mägdegewand wieder an, das ihr nun trist und rau erschien, wusch ihr Reisekleid und legte es mit einem getrockneten Lavendelsträußchen in ihre Kleidertruhe zurück. Ihren grünen Bliaut und die Haarbänder aber ließ sie ungewaschen. Manchmal, wenn die Sehnsucht ihr den Atem zu nehmen drohte, nahm sie ihn aus der Truhe, presste ihr Gesicht in seinen Stoff, atmete tief den Geruch Heinrichs ein und sehnte den Frühling herbei.

Aber es war gerade erst mal Herbst. König Philipp hielt sein Versprechen und ließ die Rheinsperre aufheben. Bald kamen wieder Handelsschiffe nach Köln. Wer genug Geld besaß, konnte sich ausreichend Vorräte für den Winter beschaffen, aber die Armen litten bittere Not. Viele Bauern waren wieder in die Stadt gekommen, nachdem ihre Höfe zerstört worden waren, hausten in ärmlichen Baracken an der neuen Stadtmauer und bettelten vor den Kirchen und Klöstern der Stadt. Aber die meisten Klöster brauchten das Wenige, das sie noch hatten, für sich selbst. Auch im Haus von der Ehrenpforte hatten die Frauen Wintervorräte angelegt: Im Keller lagerten Äpfel und Birnen, auf dem Dachboden getrocknete Beeren, in Erdmieten das Gemüse. Hadewigis hatte Mehl von den Rheinmühlen, Honig, Salz und ein Fass Ostseehering dazugekauft. Sie ließ einen Bauern Holz aus einem nahe gelegenen Wald holen, wo die von der Ehrenpfortes das Holzrecht besaßen, und gewährte ihm als Lohn einen Teil des Brennholzes.

Aber dann folgte auf den Herbst ein kalter, trockener Winter, der die Handelsschiffe fernhielt. Die Not in der Stadt vergrößerte sich. Nachdem immer mehr Neugeborene in bitterkalten Nächten vor den Klosterpforten ausgesetzt worden waren und man an drei Tagen hintereinander die Leichen verhungerter Kinder gefunden hatte, rief Richmud de Curia die reichen Bürgersfrauen in ihrem Kloster Weiher zusammen, unter ihnen Udilhildis und Hadewigis von der Ehrenpforte sowie die Frauen der Parfuses, der Rufus' und der von der Mühlengasse. Gemeinsam beschlossen sie, die armen Bauern über den Winter zu bringen, damit sie im Frühling auf ihre Höfe zurückkehren und die Felder bewirtschaften konnten.

Sie sammelten Geld, Wolldecken, Kleider, kauften den Kölner Stadtbauern das ab, was sie noch hergeben konnten. Jeder stellte Mägde und Knechte, die täglich im Hause von Dietrich von der Ehrenpforte Gemüsebrei kochten und Brot buken von dem Mehl, das ihnen der Rheinmühlenbesitzer Hilger Rufus zu einem günstigen Preis überließ. Jeden Tag zogen die Knechte einen Handkarren mit riesigen Töpfen und Körben auf den Alter Markt, wo das Essen in einer von Richolf Parfuses Marktbuden an die Armen verteilt wurde.

Auch Maria und Bela mussten einmal in der Woche kochen helfen und anschließend das Essen an die Armen verteilen – für Maria eine willkommene Ablenkung. Wenn sie in die schmalen Gesichter der Kinder sah und die ihrer ausgezehrten Mütter, wenn sie die Dankbarkeit in ihren Augen aufleuchten sah, als sie ihnen den Essensnapf reichte, dann wusste sie, dass es schlimmeres Unglück gab, als den Geliebten einen Winter lang nicht zu sehen.

Aber der Winter wurde hart und lang. Im Christmonat kamen Stürme auf und fegten über das Land. Sie fuhren in die Wälder, bliesen über die verbrannten Felder, pfiffen auf den Gräbern. Sie ächzten in den Dachgebälken, zuckten um die Häuser, heulten von Tod und Vergänglichkeit. Der Rhein jagte grau und aufgewühlt an der Stadt vorbei, als wäre der Leibhaftige selbst hinter ihm her. Danach, in der Fastenzeit nach Weihnachten, kamen wochenlang strenger Frost und Schnee und schlugen die Stadt in eisige Starre.

Maria und Bela rissen sich nicht darum, in dieser Kälte Essen zu verteilen. Trotz aller Bemühungen und obwohl sich noch mehr mildtätige Menschen gefunden hatten, die sie unterstützten, gab es in diesen Tagen nicht mehr viel, das sie verteilen konnten.

Maria hob die Deckel der Töpfe, nachdem die Knechte diese auf den Tisch der Marktbude gewuchtet hatten, und starrte enttäuscht in die magere Brühe, in der ein paar Kräuter und Erbsen schwammen. Dann sah sie auf die Schlange der Hungrigen vor ihnen, die von Tag zu Tag wuchs. Sie reichte bereits bis zum Ende des Alter Marktes. Anfangs hatte es noch Tumulte bei der Verteilung des Essens gegeben, und die Gewaltdiener hatten einschreiten müssen. Doch mittlerweile schienen selbst die kräftigsten Bauern zu schwach oder zu gleichgültig dafür zu sein. Still ließen sie sich den Napf füllen und beschwerten sich nicht, auch nicht, wenn jemand mal einen Löffel mehr bekam. Aber es gab sowieso nur eine Kelle für jeden. Eine Kelle Suppe, ein Stück Brot. Mehr nicht.

»Bei allen Geistern der Finsternis«, entfuhr es Maria, nachdem sie auch den letzten Rest aus den Töpfen gekratzt und das letzte Brot an die Kinder verteilt hatten. »Wenn doch nur der Winter endlich gehen würde! Wir haben die Bauern wochenlang durchgefüttert, und nun verhungern sie wohl doch noch!« Sie warf die Kelle in den Topf zurück und knallte den Deckel drauf. Ihre Wut nahm ihr beinahe den Atem. Auch ihr knurrte der Magen, denn sie hatten sich in den letzten Wochen einer strengen Essenseinteilung unterwerfen müssen, weil Hadewigis befürchtete, dass selbst ihre Vorräte nicht reichen würden. Aber das ertrug sie mit grimmigem Trotz, als wollte sie Gott zeigen, dass es ihr nichts ausmachte zu hungern. Zudem war sowieso Fastenzeit. »Weder Gott noch die Heiligen haben Erbarmen«, schnaubte sie. »Es rührt sie nicht, dass die Armen verhungern!«

»Ruhig, Maria«, ermahnte sie Bela. »Es wird nicht besser, wenn du Gott lästerst. Du wirst dadurch nur noch wütender, und der Allmächtige wird dir zürnen.«

»Ach ja?« Maria stemmte die Hände in die Hüften und bedachte die Freundin mit einem kritischen Blick. Auch Bela war dünner geworden, aber auf den Wangen ihres herzförmigen Gesichtes prangten zwei leuchtende Flecken wie bei einem rotbackigen Apfel. So war das bei ihr – sie sah immer frisch und gesund aus.

Maria reckte ihr Kinn nach vorn und wies mit dem Kopf in Richtung der Kinder, die sich um die letzten Brotstücke zankten. »Sieh sie dir doch an! Sie sind kaum ein paar Jahre alt. Anstatt in der warmen Sommersonne zu spielen, werden sie bald in der kalten Erde liegen, wenn das so weitergeht. Sie sollten ihren Eltern nachfolgen, Bauern werden, das Land bewirtschaften! Aber so werden sie nur schwächer und von den ersten besten Krankheitsdämonen dahingerafft, die sie sicher bald überfallen. Wie kann der Allmächtige das zulassen?«, stieß sie hervor.

»Mache Gott keinen Vorwurf«, ermahnte sie Bela, die wieder in die Bude gekommen war. Sie stellte den leeren Weidenkorb auf den Handkarren zurück. »Es sind die Menschen, die die Schuld daran haben. Der verfluchte Krieg! Der Streit um den Thron muss endlich aufhören. Mir ist's ehrlich gesagt egal, wer König ist, wenn nur endlich Frieden wäre!«

»Mir auch«, sagte Maria. Aber sie hatte vor, die Hilfe der Gottesmutter zu erflehen. Vielleicht würde die Hohe Mutter sich eher dazu erweichen lassen, ihnen Wärme und Frühling zu schicken, als Gott. Verdrossen bemerkte sie, wie die Schar hohlwangiger Kinder in der Nähe wartete und den Markt beobachtete, ehe sie weiterziehen und sich an den Ständen mehr Essen erbetteln würden.

Bela streifte sich die rot gefrorenen Hände an ihrem Gewand ab. »Wenn du nichts dagegen hast, dann würde ich jetzt …«

Sie deutete mit dem Kopf in eine bestimmte Richtung.

Maria nickte. »Geh nur. Ich hole die Knechte und mach den Rest allein.«

Bela lächelte glücklich, raffte ihren Mantel und eilte über den Markt davon. Maria sah ihr nach und beobachtete, wie die Freundin immer kleiner wurde, bis sie schließlich zu einer winzigen grauen Gestalt unter dem grauen Winterhimmel geworden war, die schließlich mit anderen winzigen grauen Gestalten in der Ferne verschmolz. Sie wusste, dass Bela sich nun mit Volmar heimlich treffen und erst am späten Nachmittag zurückkehren würde. Sie hatten ihre Vereinbarungen und Geheimnisse miteinander, die ihnen unbemerkt von Hadewigis ein paar Freiheiten erlaubten. Maria hatte Bela eines Abends, als ihre Sehnsucht allzu groß geworden war, ihr Herz ausgeschüttet und von ihrer heimlichen Liebe zum Truchsess erzählt, um ihrem Herzen Luft zu machen. Bela hatte ihr daraufhin ihre heimlichen Treffen mit Volmar gestanden. Nun half Maria ihr, die Treffen mit Volmar zu verbergen. Sie wusste, sie würde nun Zeit bis zur Dämmerung haben, um die Knechte zu holen und den Karren zurück zum Kloster Weiher bringen zu lassen, wo das Essen an diesem Morgen gekocht worden war. Sie tastete nach dem kleinen Pergament in ihren Mantelfalten. Endlich würde sie das tun, was sie schon lange hatte tun wollen.

Sie war gerade dabei, die Tür der Marktbude zu verschließen, als sie Alexander auf sich zukommen sah. Hastig stapfte er durch den aufgewühlten Schnee. Er trug hohe Stiefel, einen langen grauen Mantel und eine Gugel aus dunkelgrüner Wolle, die er sich tief ins Gesicht gezogen hatte.

»Bin ich zu spät?«, fragte er mit einem entwaffnenden Lächeln, von dem er wusste, wie gerne sie es sah.

»O nein, Ihr seid nie zu spät«, scherzte Maria grimmig und stieß die Tür wieder auf. Er kam immer erst am Nachmittag, obwohl er genau wusste, dass sie jeden Morgen schon hier waren, und zudem meistens dann, wenn sie allein war. Er betrat die Bude, zog sich die Gugel ab und wuchtete seinen schweren Beutel auf den Tisch. In seinem Vollbart hingen ein paar winzige Tropfen Schnee. Ergeben nahm sie wieder den Korb vom Karren und half ihm, die Brotlaibe aus seinem Beutel hineinzuschichten.

»Die können Tag und Nacht essen«, sagte sie und deutete auf die Schar Kinder, die sich bereits wieder vor ihrer Bude versammelt hatte wie hungrige Vögel, die auf jede Krume lauerten.

»Sicher«, meinte er, während seine Hand wie zufällig ihre berührte. Kurz sahen sie sich an, und sie bemerkte die Freude in seinen hellbraunen Augen und noch etwas anderes, das darin verborgen lag – eine Frage. Rasch wandte sie sich ab, nahm das Messer aus dem Handkarren und begann, einen Laib Brot zu schneiden. Langsam kamen die Kinder näher und scharten sich um ihre Bude.

»Beinahe hätte ich den Knochenhauer dazu gekriegt, mir seine Kalbsmägen zu überlassen, aber dann hat er sie doch lieber verkauft«, berichtete Alexander und zog eine betrübte Miene. »Der wollte wohl lieber Bier trinken statt meines schönen Moselweins. Der weiß gar nicht, was ihm entgeht.« Er nahm die Brotscheiben und begann, sie an die Kinder zu verteilen.

»Dann hat er Euren Wein auch nicht verdient.«

»Genau das sagte meine Mutter – Gott hab sie selig – auch immer! Zum Glück lieben die Bäcker meinen Wein heiß und innig. Aber ich hätt schon mal gern was Kräftiges für die armen Herzchen.« Er strich einem Kleinkind, das in einem Tragetuch vor der Brust seiner Mutter hing, über das rot gefrorene Fäustchen. »Morgen werde ich mit dem Propst von St. Aposteln sprechen.«

»*Das* wollt Ihr tun? Zum *Propst* gehen?« Maria warf Alexander einen bewundernden Blick zu. Sie musste zugeben, dass er von den Helfern mit Abstand der erfindungsreichste war. Auch schien es ihm wohl nicht an Verbindungen zu bedeutenden Männern zu mangeln, die er zu nutzen entschlossen war.

»Nun, er ist nicht Gott. Warum also nicht?«, erwiderte er. »Leider scheint selbst der Einfluss unserer guten Richmud nicht mehr in den erzbischöflichen Palast zu reichen, seitdem die Pröpste dort das Sagen haben. Also muss es jemand anderes versuchen.«

»Gut«, nickte sie. »Ich hab gerade schon zu Bela gesagt, dass man unbedingt etwas tun müsste. Wenn der Winter zu lang dauert, ist womöglich alles umsonst gewesen.«

Er hielt inne. An dem Adamsapfel an seinem Hals konnte sie sehen, wie er schluckte und für einen Augenblick die Lippen fest aufeinanderpresste. »Das darf auf keinen Fall geschehen!«, erwiderte er. »Wir müssen herausfinden, in welchen Kellern noch irgendwelche Schmalztöpfe lagern, von denen man sich trennen könnte, bis das erste Handelsschiff wieder im Hafen anlegt. Da fällt mir eigentlich nur noch einer ein.«

Marias Messer hörte auf, durch das Brot zu schneiden. »Und wer sollte das sein?«

»Denk mal nach.«

»Nein!«, entfuhr es ihr. »Ihr meint doch nicht wirklich …?«

Alexander warf ihr einen ungerührten Blick zu, ehe er langsam nickte. »Ich wüsste nicht, was dagegensprechen sollte. Alle Bürger und die Klöster haben das Ihre getan, um den Bauern zu helfen. Der Stadtherr hingegen hat bisher noch keinen Finger gerührt.«

»Aber der Erzbischof sitzt doch in Haft«, entgegnete sie. »Wie soll er hier jemandem helfen?«

»Sein Vertreter könnte sich darum kümmern«, versetzte Alexander. »Zumal sie jetzt keinen König samt Gefolge mehr zu versorgen haben, denn Otto ist schon im Herbst nach Braunschweig zurückgekehrt.«

Maria schnitt schweigend das Brot weiter. Der Gedanke, dass etwas aus den erzbischöflichen Vorratskellern zu diesen armen Menschen gelangen könnte, erschien ihr so ungeheuerlich, dass sie nicht im Traum darauf gekommen wäre. Sie hatte den Erzbischof noch nie gesehen, und sein Palast erschien ihr unerreichbar wie eine Welt, zu der normale Sterbliche keinen Zutritt hatten. Alexander hätte genauso gut den König selbst fragen können.

»Ihr seid sehr mutig«, meinte sie. »Ich wäre nie darauf gekommen.«

»Warum nicht? Man muss breit denken, kreuz und quer, und mutig sein. So hat mein Vater unser Geschäft aufgebaut – er ist zu den kleinen Weinbauern an die Mosel gefahren, den neuen und jungen, denen damals noch niemand traute, und hat ihnen ihren Wein abgekauft. Hier in Köln rissen sich die reichen Käufer darum.«

Er lächelte stolz und klopfte sich die Brotkrümel aus dem Mantel. Dann wandte er sich an sie und setzte leise hinzu: »Was meinst du, woher ich den Propst kenne?«

Maria grinste. Sie konnte sich gut vorstellen, dass die Geistlichen und reichen Stiftsherren und -damen gern mal einen schönen Moseltropfen genossen. Vielleicht waren sie sogar Alexanders beste Kunden, aber das mochte sie ihn nicht fragen, denn er redete nie über seine Kundschaft.

»Ich verkaufe mittlerweile auch italienischen Wein und Wein aus Burgund«, fuhr er fort. »Aber der ist wegen der Zölle natürlich nur für meine reichen Kunden erschwinglich.«

»Gewiss«, meinte Maria und sah in die enttäuschten Gesichter der Kinder, als sie das letzte Brot aufgeschnitten und verteilt hatten.

»Egal, wie viel, es ist immer zu wenig«, sagte sie und blickte den Kindern nach, deren magere Gestalten sich durch den Schnee davonmachten.

Alexander sah sie an. Auch sein Gesicht war schmaler geworden, aber seine hellbraunen Augen leuchteten aus seinem winterblassen Gesicht heraus. »Wir werden es schaffen, sie über den Winter zu bringen, ganz bestimmt! Morgen treffen wir uns wieder im Kloster Weiher und beratschlagen, was wir noch tun können. Wir geben nicht auf.«

Er sah sehr entschlossen aus. Maria glaubte ihm sofort. Sie musste sich erleichtert eingestehen, dass seine Worte sie beruhigten und ihr wieder Hoffnung gaben. Ihr Groll verschwand, stattdessen fühlte sie sich auf einmal müde und traurig.

»Zum Kloster Weiher muss ich nun auch, den Karren zurückbringen«, sagte sie.

»Wenn du nichts dagegen hast, begleite ich dich«, schlug er vor.

Sie nickte und verschloss die Marktbude.

Wenig später folgten sie den Knechten mit dem Handkarren durch die verschneiten Wege zum Stadthaus der Schwestern. Der Schnee knirschte unter ihren Schuhen und schluckte die Geräusche der Karrenräder, während Alexander ihr von seinen Kindern erzählte und dass Tryngen den Wunsch geäußert habe, mehr über Kräuter zu erfahren. Ob sie denn bereit wäre, sie mitzunehmen, wenn sie sammeln ginge?

Maria dachte, dass es sicher eine Freude wäre, dem wissbegierigen Mädchen alles zu erklären. »Wenn sie will, kann sie mich im Lenzmond schon begleiten, dann zeige ich ihr die frühen Kräuter«, schlug sie vor. Im Frühling. Wenn es doch endlich so weit wäre! Sie spürte den scharfen Stich der Sehnsucht in sich aufflammen, als sie an Heinrich von Waldburg dachte. Sie war eine Weile so gefangen, dass ihr Alexanders Strahlen entging.

Sie erreichten bald das ehemalige Wohnhaus Gerard Unmazes in der Straße Am Hof. Auf dem Stufengiebel des Anwesens lag der Schnee handbreit. Die Rosen vor dem Haus ragten trocken aus dem Schnee. Ihre Blätter zitterten im leichten Wind.

»Du kommst alleine klar, nehme ich an?« Alexander wies auf das Haus. »Ich habe noch zu tun und komme nicht mit hinein.«

Sie nickte. »Bevor Ihr geht ... Ihr wisst doch sicher ... wie viele Bürger der Stadt haben sich inzwischen der staufischen Sache angeschlossen?«

Seine Miene verdüsterte sich schlagartig. Er sah an ihr vorbei auf Unmazes Anwesen und sagte mit rauer Stimme: »Es sind schon genug, die sich bereit erklärt haben, König Philipp zu huldigen. Der Friedensvertrag wird zustande kommen.«

Erleichtert atmete Maria auf. Obwohl sie mit nichts anderem gerechnet hatte, hätte sie ihn am liebsten umarmt. Aber er blieb stocksteif vor ihr stehen und wich ihrem Blick aus.

Warum war er stets so abweisend, wenn sie ihn danach fragte? Sicher wusste er, dass sie die Kölner Gesandtschaft zu König Philipp begleitet hatte, und vielleicht auch, dass sie es war, die die Verbindung zwischen Dietrich von der Ehrenpforte und dem König hergestellt hatte. Aber er konnte nicht wissen, was zwischen ihr und dem Reichstruchsess war! Oder etwa doch? Hatte Bela etwas verraten? Hatte sie Volmar, Alexanders Freund, davon erzählt und dieser ihm?

Sie spürte, wie die Röte ihr ins Gesicht schoss. Aber sie lächelte. »Dann wird der Frieden noch im Frühjahr kommen.«

»Gewiss«, sagte Alexander mit kalter Stimme. Dennoch schenkte er ihr zum Abschied sein Lächeln. Wie immer. Spätestens in einer Woche, wenn sie wieder auf dem Markt wären, würde er wieder mit irgendetwas auftauchen, das er bis dahin aufgetrieben hatte.

»Ich bete darum, dass Ihr Erfolg habt, was die Vorratskeller seiner Exzellenz betrifft«, sagte sie.

»Ganz sicher«, meinte er, wandte sich um und stapfte mit energischen Schritten durch den Schnee zurück.

Maria starrte auf die wuchtige Eingangstür des Klosters, die sich vor ihr öffnete. Dieses Mal folgte sie den Knechten nicht in die große Küche, sondern blieb bei Schwester Clementia in der Eingangshalle.

Inzwischen war sie so oft hier gewesen, dass Schwester Clementia sie wahrscheinlich nicht mehr abweisen würde.

»Ich hab immer noch den Brief für die Meisterin«, sagte sie. »Den würde ich ihr gern persönlich geben.«

Schwester Clementias kleine Augen bohrten sich misstrauisch in ihre. Sie öffnete den Mund, um etwas zu entgegnen, doch da sagte Maria schnell: »Sie weiß von diesem Brief und hat mich gebeten, ihn ihr bei nächster Gelegenheit zu geben.«

Die Schwester stemmte ihre Hände in die fleischigen Hüften. »Ist das auch wirklich wahr?«

»Ich schwöre es.« Maria legte die Hand aufs Herz. Sie meinte es vollkommen ernst. Sie wollte nichts anderes als Richmud endlich die letzten Zeilen von Relindis überbringen.

In Clementias wulstigem Gesicht zuckte es. Sie äußerte einen Laut, der sich wie ein unwilliges Knurren anhörte, dann winkte sie Maria, ihr zu folgen. Schwerfällig stieg sie eine abgetretene Holztreppe hinauf, deren Stufen unter ihrem Gewicht knarrten und ächzten. Im Obergeschoss hieß sie Maria zu warten und verschwand hinter einer der Türen. Maria starrte durch ein Fenster, das mit einer dünnen Tierhaut verschlossen war, und versuchte etwas zu erkennen. Sie hörte die Stimmen der Knechte, die draußen mit den Küchenmägden scherzten. Aber sie sah nur ein paar schemenhafte Gestalten unter den kahlen Bäumen im Garten.

Da öffnete sich die Tür und Clementia erschien. »Die Herrin erwartet dich«, schnarrte sie und warf ihr einen warnenden Blick zu.

Maria nickte und betrat mit klopfendem Herzen das Gemach der Meisterin. Es war ein erstaunlich heller Raum mit einem hohen Bogenfenster, das dem Lärm nach zu urteilen nach vorne zum Hof hinausging. Richmud saß mit ihren beiden Töchtern am Fenster und nähte. Bei ihnen stand ein wuchtiges Kohlebecken, dessen Qualmgeruch das ganze Gemach ausfüllte.

Maria knickste. Richmud hatte ihre Näharbeit in den Schoß sinken lassen. Sie schien ganz in der Wolldecke, die sie umhüllte, zu verschwinden. »Willkommen im Kloster Weiher, Maria«, sagte sie mit klarer heller Stimme. »Bitte, setz dich zu uns.« Sie deutete auf einen leeren Stuhl neben ihren Töchtern.

Maria ließ sich auf der kalten abgesessenen Holzfläche des Stuhls nieder, während sie die neugierigen Blicke der beiden Mädchen auf sich gerichtet fühlte. Wie ihre Mutter trugen sie beide schwarze Gewänder, hatten jedoch statt des Schleiers Haarbänder in ihre langen Zöpfe geflochten. Die ältere mochte vielleicht dreizehn, die jüngere höchstens zehn Winter zählen.

»Entschuldige deinen unbequemen Sitz und die spärliche Möblierung«, sagte Richmud. »Wir haben alle Möbel verloren, als die staufischen Soldaten unser Kloster plünderten und brandschatzten.«

»Das tut mir leid«, sagte Maria und spähte durch den kahlen Raum mit den verblassten Wandmalereien.

»Ich bin froh, dass wir noch dieses Wohnhaus hier am Hof hatten, in das wir mit den Schwestern zurückkehren konnten. Es ist schlimm, es so kahl zu sehen und zu wissen, wie schön es früher einmal war, auch wenn manche Erinnerung nicht schön ist.« Sie lächelte, dann richtete sie sich in ihrem Stuhl auf. »Aber ich will nicht jammern. Wir sollen froh sein und dem Herrn danken, dass wir noch leben. Oh, ich vergaß ganz, dir meine beiden Töchter vorzustellen: Blithildis« – sie deutete auf die ältere der beiden – »und Duregin.« Sie wies auf die Zehnjährige.

Duregin lächelte breit, während ihre ältere Schwester Blithildis mit unbewegter Miene nickte und sich danach sofort wieder der Näharbeit zuwandte. Maria nickte beiden freundlich zu, während sie sich fragte, welche weniger guten Erinnerungen Richmud wohl mit diesem Haus verband.

»Wir hoffen, dass bald Frieden mit den Staufern geschlossen wird, damit wir unser altes Kloster wiederaufbauen können. Wir beten jeden Tag für den Frieden im ganzen Reich.«

»Wir hoffen alle darauf, Herrin«, sagte Maria.

Richmud beugte sich nach vorn, wobei ihr die Wolldecke von den Schultern rutschte. »Ich weiß, dass du es warst, die die Verbindung zwischen den Staufern und unseren Herren von der Richerzeche hergestellt hat. Das hat mir mein lieber Freund und früherer Nachbar Dietrich von der Ehrenpforte verraten. Der Allmächtige muss dich geschickt haben. Ich bin sehr stolz auf dich!«

Sie lächelte und schien es aufrichtig zu meinen, aber Maria musste um eine unbewegte Miene ringen. *Bisher habt Ihr von mir nichts wissen wollen,* dachte sie bitter, *und auch nichts von Eurer Tante Relindis.* Es reizte sie, etwas Hitziges zu erwidern, aber sie beherrschte sich und schwieg. Ihre Hand umschloss fest das kleine Pergament, Relindis' Brief an die Priorin des Weiherklosters.

»Ich freue mich, dass du bei meiner lieben Freundin Hadewigis wohnst«, fuhr Richmud fort. »Wie gefällt es dir dort?«

»Gut«, brachte Maria hervor. Obwohl ich lieber im Kreise einer Schwesternschaft gelebt hätte, hier in Eurem Kloster, wollte sie hinzusetzen. *Aber die Schwesternschaft gibt es ja hier nicht mehr. Vielleicht habt Ihr sie sogar verraten.*

»Es ist ein großes Haus mit vielen leeren Kammern«, sagte sie stattdessen.

»Ja, leider sind Hadewigis' Eltern viel zu früh verstorben«, sagte Richmud betrübt. »Ihre Schwestern sind alle verheiratet und weggezogen. Ich bin froh, dass sie wenigstens noch euch Mägde hat, die ihr treu zur Seite stehen.«

»Gewiss«, pflichtete Maria ihr bei, während sie kaum noch stillsitzen konnte. *Ich habe die Schwesternschaft trotzdem gefunden!*, wollte sie dieser kindlichen Frau am liebsten in ihr blasses, rundes Mädchengesicht schleudern. *Auch ohne Euch! Ihr seid die Blutsverwandtschaft zu Eurer wundervollen Tante nicht wert! Aber ich werde bald in die Schwesternschaft aufgenommen und dort Relindis' Erbe fortführen, so wahr mir die Hohe Mutter helfe.*

Sie presste das Pergament in ihrer Hand. »Weshalb ich gekommen bin, Herrin – ich wollte Euch schon lange diesen Brief von Relindis geben.« Sie hielt ihn Richmud hin.

Die andere rückte auf ihrem Stuhl ein wenig nach vorn. Reglos betrachtete sie das zusammengefaltete Pergament, während sie zu einer steinernen Figur zu erstarren schien. Als wäre es ein verzaubertes, gefährliches Insekt, welches sich zurückverwandeln würde, wenn man es anfasste, rührte sie es nicht an.

»Er ist an die Priorin des Weiherklosters gerichtet«, setzte Maria auffordernd hinzu.

Die Mädchen ließen ihre Näharbeiten sinken und starrten auf den Brief. Richmud saß reglos da. Nach einer Weile streckte sie ihre schmale Hand aus, berührte das Pergament, nahm es und legte es ungeöffnet in ihren Schoß. »Ich …« Sie starrte Maria an. In ihren weit aufgerissenen Augen glitzerten Tränen. »Ich danke dir, Maria.«

Maria erhob sich. Ein Gefühl tiefer Zufriedenheit, weil sie eine lang aufgeschobene Aufgabe endlich bewältigt hatte, erfüllte sie. »Wenn Ihr erlaubt, dann werde ich nun gehen. Meine Herrin erwartet mich zurück.«

»Gewiss.« Richmud nickte ernst. »Komm uns doch besuchen draußen im Kloster, wenn es wiederhergestellt ist. Wenn die Verhandlungen abgeschlossen sind, können wir vielleicht noch im Frühjahr mit den Bauarbeiten beginnen. Ich würde mich freuen.«

»Danke, Herrin.«

»Gott sei mit dir.«

»Mit Euch auch.« Maria knickste tief und verließ das Gemach. Sie hatte das Gefühl, dass Richmud ihr noch lange nachsah. Laut knarrten die hölzernen Stufen der Treppe, als sie ins untere Geschoss hinabstieg. Aus der Küche klangen die Stimmen der Mägde und der Knechte, die immer noch miteinander scherzten. Eine Magd lachte hell.

Maria war kaum unten, als sie einen Schrei hörte. Er kam aus Richmuds Gemach. Sie unterdrückte ihre erste Regung, sofort nach oben zu laufen, und wartete stattdessen ab. Mehrere laute Schluchzer hallten schauerlich durch das Haus. Nachdem sie verebbt waren, folgte langes Schweigen. Es war, als würde das Haus eine Weile die Luft anhalten und lauschen. Dann erklang ein trauriges Weinen, in das sich die tröstenden Stimmen der Mädchen mischten.

*Richmud*, dachte Maria, während sie reglos lauschte. *Sie hat den Brief gelesen.* In ihre Neugier darauf, was er wohl enthalten haben mochte, mischte sich das Erstaunen darüber, dass die letzten Zeilen von Relindis sie offenbar doch so getroffen hatten. Was hatte Relindis der Priorin des Klosters nur geschrieben, dass diese so verzweifelte?

Vielleicht würde sie es eines Tages herausfinden, dachte Maria, sie würde sich bemühen. Aber nicht mehr heute.

Es dunkelte bereits, und Bela würde sie am Alter Markt erwarten. Maria wandte sich um und verließ das Kloster auf leisen Sohlen.

# KAPITEL 21

Am Ende des Hornungs gab es eine Sonnenfinsternis. Allgemein wurde dies als schlechtes Zeichen angesehen. Unheil würde über das Land hereinbrechen, munkelte man hinter vorgehaltenen Händen auf den Märkten der Stadt, das Reich würde zersplittern und in Blut und Wirrnis untergehen, wenn nicht bald einer der beiden Könige endlich obsiegen würde. Doch ungeachtet dieses schlechten Vorzeichens gelang es den Kölnern, die Bauern über den Winter zu bringen, und sie kehrten mit ihren Familien wieder auf das Land zurück.

Im Frühling war die Mehrheit der Bürger Kölns schließlich bereit, dem Stauferkönig zu huldigen. König Philipp kam wieder an den Rhein und empfing die Kölner Gesandten in allen Ehren. Am Sonntag Judica, dem achten des Ostermonats, wurde auf einem Hoftag in Sinzig von allen der Frieden feierlich beschworen.

Die Feindseligkeiten waren endlich vorbei. Der Staufer hatte obsiegt und seinen Rivalen geschlagen, der sich nun von Braunschweig aus zu seinem Oheim König Johann nach England begab. König Philipp versprach, in die Stadt zu kommen, die so lange aufseiten seines Gegners gewesen war und ihm schließlich doch den Sieg geschenkt hatte.

Maria war überglücklich. Endlich hatte das lange Warten ein Ende, endlich würde sie Heinrich von Waldburg und Wilem wiedersehen. Zum Friedensschluss in Sinzig hatte man sie nicht mitgenommen. Sicher hatte Heinrich gewusst, dass König Philipp nach Köln kommen würde, und Maria deshalb das Ungemach einer weiteren Reise kurz vorher nach Sinzig ersparen wollen. Wie rücksichtsvoll er doch war!

Sie putzte sich gemeinsam mit Bela sorgfältig heraus. Die beiden wuschen ihre Kleider, Gesichter und Haare und setzten sich die frisch gebundenen Kränze aus Frühlingsblumen auf die langen Haare, wie es der Pfarrer von St. Christoph den Frauen seines Kirchspiels in der Messe gesagt hatte. Auf Anordnung der hohen Herren der Stadt sollten zum Empfang des Königs alle unverheirateten Frauen Kränze auf ihren offenen Haaren tragen, die verheirateten Frauen Körbe mit Blumen, um sie vor dem königlichen Zug zu verstreuen. So wollte man dem König am Palmsonntag einen feierlichen Empfang bereiten. Alles war sorgfältig geplant und vorbereitet worden. Die Wege, die der königliche Geleitzug nehmen würde, waren von allem Dung und Unrat befreit worden, die Häuser waren mit Blumengirlanden und -kränzen geschmückt. Jedem, der es jetzt noch wagte, seine Schweine und Schafe durch die Stadt zu treiben, drohte der Pranger. Tagelang hatten Schiffe und Lastkähne Kisten, Säcke und Krüge mit Vorräten und Gerätschaften für den König und sein Gefolge herangeschafft und in den erzbischöflichen Palast gebracht.

Die Bewohner der Kirchspiele hatten ihre Plätze an der Strecke zugewiesen bekommen, die der königliche Zug nehmen würde, die Gäste und Pilger ebenfalls. Es sei ausdrücklich gewünscht, hatten die Pfarrer in den Messen gepredigt, dass alle dem König aus vollem Halse zujubeln. Die Stadt wollte König Philip zeigen, wie sehr sie ihm huldigte. Er sollte einen Empfang bekommen, den er nie mehr vergessen würde.

Als König Philipp an diesem strahlend schönen Palmsonntag im Ostermonat des Jahres 1207 nach Köln einzog, waren alle Spuren der winterlichen Not verweht. Es war ein Tag mit blank geputztem Himmel und milder Luft, sehr passend für den Empfang eines Königs. Sonnenstrahlen fielen in die Gassen und ließen die Blüten in den Kränzen der Frauen bunt aufleuchten.

Die Besitzer der Häuser, die an den königlichen Weg grenzten, hatten ihre oberen Stockwerke an Schaulustige vermietet, die sich nun an den Fenstern drängten. Alles ballte sich an der alten Steinstraße, über die der König mit seinem Gefolge zum erzbischöflichen Palast reiten würde. Bela, Lutgard und Maria hatten sich schon früh am Morgen einen Platz unweit des altehrwürdigen Damenstifts St. Maria im Kapitol erkämpft. Von hier aus würden sie den König und seinen Geleitzug gut sehen können.

Es dauerte aber noch bis zum Vormittag, bis endlich die Trompeten erschollen, die die Ankunft des königlichen Schiffes ankündigten. Die Glocken aller Kirchen in der Stadt begannen zu läuten. Die Menge am Straßenrand geriet in Aufregung. Ein paar wollten sich noch nach vorn drängen, wurden aber von den Leuten an der Straße energisch zurückgeschoben. Alle paar Schritte wachten Männer von der Stadtwache mit ihren Spießen und passten auf, dass niemand dem König in die Quere kam.

»Beim Allmächtigen!«, rief Bela und krallte ihre Hände in Marias Arm. »Ich kann's nicht glauben, dass der König kommt!« Sie strahlte unter ihrem Veilchenkranz. Um den Hals trug sie eine zu ihrem Kranz passende Blumengirlande, und sie schwenkte ein Waldblumensträußchen, das allerdings schon zu welken begann. »Wie hast du das immer nur ausgehalten, Maria? Ich wäre vor Aufregung gestorben, dem König unter die Augen zu treten!«

»Oh, man gewöhnt sich daran«, sagte Maria und grinste. »Später wird es zu etwas ganz Selbstverständlichem, den König jeden Tag zu sehen und in seinem Saal zu speisen.«

Bela kniff sie in den Arm. Vom Rhein her erklang Jubel – der königliche Zug nahte. Maria rieb sich aufgeregt die Hände. Sie würde Heinrich wiedersehen. Gleich. Das lange Warten hatte ein Ende.

In den Jubel mischte sich der Klang von Flöten, Fideln und Trommeln. Spielleute gingen dem Zug voran, ein paar Gaukler schlugen Rad und machten Kunststücke. Die Leute riefen ihnen Aufforderungen zu, manche machten ihre Scherze.

Dann folgte ein langer Zug an Fußsoldaten mit blitzenden Helmen und Lanzen und leuchtenden gelben Wappenröcken mit dem staufischen Adler darauf. Maria hielt in der Reihe der Gesichter unter den gleichförmigen Helmen nach Wilem Ausschau, entdeckte ihn aber nicht. Enttäuscht beschattete sie ihre Augen mit der Hand und spähte weiter dem Zug entgegen.

Beeindruckend große königliche Banner wurden vor dem Zug der Ritter und der königlichen Würdenträger hergetragen, die auf ihren prächtigen Pferden ritten. Das Volk jubelte. Die Frauen schwenkten ihre Sträuße und warfen Blüten in die Höhe.

Bela machte einen langen Hals. »Wo bleibt denn nur der König?«

»Gleich kommt er, wart's nur ab.« Maria gab sich ruhig, aber innerlich brannte sie vor Aufregung.

Endlich nahte Philipp inmitten seiner Edlen. Er ritt einen prächtigen Apfelschimmel mit goldenem Zaumzeug. Sein langer roter Mantel floss auf die Hüfte seines Hengstes, den er gekonnt führte. Gebannt starrte Maria auf seine Krone, die in der Sonne blitzte. Sie sah und erkannte sein gut geschnittenes Gesicht, eingerahmt von seinem blonden, welligen Haar. Aber dieser Mann hatte nichts mehr mit jenem Mann zu tun, neben dem sie im letzten Sommer in der Schenke Bier getrunken und im Weingarten von St. Severin übernachtet hatte. Er war König Philipp, Bezwinger des Welfenkönigs und Garant für den Frieden im ganzen Reich. Er war der König ihrer Stadt, Welten von ihr entfernt. Maria fragte sich, ob er sich überhaupt noch an sie erinnerte.

»Er sieht wundervoll aus«, meinte Bela, ohne den Blick von ihm zu nehmen. »Sieh nur, wie er den Hengst führt.«

Sie deutete auf den König, der die Zügel in der linken Hand hielt, während er die Rechte zum Gruße erhob. Die Kölner brachen in lauten Jubel aus. Es regnete Blumen auf König Philipp, und er lächelte.

Maria sah seine engsten Gefährten neben ihm reiten: den Bischof von Speyer, Heinrich von Schmalneck und ein paar weitere, die sie nicht kannte. Die mächtige Gestalt Heinrich von Kaldens ragte auf seinem braunen Hengst zwischen ihnen empor. Er trug einen Nasalhelm, der das meiste von seinem Gesicht verbarg. Neben ihm ritt Heinrich von Waldburg. Auch er trug einen Helm und einen Mantel, darunter zeichnete sich sein Schwert ab.

Maria rief, reckte ihre Arme hoch, als könnte sie ihn fassen, seine hohen Stiefel in den Steigbügeln, sein Pferd. Sie wusste, dass sie gut aussah mit ihrem blonden krausen Haar und dem fein geschnittenen Gesicht, außerdem überragte sie die meisten anderen Frauen. Nicht wenige der Fußsoldaten und Ritter hatten ihr bewundernde Blicke zugeworfen. Aber Heinrich sah sie nicht. Er wandte sich an einen anderen Edlen und sagte etwas zu ihm.

Enttäuscht ließ Maria die Hände sinken. Die Erinnerung an ihre gemeinsamen Nächte mit ihm erschienen ihr nun, im gleißenden Sonnenlicht, wie lang verblichene Träume. Aber die nächste Nacht würde kommen. Er würde sie sicher bald holen lassen, vielleicht schon an diesem Abend.

Bela zupfte sie am Ärmel, deutete auf Heinrich. »Ist er das?«
Maria nickte. Sie konnte nichts sagen.

»Er sieht fantastisch aus«, raunte Bela. Aber es klang ein wenig traurig. Maria ahnte, was ihre Freundin meinte.

*Zu fantastisch. Zu hoch im Stand. Unerreichbar für dich.*
Energisch schob sie diese Gedanken fort.

Ein Wagen, der mit bunten Tüchern und Blumengirlanden geschmückt war, rollte an ihnen vorbei. Drinnen saß eine schmächtige Frau in einem roten Bliaut, gehüllt in einen pelzverbrämten Mantel. Sie trug einen weißen Schleier mit einer goldenen Borte, dazu ein juwelenbesetztes Schapel.

»Die Königin!«, hauchte Bela. Sie starrte auf die kleine, geschmückte Frau, die inmitten ihrer Frauen auf dem Wagen saß und ihnen zuwinkte. Sie besaß eine dunkle Gesichtshaut, dunkle Brauen und gewiss auch schwarzes Haar, das nun unter dem Schleier verborgen war. Sie lächelte freundlich.

»Sie ist eine byzantinische Kaisertochter«, erklärte Maria.

Bela strahlte hingerissen. Die Frauen jauchzten. Das Volk jubelte seiner Königin zu. »Wie schön, dass sie mitgekommen ist!«, rief Bela. »Welche Ehre für unsere Stadt!«

»Ich hab sie auch noch nie gesehen«, meinte Maria.

»Wenn er dich ruft – du musst mir unbedingt alles erzählen«, drängte Bela. »Wie es im Palast ist, wie das Königspaar sich gibt, was sie essen – alles, ja?«

»Sicher.« Maria drückte ihr die Hand und zwinkerte ihr zu.

Es rollten noch einige Wagen mit edlen Frauen an ihnen vorbei, die von den Rittern des Königs begleitet wurden, dann folgten die Herzöge von Brabant und von Limburg und der Graf von Jülich mit ihren Gefolgschaften, schließlich die geistlichen Würdenträger und die hohen Herren und Amtleute der Stadt auf ihren Pferden. Dietrich von der Ehrenpforte trug seine festliche Kleidung wie die anderen und sah sehr zufrieden aus. Langsam wälzte sich der Zug an ihnen vorbei zum erzbischöflichen Palast. Weitere Flötentöne und Trommeln erklangen, als noch eine Gruppe von Spielleuten herankam. Ein paar Frauen hakten sich ein und begannen zu tanzen.

Schließlich verklangen die Flöten in der Ferne, und die Nachhut an Fußsoldaten mit ihren Schwertern und Schilden marschierte an ihnen vorbei. Aber diesmal hatte Maria Glück, denn sie stand auf der richtigen Seite. Sie entdeckte ihren Bruder gleich zwischen all den anderen.

»Wilem!«

Er wandte kurz den Kopf, lächelte und machte ein rasches Zeichen, dass er sie erkannt hatte. Dann wandte er sich wieder um und marschierte weiter.

Maria atmete tief. Wenigstens er hatte sie gesehen. Und bald – davon war sie überzeugt – würden sie sich wieder in die Arme schließen.

\* \* \*

Köln feierte noch den restlichen Palmsonntag die Ankunft des Königspaares. Bis spät in die Nacht wurde in den Gasthäusern und Schenken getanzt, getrunken und gesungen. Die Stadt war zum Bersten mit den herzoglichen und gräflichen Gefolgschaften gefüllt, die in den Gasthäusern nächtigten, während ihre Herren entweder im erzbischöflichen Palast oder in ihren Stadthäusern residierten.

Maria saß bis lange nach Sonnenuntergang in der Kemenate am Fenster, wo sonst immer die Herrin wachte, und hoffte, in der Dämmerung die kleine Gestalt Grimolds zu erblicken, aber er kam nicht. Nachts schreckte sie von einem Geräusch hoch und rannte zur Tür, weil sie glaubte, es wäre der Gnom, aber als sie hinaussah, erblickte sie nichts als die nachtleere Straße.

Sie lehnte es ab, Bela am nächsten Tag zu einem Spaziergang mit Volmar und Alexander zu begleiten, weil sie jeden

Augenblick mit einer Nachricht von Heinrich oder mit Wilems Auftauchen rechnete.

Sie übte sich in Geduld. Bestimmt hatte der Truchsess zu viel zu tun, um sie gleich am ersten Abend zu sich rufen zu lassen.

Sie half Lutgard im Garten, kümmerte sich um ihr Kräuterbeet, saß mit Hadewigis am Fenster und erledigte die Flickwäsche. »Erzähl mir eine Geschichte«, forderte Hadewigis sie auf. »Alexander sagte mir, dass du seinen Kindern so schöne Geschichten erzählt hättest, als sie krank waren.«

»Das hat er Euch verraten?« Maria biss den Faden ab und faltete den Schleier der Herrin zusammen.

»Ja, er redet viel Gutes über dich. Wie mein Vetter Dietrich und seine Frau auch.«

Maria seufzte in sich hinein, als sie auf den sonnenbeschienenen Weg vor ihrem Haus blickte und die spielenden Kinder beobachtete. Es sah Alexander ähnlich, so viele Lobhudeleien zu äußern. Mit seiner offenen Art und dem unermüdlichen Geschick eines Händlers, Menschen zu gewinnen, hatte er Hadewigis' Zuneigung spielend gewonnen. Und sie hatte nun das Nachsehen und musste ihr Geschichten erzählen!

Sie zwang sich zu einem Lächeln. »Kennt Ihr die Geschichte von dem Kaufmann, der sich im Wald verirrt und dann einem bösen Zwerg begegnet?«

Hadewigis schüttelte den Kopf. Sie beugte sich neugierig vor. Ihre Nase ragte spitz aus ihrem runden Gesicht heraus, und ein paar ihrer krausen Haare ringelten sich unter ihrem schmucklosen Schleier hervor. Maria mochte sie immer noch nicht sonderlich, aber sie bemerkte wieder einmal stolz, wie gesund sie doch wieder geworden war. Sie konnte auch wieder wie früher sprechen.

»Willst du einen Ehemann?«, fragte Hadewigis auf einmal.

Maria ließ das zerrissene Kopftuch, das sie gerade genommen hatte, sinken und schaute überrascht auf. Warum fragte Hadewigis so etwas? Wusste sie etwa von ihr und Heinrich? Hatte Bela ihr etwas erzählt oder Dietrich von der Ehrenpforte eine Andeutung gemacht? Sie zwang sich zu einem Lächeln. »Als ich nach Köln kam, wollte ich eigentlich in ein Kloster eintreten«, sagte sie freimütig. »Aber leider haben sie mich nicht aufgenommen.«

»Vielleicht tun sie das noch eines Tages«, meinte Hadewigis.

Maria dachte an die Schwesternschaft und dass sie schon länger nichts mehr von Iliana gehört hatte. Sie hatte ihr erzählt, dass sie den Brief ihrer Freundin an den Mönch Odalrich übergeben hatte, und Iliana hatte sich sehr darüber gefreut. Aber den ganzen Winter über hatte sie sie nur selten gesehen, und wenn, dann nur kurz. Die Schwestern würden sie gewiss bald aufnehmen, hatte Iliana gesagt, sicher noch in diesem Sommer.

»Ja, vielleicht nehmen sie mich noch«, sagte sie. »Ich hoffe es.«

Hadewigis lehnte sich zurück und blickte aus dem Fenster. »Erzähl mir die Geschichte.«

Maria nahm Lutgards Kopftuch, fädelte einen neuen Faden ein und begann zu erzählen.

Als sie am dritten Tag nach der Ankunft des Königs immer noch nichts vom Truchsess gehört hatte, wusste Maria, dass sie etwas tun musste. Es war die Karwoche, tröstete sie sich, gewiss erwartete der König Enthaltsamkeit von allen Höflingen. Vielleicht mussten sie bis zum Osterfest warten. Womöglich war Heinrich erkrankt. Es musste einen Grund geben, warum er noch nicht nach ihr geschickt hatte. Sie musste es herausfinden.

Nachts, als alle schliefen, ging sie in den Garten, kniete vor ihrem Apfelbaum nieder und rief mehrmals Wilems Namen. Sie stellte sich vor, sie ginge aus dem Haus, liefe zum Palast des

Erzbischofs, dorthin, wo Wilem Wache hielt, und nähme ihn bei der Hand. Sie ließ ihn nicht los, sondern führte ihn zum Haus an der Ehrenpforte, schloss die Tür auf und ließ ihn ein. Sie stellte sich Wilems Gesicht vor, sie sah ihm in die Augen. »Ich erwarte dich! Komm und besuche mich!«, rief sie ihm im Geiste zu.

Das wiederholte sie noch zweimal, ehe sie wieder zurückging und sich schlafen legte.

Der Zauber wirkte zwei Tage später. Am Karfreitag nach der Messe erschien Wilem im Haus an der Ehrenpforte. Es war ein milder verregneter Tag, und sie sah zufrieden, wie er sich den Dreck von seinen Stiefeln streifte, ehe er das Haus betrat. Sie führte ihn in die kleine Kemenate, wo er von den Frauen des Hauses würdig empfangen wurde. Hadewigis lud ihn sogleich zum Essen ein, und während sie ihr kärgliches Fastenmahl aus Gemüseeintopf und Brot aßen, musste er alles vom königlichen Paar und seinem Hofstaat erzählen, was er wusste.

Später, als es aufgehört hatte zu regnen, führte Maria ihn in den Garten. Sie umarmte ihn. Lange hielt sie ihn an den Händen und betrachtete ihn. Der königliche Wappenrock, den er unter seinem Mantel trug, stand ihm ausgezeichnet. »Du bist größer geworden, und kräftiger auch.« Sie deutete auf seine muskulösen Arme.

Er grinste. »Das kommt von den vielen Kämpfen. Der Kommandant lässt uns üben, so oft es geht. Er sagt immer, wir müssen unsere Schwerter gut geschliffen halten, die Kettenhemden geölt und die Wappenröcke sauber. Gott sei Dank haben wir dafür genügend Knechte.«

»Natürlich.« Maria nickte. »Aber du bist noch nicht in der Leibgarde? Ich hab dich bei der Nachhut gesehen.«

Wilem nickte. Er sah betrübt aus. »Sie haben erst mal andere genommen. Staufer, verstehst du? Ich bin in ihren Augen immer noch ein Welfe.«

»Hm.« Maria legte die Hand an den Stamm des Apfelbaums. Sie hatte Wilem hierhingeführt, um in Ruhe mit ihm sprechen zu können. »Es wird sicher noch dauern. Du kannst keine Wunder erwarten. Vor nicht mal einem Jahr hast du noch gegen sie gekämpft. Sie müssen dir erst vertrauen.«

»Aber der Marschall selbst hat gesagt, ich wäre ein guter Mann und geeignet für die Leibwache!«, beteuerte Wilem. »Er hat gesagt, ich würde wie ein erfahrener Ritter kämpfen, der sämtliche Finten und Winkelzüge eines echten Kampfes kennt, nicht wie ein Anfänger. Darauf sagte ich ihm, dass mein Stiefvater mich unterwiesen hat, Otto von Linn, der mit Kaiser Friedrich im Heiligen Land war und einer der wenigen, die wieder zurückgekehrt sind. Er sagte, er wäre auch einst ein Soldat Christi gewesen. Er war beeindruckt, das weiß ich. Trotzdem hat er mich noch nicht in die Garde berufen.«

»Ach Wilem, hab Geduld!«, beschwichtigte ihn Maria. »Er wird dich sicher eines Tages aufnehmen, wenn du weiter übst und ihm zeigst, wie ernst es dir ist. So etwas braucht Zeit, das geschieht nicht über Nacht.«

»Doch, das tut es!«, widersprach er. »Erst im Winter ist einer von uns in die Leibgarde gekommen, von heute auf morgen, gar nicht mal so gut, aber ein Staufer.« Er schlug mit der Hand gegen den Baumstamm.

»Ich sag doch, sie müssen dir erst vertrauen.«

»Oder ich muss einen guten Fürsprecher haben.« Wilem blickte sie verdrossen an. »Ich bin nicht ohne Grund durch Heinrich von Waldburg ins Gefolge des Königs gekommen.«

Maria krallte ihre Finger in die raue Rinde des Stamms, als sie seine unausgesprochene Frage hörte. Sie forschte in seiner Miene, ob er mittlerweile vielleicht doch wusste, was zwischen dem Truchsess und ihr gewesen war, doch sie fand nichts. Sie atmete tief, um ruhig zu bleiben. »Der Truchsess hat dich aus der Gefangenschaft freigegeben, weil ich Dietrich von der Ehrenpforte für die Friedensverhandlungen gewonnen habe«, erwiderte sie. »Eigentlich solltest du freigelassen werden. Warum er dich dann im königlichen Gefolge behielt, weiß ich nicht. Vielleicht, weil der König mich als Glücksbringerin für die Verhandlungen angesehen hat.«

»Ja, aber das ist wohl vorbei. Sie scheinen dich vergessen zu haben. Niemand spricht noch von der Heiligen Jungfrau der Friedensverhandlungen.«

Maria stockte der Atem, als sie in Wilems enttäuschtes Gesicht sah. Diese nüchternen Worte aus dem Mund ihres Bruders zu hören, traf sie mit Wucht. Die Wahrheit, die sie schon beim feierlichen Einzug des Königs nach Köln geahnt hatte, als Heinrich von Waldburg sie übersehen hatte. Nachdem der Frieden geschlossen worden war, hatte man sie vergessen.

Aber nein, dachte sie. Er *kann* mich unmöglich vergessen haben, nach allem, was war.

»Maria, was ist nur geschehen? Dein Stern kann doch nicht einfach so schnell wieder sinken! Du musst die Gunst des Königs zurückgewinnen!« Wilem sah sie beschwörend an.

Sie erwiderte seinen Blick und dachte in einem nüchternen Winkel ihres Verstandes, dass dieses Gespräch viel besser verlief als gedacht. Wilem schien nichts von ihrem Verhältnis zu Heinrich zu wissen. Nun würde es ihr leichter fallen, ihn um das zu bitten, was sie wollte.

»Dann musst du mir helfen, in den Palast zu kommen«, sagte sie geradeheraus. Sie beobachtete, wie Wilem sie anstarrte. Sein Gesicht wechselte die Farbe, wie es das immer tat, wenn er wütend wurde oder verlegen war. »Warum?«

»Ich muss mit Heinrich von Waldburg sprechen.«

*Ich liebe ihn!*, hätte sie ihm am liebsten entgegengeschrien. Wenn er sie erst wiedersähe, dachte sie, dann würde sie ihn davon überzeugen können, dass es ein Fehler war, sie noch nicht zu sich gerufen zu haben.

»Ich möchte ihn daran erinnern, dass ich es war, die den Faden zu Dietrich von der Ehrenpforte gesponnen hat«, sagte sie stattdessen.

»Das hat er dir vergolten, indem er mein Leben rettete.«

Maria presste kurz die Lippen zusammen, während sie nachdachte.

»Es ist viel mehr wert als dein Leben, Wilem. Denk doch nur, was der König dadurch gewonnen hat. Durch den Frieden mit Köln, der auch mein Verdienst war, wird sicher bald Frieden im ganzen Reich herrschen.«

»Nun übertreibst du aber«, versetzte Wilem. »Weißt du, wie schwierig die Verhandlungen waren und wie viele daran beteiligt waren? Der Herzog von Brabant hatte einen nicht unwesentlichen Anteil, zwischen dem König und den Kölner Gesandten zu vermitteln.«

»Ich weiß. Trotzdem finde ich, dass sie mich besser entlohnen könnten.«

»Willst du …« Wilem erbleichte. »Willst du etwa Geld?«

»Nein!« Sie beeilte sich, seine Hand zu drücken. Offenbar war sie doch etwas zu weit gegangen mit ihren Worten. »Auf keinen Fall! Ich verspreche dir, nichts zu tun, was den Truchsess erzürnen könnte. Ich muss nur mit ihm reden. Unter vier Augen. Schaffst du das?«

Wilem warf einen Blick auf sie, rieb sich die Stirn. »Es ist nicht gut, die edlen Herren an ihre Schulden zu erinnern.«

»Aber du sagtest doch gerade selbst, ich sollte die Gunst des Königs wiedergewinnen. Ihn kann ich nicht mehr erreichen, aber seinen Freund und Berater. Du kannst mir glauben, dass ich sehr vorsichtig sein werde«, bekräftigte sie. »Außerdem wärst du jetzt immer noch Sklave auf Burg Landskron, wenn ich nicht gewesen wäre.«

Wilem starrte sie mit finsterer Miene an. Gewiss gefiel es ihm nicht, dass sie ihn daran erinnerte. »Das könnte mich den

Kopf kosten«, stieß er hervor. »Der Marschall versteht bei so etwas keinen Spaß.«

»Ich will dich nicht in Gefahr bringen, Wilem. Der Truchsess wird dir nicht zürnen, das verspreche ich dir.« Sie hörte, wie ihre Worte vom leisen Rauschen des Regens verschluckt wurden, der nun wieder auf die Blätter des Apfelbaums fiel. So leicht waren sie ausgesprochen, die gefährlichen Worte, die bei ihrem jungen, ehrgeizigen Bruder sicher auf fruchtbaren Boden fallen würden. Aber sie *musste* Heinrich von Waldburg wiedersehen. Sie würde sterben, wenn nicht.

Außerdem schuldete Wilem ihr etwas für das, was sie für ihn getan hatte.

»Also gut«, meinte er endlich, während er sie mit einem merkwürdigen Blick aus seinen grünbraunen Augen ansah. »Komm heute Abend bei Einbruch der Dunkelheit zur Hachtpforte, zur Komplet. Du klopfst dreimal. Es ist Karfreitag, also wird es kein Festmahl und keine Feiern geben. Der König wird sich gleich nach der Andacht zurückziehen.« Er blickte sie düster an und fügte hinzu: »Ich hoffe, du weißt, welcher Gefahr wir uns aussetzen.«

»Es wird zu unser beider Vorteil sein«, versprach sie.

# Kapitel 22

Am Abend wartete Maria in der Nähe der Hachtpforte auf das Läuten zur Komplet. Es hatte aufgehört zu regnen, aber die Luft war noch feucht und kühl. Der Regen hatte den Dreck in den Gassen aufgeweicht und ihre Schuhe verschmutzt, weil sie sich keine Holztrippen unter die Sohlen hatte schnallen wollen. Es wäre ihr seltsam vorgekommen, die Trippen artig vor der Schwelle des erzbischöflichen Palasts abzustellen, ehe sie ihn betrat.

Obwohl die Aufregung ihr fast den Atem nahm, musste sie bei dieser Vorstellung lächeln. Ob der Erzbischof selbst seine Trippen vor der Palasttür abstellte, ehe er hineinging? Aber nein, fiel ihr ein, der Erzbischof war nicht hier, sondern saß immer noch in einem von Philipps Burgverliesen. Selbst wenn er hier wäre, würde er sicher nicht zu Fuß durch die schmutzigen Gassen der Stadt gehen. So etwas tat nur der König.

Maria lächelte in sich hinein, obwohl ihr kalt war vor Angst und die Sehnsucht ihr das Herz schwer machte. Sie rieb sich die kalten Hände, als es endlich zur Komplet läutete. Eine Weile wartete sie noch, dann schlug sie ihre Gugel hoch, lief zur Hachtpforte und klopfte dreimal. Sie musste nicht lange warten. Bald hörte sie Schritte, und die Pforte öffnete sich. Jemand packte ihren Arm und zog sie durch die schmale Öffnung. In der Dämmerung erkannte sie Wilems hochgewachsene Gestalt.

Er gab dem anderen wachhabenden Mann ein Zeichen, und dieser nickte. Der Mann versuchte, einen Blick von ihr zu erhaschen, aber sie war gut unter Gugel und Umhang verborgen.

Wilem führte sie wortlos über den Hof. Vor ihnen lag das Gebäude des Doms in abendlicher Stille, nur hier und da zuckte müdes Fackellicht. Ihm gegenüber erhob sich der hohe, lang gestreckte erzbischöfliche Palast. Licht leuchtete hinter einigen Fenstern in die Dämmerung hinaus. Wilem steuerte jedoch nicht den Palast an, sondern führte sie durch einen schmalen Korridor in eins der kleineren Häuser am Hof. Hastig schob er sie hinein, schloss die Tür hinter ihnen und spähte aus einem winzigen Fenster, durch das nur spärliches Licht fiel.

»Was hat …«

»Psst.« Er gab ihr ein Zeichen und sah angestrengt weiter hinaus. Maria schloss den Mund und blickte sich um, während sie hinter ihm wartete. Sie befanden sich in einer Art Lagerraum, der vollgestopft war mit altem Gerümpel. Es roch nach Staub, altem Holz und Kerzenwachs. Im matten Lichtschein, der durch die Fensteröffnung hereinfiel, zeichneten sich ein paar wurmstichige Holzfiguren ab, die offenbar früher einmal etwas verziert hatten.

Vom Hof her erklangen Schritte und Stimmen. Fackellicht leuchtete vor ihrer kleinen Fensteröffnung auf. Wilem wich zurück und verbarg sich hinter der Mauer. Maria erstarrte, als sie sah, wie das Licht der Flamme über den holzwurmzerfressenen Kopf einer Heiligen glitt und dann verschwand. Nach einer Weile löste sich Wilem aus dem Schatten der Mauer und spähte wieder durch das Fenster.

Maria wartete schweigend, während sie versuchte, ruhig zu atmen.

Suchte man sie etwa? Hatte der zweite Wachmann sie verraten? Aber er schien doch eingeweiht zu sein!

»Was ist los?«, flüsterte sie.

Wilems Hand schloss sich um ihre. »Keine Angst«, raunte er. »Wir sind ein bisschen zu früh. Wir müssen warten, bis die letzten zur Andacht in der Kapelle gegangen sind.«

Maria nickte und sah an ihm vorbei durch das Fenster, konnte aber nichts erkennen außer den Umrissen der Häuser und dem immer schwärzer werdenden Himmel. Kein Stern, kein Mond schimmerte durch die Wolken. Nach einer Weile wandte sich Wilem vom Fenster ab. »Wir können jetzt weiter. Du sagst ab sofort keinen Ton mehr, ja?«

Maria nickte stumm und ließ es zu, dass er ihre Hand nahm und sie ins Dunkel führte. Vorsichtig setzte sie einen Fuß vor den anderen, denn sie sah nicht, wo sie hintrat. Er führte sie durch das Gerümpel hindurch, irgendwo dazwischen musste ein schmaler Gang sein, bis sie einen sehr dunklen kleinen Raum erreichten. Sie konnte die Hand vor Augen nicht mehr sehen. Es roch nicht mehr nach Holz, sondern nur noch nach Stein und Staub. Von unten kroch eisige Kälte herauf, die sie erschauern ließ. Sie klammerte sich an ihren Bruder.

Wilem leitete sie Stufe für Stufe eine gewundene Steintreppe hinab, bis sie glatte Pflastersteine unter sich spürte. Sie musste sich bücken, denn der Gang war nicht hoch, und um sich herum spürte sie die bedrückende Gegenwart massigen Gesteins.

Wilem führte sie sicher durch die Dunkelheit voran. Bald spürte Maria einen feinen Luftzug, der ihr Gesicht kühlte.

»Vorsicht!«, warnte Wilem sie flüsternd. Mit der Hand hielt er sie auf, ehe er selbst in die Tiefe sprang. Dann spürte sie seine kräftigen Hände, die sie hoben und tiefer auf den Boden setzten, als wäre sie leicht wie eine Strohpuppe. Sie waren in einen anderen, höheren und breiteren Gang gelangt. Von irgendwoher fiel Licht herein. Maria atmete auf. Sie folgte Wilem in Richtung des Lichts – eine Fackel, die in einer eisernen Halterung müde vor sich hinbrannte.

*Wo Fackeln sind, sind auch Menschen.* Maria umklammerte Wilems Hand. Der Luftzug wehte Männerstimmen zu ihnen heran. Wilem legte einen Finger auf seine Lippen und warf ihr einen warnenden Blick zu. Sie schlichen sich zur Fackel. Hier wand sich eine weitere Steintreppe nach oben. Wilem hielt inne, spähte die Treppe hinauf und lauschte, ob sich jemand näherte. Aber es war nichts zu hören außer den Männerstimmen, die hinter einer geschlossenen Tür hinaus auf den Gang dröhnten. Man hörte, wie Würfel auf eine Tischplatte fielen. Eine Wachkammer!

Marias Herz begann zu rasen. Rasch und lautlos folgte sie Wilem an der Tür der Wachkammer vorbei tiefer in den Gang, bis sie zu ihrer Erleichterung gewahrte, dass sie die Dunkelheit wieder umhüllte und der Lärm in der Ferne verhallte. Am liebsten hätte sie etwas gesagt, aber sie hielt sich an das Verbot ihres Bruders. Sie wollte sie beide auf keinen Fall in Gefahr bringen. Eigentlich hatte sie schon viel zu viel von ihm verlangt. Was, wenn man sie hier erwischte und sie in die Hände des Marschalls fielen? Sie schob den Gedanken energisch fort.

Nach einer Weile tauchte zu ihrer Erleichterung eine weitere Treppe zwischen den alten Mauern des Kellerganges auf, und Wilem führte sie die schmalen, gewundenen Stufen hinauf. Oben angelangt, bedeutete er ihr noch einmal, still zu sein.

Vor ihnen dehnte sich ein langer, mit grauen Steinplatten ausgelegter Gang, der auf einer Seite durch das Licht einiger Fenster erhellt wurde. Wilem hielt kurz inne, dann zog er Maria in den Gang. Über ihnen ragte ein hohes Gewölbe. Die Rundbogenfenster trugen Bilder wie in einer Kirche – Bilder von Heiligen, Maria mit dem Kind.

Wilem führte sie bis zu einem Mauervorsprung, wo ein zweiter, quer laufender Gang auf ihren stieß und in eine andere

Richtung weiterführte. Er sah sich prüfend um, dann atmete er leise auf.

»Geschafft! Dort« – er deutete auf eine hohe Tür gegenüber – »liegt das Gemach des Truchsesses. Warte hier auf ihn. Wenn du jemanden hörst, versteck dich dahinter.« Er wies auf eine Säule im anderen Gang. Im fahlen Licht, das durch ein Fenster hereinfiel, konnte sie Wilems besorgtes Gesicht sehen. Er drückte ihr die Hände. »Ich muss gehen. Ich hab Wache bis zum Morgengrauen, bis dahin musst du wieder zurück sein.« Er zögerte, schien noch etwas sagen zu wollen, doch dann wandte er sich um.

»Wilem!«, raunte sie.

Er hielt inne und blickte sich um.

*Lass mich nicht allein!,* rief sie ihm lautlos zu. Die Angst nahm ihr den Atem. Aber natürlich *musste* er zurück. Er konnte nicht mit ihr hier warten, bis Heinrich von Waldburg käme.

In seiner Miene zuckte es. Er *weiß* es, flammte es in ihrem Kopf auf. Er weiß von meinem Verhältnis zum Truchsess. Würde er mich sonst hierhingebracht haben, spät am Abend, mutterseelenallein?

Sie schüttelte langsam den Kopf und winkte ab, beobachtete, wie er leise durch den hohen Gang zurücklief, bis die Dunkelheit ihn verschluckte. Ein seltsames Gefühl der Verlassenheit erfasste sie.

Sie sah ihn vor sich den Weg durch die Sümpfe laufen. Der kleine Junge mit seinen aschblonden Haaren, der so klug und wissbegierig war. Den Relindis wie einen eigenen Sohn geliebt und heimlich bei seinem anderen Namen gerufen hatte.

Er war zu einem jungen Mann geworden, seltsam fremd und anders. Maria kuschelte sich fröstelnd in ihren Mantel. Sie starrte aus dem hohen Fenster und versuchte zu erkennen, was draußen vor sich ging. Aber sie sah nur die hellen Lichtpunkte der Fackeln in der Dämmerung. Das mit Ornamenten eingerahmte Fensterbild trug seltsame Abbildungen – einen Adler, eine Taube, eine Muschel mit einem Kreuz darauf.

Im Quergang öffnete sich eine Tür. Maria verbarg sich hinter dem Mauervorsprung und wartete mit klopfendem Herzen ab, wer käme. Das Geräusch leiser Schritte erklang, ein Rascheln. Eine Tür fiel ins Schloss.

Dann war alles still.

Maria verharrte ruhig. Ihr Herzschlag dröhnte so laut in der Stille, dass sie meinte, er wäre im ganzen Gang zu hören. Vom Quergang her erklang ein Geräusch, als wenn jemand mit den Füßen scharrte, dann leises Flüstern. Maria strengte sich an, aber sie konnte kein Wort verstehen.

Jemand stöhnte dunkel und leise. Eine Frau flüsterte etwas, dann kicherte sie. »Zeig, wie viel hat er dir gegeben?«

Etwas klimperte. »Oh, davon kannst du mir ...«

»Pschscht.« Der Mann nuschelte etwas Unverständliches. »Marschall schonscht geischig, aber diesch warsch ihm wert, dasch ich ihm von Niederrode geliefert hab. Wurd auch Scheit.«

Ein zufriedenes Grunzen ertönte, dann ein Schmatzen wie von einem Kuss. Verdammt, Grimold! Ohne Zweifel würde er gleich das Gemach seines Herrn aufsuchen, vielleicht sogar mit seiner Gespielin, und sie vor dessen Tür entdecken. Sehnsüchtig spähte Maria zu dem Versteck hinüber, das Wilem ihr gezeigt hatte. Unmöglich, dorthin zu kommen, die beiden würden sie sofort sehen. Sie hatte nur eine Wahl.

Lautlos huschte sie den Gang zurück und verbarg sich im Schatten eines Türeingangs. Wenn sie hier ganz still bliebe, würden die beiden sie vielleicht nicht bemerken. Sie presste sich atemlos gegen das Türblatt, während sie ihr armes Herz hämmern hörte. Es war gerade noch rechtzeitig gewesen. Aus den Augenwinkeln gewahrte sie, wie eine kleine, schwarze Gestalt aus dem anderen Gang kam, schnurstracks zu Heinrichs Gemach marschierte und es aufschloss. Der Narr trug einen schwarzen Umhang und eine ebenso schwarze, zu einem Turban geschlungene Gugel auf dem Kopf. Eine Weile hörte sie ihn drinnen hantieren. Er bereitete offenbar alles für die Ankunft seines Herrn vor, wie er das manchmal tat, wenn der Diener nicht da war.

Sie überlegte gerade, zurückzulaufen, als die Frau in den Gang trat. Sie trug einen ebenso schwarzen Umhang wie Grimold, aber keine Gugel und keinen Schleier. Ihr schwarzes, von grauen Strähnen durchzogenes Haar schien ihr wie Gestrüpp vom Kopf zu wuchern. Sie hatte sich ein schwarzes Haarband um die Stirn gebunden. Ihre Augen waren mit dicken schwarzen Strichen ummalt. »Beeil dich, Schatz«, säuselte sie. »Die Herrin der Nacht wartet auf dich!«

Sie stimmte ein leises, schauerlich klingendes Lied an, während sie begann, sich hin und her zu wiegen. Schließlich tanzte sie in eleganten Schwüngen vor der Kemenatentür auf und ab.

Maria wagte kaum zu atmen. *Sie dürfen mich nicht sehen*, hämmerte es in ihrem Kopf. *Wenn Grimold mich sieht, bevor ich Heinrich getroffen habe, schafft er mich fort und verrät mich an den Marschall.* Sie zog im Geiste den Fünfstern, das mächtigste aller Schutzzeichen, in brennenden Linien vor sich.

Liebe Mutter aller Wesen, lass sie nicht durch den Gang gehen, betete sie still. Lass sie weggehen, wie sie gekommen sind. Sie stellte sich vor, wie eine gewaltige Böe die beiden erfasste, sobald der Gnom aus dem Gemach getreten wäre, und zur Tür hinausblies.

*Nein*, fiel ihr ein, *Grimold wohnt sicher wieder im Keller. Sie werden diesen Gang nehmen! Sie werden an mir vorbeikommen!*

»Grimold!«, säuselte die Frau und wiegte ihren schlanken Leib. Sie drehte sich mit elegantem Schwung um die eigene Achse und fiel dann mit gespreizten Beinen in eine derartig obszöne Pose auf den Boden, dass es Maria den Atem verschlug. Sie musste eine Tänzerin sein, so beweglich, wie sie war. Vielleicht eine von den Spielleuten.

Die Tänzerin sprang auf. »Grimold, jetzt komm endlich!«, fauchte sie.

Der Narr rief ihr etwas Unverständliches aus dem Gemach heraus zu, das sie offenbar nicht zufriedenstellte. Sie stampfte ungeduldig mit dem Fuß auf und lief ins Gemach.

Maria hielt den Atem an. Sie versuchte vorsichtig, die Tür, an der sie lehnte, zu öffnen – vergeblich. Sicher führte sie in das Gemach eines weiteren Edlen, der mit dem König in der Andacht weilte. Sie nahm allen Mut zusammen, lief zur nächsten Tür und versuchte es dort. Sie sprang knarrend einen Spalt breit auf. Maria zwängte sich rasch hindurch und zog die Tür zurück, bis sie nur noch fingerbreit geöffnet war. Hinter ihr dehnte sich eine dunkle Kammer. Sie blickte sich um, erkannte eine Schlafstelle, die jedoch leer war. Gott sei Dank!

Still lauschte sie und hörte, wie draußen auf dem Gang eine Tür ins Schloss fiel und verriegelt wurde. Die Tänzerin lachte leise, dann war es eine Weile still, bis Maria wieder Schritte vernahm. Sie kamen langsam näher.

»Du wirst mir doch ein neues Kleid kaufen?«, zwitscherte die Tänzerin mit sanfter Stimme. »Ich hab eins auf dem Markt gefunden, ein gebrauchtes, aber fast wie neu, das passt mir ausgezeichnet.«

»Aber schicher, mein Täubchen«, nuschelte der Narr.

Starr vor Angst hörte Maria, wie sie an ihrer Tür vorbeigingen, bis ihre leisen Stimmen allmählich in der Ferne verklangen.

Erleichtert atmete sie auf. Erst jetzt gewahrte sie, dass in dem Gemach der süßliche Geruch eines Parfüms hing. Ein Frauengemach.

Wie auch immer, die Herrin dieser Kammer war nicht da, ebenso wenig wie ihre Dienerin. Maria spürte, wie sich ihr Herzschlag allmählich wieder verlangsamte. Sie rieb sich ihre feuchten Hände am Umhang ab und schickte ein kurzes Dankesgebet an die Hohe Mutter. Leise schlüpfte sie aus dem Gemach und schlich sich zurück. Sie war kaum in ihrem alten Versteck angelangt, als die Tür aufsprang und Stimmen vom Quergang her ertönten.

»... gut, dann werden wir es ihm morgen unterbreiten«, sagte eine bekannte Stimme. Heinrich! Maria presste ihre Hände zusammen. Unter Tausenden hätte sie seine Stimme erkannt. Sie drückte sich tief in ihren dunklen Winkel.

Schritte näherten sich, hielten dort inne, wo die Gänge sich kreuzten. »Morgen ist noch zu früh. Sonntag nach der Prozession«, entgegnete ein anderer Mann. »Beim Festmahl, nach dem Hauptgang. Dann geht es ihm am besten.«

»Ja, uns allen wird's dann besser gehen, beim Allmächtigen!« Beide Männer lachten leise.

»Auf gutes Gelingen!«, meinte Heinrich.

»Auf gutes Gelingen«, echote der andere Mann. Ein Klopfen ertönte, dann hörte Maria, wie sich Schritte im Gang entfernten. Wenig später sah sie Heinrich vor seinem Gemach auftauchen. Er war allein. Er trug einen dunklen Mantel, der ihm bis auf die Stiefel fiel. Sonst sah er aus wie immer, als hätte sie ihn erst am Vortag verlassen. Eine Weile genoss sie seinen Anblick, atmete tief und dankte der Gottesmutter, dass er allein war. Dann verließ sie ihren Winkel und räusperte sich.

Er fuhr herum. Eine Weile brauchte er, bis er sie erkannte.

»Maria!«

Sie trat vor ihn hin und musterte ihn stumm im dämmrigen Licht. Eigentlich hätte sie vor ihm knicksen müssen, doch danach war ihr nicht zumute.

»Wie bist du ...?« Er brach seine Frage ab und starrte sie an. »Du hast Glück, dass ich ...«

»Warum habt Ihr nicht nach mir geschickt?«, brach es aus ihr heraus.

Er musterte sie eine Weile schweigend. »Ich wollte nach der Fastenzeit nach dir schicken lassen«, erwiderte er.

»Ich dachte schon, Ihr hättet mich vergessen!«

»Ach Maria, wie könnte ich dich vergessen? Wir haben Fastenzeit, verstehst du? Noch dazu sind wir in einem erzbischöflichen Palast.«

Er trat auf sie zu, nahm ihre Hände in seine. Dann beugte er sich hinunter und küsste sie. Maria atmete tief, während sie spürte, wie sie unter seinen sanften kleinen Berührungen dahinschmolz.

Sie hatte sich so nach ihm gesehnt! War es ihm nicht ebenso ergangen?

»Ich habe Euch bei dem festlichen Einzug gesehen«, sagte sie. »Ich hab gerufen und gerufen, aber Ihr habt mich nicht gehört.«

Er hob den Kopf. Im schwachen Licht sah sie seine dunklen Augen glänzen. Ein hungriger Ausdruck lag in ihnen.

»Meine Liebe, es war unmöglich, dich in der Menge zu entdecken. Komm.« Er nahm ihre Hand und zog sie sanft mit sich in sein Gemach. Nach der Vorkammer mit zwei schlichten Schlafstellen für die Diener folgte ein wahrhaft prächtiges Gemach, soweit Maria das im Licht einiger Kerzen erkennen konnte. Sie sah Wandbehänge, gewebte Teppiche und Heinrichs große Truhe. Auf einem Tischchen hatte der Narr einen silbernen Krug und einen Becher für seinen Herrn bereitgestellt. Offenbar hatte dieser keinen Besuch mehr erwartet.

Maria atmete auf.

Der Truchsess ging zum Tisch, füllte den Becher und reichte ihn ihr.

»Bitte, trink. Ich kann das Bier am Ende der Fastenzeit nicht mehr sehen. Ich habe es noch nie gemocht.« Er beobachtete sie, während sie trank. »Du hast großes Glück, mich allein anzutreffen«, fuhr er fort. »Ich habe meinen Dienern heute Abend für die Andacht freigegeben. Du hast einen klugen Bruder. Ach nein, er ist ja dein Vetter.«

Maria öffnete den Mund, um etwas zu sagen.

»Sag nichts! Ich weiß, dass er dich hereingelassen hat, wer sollte es sonst gewesen sein? Aber ich bin bereit, ihm diese kleine Sünde zu verzeihen.«

Er kam näher und nahm sie in die Arme. Sie drückte ihre Wange gegen den weichen Pelz seines Mantels und atmete tief seinen Geruch ein. Dies war der Augenblick, nach dem sie sich den ganzen Winter lang gesehnt hatte.

»Ich habe Euch so vermisst«, gestand sie. »Es ist doch keine Sünde, dass ich hier bin?«

»Oh doch«, raunte er. »Sich am Tag des Leidens unseres Herrn fleischlichen Vergnügungen hinzugeben, ist Sünde und höchst verwerflich. Wir werden beide in die Hölle kommen.« Er fuhr mit der Hand durch ihre Haare und bedeckte ihren Scheitel mit sanften kleinen Küssen. Ihr Herz begann, rascher zu klopfen.

»Es gibt keine Hölle«, murmelte sie.

»Keine Hölle?« Er lachte ein leises Lachen, das dumpf in seinem Brustkorb widerhallte. »Welcher Ketzer behauptet das?«

»Es gibt Dämonen, ja, aber keine Hölle und keinen Teufel. Meine Ziehmutter sagte immer, das seien alles bloß Erfindungen von kranken Menschen mit Albträumen gewesen und verbreitet worden, um uns Angst einzujagen.«

»Oho! Wenn das unser Bischof wüsste!« Heinrich von Waldburg hob seine Mundwinkel zu einem spöttischen Lächeln. »Welch ketzerische Gedanken doch in dem hübschen Kopf meiner kleinen Wildkatze hausen.« Er nahm ihren Kopf in beide Hände und küsste sie. Maria erschauerte, als sie seine Lippen auf ihren spürte. Sie erwiderte seinen Kuss, bis die Leidenschaft sie fortriss. Er hob sie auf sein Bett, zog seinen

Mantel aus und warf ihn achtlos weg. »Ich habe größte Lust zu sündigen«, raunte er und senkte seine Lippen auf ihre.

* * *

Als die Nacht am dunkelsten war, ließ die Leidenschaft sie wieder los. Maria fühlte sich sanft an den Strand gespült, als wäre sie ein Wassertier, das die kleinen Flusswellen ans Ufer getragen hatten. Sie war erschöpft und doch glücklich.

Heinrich lag mit geschlossenen Augen neben ihr, er musste eingenickt sein. Ein befriedigter Ausdruck lag auf seinem schönen Gesicht. Sie wagte es nicht, sich zu rühren, aus Angst, er könnte aufwachen. Still betrachtete sie ihn im Kerzenlicht. Bewunderte sein schwarzes Haar, in dem noch mehr silberne Strähnen glänzten, seine schön geschwungenen Lippen. Seine schlanken, doch kräftigen Hände.

Relindis hatte recht gehabt. Es gab eine Weisheit des Körpers, die den Gründen des Seins entspross. Den tiefen Wassern, aus denen die Menschen geboren wurden – den Wassern im Schoß der Hohen Mutter. Jeder Mensch trug etwas von dieser Weisheit in sich. Es war nicht nur ein Jammertal, dieses Leben, und der Leib ein Mittel zum Leiden, unvollkommen, sündhaft und schlecht. Es gab auch das Gute, so hatte es Relindis ihr immer wieder vor Augen geführt, die Liebe, die Freude, die Schönheit und die Lust. Es gab Dämonen, die die Krankheiten schickten, aber auch Kräuter, sie zu heilen. Es gab wundersame Tiere, die Macht der Bäume und Pflanzen, die so schön waren, dass nur eine göttliche Macht sie hatte erschaffen können.

Maria hatte tief in ihrem Inneren gewusst, dass dieser Mann zu ihr passte, dass ihnen neue, wundervolle Kräfte zuwüchsen, wenn ihre Körper erst zusammenträfen.

Sie sah auf ihn hinunter. Ob es ihm ebenso erging wie ihr? Er musste doch spüren, dass sie diejenige war, die zu ihm passte! Sie war diejenige, deren Leib auf seinen antwortete. Sie durften nie mehr lange getrennt sein. Da er von hohem Stand war und sie nicht heiraten konnten, musste sie eben seine Geliebte werden. Sie könnte mit ihm reisen, im königlichen Gefolge. Sie bewegte sich.

»Nimm mich mit«, sagte sie, als er die Augen aufschlug. »Ich möchte bei dir bleiben.«

Seine Hand sank auf ihren Arm. Er betrachtete sie eine Weile wortlos. »Es geht nicht«, sagte er dann.

»Warum nicht?«

Statt einer Antwort schwang er sich aus dem Bett und langte nach seinem Unterkleid. »Du dürftest nicht mal hier sein. Nicht heute und nicht an diesem Ort. Überhaupt nicht.« Seine Stimme klang schneidend. »Zieh dich an, ich bringe dich zurück.«

Maria war, als würde die Wucht seiner schroffen Worte sie wie eine Sturmböe packen und an die Wand schleudern. »Aber ...«

»Kein Aber. Bitte zieh dich an.« Er nahm ihren Bliaut, den sie eigens für ihn angezogen hatte, und warf ihn vor sie auf die Bettdecke. Er streifte sich sein Gewand über und schloss seinen Gürtel. Mit etwas sanfterer Stimme setzte er hinzu: »Es muss aufhören, Maria. Du darfst nicht mehr kommen. Ich werde heiraten.«

Maria schloss ihren Mund. Sie starrte auf den schönen Bliaut, der zerknittert vor ihr lag. *Ich werde ihn glätten müssen*, dachte sie. *Was wird Wilem wohl sagen, wenn er mich so sieht?*

»Wann?«, hörte sie sich fragen, wie von Ferne, als gehörte ihre Stimme nicht zu ihr.

»Zu Pfingsten.«

Zu Pfingsten schon! Ein Messer bohrte in ihrem Herzen, aber sie spürte es nicht. Sie stieg aus dem Bett und kleidete sich mechanisch an. »Und, freut Ihr Euch schon?« Ein grimmiges, fremdes Lachen erfüllte das Gemach. Ihr Lachen. »Sie ist doch sicher eine Edle, oder nicht?«

Heinrich nickte knapp. »Spotte nicht, dazu hast du kein Recht.«

Maria schlüpfte in ihre schmutzigen Schuhe. Sie hätte weinen mögen, aber es gelang ihr nicht. Sie baute sich vor ihm auf. »Ja, Edle heiraten Edle, Geld heiratet Geld! Alles andere zählt nicht.«

Er hüllte sich in seinen Mantel. Die Stille lastete zwischen ihnen. Maria wusste in einem kleinen nüchternen Winkel ihres Geistes, dass sie zu weit gegangen war. Mit ihren Worten hatte sie sicher noch den letzten Funken seiner Zuneigung für sie erstickt.

Sie seufzte und kämpfte gegen die Tränen an. »Warum seid Ihr so … gemein zu mir?«, rief sie. »Ihr habt mich doch eben noch geliebt! War das alles nichts?«

Sein Gesicht gefror zu einer ausdruckslosen Maske. Mit einem kalten Blick sah er sie an. »Du hast doch nicht etwa wirklich geglaubt, du könntest meine Geliebte werden?«

Maria krallte ihre Hände in den Mantel. Seine Worte hallten in ihren Ohren wider, schienen sie wie eine Horde böser Dämonen zu verhöhnen. Die Horde lachte und jagte schreiend zu ihrem Herzen, um es zu kneten. Sie spürte ihre Tränen aufsteigen, doch sie schluckte den Kloß im Hals hinunter. Sie wollte nicht hier vor seinen Augen weinen.

»Warum«, stieß sie mühsam hervor, »warum habt Ihr mich dann in Euer Bett gelockt? Warum habt Ihr mir vorgegaukelt, mein Geliebter zu sein?«

Er seufzte ungeduldig. »Ich habe dir nichts vorgegaukelt. Es waren doch schöne Stunden, oder? Du hattest – wenn ich mich richtig erinnere – ebenso viel Freude an der fleischlichen Vereinigung wie ich.«

Maria schluckte krampfhaft. Ihr war, als stünde das Entsetzen wie ein grässliches Tier vor ihr, von dem sie wusste, dass es sich gleich in ihr breitmachen würde. Niemand würde dieses Tier aufhalten. Sie wandte sich ab. Sie konnte den Anblick dieses Mannes nicht mehr ertragen, obwohl sie wusste, dass sie sich gleich wieder nach ihm sehnen würde, sobald er fort wäre. Konnte es sein, dass sie ihm nichts bedeutete, obwohl sie ihn mehr als alles andere liebte?

Betäubt nahm sie wahr, wie er sie aus seinem Gemach führte und durch die dunklen Gänge über den Hof zurückgeleitete. Die Wolkendecke war aufgerissen und hatte eine schmale Mondsichel freigegeben, neben der ein paar Sterne funkelten. Die Luft roch frisch und nach feuchter Kühle. Auf dem Hof schimmerten Pfützen im Fackellicht.

Heinrich von Waldburg brachte Maria zur Hachtpforte, nickte kurz den Wachen zu und ging grußlos zurück. Maria sah ihm nach, wie er in der Dunkelheit verschwand, und fühlte sich so elend wie nie zuvor. Wilem legte ihr die Hand auf den Arm. »Ist alles in Ordnung?« Seine Stimme klang rau vor Besorgnis.

»Ja, alles ist gut«, brachte sie knapp hervor und war froh, dass er ihr Gesicht in der Dunkelheit nicht sehen konnte.

»Du bist spät. Ich bringe dich zurück.«

*Nein!*, wollte sie ihn anschreien, *ich will allein sein! Ich will mich von den Mauern in die Wallgräben stürzen. Sollen mich meinetwegen Räuber überfallen und umbringen.*

Als sie nichts sagte, nahm er sie am Arm, nickte dem anderen Wachsoldaten zu und führte sie nach draußen. Still lagen die Gassen in der Dunkelheit da. Wilem bemühte sich, die zahlreichen Pfützen zu umrunden, doch Maria war es gleichgültig, wo sie herlief. Mit einem letzten Rest an Beherrschung gelang es ihr, nicht in Tränen auszubrechen. Ihr Bruder durfte auf keinen Fall wissen, was geschehen war. Aber er wollte es natürlich wissen.

»Ich musste sehr lange warten, bis er wiederkam«, log sie rasch. »Das Gespräch war nicht gut. Er wollte nichts von meinen Forderungen hören. Wir können nicht mehr auf ihn zählen.«

Sie bemühte sich, das Zittern in ihrer Stimme zu unterdrücken. Trotzdem konnte sie nicht verhindern, dass sie schroff und traurig klang.

Wilem fluchte leise. »Also war alles umsonst.«

»Ich habe einen Fehler begangen«, meinte sie. »Er ist nicht der Mann, für den ich ihn hielt.«

Wilem schwieg. Das Geräusch ihrer Schritte im Schlamm klang durch die stille Nacht. »Ich hätte dich nicht zu ihm bringen dürfen«, sagte er mit leiser, bitterer Stimme.

»Es ist schon gut. Du hast mir nur einen Gefallen getan. Er wird dir nicht zürnen.«

»Nicht zürnen!« Wilems Stimme zischte wütend durch die Dunkelheit. Seine Hand umklammerte Marias Hand fester. »Du ahnst nicht, wie verdorben der ganze Hofstaat ist. Jeder dort giert nur nach Geld und Macht.«

»Ach Wilem, mach dir keinen Vorwurf! Ich wollte es versuchen, aber es ist nicht gelungen.«

»Die haben sich beim Friedensschluss alle ihre Pfründe zugeschanzt, glaub mir. Es ist nicht richtig, wenn du leer ausgehst!«

Maria seufzte. Sie sehnte sich nach der Ruhe von Hadewigis' Garten. Sie wollte nichts anderes, als endlich allein sein, um ihrer Trauer und ihren Tränen freien Lauf zu lassen. »Wir haben schon mehr bekommen, als wir uns erhoffen durften«, sagte sie müde.

Wilem schwieg lange. Sie hörte seine energischen, wütenden Schritte neben sich. »Noch nicht genug«, stieß er hervor. »Ich würde diesen Kerl am liebsten …« Er machte eine wütende Geste.

»Um Gottes willen!«, warnte Maria ihn leise. »Tu nichts Unüberlegtes! Denk daran, dass er dich ins königliche Gefolge gebracht hat. Du musst jetzt ruhig und geduldig bleiben, dann wirst du eines Tages in die Garde kommen.«

Sie holte tief Luft. »Da ist noch etwas: Der Narr des Truchsesses – er arbeitet für den Marschall.« Sie erzählte Wilem in knappen Worten von Grimold, seiner Tänzerin und von dem, was sie erlauscht hatte. »Der Narr hat ihr gesagt, er habe von Niederrode an den Marschall geliefert.«

Wilem sah bestürzt aus. »Meine Güte! Wenn sie dich gesehen hätten!«

»Sie haben mich aber nicht gesehen. Weißt du, wer von Niederrode ist?«

»Ein Ritter. Er ist neulich vom Hof verbannt worden.«

»Der Narr hat ihn verraten. Nimm dich vor ihm in Acht.«

Wilem nickte. Sie waren nun am Haus von der Ehrenpforte angelangt. Im Schein einer Fackel, die an einer Hausecke brannte, konnte Maria Wilem die Beklommenheit und Wut deutlich ansehen.

»Ich ahnte ja nicht, wie alles werden würde«, seufzte Maria leise. »Wir lebten immer abgeschieden, du im Dorf, ich in den Sümpfen. Und nun das …«

»Aber das war es doch, was du wolltest«, entgegnete er. »Du wolltest in die Stadt zu den Schwestern. Du hättest auch als Dorfheilerin bleiben können. Mutter sagte, die Dörfler wären sehr traurig über deinen Weggang gewesen.«

Seine Worte gaben ihr einen weiteren Stich ins Herz.

»Ich werde bald in den Kreis der Schwestern aufgenommen«, gab sie zurück. »Es dauert nicht mehr lange. Dann kann ich hier endlich als Heilerin arbeiten.«

»Denkst du manchmal noch an zu Hause?«

Maria nickte. »Ich vermisse Relindis und auch Lioba.« Sie konnte ihm unmöglich sagen, wie sehr sie sich gerade jetzt wünschte, in ihre Hütte auf der Sumpfinsel zurückzukehren, und Relindis wäre da und würde ihr einen Holundertrank geben. Sie könnte sich alles von der Seele reden, was vorgefallen war, und Relindis würde sie in ihre Arme nehmen und trösten.

»Ich vermisse Mutter und Relindis auch«, sagte Wilem mit rauer Stimme. »Ich soll dir von Mutter sagen … sie ist sehr stolz auf uns.«

»Schön.« Maria konnte sich nicht freuen. »Verrate ihr bitte nicht, dass ich nicht in einem Kloster lebe.«

Wilem versprach es. Er drückte ihre Hand. »Ich muss nun zurück. Gott sei mit dir.«

»Mit dir auch!«

Er berührte ihren Arm, dann tat er etwas, was er noch nie getan hatte: Er küsste ihre Stirn, ehe er sich umwandte und über die Ehrenstraße zurückging. Maria sah ihm hinterher, bis die Nacht ihn verschluckt hatte, dann ging sie ins Haus. Sie verriegelte die Tür, schlich sich durch die stille Küche nach hinten in den Garten. Im Baumgarten, bei ihrem Apfelbaum, hielt sie inne und sah hinauf in den Himmel. Die Wolken hatten sich nun gänzlich verzogen, und unzählige Sterne funkelten ihr entgegen. Die Blüten des Apfelbaums blühten in zarter Pracht. Wenn kein Frost oder Hagelschlag käme, würde es ein gutes Obstjahr werden.

Maria zog einen Schutzkreis, rief die vier Mächte an. Dann lehnte sie sich erschöpft gegen den Baum und ließ ihren Tränen freien Lauf.

# Kapitel 23

In den Sonnenstrahlen, die schräg durch das Fenster der erzbischöflichen Kanzlei fielen, tanzten Staubflusen. Draußen auf dem Hof tschilpten Spatzen, aber drinnen war es ruhig.

Sie saßen auf einer schlichten Bank gleich unter dem Fenster. Iliana hoffte, dass das grelle Frühlingslicht ihre Blässe nicht allzu unvorteilhaft hervortreten lassen würde. Sie hatte die Hände in den Schoß gelegt und wirkte ruhig wie immer, aber innerlich war sie aufgewühlt wie das Meer bei Sturm, brandeten bei jedem Herzschlag die Wellen hoch und schlugen auf den Strand.

Sie versuchte, langsam und ruhig zu atmen. Versuchte, sich in ihrer gewohnten Beherrschung auf seine freundlichen Worte zu besinnen und auf sein Mienenspiel, aber es wollte ihr nicht gelingen.

So viele Jahre hatte sie ihn nicht mehr gesehen! Er sah noch aus wie früher, nur älter natürlich, und grauer war er geworden. Sein Gesicht hatte mehr Linien bekommen, und jene, die früher schon dort waren, hatten sich tiefer eingegraben. Auch schien er magerer und kleiner geworden zu sein, als hätte die jahrelange Kanzleiarbeit seine Gestalt zusammenschrumpfen lassen. Aber seine Augen hatten nichts von ihrer Lebendigkeit verloren.

»Ich habe mir den ganzen Winter Sorgen um dich gemacht«, sagte Odalrich leise. Seine Stimme bebte. Auch sie klang nun anders, rauer.

Iliana wich seinem Blick aus. Also hatte er doch bemerkt, wie schlecht sie aussah. Aber ja, auch sie war älter geworden und längst nicht mehr so schön wie früher. Sie musste auf ihn wirken wie ein welkes Blatt. »Danke«, sagte sie förmlich. »Wir hatten genug. Nur die Armen hat es schlimm getroffen.«

»Ich habe jeden Tag für dich gebetet«, sagte er mit leiser Stimme. »Ich habe für den Frieden gebetet und dass *er* endlich von Köln ablässt.«

Er sprach das »er« so hasserfüllt aus, dass Iliana innerlich erschauerte. Seine Wut auf König Philipp war also ungebrochen. Er hasste ihn seit dem Tag, als der junge Philipp, der gerade Propst des Aachener Marienstiftes geworden war, Odalrich in seine dortige Kanzlei befohlen hatte. Dabei konnte Philipp, damals noch ein Knabe und als jüngster Kaisersohn für eine geistliche Laufbahn bestimmt, nichts für die Aufnahme Odalrichs in seiner Kanzlei. Sein Lehrmeister, der Scholaster, hatte die Mönche ausgesucht, die ihm geeignet erschienen. Dieser hatte Odalrich damals erwählt und ihre Trennung besiegelt. Doch anstatt dem Scholaster zu zürnen, hatte Odalrich die Schuld immer dem jungen König gegeben.

*Vielleicht hasst er ihn noch aus anderen Gründen,* dachte Iliana. Er neidet ihm, dass Philipp später den geistlichen Stand verlassen konnte, dass er heiraten und Kinder zeugen durfte. Er hasste es, dass einem Mann, der so etwas Furchtbares wie ihre Trennung befohlen hatte, Liebe, Reichtum und Macht in den Schoß fiel, während er selbst darben musste.

Iliana bezwang ihren hastigen Atem und ließ ihren Blick auf den Pergamentrollen ruhen, die nebeneinander auf einem großen Tisch lagen, während sie nach den nächsten Worten suchte. Sie waren in dem kleinen Nebenraum der Kanzlei, in dem die Schriftrollen aufbewahrt wurden. Die Kanzlei selbst lag heute, am Ostersonntag, in andächtiger Ruhe.

»Gott sei Dank haben wir nun Frieden«, sagte sie und mühte sich um eine ruhige Stimme. »Die Kölner haben begriffen, dass sie einlenken mussten, wollen sie nicht bald im ganzen Reich allein dastehen.«

Um Odalrichs Mundwinkel zuckte es, wie immer, wenn etwas sein Missfallen erregte. »Aber es ist noch nicht vorbei, Iliana«, sagte er mit gesenkter Stimme. »Noch hat sich König Otto nicht ergeben, und er wird sich nicht ergeben. Philipp wird ihn besiegen müssen, in einer letzten großen Schlacht. Er weiß es. Er wird sich dafür rüsten.«

Ilianas Lippen zitterten. »Bist du dir sicher?«

Odalrich nickte.

»Wann?«

»Im Spätsommer, nach der Ernte.«

Ilianas Hände krampften sich ineinander. Auch sie hasste den Staufer, der sie einst getrennt hatte. Odalrich war ihre große Liebe gewesen. Sie hatten damals von einem Leben außerhalb der Klostermauern geträumt, gemeinsam, irgendwo in einer anderen Stadt. Er hätte dort als Gelehrter arbeiten können. Sie wäre seine Frau geworden, eine geachtete Bürgersfrau. Sie hätte das Leben geführt, das sie sich immer gewünscht hatte.

Doch während ihre düsteren Gedanken kurz bei König Philipp weilten, den sie nach all den Jahren bei seinem feierlichen Einzug wiedergesehen hatte, wusste sie tief in ihrem Herzen, dass nicht dieser die Schuld an dem Leben hatte, das sie seit ihrer Trennung von Odalrich zu führen gezwungen war. Odalrich hätte auch später noch mit ihr fliehen können. Sie hätte ihn dazu bringen können. Sie hatten es beide nicht getan.

Sie räusperte sich. »Was sagt man in Rom?«, fragte sie und bemerkte, wie hoch und dünn ihre Stimme klang.

»Seine Heiligkeit ist nun gezwungen, mit König Philipp zu verhandeln. Er wird Legaten schicken. Er wird den Bann lösen müssen, den er über König Philipp verhängt hat.« Odalrichs leise Stimme klang nüchtern.

»Nein.« Iliana beugte sich nach vorn. »Seine Heiligkeit der Papst ist nicht der Mann, der aufgibt. Er hat immer gegen Philipp gekämpft. Er wird jetzt nicht klein beigeben!« Sie spürte, wie ihr Herz vor Aufregung vor sich hinstolperte, wie es das in der letzten Zeit häufiger tat. Die lange Fastenzeit hatte ihm wohl zu sehr zugesetzt.

Odalrich sah sie lange an, wobei er jedoch abwesend wirkte, als müsste er etwas entscheiden. »Du hast recht«, sagte er schließlich. »Seine Heiligkeit hat nicht vor, aufzugeben.« Sein Blick glitt zu der schweren Eichentür, die fest verschlossen war. Dennoch senkte er seine Stimme zu einem Flüstern, ehe er fortfuhr. »Jeder weiß, dass keiner der beiden Könige jemals klein beigeben wird. Sie sind so verbohrt, dass sie nicht mehr nachgeben können. Dabei werden sie das Land zerstören, wenn nicht endlich etwas geschieht. Einer von ihnen muss sterben. Seine Heiligkeit ist fest entschlossen, dass dies nicht Otto sein wird. Er will nach wie vor keinen Staufer auf dem Thron.«

Iliana atmete tief die staubige Kanzleiluft ein. Sie sah auf die Blumenornamente in dem gekachelten Fußboden hinunter, ohne sie eigentlich wahrzunehmen. »Was hat das zu bedeuten?«, fragte sie.

»Schwöre, dass du nichts verraten wirst«, verlangte Odalrich.

»Ich schwöre es bei meinem Leben«, sagte sie feierlich und legte ihre rechte Hand auf ihr flatterndes Herz.

Odalrich nickte. »Der Staufer wird nicht gewinnen. Mehr will und kann ich dir nicht sagen«, flüsterte er.

Iliana schnappte nach Luft. Sie konnte ihr Herz nicht mehr beruhigen, als sie die Ungeheuerlichkeit der Worte begriff, die Odalrich ihr gerade zugeflüstert hatte. Ihr schwirrte der

Kopf. Für einen Augenblick hatte sie das Gefühl, sie würde das Bewusstsein verlieren und vor Odalrichs Füßen auf den kalten Kachelboden sinken. Dann gelang es ihr doch wie durch ein Wunder, sich mit einem Rest Selbstbeherrschung zu beruhigen. Tausend Fragen stürmten auf sie ein.

»Das heißt, seine Heiligkeit wird …?« Sie wagte es nicht, die ungeheuerliche Frage vollends auszusprechen. Aber Odalrich verstand sie auch so. Sein schlichtes Nicken war Antwort genug.

»Wie?«, brachte Iliana hervor.

»Ach, meine Liebe!« Odalrich seufzte auf. Er ergriff ihre Hand, führte sie an seine Lippen und küsste sie.

Iliana überwogte ein so heftiges Gefühl von prickelnder Freude, dass sie beinahe laut aufgeseufzt hätte. Was hätten sie für ein Leben führen können, sie beide zusammen vereint bis zum Tod.

Sie spürte, dass er sie ansah, wich aber seinem Blick aus. Sie hatte Angst davor, was er alles würde lesen können. Wenn er nur wüsste, was sie für ein Leben geführt hatte! Dass sie ihn betrogen hatte. Wie konnte er auch erwarten, dass sie ihm treu blieb in all den Jahren.

Dafür war sie nicht die Frau. Sie war zu schön, zu begehrenswert; sie wusste doch, wie die Männer sie ansahen. Ihre Schönheit war eine Gottesgabe, sie durfte nicht verschwendet werden. Der Propst war ein mächtiger Mann, und sie beherrschte ihn.

Wenn Odalrich erkennen würde, wie verdorben sie inzwischen geworden war? Wenn er vom Propst wüsste und dass sie für ihn arbeitete?

Sie erbebte, als sie seine Hand an ihrer Wange spürte. Ihr Herz raste, während sie sich ihm langsam zuwandte und ihre Blicke sich trafen. Aber natürlich konnte er nichts von ihrem verdorbenen Leben wissen. In seinen freundlichen Augen lagen nur Güte und Liebe.

Er rückte näher. Sanft senkte er seine Lippen auf ihre.

Auf einmal fühlte sie sich wieder wie früher, wie die junge Frau, die sie einst gewesen war. Die Wellen in ihr brachen den Damm und stürzten mit gewaltiger Macht ins Tal, sie rissen sie mit sich fort.

Nach einer gefühlten Ewigkeit, in der sie still ineinander versunken waren, spürte sie wieder den groben Stoff seiner Mönchskutte an ihrer Stirn, als ihr Kopf an seiner Schulter lag.

»Du darfst dich nicht in Gefahr bringen«, flüsterte sie.

Er strich sanft mit seiner schlanken Hand über ihre. »Nein.«

»Versprich es mir!«

»Ich verspreche es.« Er legte kurz seine Hand auf die Brust und küsste Iliana auf den Schleier. »Lass mich dein Haar sehen«, bat er.

Sie schüttelte den Kopf.

Sein hungriger Blick suchte ihren. »Sehen wir uns morgen?«

Als sie zögerte, bat er sie.

»Also gut«, sagte sie. »Morgen Abend nach der Komplet.«

Sie erhob sich, und er begleitete sie durch den erzbischöflichen Palast nach draußen auf den Hof.

Auf ihrem Weg zurück zum Kloster summte Iliana leise vor sich hin.

# Kapitel 24

Bela nötigte Maria am Ostersonntag, mit zur Messe und dann zur Prozession zu kommen. Sie wollte die Freundin unbedingt aus ihrer stumpfen Traurigkeit und ihrer Teilnahmslosigkeit befreien.

Maria ging mit, weil sie Heinrich von Waldburg sehen wollte. Sie wusste, dass er sie nicht sehen würde, und selbst wenn, diesem blassen Wesen mit den rot geränderten Augen und dem traurigen Blick, das sie war, keinerlei Aufmerksamkeit schenken würde. Aber sie sehnte sich nach ihm, immer noch. Trotz allem.

Wieder drängte sich das Volk in den Straßen wie schon bei dem feierlichen Einzug des Königs. Man wollte natürlich vor allem das Königspaar sehen, das heute den Stadtheiligen von Köln das Geleit geben würde. Bela und Maria hatten mit viel Glück wieder einen guten Platz ergattert, gleich vorne, von wo aus sie einen guten Blick auf die Prozession hatten. Die Sonne strahlte vom Himmel herunter, die Vögel zwitscherten. Es war ein trockener, warmer Tag, an dem es verheißungsvoll nach Frühling roch. Aber in Maria war alles dunkel und kalt. Der Jubel der Menschen, das Glockengeläut, die Lobgesänge der Geistlichen und der weiß gekleideten Mädchen, die den Heiligen voranschritten, prallten an ihr ab. Sie nahm kaum die prächtig geschmückten Wagen der Heiligen wahr, die von starken Pferden gezogen wurden, sah kaum den König in seinem roten Mantel, der den Wagen zu Fuß begleitete. Sie würdigte die zierliche Königin mit dem freundlichen Lächeln kaum eines Blickes und starrte düster auf die edlen Frauen in ihren kostbaren Gewändern. Der Gedanke, eine von ihnen könnte diejenige sein, mit der Heinrich von Waldburg bald das Bett teilte, verursachte ihr Übelkeit vor Enttäuschung und Wut.

*Feuer über sie*, dachte sie, *Krankheit und Verderben über sie alle.*

Doch dann hielt sie sich zurück. Verwünschungen waren gefährlich, sie durfte sie niemals unbedacht aussprechen.

Sie suchte in den edlen Männern, die den Heiligen zu Fuß folgten, Heinrich von Waldburg, und endlich erblickte sie ihn. Er trug einen prächtigen, mit Eichhörnchenfell verbrämten Mantel und feine Stiefel aus Hirschleder. An seiner Hand funkelte ein dunkelroter Edelstein. Seine Miene war freundlich verschlossen. Nichts deutete darauf hin, dass ihn in den letzten Tagen irgendetwas aus seiner Seelenruhe gebracht hätte.

Maria wollte ihn rufen, aber der Ruf erstickte in ihrer Kehle. *Heinrich, seht mich doch*, flehte sie stattdessen still. *Seht mich an! Ich liebe Euch. Wir sind füreinander gemacht, wir, nicht du und irgendeine andere Frau.*

Sie zuckte zusammen, als ihr jemand auf die Schulter tippte. »Ist es nicht eine Freude, wie die Heiligen den König durch unsere Stadt führen?« Maria fuhr herum und sah Alexander hinter sich stehen. Er deutete auf einen der geschmückten Wagen, in dem die kostbare Büste der heiligen Ursula zur Schau gefahren wurde.

»Alexander.« Sie lächelte flüchtig und wandte sich wieder um. Hastig suchte ihr Blick die hohe Gestalt Heinrichs von Waldburg in der Prozession, aber er war schon an ihr vorbeigegangen. Sie konnte sein Gesicht nicht mehr sehen. Verdrossen runzelte sie die Stirn. Alexander hatte ihr den Augenblick des Abschieds von ihrem Geliebten zerstört.

Wer wusste schon, ob sie ihn jemals wiedersehen würde?

»Ihr müsst immer über alles Eure Späße machen«, giftete sie, ohne sich umzusehen.

»Oh, ich glaube, dass sich so mancher edle Mann in der Prozession gewiss mehr in der Aufmerksamkeit der Weiber sonnen kann als die Heiligen«, hörte sie ihn in ihrem Rücken sagen.

Sie wandte sich um und funkelte ihn an. Er wusste also doch von ihrer verbotenen Liebe zu Heinrich von Waldburg. Bela hatte es Volmar erzählt und dieser ihm. Sie blickte zu Bela hinüber, deren Hand sich unauffällig in die von Volmar geschmiegt hatte. »Ich bin heute nicht zu Scherzen aufgelegt«, versetzte sie schroff und wandte sich wieder der Prozession zu, um einen letzten Blick auf Heinrich zu werfen, der langsam in der Ferne verschwand.

Alexanders Stimme klang aus dem Hintergrund zu ihr. »… wobei die Weiber natürlich irren, denn ein Hund kann sich niemals mit einem edlen Ross gemeintun.«

Maria fuhr wieder herum. »Was wollt Ihr damit sagen?«

Er drängte sich an ihre Seite. »Ich wollte dir nur die natürliche Ordnung der Dinge veranschaulichen.«

»Warum?«

»Aus gegebenem Anlass.«

Sie warf ihm einen raschen Seitenblick zu. Er vermied es, sie anzusehen, sondern musterte stattdessen das prächtige Zaumzeug eines Pferdes. *Er weiß es*, fuhr es ihr durch den Kopf. *Bela hat alles ausgeplaudert. Er will mir mit seinen Anspielungen seine Meinung sagen, ohne zuzugeben, dass er alles weiß.*

Sie seufzte tief. Merkwürdigerweise verschwand ihre Wut, und sie fühlte sich nur noch traurig. Bela hatte es sicher nicht böse gemeint, als sie Volmar alles erzählt hatte, sie wollte vielleicht nur ihr eigenes Herz erleichtern. Sie wandte sich an Alexander. »Ihr sagt also, ich wäre ein Hund«, meinte sie.

Seine Miene wurde ernst. »Entschuldige das Missverständnis. Mit dem Hund habe ich nicht *dich* gemeint.«

Maria wandte sich wieder ab und blickte sehnsüchtig in die Richtung, in der Heinrich von Waldburg verschwunden war. Sollte Alexander ihm doch übel nachreden, das war ihr einerlei. Sie wusste in diesem Augenblick nur eins: Sie wollte Heinrich wiedersehen, ja, sie *musste* es. Bei dem Gedanken, ihm nie mehr begegnen zu können, bekam sie keine Luft mehr.

»Siehst du unsere stolzen Herren?«, fuhr Alexander fort und deutete zum Kloster St. Maria im Kapitol hinüber, von wo aus einige Herren der Richerzeche mit den Stiftsdamen den Umzug verfolgten. »Der gute Dietrich von der Ehrenpforte brüstet sich damit, schon immer ein Anhänger des Staufers gewesen zu sein und den Frieden eingefädelt zu haben. Dabei wissen wir doch, dass es ursprünglich jemand anderes war, die den ersten Schritt getan und ihn davon überzeugt hat, zu König Philipp nach Sinzig zu reiten.«

Maria sah flüchtig zum Kloster hinüber, wo Dietrich von der Ehrenpforte, gehüllt in ein prächtiges Gewand, mit einer Stiftsfrau sprach.

»Ihr redet von mir«, stellte sie gleichmütig fest.

»Maria, es ist mittlerweile ein offenes Geheimnis, dass du es warst, die auf Wunsch des Truchsesses mit Dietrich von der Ehrenpforte gesprochen hat. Du hast den ersten Faden gesponnen.«

»Ja, aber den Rest der Verhandlungen haben andere geführt.«

»Du solltest dein Licht nicht unter den Scheffel stellen. Von der Ehrenpforte wird sich seinen Einsatz vom König sicher gut vermünzen lassen.«

Maria seufzte, sie wollte nicht mehr darüber sprechen. Sie hatte es bereits gewagt, mehr bekommen zu wollen, und eine schmerzhafte Abfuhr erhalten. »Mein Bruder ist befreit und ins königliche Gefolge aufgenommen worden. Das war mehr als genug Lohn für eine Magd wie mich«, sagte sie.

»Aber er« – Alexander deutete in die Richtung von Dietrich von der Ehrenpforte – »hat's dir nicht vergolten.«

Maria blickte ihn verwundert an. Auf den Gedanken, dass der Herr sie entlohnen könnte, war sie nicht gekommen. »Warum sollte er?«, fragte sie zurück. »Ich hab das nur getan, um meinen Bruder aus der Gefangenschaft zu retten. Außerdem hat er mich für die Besuche am königlichen Hof einkleiden lassen und ist für meine Reisekosten aufgekommen. Er war mehr als großzügig.«

Alexander betrachtete sie eine Weile nachdenklich. »Ich bin überrascht«, meinte er schließlich. »Es scheint eine kleine nüchterne Seele in dir zu wohnen. Eine, die weiß, wann eine Sache verloren ist. Ich hätte dich für leidenschaftlicher gehalten.«

Maria runzelte die Stirn. Sie war seine Andeutungen leid.

»Was wollt Ihr damit sagen? Sprecht offen und ehrlich zu mir!«

Sein Lächeln erstarb. »Tut mir leid, wenn ich dich verärgert habe. Ich neige dazu, allgemeine Weisheiten von mir zu geben. Das mag manchmal überheblich klingen.«

»Das war nicht allgemein. Ihr meintet *mich*. Ihr wolltet mir etwas sagen«, beharrte sie.

»Oh, nein, nein! Du solltest das nicht auf dich münzen«, beeilte er sich. »Es sollte ein Lob sein und ist wohl etwas missraten, fürchte ich.« Er lächelte hastig, doch Maria erwiderte sein Lächeln nicht.

Ihr war auf einmal alles zu viel. Es hatte keinen Sinn, hier zu sein, sie würde sich doch nur aus nichtigem Anlass mit Alexander streiten. Gerade hatte sie Heinrich von Waldburg zum letzten Mal gesehen. Sie musste gehen und einen Ort finden, wo sie ihr aufgewühltes Gemüt beruhigen konnte.

Sie verabschiedete sich hastig von Alexander, nickte Bela und Volmar zu und machte sich auf den Heimweg. Alexander wollte sie begleiten, aber sie lehnte ab.

Sie fand das Haus von der Ehrenpforte leer vor. Der Garten lag still in der Mittagssonne. Hadewigis war mit Lutgard zur Prozession gegangen und würde anschließend bei dem Festmahl sein, zu dem ihr Vetter geladen hatte, und Bela würde ihre Stunden mit Volmar auskosten. Niemand würde vor Einbruch der Dämmerung zurückkehren.

Maria ging entschlossen zu Werke. Sie lief in den Schuppen und holte alles, was sie brauchte – eine Holzschale, einen Stein, ihr Räuchergefäß, einen halb heruntergebrannten Kerzenstummel, den sie von einer ihrer abendlichen Mahlzeiten entwendet hatte. Sie rieb ihn sorgfältig mit Gänsefett ein, dann öffnete sie ein Tongefäß, das ein zerstoßenes Kraut enthielt.

Sie hielt inne, roch daran, rümpfte die Nase ob des beißenden Geruchs. Dann gab sie sich einen Ruck, füllte einen Becher mit Lutgards Gartenwein und schüttete ein wenig von dem Kraut hinein. Anschließend leerte sie den Becher mit ein paar kräftigen Schlucken. Nachdem sie den Kerzenstummel und die Kräuter im Räuchergefäß an der ersterbenden Feuerglut in der Küche entzündet hatte, lief sie zu ihrem Apfelbaum, wo sie den Stein und die mit Brunnenwasser gefüllte Holzschale bereits zurechtgelegt hatte. Sie stellte das Gefäß und die Kerze an ihren Platz und holte ihr Messer hervor, sammelte sich und besann sich auf die Worte. Dann zog sie den Schutzkreis, rief die Mächte herbei und ließ sich in dem Kreis nieder.

Sie begann zu beten. Bald spürte sie, wie die Mächte des Himmels in ihren Schutzkreis herabsanken. Sie fühlte, wie sie

sie umfingen und in sich bargen wie einen nassen Vogel in einer großen Hand. Sie fühlte sich beschützt und geborgen.

*Relindis,* dachte sie und versuchte, sich das Gesicht ihrer Ziehmutter in Erinnerung zu rufen. Es gelang ihr kurz, aber dann verschwamm das Antlitz, und seine Konturen verloren sich im Nichts.

Unglücklich seufzte sie auf. *Mutter,* dachte sie. *Bleibt denn nichts?*

Relindis war verschwunden, aber das, was sie hinterlassen hatte, würde bleiben. Sie hatte es ihr hinterlassen, und eines Tages müsste auch sie sich eine Tochter suchen, der sie das Erbe hinterlassen würde. Aber wo waren sie, ihre wahren Schwestern? Wann könnte sie endlich zu ihnen? Sie war keinen einzigen Schritt vorangekommen, seit sie in dieser Stadt lebte, nichts von alldem, was sie sich erhofft hatte, war in Erfüllung gegangen. Im Gegenteil, sie schien sich verirrt zu haben. War ihre Liebe zu Heinrich von Waldburg ein Irrweg?

Nein!, schrie ihr Herz.

Doch, flüsterte ihr Verstand.

Maria ließ sich auf den Boden sinken und weinte, bis eine barmherzige Erschöpfung sie erfasste. Sie legte sich auf den Rücken und sah auf die blütenbeladenen Äste, die sich im sanften Frühlingswind wiegten. Das Licht blitzte zwischen den Blättern hindurch, stach in ihre brennenden Augen. Auf einmal sah sie Heinrich von Waldburgs schönes Gesicht so deutlich vor sich, dass sie erschrak. Sie sah ihn lächeln, spürte seine sanften, warmen Hände auf ihrer Haut.

»Meine Schöne«, murmelte er, ehe sich seine Lippen auf ihre senkten. Als sie diese zärtliche Berührung spürte, durchfuhr es sie wie der Stich eines gezackten Dolches. Sie richtete sich auf, schlang ihre Arme um die Knie und schluchzte so heftig, dass eine Amsel in der Nähe aufflog und einen lauten Warnruf ausstieß. Lange saß sie so da, während ein Gedanke in ihr aufkeimte und langsam zur Gewissheit wurde: Sie konnte ihn nicht aufgeben. Sie würde um ihn kämpfen, bis sie ihn gewonnen hätte, und sollte es Jahre dauern. Sie konnte ihn zurückgewinnen, das wusste sie. Schließlich war sie Maria, die Tochter einer mächtigen Heilerin, und sie wusste, was jene gewusst hatte.

Sie hob den Kopf und sah in die blasse Nachmittagssonne, während sie spürte, wie die Hoffnung sie wärmte. Sie straffte sich und lächelte. *Gleich morgen werde ich beginnen*, dachte sie und spürte, wie dieser Gedanke sie mit Kraft erfüllte.

# Kapitel 25

Iliana von Hohenstein sah sehr überrascht aus, als Maria an der Pforte des Makkabäerklosters auf sie wartete. Ein Schatten fiel auf ihr schönes Gesicht, als sie sie erblickte.

»Woher weißt du, in welchem Kloster ich lebe?«, fragte sie scharf, nachdem sie Maria mitgenommen und in den Kreuzgang geführt hatte.

»Ich bin Euch einmal gefolgt«, gestand Maria. »Bitte, ich brauche Eure Hilfe. Es duldet keinen Aufschub.«

»Die Schwestern sollten einander nicht bespitzeln«, versetzte Iliana ungehalten. Sie zog Maria am Stoff ihres Mägdekleides tiefer in den Gang, nachdem zwei Nonnen ihn betreten hatten und in der Nähe stehen geblieben waren. Vor einer der vielen Säulen machten sie Halt.

»Also, was ist es?«, fragte Iliana mit gesenkter Stimme. Sie musterte Maria gründlich. »Du siehst nicht gut aus.«

*Ihr auch nicht*, hätte Maria am liebsten erwidert, denn Ilianas Gesicht unter dem Schleier war blasser und schmaler denn je, obwohl die Fastenzeit nun vorüber war.

»Ich habe großen Kummer, Schwester«, begann sie und zögerte, als sie an Heinrich von Waldburg dachte. Sie war tags zuvor zum Abschiedsgeleit gegangen, das die Bürger dem König gegeben hatten, bevor er und sein Gefolge an Bord ihrer geschmückten Rheinschiffe gegangen waren. Sie hatte Heinrich wiedergesehen, und dieses Mal hatte auch er sie gesehen. Er hatte ihr zugelächelt!

Danach war die Hoffnung in ihr noch stärker geworden und brannte wie ein großes, wärmendes Feuer, das ihre Angst und ihren Schmerz etwas linderte. Vielleicht hatte er es sich anders überlegt und wollte sie doch. Vielleicht war ihm klar geworden, wie gut sie zusammenpassten, obwohl sie verschiedenen Ständen angehörten, und dass sie doch seine Geliebte werden sollte. Womöglich bereute er sogar die schroffe Abfuhr, die er ihr gegeben hatte.

Sie fuhr sich mit der Zunge über die Lippen, als sie Ilianas fragenden Blick bemerkte. »Nun, ich muss Euch etwas erklären, was ich Euch bisher verschwieg«, fuhr sie fort. Dann überwand sie sich und erzählte Iliana von ihrem Verhältnis zum Truchsess. »Ich muss zum Königshof«, schloss sie. »Ich *muss* ihn sprechen.«

Iliana starrte sie an. Nach einer Weile schüttelte sie den Kopf. »Deine Liebe ist hoffnungslos. Du solltest sie aufgeben. Es ist besser, wenn du diesen Mann *nicht* wiedersiehst.«

Maria rang um ihre Worte. »Bitte, versucht doch wenigstens, mich zu verstehen«, flehte sie leise. »Er hat mich gesehen, beim Abschiedszug des Königs. Er hat mir zugelächelt. Ich glaube, er bereut, dass er mich verlassen hat. Vielleicht will er alles ungeschehen machen! Aber um das herauszufinden, muss ich ihn wiedersehen.«

Iliana runzelte die Stirn. Sie schüttelte den Kopf.

»Willst du ein Leben als geduldete Hure führen, bis er dich erneut verstößt?«

Maria fuhr vor diesen schroffen Worten zurück. Sie hatte darüber nicht nachgedacht. Sie wusste nur, dass sie ein Leben ohne Heinrich von Waldburg nicht ertragen könnte. »Ich kann nicht ohne ihn leben«, erwiderte sie schlicht.

»Unsinn! Das glaubst du nur, weil du Angst vor dem Schmerz hast. Du *kannst* ein Leben ohne ihn führen, glaube mir. Die Zeit heilt alle Wunden.«

»Nein. Relindis hat immer gesagt, es gibt Wunden, die auch die Zeit nicht heilen kann.«

Iliana schwieg. Ihre schönen, fein geschwungenen Lippen waren zu einem Strich zusammengepresst. Maria folgte ihrem Blick in den Innenhof, wo sich ein wuchtiges Holzkreuz in einem Halbkreis von Sommerblumen erhob. Schließlich wandte sich Iliana ihr wieder zu.

»Selbst wenn ich dein ungeheuerliches Ansinnen unterstützen würde, wäre es viel zu gefährlich. Er ist ein hochgestellter Mann, ein Vertrauter des Königs. Ich kann dir nicht helfen.«

»Bitte, ich möchte doch nur, dass Ihr mich zum Königshof begleitet!«, flehte Maria. »Allein kann ich nicht reisen. Vielleicht könnt Ihr herausfinden, wo sich der Hof aufhält. Wenn wir erst mal dort sind, kann uns mein Bruder weiterhelfen.«

Iliana schüttelte den Kopf und starrte wieder in den sonnenbeschienenen Innenhof. Sie schwieg lange.

»Ich bin nur eine einfache Nonne«, sagte sie schließlich. »Die Äbtissin gestattet uns Reisen nur zu ganz besonderen Anlässen.«

»Bitte«, wiederholte Maria. »Ihr seid klug, Ihr könnt Euch etwas einfallen lassen. Ich habe noch Geld, es dürfte für uns beide reichen.«

Iliana schüttelte ihren Kopf. »Du bist besessen, Maria. Der Dämon der Liebe hat dich in seinen Klauen. Warum sollte ich dir bei so etwas Unsinnigem helfen?«

»Weil wir Schwestern uns gegenseitig helfen sollten.«

»Ich helfe dir am besten, wenn ich dir sage, wie dumm ein solcher Versuch wäre und dass du diesen Mann niemals gewinnen kannst.«

»Woher wollt Ihr das wissen?«

»Weil …« Iliana wich Marias Blick aus und sah wieder in den Hof. »Weil ich älter und erfahrener bin als du und das Leben kenne.«

»Was weiß eine Nonne schon von der Liebe?«

Iliana bewegte sich nicht. Sie blieb lange still, den Blick starr auf die Blumen gerichtet. Als Maria schon zu bereuen begann, hergekommen zu sein, und überlegte zu gehen, wandte Iliana sich endlich um und sagte: »Ich weiß genug über die Liebe, um zu wissen, was Verlassenheit ist. Wenn ich dir bei diesem gefährlichen Besuch helfe, dann geschieht das zu meinen Bedingungen. Ich bestimme, wann und wie wir reisen und was wir tun werden.«

Maria schrie leise auf. Sie ergriff die schmalen, kalten Hände Ilianas und presste sie fest.

»Noch etwas«, sagte Iliana. »Wenn ich dir helfe, wirst du mir etwas dafür geben müssen.«

»Was immer Ihr wollt!«, rief Maria. »Wie ich schon sagte, habe ich genug Geld. Der König hat mir einen Ring geschenkt, den könnte ich bei den Juden eintauschen …«

Iliana machte eine wegwerfende Handbewegung. »Es geht mir nicht um Geld. Ich möchte die Schriften von Relindis.«

Ein Schatten fiel auf Marias Freude. Relindis' Schriften waren alles, was sie von ihr noch besaß. Ihre Ziehmutter hatte sie ihr gegen das Versprechen anvertraut, sie nur der Meisterin der Schwesternschaft zu geben.

Als sie noch zögerte, sagte Iliana schnell: »Ich weiß, dass Relindis immer alles aufschrieb. Sie wird dir ihre Schriften hinterlassen haben.«

Maria schwieg eine Weile. Dann sagte sie: »Ich soll sie der Meisterin übergeben, wenn ich in die Schwesternschaft aufgenommen werde«, sagte sie.

»Die Meisterin ist krank. Wir fürchten, dass der Herr sie bald zu sich rufen wird.« Iliana bekreuzigte sich. »Die

Schwesternschaft hat mich zu ihrer Nachfolgerin bestimmt, und es wird dich sicher freuen zu hören, dass du wiederum meine Nachfolgerin werden sollst.«

»Wirklich?« Maria mochte es kaum glauben. Endlich würde das geschehen, was sie sich schon so lange wünschte, zu einem Zeitpunkt, an dem sie am wenigsten damit gerechnet hatte.

»Dein Jahr Erprobungszeit ist längst vorüber«, sagte Iliana lächelnd. »Wir haben beschlossen, dass du würdig bist, aufgenommen zu werden. Sobald unsere liebe Mitschwester zum Herrn gerufen wurde, wirst du zu uns kommen.« Sie musterte Maria aufmerksam. »Freust du dich?«

Maria erwiderte ihren Blick. Wie gut Iliana sie durchschaut hatte! Seltsamerweise war es ihr auf einmal gleichgültig, ob sie bald in der Schwesternschaft aufgenommen werden sollte. Sie wollte nur zum Königshof, Heinrich wiedersehen. »Doch, ich freue mich«, sagte sie rasch.

»Also wirst du mir die Aufzeichnungen geben?«

Maria zögerte. Konnte sie Iliana vertrauen? Sie war noch nicht in der Schwesternschaft, noch nie hatte sie eine der anderen Schwestern gesehen. Sie kannte nur Iliana. Zudem fiel ihr ein altes Sprichwort ein: Zahle den Fährmann nicht, bevor er dich über den Fluss gebracht hat. Wer wusste schon, ob Iliana sie noch an den Königshof bringen würde, wenn sie erst im Besitz der Schriften wäre.

»Ich habe Relindis versprochen, die Aufzeichnungen nur der Meisterin zu überlassen. Das Versprechen darf ich nicht brechen.«

»Ich verstehe«, sagte Iliana mit einem leisen Seufzen. »Dann kann ich dir leider nicht helfen.«

Maria trat einen Schritt nach vorn. »Bitte, das könnt Ihr nicht tun! Ich will Euch doch helfen!« Sie überlegte hastig, wie sie Iliana wieder umstimmen könnte. »Wenn ich nun die Schriften mitnehme und Ihr sie bekommt, sobald ich Heinrich gesehen habe? Der Mönch kann bestimmt Abschriften in seiner Kanzlei fertigen lassen. Dann hätte ich mein Versprechen nicht gebrochen.« Und sie hätte die Gewissheit, dass Iliana sie an den Königshof bringen würde.

Iliana betrachtete sie lange schweigend. Endlich nickte sie. »Wie ich sehe, hat Relindis deinen Verstand gut geschliffen«, sagte sie leise.

Maria atmete auf und presste die Hand der Schwester. »Wann fahren wir?«

»Jetzt noch nicht. Ich brauche Zeit für die Vorbereitungen.« Iliana zog ihre Hand fort. »Du musst gehen, ich bringe dich zur Pforte zurück. Und komm nicht mehr her.«

Nachdem sie das Kloster verlassen hatte und den Eigelstein hinunter in die Stadt zurücklief, schwelgte Maria in ihrem triumphalen Gefühl, Iliana überzeugt zu haben. Sie hatte sich nicht geirrt. Die Schwester war eine kluge Frau, und vielleicht besaß sie tatsächlich, wie Maria ahnte, weitergehende Verbindungen, als sie zugab. Es war richtig gewesen, sie um Hilfe zu bitten. So müsste sie nicht fürchten, dass ihre Pläne ausgeplaudert würden, als wenn sie sich Bela anvertraut hätte, die Volmar bestimmt alles verraten hätte. Bei Iliana war ihr Vorhaben besser aufgehoben. Niemand würde davon erfahren.

Sie rieb sich die Hände. Noch heute würde sie mit den heimlichen Reisevorbereitungen beginnen.

\* \* \*

Nach der Abreise des Königs blühte die Stadt in ihrem neu gewonnenen Frieden. Die Bauern bestellten ihre Felder und bauten ihre Katen wieder auf, die Kaufleute und Fernhändler konnten wie eh und je ungehindert ihren Geschäften nachgehen.

Richmud de Curia und die Schwestern vom Kloster Weiher begannen, ihr gebrandschatztes Kloster vor den Toren der Stadt erneut aufzubauen, und Dietrich von der Ehrenpforte sonnte sich in dem Bewusstsein, dass König Philipp ihm sein altes, wertvolles Münzprivileg wieder zugesichert hatte.

Der König selbst wurde endlich von zwei päpstlichen Legaten vom Bann des Papstes losgesprochen, hieß es bald. Aber im Reich herrschte immer noch kein Frieden. Der Kölner Erzbischof Bruno befand sich nach wie vor in staufischer Gefangenschaft. Ein Versuch der päpstlichen Legaten, zwischen Philipp und dem inzwischen aus England wieder heimgekehrten Otto zu vermitteln, schlug fehl. Otto lehnte alle Angebote Philipps zum Verzicht auf die Königskrone ab. Es hieß, er habe von seinem Oheim, dem englischen König Johann, viel Geld zur Ausrüstung eines Heeres erhalten. Der Krieg war noch nicht zu Ende.

Maria kümmerte das alles nicht viel. Sie fieberte ihrem Wiedersehen mit Heinrich von Waldburg entgegen. Sorgfältig bereitete sie sich darauf vor. Sie erkundigte sich heimlich nach Schiffen, die den Rhein hinauffuhren, und dachte sich eine glaubhafte Lüge aus, die sie den Frauen des Hauses vor ihrer Abreise erzählen würde. Sie fertigte aus den Ästen eines Baumes zwei winzige Puppen und ritzte jeder ein anderes Zeichen in den hölzernen Rumpf – eins für Heinrich von Waldburg, eins für sie selbst. Dann versteckte sie die Puppen im Gartenschuppen und ließ drei Nächte lang die Kerze etwas herunterbrennen, wobei sie die Puppen jedes Mal näher zusammenrückte. Am letzten Abend, bei Vollmond, ließ sie die Kerze abbrennen, band die Puppen aneinander, segnete sie und trug sie zum Rhein. Als der Mond aufgegangen war, warf sie sie in den Fluss und eilte zurück, um es noch gerade kurz vor Toresschluss in die Stadt zurückzuschaffen. Dies würde sie nun bei jedem Vollmond wiederholen, bis der Zauber seine Wirkung entfaltete.

Dies tat er schon wenig später, aber auf eine Weise, mit der sie nicht gerechnet hatte. Zu Vollmond blieb ihre monatliche Blutung aus. Zwar verspürte sie tagelang das bekannte Ziehen im Unterleib, aber es geschah nichts. Sie dachte daran, dass das in Öl getränkte Kräuterkügelchen, das sie bei ihrer letzten Zusammenkunft mit Heinrich benutzt hatte, offenbar seine Wirkung verfehlt hatte. Hatte sie zu wenig Wasser dazu getrunken? War die Wurzel zu schwach gewesen? Sie betastete heimlich ihren Leib und fragte sich, ob dort ein gemeinsames Kind von ihr und Heinrich von Waldburg heranwuchs. Sollte diese Liebe doch ihren Sinn haben? Wollte die Hohe Mutter ihr auf diese Art zeigen, dass sie es guthieß, wenn sie um diesen Mann kämpfte, oder war es nur der Zauber, der seine Wirkung entfaltete?

Maria ging tagelang mit einem Lächeln auf den Lippen umher, während die Ahnung bald zur Gewissheit wurde: Sie war in guter Hoffnung, zweifellos. Sie kannte die Anzeichen. Ständig war sie müde, und sie hatte tiefe Ringe unter den Augen. Während sich Bela und Lutgard jeden Morgen bei Sonnenaufgang ausgeschlafen erhoben, hätte sie noch Stunden weiterschlafen können. Aber gegen die Müdigkeit war ein Kraut gewachsen.

Am nächsten Tag, einem schönen Tag im Wonnemonat, hatte sie ihren wöchentlichen Kräutersammeltag mit Tryngen. Alexanders Tochter war eine willkommene Begleitung, außerdem bezahlte Alexander sie gut dafür, dass sie seiner Tochter die Heilkräuter zeigte. An diesem Morgen suchten die beiden nicht ihre üblichen Sammelstellen vor den Stadtmauern auf, sondern ließen sich von einem Krämer ein Stück die Straße nach Bonn hinunter mitnehmen. Maria konnte sich erinnern, dass das Frauenkraut hier wuchs. Der Krämer ließ sie am Hainholz von seinem Karren steigen. Artig folgte das Mädchen ihr den Trampelpfad am Waldrand entlang. Neben ihnen wuchs das Korn dunkelgrün und kniehoch. Ein sanfter Wind strich hindurch, sodass es aussah wie Meereswellen. Über ihnen spannte sich der fast wolkenlose Himmel des Wonnemonats, und die Vormittagssonne brannte warm auf sie herab – bestes Wetter, um Kräuter zu sammeln.

»Warum sind wir heute hierhingekommen?«, erkundigte sich Tryngen.

Maria hatte sich schon lange gefragt, wann das Mädchen endlich seine Zurückhaltung aufgeben und seiner Neugier nachgeben würde.

»Weil ich dir etwas zeigen möchte«, antwortete sie geheimnisvoll, um die Neugier anzustacheln.

Zu ihrer Verwunderung fragte Tryngen sofort weiter. »Was denn?«

»Das wirst du gleich sehen. Oben im Wald ist es. Lauf schon mal vor, wenn du willst.«

Tryngen lächelte, wobei sie ihre Zahnlücke zwischen den Vorderzähnen entblößte, und überholte Maria. Aber sie stürmte nicht voran, sondern lief nur etwas rascher. Immer wieder blieb sie stehen, um nach dem Namen einer Blume zu fragen oder einen Schmetterling zu betrachten. Maria beobachtete das dünne Mädchen, dessen fleckige knöchelhohe Schuhe weit unter dem zu kurzen Kleid hervorlugten. Auf Tryngens blondem Haar lag ein grauer Schatten, der an Asche erinnerte und dem Haar ein stumpfes Aussehen verlieh. Es würde einst sicher schnell grau werden, wenn sie zu einer Frau herangewachsen wäre. Sie gehörte vielleicht zu den Frauen, die nie schön wurden. Aber Alexander würde sie bestimmt an einen ehrbaren und wohlhabenden Kölner Bürger verheiraten.

»Sieh mal, Brombeersträucher!« Tryngen lief zu den Sträuchern, blickte sich zu Maria um und sah sie fragend an.

»Jaja, nur zu!«, rief Maria und beobachtete stolz, wie das Mädchen seinen Korb absetzte und vorsichtig begann, die

Blätter von den stacheligen Sträuchern zu zupfen. Vergessen war das, was im Wald auf sie wartete, die Brombeerblätter erschienen ihr wichtiger.

*Sie wäre eine Würdige*, dachte Maria mit Bedauern, während auch sie die Blätter von dem stacheligen Strauch erntete, *schade, dass sie eine Bürgersfrau werden muss.*

Aber war sie selbst überhaupt eine Würdige?, durchfuhr es sie. Hatte sie sich bisher würdig erwiesen, die Lehre zu erhalten? Nein, dachte sie in einem Anflug von Selbstzweifeln. Sie hatte ein paar Menschen vor dem Fieber gerettet und ein paar Leiden gelindert, mehr nicht. Sie hätte viel mehr tun können, wenn sie ihre wahre Schwesternschaft gefunden hätte. Stattdessen verwendete sie ihre Zeit und ihr Wissen darauf, einen Mann an sich zu binden. Vielleicht hatte Iliana recht und diese Liebe war hoffnungslos. Würde Heinrich ihr glauben, wenn sie ihm sagte, dass sie ein Kind von ihm erwartete? Selbst wenn, wäre es ungewiss, ob er es als seines anerkennen würde. Ob es etwas an seiner Meinung ändern würde.

Sie seufzte und warf die Blätter in den Korb. Dabei fing sie den besorgten Blick des Mädchens auf. »Geht es dir gut, Maria?«

»Jaja. Ich hab nur schlecht geschlafen und Böses geträumt.«

Tryngen nickte und wandte sich wieder den Brombeerblättern zu, als Maria das Frauenkraut am Waldrand erblickte. Rasch zog sie ihr kleines Messer aus ihrer Gürteltasche. »Hohe Mutter, hilf, dass es wirkt, wie ich es wünsche«, murmelte sie, ehe sie die Blätter abschnitt.

Es würde ihr die Müdigkeit nehmen und das Kind gedeihen lassen.

»Was ist das?«, hörte sie Tryngens Stimme hinter sich. Das Mädchen war an einem Strauch stehen geblieben und deutete auf seine zartrosa Blüten.

Maria legte das Frauenkraut in ihren Korb und erhob sich. »Das ist der Konhals«, erklärte sie. »Er gehört zu den verbotenen Pflanzen. Du darfst ihn niemals essen, weder die Blüten noch die Beeren.«

Tryngen nickte, während sie sehnsüchtig den Strauch betrachtete. Seine letzten Blüten strömten noch einen starken, betörenden Duft aus. »Er riecht so gut!«, rief sie. »Und wie schön er aussieht!«

Maria wischte ihr Messer am Kleid ab. »Die schönsten Gewächse, die am besten riechen, sind oft die giftigsten«, erklärte sie. »Merk dir diesen Strauch, den rührst du nie an, ja? Später, wenn du älter und verständiger bist, werde ich dir alle verbotenen Pflanzen erklären.«

So hatte es Relindis auch mit ihr gemacht.

Tryngen nickte. Sie folgten dem Trampelpfad in den Wald hinein. Schon von Weitem erblickten sie die Lichtung zwischen den Bäumen. Die Sonnenstrahlen fielen auf das Gras und die Mauerreste mit dem Schrein der Göttinnen. Als sie dort waren, betrachtete Tryngen staunend die drei Figürchen, fuhr mit dem Finger über die Haube der einen. »Was ist das?«

»Maria, die Mutter unseres Herrn.«

»Aber warum ist sie dreimal dort?«

»Nun, ich glaube, sie wird in ihrer Jugend gezeigt, als erwachsene Frau und als Alte.«

»Wie seltsam! Du meinst, das ist alles nur die Maria? Sind das nicht drei verschiedene Frauen? Die Gottesmutter ist doch in unseren Kirchen immer ganz jung!«

Maria zuckte mit den Schultern.

»Wie alt sind die Figuren denn?«, fragte das Mädchen weiter. »Wer hat sie gemacht?«

»Das weiß ich nicht.« Maria legte ihren Korb ab. »Lass uns beten. Knie nieder.«

Tryngen gehorchte sofort, kniete sich hin und faltete ihre schmalen Hände. Maria stellte ihre beiden Körbe vor den Schrein der Göttinnen und kniete sich neben das Mädchen.

»Heilige Maria, Hohe Gottesmutter und Jungfrau, bitte beschütze uns. Segne unsere gesammelten Kräuter und gib ihnen gute Kräfte, damit sie wirken, wie wir es wollen. Lass sie uns und andere heilen und den Leib von allen bösen Kräften befreien. Amen.«

Maria stellte sich vor, wie sie sich aus den gesammelten Kräutern einen Heiltrank bereiten würde, der gut für sie und den winzigen Keimling in ihr wäre. »Sieh doch, was schon alles für die Gottesmutter gesammelt wurde«, sagte sie und deutete auf ein paar Blumen, die jemand in den Schrein gelegt hatte. »Willst du ihr nicht auch etwas bringen?«

»Oh ja!« Tryngen sprang auf und lief los.

Maria blickte ihr hinterher, wie sie suchend zwischen den Bäumen umherlief. Sie musste an den Sommertag vor fast einem Jahr denken, an dem sie dem König und Heinrich hier zum ersten Mal begegnet war. Manche Tage im Leben waren herausgehoben, man erinnert sich immer an sie, und dieser Tag im letzten Sommer war so ein Tag gewesen. Ein einzigartiger Tag, der alles verändert hatte. Konnte es Zufall gewesen sein, dass sie sich ausgerechnet hier begegnet waren, am Schrein dieser alten Göttinnen, die nichts anderes waren als Abbilder der Hohen Mutter? Nein!

Die Hohe Mutter selbst hatte sie zu Heinrich von Waldburg geführt. Es war ihr Wille, dass sie sich getroffen hatten, und das wurde ihr durch das Kind in ihrem Leib nur noch deutlicher gezeigt.

Maria sollte um ihre Liebe kämpfen, selbst wenn er im Stand so viel höher war als sie. Ihre Liebe war viel zu stark, um sinnlos zu sein.

Sie faltete wieder die Hände. *Hohe Mutter, bitte zeige mir deinen Willen!*«, flehte sie in Gedanken.

Sie wartete und atmete tief die würzige Luft ein. Der Wind rauschte leise in den Baumkronen. Sie hörte Tryngen durch das Laub laufen. »Hier, ich hab was gefunden, schau doch mal!«

Sie hielt Maria ihre geöffnete Hand hin. Maria erblickte Eicheln, Waldblümchen und einen herzförmigen Stein.

»Schön, nicht?« Tryngen strahlte.

»Ja, wunderschön«, lächelte Maria. »Geh nur und bring es der Gottesmutter.«

Tryngen lief zum Schrein und legte dort ihre Gaben nieder. Ihren Herzstein opferte sie zum Schluss; sie legte ihn vor die mittlere der Figürchen, die junge Frau. Sie bekam nicht mit, wie Maria leise der Hohen Mutter für dieses Zeichen dankte.

\* \* \*

Zufrieden machte Maria sich auf den Heimweg und lachte, als Tryngen sich wunderte, warum sie dauernd vor sich hinsummte. Freude und Dankbarkeit erfüllten sie. Selbst wenn Heinrich seine Meinung nicht ändern und das Kind nicht anerkennen würde, sie würde es zur Welt bringen und großziehen. Es würde sie immer an ihn erinnern. Wenn es ein Mädchen wäre, würde sie es zu ihrer Nachfolgerin erziehen. Wäre es ein Junge, würde sie ihm all die Liebe angedeihen lassen, die sie seinem Vater geschenkt hatte.

Sie bereitete sich ihren Trank zu und neue Heilsalben aus den mitgebrachten Kräutern, damit die Frauen genug davon im Haus hätten, wenn sie nicht da wäre. Später am Abend, nachdem die Herrin zu Bett gegangen war, saß sie noch lange mit Bela und Lutgard im Garten, sie redeten und scherzten und beobachteten die Sonne, die hinter der Gartenmauer in einem Meer aus rosa Wölkchen versank.

Aber in der Nacht verspürte sie ein Ziehen im Unterleib, das bald stärker wurde und sich zu Krämpfen entwickelte, die ihren Körper zu dehnen schienen. Sie schlich sich auf die Heimlichkeit neben dem Schuppen. Alles in ihr krampfte sich zusammen. *Nein*, dachte sie, während sie gegen die aufsteigenden Tränen ankämpfte. *Bitte nicht.* Sie spürte Übelkeit aufsteigen, versuchte, ruhig und langsam zu atmen. Aber dann erfasste sie auf einmal Schwindel. Helle, gezackte Sterne und Lichtpunkte zuckten vor ihr in der Dunkelheit auf, bevor die kalte Nacht sie umhüllte. Sie spürte nicht mehr, wie sie fiel.

Als sie wieder erwachte, lag sie in ihrem Bett und blickte in die drei besorgten Gesichter der Frauen. Hadewigis trug ein Kopftuch und hatte sich eine Wolldecke um den mageren Körper gewickelt. Als Maria die Augen öffnete, fauchte sie: »Was fällt dir ein, uns mitten in der Nacht so einen Schrecken einzujagen?«

»Herrin, bitte!« Bela legte ihr die Hand auf den Arm und deutete auf Maria. »Seht doch, wie schwach sie ist. Wir wollen froh sein, dass sie noch lebt, und ihr nicht zürnen.«

Hadewigis brummte etwas Unverständliches und starrte missbilligend auf Maria herunter.

»Kommt, wir bringen Euch ins Bett zurück, Ihr seht ja, dass sie wach ist und nicht tot. Wir werden uns weiter um sie kümmern.« Bela warf Lutgard, die wie ein Felsblock am Fußende des Bettes wachte, einen auffordernden Blick zu, und diese verstand sofort und führte Hadewigis hinaus.

Bela kniete sich an Marias Bett, nahm ihre Hand. Ihre braunen Haare flossen ihr lang auf das Nachtgewand herab. Sie nahm einen dampfenden Becher und führte ihn an Marias Lippen. »Trink das, es wird dir helfen.«

Maria roch den Kamillenduft, und der heiße Dampf nahm ihr den Atem. Sie fühlte sich benommen, eisige Kälte füllte ihren ganzen Körper aus. Bela erschien ihr merkwürdig fremd.

»Du hast Glück, dass die Herrin auf die Heimlichkeit musste und dich gefunden hat«, erklärte Bela und flößte Maria die heiße Kamille ein. »Wahrscheinlich hast du schon länger dort gelegen, so kalt, wie du warst. Meine Güte, was ist denn nur passiert? Hast du den Wein nicht vertragen?«

Maria öffnete den Mund, um ihr etwas zu sagen, aber ihre Zunge versagte ihr den Dienst. Wieder erfasste sie Schwindel, und sie fühlte, wie sich ihr Unterleib in einem zornigen Krampf zusammenzog. *Bitte nicht*, flehte sie wieder. Doch ihr Körper gehörte nicht mehr ihr. Etwas geschah mit ihm, etwas anderes, über das sie keine Macht hatte. Sie wollte aufstehen und in den Wald fliehen, aber sie konnte kaum ihre steif gefrorenen Glieder bewegen.

Maria spürte, wie Bela ihr die kalten Beine massierte. Sie schloss die Augen und sank wieder in die Nacht zurück.

Später – sie wusste nicht, wie viel später es war – erwachte sie wieder. Es musste früh am Morgen sein, denn Vögel zwitscherten von den Dächern der Stadt. Durch die winzige Fensterluke drangen kühle Luft und fahles Licht in die Kammer. Sie hörte Lutgard unten in der Küche hantieren, Bela schlief angezogen im Bett neben ihr.

Maria schluckte mühsam. Sie spürte, dass sie in einer feuchten Lache lag. Sie wusste, was es war. Heißer, wilder Schrecken, gemischt mit Trauer, durchfuhr sie wie ein Peitschenhieb. Sie versuchte aufzustehen, doch sofort wurde ihr wieder schwindelig.

»Bela!«, flüsterte sie. Doch die Magd rührte sich nicht und schlief weiter. In der Morgendämmerung sah sie aus wie eine erschöpfte Heilige in ihrem gerechten Schlaf. Erst ein erneuter leiser Zuruf Marias weckte sie schließlich. Sie fuhr hoch, richtete sich auf und schlüpfte in ihre Schuhe.

»Maria! Endlich bist du wieder wach!« Sie lächelte erleichtert. »Soll ich dir etwas zu trinken holen? Magst du essen?« Sie fühlte Marias Stirn.

Maria öffnete den Mund, um etwas zu sagen, aber sie brachte nichts heraus. Stattdessen deutete sie wortlos nach unten.

Obwohl sie sich elend fühlte und mehr tot als lebendig, war die Scham überraschend groß. Sie hätte sich am liebsten in nichts aufgelöst, in eines jener unsichtbaren Wesen der Lüfte, als sie Belas bestürzte Miene sah. Sie schluckte trocken und hilflos, als ihr klar wurde, dass sie es nicht würden verbergen können, obwohl sie mit Bela allein war, dass alle im Haus es erfahren würden, selbst wenn sie sich die größte Mühe gäben.

Ihr Kleid und die Tücher mussten kalt eingeweicht, geschrubbt und getrocknet werden, ihre Strohmatratze ebenso. Wahrscheinlich müsste man diese in den Garten hinuntertragen, um sie dort mit Brunnenwasser zu reinigen und dann trocknen zu lassen. Maria wusste, was zu tun war, denn sie war lange genug Magd gewesen. Vielleicht würden sie es vor Hadewigis verbergen können, aber nicht vor Lutgard. Und wer wusste schon, wem Bela das alles erzählen würde?

Ängstlich beobachtete Maria die Freundin. Was würde sie tun? Ahnte sie, was Maria passiert war?

Bela starrte auf das Blut und presste die Lippen zu einem schmalen Strich zusammen. Sie warf Maria einen undeutbaren Blick zu.

»Nun hast du auch noch deinen Monat«, stellte sie fest, wandte sich ab und holte ein trockenes Tuch aus der Truhe. Dann trocknete sie das Blut ab und schob Maria das Tuch unter. Mit Mühe gelang es ihr, die Kranke aufzurichten und ihr das Gewand abzustreifen. Sie trocknete Maria ab, holte ein frisches Unterkleid aus der Truhe und streifte es ihr über.

»Geschafft!«, seufzte sie schließlich und ließ sich erschöpft auf die Bettkante sinken. Eine Weile verharrte sie dort und betrachtete Maria schweigend. »Was ist denn nur los mit dir?« Sie hob ihre Hand und strich Maria eine Locke aus der Stirn. »Hast du etwa verdorbene Wurst gegessen? Sei ehrlich, du warst heimlich beim Knochenhauer.«

Maria schüttelte traurig den Kopf. Wenn Bela nur wüsste.

Bela drückte ihr die Hand. »Wenigstens bist du nicht in guter Hoffnung«, flüsterte sie. »Vergiss ihn! Er ist es nicht wert.«

Maria starrte die andere an, unfähig, etwas zu erwidern.

»Wie auch immer.« Bela erhob sich und begann, die schmutzigen Wäschestücke einzusammeln. »Ich werde es auswaschen und dir etwas zu trinken bringen. Du hast bestimmt Durst.« Sie warf Maria noch ein Lächeln zu und verließ die Kammer. Wenig später kehrte sie mit einem Krug Kamille und weiteren Leinentüchern zurück. Maria trank. Die Krämpfe hatten nachgelassen, und sie spürte ihre Glieder wieder. Aber etwas war unwiederbringlich verloren.

Sie schloss die Augen und lauschte den Spatzen, die draußen auf der Straße tschilpten, den ratternden und quietschenden Karren, den fluchenden Maultiertreibern und den schwatzenden Nachbarinnen.

Der alltägliche Lärm beruhigte sie, aber trösten konnte er nicht.

# Kapitel 26

Nachdem Maria zwei Tage nur getrunken hatte, begriff sie, dass es besser wäre, etwas zu essen, obwohl sie kaum Hunger hatte. Es war sinnlos, weiter um den Verlust des Kindes zu trauern. Gottes Wege waren unergründlich. Ihre Liebe zu Heinrich würde kein neues Leben hervorbringen, aber sie würde ihn bald wiedersehen, und dafür musste sie wieder zu Kräften kommen. Sie aß Lutgards Hühnerbrühe, und nach einem weiteren Tag konnte sie mit Belas Hilfe aufstehen und ein Bad nehmen. Die Blutung war stark gewesen, und sie musste sich reinigen und ein sauberes Unterkleid anziehen.

Bela und Lutgard kümmerten sich um sie. Lutgard kochte ihr Suppen und Kräutertränke, Bela leistete ihr Gesellschaft. Sogar Hadewigis kam einen Nachmittag zu ihr und erzählte ihr vom neuesten Klatsch. Nach einer Woche erschien Bela mit einem bedeutungsvollen Lächeln in ihrer Kammer. »Du hast einen Gast«, sagte sie. »Er wartet unten in der Kemenate auf dich.«

Maria richtete sich in ihrem Bett auf. »Wer ist es?«

Bela trat an ihr Bett, richtete ihr die Locken und zog ihr die Decke über die Brust. »Alexander. Die Herrin hat erlaubt, dass er zu dir in die Kammer darf, wenn ich vor der Tür warte.«

Maria sank auf ihr Kissen zurück. »Hast du ihm erzählt, dass ich krank bin?«

Bela nickte. »Er macht sich große Sorgen um dich.«

Maria öffnete den Mund, um etwas zu entgegnen, aber da hatte sich die andere schon abgewandt und die Kammer verlassen. Sie hörte, wie die Treppe erst unter Belas Schritten knarrte und dann noch mal, als Alexander heraufkam. Er trug seinen Sonntagsstaat – Samtkappe, knöchellanger Bliaut, darüber einen Mantel aus feiner Wolle. Sein Bart war sorgfältig gestutzt, und er schenkte ihr wie immer sein bestes Lächeln. Trotzdem konnte er seinen Schrecken nur mit Mühe verbergen, als er sie sah.

»Ihr kommt gerade von der Messe, nicht?« Maria lächelte schwach.

»Ja, es war sehr erhebend.« Er rückte den wackligen Schemel heran und ließ sich darauf nieder. »Unser Pfarrer hat von Jesu Christi Worten ›liebe den Nächsten wie dich selbst‹ gepredigt. Gewiss sind wir Christenleute dazu angehalten, aber sollten dann nicht die Priester selbst mit gutem Beispiel vorangehen? Was haben sich die Pröpste doch im Winter geziert, ihre Vorratskammern für die Armen zu öffnen! Der gute Dietrich von Heimbach meinte, er sei für die Not der Bauern nicht verantwortlich, denn nicht er, sondern der Stauferkönig hätte die Umgebung verwüstet. Dies wundere ihn im Übrigen nicht, denn der Staufer gehöre einem Geschlecht von Kirchenverfolgern an, und was wäre von denen schon Gutes zu erwarten? So redete er sich raus, der gute Propst. Hätte es nicht ein paar andere mildtätige Menschen gegeben, wären die Armen verhungert.« Alexander lächelte grimmig und blickte auf den Krug, der auf einem Tisch neben ihrem Bett stand. »Aber ich wollte gar nicht darüber sprechen. Du wirst hier gut versorgt, nehme ich an? Nun, ich soll dir die besten Wünsche und gute Besserung von Volmar, meinen Kindern und meiner Magd ausrichten.

Tryngen und sie haben dir einen Kuchen gebacken.« Er legte ein längliches, in Stoff eingewickeltes Päckchen vor Maria auf die Bettdecke.

Maria roch daran und atmete tief den süßlichen Geruch nach Honig ein. Sie bedankte sich.

»Tryngen wollte mitkommen, aber ich musste es ihr ausreden. Bela sagte, du wärst noch sehr schwach.« Er musterte Maria mit besorgtem Blick.

»Ich sehe Euch an, dass Ihr denkt, es stimmt«, sagte sie lächelnd.

»Bela sagte, du hättest verdorbene Wurst gegessen?« Er beugte sich vor. Seine braunen Augen schimmerten hell im hereinfallenden Tageslicht.

Sie nickte hastig, dankbar für die Lüge, die Bela erfunden und wohl rasch verbreitet hatte.

Er kniff die Augen zusammen und runzelte die Stirn. »Dieser verfluchte Knochenhauer! Man sollte ihn vor die Amtleute bringen!«

»Bitte nicht! Er kann nichts dafür. Vielleicht hat sich nur ein Ungeziefer auf die Wurst gesetzt und seine Eier dort abgelegt.«

Alexander schnaubte. »Bela meinte, du wärst ohnmächtig geworden und hättest wohl lange in der Heimlichkeit gelegen. Es sei großes Glück gewesen, dass man dich gefunden hat. Sie sei in St. Gereon gewesen und hätte den Heiligen Blumen und Brot geopfert, damit sie dir helfen.«

»Oh, das wusste ich nicht.« Maria dachte voller Dankbarkeit an Bela, die sich aufopferungsvoll um sie gekümmert hatte. Vielleicht hatte sie ihr Unrecht getan, sicher geschah Belas Mitteilsamkeit nur aus Sorge und Anteilnahme heraus; sie musste ihr Gemüt eben immer sofort erleichtern und mit anderen teilen, was ihr auf der Seele lag. Sie war ein guter Mensch, aber niemand, dem man Geheimnisse anvertrauen durfte, wenn sie geheim bleiben sollten.

»Was führt Euch zu mir?«, fragte Maria mit rauer Stimme.

»Nun, ich – abgesehen davon, dass ich dich natürlich sehen wollte und wissen will, wie es dir geht – möchte ich mich für neulich entschuldigen. Für das, was ich bei der Prozession zu dir gesagt habe. Ich glaube, meine Worte waren nicht gut gewählt und haben dich verärgert. Das tut mir leid.«

»Dafür braucht Ihr Euch nicht zu entschuldigen.« Maria winkte ab. »Sie sind längst vergessen. Ich bin nicht nachtragend.«

»Gut.« Alexander schien erleichtert zu sein. Er beugte sich etwas vor, und seine Hände umklammerten durch den Stoff seines Bliauts seine Knie. »Es ist mir sehr wichtig, dass du mir nicht zürnst«, fuhr er fort. »Weil … nun, weil ich dachte … ich hoffte, du könntest vielleicht … meine Frau werden. Ich würde dich gern heiraten, Maria! Du würdest gut zu uns passen, zu mir und meinen Kindern. Tryngen und Bruno mögen dich, und ich … auch. Willst du meine Frau werden?«

Er blickte sie erwartungsvoll an.

Maria sah in sein ebenmäßiges Gesicht und dachte, dass er gut Kappen tragen konnte, ja, dass er eigentlich überhaupt ein ansehnlicher Mann war, wohlhabend noch dazu – für jede Bürgerstochter eine ausgezeichnete Partie.

»Du bist zwar nicht von meinem Stand und hast kein Geld, aber das macht mir nichts aus«, fuhr er fort, als sie nichts erwiderte. »Meine Eltern sind tot, und ich habe auch keinen Gevatter mehr, der mich an eine reiche Frau bringen will. Ich kann frei wählen, und ich möchte dich zur Frau nehmen.«

Maria schwieg. Sie sah das Leuchten in seinen Augen und wusste, dass sie es immer schon gesehen hatte, den ganzen Winter über, dass sie gewusst hatte, was es bedeutete, es aber nie hatte bemerken wollen. Sie hatte immer verdrängt, dass Alexander sie liebte.

Nun musste sie einen Dolch nehmen und ihn diesem ehrbaren Mann ins Herz rammen, ob sie wollte oder nicht. Sie wollte es nicht, aber es musste sein, damit er frei wäre für eine andere Frau, eine, die er verdiente. Er hatte es verdient, eine Frau zu finden, die ihn aufrichtig liebte. Sie seufzte tief, während sie die passenden Worte sammelte. »Ich kann Euch nicht heiraten, Alexander«, sagte sie leise mit heiserer Stimme. »Ich liebe Euch nicht.«

An seiner Miene sah sie, dass sie getroffen hatte. Ein Schatten lief über sein Gesicht, und er wischte sich kurz über das Kinn. Doch dann ließ er sich zu ihrer Verwunderung vor ihrem Bett auf die Knie sinken und ergriff ihre Hände. »Liebe ist für eine Ehe nicht von Belang. Man sollte sich verstehen und … aus einem Holz geschnitzt sein, und wir sind aus einem Holz geschnitzt, Maria. Wir denken und reden gleich, wir meinen oft dasselbe. Du bist tüchtig und überaus … schön. Werde meine Frau, du wirst es nicht bereuen.«

Maria blickte auf ihn herunter. Sie hatte nicht gedacht, dass er sich so weit erniedrigen würde. Sie hörte den flehenden Ton in seiner Stimme, und er tat ihr unendlich leid. Er war ein guter Mann, aber offenbar begriff er nicht oder wollte nicht begreifen. Sie konnte ihn nicht heiraten. Sie musste den Dolch in seinem Herzen noch einmal umdrehen. »Euer Angebot ehrt mich«, brachte sie mühsam hervor. »Aber ich kann Euch nicht heiraten. Ich bin nicht für eine Ehe erzogen worden. Ich werde niemals heiraten.«

Alexanders Miene erstarrte. Er ließ Marias Hände los.

»Bist du dir sicher?«, fragte er mit rauer Stimme.

Sie nickte. »Es tut mir leid.«

Er erhob sich. »Nun, dann … es tut mir auch leid.« Er warf einen sehnsüchtigen Blick auf sie herunter, ehe sich seine Miene verschloss. »Einen schönen Tag noch, Maria.«

Rasch wandte er sich um und verließ die Kammer, und sie hörte seine wuchtigen Schritte auf den ächzenden Stufen, ehe er grußlos das Haus verließ und die Tür hinter ihm ins Schloss fiel.

Das sah ihm überhaupt nicht ähnlich.

Maria starrte vor sich hin, während sie Tränen aufsteigen fühlte. Sie wusste, wie er sich jetzt fühlen musste. Sie hatte ihm das angetan, was Heinrich ihr angetan hatte. Liebte Heinrich sie ebenso wenig wie sie Alexander? Aber nein, sie konnte das nicht vergleichen. Mit ihr und Heinrich war es anders gewesen. Sie hatten das Bett miteinander geteilt, sie hatten sich geliebt. Sie selbst hatte Alexander niemals Hoffnungen gemacht. Trotzdem fühlte sie sich nun elend, erst recht, als sie Belas vorwurfsvollem Blick begegnete, als diese nun die Kammer betrat. Sie hatte sicher jedes Wort mitbekommen.

»Es tut mir leid!«

Bela seufzte, schloss leise die Tür hinter sich und setzte sich auf ihr Bett. Sie streckte ihre Beine aus und starrte lange auf ihre Schuhe hinunter. »Du bist verrückt«, meinte sie endlich. »Warum nimmst du ihn nicht? Einen besseren Mann kannst du nicht kriegen. Seine Kinder sind gut erzogen, und du könntest noch viele eigene bekommen. Wenn er dich heiratet, wärst du eine Bürgerin! Deine Kinder wären auch Bürger. Du hättest es geschafft.«

»Was hätte ich geschafft?«

»Na, hier Fuß zu fassen, jemand zu werden! Jede Magd würde sich um einen solchen Mann reißen. So ein Angebot ist wie …« – sie suchte nach den passenden Worten – »… wie ein Wunder, und du nimmst es nicht an. Willst du ewig Magd bei Hadewigis bleiben?«

»Nein.« Maria seufzte tief. Sie fühlte sich immer noch schwach, und nun quälte sie zusätzlich noch das Gefühl der Schuld. Sie hatte zudem einen guten Freund verloren. Hatte Bela recht? Ihre Gründe hörten sich einleuchtend an, aber sie hatte keinen Augenblick darüber nachgedacht, ehe sie Alexanders Antrag abgelehnt hatte. Hätte sie doch einwilligen sollen? Aus vernünftigen Gründen? Sie wäre nicht glücklich geworden.

»Was willst du dann? Du musst die Hoffnung auf den Truchsess aufgeben. Er will dich ja nicht mal als Geliebte. Von ihm hast du nichts mehr zu erwarten.«

Maria erwiderte nichts.

»Warum hast du Alexander gesagt, du würdest niemals heiraten?«, bohrte Bela weiter. »Hat deine Mutter dich nicht zur Ehe erzogen?«

Maria blickte auf Belas Schuhe hinunter, die mit zahlreichen kleinen Dreckspritzern besprenkelt waren. Sie waren knöchelhoch, an der Innenseite geschnürt und aus Rindsleder. Bela hatte mehrere Löhne zusammengekratzt und sie sich von einem Kölner Schuhmacher anfertigen lassen.

»Sie hat mir immer gesagt, dass die Ehe ein Gefängnis wäre«, sagte Maria leise. »In der Ehe müsse sich die Frau dem Mann unterordnen, er könne mit ihr tun, was er wolle. In den Dörfern gab es Bauern, die ihre Frauen geschlagen haben. Ich habe Frauen gesehen, die blaue Flecken im Gesicht hatten, manche überall. Wir wussten genau, welcher verfluchte Bauer seine Frau schlug, aber wir konnten nichts dagegen tun. Relindis hat den Bäuerinnen ihre Heilsalbe gegeben und sie getröstet, das war alles.«

»Deine Ziehmutter?«

»Ja. Ich hab dir von ihr erzählt. Meine Mutter starb, als ich noch ganz klein war.«

Bela rutschte nach vorn bis auf die Bettkante und stellte ihre Füße auf den Boden. »Sicher schlagen manche Männer ihre Frauen, aber Alexander würde dich nie schlagen, das weißt du. Er wäre bestimmt ein guter Ehemann.« Sie starrte eine Weile sehnsüchtig aus dem Fenster.

»Mach es mir nicht noch schwerer, Bela.« Maria kämpfte mit den Tränen.

»Dann lass nach ihm schicken und sag ihm, du hättest es dir anders überlegt!«

»Nein!«

»Warum nicht? Willst du einen anderen? Willst du lieber allein bleiben?«

»Nein.«

»Was willst du denn nur?«

Maria blickte in Belas herzförmiges Gesicht, in ihre grauen Augen, die sie fragend ansahen. »Ich hab dir doch erzählt, dass ich ins Kloster Weiher wollte, als ich nach Köln gekommen bin«, erklärte sie. »Meine Ziehmutter Relindis stammte aus Köln. Sie war Richmuds Tante.«

»Richmud? *Richmud de Curia?*« Belas Augen wurden rund wie Kieselsteine. »Sie war ihre *Tante*?«

Maria nickte. »Ja, sie lebten früher beide im Kloster Weiher. In dem Vorgängerkloster, das es jetzt nicht mehr gibt. Relindis wollte, dass ich nach ihrem Tod dort hingehe und in der Schwes…, so lebe, wie sie gelebt hat. Aber als ich nach Köln kam, erfuhr ich von der Verwechslung mit dem Vorgängerkloster und dass sie mich nicht aufnehmen. Richmud hat mich nicht einmal empfangen, obwohl sie wusste, dass ich Relindis' Ziehtochter bin. Es stand in dem Brief, den ich dort gelassen habe.« Maria musste husten. Sie nahm den Becher und trank ein paar Schlucke.

»Deshalb hast du Richmud auf dem Fest letztes Jahr zu St. Johanni so bedrängt«, meinte Bela. »Du hast mir nicht erzählt, dass sie die Nichte deiner Ziehmutter ist.«

Maria hörte den Vorwurf in ihrer Stimme und beschloss, nicht darauf einzugehen. Stattdessen fuhr sie fort: »Ich habe Richmud de Curia im Winter endlich den Brief gegeben, den ich noch von Relindis hatte. Sie wollte ihn erst nicht annehmen. Was immer dort drinstand, es muss sie schwer getroffen haben.« Sie stellte den Becher auf das Tischchen zurück und sann eine Weile vor sich hin.

Bela musterte sie mit einem merkwürdigen Blick. »Weißt du, warum deine Ziehmutter einst aus Köln wegging – hat sie dir das erzählt?«, fragte sie.

Maria sah sie überrascht an. Diese Frage hatte sie nicht erwartet. Hastig schüttelte sie den Kopf. Sie konnte Bela unmöglich von Iliana von Hohenstein erzählen. Niemand durfte wissen, dass sie sie getroffen hatte und nun wohl bald einer geheimen Schwesternschaft angehören würde. Bela schon gar nicht.

»Warum fragst du?«

»Ach, nur so.« Bela winkte ab. »Du willst immer noch ins Kloster Weiher, nicht wahr? *Das* ist es, was du willst!«

Maria nickte.

»Aber du bist doch nicht der Mensch, um im Kloster zu leben!«

»Ich will ja auch keine Nonne werden.«

Bela runzelte verständnislos die Stirn. »Was dann? Du kannst keine Stiftsdame werden, das werden nur Edelfrauen oder reiche Bürgersfrauen, die nicht verheiratet werden konnten.«

»Ich weiß.« Maria knetete ihre Wolldecke. Wie sollte sie es Bela erklären? Sie konnte ihr nichts von der Schwesternschaft verraten. Sie war sich mittlerweile selbst nicht mehr sicher, ob sie überhaupt noch der Schwesternschaft angehören wollte. Vielleicht würde es ihr gelingen, bei Heinrich von Waldburg bleiben zu können, und ihr Traum von einem Leben in der Schwesternschaft würde nie wahr werden. Er war ihr ohnehin schon fremd geworden. Vielleicht war er nicht mehr als eine schöne Erinnerung von Relindis, die diese durch einsame Jahre getragen hatte.

»Relindis hat mir erzählt, wie sie in dem Kloster früher zusammengelebt hatten. Sie waren eine eingeschworene … Gemeinschaft, haben miteinander gelebt, voneinander gelernt, ihre Kräuter angebaut und sich um die Kranken gekümmert.«

Bela sah sie lange mit ihrem undeutbaren Gesichtsausdruck an, den sie in der letzten Zeit häufiger aufsetzte. Sollte diese offene, gemütvolle Frau in der Lage sein, sich ihre eigenen, geheimen Gedanken zu machen, die sie mit niemandem teilte?

»Das ist es also, was du willst«, sagte Bela. »Gemeinschaft.«

Maria lächelte schwach. »Deswegen bin ich hergekommen.«

»Wie ich schon sagte, sie werden dich im Kloster Weiher nicht aufnehmen«, meinte Bela und schüttelte den Kopf. »Durch den Wiederaufbau des Klosters sind sie erst recht auf reiche Bürgerstöchter angewiesen, die ihnen Geld bringen. Richmud de Curia ist gewiss reich, aber die Anschaffung und dann der Wiederaufbau des Klosters hat bestimmt Unsummen an Geld verschlungen.«

Maria nickte traurig.

»Überleg es dir noch mal mit Alexander«, sagte Bela in versöhnlichem Ton. »Er wäre sicher sehr erfreut, wenn du ihm sagst, du hättest es dir anders überlegt und wolltest ihn doch heiraten.«

Maria versprach es ihr, obwohl sie es keineswegs vorhatte. Erleichtert beobachtete sie, wie Bela die Kammer verließ.

Als die Freundin draußen war, sank sie erschöpft auf ihre Kissen zurück und bat die Hohe Mutter um eine gute, passende Frau für Alexander. Eine, die ihn von Herzen liebte.

# KAPITEL 27

Langsam erholte sich Maria wieder. Sie nahm ihren Heiltrank, aß wenig Fleisch und nur eingeweichtes Brot, hielt sich peinlichst sauber und ging viel in die Sonne. Sie hoffte und betete jeden Tag, dass endlich das ersehnte Zeichen von Iliana zum Aufbruch kommen würde.

Doch es kam nicht. Stattdessen kam eines Morgens ein Laufbursche mit der Kunde, dass Dietrich von der Ehrenpforte umgebracht worden sei. Man habe ihn frühmorgens erschlagen und beraubt in einer der Gassen im Marktviertel aufgefunden. Alles deutete auf einen Raubmord hin, zumal Dietrich noch kurz zuvor in einer Schenke gesehen worden war. Obwohl man sogleich die Gewaltdiener beauftragte, sich der Sache anzunehmen, verliefen alle Bemühungen im Sande, die Mörder zu finden.

Hinzu kam ein Verdacht, der nur hinter vorgehaltenen Händen geäußert wurde: dass der Münzer in Wahrheit nicht einem Raubmord zum Opfer gefallen sei, sondern einem Racheakt der Welfenanhänger. Die Tat sei die Strafe dafür gewesen, dass Dietrich die Stadt an den Stauferkönig verkauft hatte, um sein Münzlehen zu erhalten, sagte man.

Die Prioren, die in Abwesenheit des Erzbischofs die geistliche Macht in Köln innehatten, widersetzten sich sogar dem letzten Wunsch Dietrichs, ihn im Kloster Weiher vor den Toren der Stadt zu beerdigen. Es kam zu einem üblen Streit. Das Ganze ging so weit, dass Dietrichs Witwe Boten nach Aachen schickte, wo der König zu Pfingsten einen Hoftag abhielt, und sich von ihm persönlich die Erlaubnis besiegeln ließ, ihren Mann im Kloster Weiher beerdigen zu lassen.

So wurde Dietrich von der Ehrenpforte endlich, an einem warmen Tag am Ende des Wonnemonats, an der Klosterkapelle des halb fertiggestellten Klosters Weiher feierlich beerdigt. Alle hohen Würdenträger der Stadt, die Münzerhausgenossen, seine weit verzweigte Familie und seine zahlreichen Anhänger und Freunde gaben ihm das letzte Geleit. Maria aber blieb unter dem Vorwand ihrer schwachen Gesundheit zu Hause, zündete eine Kerze an und betete für Dietrichs Seelenheil.

\* \* \*

Zur selben Zeit gingen Iliana von Hohenstein und Propst Dietrich von Heimbach im Schatten eines Wäldchens vor den Toren der Stadt spazieren. Sie hatten mit seinem Reisewagen das Stift St. Aposteln verlassen und waren durch die Hahnenpforte ein Stück weit der Königsstraße nach Aachen gefolgt, um in diesem abgelegenen Waldstück ungestört zu sein.

Iliana genoss die schattige Kühle unter den Bäumen, die ihr Schutz vor der frühsommerlichen Hitze bot. Sie schwitzte unter ihrer schweren Schwesterntracht und ihrem Schleier und wünschte sich wieder einmal, sie nicht mehr tragen zu müssen. Sie merkte, wie der Propst sie von der Seite ansah. »Ist dir nicht gut, meine Liebe?«, fragte er teilnahmsvoll, als sie sich weit genug von dem Wagen und dem Kutscher entfernt hatten.

»Es geht schon«, versicherte sie und zwang sich zu einem Lächeln. »Es ist nur die Hitze, Ihr wisst, dass ich sie nicht gut vertrage.« Sie hasste seine Anteilnahme, weshalb sie ihm auch verschwieg, dass ihr Herz nun mehr denn je aus dem Takt geriet und sie immer kurzatmiger wurde. Seit einiger Zeit schon musste sie auf der Treppe, die zum Dormitorium führte, immer innehalten und verschnaufen.

Dietrich ergriff ihre Hand. Eine Weile schritten sie schweigend durch den Wald, umgeben vom Vogelgezwitscher. Wie häufig trug er nur seine Kanonikertracht. Er liebte es, für einen einfachen Stiftsherrn gehalten zu werden, wenn er in der Stadt unterwegs war. Die Leute sollten ihn nicht erkennen. »Bist du sicher, dass du den Strapazen einer so langen Reise gewachsen bist?«, fragte er. »Du musst es nicht tun, ich könnte auch jemand anderen schicken.«

Wieder bemerkte sie, wie er sie besorgt ansah, und lächelte zuversichtlich. Sie würde ihn belügen und in Sicherheit wiegen, wie sie es schon seit fünfzehn Jahren tat. »Ihr braucht Euch keine Sorgen zu machen«, beschwichtigte sie ihn. »Das Mädchen ist bei mir, und wir werden sehr unauffällig reisen. Sollte etwas schiefgehen, wird sie es sein, der die Fragen gestellt werden.«

Er führte ihre Hand an seine Lippen und hauchte einen Kuss auf ihre Finger. »Mein kluges kleines Herz. Ich könnte es nicht ertragen, wenn …« Er ließ seinen Satz vom lauten Vogelgezwitscher beenden.

Sie drückte kurz seine Hand und ging weiter. »Wisst Ihr, wann …?« Sie versuchte, ihre Stimme möglichst unbeteiligt klingen zu lassen.

Er nickte, ließ sich aber noch etwas Zeit mit der Antwort.

Sie konnte das kaum noch ertragen. Einst hatte es sie mit höchster Spannung erfüllt, wenn er sich zögernd anschickte, eines seiner wichtigen Geheimnisse mit ihr zu teilen. Jetzt aber löste es nur noch Ungeduld und Widerwillen aus. Er glaubte immer noch, sie wäre die junge, ehrgeizige Frau von früher, die sich begierig um seine Geheimnisse riss. Er begriff nicht, wer sie inzwischen geworden war.

»Ich habe eine Nachricht erhalten ...« Er räusperte sich. »Im Brachmonat. Am letzten Samstag vor dem Fest des Heiligen Johannes des Täufers. Es wird eine Hochzeit geben. Philipps Nichte Beatrix von Staufen wird Herzog Otto von Meranien heiraten. In Bamberg.«

»*Bamberg?*« Iliana hob ihre dünnen Augenbrauen. »Ich hatte gedacht, vielleicht Aachen.«

»Nein, unmöglich, das ist zu spät. Es tut mir leid, ich hätte dir eine kürzere Reise gewünscht. Überleg es dir bitte! Du *musst* es nicht tun.« Er hielt inne und sah sie eindringlich an. »Es wird nicht ungefährlich sein. Philipp erwartet die Ankunft seines Heeres, mit dem er gegen König Otto zu Felde ziehen wird. Er will die entscheidende Schlacht.«

»Ich habe keine Angst«, erwiderte sie. »War ich nicht schon früher für Euch unterwegs? Warum misstraut Ihr mir jetzt?«

»Um Gottes willen, ich misstraue dir nicht! Ich habe nur Angst um dich.« Er zog sie zu sich an seinen massigen Leib, küsste sie sanft auf die Stirn. Dann suchte sein Mund ihre Lippen, aber sie entzog sich ihm. Mühsam bekämpfte sie ihren Widerwillen.

Er schwieg eine Weile enttäuscht. Sie gingen langsam weiter. Der Weg wand sich durch den Wald und führte sie schließlich am Waldrand entlang. Aus einem Busch, der überladen war mit weißen Blüten, drang tausendfaches Bienengesumm. Sein süßlicher Geruch erinnerte Iliana an den Tag, an dem sie das erste Mal einen kleinen toten Vogel gefunden hatte, der aus dem Nest gefallen war. Es war unter einem solchen Busch gewesen. Sie war ein Mädchen gewesen, keine zehn Jahre alt. Gemeinsam mit den Kindern des Gesindes hatte sie den Vogel beerdigt, und sie hatte ihm sogar eine Totenmesse gehalten. Noch im selben Sommer hatten ihre Eltern sie ins Kloster Weiher gebracht, und sie hatte sie nie wiedergesehen.

Wie anders wäre ihr Leben verlaufen, wenn ihre Eltern sie verheiratet hätten wie ihre älteren Schwestern? Wenn sie nicht das jüngste von zehn Kindern gewesen wäre? Wenn ihre Eltern reicher gewesen wären? In der letzten Zeit waren diese Fragen wieder vermehrt aufgekommen, obwohl sie sich das Grübeln schon vor Jahren verboten hatte. Es musste wohl am Alter liegen. Aber es war sinnlos, sich so etwas zu fragen. Gottes Wege waren unergründlich.

»Der Friede muss endlich ins Reich zurückkehren«, nahm sie das Gespräch wieder auf.

Der Propst seufzte. »Gewiss, meine Liebe. Es ist nur noch eine Frage der Zeit.«

»Ihr habt damals nicht geahnt, was Ihr in Gang setzen würdet, als Ihr Otto zum König krönt, nicht wahr?«

Dietrich von Heimbach antwortete nicht. Er blickte zum Feld hinüber, das gelb in der Nachmittagssonne schimmerte. »Ich möchte dich daran erinnern, dass ich das nicht allein war«, erwiderte er. »Es gab viele, die dem Welfen zur Macht verholfen haben. Die Gelegenheit war nie besser, einen Herrscher aus einem anderen, ehrwürdigen Geschlecht auf den Thron zu bringen. Einem Geschlecht von hier, das unseren Belangen dient. König Otto ist der Sohn einer englischen Königstochter, der Neffe des englischen Königs. Denk an den Kölner Englandhandel! Was wollen wir mit einem schwäbischen Emporkömmling, diesem Spross von Herzögen, der sich anmaßt, König zu werden, ja Kaiser wie sein Vater?«

Iliana, die merkte, dass ihn ihre Worte getroffen haben mussten, trat näher an ihn heran. Sie hielten inne. »Es wird werden, wie Gott es will«, sagte sie mit sanfter Stimme, von der sie wusste, dass sie ihre Wirkung nie verfehlte.

Etwas Weiches trat in seine Miene. Er nahm sie wieder in die Arme, und dieses Mal ließ sie es zu, dass er sie küsste.

Als sie später zur Kutsche zurückgingen, dachte Iliana daran, dass sie noch heute einen Laufburschen zu Maria schicken musste.

\* \* \*

Maria freute sich über die Nachricht, die der Laufbursche ihr brachte. Endlich hatte das wochenlange Warten ein Ende, und sie würde bald Heinrich von Waldburg wiedersehen. Sie verhielt sich, wie sie es geplant hatte: Betroffen erzählte sie allen, dass Lioba schwer erkrankt sei und sie nach Linn müsse, um sich um sie zu kümmern. Es würde wahrscheinlich mehrere Wochen dauern.

»Aber du bist noch zu schwach!«, protestierte Bela. »Hat sie denn keine Dienerin, die sich um sie kümmert? Töchter?«

»Sicher«, nickte Maria, »aber keine Heilerin. Ich *muss* zu ihr.«

Bela sah traurig aus. Sie half Maria beim Packen, und ihre Traurigkeit legte sich wie ein Schatten auf Marias Freude. Mit Mühe konnte Maria unbeobachtet von Bela ihren Bliaut mit in ihren großen Beutel schmuggeln, den sie sich eigens für die Reise vor einigen Wochen genäht hatte. Sie wickelte ihr restliches Geld, das sie noch besaß, in ein Tuch und versteckte es in ihrem Schuh. Sie holte Relindis' Schriften aus dem Honigkasten im Schuppen und rollte sie in ein Leder, das sie sich auf dem Markt gekauft hatte. Sie wären der Preis für die Reise für Iliana. Den Ring des Königs befestigte sie neben ihrem Anhänger an dem Band, das sie um den Hals trug. Lutgard gab ihr Käse, frisch gebackenes Brot, Erdbeeren, ein Mus mit Johannisbeeren und eine Flasche Gewürzwein mit.

»Nicht trinken, der ist für die Kranke«, brummte sie, ehe sie Maria zum Abschied an ihre mächtige Brust drückte. Sogar Hadewigis wischte sich unauffällig eine Träne aus dem Auge.

»Ich komme ja bald wieder«, versprach Maria und zwang sich zu einem Lächeln. Aber als sie mit Bela durch die Gassen der Stadt lief, musste sie gegen ihre Tränen kämpfen. Sie hatte nicht gedacht, dass ihr der Abschied so schwerfallen würde. Wer wusste schon, ob sie je wiederkommen würde. Vielleicht würde Heinrich sie bei sich behalten, dann würde sie für immer mit dem königlichen Gefolge durch das Reich reisen.

Im Hafen fanden sie ein kleines Handelsschiff, das den Rhein hinunterfuhr und bereit war, Passagiere mitzunehmen. Bevor Maria an Bord ging, verabschiedete sie sich von Bela.

Bela drückte sie fest, sie lächelte traurig. »Alles Gute«, sagte sie. »Komm bald wieder!«

Maria presste ihr den Arm und erwiderte ihr Lächeln. »Bis bald. Du brauchst nicht zu warten, bis das Schiff abfährt. Geh besser heim, sonst fällt mir der Abschied zu schwer.«

Bela nickte ergeben. Sie wartete, bis Maria an Bord gegangen war, dann winkte sie ihr noch einmal zu und ging fort.

Maria wartete lange, ehe sie den Handel mit dem Schiffsherrn rückgängig machte und von Bord des Schiffes ging. Seine Flüche und Beschimpfungen prallten an ihr ab. Wie betäubt lief sie durch das Gassengewirr zurück und die Severinstraße hinunter zur Stadtmauer. Genauso hatte sie vor einem Jahr Wilem verlassen. Davor Lioba. Was war sie nur für ein Mensch?

Mühsam kämpfte sie die Tränen nieder. Mit Erleichterung sah sie Iliana am Severinstor auf sie warten.

»Na endlich!«, rief Iliana. Sie ging mit Maria in einen geschützten Winkel zwischen zwei Schuppen am Wall, wo sie ein zweites Nonnengewand aus ihrem Beutel zog.

»Es ist sicherer, wenn wir beide als Nonnen reisen«, sagte sie und beobachtete nicht ohne Belustigung, wie Maria sich das dunkle Gewand der Makkabäerinnen überstreifte. Sie half ihr, es zu gürten und den Schleier zu richten.

»Ist das warm!«, stöhnte Maria. »Aber Euer Einfall ist sehr gut.«

Doch sie wusste, dass sie schwitzen würde, denn bereits jetzt, am Morgen, brannte die Sonne heiß auf sie herunter. Wie würde es erst am Mittag sein? Sie begann zu ahnen, dass die Reise kein Honigschlecken werden würde.

Zu ihrem Erstaunen verfügte Iliana über den Luxus eines eigenen Reisewagens samt Kutscher und zwei Berittenen, die sie begleiteten. »Woher habt Ihr den Wagen?«, fragte Maria, als sie auf der unbequemen Bank Platz nahm. »Ich dachte, wir reisen mit Kaufleuten.«

»Wäre dir das lieber?«, versetzte Iliana. »Ich habe jedenfalls keine Lust, wochenlang unterwegs zu sein.«

»Ich habe schon immer geahnt, dass Ihr etwas Besonderes seid«, erwiderte Maria, der nicht entgangen war, dass Iliana ihre Frage nicht beantwortet hatte.

Die Schwester winkte ab und lächelte nur. Während der gesamten Reise sprach sie wenig, sah stattdessen lieber hinaus durch die aufgerollten Stoffplanen des Wagens in die sommerliche Landschaft, die sich vor ihnen erstreckte. Das Korn stand hoch und reif auf den Feldern, gesäumt von weißen Kamillenblüten. Auf den Wiesen und Weiden leuchteten bunte Blumen, und über den Wäldern kreisten manchmal Raubvögel. Würziger, frischer Duft erfüllte die Luft, und Maria bemerkte mehrmals, wie Iliana sie immer wieder tief einsog, als wäre sie seit Jahren nicht mehr draußen gewesen. Sie schien von einer inneren Spannung und Freude erfüllt zu sein, und manchmal ertappte Maria sie dabei, dass sie heimlich vor sich hinlächelte.

Sie reisten die alte Straße am Rhein entlang in den Süden, über Frankfurt weiter nach Bamberg. Endlich, an einem späten Nachmittag im Brachmonat, erreichten sie die Stadt, die unter einem wolkenlosen Himmel in drückender Sommerhitze lag. Die Häuser ballten sich hinter der Stadtmauer, an der die

Regnitz vorbeifloss. Das Heer des Königs lagerte auf den ausgedehnten Wiesen vor der Stadt. Viele bunte Banner und Fahnen leuchteten zwischen den Zelten.

»Nun, Schwester«, sagte Iliana mit der leicht spöttischen Betonung auf »Schwester«, »wir können im Elisabethkloster unterkommen. Das ist großes Glück, denn die Stadt wird wegen der Hochzeit überfüllt sein.«

Maria nickte und sah aus dem Wagen, der über die Brücke der Regnitz rumpelte. Der Fluss schimmerte olivgrün im Sonnenlicht. Offenbar waren die meisten Gäste schon in der Stadt, denn sie mussten nur kurz am Tor warten, danach fuhren sie durch die engen Gassen zum Kloster hinauf.

Auf dem Klosterhof entlohnte Iliana die Söldner. »Danke, ihr habt uns gute Dienste erwiesen«, sagte sie. Die Gesichter der beiden Söldner leuchteten auf, offenbar war die Bezahlung gut. »Haltet euch für die Rückreise zu unserer Verfügung«, befahl sie. »Ich werde euch einen Burschen schicken.«

Maria sah den Söldnern mit gemischten Gefühlen hinterher, wie sie den Klosterhof verließen, während sich der Kutscher und ein Stallknecht um Pferd und Wagen kümmerten. Sie fühlte sich auf einmal schutzlos ohne die beiden wortkargen Männer, die sie sicher hergeführt hatten. Wer konnte schon wissen, ob sie sich nicht Philipps Heer anschließen würden, wenn man ihnen dort mehr Geld bot?

Das Elisabethkloster war klein und wurde nur von wenigen Benediktinerinnen unterhalten. Die Schwestern würden hier in aller Stille leben, erklärte ihnen die Äbtissin, die sie persönlich empfing und zu ihrer Unterkunft geleitete, in tiefer Versunkenheit und Anbetung des Herrn. Darüber hinaus seien sie froh, dass Seine Exzellenz, der hochwürdige Erzbischof, ihnen auch Dienste übertrug. Dazu gehöre in diesen turbulenten Tagen der Kirchendienst in den erzbischöflichen Kapellen und die Beherbergung von Hochzeitsgästen.

Das kleine Gästehaus des Klosters war auch überfüllt. Dennoch bekamen sie eine eigene Zelle, Betten mit strohgefüllten Matratzen und sauberen Wolldecken sowie ein schlichtes Mahl am Abend. Wieder einmal zeigte sich, dass ihre Reise gut vorbereitet war. Sie hatten stets in Klöstern und in guten Herbergen übernachtet. Maria wunderte sich darüber, hatte es aber aufgegeben, Iliana zu fragen, woher Wagen, Berittene und das viele Geld stammten. Sie wusste, sie würde keine befriedigende Antwort erhalten. Im Grunde war sie Iliana dankbar für die angenehme und sichere Reise, doch immer, wenn sie das sagte, winkte Iliana ab und lächelte.

Als sie sich nach der Komplet zur Nachtruhe zurückgezogen hatten, sah Maria noch lange aus der Fensterluke ihrer Zelle, von der aus sie einen guten Blick auf die Stadt hatte. Lärm aus den Gassen drang zu ihr herauf. Bamberg war bis zum letzten Haus gefüllt mit den edlen Hochzeitsgästen und ihrem Gefolge, und der Platz reichte längst nicht für alle. So hatte man zusätzlich Zelte auf jedem freien Platz aufgebaut, vor denen die Schilde und Banner ihrer Besitzer aufgestellt waren. Der König selbst residierte mit seinem Gefolge im erzbischöflichen Palast gleich neben dem Dom.

Maria blickte sehnsüchtig zum Domhügel hinauf und dachte an Heinrich. Was er wohl gerade tat? Ihr Herz klopfte rascher bei dem Gedanken, ihn wiederzusehen. Sie versuchte, sich an sein Lächeln zu erinnern, aber die Erinnerung daran zerrann zu einem flüchtigen Bild. Auch Bela, Lutgard und Hadewigis, die sie während der Reise mehr als einmal vermisst hatte, erschienen ihr auf einmal sehr fern. Das Einzige, an das sie sich klar und deutlich erinnerte, war, wie sie mit Wilem im See gebadet hatte, an einem Sommertag wie diesem. Sie sah sein überraschtes Gesicht vor sich, nachdem sie ihn nass gespritzt hatte, seine nackte Gestalt im Wasser. Sah die mächtige Welle auf sich zukommen, mit der er sich gewehrt hatte, dann die

Fontänen ihrer Wasserschlacht, bis Relindis am Ufer erschien und sie zum Essen rief.

Sie hatte ihn sehr verletzt, als sie nach Köln gekommen war, und er war nur mit großem Glück nicht auf dem Schlachtfeld umgekommen. Warum nur verletzte sie seit Relindis' Tod alle Menschen, die ihr etwas bedeuteten?

Ihre Augen füllten sich mit Tränen. Dieses Mal würde sie Wilem aus allem heraushalten, denn sie wollte ihn nicht mehr in Gefahr bringen. Sie würde ihn später noch sehen. Sie faltete die Hände und betete, dass er es in die Leibgarde des Königs geschafft hätte und nicht draußen in Philipps Heer Dienst tun müsste.

# Kapitel 28

Am nächsten Morgen beauftragte Iliana sie, wieder einen Brief zu Odalrich in die königliche Kanzlei zu bringen.

»Warte, bis er dir die Antwort mitgibt«, befahl sie ihr und reichte ihr eine kleine Pergamentrolle. »Er wird dir verraten, wie du am besten zum Truchsess kommen kannst.«

Maria strahlte und ließ das Pergament in ihre Gürteltasche gleiten. »Wie kann ich Euch nur danken!« Sie nahm Ilianas Hände, drückte sie fest. Eine Umarmung wagte sie nicht.

Iliana nickte und zog ihre Hände rasch wieder fort. »Danke mir erst, wenn alles gelungen ist. Ich habe mit der Äbtissin gesprochen, du kannst eine Schwester begleiten, die den Kirchendienst in der erzbischöflichen Kapelle verrichtet.«

Maria frohlockte. Was für ein kluger Plan! In ihrer Schwesterntracht würde sie niemand erkennen, sie würde sicher in den erzbischöflichen Palast gelangen.

Wenig später wurde Maria von einer der Nonnen vor dem Gästehaus erwartet. Die Nonne geleitete sie durch ein paar enge Gassen den Hügel hinauf zum Dom, neben dem der erzbischöfliche Palast lag. Auf seinem Dach wehte das königliche Banner im leichten Sommerwind, das Zeichen, dass der König zu Gast war. Die Nonne besaß den Schlüssel zu einer Nebenpforte, durch die sie auf den Hof gelangten und schließlich in eine achteckige doppelstöckige Kapelle. Von dort aus führte sie sie in den Palast und durch ein Gewirr von Gängen zu den Räumen der königlichen Kanzlei. Sie wartete vor der Tür, nachdem Maria die Kanzlei betreten hatte.

Odalrich erkannte sie sofort. Er stürzte sich wie ein Habicht auf sie, ehe sie noch einen Laut von sich geben konnte, und zog sie schnell in einen kleinen Nebenraum.

»Gott zum Gruße, was hast du für mich?« Gespannt beobachtete er, wie Maria das Pergament aus ihrer Gürteltasche zog. Er schien nicht im Mindesten überrascht zu sein, dass sie hier war.

*Er hat mit einer Nachricht gerechnet*, dachte sie.

Wahrscheinlich bekam er häufiger Briefe von allen möglichen Leuten. Wer wusste schon, welche Fäden, ob sichtbar oder unsichtbar, in einer königlichen Kanzlei zusammenliefen?

Sie beobachtete, wie der Mönch das eng beschriebene Blatt mit seinen schwieligen Fingern entrollte und sich nah darüberbeugte. Während er las, breitete sich ein Lächeln auf seinem schmalen Gesicht aus. Seine Zuneigung zu Ilianas Freundin war offenbar ungebrochen. Was musste das für eine starke Liebe sein, die in all den Jahren nicht verging, dachte Maria berührt.

Geduldig wartete sie, bis Odalrich zu Ende gelesen hatte, dann trat er an ein Schreibpult, um den Brief zu beantworten. Eine Weile hörte sie nichts als seine kratzende Feder, hin und wieder ein Husten oder Räuspern aus der Kanzlei nebenan und das Vogelgezwitscher von draußen. Endlich verließ er das Pult und gab Maria eine Pergamentrolle zurück.

»Danke.« Er lächelte nur kurz, aber seine hellen Augen strahlten.

»Was für eine glückliche Fügung, dass Schwester Iliana zur Hochzeit nach Bamberg gekommen ist und meinen Brief mitnehmen kann. Geht es ihr gut?«, wollte er wissen.

Maria nickte. »Wir sind im Elisabethkloster untergebracht. Sie sagte, du könntest mir helfen. Ich muss den Truchsess sprechen. Kannst du mir sagen, wo und wann ich ihn finden kann?«

Er runzelte seine Stirn, aber er schien nicht sonderlich überrascht zu sein. Er nahm ihren Arm, zog sie in eine Ecke des Raumes, die am weitesten von der Tür entfernt war, und senkte seine Stimme zu einem Flüstern. »Der Truchsess ist ein mächtiger Mann. Er wird es nicht wollen, von … jedermann angesprochen zu werden. Ich will dir gern helfen, weil du unsere Briefe überbracht hast. Aber wenn ich dir helfe, musst du mir versprechen, meinen Namen ihm gegenüber nicht zu erwähnen. Du verrätst niemandem, dass ich dir geholfen habe, unter keinen Umständen, verstanden?«

Maria nickte hastig. Sie verspürte ein ungutes Gefühl in der Magengegend. Warum bestand er so sehr auf dieser strikten Geheimhaltung? Aber dann erinnerte sie sich daran, was ihr Wilem von den Intrigen und den Spionen am königlichen Hof erzählt hatte, und sie verstand ihn besser. Man konnte nie vorsichtig genug sein.

»Ich werde deinen Namen nicht verraten«, versicherte sie.

»Versprich es!«

Sie hob die Hand, gelobte es feierlich und legte die Hand zur Bekräftigung auf die Stelle, wo ihr Herz schlug.

Odalrich nickte zufrieden. Er senkte seinen Mund an ihr Ohr. »Morgen Nachmittag nach der Hochzeit. *Hora nona.* Warte am Sonnenhof.« Maria nickte, obwohl sie nicht alles verstanden hatte und nicht wusste, wo der Hof war. Aber sie wagte es nicht, ihn zu fragen. Sie merkte sich seine Worte und ließ sich von ihm zurück bis vor die Kanzlei geleiten, wo die Nonne auf sie wartete. Sie fühlte, dass er ihr noch lange hinterhersah, während sie mit der Nonne den Gang entlangschritt, und das ungute Gefühl kehrte wieder zurück.

»*Hora nona*, was bedeutet das?«, fragte sie Iliana später, als sie wieder in ihrer Klosterzelle war. Iliana hatte sich hingelegt und erhob sich von ihrem Bett. Sie sah sehr müde aus. Die Anstrengungen der Reise hatten sie wohl mehr mitgenommen, als sie zugab. Aber es war auch ein heißer Tag.

»Es ist Latein und heißt zur neunten Stunde«, erklärte sie. »Keine Angst, ich werde dich begleiten. Wir werden den Sonnenhof schon finden, ich werde mich erkundigen.«

»Woher weiß er, dass Hein…, äh, dass der Truchsess sich dann dort aufhalten wird?«

Iliana zuckte mit den Schultern. Sie warf einen abwesenden Blick aus dem offenen Fenster, ehe sie antwortete. »Ich nehme an, dass man am Hof die Gewohnheiten der hohen Herren genau kennt und in etwa vorherbestimmen kann, wann ein günstiger Zeitpunkt ist.«

Maria nickte, das leuchtete ihr ein. »Dann … wird er dort sein?«

»Ich denke schon.«

»Was Ihr alles für mich tut – ich weiß nicht, wie ich Euch danken soll«, bekräftigte Maria, die ihr Glück kaum fassen konnte.

Iliana lächelte schwach. »Du wirst mir Relindis' Schriften geben«, sagte sie. »Außerdem hoffe ich, dass du uns Schwestern in Köln nicht vergessen wirst, wenn du Erfolg haben solltest.«

»Gewiss nicht«, versicherte Maria, deren ungutes Gefühl verschwand. An seine Stelle trat Freude. Also glaubte Iliana daran, dass sie bei Heinrich Erfolg haben würde. Hätte sie sonst einen solchen Aufwand betrieben? Allein aus schwesterlicher Nächstenliebe sicher nicht, und auch nicht wegen Relindis' Schriften. Sie glaubte an Marias Erfolg und hoffte auf Entschädigung und späteren Gewinn für die Schwesternschaft. Maria lächelte in sich hinein, stolz, die anfänglich zweifelnde Iliana so gründlich überzeugt zu haben.

»Ich habe noch eine gute Nachricht«, sagte Iliana. »Wir werden morgen der Hochzeitszeremonie im Dom beiwohnen.«

»Schön.« Maria schluckte aufgeregt. Sie würde Heinrich vielleicht schon dort wiedersehen können. Aber dann fiel ihr ein, dass sie ihm wohl in ihrer Schwesterntracht unter die Augen treten müsste, und dieser Gedanke gefiel ihr gar nicht. Sie grübelte darüber nach, wie sie das ändern könnte, aber ihr fiel nichts ein. Das Nonnengewand wäre die beste Möglichkeit für sie, sicher und unerkannt in den Palast zu gelangen. Iliana hatte alles sehr gut bedacht. Maria verbrachte den restlichen Tag damit, sich auf den nächsten Tag vorzubereiten.

* * *

Der nächste Tag wurde ein sehr heißer, schwüler Sommertag. Die Sonne brannte auf die Dächer und Zelte, und selbst im sonst eher kühlen Dom herrschte schon am Vormittag eine unerträgliche Hitze. Maria schwitzte in ihrem Nonnengewand zwischen all den Menschen, die sich in der Kathedrale drängten. Iliana und sie hatten einen Platz ganz hinten zwischen den Schwestern des Elisabethklosters ergattert.

Der Dom war nach einem Brand vor vielen Jahren wieder neu aufgebaut worden, aber noch nicht ganz fertiggestellt. Man musste sich mit dem Ostchor und den Teilen der Kirchenschiffe begnügen, die neu errichtet worden waren. Hier drängten sich die Edlen aus den Gefolgen des Königs, seiner Nichte, der Braut Beatrix und ihrem Bräutigam, dem Herzog Otto von Andechs-Meran. Bischof Ekbert von Bamberg, der die Trauung vollzog, war ein Bruder des Bräutigams. Ihre Familie, die Andechs-Meranier, beherrschte dieses Gebiet, hatte Iliana Maria erklärt, und der Bischof sei dem König gegenüber in der Gastungspflicht, wenn dieser hier weilte.

Maria hatte nur mit halbem Ohr zugehört. Sie reckte den Hals, als das Brautpaar nach der feierlichen Zeremonie durch die Menschenmenge nach draußen schritt, aber sie konnte nichts sehen. Auch den König nicht, der von seinen Edlen umringt war, geschweige denn seinen Truchsess.

Später, tröstete sie sich. Nicht mehr lange.

Dieser Gedanke kam ihr nun auf einmal unwirklich vor wie ein Hirngespinst, das die Sommerhitze geboren hatte. Was würde Heinrich sagen, wenn sie plötzlich vor ihm stünde? Würde er sie noch einmal abweisen oder sich von ihr dazu bringen lassen, sie doch als seine Geliebte anzunehmen? Sie sehnte sich so sehr nach ihm! Wie konnten diese Gefühle falsch sein, wenn sie so stark waren? Aber vielleicht würde er sie wieder wegstoßen, vielleicht sogar verhaften und in ein Verlies werfen lassen. Sollte sie nicht besser umkehren und diesen irrwitzigen Plan aufgeben?

Entschlossen rang sie ihre Verzagtheit nieder. *Nein, ich werde nicht kurz vor dem Ziel aufgeben.* Überhaupt – beruhten nicht alle großen Erfolge, alles, was die Welt bewegte, immer auf Mut, Tatkraft und Durchhaltevermögen? Sie würde ihren Geliebten zurückgewinnen. Sie tastete nach der Pflanzenwurzel zwischen ihren Brüsten, die sie seit dem letzten Neumond trug und die ihre Wirkung gewiss nicht verfehlen würde, ebenso wenig wie ihre Liebeszauber. Außerdem würden die Mächte ihr beistehen, und auch die Hohe Mutter. Sie hatte ihr ein unmissverständliches Zeichen gegeben.

Später drängten Iliana und sie sich mit den anderen nach draußen, wo der Brautzug, begleitet vom königlichen Tross, von lautem Glockengeläut und Jubel, langsam vom Dom hinunter in die Stadt zog.

Iliana legte ihre schmale Hand auf Marias Arm. »Wir sollten jetzt gehen.«

Maria nickte und folgte ihr durch das Gedränge, bis sie auf jene Nonne trafen, die Maria schon am Vortag zur königlichen Kanzlei begleitet hatte. Iliana und sie nickten sich zu, und die Nonne führte sie beide wieder in die erzbischöfliche Kapelle, die sie durch eine Seitentür betraten.

Hier war niemand. Still brannte eine Kerze neben dem Altar, während von draußen das Glockengeläut und der Lärm der vielen Menschen hereindrang. Iliana drückte der jungen Nonne etwas in die Hand. Die knickste daraufhin, wandte sich um und verließ die Kapelle mit hastigen leisen Schritten durch die Seitentür. Maria starrte Iliana überrascht an.

»Ihr habt sie bestochen!«

Iliana nickte nur.

»Aber warum …?«

»Meinst du, sie lassen uns einfach so in den Palast?« Iliana rutschte in eine der Bänke und kniete nieder. »Komm, bete mit mir. Wir haben noch Zeit.«

»Und wenn jemand kommt?«

»Bete, dass niemand kommt.«

Maria gehorchte. Sie versuchte zu beten, aber es gelang ihr nicht. Unauffällig ließ sie ihre Blicke schweifen. Auf dem schlichten Altar brannte eine Kerze, dahinter fielen Sonnenstrahlen durch ein kunstvoll geschwungenes Fenster. Es roch nach Weihrauch und Kerzenwachs. Sie staunte über die ungewöhnliche Form der Kapelle. Acht Säulen, die rundgemauerte Bögen trugen, umringten sie. Darüber dehnte sich ein zweites Geschoss bis zu einem hohen Gewölbe. Die Säulen trugen oben jeweils unterschiedliche Verzierungen – schlichte Halbbögen, verschlungene Blumenornamente oder auch die Gesichter seltsamer Wesen.

Nach einer gefühlten Ewigkeit, als der Lärm in der Stadt verebbt war, erhob sich Iliana plötzlich und trat an ein kleines rundes Fenster. Obwohl nichts zu hören war, starrte sie angestrengt hinaus. Maria ging zu ihr und wollte etwas sagen, doch Iliana legte nur einen Finger auf den Mund.

Also wandte Maria sich ab und setzte sich wieder, aber sie konnte ihre Aufregung nun kaum noch verbergen. Immer wieder sah sie zu Iliana hinüber, die reglos am Fenster ausharrte. Von draußen erklang fernes Hufgetrampel. Zaumzeug klirrte, Befehle ertönten.

Iliana wandte sich vom Fenster ab. »Der König ist zurück. Wir sollten gehen«, sagte sie knapp.

Maria erhob sich. Sie fühlte, wie ihr Herzschlag sich beschleunigte, während sie sich merkwürdig unwirklich fühlte, als folgte sie einem geheimen Plan. Ilianas Plan.

Sie warteten noch eine ganze Weile, bis es draußen ruhig geworden war, nachdem das königliche Gefolge sich in den Palast begeben hatte. Dann gab Iliana das Zeichen zum Aufbruch. Maria folgte der Schwester, die sich offenbar gut erkundigt hatte, die Treppe hinauf in den oberen Stock der Kapelle, dann in den Palast hinein. Sie liefen durch einige Gänge, bis sie in einen sonnenbeschienenen Innenhof gelangten. Er war nur ein kleines Geviert, das von Säulengängen umgeben war und an einen Kreuzgang im Kloster erinnerte. In seinem Inneren leuchtete ein Blumenbeet in bunten Farben.

Der Sonnenhof! Maria krallte ihre Hände vor Aufregung in das Nonnengewand. Vielleicht lag hinter einer der vielen Türen, die vom Hof ins Palatium führten, Heinrichs Gemach. Iliana zog Maria tief in eine dunkle Ecke des Säulengangs und gemahnte sie, still zu sein.

Maria versuchte, ruhig zu atmen. Noch einmal ging sie die Worte durch, mit denen sie Heinrich von Waldburg ansprechen würde, wie sie es schon unzählige Male getan hatte. Sie rief sich wieder seine möglichen Fragen in Erinnerung und ihre möglichen Antworten. Sie war auf alles vorbereitet, kannte sogar die Worte genau, mit denen sie ihn davon abhalten würde, nach den Wachen zu rufen. Sie hatte sich bereits zweimal erfolgreich zu ihm durchgeschlagen, sie würde es auch dieses Mal schaffen.

Aber trotzdem nagte immer noch Zweifel an ihr.

*Hör auf deine innere Stimme*, hatte Relindis ihr stets eingeschärft. Aber manchmal hörte sie mehrere innere Stimmen, die etwas Gegensätzliches sagten. Welcher sollte man dann folgen?

Aus einer der Türen hinter dem gegenüberliegenden Laubengang vernahmen sie gedämpften Lärm. Die Tür öffnete sich, und zwei Diener kamen heraus. Sie trugen eine Truhe aus Weidengeflecht in ihrer Mitte.

Maria spürte, wie Ilianas Griff an ihrem Arm sich verstärkte. Sie atmete tief, während sie beide reglos ausharrten, als wären sie mit den Bildern der Wandmalerei hinter ihnen verschmolzen. Die beiden Diener schleppten die Truhe, aus der leises Geschirrklappern drang, den Säulengang hinunter. Die Last war offenbar so schwer, dass die Männer sich sehr beeilten und in raschen Schritten den Gang entlangliefen, ohne sie zu bemerken. Sie hörten, wie sich ihre Schritte langsam entfernten.

Maria atmete auf. Iliana ließ ihren Arm los. Aus dem Gemach erklangen nun leise Harfenklänge, eine schöne, traurige Melodie. Sie mischte sich mit dem Tschilpen der Spatzen im Innenhof und dem Summen der Bienen auf dem Blumenbeet. Sonst war alles still. Einige Blumen hatten ihre Köpfe in der brütenden Mittagshitze hängen gelassen.

*Warum ist es so still?*, durchfuhr es Maria. Wo waren eigentlich die königlichen Wachen?

Aus der Ferne vernahm sie ein leises Geräusch, das sich anhörte wie ein Rascheln. »Ich muss mich ein wenig hinsetzen, mir geht es nicht gut«, flüsterte Iliana. »Warte hier.«

Sie sah sehr blass aus. Mühsam rang sie nach Atem.

»Ich komme mit Euch«, sagte Maria.

»Nein, auf keinen Fall. Du musst hierbleiben, der Truchsess wird sicher bald aus seinem Gemach kommen. Sonst verpasst du ihn noch!« Iliana lächelte gequält und deutete mit dem Kopf in Richtung des Gemachs, aus dem die Musik erklang. »Es ist nur die Hitze. Ich schaffe das schon allein.«

Sie drückte Maria kurz den Arm, ehe sie sich umwandte und zurückging. Maria sah ihr nach, wie sie mit müden, aber doch um Eile bemühten Schritten den Gang entlang zurücklief und dann in einem Quergang verschwand. Sie schluckte ihre Angst nur mit Mühe hinunter. Ein paar Atemzüge lang hörte sie nur das Tschilpen der Spatzen. Auf einmal vernahm sie das Geräusch vieler leiser Schritte aus dem gegenüberliegenden Gang. Etwas klirrte leise. Und dann sah sie sie – mehrere voll gerüstete Ritter mit Schwertern und Schilden, angeführt von einem Mann in einem blauen Bliaut. Sein Haar fiel ihm lang auf die Schultern, offenbar war er ein Edler. Maria hatte ihn noch nie gesehen.

Sie hielt den Atem an. Aus ihrem Versteck heraus konnte sie sehen, wie er seinen Rittern ein Zeichen gab. Sie hielten inne und verharrten ruhig im Halbschatten des Säulengangs neben dem Gemach.

Der Edle pochte an die Tür. Es dauerte nicht lange, und ein Diener öffnete ihm. Der Mann sagte etwas, das Maria nicht verstand, und der Diener verschwand daraufhin im Gemach. Nach einer Weile kam er zurück und ließ den Edlen eintreten.

Wenig später erstarb die Musik. Laute Stimmen drangen aus dem Gemach. Maria war aber zu weit weg, um zu hören, was sie sagten. Kurz darauf erschien der Edle wieder in der Tür und ließ sich von einem der wartenden Ritter ein Schwert reichen. Dann verklangen seine energischen Schritte im Inneren des Gemachs.

Maria presste sich reglos an die kalte Wand. Eine Weile war es still. Selbst die Spatzen schienen sich wegen der Hitze in den kühlen Schatten der Gartenbüsche zurückgezogen zu haben, denn sie gaben keinen Laut mehr von sich. Nur das leise Summen der Bienen war noch zu hören.

Dann zerriss eine zornige Männerstimme die Stille. »Dies ist kein Spiel!«, brüllte sie aus dem geöffneten Gemach.

Als Antwort ertönte ein dumpfes Poltern. Jemand schrie auf, dann folgte ein lautes Stöhnen, das schauerlich über den Säulengang hallte. Die Ritter verharrten draußen mit gezogenen Schwertern.

Die Tür wurde weiter aufgerissen, und der Diener stürzte heraus. Er wurde sofort von einem der Ritter ergriffen, der ihn festhielt, während ein anderer ihm mit seinem Messer die Kehle durchschnitt. Der Diener sank blutend zu Boden und regte sich nicht mehr.

Die Ritter verständigten sich kurz mit Handzeichen, dann zogen sie ihre Schwerter. Die ersten von ihnen, die neben der Tür wachten, hoben ihre Schilde und drangen ins Gemach ein. Nur kurze Zeit später kamen sie wieder heraus. Ihnen folgte ihr Herr, der ein blutiges Schwert in der Hand hielt. Sein blauer Bliaut war mit Blutflecken besudelt. Er nahm von einem seiner Männer ein Tuch entgegen, mit dem er sich rasch das Gesicht abtrocknete, dann das Schwert abwischte. Hastig warf er sich einen Umhang über, den einer seiner Männer ihm reichte, und gab dem Ritter sein Schwert zurück.

Auf sein Zeichen hin setzten sich die Männer in Bewegung und flohen über den gegenüberliegenden Gang in jene Richtung, die auch schon die Diener entlanggelaufen waren. Maria harrte in ihrer Ecke und hoffte, dass die Bewaffneten sie nicht sahen. Sie rührte sich keinen Fingerbreit, wagte es kaum zu atmen. Still beobachtete sie, wie die Ritter den Gang entlanggrannten. Als der Letzte verschwunden war, atmete sie auf. Sie lauschte, bis ihre Schritte in der Ferne verklungen waren. Sie hörte das Summen der Bienen in der Stille, die sich nun wieder ausbreitete, und das Hämmern ihres eigenen Herzschlags. Ihr Mund war staubtrocken.

Sie schluckte mühsam, löste langsam ihre steifen Finger von der Wand. Ein wütender Schmerz zuckte in ihrem Inneren auf, aber sie beachtete ihn nicht. Langsam löste sie sich aus ihrer Ecke und schlich sich den Säulengang entlang. Ihre Knie waren weich und schienen ihr jeden Augenblick den Dienst zu versagen, sie zitterte am ganzen Körper. Sie hielt sich an der Mauer fest, um nicht hinzufallen. Nur mit Mühe hielt sie sich aufrecht.

So schaffte sie es bis zum Gemach. Die Tür war nur angelehnt. Sie drückte sie weiter auf. Der Geruch nach Gebratenem und gewürztem Wein strömte ihr entgegen, gemischt mit den Gerüchen einiger Menschen und noch etwas anderem, das ihr bekannt vorkam.

Blut.

Sie hielt inne, atmete tief, wappnete sich gegen das, was sie gleich sehen würde. Im Halbschatten des geräumigen Gemachs sah sie einen Mann auf dem Boden liegen. Er trug einen Bliaut aus Samt mit goldenen Borten an den Säumen. Seine Schuhe, die nun unbedeckt unter dem Gewand hervorragten, waren aus feinem Hirschleder. Er lag auf dem Rücken. Aus einer tiefen Schnittwunde am Hals war so viel Blut gelaufen, dass sich eine Lache gebildet hatte, die den gewebten Teppich durchtränkte.

Maria beugte sich über ihn. Es war König Philipp. Seine hellen Augen starrten an ihr vorbei ins Leere. In ihnen stand noch die Überraschung über den soeben erlittenen tödlichen Schwerthieb geschrieben.

Maria rang nach Atem. Sie taumelte ein paar Schritte rückwärts und stieß dabei gegen einen weiteren reglosen Leib. Der junge Musiker. Er war nach dem Stich in die Brust von seinem Schemel gesunken, wobei ihm die kleine Harfe aus den Händen gerutscht war und nun neben ihm auf dem Boden lag.

Maria starrte auf ihn herunter, als wäre er ein Geist. Alles, was gerade geschah, konnte nicht das wahre Leben sein. Sie spürte, dass sie wegmusste. Sie musste fliehen von diesem unheilvollen Ort, weit fort, und dann auf ihr Erwachen hoffen.

Ein Stöhnen riss sie aus ihren Gedanken. Im Halbschatten des Raumes sah sie einen Mann auf einem großen Bett liegen.

Sie erschrak heftig, als seine Hand sich ein wenig hob. An einem Finger steckte ein Goldring mit einem roten Edelstein. Maria lief zum Bett.

Heinrich hatte die Augen halb geöffnet. An seinem Kinn klaffte eine Wunde, aus der das Blut seinen Hals herunterrann und sich auf dem Kissen sammelte. Seine Hand hielt er hoch, als wollte er nach ihr greifen.

»Heinrich!« Maria riss sich den Nonnenschleier vom Kopf, knüllte ihn zusammen und presste ihn gegen die Wunde. Der Truchsess stöhnte auf, bewegte leicht den Kopf. Sie setzte sich neben ihn auf das Bett und drückte ihren Schleier gegen die Wunde. Er durfte nicht noch mehr Blut verlieren. Schnell suchte sie seinen Körper nach weiteren Verletzungen ab, entdeckte aber keine. Erleichtert atmete sie auf. Vielleicht würde er überleben.

»Habt keine Angst, ich bin bei Euch«, tröstete sie.

»*Du?*« Sie sah den überraschten Ausdruck in seinen dunklen Augen. Er runzelte die Stirn. »Was machst *du* hier?«

Sie spürte, wie die Angst ihr im Magen flatterte. »Ich helfe Euch«, sagte sie mit hoher, dünner Stimme.

Er schüttelte seinen Kopf. »Geh weg!«

»Haltet still! Eure Wunde!« Er war sicher nicht bei Sinnen, sonst würde er solche Worte nicht sagen. Doch da packte er sie mit erstaunlich hartem Griff am Arm. »Lass das! Ich will einen *physicus.*« Er sank erschöpft auf das Kissen zurück und schloss die Augen. Maria hielt weiter das Tuch an ihn gedrückt. Erst jetzt bemerkte sie, dass noch jemand im Raum war.

Konrad von Scharfenberg, Bischof von Speyer und Ratgeber des Königs, hatte sich aufgerichtet und starrte auf Maria und Heinrich von Waldburg herunter. Er war unverletzt. Offenbar hatte er sich irgendwo in dem geräumigen Gemach verstecken können und so den Anschlag überlebt. Ohne ein weiteres Wort zu verlieren, lief er an ihnen vorbei nach draußen und schrie um Hilfe.

Maria sah ihm hinterher und entdeckte die Zwergengestalt Grimolds vor einer der Säulen im Gang, von wo aus er gut ins Gemach sehen konnte. Der Narr trug eine Kappe, an der zwei große schwarze Froschaugen klebten, und ein leuchtend grünes Froschkostüm. Als er sie erblickte, schüttelte er den Kopf.

»Grimold!«, rief sie. »Dein Herr ist verletzt! Hol einen *physicus!*«

Grimold antwortete nicht. Er starrte sie mit seinen großen, wasserblauen Augen unverwandt an, schüttelte noch einmal den Kopf. Dann stieß er sich von der Säule ab und rannte fort.

Maria sah auf den Verletzten hinunter. Heinrich starrte sie an. »Geh zum Teufel!«, zischte er.

Von der Wucht seiner Worte fuhr sie zusammen. Sie fühlte sich auf einmal seltsam gefühllos, als wäre jegliche Angst von ihr abgefallen. Sie erhob sich, schwankte zum Musiker und riss ihm mit ein paar entschlossenen Bewegungen das dünne Gewand entzwei, bis sie einen schmalen Streifen Tuch hatte. Damit band sie Heinrich von Waldburg ihren mittlerweile blutdurchtränkten Schleier fest ans Kinn. Eine Weile betrachtete sie ihr Werk. Der Truchsess lag mit geschlossenen Augen da, wahrscheinlich hatte er das Bewusstsein verloren. Gleich würden alle hier sein. Grimold würde sicher einen *physicus* holen. Sie hob die Hand, strich Heinrich mit ihren zitternden Fingern über die Stirn. Sie sah, dass sich sein Gesicht wie im Schlaf entspannt hatte. So hatte er immer ausgesehen, wenn sie ihn im Morgengrauen lange betrachtet hatte. Sie nahm seine warme

Hand in ihre, drückte einen Kuss auf seine Finger. Sie konnte nicht glauben, was er gerade gesagt hatte. Er würde vielleicht sterben. Sie konnte ihn doch nicht einfach zurücklassen!

*Geh zum Teufel.*

Seine Worte hämmerten im Gleichklang mit ihrem Herzschlag in ihrem Kopf. Sie hatte sich geirrt. Sie musste gehen, bevor man sie hier sah. Sie seufzte tief, dann wandte sie sich um und verließ das Gemach.

# Kapitel 29

Maria lief das Geviert des Säulengangs zurück, von wo sie gekommen war. Ihr Hals brannte, und ihr Inneres rebellierte mit einem stechenden Schmerz. Sie hatte das Gefühl, keinen Schritt mehr laufen zu können. Erschöpft lehnte sie sich gegen die Mauer im Gang und verharrte eine Weile reglos, als sie hörte, wie sich stampfende Schritte näherten. Eisen klirrte, Stimmen ertönten. Jemand brüllte einen Befehl. Innerhalb weniger Atemzüge verwandelte sich der stille Sonnenhof in einen brodelnden Ort voller Bewaffneter, Mönche und Diener. Mehrere edle Männer waren mit ihren Rittern herangekommen und drängten sich vor dem Gemach. Der Bischof von Speyer stand in ihrer Mitte und redete wild gestikulierend auf sie ein. Wo war Iliana? Warum war sie nicht zurückgekommen?

Maria zögerte, während sie gegen ihre aufsteigende Übelkeit kämpfte. Sie wusste nicht, woher sie gekommen war. In der Aufregung hatte sie sich den Weg nicht gemerkt. Sie horchte auf, als sich wieder ein Trupp Bewaffneter näherte – eine Handvoll gepanzerter Männer mit spitzen Nasalhelmen. Sie trugen Gurte an den Hüften über ihren Kettenhemden, an denen lange Schwerter hingen, und Schilde mit dem Wappen des Königs.

Maria verbarg sich im Schatten des Säulengangs und hoffte, dass die Soldaten sie nicht sahen. Reglos presste sie sich an die Wand und senkte den Blick. Sie sah die Enden der spitzen gelben Schilde, als die Männer an ihr vorbeiliefen zum Gemach des Königs. Doch dann hielt einer inne. Langsam kam er zurück. Sie starrte auf seine Kettenbeinlinge, die bis zu den Füßen reichten, und ihr Herz tat einen klobigen Satz.

»Maria!?«

Sie hob den Kopf. Unter dem Nasalhelm, der viel von seinem Gesicht bedeckte, erblickte sie ein bekanntes Augenpaar.

»Wilem.« Sie atmete seinen Namen erleichtert aus.

»Was machst *du* hier?«, fragte er.

Etwas in ihr zog sich schmerzlich zusammen. Genau dasselbe hatte sie nur wenig zuvor auch Heinrich gefragt. Aber im Gegensatz zu jenem war Wilems Überraschung freudig, schien er sogar erleichtert zu sein, sie wiederzusehen. Maria musterte ihn. »Du bist bei der königlichen Leibgarde«, stellte sie fest. »Du hast es geschafft.«

Er nickte stolz. Dann musterte er sie. »Warum trägst du Schwesterntracht? Bist du doch ins Kloster Weiher gekommen?«

Sie schüttelte den Kopf und antwortete nicht. Ein paar Diener rannten an ihnen vorbei. Vor dem Königsgemach entstand ein kleiner Tumult, als sich ein Mann, der aussah wie ein *physicus,* den Weg durch die Menge bahnte.

»Was machst du hier?«, wiederholte Wilem seine Frage.

»Ich …« Sie spürte eine Woge der Übelkeit aufsteigen. Viele Schaulustige waren inzwischen herangekommen, drängten sich in den Säulengängen und versuchten, einen Blick ins königliche Gemach zu werfen. Maria wandte sich ab und erbrach sich an der Mauer. Wilem baute sich vor ihr auf. Nachdem sie sich erleichtert hatte, musterte er sie mit sehr ernstem Gesichtsausdruck. Er nahm sie am Arm und führte sie aus dem

Geviert des Sonnenhofes in einen anderen Gang. »Was ist passiert?«, wollte er wissen.

Maria schluckte. Die Bilder des soeben Erlebten tanzten wild in ihrem Kopf. Alles erschien ihr wie ein dämonischer Traum, in den sie durch Zufall hineingeraten war.

»Der König ist tot«, raunte sie. Sie hatte Angst, es auszusprechen, als würde das Erlebte erst zur Wahrheit werden, wenn sie darüber sprach. »Der Musiker und ein Diener auch, nur der Bischof hat überlebt … und der Truchsess … ist schwer verletzt.«

Sie konnte sehen, wie Wilem unter seinem Helm erbleichte.

»Also stimmt es, was der Narr sagte«, murmelte er. »König Philipp ist *wirklich* tot.«

»Es war ein Edler«, fuhr Maria leise fort. »Er klopfte an die Tür, dann wurde er eingelassen. Wenig später kam er wieder raus und ließ sich von seinen Bewaffneten ein Schwert geben, und dann …« Sie brach ab und sah an Wilem vorbei in den Sonnenhof, während sie an das Ungeheuerliche zurückdachte.

Wilem starrte sie an. »Der König ist *ermordet* worden? Du hast es *gesehen*? Du warst *hier*?«

Sie nickte nur.

»Warum warst du hier?«

»Weil … weil … ich wollte zu Heinrich von Waldburg.«

»Warum?«

Maria presste ihre Lippen fest zusammen und antwortete nicht, sie konnte nichts sagen.

Wilem schluckte hart. Ein paar Atemzüge lang schien er einen inneren Kampf auszufechten, dann sagte er: »Wir müssen hier weg.« Er packte sie am Arm und zog sie mit sich fort.

Sie ließ sich bereitwillig von ihm wegführen, fort von dem Lärm, den vielen Menschen, dem unheilvollen Ort. Aber die Bilder klebten in ihrem Kopf. Sie sah immer noch den toten König auf dem Boden liegen und die entsetzten Augen

Heinrichs von Waldburg, nachdem er sie erkannt hatte. Es gab ihr einen Stich ins Herz.

Wilem öffnete eine Tür, und sie betraten die Kapelle, diesmal durch das untere Geschoss. Die Altarkerze zuckte auf, ehe die Tür sich hinter ihnen schloss. Die Stille an diesem Ort erschien Maria plötzlich unheimlich. So still war es im Sonnenhof gewesen, bevor das Schlimme geschehen war. Von der hinteren Bank erklangen leise Worte, aber es war niemand zu sehen.

Wilem bedeutete ihr, stehen zu bleiben. Langsam schlich er voran, während seine Hand zum Schwertgriff glitt. Dann, nachdem er die hinterste Bank erreicht hatte, entspannte sich seine Haltung sichtlich, und er winkte ihr, ihm zu folgen. Maria ging zu ihm. Auf dem Boden kauerte ein Mönch, der eine Nonne in den Armen hielt. Sie lag ausgestreckt, den Kopf in seinen Schoß gebettet. Ihr Schleier lag neben ihm, während ihre dunklen, mit grauen Strähnen durchzogenen Haare offen auf seine Knie herunterfielen. Odalrich strich Iliana immer wieder über das Haar, während er ihr liebevolle Worte zuflüsterte. Sie lag reglos mit halb geschlossenen Augen auf den Fußbodenkacheln. Maria ließ sich neben ihr auf die Knie fallen und starrte in das schöne, bleiche Gesicht. *So ist das also*, dachte sie. *Es gibt keine Freundin. Sie ist es selbst.*

»Was ist geschehen?«, fragte sie und blickte in Odalrichs unglückliches Gesicht.

»Die Bewaffneten haben sie beiseitegestoßen.« Hilflos hob er seine Hand, an deren Mittelfinger ein großer Tintenfleck klebte. »Das war zu viel für ihr schwaches Herz.« Er senkte seinen Kopf und seufzte tief.

Maria ergriff Ilianas Hand. Dann strich sie vorsichtig mit den Fingern über ihre Schläfe. Iliana schlug die Augen auf. Sie öffnete den Mund, um etwas zu sagen, brachte aber keinen Laut hervor. Maria musste sich tief zu ihr herunterbeugen, um sie verstehen zu können.

»Der König ist tot?«

»Ja«, bestätigte Maria. »Woher wisst Ihr davon?«

Doch statt einer Antwort trat nur ein schwaches Lächeln in Ilianas Gesicht. Sie öffnete wieder den Mund. »Sag Dietrich von Heimbach, es ist vollbracht.«

Maria hob den Kopf. Sie starrte auf Iliana hinunter und sah, wie sich die Miene der Sterbenden entspannte, als das Leben aus ihr wich. Odalrich beugte sich über sie und schluchzte.

Maria bekreuzigte sich. Schon das zweite Mal hatte sie heute einen Menschen ins Leere starren sehen, zuerst den König, dann Iliana. Es waren wahrhaftig nicht die ersten Toten, die sie sah, aber es waren viel zu viele für einen Tag. Ihre Seelen würden nun ins Fegefeuer kommen, ehe sie eines Tages ins Reich des Allmächtigen gelangten, je nach Schwere ihrer Sünden. Ilianas Seele, ahnte Maria, würde lange im Fegefeuer bleiben müssen.

»Wir wollten zusammen ein neues Leben beginnen«, weinte Odalrich.

»Ihr wolltet gemeinsam weggehen? Von *hier*?« Maria starrte ihn überrascht an. Odalrich nickte. In seinen hellen Augen schwammen Tränen. Maria blieb still und sah auf das blasse Gesicht der Toten hinunter. Deshalb hatte Iliana einen solchen Aufwand für ihre Reise betrieben. Sie hatte es für sich selbst getan, für ihre eigene Liebe, nicht für Heinrich und sie.

»Sie hat mir von ihrer Freundin erzählt, die einen Mönch namens Odalrich in der erzbischöflichen Kanzlei in Köln kennengelernt hatte, als sie noch ein junges Mädchen war. Das war *sie*, nicht wahr?« Maria deutete mit dem Kopf auf die Tote.

Odalrich nickte.

»Ich habe also eure Briefe übergeben«, sagte Maria. »Wer ist Dietrich von Heimbach? Und was heißt – *es ist vollbracht*? Was ist vollbracht? Was meint sie …?«

Ihre Fragen blieben in der weihrauchgeschwängerten Luft zwischen ihnen hängen. Odalrich sah sie an, und in seinen traurigen, hellen Augen erkannte sie die Antwort, ohne, dass er sie aussprach.

*Es* ist vollbracht, das Ungeheuerliche, das, was sie soeben mit ansehen musste. Der Königsmord. Was sollte Iliana sonst meinen?

»Sie wusste davon, sie *wusste* von dem Mord an König Philipp!«, hörte Maria sich rufen. »*Hora nona,* am Sonnenhof, du hast ihr mitgeteilt, wann es stattfinden würde und wo, durch mich. Du wusstest es auch!«

Odalrich hörte auf, Iliana übers Haar zu streichen. Er sah Maria mit seinem klaren, traurigen Blick an. »Du irrst dich«, entgegnete er. »Das war die Zeit und der Ort, wann wir uns treffen wollten, um gemeinsam wegzugehen. Wir wussten nichts von dem Mord. Alles war ein furchtbarer Zufall.«

»Warum ist sie dann weggegangen, kurz vorher, als sie die Mörder hörte?«, zischte Maria. »Sie hat mich allein gelassen, und ich musste alles mit ansehen.« Mühsam unterdrückte sie ihre Tränen. Sie spürte, wie Wilem ihr beruhigend seine Hand auf die Schulter legte. »Woher sollte sie sonst wissen, dass der König tot ist?«,

Odalrich seufzte tief. »Das haben doch die Soldaten auf den Gängen gerufen.«

»Nein, das konnte sie nicht wissen!« Maria richtete sich auf. Ihre Erschöpfung spürte sie nicht mehr, sie fühlte sich auf einmal gespannt wie eine Bogensehne. »Es war zu früh. Nur der Bischof und der Truchsess haben das Attentat überlebt, und der Truchsess ist schwer verletzt. Als der Bischof um Hilfe schrie, war sie längst schon hier. Sie muss vorher *gewusst* haben, was geschehen wird.«

Odalrich schüttelte den Kopf. »Das sind ungeheuerliche Anschuldigungen gegen eine tote Frau! Wie soll sie es vorher gewusst haben? Sie ist … sie war doch nur eine Nonne!« Er beugte sich über seine tote Geliebte, strich ihr wieder über das Haar. Eine Träne fiel auf ihr wächsernes Gesicht.

»Komm.« Wilems Griff an Marias Schulter verstärkte sich. Widerstrebend ließ Maria sich von ihm aufhelfen.

Doch als er sie wegziehen wollte, stemmte sie sich gegen seinen Griff. »Was meinte sie denn sonst mit ›es ist vollbracht‹?«, stieß sie hervor.

Odalrich hob seinen Kopf. »Sie war eine sterbende Frau, sie meinte ihr Leben. Ihr Leben ist vollbracht.«

»Wer ist Dietrich von Heimbach?«

Der Mönch schluchzte laut auf. »Sag ihm, dass sie tot ist.«

Maria sah, wie er sich über die Tote beugte, als wollte er sie selbst jetzt noch beschützen. Sein Leib unter der groben Kutte wurde von Schluchzern geschüttelt.

»Komm jetzt!« Wilems Hand an ihrem Arm wurde zur eisernen Faust. Unnachgiebig zog er Maria fort. Bevor sie ihm widerstrebend folgte, warf sie noch einen Blick zurück und sah Odalrich durch die Säulen über seiner Geliebten weinen.

Hatte er recht? War alles wirklich nur ein furchtbarer Zufall gewesen, *Hora nona* nur die Verabredung für ein Treffen zweier Geliebter, die nach Jahren endlich zusammen fliehen wollten? Wie sollte Iliana, eine unbedeutende Nonne aus Köln, wissen, dass zu dieser Zeit an diesem Ort jemand den König ermorden würde? Maria hatte sich die ganze Reise über gewundert, warum sie ausgerechnet in das weit entfernte Bamberg reisten, wo der König doch kurz zuvor noch in Aachen gewesen war. Sie hätte Heinrich viel einfacher dort wiedersehen können.

Aber sie hatte es nicht gewagt, Iliana danach zu fragen, weil diese sehr einsilbig war und sie froh, dass sie Heinrich endlich wiedersehen würde. Sie war so aufgeregt gewesen, so erfüllt von der Hoffnung auf ein Wiedersehen, dass sie nur daran gedacht und alles andere verdrängt hatte.

Vielleicht tat sie Iliana unrecht. Vielleicht sollte es Bamberg sein, weil Iliana von hier aus besser mit Odalrich hätte fliehen können. Sie wären viel weiter von Köln entfernt gewesen, um ein neues Leben zu beginnen. Sie hatte sich hier mit ihm zur Flucht verabredet, und gleichzeitig hätte sie ihr, Maria, geholfen, vor dem königlichen Gemach den Truchsess abzupassen. Wenn alles wie geplant geschehen wäre, wäre Iliana jetzt mit Odalrich auf der Flucht und sie, Maria, läge in Heinrichs Armen, statt mit Wilem durch die Gänge des erzbischöflichen Palastes zu fliehen.

Der Gedanke an Heinrich von Waldburg durchfuhr sie scharf. Er würde vielleicht sterben, während sie fortlief.

Sie hielt inne.

»Was ist?« Wilem ließ sein Schild sinken und wandte sich zu ihr um. Sie riss sich aus seinem Griff los.

»Ich muss zurück! Ich muss zurück zu *ihm*!«

»Zu wem?«

Maria schüttelte nur ihren Kopf, sie wollte es Wilem nicht sagen. Aber er schien auch so zu begreifen, wen sie meinte. »Du meinst den Truchsess?«

Als sie nicht antwortete, trat er auf sie zu. »Bist du von Sinnen? Du kannst unmöglich zurück und schon gar nicht zu diesem Mann! Seine Frau wird bei ihm sein, und du kommst mit mir!« Seine eiserne Faust schloss sich fest um ihren Arm, und er zog sie mit sich fort.

*Seine Frau*, dachte Maria, während sie wie betäubt hinter Wilem herlief, *sie wird bei ihm sein. Ich soll zum Teufel gehen*. Sie hatte nie an seine Frau gedacht, immer nur hatte sie geglaubt, dass sie Heinrichs Geliebte werden könnte, ja müsste. Ehen wurden doch nie aus Liebe geschlossen. Und er hatte ihr noch zugelächelt, bevor er Köln verließ.

Wilem hielt sie unnachgiebig fest, während sie durch die Gänge liefen, durch einen prächtigen Saal mit hohen Fenstern und einem steinernen Fußboden, eine gewundene Treppe hinunter auf den Hof, wo Wilem sie mit grimmigem Gesicht neben sich herzerrte, als wäre sie seine Gefangene. Auf dem Hof des Palastes drängten sich die Menschen. Maria hatte noch nie so viele Bewaffnete auf einem Fleck gesehen, voll gerüstete Ritter in den verschiedensten Wappenröcken, Fußsoldaten, dazwischen die Leibgarde des Königs und die Söldner des Bischofs, die sich bemühten, Herr der Lage zu werden. Immer wieder drängten sich neue Edle heran, Heerführer, die offenbar wissen wollten, was geschehen war.

Mit sicherer Hand zog Wilem sie durch das Gewühl, doch dann wurde vor ihnen das Tor verschlossen. »Was ist los?«, fragte Wilem den Torwächter, nach seinem Wappenrock zu urteilen offenbar einer der bischöflichen Männer.

»Keiner darf raus oder rein«, schnarrte der Mann. »Der König ist tot.«

»Das wissen wir«, blaffte Wilem zurück. »Lass uns durch!«

Er baute sich ehrfurchtgebietend vor dem älteren Mann auf, doch der schüttelte den Kopf. »Befehl vom Marschall. Keiner darf raus oder rein.«

Wilem stemmte die Arme in die Hüften. »Guter Mann, siehst du nicht, wer ich bin? Ich habe vom Marschall selbst den Befehl, diese Nonne gefangen zu setzen. Was meinst du, was er sagen wird, wenn er sie später nicht verhören kann?«

Der Bischöfliche musterte Maria, dann warf er einen misstrauischen Blick auf Wilem. »Das Gefängnis ist aber im Palast«, wandte er ein.

»Sie soll in ihre Klosterzelle«, versetzte Wilem. »Schließlich ist sie eine Nonne.«

Der Mann runzelte die Stirn, aber dann nickte er kurz und öffnete ihnen eine kleine Nebenpforte. Wortlos ließ er sie hindurch und schmetterte die Tür hinter ihnen zu. Erleichtert atmete Maria auf. Wilem nahm sie sofort wieder am Arm und führte sie den Hügel hinunter durch die Gassen der Stadt, wo sich die Nachricht vom Tod des Königs offenbar schon verbreitet hatte. Die Menschen hatten sich zusammengeschart und redeten wild durcheinander, während einige Ritter versuchten, sich auf ihren Pferden den Weg durch die Menge zu bahnen. Wilem schob Maria energisch durch das Gewühl, und sie schafften es, die Stadt unauffällig zu verlassen. Erst später, weit vor den Toren der Stadt, machten sie im Schutz eines Wäldchens halt. Maria lehnte sich erschöpft an einen Baum. Ihre Zunge klebte am trockenen Gaumen, ihr Hals war rau vom Staub.

Wilem setzte seinen Helm ab und fuhr sich mit der Hand durch das verklebte Haar. Seine Wangen leuchteten rot von der Hitze und der Anstrengung; es musste sehr warm sein unter dem Kettenhemd und dem Gambeson, das er noch darunter trug.

Eine Weile schwiegen sie und blickten auf die trockenen Felder. Dann sagte er: »Erzähl mir alles noch mal von Anfang an.«

Maria, die sich nur noch hinlegen und weinen wollte, schluckte mühsam. Sie erinnerte sich, wie sie mit Iliana im Kloster gewesen war. Wie sehr sie sich auf das Wiedersehen mit Heinrich von Waldburg gefreut hatte, so sehr, dass sie nicht bemerkt hatte, wie schlecht es der anderen schon ging.

»Die Nonne war Iliana von Hohenstein«, begann sie. »Ich hab sie in Köln kennengelernt, gleich nachdem ich im Kloster Weiher gewesen war. Sie gehört der Schwesternschaft an, in die ich eintreten wollte.« Dann erzählte sie Wilem alles, verschwieg ihm aber, dass Iliana auf ihre Bitten hin nach Bamberg gefahren war, und erklärte ihm stattdessen, sie sei mit Iliana hierhergefahren, als diese zum Königshof wollte. Dann sei sie die unfreiwillige Zeugin dieses Anschlags geworden. Wilem wollte noch einmal in allen Einzelheiten wissen, was sie von dem Attentat gesehen hatte, vor allem, wie der edle Königsmörder aussah, wie viele Bewaffnete ihn begleitet hatten und ob wirklich keine Wachen dort gewesen wären. »Nein«, versicherte sie. »Es war niemand da. Alles war still.«

»Unglaublich«, meinte er nur und schüttelte den Kopf.

»Wo war die Leibgarde des Königs?«, fragte Maria. »Du gehörst doch zu ihnen. Sie hätte dort sein müssen.«

Wilem starrte nachdenklich auf das reife Korn. »Sie war im Heerlager, von Kalden wollte sich ein Bild vom Zustand des Heeres machen. Der Rest war zur Pause in den Wachstuben, wie ich auch. Die Leibgarde des Bischofs sollte den Schutz des Königs übernehmen.«

»Aber warum war sie dann nicht da?«

»Das kann nur eins bedeuten.« Wilem starrte sie düster an. Er stieß sich vom Baum ab, an den er sich gelehnt hatte, und wandte sich zum Gehen. »Warte hier auf mich.«

»Aber wo willst du denn hin?«

»Ich muss noch mal zurück. Ich bringe uns was zu essen mit.«

Er warf ihr ein kurzes Lächeln zu, ehe er sich umdrehte. Maria hielt ihn an seinem gepanzerten Arm fest. Ihr war eingefallen, dass sie etwas Wichtiges im Kloster zurückgelassen hatte. »Kannst du ins Elisabethkloster gehen? Frag nach der Zelle von Iliana von Hohenstein. Relindis' Aufzeichnungen – alles, was sie mir hinterlassen hat – sind noch dort, in einer Lederrolle unter dem Bett.«

Sie war froh, dass er nicht fragte, warum sie die Aufzeichnungen mitgenommen hatte. Er nickte nur, wandte sich um und lief den Feldweg zurück. Maria blickte ihm hinterher und beobachtete, wie er langsam in der Ferne verschwand. Sie hatte sich noch nie so verlassen gefühlt.

\* \* \*

Erst spät am Tag, als sie Sonne bereits wie ein blutroter Ball im Westen versank, kehrte er zurück. Er ritt ein Pferd und hatte seine Rüstung und den königlichen Wappenrock gegen einen ledernen Brustschutz, einen Umhang und einen Dolch eingetauscht.

Maria atmete auf, als sie ihn sah. Sie hatte einen Bach in der Nähe gefunden, ihren Durst gestillt und sich ausgeruht, doch anstatt zu weinen, hatte sie nur lange dagesessen und vor sich hingestarrt.

»Hast du die Schriften?«

Wilem nickte und klopfte auf eine seiner prall gefüllten Satteltaschen. Er stieg vom Pferd und holte ein paar Vorräte heraus. Maria atmete erleichtert auf. Schweigend aß sie das Brot, das er ihr gab.

»Ich bringe dich nach Köln zurück«, bestimmte er. »Es ist besser, wenn niemand weiß, dass du im königlichen Gemach warst. Gleichgültig, ob du unschuldig bist oder nicht, von Kalden würde dich auf jeden Fall verhören. Das will ich nicht riskieren. Der Bischof von Speyer war Zeuge des Mordes, das muss reichen.«

»Aber der Bischof hat mich gesehen«, wandte sie ein. »Ich habe Hein…, den Truchsess verarztet.«

»Vielleicht wird der Truchsess bald nichts mehr sagen können«, meinte Wilem und reichte ihr eine hölzerne Flasche. Sein Ton klang gleichmütig, aber er warf ihr einen raschen Blick zu. Maria tat, als hätte sie seine Worte nicht bemerkt. Sie würde ihm ihren Kummer nicht zeigen, er wusste schon mehr als genug. Sie trank ein paar Schlucke mit Wasser vermischten Wein, ehe sie ihm die Flasche wieder zurückgab.

»Der Bischof hat gesagt, dass er den Mörder erkannt hat«, fuhr Wilem fort. »Es war der bayerische Pfalzgraf Otto von Wittelsbach. Sie sagen, er habe sich dafür rächen wollen, dass der König ihm nicht wie versprochen seine Tochter zur Ehe gegeben habe. Ich hab aber auch gehört, dass die Andechs-Meranier ihre Finger mit im Spiel gehabt haben sollen. Die Bewaffneten, die den Mörder begleiteten, sollen aus dem Gefolge Bischof Ekberts und dessen Bruder Heinrich von Andechs stammen. Von Kaldens Männer verfolgen sie bereits. Wir sollten nun schleunigst von hier verschwinden.« Er stopfte die Flasche wieder zurück in die Satteltasche und schwang sich auf das Pferd. »Komm!« Er reichte ihr die Hand, und Maria ließ sich von ihm auf das Pferd helfen.

»Aber du kannst doch nicht einfach so weg«, protestierte sie matt. »Du bist in der Leibgarde.«

»Was glaubst du – das ganze Heer löst sich schon auf. Der König ist tot«, erwiderte Wilem mit leisem Bedauern in der Stimme.

»Ja, König Philipp ist tot«, murmelte Maria und bekreuzigte sich.

Sie dachte an den leeren Blick des Königs, an seine furchtbare Verletzung. Sie wusste, dass sie diesen Anblick nie vergessen würde. Sie hob die Hand und malte das mächtigste Schutzzeichen über sich und Wilem in die Luft, das sie kannte.

# Kapitel 30

Wilem meinte, dass sie sehr vorsichtig sein müssten. Man könne nie wissen, wie schnell sich die Kunde vom Tod des Königs im Land verbreiten und was dann passieren würde. Also mieden sie Frankfurt und hielten sich auf Wegen jenseits des Rheins, weil Wilem sie für sicherer hielt. Er kannte die Straßen, die er mit dem königlichen Hofstaat gereist war, und wenn sie mal nicht weiterwussten, fragten sie in den Dörfern am Wegesrand. Sie mieden die Herbergen und schliefen in Schuppen oder Ställen und manchmal im Freien.

Nun zahlte sich aus, was sie bei Relindis gelernt hatten: kleine Tiere jagen, erlegen und zubereiten, Beeren, Nüsse und Kräuter sammeln. Manchmal stahlen sie Äpfel und Birnen aus bäuerlichen Obstgärten, hin und wieder ein Brot, wenn in einem größeren Ort ein Markt war. So kamen sie durch, ohne das Geld antasten zu müssen, das Maria noch bei sich hatte. Dieses Mal war sie dankbar, dass Wilem sie nach Köln brachte. Seine Gegenwart hatte etwas Heilsames für sie, sie legte sich wie eine kühlende Salbe auf ihr Gemüt. Sie stritten nicht mehr – Maria war viel zu traurig, um zu streiten –, es war eher, als würden die täglichen Erfordernisse des Überlebens sie beide in der Not vereinen.

Nach einigen Tagen erschienen Maria die Ereignisse in Bamberg wie ein absonderlicher Albtraum. Der Schmerz bohrte jedes Mal in ihr, wenn sie an Heinrich von Waldburg dachte, und sie weinte heimlich in den Nächten. Jeden Morgen, wenn sie erwachte, musste sie an ihn denken, und dann überfiel die Trauer sie wieder.

Er hatte gesagt, sie solle zum Teufel gehen. Er wollte sie nicht, hatte sie nie gewollt, nie geliebt. Wahrscheinlich war sie für ihn nur ein Abenteuer gewesen, der Reiz einiger lustvoller Nächte, die man schnell vergaß, vor allem ein Mann von seinem Stand. Aber sie liebte ihn immer noch.

»Was hast du?«, erkundigte sich Wilem eines Abends am Feuer, das sie zu St. Johanni entzündet hatten.

Sie fuhr aus ihren Gedanken auf. »Was soll sein? Ich hab nichts.«

»Doch. Du sagst so wenig und bist mit deinen Gedanken oft weit weg. Außerdem bist du dünn und schmal im Gesicht geworden.«

»Ich war krank, bevor ich nach Bamberg gefahren bin.«

»Ah, und dann hast du die lange Reise gemacht.« Er warf ihr einen vorwurfsvollen Blick über die Flammen hinweg zu.

»Ich wollte Iliana nach Bamberg begleiten. Und … den Truchsess wiedersehen.«

Wilem ließ den Kaninchenschenkel sinken, den er gerade aß. Er sah sie eine Weile mit jenem neuen, undeutbaren Gesichtsausdruck an, mit dem er sie in der letzten Zeit öfter angesehen hatte und von dem sie nicht wusste, was er bedeutete. »Ich hätte dich Ostern nicht zu ihm bringen dürfen«, sagte er mit rauer Stimme. »Es war ein Fehler.« Er hob den Kaninchenschenkel und kaute ihn weiter ab.

Maria starrte auf das halb aufgegessene Tier, das am Spieß über dem Feuer hing. Sie hatte nur wenig davon gegessen, denn sie hatte kaum Hunger.

»Du hast deine Stellung in der Leibgarde aufgegeben, um mich nach Köln zu bringen«, sagte sie.

»Hätte ich dich dem Marschall überlassen sollen?«

»Nein. Ich bin dir ja dankbar! Aber wie kann ich das wiedergutmachen?«

»Du bist mir nichts schuldig«, meinte Wilem und warf den Kaninchenknochen ins Feuer. »Du hast mich von der Sklavenarbeit auf Burg Landskron gerettet. Deinetwegen bin ich überhaupt erst in die Nähe von Kaldens gekommen. Ich glaube, er würde mich wieder in seine Dienste nehmen.« Er lehnte sich an einen Baumstamm und lächelte stolz.

»Obwohl du geflohen bist?«

»Ich würde ihm natürlich eine glaubhafte Lügengeschichte erzählen. Außerdem hat sich das ganze Heer aufgelöst.«

»Aber nicht die königliche Leibgarde.«

»Doch, die auch.« Er faltete die Hände über seinem Bauch. »Der König ist tot, und die meisten Männer müssen ihr Glück woanders suchen. Nicht alle mochten von Kalden.«

Maria nahm den Spieß vom Feuer und zupfte ein wenig Fleisch von dem toten Tier. »Willst du das wirklich tun?«

Er musterte sie aus halb geschlossenen Augen. Dann zuckte er mit den Schultern. »Vielleicht geh ich auch in die Leibgarde des neuen Königs. Ich biete Otto meine Dienste an.«

Maria spürte, wie die Angst in ihr hochkroch. Warum war er nur ein Söldner geworden? Sie würde immer Angst um ihn haben müssen.

»Meinst du, Otto wird dich nehmen nach deiner staufischen Zeit? Willst du wieder mit ihm in eine Schlacht ziehen?«

Er starrte sie düster an. Als er nichts erwiderte, fragte sie: »Wer sagt denn, dass er überhaupt König wird?«

»Er wird nicht König, er *ist* es bereits! Darf ich dich daran erinnern, dass er wie Philipp zum König gekrönt wurde? Die Fürsten werden in Scharen zu ihm überlaufen, du wirst sehen.«

Maria kaute lustlos das Fleisch. »Hauptsache, das ganze Reich wird nun endlich befriedet.«

»Ich glaub schon. So schlimm das Ende für König Philipp auch war – für das Reich ist's gut. Sein Heer wird nicht mehr Meißen und Thüringen verwüsten, wie er es geplant hatte. Es wird keine Schlachten mehr geben.«

Maria starrte in die zuckenden Flammen. Sie hatte König Philipp einen solchen Tod nicht gewünscht. Aber durch seinen Tod war der Friede im Reich endlich in greifbare Nähe gerückt. Einer der beiden Kontrahenten hatte sterben müssen.

»Vielleicht war es doch eine Verschwörung«, sagte sie nachdenklich. »Es gab mächtige Leute, die sich genau das gedacht haben.«

»Was gedacht haben?«

»Na, dass einer der beiden Könige sterben muss, wenn endlich wieder Frieden herrschen soll. Vielleicht wollte jemand sehr Einflussreiches – König Philipp vernichten.«

Wilem winkte lustlos ab. »Unsinn. Otto von Wittelsbach hat das ganz allein getan, mit seinen Schergen. Er war in seiner Ehre gekränkt. Wie ich gehört habe, hat das niemanden verwundert. Er gilt als Heißsporn, der vor nichts zurückschreckt.«

»Aber diese Stille vorher … keine Wachen waren da. Er ging so zielstrebig wie jemand, der genau weiß, was er tut.«

Wilem sah sie über das Feuer hinweg stirnrunzelnd an. »Nun ja, sicher war es geplant. Bestimmt hatten auch die Andechs-Meranier ihre Hände im Spiel, weil der Bischof als einer ihrer Brüder seine Leibgarde abgezogen hat. Aber das soll uns nicht mehr kümmern. Wir müssen nach vorne schauen.«

Maria warf noch einen von den Ästen, die sie im Wald gesammelt hatten, ins Feuer. »Ich glaube doch, dass Iliana und Odalrich mehr gewusst haben, als er zugab«, sagte sie. »Es war ein zu großer Zufall, dass die beiden sich ausgerechnet zur Zeit und am Ort des Anschlags zur Flucht verabredet hatten.«

»Maria, das haben wir doch schon hundert Mal durchgekaut«, stöhnte Wilem. »Fang nicht wieder davon an!«

Sie überhörte ihn. »Sie hätten jederzeit fliehen können, sie haben es aber nicht getan. Sie wollten abwarten, bis der Anschlag geschehen wäre, und dann das Durcheinander zur Flucht nutzen«, spann sie ihren Faden weiter. »Warum hat Iliana mich vor dem Gemach des Königs stehen lassen und ist gegangen? Sie ist gegangen, als sie die Schritte der Mörder hörte. Sie wusste, was geschehen würde. Sie wollte mir eine Falle stellen.«

»Warum sollte sie das tun? War sie nicht eine aus deiner künftigen Schwesternschaft?«

Maria seufzte. Genau diese Frage hatte sie sich in den letzten Tagen und Nächten immer wieder gestellt.

»Ich finde, du solltest endlich damit aufhören«, sagte Wilem. »Auf mich hat der Mönch einen sehr glaubwürdigen Eindruck gemacht. Es war Zufall, mehr nicht. Sie ist gegangen, weil ihr schlecht war. Vielleicht hatte sie Angst, sie würde ihren Geliebten nicht mehr sehen.«

»Aber wie konnte sie dann so schnell wissen, dass der König tot war?«

»Du hast doch gehört, was der Mönch sagte: durch die Bewaffneten. Zu uns in die Wachstuben ist das Gerücht auch sehr schnell durchgedrungen.«

Maria nickte. Sie musste an Grimold denken, der sie im königlichen Gemach gesehen hatte. *Wenn der Bischof nicht überlebt hätte*, schoss es ihr durch den Kopf, *dann hätten sie mich womöglich als Schuldige festgenommen*, und sie war Wilem dankbar dafür, dass er sie aus dem Palast gebracht hatte.

Vielleicht hatte er recht, und es war doch nur Zufall gewesen, dass Odalrich und Iliana ausgerechnet dann fliehen wollten, als der Mord an König Philipp geschah, aber vielleicht steckte mehr dahinter. Wie auch immer, Iliana hatte ihr Geheimnis mit ins Grab genommen, sie würde die Wahrheit nicht mehr erfahren. Sie seufzte tief.

»… vielleicht geh ich auch zur erzbischöflichen Garde in Köln«, riss Wilem sie aus ihren Gedanken. »Ich lass mir ein Empfehlungsschreiben von meinem Stiefvater geben, immerhin ist er Lehnsträger des Erzbischofs.«

»Du bleibst in Köln?« Seine Worte weckten ihre Lebensgeister wieder, und sie kniete sich erwartungsvoll hin.

»Na ja, vielleicht. Vielleicht geh ich auch zu König Otto.«

»Bleib doch in Köln!«, sagte sie hoffnungsvoll, aber er erwiderte nichts.

»Bitte!« Sie setzte eine Miene auf, von der sie wusste, dass sie meistens die gewünschte Wirkung erzielte. Er gab seine bequeme Haltung auf und beugte sich vor. »Wär dir das recht?«

»Was glaubst du? Nein, ich will, dass du möglichst weit weg bist.«

»Ziege«, schnaubte er. Dann, nachdem sie wieder ernst geworden waren, bemerkte sie, wie er sie forschend ansah. »Bist du wirklich wegen der Schwesternschaft nach Köln gegangen oder nur, weil du wegwolltest?«

Sie schnappte nach Luft. »Natürlich wegen der Schwesternschaft! Ich habe nicht gelogen!«

»Aber du hast mir auch nicht die ganze Wahrheit gesagt«, stellte er fest. »Du hast die Schwesternschaft immer noch nicht gefunden.«

»Doch, ich habe sie …« Maria brach ab, als sie daran dachte, dass sie die Schwestern nach Ilianas Tod wohl nie mehr kennenlernen würde. Sie seufzte wieder. »Nein. Ich glaubte, ich hätte sie gefunden, aber ich hab mich geirrt.«

»Willst du immer noch ins Kloster?«

»Ich weiß es nicht.« Maria starrte schweigend ins Feuer. *Vielleicht*, ergänzte sie in Gedanken, *ist die Schwesternschaft doch nicht für mich vorgesehen.*

»Warum gehst du nicht nach Hause zurück?«, fragte er leise. »Mutter würde sich sehr freuen, und ich ... würde auch wieder zurückkehren.«

»Zurückkehren? Du?« Sie schüttelte energisch den Kopf. »Glaubst du wirklich, du kannst zurück nach allem, was du erlebt hast? Du bist ein anderer geworden. Ein Mann! Viel zu gut, um auf den Mauern kleiner Burgen Wache zu halten. Du hast recht, du könntest überall anfangen. Jeder edle Herr wäre froh, einen Mann wie dich in seinen Diensten zu haben.«

Wilem starrte sie an. Maria starrte zurück. Ihr wurde klar, dass ihr Mund schneller als ihr Verstand gewesen war. Aber ja, sie hatte recht, wenn sie ihn so ansah – aus ihrem kleinen Bruder war ein Mann geworden. Er hatte dicke Muskeln an den Oberarmen bekommen, und an seinem Hals und Kinn spross ein Dreitagebart. Sie nahm ein paar Schlucke Wasser aus ihrer Holzflasche. »Du solltest bei mir in Köln bleiben«, setzte sie hinzu. »Der Erzbischof nimmt dich bestimmt in seine Dienste.«

»Also gehst du nicht mehr zurück«, sagte er mit rauer Stimme.

»Ich kann genauso wenig zurück wie du«, sagte sie.

Zum ersten Mal seit ihrer Flucht weinte sie nicht mehr in dieser Nacht. Lange lag sie da, hörte auf die regelmäßigen Atemzüge Wilems und starrte in den schwarzen Himmel, der mit unzähligen funkelnden Sternen übersät war. Dann faltete sie die Hände und bat die Hohe Mutter um Gnade für das Leben Heinrichs von Waldburg.

\* \* \*

An einem trockenen Tag im Heumonat erreichten sie Köln und setzten mit der Fähre bei Deutz über den Rhein. Maria freute sich. Mit leuchtenden Augen betrachtete sie die Stadt, deren Häuser sich hinter der neuen Stadtmauer drängten, überragt von den Türmen der Klöster und Kirchen. Darum herum lagen Felder, die sich wie Tücher über die flache Landschaft erstreckten – gelbe abgeerntete Kornfelder, hellgrüne Weiden, Flecken von dunklen Wäldchen. Die Sonne schien auf den quirligen Hafen, an dem gerade ein großes Handelsschiff beladen wurde. Viele Boote und kleinere Schiffe tanzten auf den glitzernden Wellen des Rheins.

Maria konnte es kaum erwarten, Bela und die anderen wiederzusehen. Ungeduldig ging sie an Land und wartete ab, bis Wilem den Fährmann bezahlt hatte, dann tränkten sie das Pferd an der Hafentränke und ließen es im Stall eines Pferdewächters am Hafen zurück. Am Alter Markt herrschte wie eh und je Gedränge; die Leute riefen durcheinander, priesen ihre Waren an und feilschten im Sonnenlicht, als hätte es niemals andere Tage gegeben. Wintertage, an denen sich hungrige Kinder um ihren Suppenstand gedrängt hatten. Tage, an denen die Krankensäle der Klöster mit verwundeten Soldaten aus Ottos Heer überfüllt gewesen waren.

Maria warf Wilem ein Lächeln zu. Wie gut, dass er wieder hier war, hier bei ihr. Sie fing sein Lächeln auf und war erleichtert, dass sie es hierher zurückgeschafft hatten.

Am Haus von der Ehrenpforte empfing sie Bela an der Tür. Ein überraschter Ausdruck überflog ihre Miene, ehe sie Maria in die Arme nahm. »Endlich«, sagte sie. »Wir hatten schon gedacht, du kommst nicht mehr zurück.«

»Wirklich? Aber warum denn? Ich hab doch gesagt, dass ich wieder zurückkomme.«

»Nun, ich … ach, kommt erst mal rein.« Bela nahm sie am Arm und führte sie ins Haus. Während Maria alles in der vertrauten Umgebung wieder gierig in sich aufnahm, dachte sie, dass Bela nicht unrecht hatte. Wenn es anders mit Heinrich von Waldburg gekommen wäre, wäre sie wahrscheinlich nicht mehr zurückgekehrt. Aber das konnte Bela nicht wissen.

Das Haus erschien Maria auf einmal fremd, obwohl alles noch wie vorher war. Die Tür zur Kemenate stand wie immer offen, und sie sah einen Strauß leuchtender Sommerblumen auf dem Tisch stehen. Durch das Haus zog der Geruch nach frisch gekochter Erbsensuppe. Maria lief in die Küche und fiel Lutgard um den Hals. Lutgard drückte sie an ihre mächtige Brust, dann hielt sie sie von sich fort, um sie zu betrachten. »Du bist ja noch dünner geworden!«, stellte sie missbilligend fest. »Und was hast du nur an?« Naserümpfend blickte sie auf Marias schmutziges Nonnengewand. »Ich glaub, du brauchst erst mal eine ordentliche Suppe und dann ein Bad. Der junge Mann auch!«

Wilem verneigte sich vor Lutgard, und alle lachten. Selbst Hadewigis, die aus ihrer Kammer herunter zu ihnen gekommen war. Später aßen sie gemeinsam im Garten, während Maria berichtete, dass es Lioba dank ihrer Hilfe wieder besser ginge. Wilem, dem sie vorher eingeschärft hatte, sich nur ja an ihre Lügengeschichte zu halten, dass sie in Linn gewesen wäre, ergänzte, sie sei als Nonne gereist, weil sie es für sicherer gehalten hätten. Außerdem hätten sie den Landweg genommen, weil er schon den ganzen Weg von Frankfurt herunter mit dem Schiff gefahren sei und keine Lust mehr gehabt habe, sich wie eine lahme Ente den Rhein nach Köln zurücktreideln zu lassen. Alle mussten lachen.

»Was für ein großes Glück, dass dein Bruder in Linn war und dich begleiten konnte«, bemerkte Bela.

»Ja, ich war überrascht, sie zu Hause vorzufinden«, erwiderte Wilem und grinste. »Mutter hätte dich nie allein nach Köln zurückreisen lassen, nicht wahr?«

Sie nickte hastig. Zu ihrem Verdruss stellte sie fest, dass sie rot anlief. Was war er doch für ein hervorragender Lügner geworden! Er hatte offenbar viel gelernt am königlichen Hof.

»Dass sie dich überhaupt gelassen hat, wundert mich, wo die Straßen doch so unsicher sind«, meinte Hadewigis. »Jeden Tag kommen neue schlimme Nachrichten. Söldnerbanden ziehen plündernd durch das Reich. Sie machen sogar vor den Königsgütern nicht Halt!«

Bela seufzte. »Wir haben schlimme Zeiten. Den König zu ermorden! Was für eine frevelhafte Tat! Als die Nachricht mit den Schiffen den Rhein herunterkam, sind hier erst mal alle in die Kirchen gelaufen. Niemand konnte das glauben.«

»Ja, das war unglaublich«, pflichtete Lutgard ihr bei.

»Bevor du nach Hause zurückgekehrt bist, warst du doch in Bamberg bei den königlichen Truppen, nicht wahr, junger Mann?«, erkundigte sich Hadewigis.

Wilem nickte. »In seiner Leibgarde«, bestätigte er stolz.

»In seiner Leibgarde?« Hadewigis ließ ihr Brot sinken. Die anderen ihre Löffel. Eine Weile lang war nur das Summen der Bienen im Garten zu hören, so erstaunt waren sie. Danach musste er ihnen natürlich alles bis ins Kleinste über den Königsmord erzählen.

Was er nicht ungern tat, wie Maria feststellte.

»… nach dem Anschlag hat sich das königliche Heer in alle Winde verstreut«, schloss er seinen Bericht. »Ich hatte noch Glück, es rechtzeitig mit ein paar anderen nach Frankfurt geschafft zu haben. Ich hab ein Schiff rheinabwärts erwischt, bevor die Edlen mit ihren Trossen alle Schiffe beschlagnahmt hätten. So kam ich schnell nach Linn zurück.«

Er nickte Maria zu, und die stieß mit ihrem Fuß unter dem Tisch gegen sein Schienbein. *Nicht leichtsinnig werden!*, bestürmte sie ihn in Gedanken. Das Lügen gefiel ihm offenbar gut, doch er musste vorsichtig sein, denn die anderen durften nicht erfahren, dass sie auch in Bamberg gewesen war.

Aber Hadewigis hing an seinen Lippen, sie war so begierig darauf, alles zu erfahren, dass sie keinen Argwohn hegte. Mit leuchtenden Augen hörte sie zu, während sie wieder auf das Attentat zu sprechen kamen. Nur Bela war ernster als gewöhnlich, stellte aufmerksame Fragen, hakte öfter nach, als man es von ihr kannte.

»Ob von Kalden die Mörder erwischen wird?«, fragte sie.

»Das werden wir erfahren«, antwortete Wilem. »Er ist einer, der nicht so leicht aufgibt. Die Mörder werden es schwer haben.«

»Gut«, nickte Hadewigis. »So einen schändlichen Tod hat niemand verdient. Was wirst du nun tun, junger Mann?«

»Ich hoffe, Ihr gewährt mir ein paar Tage Obdach. Danach werde ich nach Linn reisen und mit einem Empfehlungsschreiben meines Stiefvaters wieder zurückkommen. Vielleicht wird der Erzbischof mich in seine Dienste nehmen.«

Er warf Maria einen vielsagenden Blick zu und schenkte Hadewigis ein Lächeln, das seine Wirkung nicht verfehlte.

»Aber sicher kannst du hierbleiben!«, rief sie. »Vielleicht können wir dir helfen. Ich könnte Richmud de Curia, Meisterin des Weiherklosters, bitten, für dich ein gutes Wort beim Propst einzulegen.«

»Das würdet Ihr tun?«

Hadewigis nickte. Sie erhob sich und bot Wilem ihren dünnen Arm dar. »Wenn du mich nun in den Garten begleiten willst?«

»Natürlich.« Rasch sprang er auf, nahm ihren Arm und führte sie in ihren Garten. Die anderen sahen den beiden hinterher und tauschten belustigte Blicke aus.

»Wo sind deine Kleider?«, fragte Bela Maria später, als sie allein in ihrer Kammer waren.

»Ich hab sie zu Hause gelassen«, log Maria rasch. »Lioba wollte sie ihrer Dienerin zum Ausbessern und Waschen geben.« Sie dachte mit Bedauern an den schönen Bliaut, den sie im Elisabethkloster hatte zurücklassen müssen.

»Auch deinen Beutel?«, hakte Bela nach.

»Um ehrlich zu sein«, begann Maria, während ihre gelogenen Worte schäbig in ihren Ohren widerhallten, »hab ich ihn Liobas Töchtern Angela und Jutta geschenkt.«

»Aha.« Bela hob ungläubig ihre Brauen, aber ehe sie noch mehr fragen konnte, entschied Maria die Flucht nach vorn. »Was ist mit dir? Freust du dich nicht, dass ich wieder hier bin?«

In Belas Miene arbeitete es. »Doch, natürlich freue ich mich. Es ist nur ...« Sie wandte sich ab und sah aus der geöffneten Fensterluke.

»... Volmar«, ergänzte Maria.

Ihre Freundin nickte. »Er wird heiraten, noch in diesem Sommer. Eine Saphir. Das ist eine sehr reiche Kölner Familie.« Sie seufzte tief und presste ihre Fingerknöchel gegen ihre andere Hand.

Maria ging zu ihr und legte ihr eine Hand auf die Schulter. »Das tut mir leid für dich.« Eine Weile verharrten sie so, dann sagte Bela: »Wie war das noch? Sie wollen dich auf ihrem Lager, aber nicht als ihr Eheweib an ihrer Seite.« Sie lachte bitter auf.

Maria folgte ihrem Blick hinaus aus dem Fenster, wo unten auf der Straße gerade ein Maultierkarren knarrend vorbeifuhr.

»Es ist schrecklich«, sagte sie leise. »Als ich weg war, habe ich … ich musste Heinrich aufgeben. Er hasst mich.« Sie schluckte krampfhaft.

Bela wandte sich ihr zu. »Hat Lioba dir das geraten?«

»Nein. Er selbst hat es getan.«

In der folgenden Stille wurde Maria klar, dass sie sich verraten hatte, aber das war ihr seltsamerweise gleichgültig. Es drängte sie, alles zu erzählen, sich Luft zu machen, und so breitete sie ihre Geschichte vor Bela Stück für Stück aus. Sie erzählte ihr von Iliana, wie sie sie nach ihrer Ankunft in Köln getroffen hatte und dass diese ihr die Aufnahme in die Schwesternschaft versprochen hätte. Sie schilderte ihr ihre Reise mit Iliana nach Bamberg und dann, was sie dort erlebt hatten, wie Heinrich sie abgewiesen hatte und wie sie mit Wilem geflohen war. Alles, was sie Bela noch nie erzählt hatte, gestand sie ihr nun, als wäre die andere ein Priester, dem man seine Sünden beichtet. Mochte Bela es erzählen, wem sie wollte, das war Maria gleichgültig. Bela war ihre Freundin und sollte die Wahrheit erfahren.

»Es tut mir leid, dass ich dich angelogen habe«, endete sie. »Ich konnte euch nicht die Wahrheit sagen, sonst hättet ihr mich nie gehen lassen.«

Bela hatte während ihrer Erzählungen reglos am Fenster gestanden und hinausgeschaut, als wäre sie eine hölzerne Heiligenfigur. Sie schwieg auch jetzt noch lange, ehe sie endlich antwortete. »Was für eine Geschichte. Wir dachten schon, du bleibst als Dorfheilerin in deiner Heimat und kommst nicht mehr zurück.«

»Ich habe euch vermisst«, gestand Maria. »Ob du es mir glaubst oder nicht.«

Endlich wandte Bela sich ihr zu. In ihren grauen Augen lag Enttäuschung. »Du wärst bei ihm geblieben, wenn er dich gewollt hätte, nicht?«, fragte sie mit scharfer Stimme.

Maria schluckte verlegen. Sie spürte, wie ihr Herzschlag sich beschleunigte. Scharfzüngig zu sein sah Bela gar nicht ähnlich. Wo war ihre alte Freundin geblieben, das gutgläubige, großherzige Mädchen? Was hatte sie nur durchmachen müssen, um zu diesem fremden Wesen zu werden? *Sie hat ihre Liebe verloren*, dachte Maria, *und ich war nicht da. Ich habe sie nur angelogen.*

Sie kämpfte ihre Angst nieder und erhob sich. Dann nickte sie langsam. »Es tut mir leid«, sagte sie.

»Nun bist du wenigstens ehrlich«, meinte Bela. Ihr herzförmiges Gesicht verzog sich zu einer Grimasse, die wohl ein Lächeln sein sollte. Dann wandte sie sich um und ging wortlos aus der Kammer.

# Kapitel 31

Maria sah sie den ganzen Tag nicht mehr. Auch in der Nacht blieb ihr Bett leer. Am nächsten Tag erklärte Hadewigis, Elisabeth sei für einige Tage im Haus Dietrichs von der Ehrenpforte des Jüngeren zur Aushilfe, weil dort einige Mägde krank geworden seien. Maria müsse nun ihre Arbeit mit übernehmen, erklärte Hadewigis, aber das sei ja nicht so schwer, schließlich habe Bela in den letzten Wochen auch ihre Arbeit übernommen.

Maria nickte und ging schweigend ihrer Arbeit nach. Sie fühlte sich verlassen. Sie hatte Heinrich verloren und ihr gemeinsames Kind, Iliana und nun auch noch Bela, die ihr die ständigen Lügen offenbar nicht mehr verzieh. Sie hatte Alexander abgewiesen, und in die Schwesternschaft konnte sie auch nicht mehr. Der König und Dietrich von der Ehrenpforte waren tot, und vielleicht würde Heinrich auch noch sterben. Der Frieden im Reich schien alles andere als sicher zu sein nach dem, was Hadewigis erzählt hatte. Vielleicht hatte König Philipp ja unrecht gehabt – sie war keine Glücksbringerin. Sie brachte allen nur Unglück.

Maria brütete dumpf vor sich hin, und wäre Wilem nicht gewesen, hätte sie vielleicht der Versuchung nicht widerstehen können, aus dem Haus zu laufen und sich in den Rhein zu stürzen.

Wilem selbst schien sich im Haus von der Ehrenpforte sehr wohlzufühlen. Er nahm ein ausgiebiges Bad, ließ sich von Lutgard die Kleider waschen, führte Hadewigis nachmittags in den Garten und manchmal sogar zum Viehmarkt, wo sie mit Bekannten in der Sonne schwatzte.

Maria arbeitete schweigend mit Lutgard im Garten, half ihr beim Kochen, fegte das Haus. Ihr graues Mägdekleid kratzte, und sie holte ihre Perlenarmbänder wieder hervor und überlegte, ob sie nicht doch besser mit Wilem nach Linn zurückkehren und Dorfheilerin werden sollte. Vielleicht sollte man sich ehrlich eingestehen, wenn es Zeit war, seine Wünsche aufzugeben. So wie sie es auch mit ihrer Liebe zu Heinrich von Waldburg getan hatte. Sie hatte nicht gefunden, wonach sie gesucht hatte. Sie war nicht für ein Leben in der Schwesternschaft bestimmt, wie sie geglaubt hatte. *Gottes Wege sind unergründlich.*

Sie drehte die Perlen ihrer Armbänder hin und her, während sie in die untergehende Sonne sah. Auf einem der benachbarten Hausdächer sang eine Amsel ihr melodisches Abendlied. Ihre Augen füllten sich mit Tränen. Sie schluckte sie herunter, als sie Hadewigis mit Wilem von ihrem Spaziergang zurückkommen hörte. Die beiden lärmten im Haus. Wilem sagte etwas, und Hadewigis kicherte.

Wenig später erschienen sie im Garten.

»Oh, Maria, hier bist du. Fleißig bei der Arbeit!« Wilem grinste und sah auf die halb volle Schüssel mit Äpfeln vor ihr auf dem Gartentisch. »Wir wollten dich eigentlich nicht stören, aber ...«

Er schwieg, als Hadewigis ihre Hand hob. »Bewahr das Essen für übermorgen auf«, befahl sie. »Wir fahren morgen zum Kloster Weiher, das Grab meines Vetters besuchen. Außerdem können wir uns bei der Gelegenheit gleich die neuen Klostergebäude ansehen.«

»Sind sie schon fertig?«, fragte Maria teilnahmslos.

»Fast. Die Männer haben fleißig gearbeitet. Richmud kann sehr energisch sein, wenn sie etwas will.«

»Wie schön«, sagte Maria.

Als sie am nächsten Morgen zum Kloster fuhren, war Maria erleichtert, einen Tag von der ungeliebten Mägdearbeit befreit zu sein. Sie fragte sich, ob Richmud wohl Hadewigis eingeladen hatte, aber dann verlor sich dieser Gedanke im Sumpf ihrer Traurigkeit.

Hadewigis hatte eigens einen Wagen samt Kutscher gemietet, der sie aus der Stadt hinausbrachte. Sie hatten noch nicht lange das Hahnentor hinter sich gelassen, als der Wagen in den Weg einbog, der zum Kloster führte. Es lag eingebettet in Felder auf einer kleinen Erhebung vor ihnen. Hinter einer weiß getünchten Mauer ragten Schindel- und Strohdächer auf, und auf einem kleinen Turm prangte ein eisernes Kreuz. An der Pforte wurden sie von einer jungen Novizin empfangen, die das Tor für sie öffnete und sie zum Klosterhof begleitete. Dort erwarteten sie Richmuds Töchter.

»Willkommen!« Die Ältere knickste steif.

»Gott zum Gruße, Blithildis«, erwiderte Hadewigis, »… und Duregin!«

Die Jüngere machte einen Knicks und schenkte Hadewigis ihr breites Lächeln. »Wie sehr du mich an deinen Vater erinnerst, Kind«, meinte Hadewigis. Duregins Lächeln wurde noch breiter.

»Mutter lässt sich entschuldigen, sie muss noch etwas mit dem Baumeister besprechen«, sagte Blithildis förmlich. »Wie ihr seht, sind die Bauarbeiten am Kapitelhaus noch nicht fertig.« Sie deutete auf ein Gebäude neben der Kapelle, wo Arbeiter auf einem Baugerüst gerade einen Korb voller Schindeln heraufzogen, um das halb fertige Dach einzudecken. »Sie wird aber gleich zu uns kommen.«

»Gewiss«, meinte Hadewigis. Sie ließen sich von den Richmud-Töchtern ins Refektorium führen, wo ihnen eine Laienschwester frischen Holundersaft einschenkte, und nachdem sie sich so gestärkt hatten, begleiteten Blithildis und Duregin sie zum Friedhof.

»Ist es nicht schön geworden, Tante?«, fragte Duregin und hüpfte neben Hadewigis her. »Ich bin so froh, dass wir wieder hier sind! Hast du unseren Fischteich schon gesehen? Ich muss dir unbedingt die Molche zeigen!«

»Gleich, mein Kind«, lächelte Hadewigis. »Ich möchte erst zu meinem Vetter ans Grab, dann komme ich mit.«

»Duregin, lass Hadewigis in Ruhe und benimm dich«, ermahnte Blithildis ihre jüngere Schwester streng. Duregin bezähmte daraufhin ihre Ungeduld und hörte auf zu hüpfen. Maria, die den anderen mit Wilem und Lutgard in einigem Abstand folgte, wunderte sich, dass die Richmud-Töchter so vertraut mit Hadewigis umgingen. Sie hatte nicht gewusst, dass Hadewigis sie so gut kannte. Warum hatte Bela ihr das nie erzählt?

Bald erreichten sie den Friedhof, ein kleines abgegrenztes Areal auf dem Klostergelände. Schon von Weitem erblickten sie das Grab Dietrichs von der Ehrenpforte mit seinem pompösen Grabstein, der alle anderen überragte. Sie hielten sich zurück und beobachteten, wie Hadewigis einen Blumenstrauß auf das Grab legte und anschließend mit den Richmud-Töchtern betete.

Als sie Schritte hinter sich auf dem Pfad hörte, wandte sie sich um. Richmud war unbemerkt auf den Friedhof gekommen. Sie trug ihren Schleier und ein schlichtes graues Arbeitskleid, das etwas enger geschnitten war und die Konturen ihrer zierlichen Figur deutlicher hervortreten ließ. Sie hatte die Ärmel hochgeschoben, ein paar Schmutzflecken klebten an ihren nackten Unterarmen.

»Gott zum Gruße«, sagte sie schlicht.

Lutgard knickste vor ihr, und Maria, überrascht vom plötzlichen Auftauchen der Meisterin, tat es ihr nach. Wilem verbeugte sich.

»Maria, willst du mir den jungen Mann vorstellen?« Richmud musterte Wilem neugierig.

»Gewiss«, beeilte sich Maria, die sich wieder an das höfische Benehmen erinnerte, das sie gelernt hatte. »Das ist Wilem, Sohn von Otto und Lioba von Linn. Wir sind zusammen aufgewachsen. Eure Tante Relindis rettete ihm das Leben, als er noch ein Säugling war.«

»Dann bist du also ihr Schützling.« Richmud lächelte zu Wilem hinauf. »Wie schön, dich endlich kennenzulernen.«

»Ganz meinerseits«, erwiderte Wilem. Er sah Maria fragend an. »Ich wusste nicht, dass Relindis Verwandte in Köln hat.«

»Nein?«, fragte Richmud verwundert. »Hat sie dir das nicht erzählt?«

»Nur mir«, sagte Maria hastig. »Sie wollte nicht, dass es jemand erfährt.« Sie warf einen warnenden Blick auf Wilem, der verständnislos von ihr zu Richmud sah.

»Nun, mir scheint, ihr habt euch viel zu erzählen«, sagte Richmud lächelnd. »Dazu werdet ihr später noch ausreichend Gelegenheit haben. Bitte entschuldige uns, Wilem, ich möchte etwas mit Maria besprechen. Lutgard, zeige unserem Gast noch mehr vom Kloster.«

Lutgard knickste, nahm den überraschten Wilem am Arm und führte ihn zurück zu den Klostergebäuden. Maria wunderte sich. Warum gehorchte Lutgard der Meisterin, als wäre sie ihre und nicht Hadewigis' Dienstmagd?

»Ich möchte dir etwas zeigen«, sagte Richmud. Sie nahm Maria am Arm und führte sie den Weg zurück zum Klosterhof. »Ich bin froh, dass wir alles wieder aufbauen konnten«, fuhr sie fort. »In mancher Hinsicht ähnelt dieses Kloster unserem alten

Weiherkloster, das ich aus meiner Kindheit kannte. Seitdem ich ein Kind war, träumte ich davon, es wieder aufzubauen.«

Maria warf der kleinen Frau, die energisch neben ihr ausschritt, einen raschen Seitenblick zu. Sie gingen über die Schwelle eines Fachwerkhauses und betraten einen großen, leeren Raum. Eine schwere Balkendecke hing über ihnen. Auf dem kahlen Boden hatte jemand begonnen, Kacheln zu verlegen, und dann offenbar seine Arbeit eingestellt. Sein Werkzeug lag noch überall herum, die Kacheln stapelten sich an der Wand.

»… es sollte ein Ort sein, wie ich ihn als Mädchen kannte, als wir noch alle zusammenlebten, Relindis, die anderen und ich, ehe meine Mutter meinen Stiefvater heiratete und Relindis für immer fortging. Ich habe meiner Mutter auf dem Sterbebett versprochen, diesen Ort zu schaffen und ihn unserer Gottesmutter zu weihen. Dieses Kloster wurde Maria geweiht und dem heiligen Johannes dem Täufer, und sie schützen es, denn selbst das königliche Heer hat ihm nichts anhaben können.« Sie machte eine ausladende Handbewegung. »Im Winter haben wir noch gegen den Hunger gekämpft und vor den Truppen des Königs gezittert. Aber nun ist der Sommer da, und mit ihm der Frieden. Wir haben Kraft für Neues. Hier wird ein Krankensaal entstehen, nicht nur für uns Schwestern, sondern auch für die Bürger der Stadt. Ich wünsche mir, dass du als eine von uns darin arbeiten und den Kranken helfen wirst.« Sie blickte Maria erwartungsvoll an.

Maria atmete tief den Geruch nach frisch verputztem Lehmfachwerk ein. In der Stille schwirrte ihr der Kopf. Ihr fiel auf, dass eine der Kacheln einen Sprung hatte und trotzdem verlegt worden war.

»Schwester Clementia sagte mir, Ihr nehmt nur reiche Novizinnen auf«, brachte sie endlich hervor. Ihre Stimme hörte sich hoch und dünn an.

»Schwester Clementia hat uns verlassen«, versetzte Richmud mit scharfer Stimme. »Sie hat und hatte nichts zu sagen. Wer hier aufgenommen wird und wer nicht, bestimme allein ich. Ich will ehrlich zu dir sein: Dietrich von der Ehrenpforte hat auch sein Gesinde in seinem Nachlass bedacht. Für dich hat er eine besonders hohe Summe ausgesetzt, die er mir zu treuen Händen gegeben hat im Andenken an deinen Einsatz für den Frieden mit König Philipp.«

»Er hat mich also doch belohnt«, flüsterte Maria. Sie hatte das Gefühl, sich irgendwo festhalten zu müssen, aber da der Raum leer war, lehnte sie sich gegen eine Wand.

»Geht es dir nicht gut?«, fragte Richmud besorgt.

»Doch, doch«, beeilte sich Maria. »Es ist …. Ich wollte doch schon immer in Euer Kloster.«

»Siehst du, nun hast du es geschafft.« Richmud lächelte. Sie schien eine ganz andere zu sein, als hätte die Sorge für ihr neues Kloster sie verändert. »Du musst nicht die Profess ablegen, wenn du nicht willst«, fuhr sie fort. »Du kannst hier auch als Laienschwester bleiben. Unsere Regeln sind nicht so streng wie in anderen Klöstern.«

Maria traute ihren Ohren immer noch nicht. »Woher … ich meine, warum nehmt Ihr mich auf, wo Ihr doch immer …«

»Du meinst, warum ich dich jetzt im Kloster aufnehme, obwohl ich es bisher abgelehnt habe? Das liegt natürlich nicht nur an Dietrichs Zuwendung.« Von der Tür her waren Schritte zu hören. Richmud und Maria wandten sich um. Im Türrahmen stand Bela. Sie hob ihr graues Novizinnengewand und trat über die Schwelle des künftigen Krankensaals. Langsam kam sie auf sie zu. Ihr Gesicht unter dem Schleier wirkte gefasst, als wäre sie in den letzten Tagen zur Ruhe gekommen. Maria starrte sie mit großen Augen an.

»Elisabeth ist meine älteste Tochter«, erklärte Richmud. »Sie hat für dich gesprochen wie ihre Mitschwester Lutgard und meine ehemalige Nachbarin Hadewigis.«

»Sie ist Eure *Tochter*? Lutgard und Bela sind *Schwestern dieses Klosters?*«

Richmud nickte. »Lutgard ist Laienschwester, und meine Tochter Novizin. Sie hat sich nun doch nach vielen Jahren zur Profess entschlossen. Deine Bewährungszeit außerhalb des Klosters war gleichzeitig auch ihre. Nicht wahr, Elisabeth?«

Bela nickte. Sie vermied es, Maria anzusehen.

»Meine *Bewährungszeit?*« Marias Augen weiteten sich. »Was hat das zu bedeuten?«

»Es ist sehr einfach, Maria«, erklärte Richmud. »Ehe wir eine neue Schwester aufnehmen, müssen wir uns davon überzeugen, dass sie zu uns passt und dass wir ihr vertrauen können. Ich wusste, dass Relindis, wenn sie nicht selbst wiederkäme, uns eines Tages eine Schülerin schicken würde. Sie hatte immer Schülerinnen. Lange Zeit hoffte ich auf ihre Rückkehr. Als sie nicht mehr kam …« Sie hielt kurz inne und warf einen Blick aus dem Fenster. »… als klar war, dass sie nicht mehr zurückkehren würde, haben wir auf die Ankunft einer Schülerin gehofft. Ich konnte es kaum glauben, als du dann wirklich kamst. Meine Tochter ist dir heimlich gefolgt, nachdem Schwester Clementia dir die Absage gegeben hatte, und hat dafür gesorgt, dass du ins Haus meiner Verwandten kamst.«

»Also wusstet Ihr von Anfang an, dass ich da war? Es war Euer Plan, mich in das Haus zur Ehrenpforte zu bringen?«

»Ja«, bestätigte Richmud nicht ohne Stolz. »Wir gehen eben manchmal ungewöhnliche Wege. Im Haus von der Ehrenpforte hat schon manche neue Schwester ihre Bewährungszeit verbracht. Hadewigis steht uns sehr nahe, ich kenne sie von klein auf. Sie wird bald selbst in unser Kloster eintreten. Die Gesellschaft zu St. Johanni im Haus meines Vetters kannte

Elisabeth nicht, da sie die letzten Jahre im Kloster war, nur mein Vetter und seine Frau wussten, wer sie ist. Und wir natürlich.«

»Ich verstehe«, murmelte Maria, deren Kopf immer noch schwirrte. Sie dachte an die Gespräche mit Bela und Dietrich von der Ehrenpforte zurück. Er hatte die ganze Zeit gewusst, wer Bela war, und nichts verraten. Deshalb war er stets höflich zu ihr gewesen, und deshalb hatte Bela immer so viel gewusst, auch dass Dietrich ein Stauferanhänger war.

Richmud trat einen Schritt näher, während sie Maria aufmerksam betrachtete. »Es ist nicht nützlich, jemanden zu prüfen, der weiß, dass er geprüft wird«, sagte sie. »Sein wahres Gesicht zeigt nur der, der nichts davon ahnt. Mir war klar, dass du als Relindis' Schülerin schon sehr viel wusstest und ein guter Mensch sein musstest, sonst hätte sie dich nie zu uns geschickt. Glaube mir, ich hätte dich gerne sofort aufgenommen, schon allein um ihretwillen. Aber jede Novizin muss die vorgeschriebene Bewährungszeit von einem Jahr bestehen, bevor sie zu uns kommen kann. Wir müssen wissen, ob es ihr ernst ist, in unser Kloster einzutreten. Ob sie es wirklich will. Hier erwartet sie ein hartes, arbeitsreiches Leben. Die Welt ist voller Verlockungen, denen man manchmal nicht widerstehen kann.«

Sie hielt inne und warf einen raschen Blick auf Bela, die immer noch schweigend neben ihnen wartete. Belas sah starr geradeaus, als wären weder ihre Mutter noch Maria anwesend.

»Wenn es danach ginge, hätte ich nicht bestehen dürfen«, sagte Maria trocken. Ihr war klar geworden, dass Bela ihrer Mutter mit Sicherheit alles erzählt hatte, was sie ihr gebeichtet hatte. »Heinrich von Waldburg …«

»Ich weiß.« Richmud nickte. »Du hast deine Liebe zu ihm aufgegeben und ihn verlassen, obwohl er schwer verletzt war. Das war die richtige Entscheidung. Du hättest nur dein Leben an ihn verschwendet.«

»Aber wenn er mich gewollt hätte, wäre ich mit ihm gegangen.«

»Ja.« Richmud lächelte. »Das hast du Elisabeth gegenüber zugegeben. Beinahe hätten wir dich verloren. Ich weiß, wie schwer es ist, aufzugeben, was man liebt. Mein Mann, er war …« Sie machte eine rasche Handbewegung und seufzte tief. »Wenigstens warst du ehrlich. Deswegen haben wir uns letztlich doch für dich entschieden. Aber ich bin der Meinung, dass du die Profess nicht ablegen, sondern als Laienschwester bei uns bleiben solltest.«

Maria lächelte. Sie fühlte, wie eine tiefe Freude sie durchströmte. So fühlte es sich an, wenn Wünsche wahr wurden. Sie wurden dann wahr, wenn man es nicht mehr glaubte.

»Ich sage es ungern, aber ich bedaure es nicht, dass Iliana von Hohenstein tot ist«, schloss Richmud.

Der Name ließ Maria aufhorchen. »Ihr *kennt* sie?«

Richmud seufzte. »Ich kenne Iliana schon sehr lange. Sie war die Mitschwester, die einst für die Auflösung des alten Klosters gesorgt hat. Sie hat dich angelogen. Schwester Clementia hat – nachdem ich ihr gesagt habe, dass Iliana tot ist – gestanden, ihr von deiner Ankunft in Köln berichtet zu haben. Ich habe Clementia daraufhin sofort aus unserem Kloster entlassen.«

»Iliana hat mir erzählt, dass sie Relindis kannte«, sagte Maria. »Sie hat mir von der Schwesternschaft zur Hohen Mutter erzählt und versprochen, dass ich bald aufgenommen werden würde. Ich habe ihr vertraut.«

Richmud starrte eine Weile auf die staubigen Kacheln. Sie seufzte tief. »Wir haben großes Glück gehabt«, sagte sie. »Sie hat genauso mit deiner Ankunft gerechnet wie wir. Du brauchst dir keine Vorwürfe zu machen, sie hatte leichtes Spiel, dein Vertrauen zu gewinnen. Sie kannte Relindis gut. Sie war bereits ihre Schülerin, als meine Mutter mich ins Kloster gab, nachdem mein Vater gestorben war. Ich war damals noch ein kleines

Mädchen von fünf Sommern. Meine Tante Relindis kümmerte sich fortan um mich. Du weißt, wie gut sie darin war und wie viel man von ihr lernen konnte.« Sie lächelte wehmütig. »Iliana hat mich von Anfang an gehasst. Damals habe ich den Grund dafür nicht verstanden, aber heute weiß ich, dass es der Neid war, der sie dazu getrieben haben muss.«

»Zu was getrieben?«

»Zu dem Verrat. Sie hat die Schwesternschaft verraten. Es gab Untersuchungen wegen ketzerischen Unglaubens, und der Erzbischof löste das Kloster danach auf.«

Maria schwirrte der Kopf. Verzweifelt versuchte sie, ihre Gedanken zu ordnen. »Iliana hat mir die Geschichte anders erzählt«, begann sie. »Sie sagte, dass sie nicht Relindis' Schülerin gewesen sei und dass das Kloster verraten wurde, *nachdem* Ihr weg wart. Sie hat auch noch durchblicken lassen, dass Euer Stiefvater Gerard Unmaze später das Klostergelände gekauft hat und es deshalb nahelag, dass Ihr die geheime Schwesternschaft an Eure Mutter verraten hättet.«

Richmud erbleichte. »Was hat sie doch geschickt gelogen! Sie war Relindis' Schülerin, so wahr mir Gott helfe!« Sie bekreuzigte sich hastig. »Sie konnte mich nie leiden. Als dann unsere Äbtissin ihres Amtes enthoben und das Kloster der Aufsicht des Abtes unterstellt wurde, nahm meine Mutter mich wieder zu sich. Sie hätte es sowieso getan, weil sie wieder heiraten wollte. Außerdem waren meine beiden Brüder, auf die sie so stolz war, inzwischen gestorben. Sie brauchte mich.« Richmud lächelte bitter, dann fuhr sie fort: »Meine Tante wollte das nicht einsehen. Sie stritt sich furchtbar mit meiner Mutter, aber meine Mutter hat sich nicht umstimmen lassen und mich aus dem Kloster genommen. Danach ging Relindis fort. Ich habe sie nie wiedergesehen.« Ihre Augen füllten sich mit Tränen. »Relindis wusste also nichts von der Auflösung des alten Klosters Weiher, deswegen hat sie dich auch zu uns geschickt. Meine Mutter hat den Streit mit ihrer Schwester nie verwunden. Ich musste ihr auf dem Sterbebett versprechen, eine Stiftung für ein Kloster einzurichten, doch ich habe es mir anders überlegt und ein neues gegründet. Eigentlich hätte ich es Relindis weihen müssen.« Sie lächelte mit Tränen in den Augen. »Ich habe die Schwesternschaft nicht verraten, das hat Iliana mit ihren Lügen getan.«

Maria schluckte schwer gegen die Trockenheit in ihrer Kehle an.

»Dann hat Iliana mir also nur etwas vorgemacht«, sagte sie mit rauer Stimme. »Sie hat mich die ganze Zeit belogen. Sie war nicht mehr in der Schwesternschaft.«

Richmud zog ihre Kette hervor, die sie unter ihrem Gewand trug. Der ovale silberne Anhänger blitzte in den Sonnenstrahlen auf, die durch die Fensteröffnung hereinfielen. »*Wir* sind die Schwesternschaft«, sagte sie. »Hadewigis und Lutgard sind die ältesten von uns. Ich habe das Kloster gegründet, damit wir hier frei und unabhängig von Stand und Reichtum leben können.« Ihre Worte verhallten im leeren Raum, und eine Weile war es so still, dass man nur ihre Atemzüge hören konnte.

Maria starrte auf die feine Gravur, mit der das Bildnis der Hohen Mutter in das Silber geritzt war. *Eine schöne Arbeit*, dachte sie. *Genauso wie mein Anhänger.* Dann dachte sie an Iliana, an ihre bescheidene Art, ihre melodische Stimme. Ob man das Bildnis der Hohen Mutter bei ihr gefunden und ihr mit ins Grab gegeben hatte? All die Monate hatte sie sie nur geschickt ausgehorcht und mit ihren Versprechungen über den baldigen Eintritt in die Schwesternschaft hingehalten! Wie hatte sie sich nur so hinters Licht führen lassen können?

»Sie hat mir eingeredet, Euch zu misstrauen«, sagte sie. »Warum hat sie nur gelogen? Was wollte sie damit erreichen?«

Richmud zuckte mit den Schultern. »Neid ist die Wurzel vielerlei Übels. Er gebiert Hass und Zerstörung. Vielleicht wollte sie dich in die Irre leiten. Oder verhindern, dass du jemals zu uns kommst. Sie muss gute Beziehungen in höchste Kirchenkreise gehabt haben. Denk nur an eure lange Reise, an den Wagen. Keine Nonne kann sich so etwas erlauben. Ich glaube, dass sie durch den Verrat viel gewonnen hat.«

»Sie war schuld an Relindis' Flucht.«

»Nein, es war Relindis' Entscheidung, fortzugehen«, entgegnete Richmud. »In ihrem Brief hat sie die Gründe beschrieben. Sie hatte Angst vor den Nachforschungen, die der Abt wegen Ilianas Verrat im alten Kloster Weiher anstellte. In die Familie zurück konnte sie nicht mehr, da ihr Vater sie schon bei ihrem Eintritt ins Kloster verstoßen und enterbt hatte. Der Streit mit meiner Mutter und dass ich ihr fortgenommen wurde, haben sie dann endgültig dazu bewogen, sich woanders ein neues Leben aufzubauen.«

»Das stand also in dem Brief, den ich Euch gab.«

Richmud nickte. »Er war an die Meisterin des Klosters Weiher gerichtet. Sie wusste ja nicht, dass ich das bin.« Sie lächelte traurig.

Maria sah auf Richmud hinunter. Richmud war noch ein Kind gewesen, als sie von Relindis getrennt worden war. Offenbar hatte auch sie nach Relindis' Weggang von einem Leben in der Schwesternschaft geträumt, und dieser Traum hatte sie dieses Kloster gründen lassen. Richmud hatte denselben Traum wie sie geträumt, sie waren zwei Teile aus Relindis' Leben, die nichts voneinander gewusst hatten und nun zusammengefügt worden waren. »Relindis hat nie über ihre Familie gesprochen«, sagte sie. »Erst in den letzten Jahren hat sie mir von der Schwesternschaft und vom Klosterleben erzählt. Wenn Ihr wollt, erzähle ich Euch von ihr.«

Richmud ließ den Anhänger wieder unter ihrem Gewand verschwinden. Sie trat einen Schritt auf sie zu, ergriff ihre Hände, drückte sie fest. »Wir werden uns viel zu erzählen haben, Maria. Zeit genug dazu haben wir sicher, wenn du erst hier bist.«

»Relindis würde sich freuen.«

»Ja, das würde sie.«

Eine Weile schwiegen sie, und Maria war sich sicher, dass Relindis genau das gewollt hätte. Und sie wollte es auch.

»Kurz bevor sie starb, sprach Iliana von Dietrich von Heimbach. Wisst Ihr, wer das ist?«, fragte Maria.

Richmud nickte. »Er ist der Propst von St. Aposteln und derjenige, der den Erzbischof in dessen Abwesenheit vertritt. Der Erzbischof ist zurzeit abwesend.«

Unglaublich! Marias Hoffnungen schwanden dahin, diesen Mann jemals zu Gesicht zu bekommen. »Also werde ich ihm Ilianas letzte Worte nicht ausrichten können«, sagte sie.

»Doch, ich glaube schon«, gab Richmud zurück. »Du solltest es sogar tun, denn offenbar hatte Iliana Umgang mit ihm. Ich bin gespannt, was er sagen wird.«

»Aber bringe ich mich nicht in Gefahr, wenn ich es tue? Wenn es doch eine Verschwörung war …?«

»Du meinst den Königsmord?« Richmud sprach mit leiser Stimme. »Nein, sicher nicht. Selbst wenn es so gewesen sein sollte – wer wird es jemals wissen? Es könnte so oder so gewesen sein. Uns steht es nicht zu, darüber zu urteilen. Sei barmherzig. Sage dem mächtigen Mann, was er hören will. Du könntest unserem Kloster jetzt schon einen großen Dienst erweisen.«

Richmud sah die Dinge offenbar sehr praktisch. Maria musste lächeln. Sie blickte hinaus und sah, wie ein Vogel an der Fensteröffnung vorbeiflog. Da fiel ihr ein, dass sie Iliana beinahe Relindis' Aufzeichnungen gegeben hatte. Vielleicht war es ihr darum gegangen! Sie widerstand der Versuchung, Richmud davon zu erzählen. Bestimmt würde sie ihr bald die Schriften geben.

Maria trat zu ihr und sank in einen tiefen Knicks. »Ich danke Euch, dass Ihr mich in Eure Schwesternschaft aufnehmen werdet«, sagte sie. »Von Herzen gern werde ich hier arbeiten.« Sie starrte auf die frisch verlegten Kacheln und konnte es immer noch nicht fassen.

Richmud hieß sie aufzustehen, dann reichte sie ihr die Hände.

»Ich danke dir für das, was du für meine Tante getan hast«, sagte sie. »Du warst bestimmt eine gute Tochter für sie.«

Nachdem sie wieder hinausgegangen waren, meinte Richmud, sie müsse weiter die Arbeiten im Kapitelsaal beaufsichtigen, und ließ Maria mit Bela allein zurück.

Lange sagte keine von beiden etwas. Mit jedem Atemzug schien die Fremdheit zwischen ihnen zu wachsen.

»Wir werden nicht mehr in einer Kammer schlafen«, sagte Bela nach einer Weile. »Die Laienschwestern wohnen in einem eigenen Haus. Du wirst bei Lutgard sein.«

»Schön«, meinte Maria. »Ist mir alles recht.«

»Als Laienschwester legst du nicht das Gelübde ab. Du kannst das Kloster jederzeit wieder verlassen. Vielleicht willst du doch noch Alexander heiraten.«

»Alexander ... das hättest du gerne gehabt, dass ich ihn heirate, nicht wahr? Oder gehörte das etwa auch zur Erprobung? Schauen, ob ich nicht lieber eine Bürgersfrau geworden wäre? Ob ich mich durch das Versprechen von Geld und Ansehen dazu bringen lasse, einen Mann zu heiraten und meine Träume aufzugeben?«

Bela schüttelte langsam den Kopf. »Wir wissen jetzt, dass du es nicht getan hast«, sagte sie.

Maria schluckte schwer. »Wo ist er eigentlich?«

»Alexander? Nach England gefahren. Er versucht, seine Weine dort zu verkaufen. Wenn er wiederkommt, wird er sicher um einiges reicher sein.«

»Und Tryngen?«

»Er hat seine Kinder mitgenommen.«

»Oh.« Maria schwieg betroffen. Sie würde also den Sommer nicht mehr mit Alexanders Tochter Kräuter sammeln können. Aber vielleicht später. »Und Volmar?«, fragte sie weiter. »Du wirst es doch nicht nur wegen ihm tun?«

»Du meinst die Profess ablegen?« Bela sah sie traurig an. »Du überschätzt den Einfluss der Männer auf solche Entscheidungen.«

»Ach ja?« Maria glaubte ihr kein Wort. »Ich weiß, dass ich für Heinrich alles aufgegeben hätte und ihm gefolgt wäre.«

»Volmar tut das, was sein Vater von ihm verlangt«, sagte Bela leise. »Ich habe mit ihm eine schöne Zeit gehabt. Nun werde ich den Rest meines Lebens Gott und der Hohen Mutter widmen, wie ich es schon immer wollte.«

Maria betrachtete nachdenklich das frisch eingedeckte Strohdach eines Fachwerkhauses ihnen gegenüber. »Was ich nicht verstehe – warum heiratet er dich nicht? Er weiß doch, aus welcher Familie du stammst, oder?« Im Gegensatz zu mir hat er es gewusst, wollte sie hinzusetzen, ließ es aber.

»Anfangs wusste er es nicht, bis es ihm wohl jemand erzählt hat«, meinte Bela lächelnd. »Er hat sich in mich verliebt, obwohl ich eine Magd war!« Für einen Augenblick strahlten ihre Augen wieder wie früher. »Aber dann … wer will schon eine de Curia heiraten, deren Mutter ihr gesamtes Geld in ein Kloster steckt? Sie wissen genau, dass meine Mutter mich nicht mit einer so großen Mitgift ausstatten könnte wie ein Gerhard Saphir seine Tochter.«

»Aber du kommst aus einer angesehenen Familie! Warum hat er seinen Vater nicht überzeugt, dich trotzdem heiraten zu dürfen?«

Bela fasste ihren Arm und sah sie eindringlich an. »Lass es gut sein, Maria! Dieses Jahr war wunderschön. Ich werde mich immer gern daran erinnern, wie an einen leuchtenden Sommertag. Aber jetzt werde ich weiter Gott und der Hohen Mutter folgen.«

Maria hielt sie fest. »Bist du dir wirklich sicher?«

»Mehr denn je! Ich wollte immer in der Schwesternschaft leben, genau wie du! Mein Weg liegt jetzt klar vor mir, und dafür danke ich dir.« Sie sah sie wieder mit dem gewohnten Blick an, den Maria so gut an ihr kannte.

Maria nickte. Es kam ihr seltsam vor, mit Bela über die Schwesternschaft zu reden. Es fühlte sich noch fremd an. Aber dann wurde ihr allmählich klar, was sie der anderen zu verdanken hatte. Was sie beide einander zu verdanken hatten.

»Wir werden uns aber nicht mehr anlügen«, sagte sie.

»Nein«, versprach Bela. Endlich lächelte sie wieder.

Es wurde später Nachmittag, als sie wieder zum Haus von der Ehrenpforte zurückkehrten. Maria fühlte sich nun doch etwas traurig bei dem Gedanken, das Haus bald verlassen zu müssen. Es war im letzten Jahr zu ihrer Heimat geworden, aber der Gedanke, dass Bela und Lutgard mit ihr gehen würden, ja bald auch Hadewigis, tröstete sie.

»Soll ich dir beim Packen helfen?«, scherzte Wilem. Sie hatte ihm inzwischen alles erzählt.

»Nein, ich helfe dir.«

»Ach was, ich bin schnell fertig.«

»Ich werde dich vermissen«, sagte Maria. »Achte auf dich und komm bald wieder.«

Sie gingen durch die Küche in den Garten. Maria führte Wilem unter ihren Apfelbaum. Schwer und ernteif hingen die rotbackigen Äpfel über ihnen im Geäst, und sie dachte daran, dass sie auch ihren Baum vermissen würde.

»Darf ich dich im Kloster besuchen?«, fragte er.

»Aber sicher! Du kannst immer zu mir kommen, das weißt du doch!«

»Gut.« Er nickte. »Mutter und Vater werden dich bestimmt besuchen, wenn sie Gerhard zu Megenhart von Forst bringen. Ich hoffe, der Erzbischof wird mich nehmen.«

»Mit den Empfehlungen von Richmud und deinem Vater bestimmt.«

Sie lächelte zuversichtlich.

Wilem nestelte an seinem Ärmel. »Du legst doch kein Gelübde ab, oder?«

»Keine Angst«, grinste sie. »Ich bleibe Laienschwester.«

»Gut.« Er sah erleichtert aus. »Es ist … ein schönes Kloster. Bist du nun zufrieden? Ich meine – ist es die Schwesternschaft, die du wolltest?«

Maria nickte. Sie wusste nicht, was sie erwartete. Aber sie war sich sicher, dass es die richtigen Schwestern waren. »Ich glaube, ja«, sagte sie.

Wilem nickte. Er nahm sie an der Hand, und gemeinsam gingen sie ins Haus zurück.

# Epilog

Es kostete sie erstaunlich wenig Mühe, zu ihm vorgelassen zu werden. Nachdem sie im Stift St. Aposteln ihren Namen genannt hatte und dass sie eine Nachricht von Iliana von Hohenstein für den Propst habe, führte man Maria sofort zu ihm.

Dietrich von Heimbach empfing sie in einem prunkvollen Gemach. Maria konnte nicht umhin, immer wieder zu den riesigen gewebten Wandbehängen hinüberzustarren, deren Farben im Sonnenlicht, das durch die hohen Fenster hereinfiel, kräftig leuchteten. Sie sah Jesus Christus bei seinem letzten Abendmahl, umgeben von seinen Jüngern, daneben Christus am Kreuz. An der Wand gegenüber die Hohe Mutter mit dem Knaben.

Der Propst saß auf einem kunstvoll geschnitzten Stuhl. Sein Bliaut fiel lang an den Armlehnen herunter und verhüllte nur wenig von seiner beträchtlichen Leibesfülle. »Komm näher.« Er winkte sie heran, nachdem Maria vor ihm in die Knie gesunken war.

Sie gehorchte, während sie sah, wie er sie eingehend musterte.

»Du hast eine Nachricht für mich von Iliana von Hohenstein?«

Seine Stimme klang tief, aber auch angespannt. Er beugte sich vor, so weit ihm das möglich war.

Sie räusperte sich. »Nun, ich soll Euch sagen, Herr … es ist vollbracht.«

Dietrich von Heimbach lehnte sich zurück. Er sah aus dem Fenster, während seine dicken Finger die Armlehnen fest umschlossen.

Dann richtete er seinen Blick wieder auf Maria. »Mehr nicht?«

»Nein, Herr.«

Der Propst starrte sie mit seinen kleinen Augen an, die verschattet in seinem Gesicht lagen. Er sah enttäuscht und wütend aus.

Maria erschrak. Hätte sie besser nicht zu ihm gehen sollen? Vielleicht wollte er mehr über den Königsmord wissen oder den Grund erfahren, warum sie nach Bamberg gefahren waren.

Aber sie hatte sich auf mögliche Fragen vorbereitet.

»Ich war sehr froh, dass Iliana mich zur Hochzeit nach Bamberg mitgenommen hat«, log sie rasch. »Wer hätte auch ahnen können, dass alles ein so schreckliches Ende nehmen würde?«

Im Gesicht des Propstes regte sich nichts. Es war zu einer Maske erstarrt, während er reglos dasaß.

»Die Nachricht vom Tod des Königs muss zu viel für ihr schwaches Herz gewesen sein« fuhr Maria hastig fort. »Sie konnte nicht mehr viel sagen, nachdem sie im Kloster zusammengebrochen war. Nur Euren Namen, und dass ich Euch sagen soll, dass es vollbracht ist. Ich habe mich sehr um sie bemüht, aber sie war nicht mehr zu retten.«

Im Gesicht des Propstes zuckte es. Schnell fuhr er sich mit einer Hand über die Stirn.

Maria überlegte, ob sie ihm auch von Odalrich erzählen sollte, aber dann entschied sie sich dagegen. Was ging es diesen Propst an, dass Iliana mit einem Mönch ein neues Leben beginnen wollte?

»Was denkst du – was hat sie wohl mit ihren Worten gemeint?«, fragte er.

Sie wunderte sich über diese Frage, die sie sich selbst mehrfach gestellt hatte. Warum wollte er ausgerechnet von ihr wissen, was Iliana wohl gemeint hatte? Vielleicht war das eine ausgeklügelte Weise, sie auszuhorchen. Sie musste auf der Hut sein. Es wäre am besten, sie sagte ihm das, was Odalrich ihr gesagt hatte.

»Ich glaube, sie meinte ihr Leben, Herr«, antwortete sie.

»Ihr Leben?«

»Ja, ich wüsste nicht, was sonst.« Sie streckte ihr Kinn vor und begegnete ruhig dem forschenden Blick des Propstes.

Dietrich von Heimbach nickte. Seine Gestalt im Sessel sank in sich zusammen. »Danke, du kannst gehen.« Er beschattete seine Augen mit der Hand und winkte sie hinaus.

Als Maria wieder draußen im Hof stand und die Sonne warm auf sie herabschien, atmete sie erleichtert auf. Wie gut, dass er nicht mehr von ihr hatte wissen wollen! Sie lenkte ihre Schritte zurück zum Kloster, und als sie durch die Felder ging, sprach sie ein Gebet für das Seelenheil von Iliana von Hohenstein.

# GLOSSAR

*Bliaut* – höfisches Obergewand, das im 12. und 13. Jahrhundert getragen wurde
*Brachmonat* – alter Name für Juni
*Dapifer* – lateinisch für Truchsess
*Gambeson* – gepolstertes Kleidungsstück, das Kämpfer unter ihren Kettenhemden trugen
*Gevatter* – alte Bezeichnung für Pate
*Gugel* – kapuzenartige Kopfbedeckung mit Kragen, verschiedene Tragemöglichkeiten waren möglich
*Hälfling* – halber Pfennig
*Herbator* – nicht ärztlicher Heilmittelhändler
*Hornung* – alter Name für Februar
*Kemenate* – ein beheizbarer Wohnraum
*Königshof* – Wirtschaftsgut im Besitz des Königs, der als Aufenthaltsort für den König und sein Gefolge auf der Durchreise diente
*Kukulle* – Überwurf mit Kapuze, von unterschiedlicher Länge
*Leinpfad* – Pfad neben einem Fluss, auf dem Knechte und Zugtiere gingen, um ein Schiff stromaufwärts zu ziehen (treideln)
*Lenzmond* – alter Name für März
*Magister* – lateinisch für Meister, akademischer Grad

*Münzerhausgenosse* – Angehörige der im 13. Jahrhundert in vielen Städten entstandenen Vereinigungen der Münzer. Sie gehörten zur städtischen Oberschicht, betrieben Gold- und Silberhandel, Wechsel- und Geldgeschäfte
*Niederländer* – Bezeichnung für die alten Flussfrachtschiffe im Bereich des Niederrheins
*Palas* – repräsentativer Saalbau einer mittelalterlichen Pfalz oder Burg
*Pfalz* – mittelalterliche Bezeichnung für die Burgen, in denen der reisende König oder Kaiser mit seinem Gefolge residierte und der Hofstaat zusammentrat
*Physicus* – mittelalterliche Bezeichnung für einen Arzt
*Richerzeche* – Verband von reichen Bürgern (weltliche Bruderschaft) in Köln, der vom 12. bis zum 14. Jahrhundert existierte und dessen Mitglieder der politischen Führungsschicht der Stadt angehörten
*Schapel* – Reif aus Metall, Schnüren oder Blumen, der als Kopfschmuck meistens in Verbindung mit dem Schleier getragen wurde
*Propst* – Leiter eines Dom- oder Stiftskapitels (Dompropst oder Stiftspropst), dem die Verwaltung und die fiskalischen Angelegenheiten unterstanden
*Truchsess* – oberster Hofbeamter
*Weride* – heute Düsseldorf-Kaiserswerth
*Wonnemonat* – alter Name für Mai
*Urdingi* – früherer Name für Uerdingen, heute ein Stadtteil von Krefeld

# Nachwort

Beim Schreiben meines letzten Romans »Der fremde Reiter« wurde mir klar, dass ich die Geschichte der Heilerin Relindis weiterentwickeln wollte. Die kleine Maria und auch Wilem sind mir so ans Herz gewachsen, dass ich unbedingt mit ihnen fortfahren musste. So ist eine neue Geschichte entstanden, die an meinen vorigen Roman anknüpft, aber auch für sich allein stehen kann.

Ich fand es sinnvoll, Relindis einen bürgerlichen Hintergrund zu geben, der ihre Bildung erklärt. Sie war eine Frau, die in der streng reglementierten Welt des Mittelalters ihren eigenen Weg gegangen ist – allein in der Wildnis, mit einer Schülerin, an die sie das Wissen um die Schwesternschaft weitergegeben hat. Sie war ein Mensch im Spannungsfeld zwischen Stadt und Land, zwischen dem aufstrebenden Bürgertum der damals schnell wachsenden Städte und der Wildnis der Natur. Ihr Mysterium ist die Schwesternschaft, das im nächsten Roman zu lüften sein wird.

Die meisten der in diesem Buch vorkommenden Figuren sind historische Personen. So haben z. B. Richmud de Curia und ihre Töchter, Dietrich von der Ehrenpforte, Richolf Parfuse und die meisten der beim Fest zu St. Johanni aufgeführten Kölner Bürger wirklich gelebt. Sie gehörten zur städtischen Oberschicht, waren Münzerhausgenossen, Schöffen und Amtleute, reiche Kaufleute und besaßen nicht selten großen Immobilienbesitz in der Stadt. Sie organisierten sich in der sogenannten »Richerzeche«, einem Verbund der Reichen in Köln, und waren selbstbewusst genug, klammen Königen und Erzbischöfen Geld zu leihen, eigenmächtig eine neue Stadtmauer zu errichten (1180) und im Thronstreit ihre eigene Politik zu vertreten.

Köln hat in diesem zehn Jahre währenden Konflikt eine bedeutende Rolle gespielt. Als größte Stadt im Reichsgebiet und bedeutende Fernhandelsmetropole war sie ein nicht unerheblicher Machtfaktor. Sie stand auf welfischer Seite, weil man offenbar um den einträglichen Englandhandel fürchtete (König Otto war ein Neffe des englischen Königs, der den Kölner Händlern einträgliche Privilegien eingeräumt hatte). Bei einer Bürgerversammlung im Oktober 1198 entschied man sich für den Kriegseintritt der Stadt zugunsten Ottos. Bei dieser Versammlung, so vermeldet eine erhaltene Reimchronik, mahnte Richolf Parfuse, Schöffe und Amtmann der Richerzeche, die Bürger zur Neutralität, während Gerhard Saphir sie zur Beteiligung am Krieg bewog. Zu dieser Zeit tritt uns der historische Dietrich von der Ehrenpforte entgegen. Er beugte sich diesem Beschluss der Bürgerversammlung, um nicht aus dem städtischen Regiment verdrängt zu werden. Er galt als Oberhaupt der staufischen Partei. Nachdem der Kölner Erzbischof Adolf auf die staufische Seite gewechselt war und König Philipp die Stadt 1205 belagert hatte, begann die welfische Parteinahme der Kölner zu bröckeln. Die entscheidende Wende brachte die Niederlage Ottos in der Schlacht bei Wassenberg am 27.7.1206. Bei den nun eintretenden Friedensverhandlungen der Kölner mit König Philipp spielte Dietrich von der Ehrenpforte eine entscheidende Rolle. Seine Worte, die er einigen vornehmen Damen gegenüber geäußert haben soll, als der König in Köln weilte, waren: »Hier, ihr Damen, das ist mein König, den ich mir immer gewünscht habe.« Sie sind durch einen Chronisten überliefert. Später setzte König Philipp durch, dass sein treuer Anhänger gegen den Willen der Kölner Prioren im Kloster Weiher bestattet wurde.

Das Kloster Weiher wurde im Jahr 1198 von der reichen Kölner Witwe Richmud gegründet und existierte bis zur Säkularisation. Zu seiner wechselvollen Geschichte gehört auch die erste Zerstörung durch die staufischen Truppen im Zuge des Thronstreits 1205 und sein Wiederaufbau nur ein paar Jahre später. Bis zu seinem Abbruch im Jahr 1474 lag das Frauenkloster vor den Toren der Stadt, danach siedelten die Konventualinnen in das Stift St. Cäcilien in Köln um. Wegen seiner günstigen Lage war das Kloster immer wieder ein Ort für wichtige politische Verhandlungen. Richmud leitete seine Geschicke viele Jahre lang. Interessant ist, dass sie vom Kölner Erzbischof das Privileg bekommen hatte, das Kloster zu leiten, ohne ihren weltlichen Stand aufzugeben. Dadurch, dass sie dem Kloster fast ihren ganzen Besitz vermachte, schuf sie für Jahrzehnte seine gesunde wirtschaftliche Basis. Wo das alte Klostergebäude genau lag und wie es aussah, weiß man heute leider nicht mehr, da keine Abbildungen und Pläne mehr existieren. Es gibt Vermutungen zu seiner ungefähren Lage, die Wahrheit aber ist im Dunkel der Geschichte verschwunden, und es oblag der Fantasie, das Kloster wieder lebendig werden zu lassen.

Im Herbst 1197 war Philipp, damals noch Herzog von Schwaben, mit einer stattlichen Zahl an Rittern nach Italien unterwegs, um seinen kleinen Neffen Friedrich ins »Regnum Theotonicum« zu holen. Da erreichte ihn die Nachricht, dass sein älterer Bruder, Kaiser Heinrich VI., auf Sizilien gestorben war. Der Kaiser hinterließ nur seinen zweijährigen Sohn

Friedrich als Nachfolger. Schnell wurde klar, dass die deutschen Fürsten keinen so jungen König wollten. Philipp, der zunächst als Vormund für seinen Neffen regieren wollte, entschied sich dennoch nicht leichtfertig zur Königswahl. Am 8.3.1198 wurde er schließlich in Thüringen von stauferfreundlichen Fürsten zum König gewählt. Da war er 21 Jahre alt. Die Wahl eines zweiten Königs – Otto aus dem Geschlecht der Welfen – nur drei Monate später führte schließlich zu dem zehn Jahre dauernden Thronstreit, der das Reich erschüttern sollte.

Als jüngster Sohn Kaiser Friedrichs (Barbarossa) war Philipp ursprünglich für eine geistliche Laufbahn vorgesehen. Er war schon als Knabe Propst des Aachener Marienstifts, später Bischofsanwärter in Würzburg, bis die politischen Verhältnisse es erforderten, dass er seine geistliche Laufbahn abbrach. Sein älterer Bruder Kaiser Heinrich VI. nahm ihn an seine Seite; er wurde Herzog von Tuszien, später Herzog von Schwaben. Pfingsten 1197 heiratete er die byzantinische Prinzessin Irene-Maria, mit der er vier Töchter hatte, aber keinen Sohn.

Für die Darstellung des Königs konnte ich mich auf Beschreibungen und Aussagen von Zeitzeugen stützen. Sie bescheinigten ihm ritterliche Tapferkeit, aber mehr noch hoben sie seine Milde und Freundlichkeit sowie seine persönliche Anmut hervor. Lieblich und schön wäre sein Antlitz gewesen, heißt es, blond sein Haar, seine Gestalt zierlich. Walther von der Vogelweide bezeichnete ihn als »jungen süezen man« – was immer er damit gemeint hat. Die Umstände seines gewaltsamen Todes wurden unter Historikern vor einigen Jahren anlässlich der Thesen Bernd Ulrich Huckers noch einmal diskutiert. Die Annahme einer weitreichenden Verschwörung, wie Hucker sie aufstellte, konnte sich letztlich nicht durchsetzen. Ich fand den Gedanken eines Mordkomplotts gegen den König jedoch so interessant, dass ich ihn für meine Geschichte aufgegriffen habe.

König Philipp wurde am 21.6.1208 in Bamberg ermordet. In meinem Roman fand das Ereignis aus dramaturgischen Gründen jedoch ein Jahr früher statt. Ebenso möchte ich erwähnen, dass der Begriff »Staufer« nicht zeitgenössisch ist, sondern erst später aufkam. Vor dem Hintergrund einer besseren Lesbarkeit habe ich ihn verwendet und ihn auch meinen Figuren in den Mund gelegt.

Über den Truchsess Heinrich von Waldburg ist nicht viel bekannt. Er entstammte einer im Dienst des Herzogs von Schwaben stehenden Ministerialenfamilie und stieg unter Philipp in die Reichsministerialität auf. In den Jahren von Philipps Regentschaft ist er häufig und dicht am Königshof nachweisbar, übernahm auch militärische Aufträge für den König. Es ist anzunehmen, dass er zu Philipps engstem Beraterkreis gehörte, zumal gerade in staufischer Zeit die Inhaber der vier Reichshofämter als Berater und Beauftragte des Regenten starken Einfluss auf die Staats- und Reichspolitik ausübten.

Der Rest seiner Geschichte ist Fiktion, die fantasievolle Ergänzung der Wahrheit.

*Marion Johanning, im Juli 2018*

# Danksagung

Ein Buch zu schreiben, ist immer ein Abenteuer und eine spannende Reise in unbekannte Gebiete.

Ich danke allen, die mich auf dieser Reise begleitet und mir geholfen haben, manche schwierige Klippe zu umrunden: meine Freunde und meine Familie, deren Zuspruch und Rückhalt mir während der Arbeit zu diesem Roman eine unschätzbare Hilfe waren.

Ganz besonderen Dank schulde ich meinen beiden treuen und zuverlässigen Testlesern. Ihrem guten Urteilsvermögen hat der Roman viele wichtige Impulse zu verdanken.

Ich freue mich über Einrichtungen wie das Heimatmuseum Sinzig, das in seiner kleinen, aber feinen Sammlung zur Stadtgeschichte unter anderem auch ein detailgetreues Modell des Ortes enthält. Einfach schön, wie hier Geschichte sichtbar und lebendig wird!

Außerdem danke ich Frau Petra Weiß vom Stadtarchiv Koblenz für ihre rasche und unbürokratische Hilfe.

Wie immer erhielt ich große Unterstützung von der Leitung, den Mitarbeiterinnen und Mitarbeitern der Stadtbücherei Düren, die mir unermüdlich Fernleihebücher besorgten und mir auch sonst mit Rat und Tat zur Seite standen. So konnte ich

Bücher wie z. B. das Itinerar des Königs Philipp von Schwaben in den Händen halten.

Ich bedanke mich herzlich bei meiner Agentur Lianne Kolf und ihrem Team, besonders bei Simone Hasselmann und Tatjana Seel, für ihre Beratung und Unterstützung.

Last, but not least möchte ich mich herzlich bei meiner Lektorin Lena Woitkowiak von Amazon Publishing dafür bedanken, dass sie das Manuskript während der Verlagsphase so sorgfältig unter ihre Fittiche genommen hat. Es war eine gute und bereichernde Zusammenarbeit. Das Gleiche gilt für meinen Außenlektor Dr. Rainer Schöttle, der meinem Text mit sicherem Instinkt und gutem Sprachgefühl den letzten Schliff verliehen hat. Danke!